JUTTA DITFURTH
Die Himmelsstürmerin

ZU DIESEM BUCH

Freiin Gertrud Elisabeth von Beust wächst wohlbehütet im Schloss ihrer Eltern bei Weimar auf. Nach ihrer Adoption durch den Herzog von Schleswig-Holstein-Sonderburg-Glücksburg sind alle Wege in den europäischen Hochadel und in eine sorglose Zukunft geebnet.

Doch der Ausbruch des Deutsch-Französischen Krieges zerstört alle Pläne: Gertrud wird entführt und entkommt ins belagerte Paris, wo sie dem deutschen Deserteur Albert Lauterjung, Messerschleifer und Sozialdemokrat, begegnet. Er bringt ihre Sicht auf die Welt ins Wanken – und erobert ihr Herz. Als wenig später die Revolution der Pariser Commune die alte Ordnung hinwegfegt, muss sie sich entscheiden, auf welcher Seite sie steht ...

ZUR AUTORIN

Jutta Ditfurth ist Soziologin, Publizistin und politische Aktivistin in der außerparlamentarischen Linken und lebte u. a. in Glasgow und Detroit. Sie war Bundesvorsitzende der Grünen, trat 1991 aus und gründete die Ökologische Linke mit. Von 2001 bis 2008 vertrat sie die Wählervereinigung ÖkoLinX-Antirassistische Liste im Frankfurter Römer. Zuletzt veröffentlichte sie u. a. *Ulrike Meinhof. Die Biografie* (2007) und die Streitschrift *Zeit des Zorns* (2009). Gertrud Elisabeth von Beust war ihre Urgroßmutter.

JUTTA DITFURTH

Die Himmelsstürmerin

ROMAN

ROTBUCH VERLAG

ISBN 978-3-86789-110-3

Überarbeitete Neuausgabe
© 2010 by Rotbuch Verlag, Berlin
Zuerst erschienen 1998 im Verlag Marion von Schröder
Umschlaggestaltung: Buchgut, Berlin
unter Verwendung eines Fotos von Philipp von Ditfurth
und ullstein bild, Granger Collection
Druck und Bindung: Druckerei Finidr

Ein Verlagsverzeichnis schicken wir Ihnen gern:
Rotbuch Verlag GmbH
Neue Grünstraße 18
10179 Berlin
Tel. 01805/30 99 99
(0,14 Euro/Min., Mobil max. 0,42 Euro/Min.)

www.rotbuch.de

TEIL 1
Deutsche Zustände

1

Glücksburg,
Anfang September 1870

Sie bog sich nach hinten. Seine Hand hielt ihren Rücken. Ihre Zehenspitzen schwebten über das Parkett. An der Decke des Roten Saals verloren kutschenradgroße Leuchter die Konturen, Tausende von Kristalltropfen funkelten, als flögen sie im Rhythmus der Musik frei durch den Saal. Gobelins und Gemälde lösten sich in Farbflecke auf, während sie an ihnen vorbeitanzte.

»Wie freundlich, dass du mich führen lässt.«

Sie lachte. »Warum sollte es nicht andersherum sein?«

»Du kommst auf sonderbare Ideen!«

»Ich fliege, du lässt mich schon nicht fallen.«

Er wirbelte sie in einer raschen Umdrehung über das Parkett. Sie schloss die Augen. »Wir sind allein.«

»Wenn wir ein paar Hundert Gäste vergessen.«

»Ich sehe niemanden!«

Er drehte sie mit großen Schritten zu der einen Seite des Saals. Gäste wichen dem stürmischen Paar aus. »Hier sind sie!« Er wirbelte sie im schnellen Dreivierteltakt zur anderen Seite. »Und hier – und hier.«

»Wie hingebungsvoll« und »reizend« hörte er und »Was für ein Paar!«.

»Keiner wagt, uns in die Quere zu tanzen. Da glotzen sie und bewundern das Schönste, das ich je von einer Reise mitbringen konnte. Sieh dir ihre Gesichter an!«

Stattdessen neigte die junge Frau ihren Kopf noch weiter nach hinten, und ihr Blick verlor sich in den Lichtern an der Decke des Saals. Dann zwinkerte sie ihm zu, und beide lachten.

Herzog Karl von Schleswig-Holstein-Sonderburg-Glücksburg war soeben siebenundfünfzig Jahre alt geworden. Er achtete darauf, dass er keinen Bauch bekam und dass seine Oberschenkel durch Fechten und Reiten stramm blieben. Er pflegte seinen Schnurrbart und wusste nicht, dass seine Haut nach frisch geschlagenem Holz roch, was in Gertrud ein Gefühl der Anhänglichkeit auslöste, nicht so kindlich wie gegenüber ihrem Vater, aber auch nicht so bedrohlich aufregend, wie sie sich die Beziehung zu einem Liebhaber vorstellte. Sie erlag dem Irrtum, zwischen ihr und dem Adoptivvater würde es sich um eine auf Dauer unbeschränkt sorglose, ihre Sinne so sanft wie unverfänglich reizende Beziehung handeln.

Die Neunzehnjährige hieß Freiin Gertrud Elisabeth von Beust. Man feierte ihre Adoption durch den Herzog, dessen Geburtstag und den Wiedereinzug in Schloss Glücksburg, das im Deutsch-Dänischen Krieg von 1864 den preußisch-österreichischen Truppen als Hauptquartier gedient hatte und danach vollständig hatte renoviert werden müssen.

»Die Kleine blickt in eine glanzvolle Zukunft«, tuschelte die Grünholzer Familie des neuen Onkels Fritz.

»Sie bekommt allen Schmuck der Herzogin!«, giftete Tante Luise, Äbtissin in Itzehoe und eine Schwester des Herzogs.

Die Verwandten des Herzogs begafften an diesem Abend jeden Tanzschritt der sorglosen Konkurrentin um das Erbe des kinderlosen Karl, als wäre auch ihre winzigste Bewegung nur ein Schachzug auf dem Weg zur umkämpften Beute.

Die Gäste, jetzt zu Beginn des Balles noch steif am Rand der Tanzfläche, umrahmten den Tanz des Paares. Fräcke und pastellfarbene Abendkleider, tiefe Dekolletés, weiße Fliegen und Schärpen, kriegerische Gesichter und Diademe, Schnurrbärte und Ohrgehänge, knochige Glatzen und gepuderte Schultern, steife Manschetten und Rüschen, Lorgnons, Rosen, Siegelringe und Glacéhandschuhe. Uniformen und Orden, wohin man blickte, besonders solche aus dem Krieg von 1864 zwischen Preußen und Österreich auf der einen und Dänemark auf der anderen Seite, in dem Dänemark unterlegen gewesen war und ein Drittel seines Territoriums verloren hatte, darunter auch Glücksburg.

Vor wenigen Tagen, am 4. September 1870, hatten die vereinten deutschen Armeen bei Sedan die französische Armee geschlagen. Frankreichs Kaiser Napoleon III. hatte kapituliert. Dieser grandiose frühe Sieg, samt der Gefangennahme von Hunderttausenden französischer Kriegsgefangener, gab dem Fest in den Augen seiner Gastgeber einen weiteren wundervollen Anlass. Ein Teil des Personals war nur dazu abgestellt, in den Weinkeller hinunter- und wieder heraufzueilen, damit jeder Gast zu jeder Zeit mit echtem französischen Champagner, beschlagnahmt in Frankreich, einen Toast auf den baldigen endgültigen Sieg ausbringen konnte.

»Nach Paris!«, prosteten sie triumphierend. »Nach Paris!«

Die an der neutralen Haltung ihres Königshauses orientierte dänische Minderheit am Glücksburger Hof hielt sich zurück. Den Jubel überließ man der preußischen Mehrheit um Herzog Karl.

Die beiden Menschen auf der Tanzfläche gaben sich ausgelassen ihrem Vergnügen hin. Herzogin Wilhelmine Marie von Schleswig-Holstein-Sonderburg-Glücksburg stand neben ihrer Hofdame Frau von Hedemann, der ihr Missmut tief in die Mundwinkel eingraviert war. Die Herzogin, zweiundsechzig Jahre alt und damit fünf Jahre älter als der Herzog, verfolgte jede Bewegung des tanzenden Paares. Frau von Hedemann sah, wie angestrengt sich die Herzogin bemühte, ihre Mimik zu disziplinieren. Sie witterte ihre Chance.

»*Sie* hätten das Recht auf den Eröffnungswalzer gehabt, Hoheit.« Die Hofdame traf einen Ton zwischen Flüstern und Zischen, der im näheren Umkreis der beiden Frauen Aufmerksamkeit erregte.

»Es ist sein Geburtstag«, antwortete die Herzogin steif.

Gertrud lag im Arm ihres Adoptivvaters. Sie war mittelgroß, schmal und tanzte in einer schulterfreien, nilgrünen, rosenübersäten Wolke aus Seide, Spitze und Tüll. Rotblonde Haare, von Martha mühsam aufgetürmt, kringelten sich aus einer sorgfältig gesteckten Ordnung von Nadeln und Kämmen den langen, schmalen Hals entlang. Ihr Gesicht war oval, mit einem schön geschwungenen Mund, einer unauffälligen geraden Nase, grünen Augen und regen dunklen Augenbrauen.

»Besser eine Tochter von einer Reise mitbringen als ein Rennpferd, das sich das Bein bricht.«

»Dreh mich linksherum, sonst fliege ich zum Fenster hinaus bis zur Ostsee!«

»An deinem Tisch stehen die jungen Männer Schlange. Gefällt dir einer?«

»Muss ich mich entscheiden?«

Der Herzog lachte und fasste sie enger. »Verdreh ihnen den Kopf, aber lass dir Zeit. Bleib noch eine Weile bei uns.«

Nach dem Tanz eilte Gertrud hinauf in das zweite Geschoss. Vor dem Spiegel ihres Schlafzimmers im Westflügel kühlte sie Gesicht und Dekolleté. Martha Blumenstein, ihre Zofe, betupfte Gertruds Nase mit einem Gesichtsleder, damit die Haut nicht glänzte, strich mit einem weichen Quast Körperpuder auf Hals, Schultern und auf den Ansatz der Brüste. Die gleichaltrige braunhaarige Frau legte einen Schal über Gertruds Schultern und ordnete ihre Haare. Martha arbeitete selten, ohne zu plappern.

Gertrud von Beust hatte sie von zu Hause, aus Langenorla, mitgebracht. Manchmal vermisste sie ihre Eltern, wenn sie zwischen den Bällen, der Wildschweinjagd, den Ausflügen nach Berlin, Potsdam und an die Badestrände der Ostsee einen Moment Ruhe fand.

»Der Herzog ist ein gut aussehender Mann. Schade, dass er verheiratet ist.«

»Er ist mein Adoptivvater. Red keinen Unsinn.«

»Die Herzogin schien nicht sehr erfreut.« Martha zupfte an einer Locke, die längst saß. »Ihre Mundwinkel hingen bis zum Kinn.«

Gertrud lächelte. »Dumme Martha. Du siehst Gespenster.« Sie betrachtete sich im Spiegel, skeptisch und zufrieden zugleich. Martha zuckte ungerührt mit den Schultern und hielt den Mund.

Der junge Hedemann, Sohn der Hofdame, hatte sich gleich zweimal in Gertruds Tanzkarte eingetragen. Er hielt sich für einen unwiderstehlichen Helden, seitdem er seinen Kaiser Maximilian in Mexiko überlebt hatte. Gertrud war sich sicher, dass Hedemann aus Mexiko nur deshalb heil wiedergekommen war, weil er sich vor dem Feind versteckt hatte. Sein Tonfall war langweilig, und seine Stimme meckerte wie ein alter Schafbock. Hedemann hatte keinen Krümel Humor und noch weniger Charme. Gertrud strich seinen zweiten Eintrag auf ihrer Tanzkarte durch, was er mit finsterem Blick quittierte.

»Ich muss für Gerechtigkeit sorgen.« Sie zwinkerte einem jungen Vetter des Herzogs zu, dem sie rasch den übernächsten Tanz und die den Ball abschließende Mazurka einräumte.

So setzte Hedemann alles auf Sieg. Mitten in einer Drehung des einzigen Tanzes, den Gertrud ihm gewährt hatte, sank er, seine Chance auf die denkbar schlechteste Weise nutzend, vor ihr auf die Knie und bat sie um ihre Hand. Heiraten wollte dieser Laffe sie? Sie blickte auf einen pomadigen Mittelscheitel und brach in ein so heiteres Gelächter aus, dass nicht ein einziger von mehr als hundert Ballgästen Hedemanns Niederlage übersehen konnte. Man tuschelte, kicherte, vorsichtig noch, denn die Hofdame von Hedemann hatte genug Einfluss, um Verbindungen zu vergiften oder Einladungen zu verschaffen. Nur die wenigen, die sich unabhängig von ihrer Gnade wussten, lachten schallend.

Frau von Hedemann ballte ihre Fäuste vor Wut und fauchte ins Ohr der Herzogin: »Auch diese junge Dame darf einen Kavalier nicht derartig bloßstellen.«

»Er hat sich denkbar töricht angestellt.« Die Herzogin hätte gegen eine Verbindung der neuen Tochter mit dem Sohn der loyalen Hofdame nichts einzuwenden gehabt. Eine rasche Verlobung hätte ihr mehrere Probleme zugleich vom Hals geschafft.

»Wie laut sie lacht! Man merkt, sie kommt vom Land.«

»Wir leben auch auf dem Land, liebe Hedemann.«

»Gewiss, gewiss! Aber der thüringische Adel ist von besonderer – Schlichtheit!«

Die Herzogin fühlte sich stellvertretend für eine Reihe von thüringischen Verwandten leicht gekränkt, dennoch leitete sie die Einflüsterung an ihren Ehemann weiter. Aber der amüsierte sich über die Szene auf dem Parkett. Er mochte weder die Hedemann, die zur dänischen Mitgift seiner Ehefrau gehörte, noch ihren geckenhaften Sohn. An einer allzu baldigen Heirat seines Lieblings hatte er ohnehin kein Interesse.

Der Held von Mexiko erhob sich von der Tanzfläche, wischte sich Staub von den Knien und starrte wütend auf die vergnügte junge Frau. Der Herzog lachte nun so laut, dass er seinen Gästen die letzte Selbstbeherrschung raubte. Aus Kichern wurde Lachen, aus Lachen ein Lärm, der den verschmähten Kavalier aus dem Saal fegte. Nur einige dänische Mitglieder des herzoglichen Hofes, die sich den Hedemanns verpflichtet fühlten, verfolgten die Szene misstrauisch. Frau von Hedemann eilte mit eisigem Gesichtsausdruck ihrem beleidigten Sohn hinterher.

Inmitten eines kleinen Sees an der Flensburger Förde lag das Wasserschloss Glücksburg, ein Renaissancebau aus dem 16. Jahrhundert. Seine Baumeister hatten es auf einen Sockel aus Granit mitten in den Schlossteich gesetzt, zu welchem der frühere Mühlteich aufgestaut worden war. An allen vier Ecken überragte jeweils ein achteckiger Turm den quadratischen Mittelbau. Die weiß getünchten Außenmauern fielen steil ins Wasser hinab. Schloss Glücksburg war nur durch eine Brücke mit den Wirtschaftsgebäuden verbunden, von wo aus eine weitere Brücke in den Park und zur Orangerie, eine dritte ins Dorf und zur Landstraße führte. Wer aus dem Schloss kam und am See entlanggehen wollte, musste demzufolge zwei kleine Brücken überqueren und fand dann den Weg rund um das Ufer, von dem aus man das mächtige weiße Wasserschloss nie aus den Augen verlor.

Der Spätsommerwind ließ die Blätter der einige Hundert Jahre alten Bäume rascheln und bald so heftig rauschen, als drohte ein Sturm. Über den Schlosssee flitzten aufgeregte kleine Wellen, deren Kuppen der Mond versilberte. Der Weg um den See führte vorüber an Schilf, schlafenden Enten und Vögeln, die aufschreckten, als zwei Ballgäste vorbeigingen.

»Ich heirate niemanden. Auch Sie nicht! Geben Sie mir meine Hand zurück.«

»Ist der See nicht wunderschön?«

»Ich bin nur wegen des Lichts und der Bäume in romantischer Stimmung. Ihnen nützt das nichts.« Der Vetter des Herzogs gefiel ihr bisher am besten von allen Kavalieren.

»Darf ich?«

»Nicht um meine Schulter.« Sie stolperte und zuckte zusammen. »Ein Stein. Ich lege meine Hand auf Ihren Arm … aber nur für einige Schritte. Es ist stockdunkel unter den Bäumen. Bis auf den Mond, der sieht aus wie ein eingedellter Ball.«

»Gertrud, Sie duften wie …«

»Flieder? Das wäre nicht sehr originell. Etwas fantasievoller wäre eine Orchidee im brasilianischen Dschungel, an einer Stelle, wo noch keiner außer Ihnen je war.«

»Nun bleibt mir nichts mehr«, seufzte der junge Mann, beugte sich vor und küsste sie auf die Wange.

Gertrud genoss die verbotene Geste. Die Sitten am Glücksburger Hof waren lockerer als zu Hause. Der junge Offizier, Vetter des Herzogs, musste in den nächsten Tagen zurück nach Frankreich. Das Äußerste, was sich ein Kavalier am Hof in Weimar nach mehreren Begegnungen je gestattet hatte, war, in einer dunklen Schlossecke seine Hand wie unabsichtlich über ihre Hüfte gleiten zu lassen.

»Lassen Sie uns ins Schloss zurückgehen, sonst muss ich Sie noch heiraten.«

»Dann bleiben wir hier!«

Sie lief ihm lachend davon. Er holte sie ein und versprach, zuerst nach den Pferden zu sehen, damit sie nicht zusammen gesehen würden.

Zurück im Schloss suchte sie eine der Garderoben im Erdgeschoss auf, um ihre Haare zu ordnen, bevor sie auf dem Weg nach oben in den Ballsaal neugierigen Blicken begegnete. Im Nebenraum hörte sie Stimmen.

»Was glauben Sie, warum er dieses junge Ding nach Glücksburg geholt hat?«, fragte Frau von Hedemann, hart und schlecht gelaunt.

»Welchen Platz hat die kleine Beust denn jetzt in der dänischen Thronfolge?«

Gertrud zog ihre Hand von der Türklinke.

»Mir kam die Sache auch merkwürdig vor. Aber einen solchen Verdacht?« Diese Stimme kannte sie nicht, sie klang zögernd, unsicher.

»Was soll die arme Herzogin tun? Sie ist kinderlos. Da ist es sein gutes Recht, ein Kind zu adoptieren.« Eine alte Stimme unterstützte die Hedemann.

»Einen Sohn, vielleicht. Aber hier handelt es sich um eine schöne junge Frau …«

»Sie hat eigene Eltern!«

»Was, sie ist keine Waise?«

»Fällt Ihnen immer noch nichts auf?« Frau von Hedemanns Stimme straffte das Durcheinander.

»Ihr Sohn hat sich sehr ungeschickt verhalten, sagen Sie ihm das!«, tönte die alte Stimme.

»Meinen Sie, die Herzogin ahnt nichts?«

»Wovon ahnt sie nichts?«, fragte eine schrille neue Stimme.

Frau von Hedemann beschloss, das Rätsel zu enthüllen: »Dass die junge Beust adoptiert wurde, damit sie ohne Skandal immer in der Nähe des Herzogs sein kann!«

»Sie meinen …? Nein, wie unappetitlich!« Die Zeterstimme war begeistert.

»Warum soll eine Adoptivtochter nicht in der Nähe ihres Vaters sein?« Der Zögerlichen fehlte die Fantasie.

»Meine Beste, haben Sie es immer noch nicht durchschaut?« Frau von Hedemann atmete schwer. »Die Kleine ist die heimliche Mätresse des Herzogs!«

Gertrud klammerte sich an die Gardine. Die unsichtbaren Frauen redeten durcheinander und versicherten sich ihrer Vorahnungen und ihrer Beobachtungen beim Tanz. Eine Teilnehmerin trumpfte mit privaten Informationen auf: »Er hat die kleine Beust schon im letzten Jahr in Bad Ems kennengelernt und heiß umworben. Überall waren sie zusammen, im Casino, beim Abendessen. Sie soll dort sogar einen Ausflug mit ihm gemacht haben, bei dem ihr Vater nicht dabei war, angeblich war er indisponiert. Man hat über sie geredet!«

»Die bedauernswerte Herzogin! Man muss sie schonen.« Die scheinheilige Stimme lauerte darauf, die Neuigkeit in alle Welt zu tragen.

Frau von Hedemann hielt dies für den Zeitpunkt ihres Triumphes. »Ich sage Ihnen, die Herzogin leidet still. Eine echte Dulderin! Sie sollte zurückgehen an den Hof in Kopenhagen. Was für eine Demütigung! Ein so albernes, eitles junges Ding. Haben Sie jetzt verstanden, was mein tapferer Sohn heute Abend versucht hat? Er wollte die Schmach vom Haus des Herzogs nehmen.«

»Oh, wie aufopferungsbereit.« Eine helle Stimme war gerührt.

»Was für ein Held!« Die schüchterne Stimme bebte leicht.

»Ich muss mit der Herzogin reden. Jetzt sofort.« Frau von Hedemanns Stimme vibrierte vor Opferbereitschaft. Die Hofdame der Herzogin ließ sich von allen Seiten für ihren Edelmut bewundern. Das war ihr Auftritt. Die Frauen verließen die Garderobe.

Gertrud war in der Kammer bleich in die Knie gesunken und ballte ihre Fäuste, bis sich die Haut über den Knöcheln spannte. Dann stand sie ruckartig auf. Sie holte so tief Luft, als stünde sie im Wald von Langenorla neben ihrem wirklichen Vater und legte auf einen Sechzehnender an. Eine ungeheure Wut trieb sie an. Die junge Frau rannte quer durch die Halle zur zweiten Wendeltreppe und erreichte so das erste Stockwerk vor der feindlichen Meute. Sie eilte in den Saal, sah, wie die Hedemann auf die Herzogin zuging, die Schritte schwer von der Bedeutung ihres selbst erteilten Auftrags. Die Herzogin stand neben dem Herzog am anderen Ende des dreißig Meter langen Saals. Gertrud sichtete den Raum wie ein Schachbrett. Sie raffte grünen Tüll, Seide und Spitze mit beiden Händen und rannte mitten durch den Ballsaal, als jagte sie auf den Wiesen an der Orla den Hunden hinterher. Sie lief schneller über das Parkett, als sie auf ihm getanzt hatte, und rempelte ein tanzendes Paar an.

»Mein Gott, dieser Landadel! Man sieht ja die Knöchel der Kleinen!«, rief eine Berliner Gräfin.

»Warum rennt sie so?«, fragte der Herzog. Er streckte ihr seine Arme entgegen und lächelte. »Ich will eine kleine Rede zu ihren Ehren …« Aber Gertrud ignorierte die Blicke ihrer Tanzpartner, den Charme ihres Begleiters am See, bremste erst vor dem Herzog und der Herzogin und sah dem Adoptivvater nur kurz ins Gesicht, der Herzogin nicht. Ihre Wut half, alles andere auszublenden, sie drehte sich, so dass sie direkt mit Frau von Hedemann konfrontiert war, als diese einige Meter hinter ihr schnaufend ins Ziel lief. Das Herzogpaar im Rücken und sich wie selbstverständlich auf dessen Unterstützung und Autorität verlassend, rief Gertrud: »Sie bösartige, verlogene alte Hexe!«, und schlug der Hedemann mitten ins Gesicht.

Jäh verstummte alles Flüstern, Sprechen und Lachen. In diese Stille hinein sagte Gertrud mit einer Stimme, als kommandierte sie hundert Soldaten: »Nur weil ich Ihren abstoßenden, geistesschwachen, eitlen Sohn, der sich in Mexiko vermutlich vor dem Feind versteckt hat, sich aber hier an mich hängt wie ein schleimiger Lurch, den ich kaum abstreifen kann, ohne meine Hände zu waschen … nur weil ich ihn nicht heiraten will, verbreiten Sie verabscheuungswürdige Lügen über mich und meinen Adoptivvater. Meine Eltern werden Sie hinauswerfen!«

Hoch erhobenen Hauptes verließ Gertrud von Beust den Saal, vollkommen überzeugt davon, dass der Herzog die Hedemann nun einer peinlichen Befragung unterziehen und noch in derselben Nacht in einer Kutsche über die Grenze nach Dänemark schaffen lassen würde.

»Was für Lügen?«, stotterte der Herzog und starrte Gertrud hinterher. »Wilhelmine, was meint sie?«

Auf dem Gesicht der Herzogin sammelten sich rote Flecken, die an Kinn und Hals hinunterliefen und sich im Ausschnitt ihres Kleides stauten wie ein Berg Kirschen.

»Warum hast du mir das nicht ersparen können?«, zischte sie ihrem Mann zu und nahm den Arm eines älteren Verwandten, als hätte dieser sie zum Tanz gebeten. Nichts war ihr jetzt wichtiger, als die Form zu wahren. Mit einer Bugwelle von Begleitern verließ währenddessen die Hedemann den Ort, um sich mit einem letzten verächtlichen Blick auf den fassungslosen Herzog dessen Fragen und seinem Zorn zu entziehen.

»Langsam! Eine junge Dame zeigt keine Hast!«, hatte die Pröpstin, Gräfin Zedlitz-Trütschler, im freiadligen Magdalenenstift zu Altenburg gemahnt, als Gertrud fünfzehn Jahre alt gewesen war. »Eine junge Dame, die rennt, ist ordinär!« Gertrud registrierte, wie hinter ihr im Ballsaal die Stille in ein wirres Gesumm aus Stimmen und Spekulationen umschlug. Die Musiker begannen wieder zu spielen. Herzog Papa wird alles in Ordnung bringen. Sie schlug die Saaltür mit aller Kraft zu, was den erstarrten Diener erschütterte und ihn veranlasste, der Ordnung halber die Tür wieder zu öffnen und noch einmal leise zu schließen.

Wieder rannte Gertrud die breite Wendeltreppe hinauf. »*De nouveau cette Beust, cette locomotive, voyez donc, comme elle court!*« Schon wieder diese Beust, diese Lokomotive, seht nur, wie sie rennt!, hatte ihr Mademoiselle Guyaz im Stift hinterhergerufen. Gertrud öffnete die Tür zu ihrem privaten Salon. Die scheußlichste Strafe für Fehlverhalten war im Magdalenenstift *mise en silence* gewesen, vollkommenes Sprechverbot. Auch das Essen am kleinen, niedrigen Katzentisch im Speisesaal war eine bei den Erzieherinnen und der Pröpstin beliebte Züchtigung. Die Mädchen wurden außerdem häufig mit Strafbroschen schikaniert, die sie an sichtbarer Stelle anstecken mussten und auf denen ihre Verstöße gegen die Stiftsordnung notiert waren. Verboten waren beispielsweise nackte Hände ohne Handschuhe. Doch die Mädchen zogen die Handschuhe im Speisesaal heimlich aus, wenn sie in ihnen ekliges Essen verschwinden lassen wollten, und versteckten die nackte Hand dann in den Falten ihrer Kleider.

Gertrud schloss die Tür. Sie lebte nicht mehr im Stift. Hier war jetzt ihr Zuhause und, sooft sie wollte, bei ihren leiblichen Eltern in Langenorla. Der Herzog stand auf ihrer Seite und würde alle in die Schranken weisen. Er liebte sie doch wie seine eigene Tochter.

Gertrud sah sich in ihren Räumen um, ein Salon im Westturm mit einer kleinen Bibliothek, daneben ein Schlafzimmer, großzügig mit italienischen Barockmöbeln eingerichtet. Sie besaß ihr eigenes Schrankbad in einem dritten Raum, in dem sich auch ihre Kleiderschränke befanden, die bereits prall gefüllt waren, als sie zu Beginn des Sommers in Glücksburg eingezogen war.

Was sollte sie ihren Eltern schreiben? Musste ihr Vater in Langenorla nicht annehmen, dass seine Gertrud sich schlecht benommen hatte? Alle waren heute Nacht auf Glücksburg, die Familien der großen Güter aus Schleswig-Holstein, Vertreter des dänischen und des preußischen Königshauses. Jetzt zerrissen sie sich die Mäuler.

Sie stellte sich ans Fenster, hörte das Orchester einen Walzer spielen, der über den See strich. Das Wasser spiegelte die Lichter aus dem Ballsaal tausendfach auf das Schloss zurück. Bis heute war es ihr als die größte Gefahr erschienen, an Vergnügungen zu ersticken. Auf nichts war sie weniger vorbereitet als auf eine solche Demütigung. Der Boden hatte sich unter ihren Füßen geöffnet. Ihre Ehre war in ein finsteres Loch gestürzt. Nur die Macht des Herzogs war stark genug, sie zu retten, den vertrauten Zustand wiederherzustellen. Er würde bald anklopfen, sie trösten, wahrscheinlich käme er mit der Herzogin, auch sie, die zurückhaltende, würde sie in den Arm nehmen. Beide mussten jetzt erst einmal Ordnung schaffen, die Intrigantin bestrafen, alle aus dem Schloss verweisen, die der Hedemann glaubten. Das dauerte eine Weile. Sie würden gewiss kommen.

Als Gertrud aufwachte, dämmerte es. Über den See huschten die Lichter des Morgens. Keine Musik mehr, ein paar Frösche, frühe Vögel. Niemand war bei ihr gewesen. Auf dem Boden lag eine matte grüne Wolke, nirgendwo eine Martha, die das Kleid aufgeräumt hatte. Ihre Schuhe und Handschuhe lagen herum. Sie trug noch ihre zerdrückte Unterwäsche, und Ösen, Schleifchen und Schnürungen pressten Muster in ihre Haut. Gertrud lief an dem großen Fenster ihres Schlafzimmers auf und ab. Dann ging sie ins Bad, trat an den Waschtisch. Sie goss einen abgestandenen Rest Wasser aus der Porzellankaraffe auf einen Lappen und kühlte ihr Gesicht. Bleich schaute es sie aus dem Spiegel an. Nie zuvor hatte sie so etwas allein entscheiden müssen.

Der Dunst über dem See wich der Sonne, die unverschämt schön aufging. Ihre ersten Strahlen trafen eine alte chinesische Vase, die ihr die Herzogin zum Einzug in Schloss Glücksburg geschenkt hatte. »Für die könntest du dir einige sehr vornehme Kutschen kaufen, liebste Tochter«, hatte Herzogin Wilhelmine, ihre neue Mutter, gesagt.

Keine Kutschen, dachte Gertrud. Sie öffnete das Fenster und ließ das viele Hundert Taler teure Stück zwei Stockwerke tiefer in das Wasser platschen. Das Geräusch gefiel ihr, es irritierte die Frösche, die für einige Minuten ihr Gequake verschluckten. Sie warf zwei Porträts des herzoglichen Paares mit Goldrahmen hinterher, danach einen Lampenfuß aus Meißener Porzellan. Die grüne Wolke, die ihr Ballkleid gewesen war, schwebte seitwärts in die Bäume. Das italienische Porzellanpferd, mit dem der Herzog schon als Kind gespielt hatte, knallte schräg auf die Außenmauer und zerbarst.

Martha schlief unter einem blau karierten Federbett in ihrer Kammer am Ende des Flurs. Gertrud zog ihr die Decke weg. Auch die Zofe trug noch die Kleider vom gestrigen Abend, das Dekolleté weit aufgeknöpft, eine Brust entblößt, der Rock zerknittert, überall steckten Strohhalme. Sie setzte sich mit einem Ruck auf.

»Ja?«

»Komm, steh auf, wir fahren nach Hause. Wie siehst du aus?! Hast du bei den Pferden geschlafen?«

Martha sah an sich hinunter und ordnete rasch ihre Kleidung.

»Mach schon, pack meine Sachen.«

Gertrud flüchtete wie eine Diebin aus dem Schloss, in das sie so festlich aufgenommen worden war. Das Herzogpaar schlief noch. Sie ließ einen der Pferdeknechte anspannen und warf keinen Blick mehr zurück auf die Stätte ihrer Demütigung. Martha nickte in der Kutsche sofort wieder ein. Gertrud trieb den Kutscher an und hätte am liebsten selbst die Zügel genommen. Um sich abzulenken, suchte sie in den Regenwolken über der Flensburger Bucht Gesichter, aber sie fand nur Szenen aus der vergangenen Nacht. Wenige Wochen zuvor war sie am Flensburger Bahnhof mit einer Musikkapelle und Girlanden begrüßt und in einer blumengeschmückten Kutsche nach Glücksburg gebracht worden. Sie schüttelte die Erinnerung ab, kaufte zwei Billets für sich und Martha und bezahlte den Pferdeknecht großzügig. Doch vorher hatte sie ihm das Versprechen abgenommen, erst einmal im Gasthaus einzukehren und auch später dem Herzog so lange wie möglich nichts zu verraten.

Die Reitgerte traf den Diener am Ohr. »Warum hast du mich nicht sofort geweckt?«

»Die Pferdeknechte haben das Fehlen der Kutsche im Marstall nicht gleich bemerkt, Hoheit!«

»Und die Sachen, die im See schwimmen?«

»Ich schlafe im Stall, verzeihen Sie, Eure Hoheit, verzeihen Sie, Sie sind so spät ins Bett gekommen, da wollte niemand Eure Hoheit wecken.«

»Was geht dich das an?«

Der Diener senkte den Kopf. Der Herzog hieb mit dem Stock gegen eine unschuldige Standuhr und brüllte: »Ist aufgesattelt?«

»Wir haben den Zweispänner …«

»Dein Kopf ist so hohl wie der aller anderen hier! Sie will den Frühzug nehmen, da brauche ich mein Pferd, wenn ich sie einholen will, kein lahmes Coupé, du Trottel!«

Auf dem Rumpf des Rappens schäumte weißlicher Schweiß und rann über den Bauch des Tieres, das die Augen verdrehte und schnaubte, als sein Reiter dem verdutzten Wirt des Bahnhofslokals am Flensburger Hafen herrisch die Zügel in die Hand drückte. Der Mann hatte vor der Kneipe in der Sonne gedöst und hielt jetzt verwirrt das erschöpfte Tier am Halfter.

»Meine Tochter! Hat Er meine Tochter gesehen?«

Der Bahnhofsvorsteher verbeugte sich ein ums andere Mal, so dass seine Worte stockend, mal laut, mal leise aus ihm herausstießen. »Gewiss, Hoheit. Sie kam knapp vor der Abfahrt des Neun-Uhr-Zuges nach Rendsburg und hatte noch keine Fahrkarte. Seien Sie unbesorgt, wir haben ihr in allem geholfen, hoffe, ganz zu Ihrer Zufriedenheit.«

Die Stimme des Herzogs verdarb dem Mann für den restlichen Tag die Stimmung. »Wie konnte Er ein unmündiges Mädchen allein in die Eisenbahn steigen lassen?«

Erschrocken hörte der Mann auf, sich zu verbeugen. »Verzeihen Sie, Hoheit, aber es ist nicht unsere Sache, die Tochter des Herzogs an der Reise zu hindern.«

Grußlos ließ der Herzog den Bahnhofsvorsteher stehen. Der sah ihm hinterher, als er die Tür zum Bahnhof aufstieß. Nach ein paar Schritten zögerte der Herzog, drehte sich um und winkte den

Mann wieder zu sich. »Dass Er kein Wort darüber verliert. Kein einziges Wort, hörst du? Er will seine Stellung behalten, nehme ich an? Ich habe meiner geliebten Tochter noch ein Geschenk nachtragen wollen. Verstanden?«

Weil der Herzog nicht daran zweifelte, dass der Bahnhofsvorsteher gehorchen würde, wartete er dessen Antwort nicht ab, sondern eilte zornig zurück zu seinem Pferd, dem er einen strammen Ritt zurück nach Glücksburg zuzumuten gedachte. Er hatte eine schriftliche Vereinbarung mit Hermann von Beust, und er würde weder ihm noch dessen Tochter Gertrud erlauben, diesen Vertrag zu brechen.

2

Solingen,
September 1870

»Der Himmel hängt über uns wie eine schwarze Glasglocke.« Albert Lauterjung stand breitbeinig da und neigte seinen Kopf weit hintenüber. Er war sechsundzwanzig Jahre alt, mittelgroß, schlank, kräftig, und tagsüber hätte man seine grauen Augen erkannt und die Farbe seines braunen Haares, das er in dieser Nacht unter eine blaue Kappe gestopft hatte. Sie waren zu fünft unterwegs: Als Letzter lief Baptist Grahe, der vierzehnjährige Lehrling, vor ihm gingen Ernst Kirschbaum und Fritz Witte, beide erfahrene Messerschleifer wie Heinrich Melchior und Albert Lauterjung.

Melchior, der älteste der fünf Männer, war nachts fast blind und prallte gegen Lauterjung, der nach wie vor die Sterne begaffte. Der bullige dreiundfünfzigjährige Melchior trug den Stahl- und Sandstaub von Jahrzehnten in der Lunge und schimpfte schnaufend: »Geh weiter, Träumer! Heute Nacht spazieren wir hier unten herum, nicht auf deiner Milchstraße.«

Albert Lauterjung lachte und lief weiter, nahm aber den Blick nur gelegentlich von den Sternen. Eine Zeit lang stapften die fünf Männer wortlos durch die klare, milde Septembernacht. Der Mann, den sie besuchen wollten, erwartete sie nicht. Er ahnte nicht, dass er am anderen Morgen ein Ausgestoßener sein würde.

Sie verließen Solingen in Richtung Osten, überquerten den Wall und gingen scherzend am lutherischen Pastorat vorbei. Sie stiegen die bewaldete Anhöhe hinauf und wieder hinab und erreichten die Wupper etwa dort, wo der kleine Schaberger Bach in den Fluss mündete. Sie ließen die Grunenberger Fruchtmühle rechts liegen und liefen nach Norden, die Wupper entlang, die ihnen schwarz und undurchdringlich entgegenfloss. Im Mondlicht sah man Schaumkronen und Holzstücke auf dem Wasser treiben.

Albert kannte die Furcht seines Freundes vor Wasser. Er drehte sich um und packte Melchior an den Schultern. »Jetzt fliegst du in die Wupper, Alter.«

Heinrich brüllte, denn er konnte nicht schwimmen. Er war stark, aber wie jedes Gewässer, das größer war als der hölzerne Zuber, in den er sich samstags auf Drängen seiner Frau zwängte, löste so ein Fluss Panik in ihm aus. Finster war die Oberfläche der Wupper, darunter lag gewiss die Hölle oder Fürchterlicheres. Melchior wehrte sich heftig, strampelte und zerrte Albert mit hinunter ins Gras. Der hockte sich Melchior auf den Bauch. Der Belagerte zappelte wie ein Fisch an Land und brüllte: »Du bist halb so alt wie ich, das ist eine Schweinerei! Ich werd dir alle deine Klingen zerschlagen.«

»Dann muss ich dich jetzt doch ersäufen«, antwortete Albert ungerührt.

Für Baptist Grahe, den vierzehnjährigen Schleiferlehrling, sah es aus wie eine richtige Schlägerei. Er sah Ernst Kirschbaum und Fritz Witte hilfesuchend an, aber die grinsten bloß. Sie kannten die beiden. Nach einer Weile des Brüllens, Klatschens und Knurrens, nachdem sich die Freunde ausführlich herumgewälzt und miteinander gerungen hatten, sprang Albert auf und zog Melchior am Arm hoch. Der wischte sich Gras und Erde aus den Haaren und von der Hose.

»Du blödes Riesenrindvieh.« Heinrich knuffte Albert in den Bauch.

»Du hast Gras im Gesicht«, sagte Albert.

»Wo?« Heinrich Melchior fiel wieder darauf herein.

»Da!« Ein derber Nasenstüber trieb ihm Tränen in die Augen.

»Du bist ein alberner Radikaler.«

Albert lachte. »Und du ein wasserscheuer. Beides ist nicht so günstig.«

»Wenn er nicht da ist, gehen wir wieder, oder?« Baptist hatte einen Frosch im Hals.

»Du Böxendrieter, klar ist er da. Wo soll er sonst sein?«, antwortete Albert.

»Hau ab, wenn du die Hosen voll hast!«, schimpfte Fritz.

Baptist stopfte die Fäuste in die Hosentaschen, kniff den Mund zusammen und schwieg.

Eine Viertelstunde später sahen sie den kleinen Schleifkotten von Carl Ern vor sich am Fluss liegen. Alle Fenster waren dunkel. Albert löschte die Petroleumlampe. Heinrich signalisierte ihnen, leise zu sein. Beim Haus angekommen, klopften sie nicht. Heinrich und Albert warfen sich ohne Vorwarnung gegen die Eingangstür. Sie knirschte im Rahmen. Beim dritten Anlauf barst sie.

Der Kotten, ein einfaches, niedriges Fachwerkhaus, bestand aus zwei Werkstatträumen, einer Schlafkammer und einer Wohnküche. Hinter dem Haus, in einem Gemüsegärtchen, befanden sich das Klo und eine Wasserpumpe. Von insgesamt fünf Schleifplätzen hatte Carl Ern drei an andere Schleifer vermietet, die sich keine eigene Werkstatt leisten konnten. An den anderen beiden Arbeitsplätzen arbeiteten er und sein ältester Sohn. Es lag Brennholz herum, außerdem Kartoffeln, Zwiebeln, Schuhe, Brotkrusten. Der Boden war mit Schmer bedeckt, einer Mischung aus Öl, Abrieb und Staub. Ein von Fett und Dreck steifer Stoff trennte die Schlafkammer von der Wohnküche, Albert riss ihn herunter.

Emma Ern lag neben ihrem schnarchenden Mann. Sie durchlebte gerade einen Alptraum, dessen Handlung sich auf einen Schlag änderte. Eben noch wurde sie von einem Wolf über ein Weizenfeld gejagt, jetzt riss vor ihr eine Ackerfurche auf und spuckte unter Feuer und Getöse Abgesandte Satans aus. Als sie mühsam ihre Augen öffnete, waren es sogar fünf Ungeheuer.

Heinrich Melchior hasste die Tonlage ihres Geschreis. »Albert, entweder entfaltest du deinen Charme oder dein Halstuch.«

Albert mochte die ganze Frau nicht. Er band ihr sein Halstuch als Knebel vor den Mund und fesselte ihre Hände an den Bettpfosten. Emma Ern riss die Augen auf und starrte Albert an, ohne ein einziges Mal ihre Lider zu schließen. Sie keuchte, kaute auf dem Knebel und zerrte mit den Armen an den Fesseln. Sie holte mit einem Bein aus und trat ihrem Mann kräftig in den fetten Hintern. Dessen Schnarchen setzte für eine Sekunde aus, dann pfiff und rasselte er wie zuvor.

»Warum wird der nicht wach?«, fragte Albert.

»Grrgghh.«

»Wieder besoffen?«

»Drr xknn ikchzz!« Die Frau starrte Albert an.

»Sie kennt dich?« Heinrich war beunruhigt.

»Es wäre besser für sie, wenn nicht«, antwortete Albert. Die Frau sabberte in den Knebel und schüttelte eifrig verneinend den Kopf.

»Was machen wir mit ihm?«, fragte Baptist Grahe.

»Mit den Füßen ans Bett«, erwiderte Heinrich Melchior.

Auf dem Boden lagen Strohmatten, auf denen die drei Kinder der Erns schliefen. Fritz Witte packte die Matten samt der Kinder, trug sie in die Vorratskammer und schloss die Tür ab. Keines der Kinder wachte auf.

Heinrich hob die Bettdecke über Carl Ern an. »Pfui Teufel, wann hat der sich zum letzten Mal gewaschen?«

Die Frau hatte den Knebel bis zum Kinn heruntergekaut. »Er badet samstags«, maulte sie. »Wärt ihr da gekommen …«

»Samstagnacht haben wir was Schöneres vor. Da tanz ich in der *Schützenburg* mit einer, die besser riecht«, spottete Albert und knotete ihren Knebel fester. »Und nun halt die Schnauze!«

Carl Ern zuckte zusammen, fuhr hoch und glotzte mit glasigem Blick in die Runde.

»Du hast die Zunft verraten und wieder heimlich mit dem Fabrikanten verhandelt«, teilte ihm Albert mit.

»Zum Ritual des nächtlichen Orakels gehört, dass der Verräter erfährt, warum ihm was blüht«, erklärte Heinrich dem neugierigen Baptist. »Weißt du denn gar nichts?«

»Ääähh?« Carl Ern wurde langsam wach. Heinrich fesselte seine Füße an das Bettgestell. Baptist sah gespannt Erns Fuß an, der Zeh zuckte. Der Junge fuhr mit einem Finger die Fußsohle entlang und amüsierte sich über Erns Reaktion.

»Wollt ihr Geld?« Die Frau hatte den Knebel wieder aus dem Mund gekaut.

Albert zog sich einen Hocker direkt vor Carl Ern. »Geld? Von euch? Als du arbeitslos warst, haben wir alle fünf Pfennige Umlage, manche sogar zehn und fünfzehn Pfennige pro Woche in eine Kasse gezahlt, obwohl wir nicht zu deiner Schleiferei gehörten.

Fast sechs Mark Unterstützung für euch, jede Woche. Von uns. Drei Monate lang. Und du Schwein verrätst uns!«

Emma Ern quakte dazwischen. »Er hat die Zunft nicht …«

»Halt endlich die Klappe, sonst stopf ich dir einen Schuh ins Maul! Wenn sich alle so verhalten wie dieser Idiot, wovon sollen wir künftig leben?« Albert gab das Zeichen.

Carl Ern begriff viel zu spät, was auf ihn zukam.

»Nein!«, brüllte er.

Schleifsteine aus Sandstein mit einem Durchmesser von mehr als zwei Metern wie der von Carl Ern wurden im Solinger Land für die Herstellung feinster Tafelmesser verwendet. Heinrich Melchior zerschnitt den Riemen, der den Schleifstein antrieb. Den schweren Stein hatte Ern vor Jahren nur mit der Hilfe von fünf Männern aufhängen können. Nun schlug ein einziger Mann, Fritz Witte, den Stein herunter. Der donnerte mit einem schweren Schlag auf den Fußboden und ließ ein paar Dielen brechen. Heinrich gab Baptist einen Meißel. Baptist strahlte den Alten an, atmete tief durch und setzte den Meißel an den Schleifstein. Albert holte mit dem Hammer aus und hieb den ersten Spalt in das kostbare Werkzeug.

Ern heulte auf vor Wut. Er versuchte, einen Fuß aus dem Bett zu schwingen. Verschlafen und betrunken wie er war, überblickte er seine Lage nicht, und kippte aus dem Bett, das Kinn und den wabbeligen Bauch vornüber. Seine Füße hingen oben in der Fessel am Bettpfosten, das Nachthemd verrutschte und entblößte seinen bleichen Hintern. Albert grinste und kippte die halb gefüllte Bettpfanne über Ern aus. »Was hat sie für einen hübschen Mann, die Emma Ern.« Die Angesprochene schwieg beleidigt.

»Kappeskopp«, knurrte Heinrich. »Jetzt stinkt's hier. Hättest du nicht warten können?«

Er nahm eine von Erns Klingen und betrachtete sie, als erwöge er, sie zu kaufen. Der Stahl kam, wie so oft, aus Schweden. Er war in einem Walzwerk zu langen Ruten gewalzt und in einer Schlägerei in messerlange Stücke geschnitten worden. Diese wurden im Feuer geschmiedet, und dann wurde ein Erl herausgeschlagen, jener zehn bis zwölf Zentimeter lange Dorn, der später die

Klinge mit dem Griff verband. Gewalzt, geschnitten, geschlagen und gehärtet war die Stahlklinge ein halbfertiges Messer, das die Frauen und Kinder der Schleifer beim Fabrikanten in der Stadt holten und zum Schleifen in die freien Werkstätten der Schleifer an den Bachläufen und der Wupper brachten.

Heinrich schloss die Augen und betastete Erns Werk. Er schüttelte verächtlich den Kopf. »Scheißklinge. Der Kerl gibt ihr schon beim ersten Schliff einen falschen Schneidwinkel. Wie soll daraus ein feines Tafelmesser werden?« Melchior fuhr mit dem Zeigefinger sanft an der Schneide entlang. »Falsch! Der Winkel ist falsch. So ein Schrudenhängler.«

Zuerst wurde die Rauschicht einer Klinge abgeschliffen. Dafür legte der Schleifer den Rohling auf ein Schleifholz und hielt es gegen den schnell auf ihn zu rotierenden, mit Wasser aus der Wupper gekühlten Schleifstein, einen Stein wie den, den sie soeben zerhauen hatten. Die Schneidseite und der Rücken der Klinge wurden dreimal poliert: grob, fein und klar. Die Schleifer bestrichen kleine rotierende, lederbezogene Holzscheiben mit einem Gemisch aus Schmirgel, Leim und Polierrot. So gaben sie den Klingen ihre unterschiedliche Politur: ordinär, blau oder feinblau. Bei besonders feinen Tafelmessern, wie es die von Ern sein sollten und wie sie von Obrigkeit und Adel gekauft wurden, polierten sie die Klinge noch einmal mit wasserverdünntem Wiener Kalk nach.

Heinrich schimpfte. »Der hält die Klinge im falschen Winkel und mit viel zu großem Druck gegen den Stein. Jämmerliche Arbeit.« Waren die Klingen fertig geschliffen, montierten die Reider, wie die Schleifer eine eigene Zunft von Facharbeitern, die Griffe aus Elfenbein, Perlmutt oder Silber. Später, wieder beim Fabrikanten, wurden die fertigen Messer ein letztes Mal geputzt und verpackt.

Albert beobachtete Heinrich Melchiors Gesichtsausdruck. Der Freund hatte ihn ausgebildet und seine Klingen oft genug auf dieselbe quälende Weise geprüft und verworfen. Fünf Jahre lang. Melchior war der beste Lehrer in ganz Solingen. Albert wusste, dass es Heinrich schwergefallen wäre, zu tun, was sie jetzt zu tun hatten, wenn es sich bei Erns Klingen um beste Solinger Qualität gehandelt hätte.

Die Männer kannten die Schwächen des Materials und wussten, an welcher Stelle die Klingen am leichtesten brachen. Sie zerschlugen jedes einzelne Stück. Lediglich die Ware an den vermieteten Plätzen und das Wasserrad verschonten sie. Die Schleifbrüder konnten nichts für Erns Verrat. Albert zertrat das Schleifholz und zerstörte die Riemenscheiben, die den Schleifstein und die Läuferräder angetrieben hatten. Baptist Grahe riss die Wasserleitung herunter, die das Wasser zur Kühlung des Schleifsteins aus der Wupper geholt hatte, des Schleifsteins, der zerbrochen am Boden lag.

Carl Ern hörte nicht auf zu schreien. Er schwor, sich an ihnen zu rächen.

3

Von Glücksburg nach Langenorla,
September 1870

Gertrud sah sich um. Die erste Klasse der Eisenbahn war viel feiner als die zweite, meilenweit entfernt von der dritten und hatte mit der vierten Klasse nur noch die Reisegeschwindigkeit gemein. Hier in der ersten schienen die Petroleumlampen hell genug, um die Gesichter der Mitreisenden zu erkennen oder in einem Journal zu blättern. Die Sitze waren breit. Heute waren nur sechs von acht Plätzen besetzt. In der zweiten Klasse drängten sich, wenn sie ausgebucht war, vierzehn Fahrgäste in einem einzigen Abteil.

Aber die körperliche Nähe zu vier unbekannten Mitreisenden irritierte Gertrud von Beust. Man stieg an einem Bahnhof in einen Zug hinein zu Wildfremden in einen engen Raum, zu sonderbaren Gesten und Geräuschen. Der Schaffner hatte, wie immer vor der Abfahrt, das Coupé von außen verschlossen, und sie musste sich bis zum nächsten Bahnhof beherrschen, selbst wenn Gerüche und Fremdheit ihr Übelkeit verursachten. Niemand stellte einem in so einem Eisenbahnabteil die anderen Passagiere vor. Sie reiste zum ersten Mal ohne die Begleitung ihres Vaters, nicht des Adoptivvaters, sondern des richtigen, zu dem sie jetzt floh.

Marthas Kopf sackte auf ihre Schulter. Gertrud stieß sie in die Seite. Martha schien das alles nicht zu interessieren, sie war unbefangen wie ein schlecht erzogenes Kind und hätte am liebsten mit allen geplaudert. Sie säße wie üblicherweise in der dritten Klasse, wenn sie nicht als Puffer gegen Mitreisende diente, die sich womöglich neben Gertrud hätten setzen wollen. Dass eine unverheiratete junge Adlige reiste, ohne von einem älteren männlichen Verwandten oder wenigstens von einer älteren Dame beschützt zu werden, war so ungewöhnlich, dass sie dieses peinliche Manko durch besondere Distanz zu mildern hoffte.

Im vergangenen Jahr, als niemand in ihrer Umgebung an einen Krieg gedacht hatte, war Gertrud nach Bad Ems gereist. Sie war auf dem Bahnhof von Gießen den Zug entlang bis zum Ende gegangen und hatte sich die vierte Klasse angesehen. Ihr Vater hatte sie getadelt. Es war nicht standesgemäß, dass eine junge Dame Leute anstarrte, die Wind und Wetter ausgesetzt waren. Sie hatte kein Regendach entdeckt, und der Bahnhofsvorsteher, der meinte, auf sie aufpassen zu müssen, erklärte ihr, dass das Wasser durch Holzritzen im Boden abliefe und man den Leuten mit Strohballen die Fahrt bequemer machte.

»Unsere Pferde reisen komfortabler«, hatte sie kritisiert.

Das missfiel ihrem Vater. »Vergiss nicht, dass die Leute in der vierten Klasse mit derselben Geschwindigkeit reisen wie der Adel! Unser Privileg ist inzwischen sehr eingeschränkt.«

Es war ihr leichtgefallen, die Passagiere in der vierten Klasse zu erkennen. In einen offenen Waggon aus Holz wurden bis zu fünfundvierzig Reisende gestopft. Der Wind hatte ihre Augen rot gefärbt. Kohlenstaub verklebte die Haare und tünchte die Gesichter grau. Mäntel und Röcke waren zerknittert, und das Reisegepäck bestand aus nichts als Tüchern, Zeitungspapier und Obstkisten.

»Kälbertransport«, hatte der Vorsteher gescherzt.

»Martha!« Das Gesicht des Mädchens ruhte schon wieder an ihrer Schulter. Martha murrte im Schlaf und mümmelte mit ihren Lippen. Der Fahrgast, der Gertrud gegenübersaß, ein etwa dreißigjähriger Mann mit schwarzen Haaren, Schnauzbart und hängenden Augenlidern, teuer, aber ein wenig nachlässig gekleidet, beobachtete die beiden Frauen. Gertrud zuckte mit der Schulter, so dass Martha aufschrak, sich aufsetzte, ihre Schläfrigkeit abschüttelte, eine Entschuldigung murmelte und mit halboffenen Augen an Gertrud vorbei aus dem Fenster schaute.

Seitdem sie in Flensburg losgefahren waren, hatte sich Gertrud Elisabeth von Beust nach jedem Umsteigen in jedem neuen Eisenbahncoupé von irgendwem die Frage gefallen lassen müssen, warum ein junges, hübsches Fräulein ohne männlichen Schutz unterwegs war oder nicht wenigstens in Begleitung ihrer Mutter oder einer rüstigen Tante. Was ging das diese wildfremden Leute an? In den Augen ihres Vaters lag das wirkliche Problem mit der

Eisenbahn darin, dass sich jeder – war sein Portemonnaie nur ordentlich gefüllt – die Gesellschaft des Adels auf engstem Raum erkaufen konnte. Vater Beust war auch unbedingt dagegen, dass Bürgerliche heutzutage Adelsgüter erwerben durften, nur weil es verantwortungslose Familien von Rang gab, die in einer Notlage sogar von Personen Geld annahmen, die keine Standesgenossen waren. Zwar steigerte die Nachfrage den Wert des Grundbesitzes, hatte Beust erklärt, aber sobald eine Familie ihr finanzielles Problem geregelt hatte und zurückkaufen wollte, sträubten sich die neuen Besitzer dagegen, die alte natürliche Ordnung wiederherzustellen.

Gertrud lehnte sich an die gepolsterte grüne Rückenlehne, genoss die weichen Armpolster, spielte mit den Fingern im Muster der winzigen Jagdszenen auf dem Stoff und betrachtete die Täfelung der Decke des Coupés: schönes poliertes dunkelrotes Mahagoni, darunter Messingverstrebungen, die über jedem Sitz das Gepäcknetz hielten. Bald war sie zu Hause.

»Darf ich Ihnen einen Apfel anbieten, gnädiges Fräulein?«

Der Schnauzbärtige wagte es schon wieder. Er hatte sich in Halle, der letzten Station vor Weimar, rasch auf den ihr gegenüberliegenden Platz gesetzt, sich verbeugt und breit gelächelt: »Schön, dass wir zusammen reisen!« »Wir fahren nur im selben Zug«, hatte sie geantwortet, demonstrativ den Kopf zum Fenster gedreht und sich seitdem bemüht, seinen Blick zu ignorieren. Der Mann polierte das Obst mit seinem Taschentuch und hielt es ihr hin.

»Nein, wirklich, gnädiges Fräulein, ich habe noch mehr Proviant.«

Sie betonte jede einzelne Silbe: »Nein. Danke.«

Schnurrbart, Pomade, teure Schuhe und eine goldene Uhr, undefinierbarer brauner Anzug. Sie hatte grässlichen Hunger.

In Rendsburg und Neumünster hatten sie den Zug gewechselt, waren am Bahnhof Altona ausgestiegen, von dort in einer Droschke nach Hamburg geruckelt und hatten in *Streit's Hotel* übernachtet. Martha hatte vergessen, im Hotel Proviant zu besorgen. Die Bahnstrecke am zweiten Reisetag führte nach Wittenberge, wo sie zum vierten Mal umgestiegen waren. Am späten

Abend des zweiten Tages hatten sie Magdeburg erreicht, wo sie erneut übernachten mussten. Gertrud hatte sich mit Geld gut versorgt geglaubt, bis sie feststellte, dass Fahrkarten, Droschken, Bahnhofsgaststätten und Hotels mehr kosteten, als sie geahnt hatte. Das Frühstück in Magdeburg fiel darum karg aus: dünnes Weizenbrot, Pflaumenmus und fader Tee. Am Mittag des dritten Reisetages erreichten sie Halle. Dort wechselten sie in die siebte Eisenbahn seit ihrer Abfahrt aus Flensburg.

Sofern die Depesche, die sie in Hamburg aufgegeben hatte, in Langenorla angekommen war, würde ihr Vater nachmittags am Bahnhof von Weimar warten und viele Fragen haben. Sie war aus Glücksburg weggelaufen. Sie wusste, dass die Adoption für ihn wichtig war. Gerührt lehnte sie sich ans Fenster. Er war so selbstlos, immer wollte er nur ihr Bestes. Als Tochter des Herzogs von Schleswig-Holstein stand ihr ein fester Platz am Potsdamer Hof zu. Würde das jetzt auch noch so sein? Sie verdrängte die Frage. Ihre Füße stießen an den lauwarmen Heizkessel unter dem Sitz, während sie eindöste.

Am anderen Ende des Coupés saß sich ein Ehepaar mittleren Alters gegenüber. Beide trugen teure Kleidung und waren korpulent. In Halle hatten sie schwer schnaufend, als trügen sie ihre Koffer selbst, und misstrauisch kontrolliert, wie die Gepäckträger ihr Gepäck auf dem Dach verstauten. Neben der dicken Ehegattin saß steif und schweigend eine dürre, blasse weibliche Gestalt in schwarzer hochgeknöpfter Kleidung. Der Platz gegenüber von Martha war frei, dann kam der Schnauzbärtige mit den Äpfeln.

Gertrud schreckte aus dem Schlaf hoch und blickte müde aus dem Fenster. Ihr Vater behauptete, dass es eines Tages verschiedene Züge geben würde, schnelle und komfortable für den Adel und die wohlhabenden Bürger und billige, langsamere für das Volk. Er hatte sicher wie immer recht. Aber wo würden diese unterschiedlich schnellen Züge fahren? Wer sollte all diese Gleise bauen?

Die Landschaft war grau und langweilig. Viel lieber war ihr das thüringische Mittelgebirge. Und wenn schon flaches Land, dann wollte sie zumindest Meer, abfallende bunte Wiesen und Sandbuchten wie an der Ostsee. Sie freute sich auf die Berge, auf ihre Mutter, die Schwester, die Leute, auf die größere Ungezwungenheit als am Glücksburger Hof. Gertrud beobachtete die Grasnarbe am Schienenrand. Nach einer Weile rebellierte ihr Magen und beruhigte sich erst wieder, als sich ihre Augen der Geschwindigkeit von mehr als vierzig Kilometern in der Stunde angepasst hatten, indem sie die Wiesen anschaute und die Bäume an der Landstraße. Man muss anders hinsehen als beim Gehen oder in einer Kutsche, den Blick höher ausrichten, mehr zum Horizont, dachte sie.

Die massige Ehegattin stand auf, lupfte eine der Gardinen und sah hinaus. »Guck mal ...«, begann sie. Da schnauzte der Gatte: »Unsereins braucht nicht aus dem Fenster zu gaffen. Wir kennen alles.« Die Gemaßregelte plumpste zurück auf ihren Sitz und holte gekränkt ihr Stickzeug aus der Tasche. Eine Weile sagte niemand etwas.

»Ich halte es nicht mehr aus!« Die blasse Dürre sprang plötzlich auf und zog an der Notbremse. Die Bremsen quietschten. Der Zug ruckte heftig und stand still. Martha, die entspannt geschlafen hatte, flog dem aufdringlichen Schnurrbärtigen auf den Schoß. Gertrud hielt sich am Gepäcknetz fest. Die Dürre hatte all ihre Kraft aufgebracht und rutschte zu Boden. Der fette Gatte, ganz in Broschüren versunken, prallte mit dem Kopf gegen die Coupéwand und sackte dann nach unten, den gewaltigen Bauch in die Luft streckend. Die Gattin stemmte ihre Füße gegen diese Wölbung, konnte aber ihre Taschen, Heftchen, Reisedecke und Stickzeug nicht mehr aufhalten, ehe sie sich auf ihrem Gatten ausbreiteten wie Kunstblumen auf einem prämierten Stier.

Gertrud sah die Dürre empört an. »Warum halten Sie den Zug an?«

»Das geht Sie nichts an«, sagte die blasse Frau und zupfte an ihrem Spitzenkragen. In den Nachbarwaggons schrien Fahrgäste durcheinander. Der Schaffner hangelte sich hoch zum Trittbrett, fummelte am Schloss, öffnete die Tür und steckte den Kopf ins Abteil. »Bei Ihnen alles in Ordnung? Wissen Sie, wer die Notbremse betätigt hat?« Das fette Ehepaar schubste ihn beiseite und drängte hinaus auf einen Waldweg.

»Meine Dame, mein Herr … wir fahren gleich weiter!« Der Schaffner klammerte sich an den Haltegriff und starrte ihnen hinterher.

»Diese Dame hat alles durcheinandergebracht«, verriet Gertrud. Der Uniformierte sah die Dürre fragend an. Die spitzte den Mund: »Ich habe ein dringendes Bedürfnis. Und diesem muss Ihre Eisenbahngesellschaft nachkommen.«

»Ich habe auch ein dringendes Bedürfnis, und dem komme ich ganz persönlich nach.« Gertrud wandte sich an den Kontrolleur. »Sie wirft uns hier alle durcheinander, und dann hat sie nicht einmal einen Grund. Es brennt nicht, es regnet nicht durchs Dach, und nur weil diese … Dame ihren Nachmittagstee wünscht, entgleist beinahe der Zug!«

»Na na.« Der Schaffner lächelte Gertrud entzückt an. Sie sah aus wie eine der Frauen auf den Gemälden von Renoir, jenem anrüchigen Maler aus Frankreich, nur war sie nicht so üppig wie dessen Figuren. Auf dem rotblonden Haar der jungen Reisenden steckte ein Samthut, weinrot wie die lange taillierte Jacke über dem gleichfarbigen Kleid. Geübt im Umgang mit skurrilen Reisenden wandte sich der Schaffner der Blassen zu. »Meine Dame, was war das für ein dringendes Bedürfnis?«

Die jedoch wollte ihr Geheimnis nicht lüften. »Das geht Sie nicht das Geringste an. Lassen Sie mich hinaus.«

»Auf unbefugtes Betätigen der Notbremse steht eine Geldstrafe. Ich muss Sie bitten …«

»Wenn Sie mich in eine peinliche Lage bringen wollen: Ich muss meine Hände waschen.«

Dem Schaffner blieb der Mund offen stehen. »Hände waschen? Sie halten einen Zug an und verursachen eine Verspätung, weil Sie Ihre Hände waschen müssen?«

Sie blieb stur. »Ich muss mich jetzt genau in diesem Augenblick frisch machen.«

»Frisch machen?« Der Mann verstummte.

Diese Bauern in Uniform verstehen manchmal rein gar nichts, dachte Gertrud und übersetzte: »Meine Güte, Herr Schaffner. Die Dame möchte die Toilette aufsuchen.« Es erheiterte sie, die Blasse bis zur Schneefarbigkeit erbleichen zu sehen. In der Stimme des Schaffners lag ein Grollen, und er wog jedes Wort sorgfältig ab: »Diese Dame kann am nächsten Bahnhof den Toilettenwagen benutzen.«

Die zweimalige Erwähnung des unaussprechlichen Wortes ließ die bleiche Frau beinahe ohnmächtig werden. Der schnauzbärtige Mann aß bereits seinen vierten Apfel und amüsierte sich.

Der Kontrolleur sagte: »Wir sind bald in Weimar. Würden Sie sich bitte bis dahin noch gedulden?«

»Jetzt ist es mir egal. Nachdem alle so unhöflich gewesen sind, will ich nicht mehr aussteigen«, erwiderte sie, setzte sich auf ihren Platz, klemmte ihre Tasche unter den Ellenbogen und zog die Schultern pikiert bis zu den Ohren hoch.

Der Kontrolleur eilte die Waggons entlang und sammelte entlaufene Fahrgäste ein. »Alles einsteigen, wir fahren weiter!«, rief er. Das dicke Ehepaar stand nebeneinander auf der Wiese und sah demonstrativ zum Horizont.

»Alles einsteigen!«, rief der Kontrolleur. Das Paar drehte sich nicht einmal um.

»Alles einsteigen! Auch Sie, meine Dame, mein Herr!«

Die Frau drehte den Kopf: »Wir heißen nicht ›alles‹.« Da nannte der Eisenbahner sie »gnädige Frau« und ihn einen »gnädigen Herrn«, scharwenzelte, machte Bücklinge und hatte Erfolg. Der Zug nahm wieder Fahrt auf. Die Notbremsenzieherin presste die Lippen zusammen. Das dicke Ehepaar versank in Schweigen. Der Zug tuckerte, leicht in der Kurve liegend, an einer Wiese vorbei. An einem Bach erfrischten sich Menschen. Als sie den Zug sahen, rissen sie ihre Münder auf, fuchtelten mit den Armen und rannten ihm, so schnell sie konnten, hinterher. Eine Frau verlor ihren Hut. Einige Männer sprangen am Ende der Eisenbahn in die Holzwaggons. Ein Mann kam mit offenem Mund und halbnacktem Hintern hinter einem Baum vor. Er würde den Zug nicht mehr einholen.

Martha kicherte. »Was machen die da?«

Der Apfelmann nutzte seine Chance. »Das sind Passagiere der dritten und der vierten Klasse. Sie werden bei einem Nothalt nicht gewarnt, wenn es weitergeht. Sie wissen, dass sie den Wagen nur am Bahnhof verlassen dürfen.«

»Und das Geld für die Fahrkarte?«, fragte Martha.

»Ist verloren.«

Gertrud drehte sich neugierig nach den Fahrgästen auf der Wiese um, die langsam zurückfielen.

Die Reisegesellschaft schwieg, bis sich der Zug über eine sanfte Anhöhe Weimar näherte. Statt gleichmäßig langsamer zu werden und in den Bahnhof einzufahren, schrien die Bremsen erneut auf, der Zug schüttelte seinen Inhalt in allen vier Reiseklassen durch und stoppte abrupt. Für einige Minuten war es so still, dass man das andauernde Schnüffeln der blassen Dame hörte.

Der schnauzbärtige Mann öffnete das Fenster. Plötzlich ächzten die Räder, der Zug fuhr wieder an, und ihr Mitreisender bekam eine Fuhre Qualm ins Gesicht. Er hustete und schloss das Fenster. Der Zug tuckerte ein paar Meter weiter, um dann erneut, immer noch einige Kilometer vor Weimar, in einer langgezogenen Rechtskurve anzuhalten. Diesmal sah der Mann durch das geschlossene Fenster und presste seine Wange an die Scheibe. »Ein Zug kommt uns aus Weimar entgegen, den lässt man wohl vorbeifahren!« Noch einmal ruckte der Waggon.

Martha jammerte, dass ihr gleich übel würde, und zerrte ein weißes Tuch aus einer Tasche ihres weiten Rockes.

Gertrud presste die Nase an das Fenster. »Der Zug ist voller Soldaten, deutscher Soldaten!« Sie staunte. Auf dem Weg von einem Schloss zum nächsten kam sie hier zum ersten Mal mit dem Krieg in Berührung. Sie sah Holzpritschen, fensterlose Waggons, deren Türen einen Spalt offen standen, überall junge Gesichter, Uniformen, Gewehre, Tornister. »Sie sind auf dem Weg nach Frankreich.«

Ihr Reisegefährte öffnete sein Fenster erneut und ließ Martha hinaussehen.

»Du bist hier nicht in der dritten Klasse. Hier winkt man Soldaten nicht einfach hinterher, selbst wenn sie für Deutschland in den Krieg ziehen«, sagte Gertrud.

Martha ließ gekränkt den Arm sinken. »Aber sie singen!«

»Wegen Napoleons Kapitulation«, erwiderte Gertrud ungeduldig und fügte halblaut hinzu: »Der Krieg ist noch nicht vorbei, aber er dauert jetzt nicht mehr lang. Ein Heer, das in nur vierzehn Tagen gegen den Feind mobilisiert werden konnte, kann nicht verlieren.«

»Eine junge Dame, die etwas von Politik versteht.« Der Schnauzbärtige machte ein wohlwollendes Gesicht und sah mit hochgezogenen Brauen auf seine Taschenuhr. »Herr von Bismarck hat den Krieg lang genug geplant. Da kann man wohl annehmen, dass er vorbereitet war.«

Draußen blieb der Zug mit den Soldaten stehen. Einige entdeckten die beiden jungen Frauen am Fenster der Eisenbahn und johlten, winkten und vollführten mimische Kunststückchen. Martha hielt sich nicht länger zurück und warf einem Soldaten eine Kusshand zu, der drehte die Augen zum Himmel, legte beide Hände auf sein Herz und sank in die Arme seiner lachenden Kollegen.

Gertrud ärgerte sich über den fremden Mitreisenden. »Sie vergessen, dass Frankreich uns den Krieg erklärt hat. Was geht es die Franzosen an, ob die Spanier einen Hohenzollernprinzen auf ihren Thron setzen? Prinz Leopold hatte außerdem längst verzichtet.«

»Ich bin anderer Meinung, aber darf ich mich vorstellen?« Er erhob sich, lüftete einen imaginären Hut – der wirkliche lag in der Hutablage – und verbeugte sich: »Sokolowsky. Graf Teodor Sokolowsky aus der Nähe von Krakau.«

»Freiin Gertrud Elisabeth von Beust.« Nun musste sie sich auch noch selbst vorstellen. Ein Pole, natürlich. Immerhin, ein Standesgenosse. »Bismarck wäre dumm gewesen, hätte er nicht die Möglichkeit eingeschlossen, dass Frankreich Krieg will. Selbstverständlich musste er Preußen darauf vorbereiten. Und ist es ihm nicht großartig gelungen, die süddeutschen Länder für uns zu gewinnen?«

»Bismarck wusste seit einem Jahr, dass die Franzosen auf dem spanischen Thron keinen Hohenzollernprinzen dulden würden. Er konnte diese Karte ausspielen, wann immer er wollte. Er hatte den Krieg in der Hand.«

Den Verdacht hatte Onkel Felix vor einigen Wochen auch geäußert. Aber gab man eine so erfolgreiche Bismarcksche List einem Polen gegenüber zu? »Napoleon hätte den Krieg leicht vermeiden können. Wenn er nur gelassen geblieben wäre und sich nicht in die Entscheidung der spanischen Cortes eingemischt hätte.« Sie mochte den süffisanten Gesichtsausdruck dieses Ausländers nicht. Der Zug fuhr langsam wieder an.

»Vielleicht würde es Preußen auch nicht gefallen, an mehreren Grenzen von bonapartistischen Monarchen oder Orleanisten umgeben zu sein?«, fragte er.

So hatte ein dänischer Offizier am Hof in Glücksburg geredet, tief verbittert über die Niederlage seines Landes gegen Preußen. Herzog Karl hatte ihn zurechtgewiesen.

»Gegen die Orleanisten wäre nichts einzuwenden. Aber kaum hat Napoleon kapituliert, terrorisieren irgendwelche Republikaner Paris und rufen die Republik aus. Das gefällt Ihnen vermutlich besser?«, provozierte Gertrud.

Sokolowskys Lächeln schwand. »Lächerlich! Eine Republik ist lächerlich! Keine große Nation kann sich eine solche fürchterliche Unordnung leisten.«

Jetzt hatte sie ihn. »Aber ist die Unordnung nicht typisch für die Franzosen? Sie trinken mittags schon Wein. Dann erklären sie uns den Krieg und kommen nicht voran. Betrachten Sie dagegen unser Kriegsministerium! Man beschlagnahmt alle Züge in Preußen, und zwölf Tage später sind vierhundertzwanzigtausend Mann und eintausendfünfhundert Kanonen auf dem Weg nach Westen. Nach drei Wochen sind Armeen auf dem Marsch nach Frankreich mit weit mehr als einer Million Soldaten.«

Jeder in ihrer Verwandtschaft schwärmte von diesem Coup. Sie erinnerte sich vor allem an Gespräche zwischen Onkel Felix und ihrem Vater. Sokolowsky antwortete nicht.

Die Neunzehnjährige fuhr voller Begeisterung fort: »Bismarck hat sehr früh begriffen, wie wichtig die Eisenbahn für das Militär ist. Zwanzigtausend Kilometer Schienen sind in den letzten Jahren fertig gebaut worden. Wessen Idee war das? Bismarcks! Warum beraten ihn Eisenbahningenieure? Wenn sie einen modernen Krieg führen wollen, müssen sie wissen, wie viel Nachschub sie in welcher Zeit wohin verschieben können.« Er schwieg immer noch. Sie freute sich über ihr gutes Gedächtnis.

»Findest du es richtig, Fritz, dass sich junge Damen über Politik äußern?« Die fette Gattin fädelte rosafarbenes Stickgarn in eine Nadel.

»Mmmh.« Der Gatte blätterte in seinem Journal.

Nicht sehr höflich, in der Gegenwart von anderen zu lesen, anstatt sich zu unterhalten, dachte Gertrud und sagte: »Wenn man gar nichts von irgendetwas versteht, sollte man tatsächlich besser schweigen.«

Die Dicke beschloss, die junge Frau zu ignorieren. »Es ist Zauberei, dass man in der Eisenbahn lesen kann, mein Lieber. Ich könnte sogar einen Brief schreiben!«

»Dann tu es doch, meine Liebe«, schlug ihr Gatte gelangweilt vor und blätterte um. Der Zug fuhr so langsam, dass man ihn zu Fuß hätte überholen können. »An wen willst du überhaupt schreiben?«

»Ich könnte schreiben, an wen ich wollte«, sagte die Gattin.

Der Zug näherte sich Weimar. Wieder kreischten die Bremsen so laut, dass Gertruds Trommelfelle schmerzten. Die Lok spuckte den Dampf stoßweise aus. Der Zug fuhr am Bahnsteig ein und hielt. Von außen schloss der Kontrolleur die Tür zum Coupé auf. Gertrud fischte ihre Tasche aus dem Gepäcknetz. An ihr vorbei schnappte sich die Blasse ein Gepäckstück, floh aus dem Coupé und lief davon, ihr Rücken ein einziger Vorwurf an die Grausamkeit dieser Welt. Draußen hievten Arbeiter unter den Anweisungen des Kontrolleurs das Gepäck vom Dach des Abteils. Die ersten vier Koffer gehörten Gertrud.

»Alles Ihre?«, fragte der Pole.

»Der Rest des Gepäcks wird mir nachgeschickt«, antwortete sie kühl.

»Sieh nur, das feine Leder.« Die dicke Gattin deutete auf Gertruds Koffer.

»Schweig und komm endlich.«

»Nein, sieh doch nur, das feine Leder …« Er zog sie davon.

»Wir brauchen einen Gepäckträger, oder zwei.« Gertrud von Beust sah Martha an. Martha begriff nicht, was von ihr erwartet wurde.

»Darf ich helfen?« Sokolowsky lungerte noch immer in ihrer Nähe herum. Was blieb ihr übrig? Der Pole winkte einem der Bahnbeamten, der pfiff zwei Gepäckträger herbei, die das Gepäck auf ihre Karren luden.

Nie zuvor hatte Gertrud in der Bahnhofshalle von Weimar so viele Menschen gesehen. Der Lärm schallte von den Wänden und der Decke zurück. Reisende, Gepäckträger, Bahnhofsbedienstete liefen, riefen, trugen, rempelten aneinander. Gertrud war erleichtert, dass der Pole neben ihr ging. Sie wollte von ihm wissen, was die Menschen in den Bahnhof getrieben hatte. Ein Volksfest?

Eine müde Frau mittleren Alters hörte Gertruds Frage. Sie lehnte sich schwitzend an eine Wand, neben sich Taschen und Säcke. »Nee, keen Fest. Jibt nüscht zu feiern, Jnädigste. Det sind Kriegsjefangne. Franzosen, auch 'n paar Dunkle, sogar sehr Dunkle dabei. Sagn Se selbst: Würd 'n zivilisiertes Land Neger nach Europa holen? So sind se, die Franzosen! Alle wollen gucken kommen. Und ick blöde Kuh reise an so 'nem Tach durch die Jejend mit mei'm Jemüse. Überall Leichenzüge un Lazarett-Transporte un Jefangnenzüge un allet an halbwüchsjen Männern un Jungs im Krieg und viele dod, wat für 'ne Scheiße.«

Gertrud hatte sich die Litanei fasziniert angehört. »Ist sie betrunken?«, fragte sie leise.

»Nein, sie kommt aus Berlin«, antwortete der Pole.

Sokolowsky hielt einen Bahnbeamten an. Der bestätigte die Informationen der Gemüsefrau. Die Weimarer Bevölkerung besichtige französische Kriegsgefangene aus Sedan, die hier umgeladen würden. Ja, den Zug mit unseren Soldaten haben wir absichtlich ausfahren lassen, damit es keine Unruhe … bitte schön, der Herr.

»Sach ick doch.« Die schwitzende Gemüsefrau bückte sich nach ihren Taschen.

»Wo kommen die Gefangenen hin?«

»Ich weiß es nicht«, sagte Sokolowsky.

»Mein Adoptivvater sagt, in Hamburg habe man Kriegsgefangene auf einen Dampfer der Hamburg-Amerikanischen Packetfahrt-Actien-Gesellschaft geladen und nicht begriffen, warum einige weinten und andere jubelten. Dann fanden sie heraus, dass die Franzosen geglaubt hatten, dass man sie nach Amerika verschiffen wollte.«

Sokolowsky lachte. »Beust ist Ihr Adoptivvater?«

»Mein richtiger Vater.«

»Verwirrend.«

»Er wird mich hier abholen. Wohin fahren Sie?« Was gingen den Schnauzbärtigen ihre Familienverhältnisse an?

»Nach Jena. Wenn Beust Ihr Vater ist, wer ist dann Ihr Adoptivvater? Und warum …«

Wie ein Schiffsbug teilten die Gepäckträger die Menschenmassen und schlugen eine Schneise durch Aufregung und Gerede.

»Martha, siehst du meinen Vater?«

Martha konnte nicht über die Köpfe hinwegsehen. Die Gepäckträger liefen nun zu schnell, und die Schneise hatte sich hinter ihnen wieder geschlossen. Eine Gruppe von Soldaten versperrte den Weg. Von rechts und links drängten ihnen Menschen entgegen. Der Bahnbeamte war verschwunden. Ein kleiner bayerischer Soldat attackierte einen langen Potsdamer. »Ihr wollt's nur, dass wir Lutheraner werdn. Dös is genau dös, vor was uns der Herr Pfarrer daheim g'warnt hat. Reicht's net, dass mir Preußen worden san?«

»Ohne unsern Bismarck und den Moltke wärt ihr ganz klein und unwichtig mit euerm Bayern und euerm umnachteten Ludwig.« Der Potsdamer hatte Lust auf Streit.

»Fängst gleich eine! Sag du fei nix gegen unsern Kini!«

Martha zupfte an Gertruds Mantel. »Gnädiges Fräulein, die Gepäckträger sind schon nicht mehr zu sehen.«

Ein Soldat aus Berlin wollte versöhnen. »Es gibt kein Deutsches Reich ohne die Süddeutschen und ohne die Bayern. Es geht nur gemeinsam gegen den Franzosen. Haben wir das nicht bei Sedan gesehen?« Ein langer Bayer in Uniform beugte sich über den kurzen Bayern. »Loisl, beruhig dich. Die Preußen san brave Kameraden und halten mit uns sicher zamm, wann's auf die Franzosen losgeht. Mir Bayern san zwar auch katholisch wie die Franzosen, aber schreib deinem Pfarrer, wie die preußischen Jager mit uns nach der Schlacht in Sedan ein geistliches Lied gesungen und wie wir alle gejubelt haben, weil ihres am schönsten war.«

»Des stimmt scho …« Der Kurze puhlte in der Nase. »Aber die Preußen machen kein Kreuz. No, was sagst?« Er wischte sich die Finger am Hintern ab und starrte den langen Potsdamer triumphierend an. Der wiederum bewunderte inzwischen Gertrud, die neugierig zuhörte. Ihr dunkelrotes Kostüm sah im Gegenlicht fast schwarz aus, und die Nachmittagssonne ließ ihr Gesicht und ihr Haar, das unter dem Hut hervorlugte, wie Gold leuchten.

Sokolowsky berührte Gertruds Ellenbogen. »Es ist wirklich besser, wenn Sie jetzt weitergehen. Sie erregen zu viel Aufmerksamkeit. Kommen Sie bitte.«

»Ich muss meinen Vater suchen. Wo sind die Gepäckträger?«

Der Pole plauderte. »Französische Offiziere verstehen nicht, warum ihnen die Preußen verübeln, dass sie Turkos, Zuaven und andere barbarische Krieger aus Afrika mit ins Feld führen, obwohl die Preußen doch auch die Bayern einsetzen. Sehen Sie mich nicht so skeptisch an – nein, lachen Sie nicht, gnädiges Fräulein. Vor den Bayern haben die Franzosen eine heidenmäßige Furcht. Die raufen sich aus schierem Vergnügen, nicht unbedingt mit dem Feind und nicht immer dann, wenn sie sollen.« Gertrud lachte.

Plötzlich verwandelte ein Schuss die Bahnhofshalle in einen schäumenden Hexenkessel. Menschen ließen ihre Gepäckstücke fallen, rannten ineinander, stolperten über verwaiste Koffer und Taschen. Bahnhofspolizisten bliesen ohne Sinn und Verstand in ihre Trillerpfeifen. Sokolowsky stürzte über einen Gepäckkarren. Martha wurde zum Ausgang abgedrängt und prallte dort gegen einen großen, schweren Mann. Sie erschrak, als sie in ihm ihren Arbeitgeber erkannte. Der quittierte ihre Unaufmerksamkeit mit einer Ohrfeige.

Währenddessen war den beiden Gepäckträgern der Weg aus dem Bahnhof gelungen. Draußen fragten sie brav so lange nach der Beustschen Kutsche, bis sie auf Eduard Eberitzsch stießen, den Kutscher, der im Sonntagsstaat auf dem Bock thronte und in der

Sonne döste, ungerührt von allem. Beust verlangte von der Zofe zu erfahren, wo seine Tochter war. Martha hielt sich gekränkt die Wange und deutete in die Richtung des allergrößten Tumults.

Gertrud beobachtete, wie Soldaten und Offiziere von rechts auf die Mitte der Halle zurannten, ungefähr dorthin, wo sie stand. Von links kamen Soldaten mit Bajonetten. Alle Aufregung in der Halle schien sich auf einen einzigen Menschen zu konzentrieren, einen rennenden, schweißnassen, in merkwürdige Tücher gehüllten Mann. Ein preußischer Offizier hielt ein Zündnadelgewehr mit ausgestrecktem Arm hoch zur Bahnhofsdecke, schoss und brüllte: »Halt!«

Der Fliehende keuchte auf Gertrud zu, wandte sich voller Angst ein letztes Mal zu seinen Verfolgern um und wurde im selben Moment von der Wucht eines Gewehrkolbens getroffen und zu Fall gebracht. Einen Augenblick stand er kerzengerade, drehte sich dann einen halben Kreis und sank sanft nicht weit von Gertrud zu Boden.

Sie sah nur auf diesen Fremden und wurde leichte Beute für einen bayerischen Jäger, der in sie hineinrannte und sie umwarf. Trotz ihrer Handschuhe schürfte sie sich die Hände auf. Liegend hob sie den Kopf, sah das Gesicht vor sich auf dem Steinboden, jung, mit geschlossenen Augen, Wimpern wie winzige Fächer, ein empfindsamer Mund, wenig Barthaare, seine Schläfe blutete, sein Oberkörper war zur Hälfte nackt. Eine Haut wie seine hatte sie noch nie gesehen, nicht bleich wie ihre, sondern von der Farbe reifer Kastanien in der Sonne.

Sokolowsky half ihr auf. Gertrud blickte dem Offizier entgegen, der geschossen hatte und nun seine Beute abholen wollte. »So können Sie nicht mit Menschen umgehen!« Sie schrie. »Was hat er Ihnen getan? Er ist gefangen und unbewaffnet. Ihr seid so viele und habt Waffen, müsst ihr auf einen Einzelnen schießen? Gut, ein Franzose! Aber doch kein Tier! Ihr seid brutal. Hat eine siegreiche Armee wie unsere das nötig?«

Der Offizier mittleren Alters, erprobt in Schlachten vielerlei Art, wusste nicht, wie er antworten sollte. Dutzende seiner Leute standen neben ihm, und nun schimpfte diese junge schöne Frau voller Zorn. Neugierige scharten sich um die Soldaten, Gertrud und den Mann, der ohnmächtig am Boden lag.

»Er muss in ein Lazarett!«, befahl Gertrud.

»Gnädiges Fräulein, Eure weibliche Empfindsamkeit ist beeindruckend, aber verschwenden Sie sie nicht an einen Zuaven!«

Ein drei Tage alter Zorn gab ihr die Energie für die Auseinandersetzung mit dem fremden Offizier. »Auch ein Mann in Uniform müsste in der Lage sein, zu erkennen, dass dieser Mann schwer verletzt ist. Er kommt ins Lazarett!«

»Er hat im Bahnhofsrestaurant gestohlen.«

»Dann habt ihr ihm nichts zu essen gegeben!«

»Haben Sie hier das Kommando, gnädiges Fräulein?«

»Dann wären Sie einen Streifen auf Ihrer Uniform los! Ich bin Freiin Gertrud von Beust. Wenn dieser Mann nicht in ein Lazarett kommt, werde ich … werde ich … mich an den Herzog von Sachsen-Weimar wenden.«

Der Offizier sah sie nachdenklich an, als hinter seinem Rücken eine laute, raumgreifende Stimme ertönte.

»Wenn meine Tochter sagt, dieser Mann muss in ein Lazarett, dann wird das so gemacht. Freiherr Hermann von Beust, Abgeordneter im Landtag zu Altenburg, mit guten Beziehungen zum Weimarer Hof.«

»Vater!« Gertrud flog dem großen breitschultrigen Mann um den Hals. Dunkelblond, Geheimratsecken, Schmisse auf beiden Wangen. Er küsste sie zärtlich auf die Stirn. »Wie schön, dich wieder hier zu haben! Wollen wir zuerst diese Angelegenheit regeln?«

Es gab nichts mehr zu regeln. Der Offizier wies zwei Soldaten an, den Gefangenen zu tragen. »Ins Lazarett! Hört ihr? Ins Lazarett!«

»Vater, das ist Graf Sokolowsky. Er saß in meinem Coupé und hat mir bei allerlei Unannehmlichkeiten geholfen.« Beide Männer verbeugten sich. Dem Gesichtsausdruck seiner Tochter entnahm Beust, dass Sokolowsky in jeder Hinsicht von geringer Bedeutung war. So wechselte er mit ihm nur ein paar höfliche Anschauungen über angenehme Reisegesellschaften, störendes Regenwetter und die Unannehmlichkeit von Kriegsgefangenentransporten für normale Reisende und verabschiedete den Polen nach Jena, wobei keinen der beiden Beusts interessierte, was er dort vorhatte.

Beust lachte und drückte seine Tochter an sich. »Meine Liebe, du wärst ein hervorragender General. Alle Beusts waren hervorragende Soldaten. Diesem Hauptmann hast du es aber gezeigt!« Sie erreichten die Kutsche. »Aber Liebes, war so viel Aufregung wirklich nötig? Es war doch nur ein Kriegsgefangener und noch dazu ein Neger. Die empfinden Schmerzen nicht so fein wie wir.« Und draußen in der Sonne fügte er hinzu: »Ist es nicht äußerst unzivilisiert, dass die Franzosen für ihre Armee auch Material aus ihren afrikanischen Kolonien nach Europa holen? Das soll in einzelnen Fällen zu unangenehmen Rassenvermischungen geführt haben. Stell dir vor, was dies für das Deutsche Reich bedeuten würde!«

Eduard verstaute die Koffer, Martha gab vor, ihm zu helfen. Gertrud hing an ihres Vaters Hals, müde, lachend, mit staubigen Schuhen, den Mantel zerdrückt. Erleichtert atmete er den Geruch ihrer Haare ein. Über ihre Schulter sah er den Polen, der noch einmal höflich den Hut zog, und ein sehr dickes Paar, das ihn neugierig anstarrte. Er löste die Hände seiner Tochter in seinem Nacken und befahl dem Kutscher, das Gepäck festzuzurren. »Martha, du setzt dich neben Eduard auf den Bock.« Martha maulte leise. Beust legte seiner Tochter in der Kutsche eine leichte Decke über die Knie und ein kleines Kissen in den Nacken.

Die Räder begannen, über das Kopfsteinpflaster zu rollen. Er setzte sich ihr gegenüber. »Nun, Gertrud, willst du mir erzählen, was geschehen ist?«

»Bitte, können wir warten, bis Mama dabei ist?«

Sie sah ernst aus, vielleicht nur vor Erschöpfung.

Er beugte sich vor und tätschelte ihre Hand. »Natürlich, Liebes.« Die Kutsche bog auf die Landstraße in Richtung Jena ein.

Er musste vorsichtig sein, dieser kleine Dickschädel konnte entsetzlich stur sein. Marie musste ihm helfen. Das Beste wäre, sie ginge freiwillig nach Glücksburg zurück. Wenn nicht, mussten sie einen anderen Weg finden.

4

Solingen,
Ende September 1870

An einem warmen, sonnigen Sonntagvormittag saßen Albert Lauterjung und Baptist Grahe an der Wupper und vertrödelten die Zeit. Baptist hob seine Füße aus dem Fluss. »Bäh, sieh mal, was da ekliges Braunes schwimmt. Da, noch so 'n Scheißstück!« Er kicherte. »Wirklich Scheiße.«

»Warum willst du nicht mehr bei Fritz lernen?« Albert ließ sich auf den Rücken ins Gras fallen, räkelte sich, wischte träge eine Fliege von der Nase und ließ die Füße über dem Fluss baumeln. »Er ist ein guter Meister. Einer der besten Messerschleifer im Revier.«

Der Junge zögerte. »*Peut-être, mais il est un idiot.*« Vielleicht, aber er ist ein Idiot.

»Meinst du, meine Lehre bei Heinrich Melchior war wie ein Sonntag am Fluss?«

»Nein, sie war hart und schweißtreibend. Ihr seid alle Helden! Du redest schon wie Fritz Witte.«

Albert angelte sich einen Grashalm, kaute darauf herum und genoss die Sonne. Baptist kniete neben ihm. »*Frère, pourquoi est-ce que je ne peux pas être en apprentissage auprès de toi?*«

»Du bei mir in die Lehre? So wie ich bei dir Französisch lerne, kleiner Elsässer? Ich bin Meister, aber ich habe noch keine eigene Werkstatt, das weißt du doch. Heinrich hat eine Stelle frei, aber er nimmt dich nicht. Kein Meister nimmt dich, wenn dich ein anderer rausgeworfen hat.«

»Mann, wir leben doch nicht im achtzehnten Jahrhundert! Es geht doch um alle Arbeiter und nicht nur um die in den Fachvereinen.«

Albert stützte seinen Oberkörper auf die Ellenbogen und sah dem Jungen direkt in die Augen. »Meinst du, wenn wir uns nicht zusammenschließen und aufeinander verlassen können, setzen wir gute Preise für unsere Klingen durch? Meinst du wirklich, wir hätten dann genug Geld, um anständig zu leben? Du bekämst vielleicht die Hälfte, wärst nur angelernt, abhängig von jedermanns Laune und könntest niemals lesen.«

»Wozu soll ich lesen? Ich will nicht der Meister aller Solinger Schleifer werden. Nur ein einfacher Schleifer. Bei dir!«

»Junge, es geht nicht. Ich hab nur einen Schleifstein. Bleib bei Fritz, sonst stehst du auf der Straße.«

Wütend kickte Baptist ein Stück Gras aus der Erde. »*Merde!* Er hat mich geschlagen.«

»So?«

»Hab 'ne Klinge versaut, zerbrochen.« Baptist zögerte. »Hab's mir nicht gefallen lassen. Niemand schlägt mich. Auch mein Alter nicht mehr, der Saufbold.«

»Und was hast du getan?«

Baptist zog die Knie ans Kinn und gestand verlegen: »Hab ihn einen Tyrannen geschimpft, ihm auf den Schuh gespuckt und bin weggelaufen. Dann hat er mich gefeuert.«

Albert drehte sich weg, damit der Junge nicht sah, dass er grinste. »Ich hätte dich für klüger gehalten.«

»Hart arbeiten, ja. Aber nicht schlagen. Die Alten hatten 'ne Revolution, wie in Frankreich, richtig? Ging's nicht genau darum, ob die Menschen noch geprügelt werden oder eben nicht?«

»Junge, du hast 'ne Klinge versaut. Außerdem haben Heinrich und seine Freunde die achtundvierziger Revolution verloren.«

»Kann ich was dafür?« Er flehte: »Hilfst du mir? Gib ihm das, bitte!« Albert starrte auf den merkwürdigen Gegenstand, den Baptist ihm in die Hand drückte.

Wie jeden Sonntagnachmittag gingen Albert Lauterjung und Heinrich Melchior spazieren. Fünf Minuten nachdem sie den Ortskern von Solingen verlassen hatten, befanden sie sich auf freiem Feld. Eine der vielen Lieferfrauen eilte an ihnen vorbei, auf dem Kopf trug sie das Polster, darauf den Korb mit geschliffenen Klingen. Ihr Rock wehte wie eine Glocke um ihre Hüften. Die beiden Männer liefen die vertraute kleine Anhöhe hinauf und blickten von Osten zurück auf die Stadt, in der an die dreizehntausend

Menschen lebten. Die Felder und Wiesen bogen sich über den Hügeln wie grasgrüne, stoppelgelbe und braune Laken. Bäume und Hecken säumten die Wege der Spaziergänger. Es war ein kühler Herbsttag.

Stadt und Land waren scharf voneinander abgegrenzt. Die Häuser an der Schwertstraße bildeten den östlichen Stadtrand. Im Süden wuchs die neue Synagoge heran, fast versteckt hinter der neuen Gasanstalt. Aus dem Stadtkern, eingerahmt von ärmlichen und prächtigen Fachwerkhäusern, ragte der Turm der reformierten Kirche. Weiter rechts, am nördlichen Rand, sah man die katholische Kirche hinter schiefergetäfelten Häusern mit weißen Fensterrahmen und grünen Fensterläden liegen.

Albert legte eine Hand auf die Schulter des Alten und sagte: »Diese Aussicht liebe ich am meisten. Könnten wir hier losfliegen, würden wir das ganze Revier überblicken, die Gemeinden Wald, Höhscheid, Ohligs, Gräfrath und Solingen. Einige Tausend Schleifer in ihren wasser- oder dampfbetriebenen Werkstätten. Wir würden sehen, wie die Kinder und Frauen mit den Körben und Karren hin- und herrennen und – als wären sie lebendige Förderbänder – das Rohmaterial heranschleppen, danach die fertigen Klingen wegbringen und neue halbfertige von den Fabrikanten und Kaufleuten holen.«

Er formte mit beiden Armen ein Dreieck. »Bau ein Dach übers Revier, und du hast eine verfluchte Fabrik mit uns als Sklaven. Hätten wir die Fachvereine nicht, wäre Solingen morgen nur eine riesige Fabrik aus Stahl und Fleisch.«

»Unsere Unselbständigkeit käme sie billiger«, sagte Heinrich.

»Und ohne Kampf haben wir keine Chance«, antwortete Albert.

»Die Versammlung heute Abend wird hart. Lass uns nach Norden wandern!« Sie spazierten fast immer nach Norden, die Wupper entlang.

Der Blick auf die Stadt hatte Albert an diesem Sonntag nicht entspannt. Melchiors Stimmung übertrug sich allmählich auch auf ihn. Schließlich bollerte Melchior seine Wut hinaus. »Ern hat uns bei der Polizei angezeigt, dieser Verräter! Erst die Regeln brechen, und dann die preußischen Schinder alarmieren.«

»Meinst du, es kommt zum Prozess?«

Heinrich Melchior zuckte mit den Schultern. »Ern kann überhaupt nichts beweisen.« Er stampfte ungeduldig mit einem Fuß auf den Boden. »Wir haben erst einmal Wichtigeres zu tun. Die Streikversammlung heute Abend. Wir müssen reden.«

»Vorher noch eine Bitte: Nimm Baptist als Lehrling.«

»Baptist Grahe, den zappeligen Quälgeist? Diesen halben Franzosen?«

»Sein Vater kommt aus Ohligs.«

»Der Junge lernt doch bei Witte?«

»Fritz hat ihn rausgeworfen. Der Junge hat 'ne Klinge ruiniert.«

»Bist du verrückt? Seit wann stellen wir Lehrlinge zweimal ein? Da muss mehr gewesen sein.«

»Denk dran, was Witte mit seiner Frau gemacht hat. Du weißt, dass er schnell zuschlägt.«

»Meinst du, ich kann einen Lehrling brauchen, der Streit sucht? Verdammt, gehorchen sollen die, so wird man Meister.«

»Er arbeitet wirklich gut.«

»Es gibt so viele gute Lehrlinge wie Fische in der Wupper.«

Albert blieb stehen und holte ein Messer aus der Tasche. Er zog es aus der Scheide und gab es Heinrich, der nicht widerstehen konnte und zugriff. Es war ein eigenartiges Messer, die Klinge stark und pfeilgerade. Nicht nur die Schneide, auch der Rücken der Klinge war aufs Feinste geschliffen und poliert. Die Klinge glänzte und war so scharf, dass sie ein Haar, das auf sie herabsank, teilen würde. Der Griff war eigenartig, aus rotbraunem Kirschholz, schlicht, ohne Verzierung, scheinbar plump und asymmetrisch. Aber als Melchior ihn in die Hand nahm, lag das Messer ruhig und fest darin. Der alte Schleifer war hingerissen.

»Die Klinge hat der kleine Quälgeist geschliffen und poliert«, sagte Albert und grinste.

Wieder betastete Heinrich die Klinge mit geschlossenen Augen, als würde er beten. »Meine Güte, ein Arkansasmesser. Ein Bowiemesser, wie sie in Amerika sagen. In welchem Lehrjahr ist er?«

»Im dritten.«

Heinrich stöhnte. »Er wird nicht gehorchen.«

»Ich habe einigen Einfluss auf ihn. Was soll er auch sonst machen? Er sitzt auf der Straße.«

»Seine eigene Schuld.«

Albert seufzte. »Heinrich, Heinrich, eines Tages werden auch Lehrlinge Rechte haben.«

Heinrich sah ihn an, tiefe Falten zwischen seinen Augenbrauen. »Vielleicht auch noch Frauen? Die haben uns die Fabrikanten schon einmal unterjubeln wollen, für leichte, schlecht bezahlte Arbeiten. Du erinnerst dich? So fängt es an, und plötzlich sind wir weg vom Fenster.«

Albert hielt die Hand auf, und forderte das Messer zurück. »Alter, sturer Esel! Was ist, nimmst du den Jungen?«

Heinrich murrte. »Die Gewerkschaften sind nicht für jeden da. Wofür gibt es die Sozialdemokratische Partei? An die sollen sich die Schwachen wenden.«

»Die Gewerkschaften nur für die Starken und die, die Arbeit haben? Heinrich, du elender alter Knorrbüdel.«

Heinrich drehte Baptists Klinge gegen die Sonne. Er war beeindruckter, als er zugab. »Er hat sie sogar mit Kalk poliert. Wer soll denn so ein … Obstmesser kaufen? Die Klinge für den Adel, der Griff für einen Tagelöhner.« Er zögerte. »Du willst das Messer zurück?«

Albert lachte. »War nur ein Köder, kein Geschenk. Das ist meins.« Er nahm es dem widerwilligen Heinrich aus der Hand, steckte es in die Scheide und zurück in seine Jackentasche.

Einige Zeit später kletterten die beiden Männer schweißnass auf einen Hügel, von dem aus sie die kleine Gemeinde Elberfeld vor sich liegen sahen.

»Was wird das dort?«, fragte Heinrich, dessen Lunge schmerzte.

»Da unten, die Baustelle an der Wupper? Die neue Anlage der Farbwerke Bayer. Die wollen noch eine Farbe chemisch herstellen.«

Heinrich verzog das Gesicht. »Du meinst, dann läuft nicht nur die rote Brühe den Fluss runter, sondern noch 'ne andere Farbe?«

Albert nickte. »Nicht nur Fuchsin. Das neue Zeug heißt Alizarin, ist 'ne Teerfarbe und blau.«

»Das färbt dann unsern Dreck hübsch bunt.« Heinrich schwitzte. »Ich will auf irgendeinem Fuhrwerk nach Solingen zurück. Ich kann nicht mehr. Heute Abend muss ich in Form sein.«

Es dämmerte, und der Abend war noch mild, als Albert Lauterjung Heinrich Melchior die Tür zum Vereinslokal der Solinger Messerschleifer aufhielt. Tabakqualm und Stimmengewirr schlugen ihnen entgegen wie dampfende Hitze an einem eiskalten Wintertag. »Da ist Melchior!« rief einer. »Den jungen Revoluzzer hat er auch dabei!« – »Albert, du Bebelianer, immer noch für das Ende des Krieges?« – »Ein Eroberungskrieg, dass ich nicht lache!« – »Wie willst du denn die deutsche Einheit sonst erreichen?« – »Halt's Maul, Kriegstreiber!«

»Deine Freunde, die Lassalleaner.« Alberts Spott hatte Routine, jedes Mal sprang Heinrich darauf an: »Mit Napoleons Kapitulation ist noch keine Einheit zu machen!« Die beiden Männer drängten sich grüßend an Holztischen voller Biergläser und an Händen vorbei, die freundschaftliche Hiebe verteilten. »Noch ein Schlag auf meine Schulter, und ich krieg kein Glas mehr hoch«, grummelte Heinrich.

»Ich hab gehört, das Orakel hatte schlechte Nachrichten für Ern«, quatschte einer angetrunken und hielt sich mit spitzen Fingern an der Tischplatte fest. Was für ein himmelschreiender Idiot, dachte Albert. Sein Blick brachte den Schreihals zum Schweigen, dann suchte Albert den Raum ab. Sie würden auch diesmal hier sein. Er fand sie immer. Er hatte ein untrügliches Gespür für Polizeispione. Sein Blick glitt über Freunde, Genossen, Skeptiker und Gegner.

Dieses Mal hatten sie sich mitten in den Saal gesetzt, als Schleifer verkleidet, falsch bis ins Detail. Albert grinste. Sie würden es nie lernen. Sie trugen tatsächlich Manschettenknöpfe. Heute waren sie zu zweit, die Feiglinge. Alberts Augen wanderten wieder zurück, als er eine unbekannte Gestalt wahrnahm. Dieser Mann schien von anderem Kaliber. Intelligentes, hartes Gesicht, kalter Blick, zivile, teure Kleidung und seiner Umgebung demonstrativ nicht angepasst. Albert und Heinrich hatten die Bühne beinahe erreicht. Der Jüngere stieß den Älteren unauffällig in die Seite, signalisierte ihm mit einer vorsichtigen Handbewegung den namenlosen Feind. Heinrich hatte vor mehr als zwanzig Jahren nach jener verlorenen Revolution bei seiner Flucht über die französische Grenze und im Exil einige Erfahrungen im Konspirativen gesammelt. Er grüßte, plauderte und suchte beiläufig die Reihen ab. »Den hab ich noch nie gesehen«, flüsterte er Albert zu.

»Offensichtlich messen sie dem kommenden Streik eine größere Bedeutung bei.«

»Mitten im Krieg darf es eben nur einen Gegner geben, und der steht außen. So hätten sie es gern.« Heinrich machte sich mehr Sorgen als sonst vor Arbeitskämpfen. »Es wäre fürchterlich, wenn es uns wie dem Parteiausschuss der Sozialdemokraten in Braunschweig ergehen würde. Die hat man nach Ostpreußen verschleppt. Ganz Norddeutschland ist im Kriegszustand, und das Militär verhaftet, wen immer es will. Verflucht seien Wilhelm und sein Bismarck!«

Die Stufen am Ende des Saals führten auf eine Holzbühne. Darauf stand ein langer Tisch, an dem drei Männer auf Heinrich und Albert warteten. Heinrich Melchior ging mit schweren Schritten, in Sonntagshosen, an den Schuhen noch die Erde vom Spaziergang, die Haare zerzaust, auf die Bühne. Wer nichts von ihm wusste, hielt ihn für einen zahnlosen, gemütlichen alten Bären. Aber die Schleifer kannten ihn. Als sie begriffen hatten, dass Heinrich die erste Ansprache halten würde, waren sie ohne weitere Aufforderung still. Vor dem Alten, der so viele Kämpfe mit ihnen und für sie ausgefochten hatte, hatten sie einen höllischen Respekt.

Albert setzte sich, verschränkte die Arme und kontrollierte Reihe für Reihe, Tisch für Tisch die Stimmung. Die da hinten am Rand saßen, lehnten Streiks grundsätzlich ab, waren denkfaule Anhänger von Lassalle, dessen ehernes Lohngesetz sie so auslegten, als wären ein Streik vergebliche Mühe und die Höhe des Lohns und die Arbeitsbedingungen ohnehin Schicksal und nicht das Resultat von Kämpfen. Der Arbeiter bekäme immer den gleichen Lohn, behaupteten sie. Dann gab es die Befürworter des Streiks, die aber den Zeitpunkt mitten im Krieg ungünstig fanden und deshalb gegen den Vorschlag stimmen wollten. Die mussten sie noch überzeugen, unter ihnen waren tapfere Genossen. Die größte Gruppe bildeten die, die aus unterschiedlichen Motiven unbedingt jetzt streiken wollten. Sie lärmten am heftigsten. Aber während eines langen, vom Gegner hart bekämpften Streiks würde ihre Euphorie möglicherweise nicht lange halten.

»Genossen!« Heinrich ließ seine Faust aufs Rednerpult donnern.

Rufe voller Sympathie: »Verkündeste jetzt die Revolution, Heinrich?«

»Genossen«, Heinrichs Stimme klang dunkel und ein bisschen heiser, aber sie war eindringlich genug, um die Interessierten zu erreichen, die Schreihälse zu zähmen und die Aufmerksamkeit der Angetrunkenen zu erregen. »Genossen, wir haben zwei Polizeibeamte unter uns, Vertreter der verrotteten preußischen Kasernenhofluft, denen man ihre schändliche Aufgabe ansieht! Und mindestens einen weiteren. Die müssen raus, bevor wir unsere Angelegenheiten regeln!«

Es war nicht verwunderlich, dass die beiden verkleideten Polizisten bei dem entsetzlichen Lärm, der nun im Sitzungssaal losbrach, die Flucht ergriffen. Aber sie wussten, dass außer ihnen noch zwei weitere Spitzel im Raum waren, nicht kostümierte, sondern bestochene, unter Druck gesetzte Schleifer. Auch der kaltäugige Fremde erhob sich und setzte seinen Hut auf. Er provozierte die Versammelten, indem er sich sehr langsam bewegte, gemächlich sein Essen sowie den Wein zahlte – ein Getränk, das hier sonst nie verkauft wurde – und eingehüllt in eine Wolke von Überheblichkeit den Raum verließ.

Heinrich legte los: »In Preußen herrscht Kriegsrecht. Man verschleppt Sozialdemokraten in die ostpreußische Steppe, und wir? Wir werden streiken! Es gibt keinen besseren Zeitpunkt!«

Der Alte hat es wieder einmal geschafft, dachte Albert. Was eben noch eine mühsame Arbeit zu werden versprach, hatte er in Kürze zusammengeschmiedet. Wenn Heinrich agitierte, verwandelte er sich von jenem braven, aufrechten Gewerkschaftler in einen Stierkämpfer, dessen Temperament die Nervenenden seiner Zuhörer bloßlegte.

»Wollen wir leben wie die Schneider oder die Schuhmacher oder die Schmiede?«

»Niemals!«, schrien Melchiors Zuhörer, Fäuste schlugen auf die Tische und ließen die Biergläser hüpfen.

»Man sagt, vor uns Schleifern nehmen Hunde und Katzen Reißaus, weil wir so gefräßig sind.«

»Ich mag lieber Pferdefleisch!«, schrie einer.

Heinrich wartete das Ende des Gelächters ab. Eindringlich fuhr er fort: »Überzeugt die anderen! Sagt ihnen, dass es darum geht, dass ihre Kinder gesund sind und dass sie in die Schule gehen und lernen können. Wir streiken, damit unsere Wohnungen sauber und hell sind, damit wir uns den Arzt leisten können und Erholung am Sonntag haben, damit wir alt werden, richtig alt, und unseren Lebensabend genießen können, ohne zu hungern.«

Heinrichs Stimme wurde scharf. Jeder im Saal wusste, dass die Silikose, die Staublunge, zwei Drittel von ihnen vor dem fünfzigsten Lebensjahr umbringen würde. Heinrich hatte länger durchgehalten. Auch das verschaffte ihm Respekt.

»Wenn sich genügend Verräter finden, die ihnen die Arbeitsschritte und Kniffe unseres Handwerks erklären, so dass sie für die einzelnen Handgriffe billige Lohnarbeiter einsetzen können, dann stürzen unsere Löhne, die ohnehin schon zu gering sind, in den Abgrund.«

Heinrich wusste, an welchen Stellen er Pausen zu setzen hatte. »Dann sind wir nur noch Fabriksklaven! Dann kommen die Maschinen und nehmen uns auch noch die schlecht bezahlte Sklavenarbeit. Wovon lebt dann das Revier?« Alle hielten den Atem an. »Deshalb lasst uns heute Abend einstimmig den Beschluss fassen: Die Messerschleifer von Solingen treten in den Streik!«

Ohrenbetäubender Jubel umfing ihn. Heinrich wartete. »Maschinen können keine Messer herstellen!« Seine Stimme triefte vor Hohn: »Ihr habt gehört, dass Erns Werkstatt vom Orakel besucht worden ist.«

Die Zuhörer lachten und klatschten. Ein paar riefen: »Verräter!« und: »Geschieht ihm recht!«

»Selbstverständlich haben wir damit nichts zu tun.« Heinrich grinste breit. »Das waren preußische Spione!« Die Schleifer brachen in schallendes Gelächter aus. Nur zwei Männer blickten finster.

An diesem Abend gelang es Heinrich Melchior, ein fast neunzigprozentiges Votum für einen Streik durchzusetzen. Den Anhängern des falschen Zeitpunkts machte er klar, dass die deutsche Einheit, wenn dieser Krieg sie tatsächlich hervorbrachte, groß und stark genug sein würde, einen Streik am westlichen Rand Preußens zu überleben. Aber wenn sie den Kampf um ihre Rechte jetzt preisgaben, fände sich kein geeigneter Zeitpunkt mehr, ihn wieder aufzunehmen. Es war genau der richtige Moment, für eine starke Stellung im neuen Reich zu kämpfen. Den Ungestümen versprach er, dass die Zeit gekommen sei, ihre Klugheit zu prüfen: Hatten sie die Geduld gehabt, den richtigen Moment abzuwarten? Dann stünden alle hinter ihnen, und so kampfbereit sei man im Revier noch nie gewesen! Diejenigen, die überhaupt nicht streiken wollten, erwähnte er nicht und zeigte ihnen damit, welche Geringschätzung ihnen die Gemeinschaft nach einem gewonnenen Kampf entgegenbringen würde. Die Front der taktischen und der grundsätzlichen Gegner zerbrach noch an diesem Abend. Gegen Mitternacht funkelte der kommende Streik wie ein Stern am Himmel.

Heinrich hatte sich durchgesetzt, aber unter vier Augen gestand er Albert seine Furcht. »Es wird der härteste Kampf, den wir je geführt haben. Machen wir uns nichts vor.«

Albert war optimistisch. »Sie waren schließlich alle unserer Ansicht. Es gibt keine Opposition. Alle wissen, worum es geht. Die Vorbereitungen sind getan, der Zeitpunkt stimmt. Und unsere Gegner sind so arrogant, dass sie Fehler machen werden.«

»Es wird leichter sein, sich mit den Fabrikanten zu einigen, die auch kein Interesse an einer zügellosen Konkurrenz haben, als mit diesem autoritären preußischen Staat«, sagte Heinrich und zählte noch einmal auf, was sie wieder und wieder fordern wollten: »Fünfundzwanzig Prozent Lohnerhöhung, keine unausgebildeten Schleifer in den Fabriken, keine Unterschreitung der Löhne, Lehrlingsbegrenzung.«

»Mir brauchst du das nicht zu erzählen. Es müssten eigentlich siebzig und mehr Prozent sein.«

»Mitten im Krieg.« Heinrich seufzte tief.

»Was wohl dein Freund in London dazu sagen wird?«

»Du nimmst nichts ernst, oder?«

»Ach, Heinrich, ich will dich doch bloß zum Lachen bringen. Wir werden jedenfalls bald wissen, was Bebel zu unserem Kampf sagt.«

»Wann fährst du?«

»In zwei Wochen.«

»Pass bloß auf, dass dich ihre Spione nicht abfangen. Hast du deinen Passierschein für die thüringischen und sächsischen Grenzen?«

»Ende der Woche.«

»Als was reist du?«

»Ich beglücke den Osten mit Messern aus Solingen. Die Sozialdemokraten in Sachsen haben mir eine Einladung verschafft, kriegswichtige Produktion von Klingen.«

»Dann ist ja alles gut. Komm, wir gehen einen saufen«, brummte Heinrich.

»Oder zwei oder drei. Wo wir doch streiken für Press'freiheit und Fressfreiheit!«, zitierte Albert eine Parole aus der achtundvierziger Revolution.

Es dämmerte bereits über dem Bergischen Land, als Albert Lauterjung und Heinrich Melchior als Letzte das Gasthaus am Alten Markt verließen.

»Die Zerstörung von Erns Werkstatt kann noch Folgen haben. Das Schwein ist zur Polizei gerannt.«

Heinrich schüttelte jeden Zweifel ab. »Na und?«

Albert kickte einen Stein vor sich her. »Heinrich, dieser Krieg gefällt mir nicht mehr.«

»Krieg ist immer eine Jauchegrube. Diesmal düngt er die deutsche Einheit.«

»Jauche und Einheit. Schönes stinkendes Bild. Am Beginn des Deutschen Reiches steht ein Krieg. Kein gutes Zeichen für die Zukunft.« Albert redete sich in Rage.

Heinrich rülpste. »Wie hätten wir die Einheit sonst gekriegt?«

»So quatscht ihr Achtundvierziger immer. Aber erst kommt der preußische Militärstaat, und ein paar läppische Freiheiten ersticken in neuen Unfreiheiten. Gut, ich kann künftig sogar durch thüringische Kleinstaaten ohne Pass reisen …«

Heinrich spottete: »Du hast ja gar kein Geld!«

»Es ist allein ihr Kampf gegen Fürsten und Adel. Wenn wir uns in ihrer Revolution für die Bourgeoisie schlagen, glaubst du wirklich, die unterstützen nachher unsere? Schau dir doch die Französische Revolution an.«

»Morgens, wenn ich mir den Hals wasche, sehe ich in den Rasierspiegel und denke an nichts anderes.« Heinrich kickte den Stein zurück, Albert vor die Füße. »Ohne Französische Revolution ging's uns heute noch dreckiger.«

»Aber wir führen den Krieg nur für ihre Interessen, nicht für unsere«, sagte Albert.

Heinrich zögerte. »Eine Zeit lang sind es dieselben Interessen gewesen.«

»Gewesen! Erinnerst du dich an die Euphorie zu Kriegsbeginn?«

»Aber ja!« Heinrich stieg leicht schwankend auf eine niedrige Mauer – das fünfte Bier zeigte Wirkung – und deklamierte leicht lallend:

»Da rauscht das Haff, da rauscht der Belt,
Da rauscht das deutsche Meer,
Da rückt die Oder dreist ins Feld,
Die Elbe greift zur Wehr.
Neckar und Weser stürmen an,
Sogar die Flut des Mains!
Vergessen ist der alte Span:

Das deutsche Volk ist eins!
Hurra, hurra, hurra!
Hurra, Germania!«

Über ihnen wurde ruckartig ein Fensterladen geöffnet, und ein hagerer Mann mit ebenso langer Nase wie Zipfelmütze kippte einen Nachttopf in ihre Richtung. »Ruhe, ihr besoffenen Halunken, anständige Leute wollen schlafen!«

Ein Spritzer traf Heinrich. Albert griff nach einem Stein und warf ihn durchs Fenster des Nachttopfmannes. Der stieß spitze Schreie aus und hopste wie in einem wilden Tanz herum. Die beiden rannten um die nächste Straßenecke.

»Ich hab getroffen«, keuchte Albert triumphierend. »Siehste, das ist es, was die Deutschen wirklich wollen, Ruhe und nicht diesen Schwulst von Freiligrath.«

Heinrich nuschelte: »Leichenruhe und Pathos vertragen sich prächtig.«

Der Nachttopfmann war zäh, noch immer schrie er um Hilfe. Nachbarn wachten auf und öffneten ihre Fenster. Albert sagte: »Lass uns verschwinden.« In der übernächsten Gasse verschnauften sie lachend.

»Wär'n dummer Anfang für'n Streik geworden.« Albert wurde ernst. »Das deutsche Volk ist nicht eins. Das ist eine Lüge. Es ist mindestens zwei: oben eins und unten eins und meinetwegen 'n bisschen was dazwischen.«

5

Langenorla,
September 1870

Martha Blumenstein fror seit Weimar und war stockbeleidigt wegen der Ohrfeige. Sie saß neben dem Kutscher Eduard Eberitzsch, dessen feister Hintern sie bei jedem Schlagloch vom Bock zu schubsen drohte. Für einen Tag im September war es zwar warm, aber sie fröstelte im Fahrtwind. Mollig warm war es nur an jener Stelle, wo sich ihre linke Hüfte an den fassrunden Körper von Eduard presste. Die Sonne sank rasch, sie nahm ihre Wärme mit über die Wälder Thüringens nach Westen und ließ nur ihr Licht noch eine Weile auf der Landstraße und den Wiesen liegen. Martha rieb sich die Arme warm.

»Na, komm her, Mädchen!«

»Noch einen Zentimeter näher, und ich sag's deiner Frau.«

Eduard lachte. »Warst bei Herzogs, bist jetzt eingebildet? Verdammt, laufen die Gäule heute unregelmäßig.«

Eduard Eberitzsch, Beusts Kutscher und Faktotum, gab dem rechten Pferd, einem Grauen, die Peitsche. Das Tier machte einen nervösen Schritt, stolperte vor das andere Pferd, einen Fuchs, fiel leicht zurück und fügte sich wieder in den gleichmäßigen Trab des anderen Tieres. Die Kutsche bewegte sich ruhiger, und ihre Räder knirschten gleichmäßig auf dem Schotter der Landstraße. Der Kutscher drehte seinen Kopf über die Schulter und linste aus den Augenwinkeln vorsichtig durch das Fenster in das Coupé.

»Das hätte die Baronesse nicht tun sollen, das gibt Ärger.« Eduard war mittelgroß, zweiundfünfzig Jahre alt, und wie immer redete er Martha zu laut.

»Psst, die können dich hören.« Auch Martha blinzelte in das Innere der Kutsche und streifte dabei mit ihrer Nase den Mantel von Eduard, der nach Pferdemist, Schweiß, Pferdehaaren und Tierfett muffelte. »Sie sitzen nebeneinander und schweigen sich an. Dann hätten sie mich auch drinnen sitzen lassen können. Da wär's nicht so kalt.«

»Lehn dich an mich, Mädchen, ich habe erst vorgestern gebadet. Na komm, ich hab breite Schultern.«

Martha stieß ihm ihren Ellenbogen in die Seite. »Eduard, du bist nicht stark, sondern fett. Irgendwann wird man dich auf deinem Bock festschweißen müssen, damit du nicht hinunterwabbelst.«

Eduard lachte und schlug sich auf den Schenkel. Der Graue geriet darüber erneut aus dem Takt. »Hee, Alter, ruhig, ruhig, brav. So ist es – brrr – ja, so ist es gut!«

»Was für 'n Ärger bekommt sie denn?«

Eduard sah sie erstaunt an. »Weißt du eigentlich irgendwas? Was meinst du, wie es dem Baron gefällt, dass er so viele Schulden hat?«

»Schulden?«

»Marthachen, du bist so naiv. Nun warst du wochenlang bei Herzogs und willst nichts über Geld und Macht gelernt haben?«

Martha Blumenstein boxte Eberitzsch ihren Ellenbogen in sein Fett.

»Da knabbert doch tatsächlich eine Maus an meiner Rippe. Hat das Tierchen etwa Hunger?«

»Eduard Eberitzsch, sei nicht albern. Wie kann der Baron Schulden haben? Die Herrschaft ist doch reich!«

Eduard grinste. »Reich? Vielleicht im Vergleich zu dir, Martha. Aber ›reich‹ ist für eine Herrschaft wie unsere relativ.«

Die Räder der Kutsche rollten gleichmäßig über den Schotterbelag der Chaussee. Die Sonne malte zwischen den Baumstämmen Streifen auf die Straße.

Martha aber war hartnäckig. »Du bist verrückt, Eduard. Sie haben das Schloss, das Rittergut, beinahe sämtliche Holzmarken über Langenorla und die bei Hummelshain, die meisten Wiesen an der Orla, die Äcker im Mühltal, das Kirchtal. Dem Herrn gehört fast alles Land in der Umgebung. Und immer, wenn einer Schulden hat, kauft der Baron alles auf, und die Leute ziehen weg. Eduard, wie kann so einer nicht reich sein?«

»Den Wald bei Hummelshain hat er beim Herzog gegen die Baiersche Holzmarke oben, hinter dem Pass an der Würzbachhöhe, getauscht und dann gleich abgeschlagen.«

»Siehst du, das hat ihm wieder ein Vermögen gebracht.«

»Dummes Ding, aus unserer Sicht ist das viel Geld. Aus seiner nicht. Er hat Schulden, hohe Schulden. Und wenn er die nicht abträgt, verliert die Familie ihren Besitz.« Er sah, wie sie erschrak. »Du wirst deine Stellung schon nicht verlieren. Es kommt sicher alles wieder in Ordnung mit dem Glücksburger.«

Eduard wurde Zeuge eines der seltenen Momente, in denen Martha ihren Kopf anstrengte.

»Du redest, als würde die Herrschaft ihre eigene Tochter verkaufen«, sagte sie zögernd.

»Unsinn! Die Adoption ist 'ne Riesenchance für sie. Außerdem wollte sie dorthin«, schob er hinterher.

»Woher weißt du das alles, Eduard?«

»Wer kutschiert den Herrn denn überallhin? Man kommt rum.«

Freiherr Karl Hermann Theodor Eduard von Beust, Kammerherr am Altenburger Hof, Landtagsabgeordneter und Rittergutsbesitzer von Langenorla und Schweinitz, hatte in Jena, Leipzig und Heidelberg studiert. Mensuren auf seinen Wangen und der Stirn belegten, wie er studiert hatte. Einen »urgermanischen Kampfhahn« nannten ihn seine Freunde aus Studienzeiten, wenn sie zu Besuch ins Schloss kamen. Beust drängte seine Tochter noch nicht, ihm von den Ereignissen am Hof des Herzogs von Schleswig-Holstein zu berichten, die sie zu ihrer fluchtartigen Reise getrieben hatten, quer zu den Strömen preußischer Soldaten nach Westen und denen französischer Kriegsgefangener nach Osten, von der nördlichsten Gegend Preußens zurück nach Thüringen. *Macht alles rückgängig, komme nach Hause. Eure Gertrud.* Eine kürzere Depesche hatte er noch nie erhalten. Er korrigierte sich. Die Nachricht, die der Mann von Gertruds Zwillingsschwester Armgard einige Tage zuvor, am 5. September, gekabelt hatte, war nur sieben Wörter lang und dabei noch folgenreicher: *Napoleon kapituliert. Großer Sieg bei Sedan. Joachim.*

Vor zwei Tagen, als Gertrud irgendwo hinter Hamburg in der Eisenbahn saß, hatte ihn eine dritte Depesche ereilt: die des Herzogs. Es sei äußerst unangenehm, Gertrud hätte einen wahrhaftigen Skandal verursacht und zusammen mit der Herzogin gleich eine ganze Phalanx von einflussreichen Personen am Glücksburger Hof und anderen europäischen Höfen beleidigt: Denn Herzog Karl von Schleswig-Holstein-Sonderburg-Glücksburg war der Bruder von Christian IX., König von Dänemark. Er war der Neffe und Schwiegersohn von Friedrich VI., dem früheren dänischen König. Der Adoptivvater Gertruds war außerdem der Onkel der späteren Königin Alexandra von England und der künftigen russischen Zarin Dagmar.

Beust wurde flau im Magen. Er kannte das Temperament seiner Tochter. Aber nein, dachte er, und sein Blick streifte die schlafende junge Frau, dieser Engel konnte keine so verheerende diplomatische Missernte eingefahren haben.

Beust hatte die Depesche des Herzogs hastig aufgerissen. Der Inhalt verwirrte ihn. Von Missverständnissen war die Rede, die bei einem so jungen, fantasievollen Wesen wie des Herzogs geliebter Adoptivtochter versehentlich hervorgerufen worden seien, von elterngleicher Zuneigung zu der neuen Tochter, von den großen Hoffnungen für ihre Zukunft und der Hilfe, die das herzogliche Paar dabei zu gewähren wünschte. Er sprach von Gertrud Elisabeths Schönheit und ihrem Charme, der alle, auch den Hohenzollern-Hof in Potsdam entzückt habe, und wie man sie sogar im dänischen Königshaus um diese Tochter beneide. Dann wieder wurden gewisse Geschehnisse erwähnt, in ungenauen Worten, ernst und schwer von Bedeutung, doch ohne ein einziges Mal zu erklären, was wirklich vorgefallen war. Beust fühlte sich bedroht.

In jener Nacht hatte er sich in seinem Bett hin- und hergewälzt, war vom ersten Gewieher in den Ställen aufgewacht, sein Rücken schweißnass, und hatte sich noch vor dem Frühstück eine halbe Flasche Cognac einverleibt. Niemand wusste, in welche Eisenbahnen sie gestiegen war, und so musste er Stunde um Stunde warten, bis sie ihre endgültige Ankunftszeit telegrafierte. »Sei vorsichtig. Reg sie nicht auf. Überrumple sie nicht, du weißt, wie sie sonst reagiert!« Maries Ermahnungen hatten ihn viel zu früh aus dem Haus getrieben, daher traf er zwei Stunden vor Ankunft des Zuges in Weimar ein und konzentrierte sich darauf, dem Bild eines souveränen Patriarchen zu entsprechen, ein festes Bollwerk für seine mutmaßlich verwirrte Tochter.

Gertrud jedoch misstraute der Selbstdisziplin ihres Vaters in der Frage der Adoption, und so schloss sie die Augen. Sie sehnte sich nach Langenorla, jenem vertrauten, komfortablen Ort, dem sichersten Versteck vor den Kränkungen dieser Welt. Sie wusste aber schon jetzt, wenn sie wieder eine Weile zu Hause wäre, würde sie sich danach sehnen, zu verreisen. Irgendwann gäbe es eine Eisenbahn durch das Orlatal. Sie döste und sah sich in Langenorla ein- und in Pößneck umsteigen, nach Prag fahren oder in Königsberg an Deck eines Schiffes gehen und um die Welt segeln. Amerika wollte sie sehen und China und das ewige Eis im Norden und Paris und St. Petersburg und Italien. Sie hatte noch nie von einer Frau gehört, die allein weiter als in die nächste Stadt gereist wäre. Ihre Träume erlaubten ihr Dinge, die in ihrem Leben undenkbar waren: allein durch fremde Städte zu spazieren, an der Newa entlang, auf der weiße Eisschollen schwammen, sie sah den Winterpalast des Zaren in rotem Licht, kletterte auf die höchsten Gipfel des Himalaja, genoss in London eine italienische Oper, fuhr mit dem Boot unter Mangrovenbäumen an gelangweilten Krokodilen vorbei und ritt auf einem breit schaukelnden Elefanten.

Hermann von Beust beobachtete seine Tochter. Wenn die Apanage wegfiel und mit einer künftigen großen Mitgift nicht mehr zu rechnen wäre, bedeutete das seinen Konkurs. Er musste das, was auch immer vorgefallen war, reparieren. Sein Plan war beinahe vollständig. Das größtes Problem aber blieb die Zeit.

»Oh, hier sind wir schon! Wie ist die Ernte?« Gertrud räkelte sich und gähnte.

»Der Roggen stand gut, fast mannshoch dieses Jahr. Ein wunderbarer Anblick! Weißt du, was du verpasst hast? Ende August haben sich Schneegänse und Schwalben überall im Tal zum Zug nach Süden versammelt.«

»Das hätte ich gern gesehen.« Gertrud lehnte ihren Kopf an die Schulter ihres Vaters. Die Kutsche überquerte unterhalb von Orlamünde die schmale Brücke über die Saale und näherte sich der kleinen Orla, die hier in die Saale mündete. Der Regen hatte allen Staub von den Blättern gewaschen, der Thüringer Wald leuchtete hellgrün am Wegrand, flaschengrün vom Ufer des Flusses und zog sich auf die Kuppen der Berge, wo er zum Schattenriss erstarrte.

»Deine Mutter und ich freuen uns schrecklich über deinen Besuch, das Haus ist so leer, seit dein Bruder tot ist.«

»Wie geht es Armgard?«

»Deiner Schwester geht es gut, glaube ich. Wieso auch nicht? Sie hat einen anständigen, reifen Mann.«

»Etwas überreif.«

»Sei nicht so vorlaut«, sagte ihr Vater.

Achim, der einzige Sohn der Beusts, war vor zwei Jahren, im Alter von erst neunzehn Jahren, in der Klosterschule Roßleben an einer Lungenentzündung gestorben. Man hatte die Krankheit zu spät festgestellt und ihn falsch behandelt. Armgard, Gertruds Zwillingsschwester, hatte vor kurzem einen ruppigen, doppelt so alten, kriegserfahrenen Verwandten geheiratet, Joachim von Beust, königlich-preußischer Hauptmann und Kompaniechef des 2. Thüringischen Infanterie-Regiments in Meiningen. Das Paar lebte nicht weit entfernt auf Schloss Nimritz.

»Hättest du ihn nicht zur Winterjagd eingeladen, hätte er sich nicht die Füße verfroren, hätte er nicht Urlaub nehmen und den nicht in Langenorla verbringen müssen, dann hätte sich Armgard niemals in ihn verliebt.«

Beust lachte. »Sie sind grundverschieden, aber sie wird sich ihm unterordnen.«

»Darauf könnte er bei mir lange warten.«

»Wenn dir eines Tages ein Mann gefällt, wirst du das anders sehen.« Wenn sich diese kleine steile Falte an ihrer Nasenwurzel bildete, betrat er gefährliches Terrain.

Keine der Ehen, die sie kannte, gefiel Gertrud. Höflich, kühl, angespannt, gleichgültig, selten zärtlich. Die ihrer Eltern schien in Ordnung zu sein, etwas langweilig vielleicht, die Mutter gab meistens nach. So schwach wie sie wollte Gertrud nicht sein. Am ehesten noch wie Anna von Stein, die Schwester ihrer Mutter. So oder so – mit der Ehe war eine Frau am Ende ihrer Freiheit angelangt. Aber die Alternativen lockten auch nicht. »Natürlich werde ich eines Tages heiraten, einen starken, klugen, gebildeten Reichen aus einer tausendjährigen Familie. Ich will ja nicht ins Kloster. Und eine alte Jungfer werde ich auch nicht.«

»Du hast alle Zeit der Welt, Liebes.« Die Reparatur der Adoption hatte Vorrang, sein Verhandlungsspielraum gegenüber dem Glücksburger war größer, solange sie nicht verlobt war.

So kurz vor Langenorla drohten keine gefährlichen Fragen mehr. Gertrud wagte Anekdoten aus Glücksburg. »Es war schon ein bisschen verrückt, zu dritt von drei Dienern bedient zu werden. Der Herzog und ich haben oft in den Räumen der Herzogin gespeist. Alle drei huschten um uns herum, der Kammerdiener, Klaproth und Schmidt. Der Kammerdiener trug Suppe auf und schnitt den Braten, Klaproth und Schmidt servierten. Wenn wir Whist oder *Vingt-et-un* gespielt haben, blieb der arme Kammerdiener immer noch auf. Und bei den Empfängen und Bällen kam beinahe ein Diener auf zwei Gäste. Von überallher wurden Leute eingestellt. Und besonders ärgerlich war, wenn die Besten sich freiwillig in den Krieg gemeldet hatten, dann …«

»Wenn die Besten nicht kämpfen, wie soll da ein neues Deutsches Reich entstehen?«

Gertrud zögerte. »So hat man es am Hof nicht gesehen.«

»In Glücksburg ist man ein wenig nachtragend, was unseren Befreiungskrieg gegen Dänemark betrifft.« In der letzten Kurve vor der Schimmersburg erschütterte ein Schlagloch ihre gleichmäßige Fahrt. Beust öffnete die Tür der Kutsche und blaffte Eduard an.

»Ich dachte, die Chaussee nach Langenorla sei ausgebessert?«, fragte Gertrud.

»Das Geld ist noch nicht da.«

»Warum streckst du es nicht vor?«

Beusts Antwort sollte von den Schulden ablenken. »Was ich erübrigen kann, stecke ich in den Krieg.«

»Ich kann auch helfen! Lass mich für den Kriegshilfeverein sammeln. Du kannst mir Eduard mitgeben. Bitte!«

»Solange du hier bist, vielleicht.«

Gertrud sah ihren Vater unsicher an. »Ich bleibe.«

»Darüber sprechen wir in Ruhe. Hast du das vorhin nicht selbst so gewünscht?« Beust blickte aus dem Fenster auf die Felder und den Wald im südwestlichsten Zipfel des Herzogtums Sachsen-Altenburg. Was er sah, gehörte ihm, bis zum Horizont.

Als sei sie noch die kleine Achtjährige, bat Gertrud: »Erzähl mir von dieser Straße.«

Er begann wie jedes Mal. »Als ich vor zweiunddreißig Jahren Langenorla erbte, also 1838, wurde der erste feste Weg angelegt. Man hat Stein für Stein gesetzt und auf einer Seite einen Abwassergraben gezogen. Statt dauernd mit gebrochener Achse liegenzubleiben, konnten wir jetzt richtig fahren. Es ging schnell, und es ruckelte nicht mehr so, dass einem übel wurde.«

»Und als ich zur Welt kam ...«

»Und als du und Armgard zur Welt kamt, im Dezember 1850, beschloss der Gemeinderat ...«

»Also du.«

»... den größten Teil der Strecke mit Kies zu überschütten. Ein paar Jahre später wurden die offenen Straßenrinnen in bedeckte Kanäle verwandelt und die Dorfstraße mit geschlagenen Sandsteinen ausgelegt und mit Kies überschüttet.«

»Habt ihr diesen Sommer endlich die kaputten Wege befestigt?«

»Ich habe Steine in die schlimmsten Löcher kippen lassen. Die Gemeinde hat kein Geld.«

»Warum hast du das nicht bezahlt?«

Weil ich Schulden habe, Dummchen. »Weil das Dorf, wenn man es nicht erzieht, keine eigene Kraft entwickelt. Das wirst du lernen müssen, wenn du hier eines Tages regierst.«

»Stell dir vor, du hättest mich nicht die lange Strecke von Weimar abholen müssen, sondern ...«

Beust lachte, er kannte ihre Fantasien. »Sondern du wärst in Orlamünde oder Rudolstadt ausgestiegen.«

»Oder wenigstens in Jena.«

Er tätschelte ihre Hand. »Weißt du denn das Neueste noch nicht? In einem Jahr soll die Eisenbahn von Gera über Pößneck fahren. Vielleicht gibt es eines Tages auch eine Orlabahn, und Langenorla bekommt eine eigene Haltestelle.«

»Jetzt bist du ein größerer Träumer als ich, Vater.«

Die Kutsche erreichte die leichte Anhöhe der Schimmersburg, ein befestigtes Vorwerk, das im dreizehnten Jahrhundert, zusammen mit dem Rittergut Langenorla, den Rittern Flans von Orla gehört hatte, Vasallen des Grafen von Orlamünde. 1651 hatte ein gewisser Joachim von Beust das Rittergut gekauft.

Bis ins vierzehnte Jahrhundert hieß das Dorf Orla, so wie der Fluss, der in weiten Bögen durch die Dorfwiesen mäanderte, welche die Kutsche jetzt durchquerte. Später wuchs das Dorf entlang der Orla, inzwischen lebten etwa fünfhundert Menschen hier, und man nannte die Gemeinde Langenorla. Es waren vor allem Bauern, Kleinbauern und Handwerker. Nicht weit im Norden lag die Grenze von Sachsen-Weimar, wenige Kilometer im Westen und Süden die Grenze von Sachsen-Meiningen. Menschen, die bloß weiterwandern wollten, stießen hier andauernd auf irgendwelche Ränder der thüringischen Kleinstaaten. Wer vor der Polizei von einem in den anderen Kleinstaat fliehen musste, brauchte manchmal nur das Wirtshaus zu wechseln.

Die Pferde fielen in einen leichten Trab. Gertrud liebte den Moment, wenn die Kutsche um den Hügel der Schimmersburg bog und sich vor ihr in einer langen, ovalen Senke das Dorf ausbreitete. Vom Rand der Straße grüßten Frauen und Männer, die für die Beusts arbeiteten. Die Orla war beim letzten Regen wieder einmal über die Ufer gestiegen und hatte Heu, das nicht rechtzeitig eingebracht worden war, über die Felder geschwemmt. Gertrud sah, wie die Feldarbeiterinnen knöcheltief einsanken.

Langenorla zerfiel in drei Teile. Im Oberdorf umlagerten die Häuser das Schloss wie drei Dutzend Ferkel die Sau. Dann gab es das Unterdorf mit der Kirche und östlich, auf der anderen Seite der Orla, den Gasthof, die Schule und noch einige Häuser. Wiesen und Felder erstreckten sich bis zu den Laub- und Mischwäldern auf den Bergen. Mehr als elfhundert Morgen Wald, Felder und Wiesen gehörten zum Besitz der Beusts. Grundbesitz, den Beust durch gezielte Aufkäufe ständig vermehrte.

Beust schmunzelte. »Sie wird wieder weinen.«

Es war ihr gemeinsames Ritual, und wie immer, wenn beide von einer Reise nach Hause kamen, antwortete Gertrud: »Sie wird weinen. Sie wird ein Taschentuch in der Hand und ein weiteres im Ärmel haben, und beide werden feucht sein, noch bevor wir aussteigen.« Vater und Tochter lachten.

Die Kutsche fuhr am Chausseehaus entlang, vorbei am grünweißen Schlagbaum. Wenn sich früher ein Wagen genähert hatte, war der Schlagbaum herabgefallen. Aus einem ebenerdigen Fenster des Hauses wurde dann ein Stock herausgestreckt, an dessen Ende sich ein Beutel befand. Die Fahrt durfte erst fortgesetzt werden, wenn der Wegzoll entrichtet worden war.

Auf dem Schlagbaum turnten heute Dorfkinder herum, die, als sie das Hufgetrappel und die knirschenden Räder der Kutsche hörten, zur Seite hüpften und große Augen machten. Eines der Kinder war die neunjährige Lili. Sie brachte morgens die Posttasche ins Schloss. Nur wenn die Postkutsche rechtzeitig eintraf, erreichte das Mädchen pünktlich die Dorfschule. Beust war der Meinung, dass ein Bauernmädchen keine zwei Schulklassen brauchte, ein bisschen Rechnen, den Namen schreiben, mehr verlangte das Leben nicht von so einer. Er sprach es nicht laut aus, denn Lili war die jüngste Schwester von Martha Blumenstein. Martha würde maulen und Gertrud sich für beide ins Zeug legen, und das war lästig.

Seit zwei Jahren waren die Postanstalten im Herzogtum Sachsen-Altenburg der Oberpostdirektion in Leipzig unterstellt. Mit der Posttasche, die Lili brachte, kamen die Briefe und Zeitungen zum Morgenkaffee. Dann lasen Hermann, Marie, Gertrud und ihre jeweiligen Hausgäste die neuesten Nachrichten und diskutierten über die Feigheit der Franzosen, die Tapferkeit der deutschen Truppen und die stets zu niedrigen Holz- und Getreidepreise. Manchmal las Beust voller Genugtuung vor, dass ein Deserteur aufgegriffen und ohne viel Federlesens zu schwerem Kerker verurteilt worden war. Jeden dieser Fälle feierte er mit einem kräftigen Schluck Cognac.

Die Kutsche fuhr über die Rittergutswiese durch eine Kastanienallee auf das Schloss zu. Der italienische Baumeister hatte im vergangenen Jahrhundert einfache Formen des Barock gewählt, was dem Schloss ein freundliches, nicht allzu herrschsüchtiges Gesicht verlieh. Es war ein viergeschossiges, symmetrisches Gebäude, mit untergliederter Vorderfront, einem zweifach geschwungenen Dach, umgeben von großen Weiden und jahrhundertealten Kastanien, Buchen und Linden und außerdem einem Wassergraben. Über dem Eingangsportal hingen die steinernen Familienwappen.

Auf den Stufen stand die dreiundvierzigjährige Marie von Beust, geboren als Marie von Holtzendorff auf Schloss Vietmannsdorf in der Uckermark. Sie war fast zwei Köpfe kleiner als ihr Mann, freundlich, sanft und fromm. Gertruds Mutter erkannte die Autorität ihres Gatten in jeder Frage an, außer bei der Leitung des großen Haushalts. Die Freifrau zerknüllte ein großes weißes Taschentuch.

»Sie schnieft«, sagte Hermann von Beust.

»Und wie.« Gertrud winkte ihrer Mutter zu und sprang, als die Kutsche auf dem Rondell hielt, so leichtfüßig heraus, als trüge sie unvorstellbarerweise Männerkleidung.

»Gertrud, mach langsam. Liebes Kind, dass du wieder da bist!« Gertrud hob ihre Mutter ein paar Zentimeter in die Luft, worauf diese wie immer rief: »Kind, du hebst dir einen Bruch! Nein, ist das schön! Hast du gegessen? Im Zug geschlafen? Geht es dir gut? Hermann, ist das nicht schön?« Sie zog die Tochter ins Haus, Eduard lud mit Marthas Hilfe ab. Marie wandte sich noch einmal um. »Hinauf mit den Koffern in die Halle. Fährt mit zwei Koffern weg und kommt mit fünfen wieder. Meine Güte, was hast du da bloß alles drin?«

Eine Viertelstunde später lag Gertrud von Beust auf ihrem alten Bett, hörte in der Ferne, wie die Pferde ausgeschirrt und in den Stall geführt wurden, und genoss das Gezwitscher der Vögel in den Weiden am Wassergraben. Insekten sirrten zwischen den Weinblättern herum, die an der Außenwand des Schlosses emporrankten. Die wuchtigen Möbel waren weiß lackiert, rosafarbene und dunkelrote Rosen zierten die Tapete, ihre Blätter waren lindgrün wie die Gardinen. Sie blickte in den weißen Tüllhimmel über dem Bett. Klara klopfte. Die magere Hausdame hatte heißes Wasser in die Badewanne gelassen und Badesalz darin gelöst. Auf einem Stuhl lagen dicke Handtücher.

»Brauchen Sie noch etwas, gnädiges Fräulein?«, fragte Klara.

»Nein«, sagte Gertrud und versank bis zum Kinn im Wasser. Die Eltern wollen mit mir allein reden, dachte sie, ohne die Tanten. Sie übte die Sätze, mit denen sie ihren Eltern die Ereignisse in Glücksburg so schildern wollte, dass niemand ihre Unschuld bezweifelte.

Etwas später ging Gertrud durch die Halle im ersten Geschoss des Schlosses. Sie wurde als Speisesaal genutzt, wenn viele Gäste eingeladen waren oder wenn die Familie Feste veranstaltete. Das Licht fiel durch drei hohe Fenster an der Hofseite des Saals. Von den beiden langen Seiten zweigten die Türen ab, zum Arbeitszimmer des Vaters, zum Kabinett, zum privaten Esszimmer, zu mehreren Schlafräumen, den privaten Wohnzimmern und den Bädern. Zwischen den schweren weiß lackierten Eichentüren standen Kommoden, ein gemauerter weißer Kamin und wuchtige weiße Schränke. In einem wartete mit rosafarbenen Schleifen geschnürte Leinen- und Damastbettwäsche auf ihre Hochzeit. An den beiden kurzen Enden des Saals standen Sitzgruppen, gleichfalls weiß lackiert und mit leuchtend blauen Polstern bezogen. Die Decken hatte der italienische Baumeister mit Vögeln, Akanthus, Palmblättern, Ranken, Medaillons, Ornamenten, Wappen und mit den verschnörkelten Initialen der Familie verziert.

Eine hohe, verglaste zweiflügelige Tür führte von der Halle ins Treppenhaus. Sie schwang hinter Gertrud, die die Sandsteintreppe in die Eingangshalle hinablief, zu. Eine der Türen hier unten im Erdgeschoss führte in das Büro, einen dunkelhölzernen Raum voller Akten für die Verwaltung von Schloss, Hof, Landwirtschaft, Forst und Gemeinde. Mitten im Büro stand ein riesiger schwarzer Tisch, an dem Beust seinen Verwalter, den Pfarrer oder Abgesandte aus anderen Gemeinden empfing. Hier urteilte er in Konfliktfällen, als wäre er weiterhin Gerichtsherr. Oft thronte Beust dort, allen neuen Gesetzen zum Trotz, Ankläger und Richter in einer Person. Neben dem Büro lag der Speisesaal, daneben die Küche, Vorratsräume und Toiletten für Gäste und Gesinde. Am Ende der Halle führte eine Tür in den Keller, wo Wein und Vorräte lagerten, die die gesamte Familie viele Jahre lang ernähren könnten.

Der Geruch von Rehbraten und Klößen zog durch die Halle, in der Gertrud gedankenverloren ihre Heimkehr feierte. Auf einem Bein versuchte sie, diagonal durch die Halle zu hüpfen und dabei die Kanten der Sandsteinplatten nicht zu berühren. Beusts Kammerbursche tauchte von irgendwoher auf, öffnete dem Pfarrer Ernst Robert Moser die Tür und führte ihn nach kurzer Anmeldung in das Büro von Beust, der ihn ungnädig begrüßte. Im Speisesaal fand Gertrud ihre Mutter allein am Ende einer Tafel, an der zwanzig Personen Platz gefunden hätten. Man sei allein, der Vater käme gleich, allein, ganz ohne die ständigen Hausgäste, die Tanten und die Großmutter, die auf ihren Zimmern bleiben sollten. Gertrud würde sie alle morgen sehen.

»Tragt auf«, wies Marie das Personal an und stellte sich neben ihre Tochter ans Fenster. Armeen von Schnaken tanzten über dem Wassergraben. »Die Adoptionsurkunde aus Kahla ist eingetroffen, und eine Reihe von Einladungen an den Hof.«

»Nach Altenburg?«

»Und Weimar. Es ist unglaublich, wie rasch sich die Adoption herumgesprochen hat! Den Lieferanten sind jetzt die Mäuler gestopft.« Gertrud war verwirrt, womit waren den Lieferanten die Mäuler gestopft und warum? Sie fragte nicht. Beide Frauen warteten.

Nebenan im Büro stieg in Beust Ärger hoch. Dieser Pope ging ihm gewaltig auf die Nerven. Er hatte ihn für die Gemeinde eingestellt, weil er anpassungsfähig war und tat, was der Freiherr verlangte. Der dünne Mann jammerte und klagte. Wenn der Baron weiter die Löhne am Sonntag auszahlte, wer komme dann noch in die Kirche? Kein Tagelöhner war seit Juni in der Kirche gesehen worden. »Das fügt der Kirche im Ort großen Schaden zu. Wie sollen die Menschen zu Gott finden?« Und trotzig ergänzte er: »Das habe ich auch in der Kirchenchronik notiert.« Doch er bereute seine Kühnheit sofort und stotterte: »Dass die Ernte gut war und der Kirchenbesuch mäßig.«

Beust sah ihn finster an. Was fiel diesem lächerlichen Gottesmännchen ein? Er zahlte seinen Tagelöhnern den Lohn aus, wann er wollte, und für sein Seelenheil betete Marie mehr als genug. Hatte seine sanfte Gattin der Kirche von Langenorla nicht kürzlich zwei Kerzenleuchter geschenkt? »Unsere Tochter Gertrud ist nach Hause gekommen, und wir wollen essen. Sie entschuldigen mich.«

Dem Pfarrer wurde es mulmig. Das würde unangenehme Folgen haben, schließlich musste der Patron zustimmen, dass das Pfarrhaus renoviert wurde. Gertrud lehnte in der Tür, das Kleid altrosa, die wilden Haare mit einer Schleife gebändigt, diese Augen und diese – der Pfarrer dachte an den knochigen Körper seiner lustlosen Frau, die nachts lieber an der Orla herumlief, als ihn zu »erkennen«, wie die Bibel es nannte. Er sah Beusts Tochter an und versprach seinem Gott viele reuige Gebete.

Die Ankunft des Pfarrers war von vier neugierigen alten Damen belauscht worden, die gar nicht daran gedacht hatten, an so einem Tag dem strengen Schwiegerenkel und Großneffen zu gehorchen und ihre Zimmertüren im zweiten Obergeschoss verschlossen zu halten. Die vier waren seit Jahr und Tag Hausgäste. Der unangemeldete Besuch des Pfarrers ließ sie höhere Rechte geltend machen. Wenn der alte Jammerlappen kommen durfte, was galt da ihr Versprechen? Sie eilten kichernd und schnatternd die Treppe hinunter und verkündeten, die Quarantäne sei nun aufgehoben. Der Pfarrer floh. Vier aufgeregte ältere Gestalten eilten auf Gertrud zu. Alle wollten die Nichte und Enkelin gleichzeitig umarmen. Gertrud wurde an eine üppige Brust, in eine Wolke aus Parfüm gedrückt. »Ihr bringt mich um!«, protestierte sie.

»Niemals, Kindchen, niemals!« Luise Henriette von Beust, geborene von Kropff auf Zeutsch, presste die Enkelin an sich. Gertrud hatte das Gefühl, im weichen Fleisch der Großmutter zu ersticken. Den süßlichen Geruch kannte sie, seit sie klein war. Er gehörte zu Langenorla wie die Ratten im Wassergraben, das Gewieher der Pferde in den Ställen und der Geruch von Rehbraten. Sie schnappte nach Luft, und küsste die Großmutter, während Minette von Kehler an ihr zerrte.

»Du bist wieder da, wieder da!« Großtante Minette, die Schwester der Großmutter, war nicht ganz bei sich. Gertrud küsste auch die Tante liebevoll. Im Krieg 1806 hatte ein Soldat der jungen Minette im Wochenbett fälschlicherweise berichtet, ihr Mann, der Leutnant, sei gefallen. »Da brach bei ihr der Wahnsinn aus. Unrettbar«, hatte Hermann von Beust seiner Tochter vor Jahren erklärt. Tantchen Minettes Hals roch nach Lavendel und war staubig vom Körperpuder, der sich in den Hautfalten ihres Halses abgelagert hatte.

»Gebt mir das Kind, ihr lästigen Alten!«, forderte die Generalin Auguste von Knobelsdorff. Ihre kräftigen Oberarme raubten Gertrud die Luft, bis sie japste. Die Knobelsdorffsche riskierte das tiefste Dekolleté von allen, ihre Haut war ein wenig feucht und roch nach Sandelholz. Die Tante war ein Dauergast, während Gertruds Kindheit zuständig gewesen für Süßigkeiten, wenn die Eltern sie bestraft hatten. Ihr Zimmer oben im zweiten Stockwerk war vollgestopft mit Aufmerksamkeiten des Königs, denn ihr verstorbener Gatte hatte, wie Marie von Beust berichtete, »im verhängnisvollen Jahre 1848 den Prinzen Wilhelm von Preußen vor dem Pöbel geschützt und ihm zur Flucht nach England verholfen.«

Zuletzt umfingen Gertrud die mageren Arme von Ida von Breitenbuch, einer Stiftsdame aus Halle, die ebenfalls zum festen Inventar des Hauses gehörte. Die Breitenbuch umarmte knochiger und ließ Gertrud mehr Luft, obgleich die Gute stets ein wenig säuerlich roch.

»Welche Freude, welche Freude!« Ida von Breitenbuch gab Gertrud frei, wieselte zum Klavier und begann zu singen. Die langnasige Frau drehte sich jeden Morgen sorgsam rechts und links neben den Ohren Löckchen, die nun bei jeder Tastenberührung hin- und herwippten. Frau von Breitenbuch rechtfertigte ihre Anwesenheit, indem sie behauptete, Marie von Beust im Haushalt zu helfen. Zum allgemeinen Missvergnügen sang sie inbrünstig und häufig. Sie stimmte eine Arie aus dem *Freischütz* an, klimperte über die Tasten, schnaufte tief durch und sang: »Ich war mal jung und schön.«

»'s ist nun nicht mehr zu sehn«, brummte Beust. Alle außer Ida von Breitenbuch lachten. Er verschob das leidige Thema Glücksburg auf den nächsten Tag. Marie hieß Geschirr für die vier Hausgäste auftragen, und alle setzten sich zu Tisch.

»Was ist das?«, fragte Gertrud hungrig ihre Mutter.

»Die Vorspeise, Liebes.«

»Runkelrüben? Aber das ist doch Essen für – Leute!«

»Liebes, wir haben Krieg. Man isst das derzeit in vielen hohen Häusern, als Symbol, dass alle Deutschen, ob hoch oder niedrig, für die deutsche Einheit Opfer bringen. Probier wenigstens. Anschließend gibt es Rehbraten und die Klöße, die du so liebst.«

Gertrud ekelte sich vor Rüben. »Entschuldigt mich bitte.« Sie hielt sich eine Hand vor den Mund und lief hinaus.

Die Tanten und die Großmutter plapperten durcheinander. »Was hat sie denn, das gute Kind? Sollen wir nicht nach ihr sehen?«

Beust winkte ab. »Bleibt sitzen. Sie ist müde von der Reise, und wir wissen ja noch immer nicht, was sich dort oben eigentlich zugetragen hat. Marie sagt ihr später noch Gute Nacht, und wir anderen lassen sie bis morgen in Ruhe.«

Als Marie von Beust später nach ihrer Tochter sah, lag diese tief eingesunken in Kissen und Federbett bei offenem Fenster, atmete regelmäßig und rührte sich nicht mehr.

Elf Stunden später erwachte Gertrud. Sie zog die Klingel und verlangte heißes Badewasser und ihr Frühstück: Weißbrot, Honig, Tee, Eier im Glas und etwas Obst. Beust stiefelte seit Sonnenaufgang im Wald herum, berichtete Klara, und die Mutter war mit der Kutsche nach Rudolstadt gefahren, um Stoffe auszusuchen. Gertrud streifte durch das Haus, lief über den Wassergraben und die kleine hölzerne Brücke über die Orla zum Rittergut. Sie streichelte ihr Lieblingspferd und scherzte mit dem Stallknecht.

Am späten Nachmittag saßen beide Eltern im kleinen privaten Salon, dem Ort größter Familiengeheimnisse, und warteten auf die Glücksburger Enthüllung. Marie wirkte ein bisschen ängstlich.

Die Eröffnung des Familiengesprächs lag wie immer bei Hermann.

»Liebe Gertrud, du hast uns mit deinem Telegramm überrascht.« Beust sagte ihr nicht, dass auch der Herzog eine Depesche geschickt hatte. »Bitte erzähl uns, was passiert ist.«

»Es wird euch nicht gefallen.« Gertrud saß den Eltern gegenüber und verschränkte die Hände ineinander. »Ich kann wirklich nichts dafür. Ihr könnt euch nicht vorstellen, wie es an einem solchen Hof zugeht. Sie streiten unaufhörlich miteinander. Der Herzog hat einen Hofstaat, der ist deutsch, und die Herzogin hat einen, der ist dänisch, und die beiden führen gegeneinander eine Art Krieg.«

»Um sich die Düppeler Schanzen zurückzuholen?«, fragte Beust spöttisch. »Was ist passiert, dass du allein eine so weite Reise gemacht hast?« Er betrachtete besorgt ihren gesenkten Kopf und sah tiefe Schatten unter ihren Augen. So nervös habe ich sie noch nie gesehen, dachte er.

Gertrud wusste nicht, wie sie beginnen sollte. Am Morgen nach dem Ball war ihr alles leicht erschienen. Sie würde nach Hause fahren, alles berichten, ihre Anklage formulieren, und ihr Vater würde alles regeln. Nun ahnte sie zum ersten Mal, dass sie nichts beweisen konnte.

»Ich ...«

»Ja?«

Sie fühlte sich wie vor ihrem ersten Hindernisritt. Damals hatte ihr ein erfahrener Reiter geraten: Wirf deine Angst über die Hürde, dein Körper und das Pferd werden schon folgen. An jenem Tag hatte sie sich selbst übertroffen. Sie beschloss, den Eltern die Einzelheiten der Glücksburger Affäre auf einen Schlag offenzulegen, anstatt sie sich mühsam aus der Nase ziehen zu lassen.

Nach Gertruds Beichte hielt sich Marie von Beust beide Hände vor den Mund. »Mein Gott, unser Ruf!«

Hermann ärgerte sich über seine Frau. Sie hatte ja recht, aber so würden sie Gertrud nicht dazu bringen, nach Glücksburg zurückzukehren. »Wenn der Herzog sie nicht besser vor ekelhaften Verleumdungen dieser Art schützen kann, Marie, hat er unsere Tochter nicht verdient.«

»Und wenn es gar keine Verleumdungen sind?« Gertrud hatte lange genug Zeit gehabt, darüber nachzudenken.

Marie schnappte nach Luft: »Du meinst, man könnte dort allen Ernstes denken, du, unsere Tochter – wie entsetzlich!«

Gertrud fragte: »Wie soll ich das Gegenteil beweisen?«

»Es ist Sache des Herzogs, das Gegenteil zu beweisen, und noch besser wäre es, wenn die Herzogin sich für dich engagieren würde.«

»Du hast recht, Mutter, aber sie hält viel von der Hedemann, sie ist ihre Vertraute und meine Erzfeindin, weil ich ihren Sohn nicht will.«

»Mein armes Kind.« Marie tätschelte Gertruds Hand und sah ihren Mann hilflos an. Beust schwieg, dann sagte er: »Deine Eltern werden nachdenken und das irgendwie in Ordnung bringen. Lass uns bitte allein.«

Gertrud küsste beide erleichtert und verließ den Salon. Sie glaubten ihr, dem Himmel sei Dank, sie glaubten ihr.

»Wie konnte das passieren?«

»Du weißt so gut wie ich, worum es dem Herzog ging.« Beust hasste es, wenn seine Frau sich dumm stellte. »Was konnten wir schon dagegen haben, dass sie in geordneten Verhältnissen bei ihm lebt? Hatten wir eine Wahl in unserer Lage?« Beust holte tief Luft. »Das Kind muss zurück!«

»Wirst du es ihr sagen?«

»Erst einmal sagen wir ihr überhaupt nichts. Wir lassen ihr etwas Zeit. Der Glücksburger wird notgedrungen einverstanden sein. Er hat jetzt erst einmal mit dem Krieg zu tun. Hauptsache, wir schicken sie zurück.«

6

Langenorla,
Oktober 1870

Unten im Tal lag Langenorla im Herbstnebel, hier oben, auf der Würzbachhöhe, ging die Sonne auf. Man schien dem Dorf eine Mütze aus grauer Rohwolle übergestülpt zu haben. Die Tage waren kälter geworden. Hermann von Beust, Gertrud und Beusts Förster Preßler erreichten die kleine Lichtung im Wald, den »Vogelherd«. Dort war eine kleine Hütte mit Fichtenzweigen getarnt, darin standen ein Kochherd, ein paar Stühle, eine Bank und ein Tisch. Auf dem freien Platz vor dem Häuschen standen kahle Bäume, die man »Krakeln« nannte. An jedem Stamm hing ein kleiner hölzerner Vogelkäfig, in dem sich eine lebende Drossel befand, die »Locke«. In der Mitte des Kreises aus Krakeln hatte man einen drei Meter langen Erdhügel aufgeschüttet und ihn innen ausgehöhlt. Auf seinem Rand standen kleine Näpfe mit geriebenen Möhren und Wacholderbeeren. Sie waren auf Krammetsvogel-Jagd. Die großen Zugvögel mit den gelben Beinen hießen andernorts »Wacholderdrosseln«. Preßler hatte Wache zu halten. Beust schnarchte auf der Bank. Gertrud las.

Leise weckte der Förster Beust. »Sie sind da.« Die drei lauerten, bis sich der sechste Krammetsvogel auf dem Hügel niedergelassen hatte und in die Falle gegangen war. Auf Beusts Kommando zog Preßler das Netz, in das die Vögel gefallen waren, zu. Preßlers Aufgabe war nun, die Vögel mit leichtem Druck auf das Genick zu töten, sie auf eine Schnur zu ziehen und sich für den Weg bergabwärts über die Schulter zu hängen.

Sie erreichten das Tal, als die Sonne das Dorf aus dem Nebel befreit hatte. Beust lief das Wasser im Mund zusammen. »Eine feine Vorspeise! Die Köchin wird sie rupfen, leicht ansengen, aber nicht ausnehmen. Dann werden sie schnell und kross in Butter gebraten, mit gerösteten Semmelbröseln bestreut und mit brauner Butter und schaumig geschlagenem Kartoffelbrei serviert.« Beust seufzte voller Vorfreude.

»Ich werde mir einen Hasen fangen«, sagte der Förster.

Beust lachte. »Fängst du dir einen Krammetsvogel, fang ich dich! Dann kommst du auf die Leuchtenburg.« Der Förster lachte nicht mit. Auf der Leuchtenburg hatte sein Onkel wegen Feldfrevels zwei Jahre gesessen, nur weil er nach einer verregneten Ernte ein paar Kartoffeln vom Beustschen Acker genommen hatte.

Gertrud lag im Bett und presste ihr Kopfkissen aufs Ohr. Die Sonne stand ungefähr bei zwei Uhr nachmittags, und ihre Strahlen blendeten sie. Sie hatte zu viel von den Krammetsvögeln gegessen und war eingeschlafen, kaum, dass sie sich nach dem Mittagessen auf das Bett gelegt hatte. Unten am Wassergraben zankte sich irgendwer. Gertrud räkelte sich, griff nach dem Morgenmantel und öffnete das Fenster. Durch das rote und gelbe Weinlaub, das sich am Haus emporrankte, rief sie hinunter: »Wer schreit da so? Ihr habt mich geweckt!«

Lilis helle Stimme antwortete: »Du kannst jetzt nicht schlafen, gnädiges Fräulein! – Aua!«

Gertrud hörte die Köchin: »Sagst du gefälligst nicht ›du‹ zu unserer Baronesse?«

»Du dumme Frau, das stört sie nicht! Sie, gnädiges Fräulein, es ist was Schlimmes passiert.«

»Kommt beide in die Halle!«, befahl Gertrud.

Das Mädchen und die Köchin Thekla, eine mittelgroße, rundliche Person, warteten in der Halle. Die kleine Lili war empört. »Es hat sich ein furchtbarer Unfall ereignet. Hörst du – hören Sie, Fräulein! Der Gustav Schwalbe ist von der Dreschmaschine gefallen …«

»Die, die der Herr Baron neu gekauft hat«, ergänzte die Köchin.

Lili fuhr fort: »Von ganz oben ist er heruntergefallen und mit seinem Fuß da hineingeraten, wo die Garben reingelegt werden. Stiefel hatte er an, aber die haben ihm nichts genützt. Sein Fuß ist zermatscht wie gekochter Lauch …«

»Lili! Erschreck das gnädige Fräulein nicht!« Die Köchin rieb sich die Hände an ihrer Schürze.

Das Mädchen ignorierte sie. »Wie Brei! Im Krankenhaus in Jena machen sie ihm einen neuen Fuß aus ... aus Gips oder Holz ...«, die Kleine zögerte, »glaube ich.«

Die Köchin sah Gertrud erblassen. Der Herr Baron würde sicher furchtbar wütend werden. Das Personal sollte von seinem Liebling alles Schreckliche fernhalten.

»Woher weißt du das, Lili?«, fragte Gertrud.

»Weil ich dabei war. Dann haben sie mich weggeschickt und sich furchtbar gestritten. Der Bruder vom Gustav, der Wilhelm, der so lange fort war, ist angerannt gekommen und hat den Verwalter von Ihrem Vater ...«

»Vom Herrn Baron«, korrigierte die Köchin.

»Meinetwegen vom Herrn Baron, aber davon tut dem Gustav der Fuß nicht weniger weh! Der hat ihn angeschrien ...«

»Wer hat wen angeschrien?«, fragte Gertrud.

»Der Bruder vom Gustav, der Wilhelm, den ...«

»Der rote Wilhelm«, stieß die Köchin verächtlich heraus.

Lili nahm die Anregung auf. »Der rote Wilhelm hat den Verwalter angebrüllt, dass sie alles Geld aus den Leuten rauspressen und sich nicht um ihre Sicherheit kümmern ...«

Die Köchin packte Lili am Arm und keifte: »Wie kannst du dem Fräulein so etwas erzählen?«

»Wenn es doch wahr ist!«

»Darauf kommt es nicht an.«

»Wenn ihr weiter so durcheinanderschreit, nehme ich die alte Zelle wieder in Betrieb.«

»Was denn für eine Zelle?«

»Die Gefängniszelle im Keller«, flüsterte die Köchin ehrfürchtig.

Lili Blumenstein riss die Augen weit auf. »Aber im Keller sind Würste und Pflaumen und Winteräpfel, und vor Dunkelheit hab ich sowieso keine Angst.«

Diese freche Kleine, dachte Gertrud. »Nicht der Vorratskeller, Lili. Eine halbe Treppe runter, dann links, in einer schwarzen Ecke liegt ein großes, dunkles, feuchtes Gewölbe ...«

»Mit Mäusen?« Lili hielt sich die Hand vor den Mund.

»O ja, und mit Ratten«, ergänzte die Köchin.

»Dahinein sperrt mein Vater Leute, die Verbrechen begehen. Das nennt man Patrimonialgerichtsbarkeit«, scherzte Gertrud.

»Das ist vorbei«, sagte die Köchin.

Gertrud sah nicht, wie sich ihr Gesicht verdunkelte. »Musst du alles verraten?«

»Ich finde das nicht witzig«, sagte die Köchin leise.

»Was ist Patri… Patromi… Was ist das, was du gesagt hast?« Lili kümmerte sich nicht um die plötzliche Spannung zwischen den beiden Frauen.

Gertrud fragte die Köchin: »Warum bist du beleidigt? Es ist doch schon so lange her.«

Thekla wickelte ihre Hände verlegen in den Stoff der Schürze. »Nicht für mich.«

Gertrud sah sie fragend an.

»Knapp zwanzig Jahre ist es jetzt her. Kurz vor Ihrer Geburt, gnädiges Fräulein, und der von Ihrer Zwillingsschwester.«

»Das tut mir leid.« Gertrud wusste nicht, warum ihr Vater Thekla damals bestraft und eingesperrt hatte. Sie wollte die sichtlich verlegene Frau nicht fragen. Etwas Tröstliches schien angemessener. »Nun, du arbeitest ja noch immer hier. Mein Vater hat dir offensichtlich verziehen.«

Das Kind drängte: »Was ist Pati…minimal?«

Die Köchin schob das Mädchen mit dem Arm beiseite. »Geh die Post holen.«

»Ich will es aber wissen!«

Mit einem unsicheren Blick auf Gertrud erklärte Thekla: »Patrimonialgerichtsbarkeit ist, wenn der Schlossherr der Richter über alle ist, die auf seinem Land leben.«

Lili dachte einen Moment nach. »Warum?«

»Verschwinde jetzt!«

Lili zog einen Flunsch. Sie schlurfte trotzig über die Steinplatten. »Martha wird es mir erklären.«

»Die weiß gar nichts, Dummchen!«, rief Thekla ihr nach.

Für Gertrud war die Frage des Kindes erledigt. »Was hat man mit dem armen Schwalbe gemacht?«

»Eduard fährt ihn nach Jena ins Krankenhaus«, antwortete die Köchin.

»Gut, er soll die Kutsche nehmen, da sind die Schlaglöcher nicht so schmerzhaft.«

»Nein, das Coupé braucht Ihr Herr Vater. Er muss nach Altenburg zu einer Sitzung wegen der Saalbahn. Man hat den Gustav auf Strohsäcken auf den Leiterwagen gelegt.«

»Ich ziehe mich rasch an und besuche Frau Schwalbe. Pack mir einen halben Kuchen ein, Thekla.« Gertrud lief die Treppe nach oben. Dunkle Kleidung? Tot war er nicht.

Als sie eine halbe Stunde später die Halle durchquerte, einen Mantel übergeworfen und den Kuchen in der Hand, stand dort kerzengerade die Frau des Pfarrers, als wartete sie auf die Eisenbahn. Sie hatte von der Sache mit dem jüngeren Schwalbe gehört und wollte Gertrud begleiten, um ihren Mann zu vertreten, der nicht von seinem Klavier wegzubewegen war.

Die beiden in jeder Hinsicht ungleichen Frauen nahmen nicht die Allee, die in einer Rechtskurve seitlich am Schloss entlang zur Landstraße und zum Unterdorf führte. Sie überquerten gegenüber des Schlossportals die kleine steinerne Fußgängerbrücke über den Wassergraben und wenige Meter dahinter die hölzerne, ebenfalls nur für Fußgänger, Schafe und Pferde geeignete Holzbrücke über die Orla.

Margarethe Moser, die Frau des Pfarrers, hielt auf der kleinen Brücke und sah auf den Fluss. Sie fürchtete sich in diesem wasserreichen thüringischen Tal vor nichts so sehr wie vor Wasser. Ihre Angst galt weniger dem Wasser aus der modernen Leitung, die Langenorla seit rund zwei Jahren besaß: Aus den neuen Hähnen lief das Wasser diszipliniert und verblüffenderweise fast immer in der gleichen Stärke. Es lief in der Küche und im Bad. Es lief im Schloss, im Pfarrhaus, beim wohlhabenden Schreiner und in zwei weiteren Häusern. Überall in der gleichen Stärke.

»Ein bisschen sehr demokratisch, diese Wasserleitung.« Margarethe Moser kicherte, sie hatte Gertrud vergessen. Die blickte in das Gesicht ihrer Begleiterin und fragte nichts. Sie erwartete nie eine klare Antwort von der Frau des Pfarrers.

Die Orla floss durch das Tal, und schwang sich von einer Talseite zur gegenüberliegenden. An einer Stelle zog der kleine Fluss eine so spitze Kurve, als erwöge er, in die entgegengesetzte Richtung zu fließen. Das Gewässer besaß ausgestreckte kleine Nebenarme, nährte Tümpel und setzte mehrmals im Jahr das Tal unter Wasser.

Vor diesem unchristlich freien Wasser fürchtete sich die Pfarrersfrau entsetzlich, und zugleich zog es sie an wie ein Magnet einen Eisenspan. Stand sie zu nahe am schilfreichen Ufer der Orla, war es, als zögen unsichtbare Arme an ihr. Aber sie konnte nicht schwimmen. Einer der Tagelöhner musste nur rufen: »Frau Pfarrer steht wieder am Wasser!«, dann lachten alle, und Margarethe Moser rannte davon, so schnell sie nur konnte.

Die beiden Frauen waren über die Orlabrücke gegangen und durchquerten das Rittergut auf dem Weg zur Dorfstraße. Als ob sie ihre Begleiterin jetzt erst bemerkt hatte, sah die Pfarrersfrau auf und fragte unvermittelt: »Wussten Sie eigentlich, dass ich Lehrerin werden wollte?«

»Gouvernante«, korrigierte Gertrud sie.

»Nein, eine richtige ausgebildete Lehrerin für Biologieunterricht an höheren Schulen.«

»Frauen können doch nicht Lehrer sein!«

»Das hat man mir auch gesagt«, erwiderte Margarethe Moser traurig und fügte eifrig hinzu: »Wenn wir mehr wüssten ... wenn wir Lachs- und Forelleneier in kleine Teiche legen würden, könnte der Fischfang im Orlatal sehr belebt werden.«

Lili hatte den beiden Frauen lange hinterhergesehen. Das Mädchen hockte im Schilf der Orla und summte. »Ich mag keine Tanten und sonstige Verwandt'n. Mag lieber mich befreund'n mit Tier'n, die find ich auf Bäum'n.« Ihr Lied holperte, aber sie war zufrieden. Ein Knecht trieb die Schafe über die beiden Brücken zur Rittergutswiese hinter dem Schloss. Später kam das Fräulein vom Schloss wieder aus dem Dorf zurück. Allein.

Noch etwas später raschelte es neben Lili. Margarethe Moser kauerte sich ins Schilf, wähnte sich allein, hielt die Augen geschlossen und dirigierte mit einer Gerte das Quaken der Frösche. Lili kroch einen halben Meter näher.

»Lasst mich, ihr Miasmen des Pfuhls, die ihr dünstet und Krankheiten und Geister hervorbringt ...«, sang die Pfarrersfrau.

Lilis Lachen explodierte wie der Korken aus einer Flasche.

Am nächsten Morgen hatte Eduard Eberitzsch die Pferde angespannt, und unter der Anteilnahme sämtlicher Großmütter, Großtanten, des Personals und ihrer Eltern stieg Gertrud ein. Man verabschiedete sie, als zöge sie in eine Schlacht. Sie trug ein flaschengrünes, fliederfarben gepaspeltes, hochgeknöpftes Kleid, einen dunkelgrünen Mantel aus Wolltuch, einen grün-violett gemusterten Schal, den sie sich lose um den Kopf geschlungen hatte. Ihre Haare waren mit vielen Haarnadeln hochgesteckt. Handschuhe aus feinstem Nappaleder reichten bis zu ihren Ellenbogen. Auf ihrem Schoß hielt sie ein rot lackiertes Gefäß aus Blech, einem Milcheimer ähnlich. Gertrud von Beust fuhr nicht auf einen Ball, nicht auf die Jagd – sie fuhr los, um Geld zu sammeln, für den Krieg gegen den »Erbfeind«.

Einige Stunden später trabten die Pferde die Chaussee entlang, durch Naschhausen nach Kahla. Es war ein freundlicher Herbsttag. Die Wälder leuchteten in bunten Farben, und Gertrud hatte mehr Geld für das Lazarett gesammelt, als man von ihr erhofft hatte. »Kaum einer vermag, sich ihrer Überredungskunst zu entziehen«, hatte der Kutscher in der letzten Ortschaft gelobt. Das Geräusch der Hufe machte Gertrud schläfrig.

Auf der Chaussee kam ihnen ein Wanderer entgegen. Ein junger Mann in schweren Stiefeln, blauen Arbeitshosen, einer schwarzen Jacke, mit rotem Halstuch. Er spielte mehr mit seinem Spazierstock, als dass er sich auf ihn stützte; den vollen Beutel auf seinem Rücken trug er mühelos. Er sah gut aus, ein kräftiger Mund, braune Haare und spöttische, kein bisschen ehrerbietige graue Augen. Gertrud ließ Eduard langsamer fahren und wandte den Blick nicht vom Gesicht des Fremden. Der zwinkerte ihr zu. Was für ein frecher Mensch! Sie spürte, wie sie errötete. Der Fremde zog die Augenbrauen hoch und nickte leicht und dreist.

Eduard rief: »Hee, du, wir sammeln für den Krieg!«

»Mein Name ist nicht ›Hee du‹«, sagte der Fremde gelassen und sah Gertrud unverwandt an.

»Wie heißt du?«, fragte die junge Frau.

Voller Ironie deutete er eine Verbeugung an. »Lauterjung mein Name. Und wie heißt du, mein Fräulein?«

Eduard griff nach der Peitsche und schimpfte: »Wage Er es nicht, das gnädige Fräulein zu beleidigen!« Und zu ihr sagte er verächtlich: »Das ist wieder einer von diesen Sozialdemokraten.«

Einen Gesichtsausdruck wie den des jungen Mannes hatte sie noch nie zuvor gesehen. Sie hielt dem Wanderer den Blecheimer entgegen. »Geben Sie etwas für den Krieg!«

Der machte ein Gesicht, als hätte sie ihn enttäuscht. »Ich zahle nichts für diesen Krieg.«

»Es geht um das deutsche Vaterland.«

»Was für ein Vaterland?«

»Na, deines und meines. *Unser* deutsches Vaterland.«

Der Mann lachte laut auf. »Eure Sammelei für den Krieg ist wie die Fronsklaverei vergangener Zeiten. Ihr behauptet, für uns Verantwortung zu tragen, dabei beutet Ihr uns nur aus. Ihr ruft das Himmelreich an und meint dabei immer nur Eure eigenen Interessen. Schade, dass eine so schöne Frau so dumme Ansichten vertritt. Ihr lebt hier in einem gut gepolsterten Nest und wisst überhaupt nichts von dieser Welt.«

Eduard Eberitzsch wurde wütend. »Wie redest du mit der Baronesse?«

Aber Gertrud wollte sich streiten. »Ich habe sicherlich eine bessere Schulbildung als Er – Großmaul! – Nein, Eduard, lass mich! – Ohne das Deutsche Reich wirst du weiter an jeder Grenze deinen Pass zeigen müssen.«

»Ihr findet für diese Erleichterung gewiss andere Schikanen.«

»Ist dein Mann im Reichstag nicht dieser Bebel, der immer so fürchterlich lange Reden hält?«

Der Fremde verbeugte sich ironisch. »Wie bin ich dankbar, dass ich wählen darf!«

Eduard raunzte ihn an. »Bist du vielleicht ein Jude? Hast du nicht innerhalb von zwölf Stunden aus dem Bezirk zu sein? Danach prügel ich dich raus!«

»Nein, ich bin kein Jude. Und wenn? Ich habe alle Passierscheine, und nun, bitte, belästigt mich nicht weiter.«

Eduard schnappte nach Luft und holte mit der Peitsche aus. Albert Lauterjung wich geschickt aus, vorbei an der Kutsche, und nahm seinen Wanderrhythmus wieder auf. Seine Sohlen klatschten bei jedem Schritt auf die Straße. Er rezitierte laut und trotzig:

»Das ist die Deutsche Freiheit nicht,
Nach der wir alle dürsten,
Wenn Millionen Eid und Pflicht
Geloben dreißig Fürsten,
Vor einem Scheusal mordbefleckt
Auf einem morschen Throne,
Das Volk die blutge Hand beleckt,
Gesetz und Recht zum Hohne …«

»Darf ich ihn verdreschen?«, fragte der Kutscher.

Gertrud drehte sich nach dem Wanderer um, dessen Stock im Rhythmus des Gedichts die Straße traf.

»Die Schlangenbrut, die wir gehegt
Zur Schmach im eigenen Schoße,
Die sich im Schweiß des Volks gepflegt,
Die Fürsten samt dem Trosse,
Dem Tross der ganzen Tyrannei,
Der unsere Freiheit schändet!
Nur ohne Thron ist Deutschland frei
Und unser Werk vollendet.«

»Nein.« Sie war wütend auf den Fremden. Er hielt sie für eine dusselige Landpomeranze. Aber er gefiel ihr. Sie sah ihm nach.

Albert Lauterjung sagte sich: Dreh dich nicht um. Diese arrogante, teuer gekleidete … Aber diese Augen! Grün und groß. Dieses Gesicht, schmal und Spiegel jedes ihrer Gedanken. Ihre Kutsche hatte mehr gekostet, als er in seinem ganzen Arbeitsleben einnehmen würde. Selbst der Kutscher war besser gekleidet als die meisten Schleifer. Aber er hatte keine Zeit für ein Techtelmechtel, noch dazu ein so wenig erfolgversprechendes. Er drehte sich um und sah, wie sie rasch den Kopf abwandte. Er pfiff fröhlich und wanderte weiter zurück nach Westen. Heinrich Melchior würde sich über die Nachrichten aus Sachsen freuen.

7

Solingen,
Ende Oktober 1870

Albert Lauterjung, Heinrich Melchior und Baptist Grahe standen auf der Gasse vor Melchiors Haus. Heinrich hatte den Jungen, der gekommen war, um eine Lehrstelle zu erbitten, nicht ins Haus eingeladen. Der Alte starrte den Jungen finster an. Er macht es ihm absichtlich schwer, dachte Albert.

»Ich habe noch nie einen Lehrling genommen, der anderswo hingeschmissen hat«, sagte der Meister kühl.

Baptist Grahe, blass und mager, sah den Alten flehend an. Dann suchte sein Blick Alberts Unterstützung.

»Junge, sag ihm, was passiert ist!«

Baptist senkte den Kopf. »Der Meister hat mich verprügelt.«

Heinrich schien unbeeindruckt. Seine verschränkten Arme hielten den kleinen Schleifer jenes kriegerischen Arkansasmessers auf Distanz. »Das kann dir bei mir auch passieren.«

Der kleine Grahe witterte eine Chance. »Ich meine nicht Ohrfeigen oder mal einen Tritt!«, sagte er eifrig, als wären solche Strafen für ihn so selbstverständlich wie Schmalzbrote. »Der Fritz Witte hat mich so verdroschen, dass ich nicht mehr arbeiten konnte!« War das nicht ein kluges Argument?

»Na und? Du warst faul und hast nur aus dem Fenster gegafft.« Heinrich hatte letzte Nacht mit Witte gezecht und ihn ausgefragt. »Wenn du so gern träumst, warum willst du Schleifer werden?«

Der Junge fühlte sich sicherer. »Träumen Schleifer nie?«

Albert schmunzelte. »Sogar der knurrige Heinrich träumt von besseren Verhältnissen.«

Heinrich gefiel nicht, dass über ihn gelacht wurde. »Was hat unsere Befreiung mit den Spinnereien von diesem Kind …«

»Ich bin ein Mann!«, protestierte Baptist.

»Warum willst du Schleifer werden?«, fragte Albert.

Der Junge beäugte ihn mit gerunzelter Stirn, als ob der andere verkündet hätte, die Erde sei eine Scheibe. »Mein Vater war

Schleifer, mein Onkel war Schleifer. Mein Bruder ist Schleifergeselle. Der Vater meiner Mutter und ihr Bruder …«

Heinrich Melchiors Mundwinkel zuckten. »Hat dich jemand nach deiner Ahnengalerie gefragt?«

»Was soll ich denn sonst arbeiten?« Baptist starrte Albert an.

»Ja, was sonst?« Auch Heinrich schaute Lauterjung ins Gesicht, und der konnte sein Grinsen kaum mehr unterdrücken.

»Schon seid ihr euch einig.« Albert wurde langsam ungeduldig. Susanna wartete auf ihn, schwarzhaarig, witzig und in mancher Hinsicht eine gute Lehrerin. Warum war Heinrich nur so verdammt stur? Der brauchte einen Lehrling, und da war einer, ein komplizierter zwar, aber einen geschickteren, originelleren würde der alte Dickschädel nicht finden.

Baptists Gesicht entspannte sich. Im Kopf des Jungen hatte Alberts Bemerkung eine Tür geöffnet. »Ich habe ein Plakat gesehen mit einem Schiff in bunten Farben. So groß!« Er breitete die Arme aus, so weit er konnte. »Es hatte drei Masten und mindestens zehn Stockwerke und tausend Bullaugen. Ich könnte nach Hamburg fahren und anheuern. Ich könnte auch auswandern«, schwärmte er.

»Du nimmst ihn.« Jetzt verhandelte Albert mit Heinrich.

Der ließ ihn zappeln. »Der Junge kann noch nicht einmal zählen! Zehn Stockwerke und tausend Bullaugen. Ein Spinner!« Heinrich betrachtete den Jungen mit einigem Wohlwollen und entschied: »Er hat zu gehorchen. Geträumt wird nach Feierabend.«

Baptist Grahe schluckte. »Will's versuchen.« Er sah Alberts warnenden Blick. »Ich meine: selbstverständlich!« Er stopfte seine Fäuste in die Hosentaschen, verbeugte sich beinahe ironisch und lief die Straße hinunter.

Heinrich sah ihm nach und schüttelte den Kopf. »Da hast du mir einen Sonderling aufgeschwatzt.«

Wenige Tage später warf Heinrich Melchior Baptist aus seiner Werkstatt. Der Junge schliff hervorragend, aber nie so, wie er sollte, und ließ sich weder durch Ohrfeigen noch durch Drohungen daran hindern.

»Meine Ideen sind auch was wert!« Keiner von Melchiors Lehrlingen hatte den Meister je angeschrien, nicht einmal der dickköpfige Albert.

»Erst wenn du Meister bist!«, brüllte Heinrich zurück.

»Damit ich genauso verkalke wie du?« Baptist duckte sich unter Heinrichs Hand weg, schnappte seinen Beutel und rannte davon.

Bald darauf begann der bisher größte Streik der Solinger Messerschleifer. Wochenlang hatten sie ihn vorbereitet und glaubten zu wissen, worauf sie sich einließen.

Albert kletterte wie eine Katze auf dem Ziegeldach eines dreistöckigen Hauses herum. Eine Dachpfanne glitt unter seinem rechten Fuß hinab in die Regenrinne. Das Haus stand an einer Kreuzung. Der Streik war rascher eskaliert, als sie erwartet hatten, und so teilten die Schleifer, einander wie bei ihrer Arbeit vertrauend, auch diese Arbeit untereinander auf. Wenn das Militär angriff, würden beide Straßen in ihrem Viertel mit jeweils einer Barrikade vor Reitern, Gewehren und Kanonen geschützt sein – Barrikaden, die größer waren, als irgendjemand seit 1848 hier gesehen hatte.

Albert hatte die Pläne für die Lage und Bauweise der beiden Barrikaden gemeinsam mit zwei jüngeren Schleifern gezeichnet. Er war sich sicher, Heinrich Melchiors Anweisungen treu befolgt zu haben, ja, dessen Auftrag mit kleineren Veränderungen sogar noch verbessert zu haben.

Ursprünglich hatte er Baptist noch hinzuziehen wollen. Erfahrungen mussten weitergegeben werden, und auf eine beinahe sentimentale Weise fühlte er sich für den eigenartigen Jungen verantwortlich. Er hatte Baptist, von dessen Geschicklichkeit er sich einiges versprach, gesucht. Aber er war verschwunden. Niemand hatte ihn gesehen, seit ihn sein letzter Lehrherr Heinrich Melchior hinausgeworfen hatte.

Baptists Mutter, eine Elsässerin, schüttelte nur traurig den Kopf. »Nein«, sagte sie, »mein Sohn ist einen Tag lang wie ein wildes Tier in der Küche hin und her gelaufen, hat etwas von Träumen gemurmelt und von zehn Stockwerken«, und dass auch er nur ein Leben habe, dann habe er sie verlegen umarmt, das Brot samt dem letzten großen Stück Wurst eingepackt und sei verschwunden. Sie mache sich große Sorgen um ihn. Vielleicht war er ins Elsass geflohen, zu Verwandten. Wie ihre ganze Familie war er wütend, dass deutsche Truppen ihre Heimat besetzt hatten.

Die Nacht würde bald vorüber sein. Albert Lauterjung saß auf dem Dach, und gab den Männern auf der Straße Zeichen, an welchen Stellen die Barrikaden verankert werden sollten. »Dort! Direkt an der Hausecke zur Kreuzung hin ... Nein! Ja, dort.« Unten auf der Straße stand der Besitzer des Hauses, auf dessen Dach Albert herumkraxelte. Er war erschüttert darüber, dass seine Großeltern das Haus an einer heute strategisch so günstigen Stelle gebaut hatten. Albert hatte starken Druck ausüben müssen, bis der Mann sich einverstanden erklärt hatte, den Streikenden freien Zugang zu seinem Dach zu erlauben. Wer wollte schließlich in einem Haus leben, auf dessen Dachfirst Gegner der Monarchie eine rote Fahne gehisst hatten?

Während Albert auf ebenjenem First hockte und die Barrikadenbauer auf der Straße kommandierte, schleppten Jungen und Mädchen aus dem Viertel Pflastersteine in Weidenkörben die Treppe hinauf und richteten, Alberts Anweisungen folgend, ein Depot in einer Ecke des Daches ein. Der Hausbesitzer starrte besorgt auf die beiden allmählich wachsenden Löcher in seinem Dach, wo Jugendliche Ziegel abtrugen.

»Was macht ihr mit meinem Dach?«, rief er.

»Das werden Schießstände«, antwortete ein Mädchen, »für die Steinewerfer und die Gewehrschützen.«

Gewehre? Der Mann beschloss, im Morgengrauen die Stadt zu verlassen. »Das wird ein Krieg«, murmelte er, »ein richtiger Krieg.«

Aber Albert bezweifelte, dass der Arbeitskampf eskalieren würde. Die Barrikaden sollten den Gegner beeindrucken und mit Widerstand drohen, für den Fall dass ... »Nicht dorthin, ihr Dummköpfe, direkt an der Ecke, habe ich gesagt!« Albert beugte sich weit aus der Dachluke. »Spannt die Querverstrebungen für die Barrikade zwischen die Bürgersteige ... Ja, so!« Manche Genossen stellten sich einfach zu blöd an.

Ernst Kirschbaum, klein, ein wenig pummelig, mit halber Glatze und messerscharfer Stimme, kommandierte auf der anderen Seite der Kreuzung die Streikenden, die das Material für die Barrikaden herbeischafften. Die unterschiedlichen Auffassungen der Beteiligten, welches Material sich für eine Barrikade eignete und welches nicht, waren den ganzen Tag und auch jetzt, in der Nacht noch lautstark diskutiert worden. Die jungen Streikenden hatten viel Fantasie, die alten Achtundvierziger beriefen sich auf ihre Erfahrungen.

»Droschken!«, brüllte ein Graubärtiger. »Droschken waren damals eine prächtige Verstärkung.«

»Alter Esel«, schimpfte ein junger Mann, »wir nehmen die neuen Granitplatten aus den Bürgersteigen.«

Aus einem Fenster schimpfte eine Frau. »Seid ihr irre? Nun hat uns die Stadt endlich anständige Bürgersteige bezahlt, und jetzt wollt ihr sie zerstören.«

»Wenn sie wirklich die Armee schicken und wir haben keine Barrikaden, hast du hinterher vielleicht noch den Bürgersteig, aber kein Haus mehr. Und nun halt die Klappe oder mach mit!«, schnauzte Ernst zum Fenster hinauf. Eine halbe Stunde später zog die Frau einen mit Pflastersteinen beladenen Leiterwagen zur Kreuzung.

Sie beschlagnahmten die nächsten beiden Fuhrwerke, die das Pech hatten, auf der Kreuzung vorbeizufahren. Kohlen- und Mehlsäcke wurden abgeladen, die Pferde abgespannt und das Geschirr den erschrockenen Kutschern in die Hände gedrückt. Diese beeilten sich, der Anweisung, die Säcke möglichst rasch aus dem Kampfgebiet zu schaffen, zu folgen. Dabei gab es nur ein Problem: »Woher nehmen wir einen Wagen?«, fragte der Kohlenkutscher.

Albert grinste. »Macht's wie wir: beschlagnahmen!«

Also trugen die beiden Kutscher ihre Ladungen Sack für Sack in einen Hinterhof in einiger Entfernung, der eine bewachte sie dort, der andere trabte auf einem alten Droschkengaul davon, um ein geeignetes Transportmittel zu finden.

Die Fuhrwerke wurden für die größere der beiden Barrikaden auf die Seite gekippt. Menschen schleiften Balken herbei, lange Latten, alte Tonnen und die schmiedeeisernen Geländer des neuen Brunnens. Man verhakte das Material ineinander und stabilisierte so ein Bauwerk, von dem sogar ein Kanonenwagen abprallen würde. Arbeiter einer nahe gelegenen Eisenhandlung karrten Eisenplatten heran und luden sie unter dem Beifall der Nachbarn an der Barrikade ab.

Albert hockte auf dem First. Hinter ihm malte die aufgehende Sonne pastellfarbene Streifen an den Himmel. Er steckte zwei Finger in den Mund und pfiff. Die kämpferischen Schleifer, die Frau mit dem Leiterwagen, Fritz Witte, die Nachbarn, der Mehlkutscher, die Steine schleppenden Jugendlichen, die Eisenarbeiter, der grimmige Graubärtige, ein Mädchen mit einem Weidenkorb voller Munition – alle sahen zu ihm hinauf.

Albert rief: »Das wird die wunderbarste Barrikade aller Zeiten!« Er hampelte mit den Beinen und schien kurz das Gleichgewicht zu verlieren. Seine Zuschauer seufzten erleichtert, als er wieder sicher saß. Albert deutete auf die Eisenplatten und brüllte: »Sind die schusssicher?«

Einer der Eisenarbeiter wölbte die Hände um den Mund und schrie zu ihm auf das Dach hinauf: »So sicher, wie du unser Wetterhahn bist!« Für einen Moment wich die Anspannung über der Straßenkreuzung einem fröhlichen Gelächter.

Gegen acht Uhr morgens waren die beiden Straßen vollkommen abgeriegelt, die Barrikaden so hoch und breit, dass sie niemand mehr schnell überwinden und auch kein Pferd sie überspringen konnte. Wer immer von der einen Seite auf die andere wechseln wollte, ohne sich beim mühsamen Klettern allzu lange feindlichen Geschützen auszuliefern, musste den verschlungenen Pfad durch Hinterhöfe, über Mauern und durch Keller finden. Nur Ortskundige kannten diese Schleichwege. Aber der Feind kam, wenn überhaupt, von außerhalb.

Heinrich Melchior hatte mit einigen alten Kampfgefährten die größeren Werkstätten gegen Angriffe gesichert. Sie hatten Meldungen über Truppenbewegungen zusammengetragen. Nun waren sie auf dem Weg zu Albert Lauterjung, um zu prüfen, ob es gelungen war, die beiden wichtigsten Einfalltore in die aufständische Stadt zu befestigen. Noch hielt das Militär sich zurück, und obwohl Heinrich misstrauisch war, hoffte er, dass sie den Streik gewinnen würden. So näherte er sich der Kreuzung in durchaus heiterer Verfassung. Je näher er aber den beiden Barrikaden kam, desto finsterer wurde sein Gesicht. Die Barrikade war groß, eineinhalbmal so hoch wie Albert. Die beiden Fuhrwerke dienten ihnen als inneres Gerüst, in das und um das herum Eisenplatten, Latten, Sandsäcke, Pflastersteine, Balken und Granitplatten verkeilt waren. Albert und seine Mitstreiter sahen ihn erwartungsvoll an, stolz auf ihr Werk.

Heinrich Melchior wollte nicht glauben, was er sah. Er starrte und schwieg. Albert wurde unruhig. Heinrich musterte Albert, hob gedankenverloren seine Kappe an und strich sich durch die grauschwarzen Haare. Albert hielt Melchiors Schweigen für sprachloses Staunen über ihr Werk und wartete auf ein Zeichen der Anerkennung, bis Heinrich brüllte: »Du bist ein furchtbarer Idiot! Du hast nie eines der Bücher in die Hand genommen, die ich dir über die alten Kämpfe gegeben habe!«

Albert wurde blass.

Heinrich brüllte weiter: »Wie könnt ihr eine Barrikade so bauen, dass sie mit den Eckhäusern der Straßenkreuzung abschließt?«, und an ein paar Alte gewandt: »Ihr hättet es doch besser wissen müssen als diese Jungrevoluzzer mit viel Begeisterung und wenig Hirn!« Albert wollte protestieren, schwieg aber.

Der alte Schleifer fuhr zornig fort: »Was macht ihr, wenn das Militär kommt? Wenn sein Angriff so stark ist und die Kanonen so durchschlagen, dass ihr die Barrikade aufgeben müsst, um euer Leben zu retten? Dann hängen zwar die Soldaten an dieser Barrikade, aber jetzt dient sie ihnen als Schutz, wenn sie euch hinterherschießen! Und niemand ist mehr im Rücken der Angreifer.«

Heinrich stampfte wutschäumend auf. »Hättet ihr die Barrikade einige Meter in die Straße hineingezogen – ungefähr um die Länge eines Hauses –, wäre unsere taktische Situation eine ganz andere. Kämen dann die Angreifer und ihr müsstet fliehen«, Heinrich deutete auf die beiden Eckhäuser, »dann könnten wir aus den beiden Häusern von hinten das Feuer auf sie eröffnen. Sie säßen in der Falle! Verstanden? Straßen sind Schluchten! Und eine Falle in einer Schlucht baut man so, dass man sie von oben, und zwar von allen Seiten, sichern kann!«

Albert nahm einen Pflasterstein und warf ihn mit aller Wucht gegen die nächste Mauer, aus der ein Stück Ziegel heraussplitterte. Innerhalb von Sekunden hatte er begriffen, dass und warum Heinrich recht hatte. Was war er für ein Idiot!

»Das nützt dir jetzt auch nichts mehr«, schimpfte Heinrich.

»Was schlägst du vor, Melchior?«, rief einer der Eisenarbeiter.

»Wir können die Barrikaden nicht mehr ändern. Ihre Qualität ist ausgezeichnet.« Versöhnlich fügte er hinzu: »Hätten wir damals mehr solche Barrikaden gehabt, wer weiß? – Versucht, auf den Dächern möglichst gute Schießplätze einzurichten.«

»Das haben wir schon«, sagte das Mädchen mit dem Weidenkorb. »Sieh doch, da oben!«

Heinrich nickte anerkennend. »Befestigte Schießstände in alle Richtungen. Wirklich gute Arbeit. Wer hat sich das ausgedacht?«

»Albert«, sagte das Mädchen.

Sie gab damit Heinrich die Gelegenheit zur Versöhnung, die er brauchte. »Albert ist unser bester junger Revolutionär! Er kann noch nicht die Erfahrung von uns Alten haben. Schließlich haben wir in unserem Leben auch mehr Bier getrunken als er. Es hat alles sein Verhältnis zur Zeit.« Selbst Albert musste lachen.

Heinrich sah es mit Befriedigung. »Ich habe eine gute Nachricht. Die Truppen waren vor einer halben Stunde noch in ihren Kasernen, und niemand weiß, ob sie überhaupt gegen uns gehetzt werden.« Die Menschen lachten, klatschten und jubelten und machten sich auf einen langen Tag gefasst, an dessen Ende sie siegen würden.

Alles schien für den Streik gut zu laufen. In den engen, krummen Straßen des Reviers kannte sich keiner besser aus als sie. Auf den Trottoirs liefen die Angehörigen der Kämpfer und Kämpferinnen herum, die sie mit Scherzen, Brot und Schnaps versorgten. Wer kräftig genug war, trug immer noch Pflastersteine oder Holzlatten. Die Fenster standen offen, man rief sich Hoffnungsvolles zu: »Sie trauen sich nicht ins Revier!« Alltagsstreitereien waren aufgeschoben. Für die Kinder war es wie ein Volksfest. Am Morgen hatten sie einen Offizier mit Steinen und Pferdeäpfeln verjagt. Er wollte die Landwehr einberufen, also diejenigen unter ihnen, die von der Heeresführung als Reservisten für den Krieg gegen Frankreich vorgesehen waren. Das war ein herrliches Spiel.

Heinrich machte Albert ein Friedensangebot. »Sei nicht enttäuscht. Ihr habt die beste Barrikade gebaut, die Solingen jemals hatte.«

Albert wollte seine Scharte auswetzen. »Ich weiß, wo die alte Kanone steht.«

»Was für eine Kanone?«

»Die, die zum Geburtstag des Königs jubeln muss.«

Heinrich schlug sich mit der Hand vor die Stirn. »Dieses alte Klappergestell gibt es noch? Das Ding fällt dir doch beim ersten Schuss auseinander! Womit willst du feuern, mit Mehl?«

»Mit Steinen und Sprengstoff, du alter Pessimist!« Albert war rund zwanzig Meter entfernt, als Heinrich einen warmen, halbweichen, gänseeigroßen Pferdeapfel von der Straße nahm und ihn dem frechen Freund an den Kopf warf.

»Hee!« Albert griff an seine Wange und sah in seiner Hand, was ihn getroffen hatte.

»Wisch nur ordentlich herum. Ein bisschen Parfüm für heute Abend, und alle Frauen des Reviers liegen dir zu Füßen.«

Liese, die Frau eines der Schleifer, jung und hübsch, lehnte aus ihrem Fenster im Parterre und lachte Albert aus. »Wer würde schon mit so einem Stinktier tanzen?«

»Na warte …« Albert sprang zu einem Haufen mit dampfenden Pferdeäpfeln, gerade aus einem Pferd gefallen, das Säcke voller Sand zur großen Barrikade gezogen hatte. »Da! Und da! Und da!«

Heinrich schloss seinen verblüfft geöffneten Mund im Bruchteil einer Sekunde, bevor ein weicher, warmer grünlich-brauner Klumpen hineingetroffen hätte. Der streifte noch sein Kinn und hinterließ einen Hauch von Jauche unter Heinrichs Nase.

»Das war ein Wurf! Komm, Liese, tanz mit mir!« Albert hob die junge Frau über die Fensterbank und fasste sie um die Taille.

Sie lachte. »Sing! Du machst die Musik!«

»Wir singen die Barrikaden-Polka, und für den Refrain ist Heinrich verantwortlich. Heinrich, komm!« Albert schwang Liese herum, die Kinder am Straßenrand lachten und klatschten. Heinrich schabte sich Reste von Alberts Wurfgeschoss von Kinn und Jacke. Oben aus einem der Fenster rief ein Mann: »Ist das die Gewerkschaft, die du dir vorstellst, Melchior?« Er lachte schallend. »Hee, willst du ein Bier?«

Es war das letzte Lachen in diesem Streik.

Albert hörte Schreie von Kindern und Frauen aus den beiden anderen Straßen, die auf die Kreuzung zuführten und nicht durch eine Barrikade geschützt waren. Eine alte Frau lehnte aus dem Fenster und rief. »Sie sind hier! Die Soldaten! Nein! …« Sie wehrte sich gegen jemanden, der hinter ihr stand, verschwand für einen Moment im Dunkel des Raumes und fiel dann in hohem Bogen aus dem Fenster aufs Pflaster.

Zwei Kinder starrten den Körper an. »Sie hat ganz laut geknackt«, sagte das kleine Mädchen zu Albert, der sich über die Frau beugte. Auch Heinrich rannte herbei. Beide sahen sich voller Entsetzen an.

In die Stille brach der gleichmäßige, schwere Rhythmus von mehr als zweihundert Pferden herein und von Wagen, die unter ihrer schweren Ladung ächzten. Albert und Heinrich packten die Kinder und stießen sie in eines der Häuser. Heinrich schlüpfte durch einen Keller hinter die Barrikade und legte sein Gewehr an. Albert schlängelte sich durch eine Abstellkammer über eine Stiege auf das niedrige Dach eines Stalls, von wo er sich auf das Dach seines Eckhauses hochzog.

Sie hatten sich furchtbar geirrt. Die Obrigkeit hatte ihre Truppen nach Solingen geschickt, wo sie sich seit der letzten Nacht hinter den Mauern der großen Gehöfte reicher Bürger versteckt gehalten hatten. Der Offizier, über den sich die Kinder am Morgen lustig gemacht hatten und der scheinbar so wütend weggeritten war, hatte lediglich die Lage sondiert. Das Militär marschierte in einer Stärke auf, mit der sie nicht gerechnet hatten. Ein Bataillon führte eine Kanone mit sich und brachte sie in Stellung. Binnen kürzester Zeit würde diese Kampfmaschine gewaltige Löcher in die größte Barrikade schlagen, welche die Schleifer je gebaut hatten. Albert, der das Kommando auf den Dächern hatte, sah in Sekundenschnelle, was Heinrich am Morgen kritisiert hatte. Warum war er nur so töricht gewesen? Durch die Lage der Barrikade konnten die Streikenden die Angreifer nur von vorn erwischen. Sie konnten die Soldaten nicht in die Zange nehmen. Sobald das Militär die Barrikade erreicht hatte, bot sie dem Feind Schutz und nicht mehr den Aufständischen. Sie hätten eine Falle bauen können, und er hatte es nicht verstanden.

Das Militär genoss seine Überlegenheit. Die Soldaten standen in Reih und Glied, die Uniformen noch sauber, die Bajonette glänzten in der Sonne. Die Trommler wirbelten dreimal und kündigten den Angriff an. Die Verzweiflung über die ungleiche Waffensituation machte die Streikenden kopflos. In kurzer Zeit brach die vorbereitete Strategie in sich zusammen. Menschen begannen, von den Dächern mit Ziegeln und Steinen zu werfen. Andere rannten dem Feind mit uralten Pistolen entgegen. Die alte Kanone schoss nur ein einziges Mal und explodierte.

Die Barrikade war noch nicht gefallen, aber als die Soldaten die Häuser angriffen, verunsicherten sie die Kämpfenden, die sich außerhalb der Absperrung befanden. Nach kurzem Kampf stürmten die Soldaten jedes Haus und erschossen und erstachen, wen immer sie mit einem Gewehr, einem Pflasterstein oder auch nur dem falschen Gesichtsausdruck vorfanden. Wer Glück hatte, überlebte, wurde an den Haaren die Treppen hinuntergeschleift und auf jedem Treppenabsatz mit Fußtritten und Kolbenstößen traktiert. Auf einem der Dachböden fanden die Soldaten dreißig versteckte Menschen. Ein Offizier lüftete mit der Spitze seines Degens Kleidungsstücke, Kopfbedeckungen und Haare und schnitt wie beiläufig in die Haut seiner zitternden Opfer. An einem Fensterkreuz sah ein Soldat den Knoten eines Seils, an dem ein Junge hinabkletterte. Er zerschnitt den Knoten. Der Junge stürzte zwei Stockwerke tief auf den Steinboden des Hinterhofs und brach sich das Genick.

Als das Haus gestürmt wurde, das Albert verteidigte, schlüpfte er hinter dem Schornstein aus einer Luke, kletterte auf dem First über die Dächer der nächsten beiden Häuser und ließ sich durch eine weitere Luke in den Dachboden des dritten Hauses hinab. Auf seiner Seite der Barrikade herrschte ein fürchterliches Durcheinander. Ein Teil der Streikenden flüchtete, ein anderer Teil blieb und kämpfte. Albert sah, wie Heinrich dicht hinter der Barrikade sein Gewehr lud. Aber Heinrich bemerkte nicht, dass ein Offizier von der anderen Seite heranritt, offensichtlich in der Absicht, von seinem Pferd auf die Barrikade zu klettern und von oben auf ihre Verteidiger zu feuern. Heinrich stand dort ganz allein. Albert stöhnte, griff nach seinem Gewehr und stürzte sich hinunter.

»Müssen wir hier weg?«, schrie ihm eine Frau im Treppenhaus hinterher.

»Entscheide selbst!« Albert presste sich an die Haustür und sah zur Barrikade hinüber. Irgendjemand läutete verzweifelt und viel zu spät die Sturmglocke. Der Offizier war tatsächlich aus seinen Steigbügeln auf die Barrikade geklettert und richtete sein Gewehr steil von oben auf Heinrich. Der Freund sah seinen Mörder nicht.

»Nein!«, schrie Albert und legte sein Gewehr an. Er schoss zu kurz. Der Offizier blieb unversehrt, und seine Kugel traf den Freund. Dann sprang er zurück in den Sattel seines Pferdes, das so gelassen, als wäre es taub, auf seinen Reiter gewartet hatte. Heinrich lag im Staub, zwischen zerschossenen Ziegelsteinen, Stofffetzen und zerborstenen Holzstücken.

Albert beugte sich über ihn und nahm ihn in die Arme. Heinrich flüsterte: »Nicht heulen … Hau ab … Verdammt, flieh!« Eine Kugel hatte seinen Brustkorb durchschlagen. Er presste jedes Wort mühsam heraus.

»Du hast immer erzählt«, Albert legte seine Stirn an die des Freundes, »dass die, die geflohen sind, eure Niederlage damals noch größer gemacht haben.«

»Falscher Zeitpunkt … damals.« Heinrich verzog sein Gesicht vor Schmerz, und sein Atem rasselte. »Wenn ein Kampf heute … verloren ist, müssen welche übrig bleiben für die Kämpfe morgen … Versprich's mir! … Ich hasse Märtyrer. Die gehören in die Kirche, nicht zu uns. Schwör's …«

»Heinrich? Heinrich!« Albert küsste den toten Freund, schloss ihm sanft die Augen und ließ ihn vor der Barrikade liegen. Er sah, wie Fritz Witte floh und Ernst Kirschbaum von zwei Soldaten angegriffen wurde. Dann verfolgten sie ihn. Später erzählte man ihm, dass er gewütet habe wie einer, der sich für unverwundbar hielt.

An diesem Tag entkam Albert seinen Jägern. Doch vierundzwanzig Stunden später lief er auf dem Weg zu Ernst einem Fangtrupp in die Arme, der die Stadt nach Aufständischen durchkämmte. Albert war jung, stark und ein Messerschleifer, also verdächtig. Man hielt ihn zunächst für einen gewöhnlichen Streikenden. Er wurde in eine Zelle geworfen, deren Boden trotz der Eiseskälte kein einziger Halm Stroh bedeckte. Neben ihm lagen rund ein Dutzend Mitgefangene, von denen er niemanden kannte. Nur zwei Schleifer waren darunter, ansonsten saßen hier Diebe, Deserteure und Mörder. Erst am Abend wurde altes, teilweise verschimmeltes Brot an die Gefangenen verteilt. Sie fielen wortlos über das Essen her, und nur weil die Stücke abgezählt waren, kam es nicht zu einer Prügelei.

Jemand schob mit dem Fuß einen mit Wasser gefüllten Eimer in ihr Gefängnis. Alberts Kehle war ausgedörrt, vor Durst, vom Geschrei, vom Staub und von der Angst. Schweigend trank er, genauso gierig, wie die anderen. Es kümmerte ihn nicht, dass vor ihm ein Gefangener mit einer Kopfwunde durstig sein Gesicht in den Eimer getaucht hatte und sich jetzt eine feine Blutspur durch das Wasser zog.

Nach zwei Wochen ließ ihn ein gleichgültiger Gefängniswärter auf Anweisung von oben frei. Albert Lauterjung galt immer noch als kleiner Fisch. Er hatte sich regelmäßig auf der Polizeiwache zu melden. Seine Strafe, so schätzte Albert, würde einige Wochen Haft betragen. Heinrich war tot, der Verein zerschlagen, der Streik verloren, immer häufiger ließen sich die Schleifer auf die Bedingungen der Fabrikanten ein und gaben ihre Selbständigkeit auf.

Bei einem seiner erzwungenen Besuche auf dem Polizeirevier prahlte ein Polizist, dass man einige Schleifer auch für die Sache mit Carl Ern vor Gericht zerren würde. Bald wisse man Namen. »Verrat aus den eigenen Reihen! So groß ist die Solidarität bei euch eben doch nicht!«, höhnte der Uniformierte.

»Bei uns gibt's keine Verräter.« Diesen Sieg würde er dem Polizisten nicht gönnen. »Kein Schleifer würde einen Schleifer verraten!«

»Habt eben nicht alle im Griff. Seid zu streng mit den armen Leuten. Das mögen manche nicht. Sind jung und halten so viel Druck nicht aus.«

Baptist. Dieses Schwein sprach von Baptist. »Ungefähr vierzehn, schwarzhaarig?«

Der Polizist grinste, ein kleines Blitzen in seinen Augen, getrübt vom Alkohol, verriet Zustimmung. »Oder dreizehn und blond? Oder fünfzehn und rothaarig?« Seine Witze gefielen ihm. Albert verließ die Wache.

Sie hatten sich angewöhnt, sich jeden Abend in der Wohnung der Melchiors zu treffen. Heinrich war kinderlos gestorben, und seine Frau hatte Angst vor zu viel Stille. Sie sagte wenig, lächelte traurig, stellte ihnen Brot und Wurst, Bier und Schnaps auf einen Tisch, setzte sich in eine Ecke unter eine Petroleumlampe und strickte an einer Jacke mit großem Kragen für einen Toten. Albert hatte Baptist, der wieder aufgetaucht war, aufgesucht und zu ihren Zusammenkünften eingeladen. Der Junge war bis Bremerhaven gekommen, aber er hatte kein Geld für die Schiffspassage gehabt. Baptist hatte Alberts Einladung abgelehnt und dabei gestottert.

»Er war's.« Fritz Witte stopfte seine Pfeife.

»Gar keine Frage.« Ernst Kirschbaum kam seit Heinrichs Tod nicht mehr aus dem Saufen raus.

»Du weißt, wo der Junge wohnt. Er wird bezahlen. Du kennst seine Adresse.« Witte stellte fest, er fragte nicht.

»Er hat Heinrich nicht ermordet.« Albert sah, wie die Frau den Kopf hob, ihn ansah und den Kopf wieder senkte. Sie fädelte den Faden neu über den Zeigefinger.

»Nein, hat er nicht«, gab Witte zu, »aber er hat die Zunft verraten.«

»Die Zunft gibt's nicht mehr.«

»Er hat die Schleifer verraten«, sagte Kirschbaum.

Albert konnte nicht widersprechen. »Wer weiß, was sie mit ihm gemacht haben?«

»Das ist egal. Sag uns, wo er wohnt.« So waren die Regeln.

Das Blut in Baptists Mund schmeckte süß. Er konnte die Fäuste der drei Männer nicht unterscheiden, nicht zuordnen, welcher Hieb von wem kam. Seinen Kopf zu schützen, hieß, den Magen, den Brustkorb und den Rücken ungeschützt preiszugeben. Sein Zimmer war so winzig, dass die Männer beim Schlagen kaum richtig ausholen konnten. Von einem der Angreifer her wehte ein süßlicher Schweißgeruch in seine Nase. Blut auf seiner Hose. Woher? Sein Kopf flog mit dem nächsten Fausthieb davon. Im Fallen fühlte er, wie er sich in die Hose pinkelte und der Urin an seinem Bein hinunterrann. Sein Blick glitt vorbei an einem blauen Hosenbein aus grobem Stoff, aus dem ein Fuß ragte, der ihn trat. An Fritz Wittes Hand war eine Wunde, seine Fingernägel waren schwarz. Die Schwielen kannte er schon. Dann war die Hand so dicht vor seinem Gesicht, dass er sie nicht mehr deutlich sah. Er wäre gern tot gewesen. Könnte er doch nur fliegen.

Albert sah den Jungen bluten und fallen, er sah Fritz Witte in rasender Wut auf ihn einschlagen, Ernst Kirschbaum blieb ruhiger, doch seine Schläge trafen darum noch lange nicht schlechter. Als Lehrling bei Heinrich war Albert einmal ein Meißel auf eine teure Messerklinge gefallen, die zersprang, und Heinrich hatte den dreizehnjährigen Albert verdroschen. Diese Demütigung war erst getilgt, als Albert Jahre später ein verlorenes Kartenspiel zum Anlass nahm, sich mit dem früheren Meister prügelte und gewann. Erst da konnten sie Freunde werden. Baptist hatte sie verraten, aber er war nicht schuld an Heinrichs Tod und nicht schuld an dieser Scheißwelt. Die Grausamkeit des Militärs, der Mord an Heinrich – nichts davon war seine Schuld.

Albert ging dazwischen. »Hört auf!«

Witte keuchte, schüttelte Alberts Arm ab und trat dem Jungen in den Magen. Albert packte seinen Arm und stellte sich Ernst in den Weg. »Hört sofort auf! Er hat genug.«

Baptist lag da, gekrümmt, schmutzig, blutig, weinte mit einem weit geöffneten Auge und starrte Albert an.

»Du Arschloch, verteidigst einen Verräter! Ist dir Heinrichs Tod egal?« Fritz Witte schlug die Tür hinter sich zu. »Gehn wir einen saufen, ohne diesen Schlappschwanz«, hörte Albert ihn zu Ernst sagen.

»Für dich ist hier kein Platz mehr«, sagte Albert zu dem Jungen zu seinen Füßen.

»Für dich auch nicht«, schluchzte Baptist, »du weißt es nur noch nicht.«

Wenige Wochen darauf begann der Prozess gegen die Schleifer. Der Streik mitten im Krieg galt als schwerer Verstoß gegen die in Paragrafen gegossene herrschende Ordnung. Einer der Fuhrwerksleute trat als Zeuge auf und denunzierte Albert Lauterjung als den Anführer. Lauterjung wurde augenblicklich in Ketten gelegt und zum Hauptangeklagten erklärt.

8

Langenorla,
November 1870

Hermann von Beust flüsterte in ihr Ohr: »Nach dem Frühstück nehmen wir unseren Gast mit auf Bärenjagd.«

Gertrud freute sich. »Raven ist ein Langweiler.«

»Seine Familie hat einen schönen Besitz, Groß Luckow in der Uckermark, nicht weit von Vietmannsdorf, wo deine Mutter herkommt.«

Gertrud nahm die Anspielung nicht ernst. »Ich heirate nur einen Fürsten.«

Ein gutes Zeichen, dachte Beust. »Oben in Brandenburg ist sowieso alles viel zu flach.«

»Ganz anders als an der Flensburger Förde.«

Im Herbst wollten viele Verwandte, die in der Stadt lebten – in Berlin, Potsdam oder Dresden –, die Natur entdecken, was nichts anderes bedeutete, als mit eindrucksvollen Jagdtrophäen nach Hause zurückzukommen und ordentlich anzugeben. Aus keinem anderen Grund war auch der junge Franz Hermann von Raven angereist, ein entfernter Verwandter. Raven, den der hochgewachsene Beust mit seinen Schmissen einschüchterte, hatte sein Frühstück kaum beendet – kalter Wildbraten mit Preiselbeeren, warmes Weizenbrot und Kaffee –, da dröhnte Beust über den Esstisch: »Meine Tochter und ich möchten dich jetzt auf die Jagd mitnehmen.« Der Gast fühlte sich geschmeichelt.

Die Luft roch nach Schnee. Man war eine Stunde bergan gelaufen. Wildschweine wolle man schießen, hatte der alte Beust gesagt, vielleicht etwas Damwild.

»Übrigens«, sagte der Kammerherr beiläufig, »in diesem Wald gibt es Bären.« Vater und Tochter beobachteten die Reaktion ihres Gastes. Raven war hinter einen Baum gesprungen.

»Der Schwager des Vetters deiner Mutter ist ohne sein Pferd ein Angsthase«, sagte Beust leise.

Gertrud kicherte. »Aber er trägt eine schöne Uniform.«
»Ein Dragoner. Carmoisinverbrämter Stoff. Tolle blonde Locke auf der Stirn.«
»Er ist so elegant. Was macht er in Frankreich?«, fragte Gertrud.
»Er gibt den Söhnen des Kronprinzen Reitunterricht, wenn sie ihren Vater besuchen. Ein wahrer Held.«

Raven kam vorsichtig hinter dem Baum hervor, als er sah, dass sich beide Beusts furchtlos dem unsichtbaren Bären stellten.

Beust wandte sich Raven zu. »Gertrud wird ihn für dich schießen.«

Wenn das irgendwer in Berlin erfuhr! Franz von Raven, gestählt im Kampf gegen Erbfeinde und königliche Reitpferde, konnte die absehbare Schmach, von einem Weib beschützt worden zu sein, nicht auf sich sitzen lassen. Er trat näher und wischte sich Rinde von den Händen.

Gertrud lächelte sanft. »Komm nur, Vetter Franz, kein Bär zu sehen.«

Raven entspannte sich. Berlin war weit und die kleine Beust noch attraktiver, als sein Schwager versprochen hatte. Diese Erbin von Langenorla und einem Teil des herzoglichen Vermögens in Glücksburg war genau das, was Groß Luckow brauchte. Nur war sie etwas zu selbstbewusst. Sie hielt sich nicht zurück, wenn sie etwas wusste. Das konnte lästig werden. Aber ihre Figur war entzückend, und wäre sie erst einmal seine Frau, würde sie schon gehorchen.

Seine Überlegungen zerknurrte ein langfelliges, riesiges braunes Wesen, ein Dutzend Bäume entfernt – nie hätte Franz von Raven gedacht, dass er an einem friedlichen Herbstsonntag in einem wenig bedeutenden thüringischen Waldstück in seiner schönsten Uniform auf einen so hohen Baum klettern würde. Unter sich sah er, wie die kleine Beust das Gewehr auf die Bestie anlegte. Ihr Vater stand gelassen daneben. War sie wirklich eine so gute Jägerin? Wenn sich das herumsprach …

»Ich komme und helfe!«, rief er.

»Bleib nur in Sicherheit, wir retten dich«, sagte Gertrud fürsorglich und legte das Gewehr an.

Das Tier schien noch zu wachsen und knurrte. Raven schrie: »Schieß doch, so schieß doch!«

Gertrud zielte, schoss und traf. Das haarige Ungeheuer stöhnte, machte einen Satz in die Luft und kullerte dann den Hügel hinunter bis kurz vor einen Graben.

»Komm her, Franz, schau dir die Beute an!«, sagte der alte Beust.

Raven kletterte umständlich vom Baum, küsste Gertruds Hand und versicherte: »Ich wollte dich soeben retten.«

»Wie reizend!«, antwortete sie.

Raven lugte den Abhang hinunter in Richtung des vermeintlichen Grabs des Ungeheuers. »Ist der Bär auch wirklich tot?«

Gertrud machte ein unschuldiges Gesicht. »Lass uns lieber gehen. Es wird bald dunkel, dann kommen die anderen Tiere heraus.«

»Die anderen Tiere?« Raven machte einen Satz an ihre Seite.

»Bevor wir gehen, zeigen wir dir aber noch die Leiche des Bären«, sagte Beust, »du musst doch beruhigt schlafen können.«

Vielleicht wäre es doch eine Anekdote fürs Casino, dachte Raven. Wem würde man in Berlin glauben? Was für eine tolle Geschichte! ›Wie ich den Angriff eines thüringischen Bären zurückschlug.‹ Er stellte sich neben Beust, die Hände in den Hüften, und starrte hinunter in den Graben.

Doch Beusts Gelassenheit wich einer auffälligen Anspannung, er rannte hin und her und sogar einige Schritte den Hang hinunter. »Der Bär liegt nicht mehr da! Gertrud, da hast du doch nicht anständig gezielt. Es ist besser, wir gehen rasch nach Hause, angeschossene Bären sind sehr reizbar.« Beust sah sich nervös um. »Vielleicht ist das Tier noch in der Nähe …« Mit einem Aufschrei trennte sich Franz von Raven von seinen Begleitern und rannte stolpernd den Hang hinunter ins Tal der Orla.

Gertrud und Beust lachten, bis sie Bauchschmerzen bekamen. »August, du kannst rauskommen!« Hinter einer Buche trat der Reitknecht August hervor. Sein Gesicht war verschwitzt, sein Haar zerzaust. In der Hand hielt er einen großen Fußsack aus braunem Fell, mit dem man sich im Winter bei Schlittenfahrten wärmte. »Der war einer der Blödesten, Herr Baron!«

»Wie redest du von unserem Gast!« Beust bog sich vor Lachen.

Für den Rest des Tages entschuldigte sich Franz von Raven bei seinen Gastgebern.

Hermann von Beust hatte inzwischen andere Sorgen, in seiner Tasche steckte eine Depesche des Herzogs von Glücksburg, die fünfte seit der Abreise der Beustschen Tochter. Auch von dieser würde Gertrud nichts erfahren. Die Zeit war noch nicht gekommen. Mit Glücksburg gab es noch einiges zu regeln. Noch wurde die Apanage regelmäßig gezahlt.

Gertrud saß auf der Armlehne des breiten Schreibtischstuhls ihres Vaters.

»Sollst sehen, wie man mit den Leuten umgeht, auch wenn sie meinen, eine besonders gute Verbindung zu Gott zu haben«, hatte ihr Vater angekündigt. Er erwartete den Pfarrer. Der hampelige, dünne Mann mit dem glatt rasierten Gesicht lugte durch die Tür. Beust winkte ihn herein. Gertrud wusste, dass der Pfarrer nach Gesprächen mit ihrem Vater gern in den einzigen Gasthof des Ortes eilte und dort nach dem zweiten Bier verkündete, er habe mit dem Kammerherrn die hohe Politik diskutiert und man sei wieder einmal ein und derselben Meinung.

Der Pfarrer hatte ein Anliegen. »Wilhelm Schwalbe geht …«

»Fort? Welch eine erfreuliche Nachricht!«

»Wilhelm Schwalbe geht jeden Sonntag in die Kirche …«

»Der bekommt wohl seinen Lohn nicht von mir.« Beust lachte über seinen eigenen Witz.

»Schwalbe besitzt ein Haus.«

»Mach Er keine dummen Witze. Nicht mehr als eine schäbige Hütte für zweihundertsechzig Taler, zwei winzige Zimmer.«

Der Pfarrer war zu seiner eigenen Verblüffung in einer für seine Verhältnisse tollkühnen Stimmung. »Sie könnten ihm Arbeit geben, gnädiger Herr«, sagte er und bereute die Frechheit sofort. Eifrig schob er hinterher: »Er ist Böttchermeister, ein guter. Manchmal hat er sogar in Rudolstadt Arbeit.«

»Dann soll er dahin ziehen. Die Hütte hätte ihm nie verkauft werden dürfen.«

»Schwalbes elfjähriger Sohn ist einer der besten Schüler der Oberklasse. Der Vater ist fleißig und geschickt. Aber vor Gott lebt er seit zwölf Jahren in Sünde! Das können Sie nicht zulassen!«

Der Pfarrer wurde ihm zu pathetisch. Beust sagte streng: »Sie gehen zu weit. Ich habe nicht die Absicht, einem wie ihm das Leben in Langenorla leichtzumachen. Soll Schwalbe mit seinen Bastarden anstellen, was er will. Beten Sie meinetwegen für ihn. Heiraten darf er nicht.«

»Dem Gesetz nach braucht er keinen Grundbesitz und keine Erlaubnis der Gemeinde oder sonstiger Obrigkeiten mehr, wenn er heiraten will.«

Was war mit seinem Pfarrer los? Beust stand auf und schritt hinter ihm auf und ab. Seine Worte trafen den Kirchenmann wie Nadelstiche.

»Guter Mann! Was das Parlament beschließt und was davon wann in Langenorla ankommt, ist zweierlei. Das Recht braucht seine Zeit und ist stets zu Fuß unterwegs. Über die Berge bis in unser Tal dauert es eben eine Weile. Es müssen sich erst die Verhältnisse wandeln, damit das Gesetz passt. Was machen wir mit so einem armen Schlucker, der nur mal hier und mal da Arbeit findet und trotzdem meint, mit Bebels Partei die Leute aufhetzen zu müssen? Wenn wir den hier heiraten lassen, müssen wir ihn eines Tages versorgen. Und ist er erst satt, wird er noch mehr Unruhe stiften.«

Der Pfarrer erschrak: »Er hat mit den Leuten von August Bebel zu tun, diesen Revolutionären? Mein Gott, das wusste ich nicht. Ich hatte nur den Sohn im Auge, ein so guter Schüler, so fleißig.« Fahrig strich er sich übers Haar und sah Gertrud verstört an: »Ein Bebelianer! Einer, der die ganze Ordnung durcheinanderbringt! Das gefällt Gott nicht.« Sie nickte, so einen hatte sie auch kennengelernt. Der Pfarrer ließ den Kopf hängen. »Ich bitte vielmals um Vergebung.«

Beusts Stimme fing ihn an der Tür noch einmal ein. »Moser, glauben Sie denn, dass der preußische Staat diese Republikaner jemals aus den Augen verliert?«

»Die sind doch sogar im Reichstag. Ist das nicht entsetzlich?

Früher konnte einer ja gelegentlich meinen, nicht alles, was sie verlangten, sei dumm. Nein, bitte verstehen Sie mich nicht falsch, nur ganz wenig.« Der Pfarrer nahm den Türgriff in die Hand. »Darf ich mich verabschieden? Noch ein letztes Wort, ganz ausgezeichnet die Idee des Herrn Baron mit dem Guano-Dünger. Die Raps- und Kartoffelernte ist sehr befriedigend. Und auch den Trick, den Schlamm von der Chaussee auf Wiesen und Äcker zu verteilen, habe ich Ihnen abgeschaut. Ein Vorbild, ein wirkliches Vorbild…« Er schloss die Tür von außen.

Beust lächelte satt.

»Warum lässt du sie nicht heiraten, Vater? Eduard Eberitzsch hat auch geholfen und hat Johanna, die Schwester von Schwalbe, aufgenommen.«

Beust kaute an seiner Pfeife. »Es gehört zu unseren Pflichten, zu hohe Belastungen vom Dorf fernzuhalten. Das wirst du lernen müssen. Wir können nicht das ganze Elend der Welt durchfüttern.«

»Aber diese eine Familie!«

»Fängst du einmal an, kommen immer mehr.«

»Sollte ich das von dir lernen?«

»Gertrud!«

»Entschuldige, ich kann nicht verstehen …«

»Wenn du eines Tages über Langenorla herrschen willst, musst du klug sein und im Dorf das Gleichgewicht bewahren. Sieh mich nicht so an! Komm in meine Arme. Na, siehst du.« Seit sie ein kleines Mädchen gewesen war, war dies der Ort, an dem sie vor nichts Angst hatte.

9

Frankreich,
November 1870

Albert Lauterjung hockte auf einer Bank, die aus einem einzigen scharfkantigen Brett bestand. Seine Hände und Füße lagen in Eisen. Sein Kopf war gesenkt und schlenkerte bei jedem Ruck des Gefangenenwagens. Die Haare hingen ihm beinahe schulterlang hinunter, seine Kleidung stank, Hose und Schuhsohlen waren zerrissen. Manchmal träumte er von dem Jungen, Baptist, der diese skurrilen Vorstellungen von zehnstöckigen Schiffen hatte. Er hatte den Jungen nie wiedergesehen. Der Wagen stank nach Urin. Sie waren sechs Gefangene, Fritz Witte war auch dabei. Die anderen vier kannte er nicht.

Die Erinnerung an Heinrichs Tod trieb ihm die Tränen in die Augen. Der Wagen ruckelte langsamer. Die Wochen vor dem Prozess hatte er wie betäubt von Schuldgefühlen in einer Ecke seiner Zelle gelegen. Zwanzig Jahre schwerer Kerker waren eine angemessene Strafe für Heinrichs Tod. Das Entsetzen in den Gesichtern seiner Freunde berührte ihn nicht. Er hatte sich vor Gericht nicht verteidigt, hatte überhaupt nicht ausgesagt, sondern die meiste Zeit aus dem Fenster gestarrt. Der Himmel blieb über Wochen schwarzgrau, wie seine Gefühle. Sein Schweigen hatte ihm ein kriegsbegeisterter Richter mit Schmissen auf beiden Wangen als besonders aufrührerische Verstocktheit ausgelegt.

Was stieß ihn Fritz dauernd? »Hör auf«, knurrte Albert. Die vier bewaffneten Gendarmen an der Tür des Gefangenenwagens spielten Karten.

»Hör du auf, dich selbst zu bemitleiden, und sperr die Ohren auf.« Der scharfe Ton in Fritz Wittes Stimme ließ Albert aufschauen. Als ein Polizist einen prüfenden Blick in ihre Ecke warf, fing Fritz an zu husten. Dann flüsterte er: »In einer Stunde wird man uns befreien.«

Witte war verrückt. Schon wieder hieb der ihm den Ellenbogen in die Seite. »Lass das, Schwachkopf!«

»Das klingt endlich wieder nach dir.«

Albert betrachtete seine Handgelenke, die wundgescheuert und blutverkrustet waren. »Befreien?«

»Sprich leise!« Aber es war zu spät. Binnen Sekunden waren alle Gefangenen informiert. Die Spannung lud den Wagen auf, so dass einer der Gendarmen unruhig wurde und immer wieder zu den Gefangenen blickte. Ihre betont gleichgültigen Gesichter irritierten ihn. Albert war verwirrt. Fast vergessene Hoffnung keimte auf. Er fühlte sich wach, als hätte Fritz einen Eimer eiskaltes Wasser über ihn geschüttet.

»Wohin gehen wir?«

»Ich komme nicht mit«, flüsterte Fritz. »Dich wird man …« Er sah Alberts entsetztes Gesicht. »Versteh doch! Keine Zeit. Bin zu alt, sehe Frau und Kinder in fünf Jahren wieder. Aber du musst fliehen! Zwanzig Jahre Zuchthaus bringen dich um.«

Der Freund meinte es ernst. »Wer holt uns raus?«, fragte Albert.

Fritz flüsterte hastig: »Genossen. Sie verstecken Deserteure. Bei dir geht's andersherum. Neue Papiere, 'ne Uniform und ab in die Armee. Bist du erst einmal in Frankreich, musst du selbst sehen.«

»In diesen verfluchten Krieg? Seid ihr wahnsinnig?«

Fritz wurde ungeduldig. »Willst nicht befreit werden? Zwanzig Jahre schwere Haft? Na schön, Schwachkopf!«

Der vergitterte Wagen fuhr langsamer, hielt. Ins Zuchthaus, nach Deutschland? In den Krieg? Nach Frankreich? Als draußen Lärm aufkam, als Schüsse fielen und die Gendarmen aus dem Gefangenenwagen sprangen, um den Angriff abzuwehren, kletterte einer der Befreier hinein und löste die Fuß- und Handfesseln der Gefangenen. Albert sprang in die Freiheit.

Drei Tage später war er in Frankreich bei einer badischen Division. Sein neuer Pass wies ihn als Albert Schneider aus Weinheim aus, einer kleinen Stadt mit zwei Burgen an der Bergstraße, was den Vorteil hatte, dass zwei Sozialdemokraten, die sich wegen ihrer Gesinnung gleichfalls im Krieg versteckten, ihn von zu Hause zu kennen behaupten konnten. Von Beruf war er Metallarbeiter, angeblich freiwillig und mit patriotischer Begeisterung in den Krieg gezogen. Mit dem ersten Bad hatte ihn die Zivilisation zurück, sein Haar war geschnitten, seine Uniform sauber und fleckenlos. Bis heute war der Krieg langweilig gewesen. Er räumte seinen Tornister auf, fünfundzwanzig Kilo schwer, Wäsche, Nähzeug, Reserveschuhe, Bürsten, ein Rest Schokolade, Essbesteck mit Beulen, Napf, ein Zipfel Erbswurst, Patronen, Kaffee. Ein paar Utensilien für den Zeltbau. Er faltete seine Decke zusammen. Wie sollte er dem vor Überheblichkeit strotzenden deutschen Heer entkommen?

»Die Franzosen sollen eine Geheimwaffe haben«, sagte ein Soldat namens Hans, der den Krieg genoss.

»Wie geheim ist sie, wenn du davon weißt?«

»Arschloch. Mit deinem krummen Messer wirst du die Franzosen nicht erschrecken.«

Albert hatte keine Lust auf Streit. »Was ist das für eine Geheimwaffe?«

»Die Mitrailleuse. Sie kann fünfundzwanzig Kugeln in kürzester Zeit hintereinander abfeuern.«

»Dafür ist sie groß, schwer und so mühsam zu transportieren wie eine Kanone.«

»Dann sind wir mit unseren Zündnadelgewehren doch beweglicher.« Hans war stolz auf jeden deutschen Vorteil. Du Idiot, dachte Albert, die französischen *Chassepots* sind unseren Gewehren überlegen.

Die Feldpost wurde verteilt, aber nie würde ein Brief für ihn dabei sein. Einer der Soldaten schimpfte: »Kein Paket für mich? Dieses elende hundert Jahre haltbare Brot aus Spandau! Wenn ich nach Hause komme, bring ich den Bäcker um, der das erfunden hat.«

»Keine Pakete auf dem Marsch. Nur für die Einheiten, die vor Paris oder Metz liegen, werden zu Hause Pakete angenommen.«

»Und wer auf den Franzosen rumliegt, kriegt Schnaps!«

Einige Soldaten lachten.

»Die Eisenbahnen müssen Proviant, Munition, Geschütze, Gefangene, Verletzte und Ersatztruppen transportieren.«

Das Lachen der Männer klang bitter.

»Was wir brauchen, sind eine Wintermantelfabrik und eine Schnapsfabrik.«

»Unsere Zeitung zu Hause schreibt, dass wir siebenhunderttausend Mann täglich hundertfünfundachtzig Rinder, vierhundert Zentner Speck, fünfhundertvierzig Zentner Reis, hundertsechzig Quart Branntwein, zehn Zentner Kaffee und viele Tausend Brote verschlingen.«

»Warum haben wir dann dauernd Hunger?«

»Kein Champagner?«, schrie der immer hungrige Hans. Einige lachten.

»Die edlen Sachen gehn ans Hauptquartier und nach Hause, als Beweis für unsere ständigen Siege.«

»Da kommt unser Essen! Koch, was hast du für uns?«

Hans hob den Topfdeckel: »Wieder nur Pferdefleisch und Erbsenbrei.«

»Ewig diese abgerittenen Gäule.«

»Solln wir uns die frischen Viecher unterm Hintern wegfressen?«

Albert schnitzte mit Baptists Messer ein Gesicht in ein Stück Holz. Wir haben längst gewonnen und ziehen trotzdem immer weiter, dachte er. In dieser flachen, baumlosen Landschaft hatte er keine Chance zu fliehen. Hoffentlich bin ich fort, bevor ich auf einen Franzosen schießen muss.

Straßen mit novemberkahlen Bäumen, Stoppelfelder, Heuschober, hölzerne Windmühlen, Telegrafenstangen. Aus der kleinen Stadt, die sie einige Tage später sahen, stammten angeblich die Freischärler, die *Francs-tireurs*, die gestern einige bayerische Jäger angegriffen hatten. Bei Sonnenaufgang stürmte Alberts Einheit die Stadt. Der Bürgermeister kam im Schlafrock herbeigeeilt und schrie mit vor Angst bebender Stimme: »Wir ergeben uns!«

Der Offizier stieß ihn beiseite und gab den Befehl zum Plündern. Die Soldaten zerrten das Vieh aus den Ställen, durchkämmten die Häuser nach Lebensmitteln, fanden Mehl, Kartoffeln, Eingemachtes, ließen nichts zurück, raubten Decken, Mäntel,

Stiefel und alles Wertvolle, das sie fanden. Was sie nicht mitnehmen konnten, zerschlugen sie, zerrissen Bücher und zerstörten Bilder.

Albert verdrückte sich in ein kleines Haus. Er brüllte den anderen zu: »Das schaffe ich allein!«, und gab vor, die Räume nach Lebensmitteln und Wertsachen zu durchsuchen. Er begegnete nur einem einzigen Menschen. Tröstend legte er seine Hand auf die Schulter einer zitternden jungen Frau.

»*Je ne fais rien à vous. Avez-vous confiance en moi. Je ne prends beaucoup.*« Ich tue Ihnen nichts. Vertrauen Sie mir. Ich nehme nicht viel.

Sie sah ihn ungläubig an, setzte sich auf einen Küchenstuhl, die Hände im Schoß gefaltet, die zierlichen Schultern angespannt, und verfolgte mit großen Augen seine flüchtige Suche. Mit ihrem genickten Einverständnis nahm er einen Sack Kartoffeln, einen Beutel Zwiebeln, etwas Mehl. Alles andere ließ er liegen. Er rannte nach oben, um glaubhaft berichten zu können, wo er nichts gefunden hätte. Auf einem kleinen Schrank stand ein Familienfoto. Die schmale Frau als Braut, lächelnd, neben ihr ein ernster junger Mann mit sehr kurzen schwarzen Haaren, der seinen Arm um sie legte.

»*Non! Non!*« In der Küche schrie die Frau voller Entsetzen. Albert stellte das Bild ab und stürzte die steile Stiege hinunter. Der verfressene Hans war in das Haus eingedrungen, presste die Frau auf den Tisch, die ungewaschene Hose samt Unterhose hing in seinen Kniekehlen, und sein Hintern drängte gegen sein Opfer. Weiße dünne Beine, spitze Knie, ein nackter Unterleib, der sich zur Seite wand, riesige blaue Augen, die Albert ansahen. Er holte mit seinem Gewehr aus und zog Hans von hinten den Kolben über den Kopf. Der gluckste und sackte mit dem Kopf auf den Bauch der Französin, glitt langsam ihren Unterleib entlang, über die Tischkante, auf den Fußboden. Albert half der Frau auf, sie ordnete hastig ihre Kleidung.

Albert sagte: »*Je le prends. Cachez-vous, jusque nous sommes partis. Adieu!*« Ich nehme ihn mit. Verstecken Sie sich, bis wir fort sind.

Sie deutete fragend auf die Kartoffeln, die Zwiebeln und das Mehl. Er lächelte und deutete auf Hans. »Ich kann nicht mehr tragen als dieses fette Schwein.«

»*Merci, Prussien.*« Sie lief nach oben. Er würde nie erfahren, ob sie überlebt hatte.

Drei Stunden später sammelte sich das Bataillon vor dem Tor der geplünderten Stadt. »Wir geben euch dreißig Minuten, eure Häuser zu verlassen!«, brüllte der Offizier, und leiser: »Warum warten? Soldat, nimm die Fackel.« Das erste Haus explodierte in Flammen. Das Feuer griff sofort auf die nächsten Dächer über. Die Bewohner flüchteten weinend, schreiend und keuchend im Qualm zum anderen Ende der Stadt hinaus. Dort aber lauerte ein Teil des Bataillons und jagte die Menschen wie Hasen bei einer Treibjagd. Albert Lauterjung gab vor, einen alten Mann in einer blauen Jacke zu erschießen. Er verfehlte ihn. Einige Augenblicke später warf der Mann seine Arme in die Luft und sank zu Boden.

»Willst wohl Franzosen retten, was?«, fragte Hans. »Lieber einen ganzen Ort einäschern, als das Leben eines einzigen deutschen Soldaten opfern.« Hans spannte erneut. »Um manch einen Deutschen wär es allerdings nicht schade.«

Er würde sich vor Hans in Acht nehmen müssen. Der hatte ihn zwar im Haus der Frau nicht gesehen, aber vielleicht ahnte er, wer ihm eins übergezogen hatte. Hans schwamm in der Truppe wie ein Fisch im Wasser, wohlgelitten wegen seiner Zoten, seiner Freude am Saufen, seiner Franzosenhasserei. Albert musste sehr vorsichtig sein.

Ein Unteroffizier las stolz aus einem Brief vor, den er nach Hause schicken wollte: »Überhaupt ist ›Pardon‹ bei uns kein geläufiges Wort.« Die anderen lachten schallend.

»Zeig her!« Hans grapschte ihm den Brief aus der Hand. Der Unteroffizier protestierte: »Hee, der ist an meine Mutter, das geht euch nichts an!« Hans las laut weiter: »Weil wir auf der höchsten zivilisatorischen Stufe stehen, bereiten uns die sittliche Verwirrung und die anarchistischen Zustände in Frankreich täglich mehr Schwierigkeiten. Trotzdem führen wir den Krieg in ritterlichster, eben typisch deutscher Weise. Wir schonen Personen und Eigentum und achten im Feind stets auch den Menschen.« Er grinste. »Stimmt genau. Jesses, wo hast du nur so schreiben gelernt?«

Und so lügen?, dachte Albert, der einige Meter entfernt am Feuer saß und versuchte, sich zu beherrschen, indem er schnitzte.

Hans beobachtete ihn mit angriffslustigem Blick. »Unser Albert spielt mit einem Kindermesser.«

Ein Soldat rief: »Lass den Langweiler! Hier haben wir einige köstliche Flaschen Wein von den Franzosen!«

Am nächsten Tag korrigierte der Unteroffizier seinen Brief nach Hause. Er formulierte stets sorgfältig, wohl wissend, dass der Pfarrer seines winzigen Dorfes die Nachrichten des einzigen Offiziers der Ortschaft von der Kanzel verlesen würde. »Heute war ein sehr trauriger Tag für uns. Wir haben neun unserer Kameraden beerdigt. Wir hatten bei den Franzosen mehrere Flaschen Wein requiriert. Sie waren mit Blausäure vergiftet. Der Offizier unseres Bataillons hat uns Rache nehmen lassen für unsere Kameraden.«

Eine sonderbare Rache, die schon vorher stattfindet, dachte Albert, als er davon erfuhr.

10

Langenorla,
Dezember 1870

Der Sturm pfiff den Schnee in jede Ritze, die er im Dorf finden konnte. Oben auf der Würzbachhöhe belud er die Bäume so schwer, dass Hunderte von Ästen brachen. Eisige Windböen schrien durch das Tal und wirbelten alles in die Luft, was sich nicht halten konnte. Kein Mensch ließ sich blicken, und Tiere, die nicht in die Ställe und Schober geholt worden waren, zwängten sich in Winkel und Nischen und erstarrten vor Angst. Ließ der Sturm einen Moment lang nach, um mit neuer Kraft umso heftiger zu brüllen, gab er für Sekunden den Himmel frei, bleigrau, schwer und kurz davor, auf die Erde herunterzufallen. Bei Einbruch der Dunkelheit steigerte sich der Sturm, der das ganze Tal in Besitz nahm, für kurze Zeit zu einem Orkan, und der Lärm übertönte die Folgen seiner Wut: Ziegel schlugen im freien Fall gegeneinander, Fensterscheiben zerbarsten, als wären sie aus Zucker, Bäume fielen auf die Erde.

Als der Sturm gegen Morgen nachließ, sank die Telegrafenstange, der Stolz des Dorfes, nach sekundenlangem Zögern fast vorsichtig auf die Knie, um schließlich quer über die Landstraße zu stürzen. Zehntausende Klafter Holz lagen entwurzelt in den Wäldern um Langenorla. Auf der Orla hatten sich Eisschollen ineinander verkeilt. Die Landschaft in der Ebene, Zäune, Büsche, Felsbrocken, die kleine Brücke und die Schneepfosten entlang der Chaussee waren vom Schnee eingeebnet.

Am Tag nach dem Unwetter begleitete die Pfarrersfrau Gertrud ins Dorf. Die Tagelöhner hatten die Wege zum Schloss von Schneewehen befreit und eine Schneise durch das Dorf geschaufelt. Am Waldhang sah Gertrud, wie sich Gestalten durch den Schnee kämpften. »Sie holen Holz«, sagte die Pfarrersfrau.

»Und sie wildern.«

»Früher, liebes gnädiges Fräulein, haben das Wild und das Land allen gehört.«

Das war wieder eine dieser Geschichten von Frau Moser. »Niemand hat die Verantwortung getragen«, behauptete Gertrud.

»Nicht einer allein, aber alle zusammen.«

»Ein hübsches Märchen.«

»Das ist nicht erfunden. Wie sollen die armen Leute sonst den Winter …«

»Mein Vater will, dass die Leute beim Futterstreuen helfen, damit das Wild in seiner Jagd nicht verreckt. Sonst hat er nächstes Jahr mit seinen Gästen nichts zu schießen.«

»Die armen Leute sind wie verrückt hinter dem erfrorenen Wild her.«

»Sie verstecken es, und man kommt kaum in ein Haus hinein. Wie soll ich dann helfen?«

Die Pfarrersfrau wechselte das Thema. »In unserem Garten sind alle Pflaumenbäume umgestürzt, und im Keller sind heute Nacht alle Äpfel, der Wein und die Kartoffeln erfroren.«

»Der gute Wein? O wie scheußlich!«

Das Haus von Eduard Eberitzsch glich den meisten anderen Häusern in Langenorla. Es stand mit der Giebelseite zur Straße. Das Erdgeschoss war aus Sandstein gemauert. Hier lagen der sogenannte »Dung«, der allgemeine Wirtschaftsraum, und der Kuhstall. Darüber, im ersten Stock, war hinter einer Außenwand aus Lehmfachwerk die Stube. Sie nahm die ganze vordere Breite des Hauses ein. Gertrud von Beust und Margarethe Moser stiegen die Außentreppe zu den Wohnräumen empor. Die Moser klopfte.

Henriette Eberitzsch, Eduards Frau, öffnete ihnen. Sie war eine schlanke, penibel gekleidete Enddreißigerin, die der Herrschaft alles nachäffte, was sie sich von Eduards Gehalt und etlichen Zuwendungen aus dem Schloss leisten konnte.

»Welche Freude! Das gnädige Fräulein und die Frau Pfarrer. Kommen Sie doch bitte herein! Solch eine Kälte! Beim letzten Schneesturm hat es einen Küchenbrand gegeben. Genau hier, über dem Herd. Da zieht's über den Rauchfang ab, unten ist er aus Lehm, aber oben hat der Kaminbauer das Holz nicht dick genug mit Lehm verkleidet, und schon war's passiert. Andere Häuser brennen ganz ab, da hatten wir noch Glück.«

Die Eberitzsch war eine furchtbare Schwätzerin. »Wir wollen hören, wie es allen geht, ob ihr das Unwetter gut überstanden habt«, sagte Gertrud.

Eine neue Schleuse war geöffnet. Eduard sei mit dem Vater des gnädigen Fräuleins … Sie wissen? Den Kindern ging es gut, der jüngere Sohn hatte Bauchschmerzen, vor drei Wochen. Der Große war auf der Rolle, Zimmermannsgesell. Die Tochter …? Warum sagt sie nichts über Johanna, wunderte sich Gertrud. Sie ließ die Frau noch ein Weilchen schnattern und fragte dann: »Wie geht es Johanna?«

»Ein faules Mädchen! Immer blass und schlapp. Da nimmt man so eine ins Haus, gutmütig wie mein Eduard ist, damit sie zur Hand geht, und dann ist sie dauernd krank und immer schwach.«

Gertrud stand auf. »Wo ist sie?«

»Sie schläft oben.«

Gertrud sah auf die Strohmatratzen neben dem Herd, auf denen die Kinder des Kutschers und seiner Frau die eiskalte Nacht warm und trocken verbracht hatten.

Die Eberitzsch rechtfertigte sich: »Hier war kein Platz, und wir konnten sie schlecht in unser Ehebett nehmen.« Sie stellte sich in die Tür zur Diele und rief: »Johanna! Steh auf! Das gnädige Fräulein erkundigt sich nach dir!« Sie brüllte ein zorniges »Johanna!« hinterher. Niemand antwortete.

Gertrud schob Henriette Eberitzsch zur Seite und kletterte die Leiter zum Dachboden hinauf. Sie ignorierte die eifernde Frau, die fand, es sei kalt und dunkel dort oben, niemand brächte sie dort hinauf. Aber eine Fünfzehnjährige zwingst du dorthin zum Schlafen, dachte Gertrud, und meist auch deine Kinder, wenn es nicht gerade schneit.

Der Speicher war eiskalt. Durch Löcher im Dach drang frostiger Wind, begleitet von weißlichem Tageslicht, das zarte Strahlen auf den schmutzigen Holzboden warf. Er war dünn mit Schnee bestäubt wie ein Kuchen mit Puderzucker. Der Schneestaub schmolz nicht. Auf der linken Seite lagen drei kurze Strohmatten für die Eberitzschen Kinder. Brotreste daneben, Polster und Decken. Auf der rechten Seite trennte ein Vorhang eine Ecke ab. Gertrud zog ihn beiseite. Ein Klumpen aus Decken lag zu ihren Füßen. Auch er war mit feinem weißem Pulver bedeckt. Der Haufen bewegte sich nicht. Gertrud kniete sich auf ihren Mantel und wischte sanft den Schnee von der obersten Schicht, einer Rosshaardecke in einem rauen Bezug aus Jute. Sie schlug die schwere Decke behutsam auf. Feuchte, kalte Luft drang heraus. Sie schälte eine zweite Decke aus Wollresten von dem Körper, den sie darunter vermutete.

»Johanna, wach auf. Johanna!« Die dritte Decke, ein geblümtes Federbett, hatte Marie von Beust den Eberitzschs vor zehn Jahren gebraucht vermacht, jetzt lag sie auf Johanna, verklumpt und übelriechend. Gertrud streichelte der Liegenden über das Haar. Noch immer rührte sich das Mädchen nicht. Unten tratschten Henriette Eberitzsch und Margarete Moser über erfrorenes Apfelkompott.

In Gertrud kroch Angst hoch. Sie berührte die Schlafende am Oberarm. Die Haut unter dem rauen, verwaschenen Nachthemd war kalt und steif wie vereistes Fleisch. Die Stirn auch. Ich muss den Herzschlag finden, dachte sie und war unsicher, wo. Das Mädchen trug drei Hemden übereinander. Die linke Brust war kalt, da pochte nichts. Johanna lag auf der Seite, die Knie leicht vor dem Bauch angezogen. Als Gertrud auch die letzte Decke aufschlug, sah sie einen großen, rotbraunen Fleck zwischen den Beinen des leblosen Wesens. Er sah aus wie ein Tablett, das Johanna auf dem Schoß trug.

Man rief nach ihr, aber sie wollte keine der beiden Frauen hier oben haben. Sie drehte den sperrigen Körper leicht, um das Hemd hochzuziehen und darunter die Wunde zu suchen. Sie hatte noch nie einen nackten Menschen gesehen. Der Bauch der Toten schien unversehrt, aber auf den Oberschenkeln klebte geronnenes Blut. Der Körper ließ sich nicht auf den Rücken drehen. Etwas lag hinter ihm und bremste die Bewegung.

Gertrud beugte sich über Johannas Leiche. Verborgen im Stroh lag dort etwas, nicht größer als eine Katze. Der kleine Rücken gekrümmt, die winzigen Fäuste vor dem Mund, die faltigen Füße angezogen – ein Neugeborenes, die Lider zusammengepresst, als hätte es diese Welt nicht sehen wollen. Seine Nabelschnur hatte eine grobe Schnittkante, und daneben lag die Scherbe einer Flasche. Sie berührte das Kind. Es war kalt wie ein Stein aus der vereisten Orla. Der Säugling war tot wie seine Mutter. Gertrud wurde ohnmächtig.

Beust tobte vor Wut. »Muss sie denn auch immer ins Dorf gehen? Ist sie die barmherzige Samariterin? Sie weckt ja ganz falsche Hoffnungen bei den Leuten! Wozu gibt es den Pfarrer?«

Marie von Beust versuchte einmal mehr vergeblich, ihrem Mann zu widersprechen. »Sie hat wohl aus deiner Entscheidung gegen die Heirat von Schwalbe geschlossen, dass du nicht immer hilfst. Gertrud sagt, sie will es anders machen, wenn sie einmal ...«

Beust schluckte schwer. »Ist ihr eigentlich klar, was das alles kostet? Dass eigentlich Eberitzsch der Übeltäter ist?«

»Sie sagt, wenn du Schwalbe hättest heiraten lassen, hätte er ein Haus kaufen können, und Johanna hätte ihr Kind am Ofen bekommen.«

»Überhaupt, wer ist der Vater von dem toten Balg?«

Marie wusste es nicht.

»Wo ist Gertrud?«

»Sie liegt auf dem Bett und weint.«

»Sie wird sich schon beruhigen.« Beust zerriss wütend eine Seite in der Verwalterakte.

Einige Tage später, an einem Sonntag, saß Beust im Kabinett, dem kleinen privaten Salon der Familie im ersten Stock. Gertrud saß nicht weit von ihm und las. Marie von Beust leistete der Aussprache durch ihre Abwesenheit Vorschub. Sie lief im Schloss herum und scheuchte das Gesinde. Noch nie hatte sie das Schweigen zwischen den beiden Dickschädeln ertragen können.

Ohne ein Wort über Johannas Tod zu verlieren, nahm Beust eine Tradition wieder auf. Vater und Tochter hatten vor etwa zwei Jahren begonnen, sich gegenseitig aus dem *Altenburger Amtsblatt*, dem *Pößnecker Wochenblatt* und der *Rudolstädter Zeitung* vorzulesen. Sie zitierten die wichtigsten politischen Nachrichten und wetteiferten um die komischsten Meldungen. Aber heute las seine Tochter nicht laut.

»Gertrud, sei nicht mehr traurig.«

Sie brach in Tränen aus. »Johanna hat so erbärmlich ausgesehen ... Und dieses winzige Kind ...«

Er legte seinen Arm um sie, ließ sie weinen und wartete.

»Wirst du Schwalbe erlauben, zu heiraten?«

»Das kann ich nicht, Liebes. Dann kämen die Armen aus der ganzen Region und siedelten sich hier an. Wer von mir die Heiratserlaubnis erhält, darf sich niederlassen, und wer sich niederlässt und verarmt, für den ist das Dorf zuständig. Letztendlich trifft es uns.« Er beschloss, ihre Schwäche zu nutzen und an ihr Verantwortungsbewusstsein zu appellieren. »Ich mache mir Sorgen um Langenorla«, sagte er und seufzte schwer. »Später wirst du einmal für alles sorgen müssen. Wie willst du das Gut halten, herzensgutes Kind, wenn du allen erlaubst, sich hier anzusiedeln, und wenn die Gemeinde und das Schloss alle deine Wohltaten nicht mehr bezahlen können? Du wirst das Erbe deiner Ahnen für Gefühle verschleudern, vor denen ich hohen Respekt habe. Nun, ich werde das nicht mitansehen, wenn ich dann tot bin, aber ...« Er sah ihrem Gesicht an, dass er gewonnen hatte.

»Ich will Langenorla nicht aufs Spiel setzen. Mir tut das tote Mädchen nur so entsetzlich leid!«

»Wir haben dem Mädchen und seinem Kind eine schöne Beerdigung bezahlt. Eduard bekommt Geld für eine Kammer für die Kinder, damit niemand mehr im Dach schlafen muss. Wir bringen alles wieder in Ordnung.« Doch das Ereignis saß zu tief, er musste noch mehr drauflegen. »Und dem Schwalbe gebe ich Geld, damit er die Schiffspassagen nach Amerika kaufen kann.«

Gertrud umarmte ihren Vater. Was für ein guter Mann! Was konnte sie mehr erwarten? Beruhigt blätterte sie in ihrer Zeitung und las daraus vor: »Unzulässig werden auch alle nach Lothen, Quinten, Halbgrammen, Oertgen, Quäntchen, Cent, Korn oder als Richtpfennige bezeichneten Stücke.« Sie sah ihren Vater an. »Ihr habt das arme Quäntchen abgeschafft? ›Ein Quäntchen Wahrheit liegt darin‹ kann ich dann nicht mehr sagen. Kein

Quäntchen, keine Wahrheit! Die Menschen werden alle lügen!« Sie kicherte. »Ab erstem Januar nächsten Jahres heißen Gewichte Gramm, Pfund, Kilogramm, Zentner und so weiter. Das sind doch verrückte Namen. Viertelzentner-Stücke fallen weg und auch die Drei-Pfund-Stücke. Wie wiege ich da ein Brot?

»Wir waren fleißig.«

»Ihr wusstet, dass das Deutsche Reich jetzt kommt?«

Beust brummte.

»Nicht genug, dass ihr das bedauernswerte Quäntchen umbringt. Nun müssen auch alle Backsteine gleich sein: fünfundzwanzig Zentimeter lang, zwölf breit und sechseinhalb Zentimeter hoch. Müssen nun auch alle Häuser gleich lang und gleich hoch sein? Müssen die Menschen gleich hoch und breit wachsen? Ist das nicht fast … republikanisch?«

Beust wusste, dass er unglücklich sein würde, wenn sie erst wieder in Glücksburg war. Noch immer hatte er ihr nichts von den Briefen des Adoptivvaters erzählt, die so flehend und kompromisslos zugleich waren. In wenigen Wochen, in Bad Ems, würde er mit ihr allein sein und die nötige Ruhe haben.

Gertrud unterbrach seine Überlegungen. »Bebel hat im Reichstag gegen die Fortführung des Krieges gestimmt. Er will Elsass und Lothringen an Frankreich ausliefern.« Sie ließ die Zeitung auf ihren Schoß sinken. »Aber gehören Elsass und Lothringen nicht noch zu Frankreich?«

»Was steht da über Bebel?«

»Es ging um den Einhundert-Millionen-Mark-Kredit für die Weiterführung des Krieges. Die Sozialdemokraten haben dagegen gestimmt. Warum dürfen die überhaupt mitreden?«

»Es beruhigt das Volk, wie eine Art Ventil.«

»Und wie er sich benimmt, dieser Bebel! Nur ein Drechsler und dann im Reichstag. Lassalle finde ich weniger ordinär. Habe ich dir erzählt, dass ich neulich einen Anhänger Bebels zurechtweisen musste?« Sie las weiter und fasste zusammen: »Sie haben sich im Reichstag alle furchtbar aufgeregt, weil Bebel gegen den Kredit und gegen die Annexion geredet hat. Er hat den Krieg einen monarchistischen genannt und schmähte die besitzende Klasse so heftig – leider steht hier nicht der genaue Wortlaut –, dass der Reichstagspräsident wissen wollte, ob er sich nicht schäme, seine eigene Nationalität auf solche Weise herabzusetzen.«

Beust nutzte die Gelegenheit. »Siehst du, und Schwalbe denkt wie Bebel!«

Sie sah ihn verblüfft an und las weiter.

Das Feuer im Kamin knisterte. Klara brachte heiße Schokolade für Gertrud, Rotweinpunsch für ihren Herrn und ein Schälchen Spekulatius.

Gertrud schlug die Zeitungsseite um. »Ich kann unsere Soldaten gut verstehen. Da liegen sie vor Paris, kommen nicht hinein und werden ganz ungeduldig. Das *Rudolstädter Blatt* beschreibt, wie die Türme des Invalidendoms und das Dach des Pantheons in der Sonne glänzen. Eine verlockende Stadt.«

»Ein Babylon, ein Sündenpfuhl.«

»Was ist ein Sündenpfuhl? ... Da, in der Zeitung liegt eine Karte. Ist diese Stadt riesenhaft! Beinahe zwei Millionen Einwohner, und Berlin hat kaum eine Dreiviertelmillion.«

»Rund achthunderttausend immerhin.«

»In Paris – die Theater! Die goldenen Dächer! Die Cafés, in denen die Menschen draußen sitzen, stell dir vor: draußen, auf breiten Boulevards! Berlin dagegen ist wie ein großes Dorf, so niedrige Häuser und kaum Glanz.«

»Lieber ein bisschen provinziell als sittlich verfallen ...«

In diesem Augenblick kam Marie herein, in der Hand einen Brief. »Felix' Theaterstück wird endlich uraufgeführt.«

Gertrud freute sich. Weimar, das versprach Vergnügen, der alte Parry mit seinen Komplimenten und Beziehungen, die Bälle am Hof und all die Kavaliere.

»Großherzogliches Hoftheater Weimar.« Marie hob den Kopf. »Darunter macht er es wohl nicht. Die guten alten Steinschen Beziehungen. Das Stück heißt *Lucy* und ist ein Trauerspiel.«

»Ich ... habe eine Sitzung im Landtag.« Beust vertiefte sich in seine Zeitung.

Auch Marie von Beust hatte mit einem Mal andere Pläne. »Gertrud, du wirst ohne mich hinfahren müssen, ich habe mich nach Oppurg einladen lassen. Eduard bringt dich mit dem Schlitten nach Großkochberg, dort übernachtest du, und am nächsten Tag fahrt ihr ganz bequem nach Weimar. Anna und Felix wollen dich für zwei Wochen bei sich haben.«

Gertrud strahlte.

»Ich schreibe gleich und sage für dich zu«, versprach Marie und verließ das Kabinett.

Vater und Tochter lasen weiter.

»Hör zu, Papa: ›Die Pariser haben keinen Wein mehr zu Mittag, das frivole Volk tanzt nicht mehr auf den Straßen, sie starren tief in die Abwasserkanäle und essen Ratten in allen Zubereitungen.‹«

Hermann von Beust, vertieft in die Nachrichten über die neu zu gründende Aktiengesellschaft der Saalbahn, an der er sich zu beteiligen dachte, antwortete nicht.

In allen Zubereitungen! Gertrud stellte sich Ratten vor, gefangen, an den Schwänzen aufgehängt. Über offenem Feuer geröstet. Fell, das anfing zu stinken. Wurden die Ratten zuvor gehäutet, so wie man Fische schuppte? Wenn sie heiß wurden, was geschah mit dem Schwanz? Schmolz der tropfend ins Feuer, oder wurde er vorher abgeschnitten? Wie schmeckte Rattenfleisch? Wurde der Kopf vor dem Essen abgetrennt, oder nagte man am ganzen Tier?

»Wohin läufst du?« Die Tür schlug zu, und Beust sah seiner Tochter verdutzt hinterher.

11

Frankreich,
Dezember 1870

Bevor sie durch das nächste Dorf marschierten, schickte ihr Offizier zwei Reiter voraus, die den Pfarrer überwältigten und die Glockenstränge durchschnitten, damit niemand Alarm läuten konnte. Sie zündeten die Holztreppe im Glockenstuhl an. Die Glocken stürzten herab und zersprangen. Dieses Mal griff das Feuer nicht auf die nahe gelegenen Häuser über. Der Pfarrer kniete und betete, als die Soldaten die Kirche verließen. Einer zog ihm seinen Gewehrkolben über den Schädel. Der Pfarrer stürzte gegen den Altar und schlug sich die Schläfe ein.

Alberts Bataillon zog durch das totenstille Dorf. Jeder Fensterladen war geschlossen, niemand zeigte sich. Bevor Albert den Schützen orten konnte, fiel ein Soldat von einer Kugel getroffen vom Pferd. Sie jagten dem unsichtbaren Schützen hinterher und schleppten kurz darauf einen jungen Bauern an, dem sie die Tat unterstellten.

»Du und du.« Der Offizier zeigte auf zwei Freunde des toten Soldaten. »Nehmt ihn euch vor. Hier, auf dem Marktplatz.«

Das Bataillon formte sich zum Halbkreis und sah zu.

»Ich habe nicht geschossen!«, schrie der junge Bauer.

»Franzose ist Franzose«, sagte der Offizier. Man hängte den Franzosen an seinen Armen auf. Die beiden Rächer nahmen sich das Opfer gemeinsam vor. Sie verschossen, an den Extremitäten beginnend, vierunddreißig Kugeln und töteten es langsam. Albert hatte sich in die letzte Reihe des Bataillons verzogen. Er krampfte seine Hände ums Gewehr und sah auf den Boden. Die Schreie vergaß er nie.

Die Hufe der Pferde trafen den steinigen Untergrund in einem tänzerischen Rhythmus, als wäre die Choreographie lange einstudiert worden. Der Nachthimmel bog sich über Albert Lauterjung in jenem undurchdringlichen Schwarz, aquarelliert über tiefdunklem Blau, als hätte jemand einen Teelöffel gelöstes Eisenchlorid und Blutlaugensalz in schwarze Tinte fließen lassen. Die Farbe erinnerte Albert an den Vortrag eines Apothekers beim Solinger Gewerbeverein. Schwarze Tinte wurde aus Galläpfeln, Eisenvitriol und Gummiarabikum hergestellt, nur die billigste und die zum Kopieren seien aus Blauholz. Wieso fiel ihm das jetzt ein? Seit dem letzten Gemetzel waren die Sterne verschwunden und der Mond untergetaucht. Alberts Kreuz schmerzte vom Tritt eines französischen Pferdes, dessen Reiter er mit dem Bajonett von seinem Tier geholt hatte. Der Offizier ließ ihn heute Nacht reiten, froh, dass Albert nicht ins Lazarett entwischt war. Albert klappte den Kragen seiner Uniform hoch. Er fror. Würde dieser Krieg noch länger dauern, bräuchten sie bessere Wintermäntel. Die Offiziere trugen teures, schweres Tuch.

Gestern hatte sein Offizier nach Hause telegrafiert: »Um bei der bevorstehenden Belagerung von Paris gesund zu bleiben, brauchen wir dringend Rum und Schokolade, starken Wein, bittern Schnaps, Leibbinden, Fußlappen und Schinken. Kann uns die patriotische Provinz damit versorgen?« Albert hatte über die Reihenfolge des Lebensnotwendigen gestaunt. Aber schon am nächsten Tag kam die Rückdepesche: Es hätten sich sofort örtliche Komitees zusammengefunden, um dem Wunsch der Truppe zu entsprechen. Man würde innerhalb weniger Tage per Eisenbahn liefern.

Hinter Albert marschierte das Bataillon. Vor ihm ritten die Offiziere im Schritt und debattierten die Weltlage. Ihre Stimmen drangen durch die Nacht, vermengten sich mit dem Klappern der Hufe.

»Das Elsass ist erst seit 1789 französisch, Lothringen seit 1766. Wir werden beide bekommen! Lothringen ist fast so groß wie die preußische Rheinprovinz, aber nicht halb so dicht bevölkert. Elsass und Lothringen zusammen machen drei Millionen Deutsche mehr.«

»Das genügt nicht. Paris ist Frankreich! Erst wenn die deutschen Fahnen vom Montmartre wehen, wird dieses eitle Volk auch daran glauben, dass es besiegt ist.« Ein Offizier lachte.

Wozu muss die preußische Armee nach all ihren Siegen auch noch Paris erobern?, dachte Albert. Noch immer hatte er keinen sicheren Weg für eine Flucht entdeckt.

In dieser Nacht fielen Granaten, als endlich auch die Wachen eingenickt waren. Einer von Garibaldis Freischärlertrupps griff an, die gefürchteten *Francs-tireurs*. Bei der Verteidigung stand Albert Lauterjung in der zweiten Reihe. Er wollte keine Franzosen töten, und er wollte nicht sterben. Albert zielte, als der Mond sich hinter einer Wolke vorbeischob. Er hatte vorgehabt, sein Zündnadelgewehr zu hoch zu halten. Aber jetzt, das Ziel im Visier, wollte er es plötzlich auch treffen. Ein französischer Soldat stürzte, wie von einer Axt erschlagen. Hinter ihm kreischte jemand. Noch während er sich umdrehte, traf ihn ein Schlag, und der Schmerz raste vom Bein die Wirbelsäule empor.

Als es hell wurde, lag das Schlachtfeld voller Menschenteile, mit Blut und Gehirn und blauem und rotem Tuch verklebt, bizarr verformt durch Knochensplitter unterschiedlicher Größen. Hier und dort lagen Körper ohne Köpfe, Arme und Beine. Leere Augenhöhlen, zertrümmerte Gesichter. Es hatte leicht genieselt, und die Farbe des Himmels verwandelte sich von einem mittleren Grau in ein blasses, kühles Blau.

Wie nach jeder Schlacht zog der Sanitäter Friedrich Weithase mit den Diakonissen los, um die Verwundeten zu holen, wobei seine Begleiterinnen ständig Gott um Erbarmen anflehten und ihm damit furchtbar auf die Nerven gingen. Den Sanitäter hielt in diesem Krieg nur die Suche nach Überlebenden aufrecht. Er fand einen Kopf mit Rumpf. Tot. Er stieß auf zwei Pferde, die von einer einzigen Kugel durchbohrt worden waren und noch im Geschirr nebeneinanderlagen. Er entdeckte die Leichen von acht Soldaten, die sich wie die Blätter einer Margerite kreisförmig um einen Krater fächerten. Ihre Fußspitzen zeigten auf das Loch im Boden.

Denjenigen, die durchs Bajonett gestorben waren, verzerrte die Angst noch im Tod das Gesicht. Dieses Schlachtfeld war zu still. Trotz der grauenhaften Schreie, trotz des Stöhnens und des Weinens zog der Sanitäter laute Schlachtfelder vor. Geräusche bedeuteten, dass noch jemand da war, dem er vielleicht helfen konnte. Es ist gut, dachte er, dass die zu Hause nicht sehen können, was ihnen später als glorreicher Heldentod ihrer Angehörigen und Freunde gemeldet werden wird.

Seine Ohren quälten noch die Geräusche der vergangenen Nacht. Hartnäckig suchte er weiter. Vor ihm in einer Senke lagen leblose Körper übereinander. Die beiden Diakonissen flatterten wie weiße Vögel in einiger Entfernung herum. Als Anhängerinnen Jesu und Jenseitsgläubige zeigten sie erstaunlich viel Angst davor, sich die Toten anzusehen. Erst als er winkte, huschten sie herbei, denn das hieß, dass sie vielleicht einen noch lebenden Menschen mit ihren Gebeten versorgen konnten.

Sie trugen den Menschenhaufen ab, Körper für Körper. Da ruhte einer auf dem Bauch, Beine, Arme und Kopf schienen unversehrt. Sie drehten ihn um. Statt eines Gesichts klaffte zwischen Scheitel und Kehlkopf ein Loch. Die eine Diakonisse übergab sich in eine Ackerrinne, die andere stand starr und betete.

Ganz unten sah Weithase einen Fuß, dessen Zehen nach oben gerichtet waren. Der Fuß zuckte wie der Hals eines Huhns, dem der Kopf abgeschlagen worden war und das dennoch über den Hof hüpfte.

Weithase berührte den Fuß. »Kotzt nicht, Schwestern, helft!«

Es war ein junger Mann. Er summte leise vor sich hin. Sein linkes Bein schwamm in Blut. Seine Arme presste er steif an den Körper. Der Mann hatte einen Schock. Friedrich Weithase untersuchte ihn. Er diagnostizierte einen Beinschuss, außerdem starken Blutverlust, Kratzer und Prellungen im Gesicht und an den Händen. Die Uniform des Mannes war zerfetzt, die braunen Haare voller Schlamm.

»Hee, du, hörst du mich?«

Der Mann summte weiter.

»Der ist noch verrückter als ihr, heilige Schwestern. Aber er lebt! Gib mir Wasser, Schwester.«

Weithase ließ die Flüssigkeit vorsichtig über das Gesicht des Summenden laufen. Sie rann über dessen Lippen in seinen Mund, dann schluckte er. Sein Husten ließ die kleinere der Diakonissen zusammenzucken.

Albert Lauterjung öffnete langsam die Augen. Unter einem blassen Himmel lächelte ihn ein spitznasiger Mann an. »Dir fehlt ein Zahn«, sagte Albert.

Weithase zeigte alle Zähne. »Es freut mich, dass du dich um mich sorgst.«

»Wer sind die da?«

»Empfindsame und ständig betende Geschöpfe, aber hervorragende Pflegerinnen.«

»Dann sollte ich wohl nett zu ihnen sein.« Albert fiel bei dem Versuch sich aufzusetzen in Ohnmacht.

»Ein kluger junger Mann, der weiß, was ihm jetzt bevorsteht«, sagte Weithase.

Die drei luden ihn auf eine Trage und brachten ihn zu einem Wagen, der die Verletzten zum Verbandsplatz fuhr. Albert wachte etwas später in einer Reihe stöhnender, ohnmächtiger oder betender Männer auf. Die Bretter, auf denen sie lagen, waren nur dünn mit Stroh gepolstert.

Weithase legte ihm seine Hand auf die Stirn. »Na, wieder bei uns?«

Albert verzog den Mund. »Es stinkt hier. Was passiert jetzt mit mir?«

Weithase zog den Stoff der Hose auseinander und tastete Alberts Bein ab. Sanft bewegte er den Knöchel und das Knie und suchte nach Wunden.

»Unterkühlung, ein Haufen Prellungen, Streifschuss, zwanzig Zentimeter lange Fleischwunde am Unterschenkel. Beiß die Zähne zusammen.« Er packte Albert unter den Armen und schleifte ihn quer über den beschlagnahmten Bauernhof, über gefrorenen Boden, durch Schnee und Matsch und über Steine. Albert stöhnte.

»Keinen Mucks!« In einer Ecke des Bauernhofes lehnte der Sanitäter ihn an einen Strohballen.

»Bleib verdammt noch mal sitzen!«

»Es tut so weh.«

»Bleib sitzen, oder du verlierst dein Bein.«

Der Sanitäter reinigte sanft sein Gesicht. Die Augen seines Patienten waren grau, und der kalte Himmel ließ sie leuchten. Alberts Hose ließ sich nur schwer vom Körper schneiden.

Weithase schüttelte Albert. »Du bist schon wieder in Ohnmacht gefallen. Erzähl mir was, dann bleibst du wach.« Er schnippelte weiter. Albert traten die Tränen in die Augen.

Weithase wollte ihn ablenken. »Wo kommst du her? Was für einer bist du?«

Albert murmelte: »Heinrich war mein bester Freund, Baptist auch ein Freund. Auch Franzosen sind Freunde …«

»Werd lieber wieder ohnmächtig!«

Albert trotzte. »Warum sind nicht alle Arbeiter Freunde?«

»Du lieber Himmel, ein Genosse! Dann schneidet dir der Arzt gleich beide Beine ab.« Friedrich Weithase zog eine kleine Dose aus der Tasche und bestrich Alberts Wunde mit einer gelblichen Salbe. »Wie kommst du in diesen beschissenen Krieg? Junge, Junge.«

»Was machst du da?«

Der Sanitäter legte einen erstaunlich sauberen Lappen auf die verletzte Stelle und umwickelte ihn mit einer Schnur.

»Was ganz Neues. Das verwenden sie für die Offiziere. Antiseptische Salbe. Geklaut.«

Ein Schrei flog über den Hof. Der Schlächter hatte sein erstes Opfer gefunden und brüllte: »Sanitäter, hierher!«

Weithases Bewegungen wurden schneller, er sprach hastig: »Das Schwein amputiert gern. Und seine Wunden eitern, bis du tot bist. Keine Ahnung von Wundversorgung. Ein richtiger Metzger. Einem brutaleren bin ich weder in Dänemark noch in Österreich begegnet. Lass dir keine Schmerzen anmerken. Wenn du ohnmächtig wirst, lass es aussehen, als ob du schläfst. Sonst fehlt dir bald ein Teil – falls du überhaupt wieder aufwachst.«

In Abständen von wenigen Minuten hörte Albert einen scharfen Befehl, verzweifeltes Gebrüll und einige furchtbare Schreie, die gleich darauf erstickt zu werden schienen. Dann eine minutenlange Stille, in der er sich auf die Qual eines weiteren Menschen vorbereiten musste, den er nicht sah. Das Lazarett war eine halbe

Tagesreise entfernt. Man hatte für den anderen Morgen einen Güterwagen versprochen. Wer dann noch lebte, sollte geholt werden. Für die anderen hatte man ein Massengrab ausgehoben, das etwa siebzig Körper fasste. Eine höhere Überlebensrate war nicht zu erwarten.

Der Arzt ging die Reihen der Verletzten entlang. Er bückte sich nicht, sondern stieß die Soldaten mit einem dünnen Stock an, hob hier eine zerfetzte Jacke an und dort ein Hosenbein. Eine der Diakonissen beugte sich über die Verwundeten und bot dem Doktor diensteifrig die Wunden dar, als ob der sich je die Mühe gemacht hätte, sie genauer zu untersuchen. Für Doktor Herbert Graf gab es vier Gruppen von Verwundeten. Die erste, bei der sich seine Kunst nicht mehr lohnte, die zweite, bei der er sie anwandte. Die Verletzungsarten der dritten passten nicht zu seiner speziellen Kunstfertigkeit. Die vierte und letzte Gruppe bestand nur aus Hypochondern, die er zur Strafe therapierte wie Gruppe zwei.

Graf betrachtete einen Unterarm. »Diesen.« Zwei Pfleger hoben den Mann an, wobei der eine seinen verletzten Arm packte und ihm, als er aufschrie, verlegen unter die Achsel griff. Sie schleppten den Patienten einige Meter weiter zu einer Holzliege am Rand des Hofs, neben der ein großer braunfleckiger Weidenkorb stand.

»Packt ihn.« Etwas anderes sagte Graf nie. Ein Pfleger warf sich mit seinem ganzen Körpergewicht auf den Rumpf des Mannes und wünschte sich dabei, in seiner vorherigen Stellung, von der er zur Strafe in dieses Lazarett abkommandiert worden war, fleißiger gewesen zu sein. Der andere Pfleger presste mit beiden Händen den Oberarm des Patienten so auf die Liege, dass der Unterarm waagerecht in der Luft stand, dann wandte er sein Gesicht ab.

Der Arzt nahm die Säge, die unter dem Tisch lag, und setzte sie an. Die Schreie seines Opfers erstarben. »So sparen wir dem Reich Chloroform«, knurrte Graf. Sein bewusstloser Patient hörte die gute Nachricht nicht. Der Unterarm fiel in den Weidenkorb auf zwei Unterschenkel, drei Arme und ein linkes Bein. Die Schnittstelle blutete heftig. Zur Gewohnheit des Schlachters Graf gehörte es, seine Opfer direkt nach der Amputation fortschleppen zu lassen. Es war ganz allein die Aufgabe der Diakonissen und Friedrich Weithases, sie zu versorgen.

Albert fieberte und träumte, schweißnass mitten im Winter, in einem Schuppen in Frankreich von einem alten Mann mit Heinrichs Gesicht, der an einem Küchentisch hockte und sich mit einem kleinen krummen Messer den Daumen abschnitt.

12

Großkochberg,
Dezember 1870

Hinter Zeutsch verschwand der Wald völlig unter dem Schnee. Den Bach bei Heilingen erkannte Gertrud nur noch an der Doppellinie der Weiden, deren Zweige regelmäßig beschnitten wurden, damit die neuen, biegsamen Triebe für die Herstellung von Körben verwendet werden konnten. Dorndorf schmiegte sich in die Landschaft. Der Sandsteinkirchtum ragte hervor wie eine spitze Nase. Bei Neusitz wurde das Land weit, und der Wind rüttelte an der Kutsche. Vor ihnen lag Schloss Großkochberg. Das Schlossdach ragte aus dem niedrig liegenden, halbrunden Dorf heraus. Sie überquerten die Grenze nach Sachsen-Meiningen.

Die Kutsche hielt im Hof des Schlosses vor der Brücke über den Wassergraben. Gertrud wickelte sich umständlich aus den Decken. Hier hatte sie die meisten Ferien und viele Wochenenden verbracht, den Tod ihres Bruders betrauert. Sie war gern hier, alles war heiterer und leichter als in Langenorla.

Im Sommer rannte sie stets zuerst in den Park hoch, genoss den Blick vom Blumengarten auf die riesige Kastanie, scheuchte die Schmetterlinge über den Klee, spielte mit dem wilden Hafer auf der großen Wiese, stand da, schaute und ließ ihren Blick von der Bergkette am Horizont auffangen. Sie balancierte am kleinen Kanal zwischen den beiden Teichen, hielt fiktive Ansprachen auf der künstlichen Ruine, hüpfte die Treppen in den Badeteich bis zu den glatten großen Steinen, wo ihr das Wasser bis zum Knie stand. Vor ihrer Abreise nach Glücksburg im Juli hatte sie im Teich gebadet, dem Gärtner Blumen geklaut und war auf dem Wallgraben gerudert.

Anna von Stein, die Schwester von Gertruds Mutter Marie, lief mit ausgebreiteten Armen herbei, sie zwitscherte und küsste und redete wie ein Sturzbach. »Wir werden wieder viel Spaß zusammen haben. Felix ist so aufgeregt, dass er nichts mehr isst. Er denkt nur noch an seine *Lucy*.« Die Tante zog Gertrud zum gotischen

Portal, dem Schlosseingang. »Hast du Hunger? Ach, wie ich mich freue, so lange haben wir uns nicht gesehen.«

Mit Anna schien alles leichter als mit anderen Menschen. Ihr fehlten Schwere und Trübsal, die ein anderer Teil ihrer Verwandtschaft vor sich hertrug, um die eigene Tiefgründigkeit zu beweisen.

»Würdest du die alte Dame noch begrüßen? Sie hat schon hundertmal nach dir gefragt. Sie will erst schlafen, wenn du bei ihr warst.« Gertrud stieg eine steile Nebentreppe hinauf und klopfte leise an die Tür. Sie knickste, küsste eine trockene, dürre Hand und umarmte die Schwiegertochter der berühmten Charlotte von Stein. Die strich ihr übers Gesicht, nannte sie »schönes Kind« und »Anna« und fragte nach unbekannten Verwandten und der Ernte, hörte kaum die verlegenen Antworten, versank in ihrem Sessel und schlummerte ein.

Bis das Essen fertig sein würde, spazierten Anna und Gertrud noch ein paar Schritte über den verschneiten Hof. »Da sind so viele Fußspuren auf der kleinen Brücke. Sind diese Spinner wieder da?«

»O ja, komm! Felix schreibt noch.« Anna von Stein, geborene von Holtzendorf, zog ihre Nichte in den Park, und schlang sich dabei den Schal fest um den Hals. »Schau!«

Gertrud sah drei Männer vor dem halb verfallenen Liebhabertheater stehen. Sie fuchtelten mit den Armen, schnitten dramatische Gesten, schrien herum und wirbelten die Schneeflocken auf.

»Man muss sie beruhigen!«

»Nein, Kindchen, sie spielen nur zum dritten Mal in dieser Woche den Faust.« Anna war bereits abgehärtet.

»Im Schnee? Was wollen sie denn überhaupt mit dem Theater? Der alte Kasten stand doch zu Goethes Kochberger Zeiten überhaupt noch nicht.«

»Du erinnerst dich sogar daran, was ich dir letztes Mal erzählt habe? Das Theater hat erst Felix' Großvater Carl bauen lassen, Charlottes Sohn. Aber seit wann interessieren sich Verehrer Goethes für die Wahrheit?«

»Da führen noch mehr Spuren in den Park.«

»Felix hat einige Besucher verjagt. Ihr Geschrei hat ihn beim Schreiben gestört. Jetzt beten sie hier jeden Baum an, weil Goethe ihn berührt haben könnte.«

»Sie werden wieder den Rosengarten zertrampeln.«

»Das verlangt der Mephisto in ihnen.«

Gertrud und Anna von Stein saßen im einzigen wirklich warmen Raum im ganzen Schloss, dem kleinen Kaminzimmer. Gertrud plauderte und zitierte Beust: »Vater sagt, die Märchen von Grimm und Bechstein, geschöpft aus dem Volksborn der Germanen, veredeln die Alltäglichkeit des Lebens mit einem rosigen Schleier, und besonders Frauen könnten … Guten Tag, Onkel Felix!«

Felix von Stein, ein schlanker, dunkelhaariger Mann, der sich stets rasch bewegte, freute sich über die Besucherin.

»Lass dich umarmen, Gertrud, was bist du schön geworden! Alle Kavaliere in Weimar wirst du um den Verstand bringen. Der alte James Parry von Kuhfraß wird sich wieder wünschen, er wäre dreißig Jahre jünger! Worüber sprecht ihr zwei? … Bitte, auch etwas Tee, ich bin ganz durchgefroren. Der Ofen oben funktioniert so schlecht.«

»Wir reden über Märchen und Volkssagen.«

»Hat mein lieber Schwager dir wieder die Germanen nähergebracht?«

Die Gespräche mit Felix waren witziger als die mit ihrem Vater. Er hatte sonderbare Ideen und provozierte sie gern.

»Knipfer, unser alter Lehrer, hat uns auch immer von Zwergen und Gnomen, von Wurzelmännchen und Alraunen, von verzauberten Prinzen und Prinzessinnen erzählt, die irgendwann erlöst wurden, während die Zwerge in den Bergen hausten und nach Schätzen gruben und sie hüteten.«

»Na ja, der Knipfer.« Felix von Stein hielt den alten Lehrer für einen reaktionären Trottel.

»Aber die Germanen sind unsere Vorfahren!«

»Überleg mal, wer alles durch das Heilige Römische Reich Deutscher Nation gewandert ist, sesshaft wurde und sich vermehrt und vermischt hat.«

»Vater meint, genauso wäre die wahre Größe des Deutschen Reiches zu begründen.«

»Das wären aber kleine Grenzen, die uns da blieben! Und welchen Zeitpunkt will er wählen? Die Uckermark, aus der deine Mutter kommt, war bis ins zwölfte Jahrhundert noch slawisch. Ist Elsass-Lothringen germanisch? Teils ja, teils nein. Und wollen wir darauf verzichten? Wäre dann nicht der Kampf um die deutsche Einheit seit 1848 vergeblich gewesen?«

»Aber Bismarck war gegen die Liberalen …«

Anna von Stein hasste solche Diskussionen. »Ihr Lieben, müsst ihr denn so viel über Politik reden?«

»Jetzt paktiert Bismarck mit euch Liberalen!«

Felix von Stein lachte. »Oder wir mit ihm! Er will ein starkes Preußen in einem Deutschen Reich. Wir wollen ein starkes Deutsches Reich mit Preußen.«

Anna wurde ungeduldig. »Das Kind hat Geburtstag gehabt.«

»Wir werden dich in Weimar gebührend feiern, Gertrud. Zwanzig Jahre bist du jetzt alt. Solltest du nicht längst verheiratet sein?«

Gertrud lachte. Er meinte es nicht ernst.

Anna redete dazwischen: »Ich würde von dem Kind viel lieber wissen, wie es um die Glücksburger Sache steht.«

Felix zog an seiner Pfeife und nickte. »Nun?«

»Nichts Neues. Vater will wohl, dass die Sache repariert wird, aber er ist sehr rücksichtsvoll und verlangt meine volle Rehabilitation. Unter anderem soll die Hedemann entlassen werden, als Zeichen der Loyalität des Herzogpaares gegenüber mir als ihrer Adoptivtochter.«

»Und? Habt ihr Nachricht?«

»Ja und nein. Es ist ein ganzes Bündel von Briefen angekommen, in denen der Herzog – und einige wenige von der Herzogin – mir Liebe und Zuneigung versichern. Aber die beiden wollen nur, dass ich zurückkomme, und reden von Missverständnissen.«

Der Kamin knisterte vor sich hin, im Tee war alter Rum. Gertrud fuhr fort: »Vielleicht sehe ich das alles ja zu übertrieben, wie Vater sagt.«

»Was steht denn im Adoptionsvertrag?«

»Anna, das geht uns nun wirklich nichts an!«

»Warum nicht? Vater hat sicher nichts dagegen, wenn ich es euch erzähle.«

Felix warf einen skeptischen Blick auf Anna, doch die wartete schon lange auf diese Enthüllung.

»Der Herzog hat vor dem Amtsgericht in Kahla versichert, dass er mich aus besonderer Zuneigung, und weil er selbst keine leiblichen Kinder hat, wie ein solches annimmt und mir im Allgemeinen und im Besonderen auf das künftig zu hinterlassende Vermögen alle Rechte einräumt, die auch einem leiblichen Kinde zustünden. So ungefähr heißt es im Vertrag. Er wird beim König die Zustimmung für meine Namensänderung einholen – Gräfin von Glücksburg ist doch ein vornehmer Name, nicht wahr? Dann hat Vater erklärt, dass ich dem Adoptivvater denselben Gehorsam zu leisten hätte wie meinen leiblichen Eltern, und dass ich dennoch das Heimatrecht an Langenorla nicht verlieren würde. Schließlich hat Mutter das bestätigt, und alle haben unterzeichnet und geweint. Ich auch! Es war sehr feierlich. Der Herzog war ganz ergriffen und hat mich wieder und wieder umarmt. Er hat mich mit kostbaren Geschenken überhäuft, die mich die Eltern das ganze vorherige Jahr nie hatten annehmen lassen.«

Felix hatte die List des alten Beust schon lange durchschaut. »Dann ist Langenorla ja saniert.«

Gertrud hielt das nur für einen erfreulichen Nebeneffekt eines Vertrags, in dem es vor allem um Gefühle und Zuneigung ging. »So sieht es Vater auch. Er hat sein Testament dahingehend geändert, dass ich Alleinerbin bin und Armgard auszuzahlen habe. Das wird den Schwager ärgern. Der wollte Schloss Nimritz und dazu Schloss und Rittergut Langenorla besitzen. Mir vertraut Vater die Zukunft von Langenorla an wie einem Sohn. Ist das nicht wunderbar? Allerdings, würde Achim noch leben, dann wäre das wohl alles anders.«

»Ich dachte, du willst nicht mehr nach Glücksburg zurück?«, fragte Felix von Stein.

Dieser Widerspruch löste seit einigen Wochen Magenschmerzen bei Gertrud aus. Anna sah ihren Moment gekommen. »Gertrud ist zu Besuch bei uns, um ihre Sorgen für einen Moment in Langenorla zu lassen, nicht wahr, Kleines?«

Es wurde ein sehr entspannter Abend, das Feuer im Kamin brannte. Sie aßen und tranken, dann holte Anna die Spielkarten.

»Nein, keinen Tee mit Rum mehr, mir ist schon ganz schummrig.« Gertrud kicherte. Sie hatte bei *Vingt-et-un* gewonnen. Ihr Onkel erzählte komische Geschichten. »Im August des Jahres 1734 war sich die Gemahlin Prinz Ludwig Günthers auf Schloss Heydecksburg in Rudolstadt unsicher, ob sie schwanger war – sie muss ziemlich dumm gewesen sein. Sie begab sich um sechs Uhr morgens schlaftrunken auf den Abtritt im oberen Stock des Schlosses. Damals war es nicht so bequem wie heute, wo du auf einem warmen Holz sitzen kannst oder sogar, wie in unseren Kreisen, ein Wasserklosett für dich allein hast. Sie bückte sich und muss sich sehr … angestrengt haben. In diesem Moment gebar sie ihr Kind, die Nabelschnur riss, und es fiel drei Stockwerke tief, denn der Schmutzwasserkanal verlief weit unten, damit es nicht stank. Sie torkelte zurück ins Bett, aber irgendjemand hörte ein Schreien, und nach einer halben Stunde fischte man das Neugeborene aus der stinkenden Brühe. Es lebte, atmete aber ziemlich schwach. Um acht Uhr taufte man das Kleine auf den Namen Friederike Sophie. Mittags um zwölf Uhr war es tot. Erst da schaute man sich das Mädchen genauer an und entdeckte schwere Wunden am Kopf und am Rumpf. Später hat man die Dummheit der Prinzessin vertuscht und in der Lebensgeschichte des Prinzen nur geschrieben: ›So wurde ihnen das erste Pfand ihrer Liebe, die Durchlauchtige Prinzessin Friederike Sophie, am 20. August nur gezeigt, um ihnen an eben diesem Tage wieder entrissen zu werden.‹ Hihi, *gezeigt!* Auf dem Abtritt!«

»Muss Gertrud was zeigen«, nuschelte Anna von Stein. Gertrud beobachtete, wie ihre Tante leicht angetrunken in das Nebenzimmer tippelte. »Nun komm schon, Gertrud Elisabeth! Was ganz Besonderes.«

Felix räusperte sich. »Willst du wirklich?«

»Soll sie es denn nicht erfahren?« Anna wandte sich Goethes Schreibschrank zu, einem barocken, schlichten, beinahe plumpen

Möbel aus massiver Eiche und Esche, knapp hundertzwanzig Jahre alt. Als einzige Verzierung besaß es auf dem Oberschrank einen geschweiften Giebel mit einer Rosette. Anna kniete sich vor den Schrank, öffnete die Türen der Unterschränke, und heraus quollen Briefe, zartblaue, weiße, cremefarbene Briefe in ihren Kuverts, mit schwungvoller Schrift adressiert, aber auch viele Briefe ohne Umschläge, ungeordnet in den Schrank gestopft.

»Weißt du, was das ist?«, fragte Anna und hielt ihr ein Bündel hin.

Gertrud schüttelte den Kopf.

»Goethes Briefe an Charlotte von Stein, Felix' Ururgroßtante. Als Charlotte 1827 starb, hat sie sie ihrem jüngsten Sohn Fritz in Verwahrung gegeben. Der überließ die Briefe 1841 dann seinem Neffen August Karl von Stein, dem Kochberg ab 1830 gehörte.«

Gertrud erinnerte sich. »Und August Karl war der Vater von Onkel Felix.«

Anna kramte in den Briefen. »Soll ich einen vorlesen?«

»Charlotte war doch aber verheiratet?« Gertrud runzelte die Stirn.

»Das hinderte sie nicht an einer Bekanntschaft«, sagte Anna hastig.

Felix spottete: »Nette Verharmlosung.«

Anna zupfte einen Brief aus dem ungeordneten Haufen. »Daran war nichts Verwerfliches, sie war so eine feine Frau. Hier: ›Ich bitte dich fussfällig, vollende dein Werck, mache mich recht gut! Du kannst es, nicht nur wenn du mich liebst, sondern deine Gewalt wird unendlich vermehrt, wenn du glaubst, daß ich dich liebe.‹«

Gertrud kicherte. »Wie schmalzig!«

»Eine der größten Liebesgeschichten der Welt!« Anna suchte weiter.

Felix langweilte sich. »Wollen wir nicht lieber etwas spielen?«

Briefe flogen auf den Boden. »Den hier.«

Gertrud faltete ein blassviolettes Papier auf und las: »»Morgen Sonntags d. 3ten Sept. geh ich von hier ab, niemand weiß es noch, niemand vermuthet meine Abreise so nah. Ich muß machen, daß ich fortkomme, es wird sonst zu spät im Jahr‹ … da kann ich etwas nicht lesen … ›Wenn du ein Packet oder eine Rolle von mir erhältst; so mache sie nicht in Gegenwart andrer auf, sondern verschließ dich in dein Kämmerlein … ich will fort und sage auch dir noch einmal Adieu! Lebe wohl du süsses Herz! Ich bin dein.‹ Wieso geht er dann?«

Anna machte ein melancholisches Gesicht. »Sie hat den traurigsten von allen Briefen herausgezogen.«

»Wie lange war er fort?«, fragte Gertrud.

»Jahre, mein Kind, Jahre, eine tragische Geschichte«, antwortete Anna.

Felix legte Holzscheite nach. »Er hatte seine Gelegenheit, und er hat sie nicht genutzt.«

»Was für eine Gelegenheit?«, fragte Gertrud.

»Verwirr das Kind nicht, Felix!«

»Ich bin kein Kind mehr. Behandelt nicht gerade ihr mich immer wie eine Erwachsene?«, protestierte Gertrud.

Anna stopfte die Briefe achtlos wieder in die beiden Unterschränke zurück. »Genug für heute. Diese Briefe sind ein Beispiel deutscher Hochkultur, an die kein anderes Volk heranreicht. Nicht die Russen, die Franzosen ohnehin nicht und die Juden niemals.«

Gertrud interessierte sich für etwas anderes. »Hier hat er seine Besuchsdaten hineingeritzt. Hätte ich das an meinem Tisch im Schulzimmer gemacht, hätte es Knipfer sofort dem Vater gepetzt.«

»Bist du Goethe?«, fragte Felix.

»Vielleicht werde ich es noch!«

Felix lächelte. »Eine Frau kann kaum Goethe werden. Aber dir traue ich einiges zu.«

Nach einer vergnügungsreichen Woche waren sie erschöpft, aber gut gelaunt von Weimar nach Großkochberg zurückgekommen. Man hatte Gertrud nach einer langen Kutschfahrt durch tiefen Neuschnee mit einem Glas Grog ins Bett geschickt. Irgendwann in der Nacht wachte sie verschwitzt zwischen den Decken auf, schälte sich aus ihrem Bett, suchte Hausschuhe und Morgenmantel und beschloss nachzusehen, ob Onkel und Tante noch wach waren. Im Treppenhaus hätte man Butter kühlen können. Durch die halboffene Tür zwischen Kaminzimmer und Goethezimmer hörte sie Stimmen. Felix und Anna von Stein standen vor dem Goetheschen Schreibschrank und stritten.

»Was nützt uns die ganze Hochkultur, wenn wir all die Annehmlichkeiten nicht mehr bezahlen können?«, schimpfte Anna.

»Dann müssen wir eben sparen«, erwiderte Felix scharf.

»Sparen?,« keifte Anna. Gertrud erkannte die schrille Stimme kaum als die ihrer Tante wieder. »Wovon willst du dann deinen verfluchten modernen Schafstall bezahlen? Wovon die Reisen nach Weimar und Berlin und in alle Welt? Hast du an die Ausbildung unserer Söhne gedacht, an die Mitgift für Mita?«

»Wir werden diese Briefe nicht verkaufen! Wie stünden wir da vor der Familie?«

»Und wie stünden wir da ohne alles? Meinst du, wir würden dann noch zu Bällen eingeladen werden? Wie stünde ich da vor meiner Schwester und ihrem Mann? Die haben ihre Tochter einem Herzog gegeben. Findest du noch einen für unsere Tochter? Und wenn die nicht so hübsch wird wie Gertrud?«

»Wir müssen einen anderen Weg finden, unsere Schulden zu bezahlen. Vielleicht hilft Parry.«

»Parry umschwänzelt die jungen Dinger und wälzt sich über seinen Hirschhügel. Nichts, rein gar nichts, ist von dem zu erwarten.«

Felix' Stimme wurde eisig. »Und in wessen Hände wolltest du die Briefe geben?«

»Einige österreichische Händler haben …«

»Österreich?« Sarkastisch fragte Felix: »Wiedergutmachung für die Niederlage von 1864?«

»Ist es nicht gleich, woher das Geld kommt?«

»Anna! Du redest wie eine ordinäre Bürgersfrau! Und jetzt hörst du mir zu: Wir haben andere Möglichkeiten, mit dieser Situation fertig zu werden.«

Gertrud kroch verwirrt in ihr Bett zurück. ›Deutsche Hochkultur‹, wie hoch? Der Adel hatte doch gewisse Verpflichtungen, das sagten alle. Nun verhielt sich die Tante so, wie der Vater die Juden im Allgemeinen beschrieb. Wie passte alles zusammen?

»Guten Morgen, mein Liebes, setz dich doch zu mir.« Anna von Stein hatte ihren ständigen Begleiter, das Schlüsselkörbchen, auf den Sekretär im roten Salon gestellt, den sie stets behandelte, als hätte Goethe ihn vom Weimarer Hoftischler Preller für sie und nicht etwa für Charlotte von Stein anfertigen lassen. Anna klopfte auf den Stuhl neben sich. »Felix hat lange auf dich gewartet, nun ist er im Park.«

»Bei diesem Wetter? Ich gehe ihn holen!«

»Kindchen, bleib! Er hat die Zeitung gelesen, und irgendetwas muss ihm über die Leber gelaufen sein.«

Aber Gertrud war schon auf dem Weg nach draußen. Sie entdeckte ihren Onkel vor dem Badehäuschen am oberen Teich mitten im Schnee stehend, die Nase so tief in die *Weimarer Zeitung* gesteckt, als wollte er die Buchstaben herausschnüffeln.

»Guten Morgen!«, lachte sie. »Wirst du oberster Dichter des Herzogs?« Felix von Steins teilnahmsloses Schweigen erstickte den nächsten Scherz.

»Onkel?« Sie erschrak über seinen tief gekränkten Blick, als er den Kopf hob und an ihr vorbeisah. Sie stibitzte das Blatt aus seinen Händen, die hinuntersanken, während seine Augen einer einzelnen Schneeflocke hinterherstarrten. Sie blätterte. *Nachrichten aus dem Deutschen Reich.* Und begann vorzulesen: »›Wenn wir abrechnen, was jedem Autor, der zum ersten Mal ein Werk vor das Publikum bringt, an Schwierigkeiten entgegensteht, so müssen wir in der Erfindung wie Bearbeitung viel Talent und Gutes anerkennen.‹ Das ist doch sehr freundlich, Onkel!«

Felix von Stein hob den Kopf in die Richtung der blattlosen Buche, die wie ein Scherenschnitt vor der Wintersonne stand.

»Freundlich.«

»›… die Handlung, wenn auch nicht reich und gewaltig, spinnt sich doch natürlich und …‹, hörst du? ›… fesselnd …‹«

Felix von Stein zog mit seinem rechten Fuß Kreise in den Schnee. »Nicht reich …«

»›… würde ungleich mehr wirken, wenn nicht die Anordnung und Verteilung der Szenen eine sichtbare Unkenntnis der Bühnenerfordernisse … der häufige Wechsel der Szene ist bedenklich …‹

Oh! Onkelchen, mach dir nichts draus. Sieh mal, hier steht ... Onkel Felix? Du bekommst ganz nasse Füße! Hier steht: ›Alles, was der Dichter gibt, ist lebendig und warm gestaltet, ein unleugbares Zeugnis für das Talent des Autors ablegend!‹ Nun, hör doch mal! ›Talent‹, schreiben sie. ›... Die Heldin z.B. tritt uns so flüchtig ...‹, nein, das ist nicht wichtig ...«

»Ich hab es ja gelesen!«

»Onkelchen, achte auf deinen Halt! ›... daß man eine Unruhe empfindet, ihr Erscheinen festzuhalten; nicht viel besser ergeht es ... den meisten Personen.‹ Das ist abscheulich! Das ist nicht wahr! Ich zum Beispiel hatte gar keine Mühe, deine Figuren festzuhalten. Siehst du, dann wird es besser: ›... so daß die zwei letzten Akte unzweifelhaft die besten zu nennen sind.‹ Siehst du, die besten!«

»Die besten vom Schlechten ist nur relativ.«

»Sei nicht spitzfindig. ›Die sprachliche Form der Dichtung ist ungleich glatter und gewandter als die szenische und enthält viel Feinheit des Gedankens und Poesie des Ausdrucks ...‹ Nicht schlecht für ein erstes Stück, oder? Weißt du denn, wie schlecht Goethe am Anfang schrieb? ... Und hier: ›Fleißig studiert war die Übung‹, Fleiß ist doch eine Tugend!«

Felix von Stein stöhnte. »Kunst! Kunst ist nicht Fleiß!«

»Geh nicht so nahe an den Teich, pass auf! Hast du nicht immer gepredigt, ohne Fleiß keine Kunst? Und nun hör zu: ›Frau Savits war als Lucy von tief ergreifender Wahrheit und Wärme des dramatischen Ausdrucks.‹ Es hat sich gelohnt, dass ich ihr den Blumenstrauß auf die Bühne geworfen habe, wie du mich gebeten ... Der war übrigens zauberhaft, woher hattest du ihn, Onkel?«

In dem Augenblick schlitterte Felix von Stein über vereiste Stufen in den eiskalten Teich, seine Arme ruderten, um das Gleichgewicht zu halten. Dann stand er leichenblass da, bis zu den Knien im eiskalten Nass, seine Hosen sogen sich voll Feuchtigkeit, und er stierte geistesabwesend ins Tal. Dabei ersoff die Zeitung, deren Rezension ihn so verletzt hatte.

13

Mont Valérien,
19. und 20. Januar 1871

Im Januar 1871 lebten etwa zwei Millionen Menschen in Paris. Unter ihnen einige Hunderttausend Flüchtlinge, die während des Krieges Schutz vor der deutschen Armee gesucht hatten. Gefunden hatten sie Hunger und Kälte.

Seit dem 19. September 1870 war die größte Stadt Europas von der deutschen Armee eingeschlossen. Die Deutschen hatten Paris von der Versorgung mit Nahrungsmitteln und Nachrichten abgeschnitten. Die französische Regierung hatte die Bedrohung nicht ernst genug genommen, und so gab es nach wenigen Wochen der Belagerung keine Milch mehr, keine Eier, kein Gemüse, kein Mehl, kein Fleisch und keinen Brennstoff. Nur wer die Schwarzmarktpreise bezahlen konnte, hatte ausreichend zu essen. Der Winter war eingezogen, und es wurde bitterkalt. Die Gasanstalten stellten den Betrieb ein. Die Straßen von Paris lagen im Finstern, sobald die Sonne unterging.

Immer wieder hatten Einheiten der Pariser Nationalgarde verzweifelt versucht, die Belagerung zu durchbrechen. Seit einigen Wochen griffen die Deutschen jetzt die Stadt an. Ihre Geschosse sprengten Krater in Straßen und Häuser. Sie töteten mit ihren Granaten einige Hundert Einwohner, und wen sie nicht verletzten, den zermürbten Lärm und Angst.

Paris war die größte Stadt Europas, so groß, dass man acht Stunden zügig laufen musste, um sie zu umwandern. Man hätte dann eine befestigte Ringmauer entlanglaufen können: eine Militärstraße, einen aufgemauerten Erdwall und einen flussbreiten Graben. Dieser Wall konnte von fünfundachtzig Bastionen aus verteidigt werden. Für seine Errichtung war im September der gesamte Wald abgeholzt und unzählige prachtvolle Häuser niedergerissen worden, darunter eines mit einer kostbaren Bibliothek. Gegen Angreifer sollte der Graben mit Wasser aus Kanälen und aus der Seine gefüllt werden. Sechsundsechzig Tore mit Zollbüros durchbrachen den

Befestigungswall. Acht Eisenbahnlinien führten aus allen Himmelsrichtungen in die Stadt. Jede Schienenstrecke endete in einem eigenen Bahnhof. Für die Angreifer war es leicht gewesen, alle acht lahmzulegen und so die Versorgung von Paris zu unterbinden.

Außerhalb der Festungsmauer, in einigen Hundert Metern Entfernung, umringten achtzehn Forts die Stadt im Norden, im Osten und im Süden. Im Westen erhob sich nur eine einzige Festung, das Fort Mont Valérien, das größte und am stärksten bewaffnete. Es lag etwa dreihundert Meter über der Seine. Von dort war der Bois de Boulogne zu sehen, den Napoleon III. außerhalb der Stadt hatte anpflanzen lassen und der jetzt kahlgeschlagen unter Schnee begraben lag. Das Holz des Waldes hatte man für die Verschanzung von Paris gebraucht. Wenige Kilometer südwestlich lagen das Städtchen Saint-Cloud, eine Reihe von Dörfern und mehrere kleine, gleichfalls abgeholzte Wälder. Dort, hinter einer Parkmauer des Dorfes Buzenval, hockte Albert Lauterjung.

Er flüsterte ins Dunkel: »Sie werden einen Ausfall wagen«, und rieb sich die Hände. Zu seinen Füßen stand eine Petroleumleuchte, die sie auf kleinste Flamme gedreht hatten.

»Doch nicht heute! Es ist neblig, und die Sonne ist noch nicht einmal aufgegangen. Du bist verrückt, der Krieg ist vorbei!«, antwortete Walter leise, ein großer, schlaksiger Schwabe und der einzige Sozialdemokrat im neu geordneten Bataillon. Albert hatte sich mit ihm angefreundet, nachdem er aus dem Lazarett entlassen worden war.

Er widersprach: »Vorbei? Du wirst sehen, die Pariser machen einen Ausfall. Sie sind hungrig und wütend. Was kann die Führung Besseres tun, um das Volk zu beruhigen? Ein Himmelfahrtskommando, damit die Preußen schuld an den Toten sind.«

Walter stopfte seine Pfeife mit steif gefrorenen Händen. »Du wirst dich noch schneiden, wenn du bei dieser Funzel mit deinem komischen Messer herumfuhrwerkst. – Du meinst, wir schießen heute noch auf unsere französischen Brüder?«

Albert war müde und fror. »Will versuchen, nur Offiziere zu treffen. Pech, wenn ausgerechnet dich ein französischer Republikaner erschießt.«

Walter zog an seiner Pfeife und sagte: »Verdammter Zyniker. Ich glaube nicht an einen Angriff der Franzosen, die wären ja verrückt, heute wird in Versailles der Kaiser ausgerufen! Der Krieg ist vorbei.« Walter summte: »›Schlaf, mein Kind, schlaf leis, dort draußen geht der Preuß! Deinen Vater hat er umgebracht, deine Mutter hat er arm gemacht, und wer nicht schläft in guter Ruh, dem drückt der Preuß die Augen zu. Schlaf, mein Kind, schlaf leis, dort draußen geht der Preuß.‹«

»Was singst du da?«, fragte Albert.

»Ein badisches Schlaflied gegen meine Alpträume. Wilhelm I. wird heute Kaiser von Deutschland. Er lässt sich im Spiegelsaal von Versailles proklamieren, um die Franzosen zu demütigen, und wir liegen hier im Dreck. Der ganze Krieg, das Morden und Plündern – alles nur für ihn!«

Nur wenige Grashalme im Park von Buzenval ragten aus dem Schnee. Walter saß vornübergebeugt, so dass Albert ihn kaum verstand. »Das Schwein hat meinen Vater umgebracht.« Walters Vater hatte sich 1849 in der Pfalz dem Freikorps Willich angeschlossen, angeführt von August von Willich, der als verabschiedeter Offizier im Alter von achtunddreißig Jahren eine Zimmermannslehre begonnen hatte, sich dann in Köln dem Bund der Kommunisten anschloss, am Aufstand in Baden teilnahm und schließlich im französischen Exil sein Freikorps aufbaute. »Mein Vater mochte Willichs Adjutanten, mit dem diskutierte er stundenlang. Engels hieß der, Friedrich Engels.«

Albert sah ihn verblüfft an.

»Ja, der. Willich konnte nach Amerika entkommen, andere auch. Meinen Vater haben sie in einem Weinberg in der Pfalz gestellt und erschossen. Einfach abgeknallt. Dieselbe preußische Kamarilla, für die wir beide seit Monaten Franzosen ermorden. Vielleicht war es dieses Gewehr.«

»Ganz so alt sind unsere Waffen nicht. Was machst du, wenn hier der Kampf losgeht?«

»Wir haben bei Sedan gewonnen, warum genügt das nicht?«, erwiderte Walter.

»Seitdem ist es ein Eroberungsfeldzug.«

Walter nickte.

»Ich bin mir für die Zeit davor auch nicht mehr so sicher«, sagte Albert. Er hielt die Hände näher an das stinkende Licht. »Vielleicht geh ich heute Nacht.«

Walter wusste von Alberts Fluchtplänen. »Du musst die Uniform loswerden.«

Albert sah an sich hinunter. Die schwarzen Stiefel würden ihn verraten. Er brauchte eine andere Hose. Die seine war schwarz mit roten Streifen, die Jacke blau, rote Manschetten. Die Franzosen sahen anders aus. Pickelhaube absetzen, Zündnadelgewehr im Schnee verstecken oder als Beute ausgeben. Einer Leiche den Mantel wegnehmen.

Kanonendonner, Gewehrschüsse, Schmerzensschreie. Ein preußischer Infanterist brüllte im Vorbeirennen. »Hee, ihr beiden, seid ihr taub? Sie greifen an! Wollt ihr, dass euch der Leutnant von Kauffungen die Ohren abreißt? Frisch und kräftig blüht das neue Kaiserreich, und der Erbfeind wagt noch einen Ausbruch. Die haben wohl zu viele Menschen in der Stadt. Los, los, Kompanie Marsch!«

»Verfluchte Scheiße. Ich hätte letzte Nacht abhauen sollen.« Albert setzte die Pickelhaube auf und band den Kinnriemen zu. Er griff nach seinem Gewehr, das in der Minute fünf Franzosen, die nicht mehr als eintausendzweihundert Meter entfernt waren, töten konnte. »Ich ertrag diesen Krieg nicht mehr – und die Deutschen auch nicht.«

Die Freunde reihten sich in das 50. Regiment ein.

»Pflichtvergessenes Pack«, nörgelte einer. Aber es war schon wieder ruhig an der Front.

Es blieb still. Vögel, denen der Winter nichts ausmachte, fingen an zu zwitschern. Der Nebel stieg wie Watte nach oben, gab den Blick auf eine Schneelandschaft in weißen und türkisfarbenen Tönen mit hellgelben Tupfern von der aufgehenden Sonne frei. Zum Horizont hin, wo östlich hinter dem Wall die große Stadt lag, welche diese letzte Schlacht unterwerfen sollte, verschwammen die Farben wie auf einem Aquarell. Als sich etwas später die Sonne durchgesetzt hatte, begannen die Dächer der Stadt zu funkeln. Manche glänzten wie Kupfer, andere schimmerten wie bunte Steine. Das Dach des Invalidendoms blitzte golden und veranstaltete einen Wettbewerb mit der Sonne. Ihre Strahlen schälten die Hügel von Montmartre im Norden von Paris aus dem Nebel, bläulich getönt, weit hinter der Seine.

Albert wollte diese Stadt sehen, bevor sie doch noch von deutschen Kanonen zertrümmert wurde. Er sehnte sich danach, sich zwischen Menschen zu bewegen, die es wagten, mitten im Krieg die Republik auszurufen, gegen die Deutschen und gegen den Feind im eigenen Land. In Deutschland war das unvorstellbar. Besser in einem Paris, das hungerte, als in einem siegprotzenden Deutschen Reich. Heinrich hätte ihn als Träumer beschimpft.

Schüsse schreckten Albert aus seinen Gedanken. Er blickte über die verschneite Winterlandschaft. Am rechten Flügel, nicht weit vom Park von Malmaison, wurde gekämpft. Die Soldaten sahen aus wie rotbeinige, winzig kleine Spielzeugsoldaten. Sie trugen Bajonette und rannten in der typischen, vornübergebeugten Haltung auf die preußischen Truppen zu. Ihre Hinterlader, den preußischen Zündnadelgewehren technisch unterlegen, spuckten nach jedem Schuss kleine Dampfwolken aus. Die Landschaft entfaltete sich in der frühen Sonne wie ein Schlachtengemälde der Renaissance.

Die deutschen Soldaten rückten vor, legten an. Rotbeinige fielen, stolperten oder rannten davon. Französische Bataillone verteidigten Saint-Cloud. Irgendwann schlugen Geschosse in ein Haus im Dorf Garches ein. Das Dach brannte innerhalb weniger Minuten ab, die Flammen hüpften von Dach zu Dach und malten ein wildes Bild vor all dem Schnee und Eis.

Die Schlachtordnung wandelte sich. Die rotbeinigen französischen Soldaten sammelten sich, schlossen ihre Reihen und griffen die schwarzbeinigen mit den Pickelhauben an. Deren Zündnadelgewehre trafen aus größerer Entfernung, und so fielen wieder vor allem Rotbehoste in den zertrampelten, braun geflecken Schnee.

Alberts Bataillon wurde erst am Nachmittag eingesetzt, um eine neue Flanke zu eröffnen. Sie sollten eine französische Kompanie unter Beschuss nehmen, die sich Buzenval näherte. Die Kompanie hatte sich in einer Senke verborgen und griff plötzlich von drei Seiten an. Albert feuerte reflexartig, als die Franzosen in seinem Rücken auftauchten und ihm die Parkmauer keinen Schutz mehr bot. Er zielte genau und verachtete sich dafür. Ich erschieße Menschen, die ich nicht kenne, für einen lächerlichen Park, für einen ebenso lächerlichen deutschen Kaiser, für ein Land, in dem ich keine Zukunft habe, dachte er. Die Franzosen verzogen sich. Er half, einen Verwundeten in den Schutz der alten Mauer zu tragen. Dort lag, neben Alberts Tornister, Walter auf dem Rücken, die Augen offen, das Gesicht wie aus Porzellan, von keinem Tropfen Blut befleckt. Der Schuss hatte seine Lunge durchschlagen.

Albert warf sein Gewehr in die Luft und schrie verzweifelt: »Nach Paris, Walter, nach Paris!« Links verstand ihn einer falsch und hielt es für einen Schlachtruf: »Nach Paris!« Bald schon brüllten dreißig Infanteristen: »Nach Paris! Nach Paris!«

Am späten Nachmittag hatte die deutsche Armee den Bahnhof von Saint-Cloud erobert und den Park von Buzenval gegen die französische Artillerie gehalten. Neue Regimenter hatten die Truppen verstärkt, das 59. hatte am Park von Malmaison auf freiem Feld eine Niederlage eingesteckt. Aus Garches kam General von Köthen mit dem 7. und dem 47. Regiment und schlug die Front frei. General von Kirchbach eroberte in der Dämmerung die Schanze bei Montretout, andere Bataillone drangen nach Saint-Cloud vor, bis es dunkel wurde und man die Schlacht auf den nächsten Tag verschob.

Wieder wurde Alberts Bataillon nicht benötigt. Es lagerte immer noch in der Nähe des Parks von Buzenval. Er hockte neben Walters Leiche, hatte dem Freund schon vor Stunden die Augen geschlossen, seine Hand einen Augenblick auf dessen Stirn ruhen lassen, sich dann tief über ihn gebeugt und in sein Ohr geflüstert. Ihm erzählt, was er heute Nacht endlich tun würde, wie viele Wochen er auf diesen Moment gewartet hatte und wie gern er ihn mitgenommen hätte.

Dann stand Albert auf, hängte sich den schweren Mantel um die Schultern und tat so, als müsste er pinkeln. Niemand schöpfte

Verdacht. Manch einer respektierte seine Trauer. Es gab auch keinen Anlass für Misstrauen. Welcher Soldat desertierte schon im Augenblick des dreifachen Triumphes? Ein neues Reich. Frankreich für Jahrzehnte am Boden. Die siegreiche Armee kurz vor dem Herz des Erbfeindes. Albert wusste nicht, wie tief die Deutschen in der Dämmerung nach Saint-Cloud vorgedrungen waren. Er war darauf vorbereitet, notfalls zu behaupten, er habe sich im Schneetreiben verlaufen. Sein Weg führte zwischen Montretout und Garches hindurch, verborgen von Sträuchern und Bäumen.

Eine Stunde später kam ihm ein Haufen Leichen zu Hilfe. Es schneite ohne Unterbrechung, und wieder war die Nacht stockdunkel. Albert stolperte müde in einen Graben und fiel auf einen Körper. Tote Franzosen, die wie Freunde übereinanderlagen, die, nachdem sie miteinander gebalgt hatten, nun erschöpft und entspannt ausruhten. Sie waren nicht so steif, wie das Wetter vermuten ließ, und so zog er einen der Toten aus. Die neue Uniform war Albert ein wenig zu weit. Er warf alles von seiner früheren Ausstattung fort, was ihn als Deutschen verraten würde: Pass, Landwehrausweis, Tornister. Von seinem Zündnadelgewehr trennte er sich gern, nahm dafür das bessere Gewehr des Milizmannes. Das Einzige, das Albert behielt, war ein wunderbar geschliffenes Messer, dessen seltsamer Griff ihm inzwischen in der Hand lag, als wäre er hineingegossen worden.

Torkelnd und wie erschüttert vom Kampf, verwirrt und erinnerungslos, schloss sich Albert Lauterjung zwei Stunden später in dichtem Schnee einer zerschlagenen, resignierten Gruppe von Nationalgardisten an. Sie fühlten sich von ihrer Heeresführung verheizt und ausgenutzt, und in ihre Rachedrohungen mischte sich Schmerzensstöhnen. Niemand fragte ihn, woher er kam. Er war froh, dass er bei Baptist ihre Sprache gelernt hatte. Man überquerte die Seine südlich des kahlen Bois de Boulogne und schleppte sich in die westlichen Viertel der Stadt.

»Wohin, Kamerad?«, fragte einer.

Albert wusste nicht, wo er die Nacht verbringen sollte. »Wohin gehst du?«

»Belleville.«

»Gehen wir doch zusammen.«

Allein für diesen Moment hatte sich die ganze Französischplackerei gelohnt. Zu müde zum Reden, stapften sie mit rund einem Dutzend Kämpfern durch die nächtlichen Straßen der Stadt.

Sein Begleiter wurde nur einmal wirklich lebhaft. »Siehst du das Plakat dieses Verräters?« *Mut, Patriotismus, Vertrauen! Der Gouverneur von Paris wird niemals kapitulieren!* Der Nationalgardist lehnte sein Gewehr an die Mauer und riss das Papier herunter, zornig pulte er Stück für Stück der Reste von der Ziegelmauer.

Albert schaute müde zu und begriff nichts.

»Das Schwein hat uns ins Messer laufen lassen!«, sagte sein Begleiter.

Einige Zeit später hatten sie den Boulevard Voltaire überquert und befanden sich im 11. Arrondissement von Paris. Albert war zu erschöpft, um sich über seine Ankunft in dem ersehnten Zufluchtsort zu freuen. An einem Gemüseladen hing ein anderes Plakat. Es war rot, und niemand wollte von diesem Papier auch nur eine einzige Ecke abreißen:

Hat die Regierung, der am 4. September die nationale Verteidigung anvertraut wurde, ihre Pflicht getan? Nein! Wir haben 500 000 Soldaten und lassen uns von 200 000 Preußen aushungern. Wer trägt die Verantwortung? Die Regierung. Sie hat verhandelt, statt zu handeln. Sie hat die Massenerhebung verweigert. Sie hat die Bonapartisten in den Ämtern gelassen und die Republikaner in die Gefängnisse geworfen. Die Politik, die Strategie, die Administration der Regierung vom 4. September sind gerichtet. Diese Regierung ist nichts weiter als die Verlängerung des Kaiserreichs. Weg mit ihr! Platz für das Volk! Platz für die Commune!

Was für eine Commune? Albert würde morgen fragen, was es damit auf sich hatte, dann war auch noch ein Tag.

14

Bad Ems,
Februar 1871

Gertrud reiste mit ihrem Vater von Weimar über Eisenach und Gotha nach Kassel, wo sie im *Hôtel du Nord* übernachteten. Der französische Kaiser Napoleon III., der im September des vergangenen Jahres nach dem deutschen Sieg bei Sedan kapituliert hatte, hatte die Wilhelmshöhe in Kassel, den Ort seiner Gefangenschaft, noch vor dem Friedensschluss im Januar verlassen. Die Stadt summte vor Tratsch über die Franzosen. Napoleon hatte, um seinen Hofstaat in Kassel zu finanzieren, seine Pferde samt Sättel verkauft, und Kaiserin Eugénie hatte sich mit ihrem Sohn lieber in England aufgehalten als bei ihrem Mann.

Kassel lag jetzt hinter ihnen in der Sonne. Mit jedem Eisenbahnkilometer entspannte Gertrud sich. Ihre Mutter hatte immer öfter gefragt, wie sie sich den Fortgang der Glücksburger Verhältnisse vorstellte. Der Vater schien der Gelassenere zu sein. In den letzten Wochen hatten sich immer dieselben Fragen in ihr Bewusstsein gedrängt, ungeordnet und unlösbar. Die Demütigung in Glücksburg. Die unzureichenden Wiedergutmachungsangebote. Die Hedemann sollte nicht fortgeschickt werden, sich aber entschuldigen. Neue Kleider wurden versprochen, eine Erhöhung der Mitgift. Trotzig presste sie die Lippen zusammen. Darum ging es ihr nicht. Aber in Langenorla stand nicht alles zum Besten.

Eines Nachts hatte sie ein Gespräch ihrer Eltern belauscht, von Schulden war die Rede, und sie erschrak. Sie hatte ihren Vater gefragt, und der hatte beinahe zornig abgestritten, dass er finanzielle Sorgen hätte. Sie wollte ihn nicht kränken und schwieg. Die Schwalbes waren mitten im Winter nach Amerika ausgewandert und hatten sich nicht einmal für die Beerdigung von Johanna und das Geld für die Schiffspassage bedankt. Wilhelm Schwalbe, der Rote, wie ihn Hermann von Beust nannte, tat so, als stünden ihm diese Geschenke des Patrons von Langenorla zu.

Sie dachte oft an Johanna und das tote Neugeborene. Als sie

auf jenem Dachboden aus der Ohnmacht erwacht war, hatte ihr Kopf auf dem Schoß der Pfarrersfrau gelegen, die ihr Haar streichelte. »Das kommt von der großen Ungerechtigkeit in Langenorla, von der Ungerechtigkeit der Verhältnisse«, hatte Margarethe Moser geflüstert – und schnell geschwiegen, als Gertrud die Augen öffnete. Franz von Raven hatte inzwischen noch dreimal seine Aufwartung gemacht. Sie fühlte sich ihm überlegen, und das war keine gute Grundlage. Er war nie wieder mit zur Bärenjagd gegangen. Sie schaute ihren Vater an, der, selbst groß wie ein Bär, schwerer geworden war und einige neue Falten auf der Stirn und um die Augen hatte. Einmal dachte sie an jenen arroganten Wanderer auf der Chaussee nach Kahla, den Mann mit den ironischen grauen Augen. Ein paar Fetzen seines Liedes kamen ihr immer wieder in den Sinn: »Das ist die Deutsche Freiheit nicht / Nach der wir alle dürsten … / Nur ohne Thron ist Deutschland frei / Und unser Werk vollendet.«

»Was summst du da, Liebes?«

»Nichts. Ich weiß nicht.«

Gertrud liebte die Lahntalstrecke von Wetzlar nach Nassau. Zwischen Wäldern, Weiden und Wiesen floss die Lahn in sanften Kurven bis Koblenz in den Rhein. Zwischen Dörfern fuhren Pferdewagen und Droschken. Einige Hundert Meter lang ritt ein Mann mit der Dampflokomotive um die Wette. Nahe einer winzigen Ansiedlung namens Fürfurt trugen zwei Jungen ein Ruderboot zum Fluss. In Nassau mussten sie umsteigen, nach Bad Ems brauchte die Eisenbahn dann nur noch acht Minuten. Am Bahnhof von Ems stand eine Kutsche des *Hotel Sanssouci*, in ihr warteten leicht fröstelnd eine entfernte Verwandte, Adele von Beust, und ein gewisser Herr von Witzleben.

»Liebes Kind, von deinem Zimmer aus hast du wieder einen wunderbaren Blick auf die Berge. Hier wird deine Halsentzündung bald besser werden«, versprach Adele von Beust.

Gertrud und ihr Vater schlenderten durch den Kurgarten des Badeortes. Es war ein milder Frühlingstag. Der Krieg war vorbei. Das Deutsche Reich hatte gesiegt. Und wer keine Angehörigen oder Freunde auf den Schlachtfeldern in Frankreich verloren hatte, konnte sich als Sieger fühlen.

»Letztes Jahr war hier alles bunter. Der König spazierte mit seinem ganzen Gefolge herum. Katholische Geistliche, Nonnen, Türken, Spanier, Franzosen, Engländer und der Kaiser von Russland.«

Beust tätschelte die Hand seiner Tochter. »Und Frau von Rumohr auf Rundhof in Holstein stellte dir Herzog Karl von Schleswig-Holstein-Sonderburg-Glücksburg vor.«

»Er kannte alle und hat uns sehr beeindruckt.«

Beust lächelte. »Von da an schenkte er dir alle Aufmerksamkeit, lud uns auf die Burg Stein ein, dann die Eselspartie, die Ausflüge an Rhein und Mosel und in den Taunus.«

»Und zum Oberlahnsteiner Forsthaus!«

»Du mochtest ihn sehr.«

»Ich mag ihn immer noch. Aber er hätte mich verteidigen sollen.«

»Du weißt, dass ich die Sache in Ordnung bringen will?«, fragte Beust.

Gertrud blieb stehen. »Sind wir deshalb hier? Du willst mich überreden?«

»Beruhige dich. Die Entscheidung liegt ganz bei dir.«

»Ich habe mich längst entschieden! Glücksburg ist passé! Der Herzog hat mich nicht vor der Hedemannschen Intrige schützen können! Die Herzogin war nicht im Krieg wie der Herzog. Hat sie mir geschrieben? Nein! Sie glaubt der Hedemann, und die ist immer noch am Hof!«

Beust hatte immer noch keine sichere Taktik, so blieb er vorsichtig. »Gewiss, wir müssen Bedingungen stellen, wenn du zurückgehst.«

»Die Bedingungen ergeben sich aus der Sache. Der Herzog hätte alle Konsequenzen ziehen können!«

»Auch die, sich von der Herzogin zu trennen? Sie sagt, wenn die Hedemann fortgeschickt wird, gehe sie selbst. Dann toben die Gerüchte noch wilder.« Er sah ihre Irritation und beschloss, dieses Argument auszubauen. »Lass den Herzog doch einen Vorschlag machen, wie die Lage für dich dort wieder angenehm werden kann.«

»Es ist, als ob ihr mit mir Handel treibt.«

»Wo denkst du hin! Diese Adoption macht dich für immer unabhängig vom Einkommen deines künftigen Mannes. Langenorla wird ohne Lasten sein und allein dir gehören. Du zahlst Armgard aus und kannst jeden Mann heiraten, den du willst, arm oder reich.«

»Handwerker oder Graf?«

»Mach dich nicht über mich lustig! Einen Standesgenossen selbstverständlich. Hast du mir nicht neulich noch vorgeschwärmt, wie Felix die Landwirtschaft erneuern will? Mit seinen modernen Maschinen und neuartigen Zuchttechniken, sogar Schafe will er züchten! Mach du nach meinem Tod mit Langenorla, was dir gefällt!«

Gertrud schmiegte sich an ihren Vater. »Als wäre ich dein Sohn. Ohne Achims Tod hättest du das nie zu mir gesagt.«

»Natürlich könntest du dir einen besseren Verwalter leisten als ich«, fügte er listig hinzu.

»Aber in den Landtag lässt man mich trotzdem nicht.«

»Du bist eine Frau. Du findest dort schon deine Vertreter und kannst deinen Einfluss auf andere Weise geltend machen. Mit einem erwachsenen Sohn hast du durch ihn sogar Stimmrecht.«

»Sofern ich verwitwet bin. Du denkst sehr weit.« Sie sah ihn nachdenklich an und zögerte mit ihrer nächsten Frage. »Wenn du mir das alles zutraust, warum hast du dann eine Frau wie Mutter geheiratet?«

Er war nicht gekränkt. »Eine andere Zeit, eine andere Frau.«

Sie plauderten über das Casino, das sie am Abend besuchen wollten. Die Söhne des russischen Kaisers, die im vergangenen Jahr ein Vermögen verspielt hatten, immer in ihrer Nähe Hofmarschall Graf Adlerberg, der ihnen nach Bedarf neue Goldrollen in die Hand gedrückt hatte. Gertrud erinnerte ihren Vater an die elegante, stets schwarz gekleidete Fürstin Jurjewskaja, die Geliebte des Kaisers, die dieser am anderen Ende von Bad Ems, weit entfernt von der Kaiserin, untergebracht hatte. Hermann von

Beust gab sich pikiert, und Gertrud lachte darüber. Ihre drolligste Erinnerung war die an den russischen »Reichshund«, der bei der Abfahrt der russischen Kaiserfamilie den ersten Waggon des Sonderzuges für sich allein hatte.

Sie erreichten den Vorplatz des Bahnhofs, und Gertrud erinnerte sich: »Weißt du noch? Hier haben wir gestanden und den französischen Botschafter Benedetti beobachtet, wie er auf den König eingeredet hat. ›Endlich gibt es Krieg‹, hast du gesagt. Der König stand in der Tür seines Salonwagens, und Benedetti ging ihm sichtlich auf die Nerven. Sogar auf der Kurpromenade hat er ihm aufgelauert, so dass sich der König an seinem Emser Wasser verschluckt hat.« Beust nickte. Gertrud fuhr fort, als würde sie geprüft. »Der König hat Bismarck von hier aus die berühmte Depesche geschickt, der hat sie gefälscht …«

Beust lachte. »Sagen wir, der Kanzler hat die Haltung des Königs gegenüber Frankreich etwas verschärft.«

Gertrud erinnerte sich an eine andere Darstellung ihres Vaters zu Beginn des Krieges und an den unsympathischen Sokolowsky. Der hätte dann recht. »Hast du mir das nicht anders erklärt? Du meinst, Bismarck hat alles geplant?«

Beust schmunzelte. »Der Hohenzoller auf dem spanischen Thron war eine wunderbare Provokation für die Franzosen. Sie hat uns fünf Milliarden Goldfrancs und Elsass-Lothringen eingebracht. Armer Benedetti!«

Hermann und Gertrud von Beust betraten den Speisesaal, wo sie jeden Abend aßen. Das Publikum an ihrem großen runden Tisch änderte sich nur gelegentlich, wenn neue Gäste ankamen und alte abfuhren. Neuzugang war heute ein gut aussehender blonder Kavallerist, ein Leutnant von Rüdt, der sogleich von seinen Heldentaten im gewonnenen Krieg gegen den Erbfeind berichtete.

»Er wird dir ab heute auf Schritt und Tritt folgen, so wie er dich anstarrt«, kicherte die entfernt verwandte Adele in Gertruds Ohr. »Dein Kleid ist entzückend. Wie auf einem Gemälde von Watteau. Woher hast diese Seide in diesem unglaublichen Lichtblau? Tauchlitz starrt dich an, Rüdt fallen die Augen in den Teller, und die Braue des alten Witzleben klammert sich wie gelähmt an sein Monokel.«

Die Kellner räumten die Suppentassen ab und brachten silberne Tabletts voller Porzellan mit Gemüse, Reis, Soßen und gedünstetem Lachs. Adele hasste Fisch. »Igitt, ist heute Freitag? Haben der Papst und seine Ultramontanen ihre Finger sogar hier im Essen?«

»Warum bist du so blass, meine Liebe?«, fragte Beust.

Adele empörte sich: »Dieses Getier verfüttert man in England ans Personal. Man kann sich dort gar nicht retten vor diesen rosa Viechern. Springen sollen sie auch können, sogar verkehrt herum gegen den Strom. Ich esse keinen Springfisch, der turnt mir im Magen herum und hüpft gegen den Strom wieder nach oben! Man bringe mir etwas Anständiges, ein saftiges Stück Rehbraten beispielsweise.«

Ein Neuankömmling und sein Gefolge verursachten im Foyer einigen Lärm. Immer an Abwechslung interessiert, blickten alle zur Tür des Speisesaals. Die Flügeltüren wurden aufgestoßen, der neue Gast, vor Selbstbewusstsein und Temperament strotzend, sah sich um, erblickte Beust und eilte auf ihn zu. Durch den ganzen Saal dröhnte sein Stimme: »Mein lieber Beust! Zufällig führt mich mein Weg nach Bad Ems. Da höre ich, Sie und Ihre reizende Tochter ... Wie lange haben wir uns nicht gesehen, liebste Gertrud!«

Gertrud, die gerade über einen Scherz von Rüdt gelacht hatte, erstarrte: Vor ihr stand Herzog Karl. Er verbeugte sich tief, küsste ihre Hand, hielt sie und strahlte ihr ins Gesicht. »Liebste Tochter! Wie habe ich mich danach gesehnt, dich wiederzusehen!«

Sofort begann ein Tuscheln an ihrem Tisch, wogte weiter zum nächsten, und bald hatten die Kurgäste ihr Thema für den Rest der Saison. Über Gertruds Rücken kroch eine Gänsehaut. Sie freute sich über das Gesicht des Mannes, der sie im vergangenen Jahr so sehr beeindruckt hatte, gleichzeitig fühlte sie sich überfallen. Alle Entspannung war dahin, der Konflikt unaufschiebbar: die Fassung bewahren, den springenden Lachs stehen lassen, lächeln, den anderen Gästen am Tisch zunicken, als wäre sie gänzlich unbefangen und der Fremde ein willkommener Gast, die größte Freude dieses Tages. Nur keinen Skandal.

Gertrud ließ sich hinausführen, stumm, das Gesicht eine lächelnde Maske. Ihre Mäntel und Hüte wurden gebracht. Gertrud hörte im Foyer durch die halboffene Schwingtür noch Adele, die soeben ihren großen Auftritt hatte. Hingerissen hingen alle an ihren Lippen. »Das ist ihr Adoptivvater, an dessen Hof in Glücksburg sie so gekränkt wurde. Keine Einzelheiten, sie wären zu persönlich.« Bevor sie weiterplappern konnte, fuhr ihr Witzleben trocken in die Parade. »Jemand am Tisch, der mit mir wettet, wie die Sache ausgeht?« Gertruds Gesicht lief rot an. Alle kannten die Geschichte. Das hatte sie nicht geahnt.

»Wir fahren zu mir. Ich habe eine Villa gemietet. Der Salon ist geheizt. Kleine Speisen, die mein Koch zubereitet hat, werden Sie für das entgangene Dessert im Kursaal voll entschädigen.«

Er hat den Überfall sorgfältig geplant, dachte Gertrud, die den beiden Männern in der Kutsche gegenübersaß. Ihr Magen verkrampfte sich.

»Gertrud, meine Liebe, dich fährt mein Kutscher in euer Hotel. Und wir beide, lieber Beust, reden.« Der Glücksburger wandte sich seinem Verhandlungspartner zu.

In Gertrud stieg Zorn hoch. »Ich möchte bei eurem Gespräch dabei sein!«

Ihr Vater legte seine Hand auf ihre. Sie zog sie weg. Er versuchte, sie zu beruhigen: »Es geschieht alles zu deinem Wohl.«

»Sehr richtig, lieber Beust, sehr richtig.« Herzog Karl fand, dass der Abend sich außerordentlich gut anließ.

Gertrud biss sich auf die Lippen. Mit dieser Situation hatte sie nicht gerechnet. Sie war entspannt gewesen, sorglos überzeugt, dass man ihr noch einmal einige Wochen Zeit lassen würde, darüber nachzudenken, wo sie in Zukunft leben wollte. Ihr Vater tätschelte ihre Hand. Der Herzog sah sie mit einem sonderbaren Blick an, bittend und triumphierend zugleich.

Beust genoss einen alten Portwein. Der Herzog kippte ein Glas Champagner und lachte. »Ein Geschenk aus Frankreich. Viele Geschenke aus Frankreich! Man hat sie uns nicht immer ganz freiwillig überlassen.« Beust schwieg. Der Herzog ließ sich den Mund mit dem Champagner vollaufen, schluckte und atmete genießerisch aus. »Lassen Sie uns ein wenig plaudern.«

Beust sah sich um. »Sie sind nicht zufällig und nicht in Eile hier. Der Besuch war vorbereitet. Eine gemietete Villa, Bedienstete, Feuer im Kamin, selbst Ihr Champagner ist rechtzeitig eingetroffen.«

»Verehrter Beust, wir können offen reden. Der Krieg und all die Aufregungen, die er uns gebracht hat, sind vorbei. Jetzt können wir uns wieder den familiären Angelegenheiten widmen. Und da ist einiges in Ordnung zu bringen.«

»Das kann man so sagen.« Beust war sich aber nicht so sicher, wohin das Gespräch führen würde. Der Herzog hockte sich vor den Kamin und stocherte im Feuer herum. »Ich will nicht um den heißen Brei reden. Wir haben dieselben Interessen. Die Adoption und alle Vereinbarungen, die damit zusammenhängen, sollen bestehen bleiben.«

»Sie will nicht zurück. Ich kann sie verstehen.« Beust hasste es, wenn jemand versuchte, ihn zu überrumpeln.

Der Herzog sagte sanft: »Sie haben meine Briefe erhalten. Es tut mir unendlich leid, dass Gertrud Opfer eines Missverständnisses …«

»Missverständnis?«

»Bitte, wir können das doch ruhig klären, lieber Beust! So bleiben Sie doch sitzen!«

Beust ging hin und her. »Wenn Sie sich vielleicht erinnern, lieber Herzog«, Beust dehnte den ›lieben Herzog‹ sarkastisch, »ist meine über alles geliebte Tochter an Ihrem Hof vor allen Leuten zutiefst gedemütigt worden.«

»Aber nicht doch! Unsere temperamentvolle Gertrud hat einer Hofdame, die meiner Frau sehr nahesteht, vor allen Ballgästen eine Ohrfeige verpasst, und die werte Frau von Hedemann, eine wirklich unerfreuliche Erscheinung … Ihre Tochter hat sie eine – wie drückte sie sich gleich aus? – eine ›widerliche alte Hexe‹ genannt, die gelogen habe. Die Hedemann selbst hat überhaupt nichts gesagt.«

Die Ausführungen irritierten Beust. »Frau von Hedemann hat

gewisse Andeutungen über Ihre Beziehung zu meiner Tochter gemacht.«

»Das ist kaum noch herauszufinden. Frau von Hedemann ist streng, äußerst streng vernommen worden und hat unter Tränen jeden Vorwurf bestritten. Es gibt keinen Zeugen für das, was Gertrud in jener Garderobe belauscht haben will. Natürlich habe ich einigen Tratsch gehört, lieber Beust, aber unsereins muss doch über so etwas stehen, nicht wahr? Bitte verstehen Sie mich nicht falsch. Aber Gertrud selbst trägt einige Verantwortung dafür, dass die Angelegenheit so eskaliert ist. Wobei ihr Verhalten auf dem Ball wirklich eindrucksvoll war.«

Beust missfiel der Verlauf des Gesprächs. »Diese Hedemann muss weg.«

»Meine Frau wird dem nicht zustimmen. Sie sagt, wenn die Hedemann geht, gehe sie auch.«

»Die Herzogin würde Sie wegen einer Hofdame verlassen?«

Der Herzog stand auf, seufzte und legte Beust beide Hände auf die Schultern. »Mein Gott, Beust, ich beneide Sie! Sie haben es so gut in Ihrem Langenorla! Da herrschen Sie allein. Keine Hofschranzen reden Ihnen rein. Ihre Frau macht, was Sie sagen. Und der königliche Hof in Kopenhagen hält sich bei Ihnen raus. Ich beneide Sie, ich beneide Sie wirklich, und dann so eine Tochter.« Er ließ seine Worte einen Moment lang wirken und fuhr fort: »Können wir die Angelegenheit nicht endgültig in Ordnung bringen? Ich komme Ihnen weitestgehend entgegen. Wir können die Rückkehr von Gertrud zu einem rauschenden Fest machen. Sie wird so gefeiert werden, dass kein Schatten zurückbleibt. Die Hedemann bleibt da, sonst geht die Herzogin, aber ich selbst werde sie meiner Tochter vom Leib halten. Gertrud wird dem Kaiser vorgestellt, und sie darf einige Zeit am Hof in Potsdam verbringen. Sie wissen, was das für die Zukunft des Mädchens bedeutet.«

Beust nickte langsam. Er wusste genau, was sein Gesprächspartner meinte. Seine Schulden ließen ihn manche Nacht schlecht schlafen.

»Verbauen Sie Ihrer Tochter diese Chancen nicht, Beust. Ich bitte Sie inständig! Reden Sie mit ihr, sie ist ein Dickkopf, das wissen wir. Ihre Zukunft wird frei von Sorgen sein. Und – ich verdopple die Apanage rückdatiert vom Tag des unglücklichen Balls an. Beust, was sagen Sie?«

»Die Sache mit der Hedemann wird sie schwer akzeptieren.«

»Lassen Sie uns offen reden, lieber Freund. Wie wollen Sie Langenorla halten, wenn nicht mit meiner Hilfe? Nein, werden Sie nicht zornig. Ich wollte Sie nicht kränken. Wir beide stehen in derselben Tradition. Jeder an seinem Platz.«

Beust konnte nicht verhehlen, dass ihm des Herzogs Äußerungen schmeichelten. Er lenkte ein. »Ich gebe zu, auch in Langenorla ist das standesgemäße Leben teuer: die Einladungen für die Mitglieder des Landtags in Altenburg, Feste für den Adel, notwendige Reparaturen am Haus, neue Maschinen, all die Landkäufe, um die Areale zu arrondieren, neues Zuchtvieh, die Jagd, Pferde ...« Marie wollte auch eine neue Kutsche für den Sommer und eine für den Winter. Die Aktienanteile an der Eisenbahn hatte er zu großzügig eingekauft.

Der Herzog strahlte. »Kommen Sie, setzen wir uns, wir sind uns ja einig. Und nun besprechen wir, wie wir mit Gertrud reden. Ich fahre morgen zurück nach Glücksburg. In einigen Tagen sind Sie unterwegs nach Blankenberge. Da ist die Heimat noch weit, und die Sorgen sind kleiner. Verwöhnen Sie sie, sprechen Sie mit ihr. Und in vier Wochen, im März, wenn Sie zurückkommen, möchte ich Gertrud wieder in Glücksburg haben. Ist das fair? Ich bringe die neidischen Verwandten auf Grünholz zum Schweigen. Den lieben Fritz vor allem. Das soll Ihre Sorge nicht sein.«

»Wie bringe ich es ihr bloß bei?« Beust seufzte.

Der Herzog hatte gewonnen. Er füllte beide Gläser bis zum Rand.

TEIL 2
Himmelsstürmer und Kanaillen

15

Paris,
1. März 1871

Der Regen hatte Müll und Abwasser in die Rinne gespült, die in der Mitte der Straße verlief. Es gab keine Bordsteine in dieser Gasse, und das unregelmäßige Kopfsteinpflaster senkte sich zur Rinne hin. Manche Leute behaupteten, der leichtfüßige Gang der Spaziergängerinnen und Spaziergänger von Paris entstamme dem Versuch, jener nassen, stinkenden Falle auszuweichen.

»Sie werden lange bleiben.« Hortense Ducroix umklammerte einen Weidenkorb. Sie trat wütend gegen einen Blecheimer, aus dem sich Essensreste auf das Kopfsteinpflaster ergossen. Die Hebamme trug mindestens drei Röcke übereinander. Die helle Bluse zierten Schweißflecke. In ihrem Mundwinkel hing eine mehr gekaute als geraucht Zigarre. Auf ihrem speckigen Hals saß ein rundes Gesicht mit einer kräftigen Stupsnase und lebhaften braunen Augen. Die krausen braunen Haare zähmte ein geblümtes Band.

Hortense schimpfte weiter. »Und diese Scheißdeutschen wollen erst wieder abziehen, wenn die Nationalversammlung den verdammten Sklavenvertrag unterschrieben hat. Was ihr unter Frieden versteht! Deine deutschen Brüder, was sind das nur für machthungrige Barbaren! Lach nicht! Hast du nicht bei mir ein schönes Zimmer, obwohl du ein Deutscher bist?«

Albert Lauterjung lehnte an der Wand eines zweigeschossigen, ärmlichen Hauses und beobachtete Hortense. »Du kannst eben zwischen Deutschen und Deutschen unterscheiden.«

»Was hantierst du da wieder mit deinem Messer rum? Willst du damit Bismarck ermorden oder euren Kaiser?«

Albert Lauterjung lachte. »Mit diesem krummen Ding kann ich gerade mal einem von deinen Katzenbraten das dürre Fleisch von den Knochen kratzen.«

Sie schlug ihm lachend auf die Schulter. »Für einen Deutschen hast du viel Humor!«

»Und Hunger. Vor der Parade muss ich unbedingt noch was essen.«

Hortense schnitt eine Grimasse, die sie beinahe ihre Zigarre kostete. »Essen? Reicht dir nicht dieses bedeutende historische Ereignis?« Sie kippte die Abfälle aus dem Weidenkorb in die Abflussrinne.

»Hunger.«

»*Oui*, Monsieur Untermieter, das Restaurant *Chez Hortense* bietet heute *rats, goût de mouton*, gewürzt mit Bismarcks Bittersoße und Napoleons feigem Arsch.« Sie kicherte.

»*Ragoût de moutons?* Hammelragout?« Albert konnte es nicht glauben. Ihm lief das Wasser im Mund zusammen. Woher hatte sie Hammel? War eine Lieferung aus der Provinz gekommen, von der er nichts wusste?

Hortense' Lachen ließ die Fensterscheiben vibrieren. »Du Witzbold! *Ragoûts de moutons!* Hahaha! Dein Französisch genügt nicht einmal für die Speisekarte: *rats, goût de mouton* sind Ratten mit dem Geschmack von Hammel.«

»Eure Nationalgarde könnte die Deutschen endlich verjagen«, sagte er vorwurfsvoll.

»Dann stecken sie noch mehr Dörfer in Brand, und alle Franzosen auf dem Land schieben es Paris in die Schuhe.«

»Aber hunderttausend Mobilgardisten würden euch unterstützen.«

»Diese regierungstreuen Knechte. Meinst du, die verstoßen gegen Befehle von oben?«

»Und die Nationalgarde? Wie viele Mann sind es? Hundertfünfzigtausend?«

»Zweihundertfünfzigtausend oder dreihunderttausend.« Hortense stellte den Korb auf einen Mauervorsprung, nahm einen Blecheimer und warf weitere Abfallstücke in die Rinne. »Alles unsere! Mindestens! Was glaubst du, wer die Kanonen gekauft hat? Wir! Die Leute von Paris! Jedes Geschoss trägt die Nummer eines Bataillons.«

»Und dann lasst ihr die preußischen Truppen in die Stadt?«

»Paris ist gefährlich, ein Vulkan der Wut!« Sie wurde für einen

Moment ernst, und er begriff, dass sie ihren Verstand gern unter derben Scherzen verbarg. Sie nahm die Zigarre aus dem Mund, und ihre Augen fixierten ihn. »Komm ins Haus«, sagte sie.

Drinnen stellte sie sich mit verschränkten Armen in die Küche. »Du wirst schweigen über das, was ich dir jetzt sage. Aus sonderbaren Gründen vertraue ich dir. Wir wollten die Deutschen noch vor der Stadt abfangen und zusammenschießen. Das Zentralkomitee der Nationalgarde hatte so entschieden. Aber kluge Leute überzeugten uns: Es wäre ein Massaker mit Zehntausenden von Märtyrern geworden. Das brauchen wir nicht.« Albert erinnerte sich an Heinrich kurz vor dessen Tod und nickte langsam.

Hortense fuhr fort: »So beschloss das Zentralkomitee Folgendes: keine Entwaffnung der Nationalgarde. Wir schützen Paris. Die Westbezirke, durch die die Deutschen marschieren wollen, werden verbarrikadiert. Alle Läden und Restaurants werden geschlossen! Paris zeigt seinen bewaffneten Arsch.«

Hortense begann, Teller auf den Tisch zu knallen und Besteck daneben zu werfen, als bedauere sie, zu viel geredet zu haben. Sie ging zum Herd und rührte so kräftig in einem zerbeulten schwarzen Topf, dass Soße herausspritzte. Dann sagte sie wütend: »Nehmt euch in Acht, Deutsche! Das passt den Herren in der Nationalversammlung nicht. Thiers, dieser Verräter! Den würd ich am liebsten …! Willst du was essen? Es gibt Kartoffeln und …«, erneut brach sie in Lachen aus, »*rats, goût d'Albert!*«

»Was?«

Sie zuckte mit den Schultern. »Es sieht immerhin aus wie richtiges Fleisch. Du wirst sehen. Ich hab's gut gewürzt und gebraten.«

»Gebraten. In Fett?«

»Was sonst? Schmeckt nicht einmal ranzig.«

Albert Lauterjung steckte das kleine scharfe Messer mit seinem krummen Griff in die Scheide und setzte sich erwartungsvoll an den Tisch.

Als Gegenleistung dafür, dass es Frankreich erspart blieb, Belfort mit seiner Festung an Deutschland abzutreten, hatte Bismarck den Einmarsch der deutschen Truppen in Paris durchgesetzt. Die

Abmachung besagte, dass dreißigtausend Mann einen Sektor besetzen sollten, der ungefähr einem Achtel des Stadtgebiets entsprach. Es handelte sich um das Gebiet zwischen der Seine, dem Bois de Boulogne, der Avenue des Ternes, dem Faubourg-Saint-Honoré, den Tuilerien und der Achse vom Triumphbogen über die Champs-Élysées bis zur Place de la Concorde im Zentrum der Stadt. Die von den Deutschen einzunehmende Fläche schloss auch die Viertel der Reichen im Westteil der Stadt mit ein, von denen sich Bismarck Druck auf die Nationalversammlung versprach. Der Einmarsch nach Paris war auf den 1. März festgelegt worden. Die Deutschen würden erst wieder abziehen, wenn die in Bordeaux tagende Nationalversammlung den Friedensvorvertrag ratifiziert hatte.

Die Pariser waren wütend. Die verfluchte Regierung habe mehr Angst vor einer französischen Republik als vor dem Feind, sagten viele. Schließlich hatte niemand ihr Paris erobert, also fühlten sie sich militärisch unbesiegt, aber politisch von der eigenen Regierung an die Deutschen verraten. Viele wollten sich den Deutschen bewaffnet entgegenwerfen. Der deutsche Generalstab war sich über die Gefahr im Klaren. Der Kronprinz sprach seine Befürchtungen unverhohlen aus. Der Generalstab ordnete an, dass die ersten einrückenden Truppenteile wie vor einer Feldschlacht bewaffnet sein sollten. Ministerpräsident Thiers richtete aus Bordeaux einen Aufruf an die Pariser und appellierte an ihre »patriotische Vernunft«. Aber wer in Paris hörte schon auf die Regierung? Mehr Vertrauen hatten die Menschen zur Nationalgarde, der einzigen organisierten Kraft, die das Machtvakuum füllte, das die Regierung hinterlassen hatte. Die Nationalgarde kam aus der Bevölkerung, stand loyal zu den republikanischen Forderungen, und die Nationalgardisten wählten ihre Offiziere selbst.

So ließ das Zentralkomitee in letzter Minute Plakate an die Mauern der Stadt anschlagen: kein Angriff auf die Deutschen, der besetzte Sektor sei leerzuräumen und mit hohen Barrikaden abzusperren.

Albert beobachtete, wie die überaus vorsichtige Vorhut der deutschen Armee den Arc de Triomphe erreichte. Alle waren bis an die Zähne bewaffnet. Ich bin erst einen Monat in Paris und schon finde ich diese Uniformen und diese deutschen Pickelhauben lächerlich, dachte Albert. An den Anblick der einfachen Käppis der Nationalgarde war er gewöhnt, sparsam aus dunkelblauem Stoff geschnitten, einer Arbeitskappe ähnlicher als einem militärischen Symbol. Vor ihm sagte einer zu seinem Nachbarn: »Vernünftig sollen wir sein!«

Albert schob sich näher an die beiden Männer heran. »Welche Route werden sie nehmen?«, wollte er wissen. Verflucht, ausgerechnet jetzt hatte er Deutsch gesprochen. Die Pickelhauben hatten ihn durcheinandergebracht. Der ältere der beiden Franzosen sagte verblüfft: »Ein Preuße.«

Auch wenn er gelassen reagiert, die anderen könnten mich zusammenschlagen oder gar ausliefern, dachte Albert und fügte schnell hinzu: »Ich bin desertiert. Wollte keinen Krieg mit euch.« Die Männer sahen ihn misstrauisch an.

Das erste deutsche Bataillon zog über die Place de l'Étoile. Die beiden Männer müssten den Deserteur Albert Lauterjung nur packen, ihn einige Meter über den Platz schleifen und den Deutschen zum Fraß vorwerfen. Man würde seine Unterlagen prüfen, auf die Flucht aus dem Gefangenenwagen stoßen, seine Desertion von der Armee entlarven. Am Ende würde man ihn erschießen.

»Kein Spion?«, fragte der eine der beiden.

Albert schüttelte den Kopf. »Gewerkschafter.«

Der andere nickte gleichgültig und wandte sich dem Spektakel zu. Niemand interessierte sich mehr für ihn. Albert war beruhigt und wurde kühn. »Wäre ich Spion, hätte ich eine bessere Geschichte. Aber sollten nicht alle anständigen Pariser zu Hause bleiben und ihre Fensterläden schließen?«

Die beiden Männer verneinten grinsend. »Meinst du, wir lassen uns das entgehen? Wir werden die Preußen anspucken. Sobald sie durch den Arc de Triomphe gezogen sind, wollen sie die Champs-Élysées hinunter.«

Eine Frau drehte sich um. Sie hielt einen etwa fünfjährigen Jungen an der Hand. »Die Barbaren wagen sich nicht durch den Arc de Triomphe!«

Der ältere der beiden Männer wettete dagegen. Der jüngere schätzte die Größe der deutschen Bataillone, die sich von der Porte Maillot an der nordwestlichen Stadtgrenze über die Avenue de la Grande-Armée der Place de l'Étoile und dem Arc de Triomphe näherten. »Es sind dreißigtausend Männer. Mindestens.« Alle schwiegen eine Weile. Dann sagte der Ältere bitter: »Wochenlang hat dieser Bismarck Hunderte von Geschossen in die Stadt gefeuert. So viele Tote, Kinder auch. Zehntausende sind obdachlos.«

Albert senkte den Kopf.

Der Ältere legte ihm tröstend eine Hand auf die Schulter. »Du bist nicht schuld. Bist ein Deserteur.«

»Gekämpft hab ich auch«, gestand Albert.

»Konntest wohl nicht anders.«

»Muss man nicht immer anders können?«

Sie betrachteten die Parade. »Der deutsche Kaiser ist nicht dabei.« Der jüngere Mann sagte höhnisch: »Umso größer fühlt sich Bismarck.«

Albert sah einen Mann in der Uniform eines preußischen Polizeioffiziers. Seine schwarze Kutsche glänzte makellos. Vor und hinter dem Fahrzeug ritten bis an die Zähne bewaffnete Feldpolizisten, die den gaffenden Einwohnern der belagerten Stadt herrisch ihre Säbel entgegenreckten.

Die Frau sagte: »Das ist Preußen. So wie es sich auf der Weltausstellung von 1867 aufgeführt hat. Die ganze Welt schickte Kunstwerke, wundervolle Technik und Musik. Und die verfluchten Preußen? Ihren blöden Wilhelm als Reiterstandbild, größer als irgendein lebender Mensch. Und damit jeder gleich weiß, was man von ihnen zu erwarten hat, noch eine riesige Kanone von Krupp.«

»Fünfzig Tonnen wog das Geschütz von Herrn Krupp aus Essen.« Der jüngere Mann konnte seine Bewunderung nicht verbergen. »Jede Kugel so schwer wie zwei kleine Kanonen!« Dem Älteren gefiel diese Unbefangenheit nicht.

Jemand aus der Menge rief: »Das ist Wilhelm Stieber! Der Chef der Feldpolizei in Versailles.«

Nun erkannte ihn auch der Ältere. »Bismarcks Mann für jeden Dreck.«

Albert betrachtete den Mann, von dem er schon so viel gehört hatte. Polizeidirektor Wilhelm Stieber aus Berlin, Bismarcks oberster Spion und Chef der Feldpolizei. Verantwortlich für etliche Massaker in französischen Dörfern, wo er »Ruhe und Ordnung«, wie er es nannte, durchgesetzt hatte. In Prozessen gegen Linke arbeitete Stieber mit gekauften Zeugen und gefälschten Dokumenten wie vor rund zwanzig Jahren gegen den Bund der Kommunisten. Seinetwegen saßen unzählige Sozialdemokraten im Zuchthaus.

Der Ältere las in Alberts Gesicht. »Der grausamste Menschenjäger eures Reichskanzlers. Am liebsten frisst er Deserteure. Bleib hier! Allein kann niemand etwas gegen ihn ausrichten.«

Die deutsche Armee durchquerte tatsächlich den Arc de Triomphe, und ein vieltausendfacher Wutschrei begleitete diese Provokation der Sieger. Wenig später klirrten in einigen Nebenstraßen Glasscheiben. Man warf die Fenster eines Restaurants ein, das deutsche Offiziere bewirtete. Die beiden Männer verschwanden im Getümmel. Die Frau setzte sich ihr Kind auf die Hüfte und ging Richtung Seine, nach Süden. Albert machte sich auf den langen Fußweg über den Boulevard Haussmann, zurück in den Osten der Stadt, nach Belleville. Vielleicht würde er unterwegs noch etwas zu essen auftreiben.

Zwei Tage später, am 3. März 1871, räumten die Deutschen die besetzten Pariser Viertel. Die Nationalversammlung hatte am Tag zuvor in ihrem Exil in Bordeaux eilig den Friedensvorvertrag ratifiziert. Albert Lauterjung und Hortense Ducroix genossen es, den Abmarsch der Sieger zu beobachten. Wieder stand Albert am Platz um den Triumphbogen, am Ende der Champs-Élysées.

Hortense lästerte: »Nun waren die Preußen bloß zwei Tage hier. Haben sich die Bourgeois in Bordeaux beeilt, hatten wohl Angst um ihre Stadtvillen. Was für ein Anblick! Preußen sind von hinten am schönsten.« Sie kicherte. »Du auch, Albert.«

Wütend über den frühen Abzug aus dem Babylon des Erbfeindes brach ein sächsischer Dragoneroffizier aus der geordneten Reihe aus und zog seine Pistole. Ein Seufzen ging durch die Menge: Wieder war der Arc de Triomphe Schauplatz einer preußischen Provokation. Der Reiter ließ seinen Schimmel steigen, reckte sich im Sattel und schoss ins Gewölbe des Triumphbogens. Seine Kameraden begleiteten ihn mit Jubelgeschrei.

»Sie sind beleidigt, dass sie Paris nicht plündern dürfen«, schimpfte Hortense Ducroix. »Und ich bin sauer, dass ich nicht den einen oder anderen verdreschen kann.«

Auf dem Heimweg in das 20. Arrondissement, wieder dem Bogen des Boulevard Haussmann folgend, erzählte Hortense ihrem Untermieter, dass die Nationalversammlung, kaum war man die Deutschen los gewesen, die Nationalgarde von Paris beleidigt habe. Als sei es nicht genug Schmach, dass man den Barbaren erlaubt habe, das unbesiegte, tapfere Paris zu belagern, wenn auch nur drei Tage lang. Nun behaupteten diese Froschköpfe aus der Nationalversammlung auch noch, die Kanonen der Nationalgarde gehörten der Armee und seien sofort abzuliefern. Auch den Sold wollte die Regierung nicht mehr zahlen.

Albert und Hortense überquerten den Boulevard de Magenta auf dem Weg zum Canal Saint-Martin, der den Osten von Paris vom Zentrum der Stadt trennte. Hortense lief immer schneller, als triebe ihre Wut sie an. »Ein Franc fünfzig am Tag, davon leben wir! Und genauso viel kostet eine Kanalratte! Hörst du, Preuße, eine einzige Ratte!« Hortense holte Luft. »Auch die Miete sollen wir nachzahlen, seit Kriegsbeginn. Wovon? Vier Monate Belagerung! Woher sollen die Einnahmen kommen? Zahlst du Miete …?«

Sie sah sein Gesicht und korrigierte sanft: »Du arbeitest hart für deine Miete. Ohne dich bräche das Haus zusammen. Nur, das wirst du zugeben, davon kann ich nichts in Geld verwandeln und an diese verfluchte Regierung der Reichen … Ach, verdammt! Bald essen wir nicht einmal mehr Ratten!«

»*Rats, goût de rien*. Ratten mit dem Geschmack von nichts«, erwiderte Albert trocken.

Hortense prustete vor Lachen. »Das ist gut, kleiner Preuße! Das kochst du. In Nichts seid ihr Preußen am besten!«

Am Kanal stießen sie auf einen Menschenauflauf. »Da hinten ist sie! Sieh sie dir an, unsere Nationalgarde!« Hortense glühte vor Stolz.

Einige Gardisten hielten einen zappelnden glatzköpfigen Mann fest, der sich auf einer ihrer Versammlungen Notizen gemacht hatte und die Frage nach dem Zweck seiner Kritzelei nicht zufriedenstellend beantworten konnte. Ein Spitzel. Auf einem der Zettel hatte er die Nummern ausgerechnet der Bataillone notiert, die es bedauerten, dass das Zentralkomitee jeden Anschlag auf die preußischen Truppen untersagt hatte. Seine Richter schenkten ihm dreißig Sekunden, aber er fand keine vernünftige Erklärung.

»Hoffentlich kann er schwimmen.« Hortense schien ehrlich erleichtert, als der nervöse Spion nicht im Kanal ersoff. »Diese Ratte würde ich nicht einmal für einen Franc kaufen.«

Albert sah, wie der Mann die andere Seite des Wassers erreichte.

»Er hat großes Glück«, sagte Hortense, »ist nicht mehr so viel Scheiße drin, seit Haussmann unsere Stadt mit seinen Boulevards auseinandergerissen hat.« Sie forderte Albert heraus: »Kommst du mit, Freund der Pariser? Wir müssen ein Gefängnis öffnen, sitzen zu viele tapfere Leute ein. Wir holen heute Nacht auch einige von den Kanonen und schieben sie hinauf nach Montmartre, da stehen sie sicherer.« Sie sah ihn an. »Hilfst du uns?«

16

*Blankenberge, Belgien,
Anfang März 1871*

Der Horizont trug keine Farben, das Meer lag ruhig.
»Du weißt, dass sie sich wegen dir duelliert haben.«
»Adele hat das bestritten.«
»Meinst du etwa, sie will dich in einen Skandal verwickelt sehen?«
»Ist er sehr verletzt?«
»Welcher von beiden?«
»Ist das Meer nicht wundervoll? So riesig, so weit, dagegen ist die Ostsee eine harmlose Badewanne.«
»Lenk nicht ab, Gertrud. Beide Offiziere werden überleben. Aber der eine ist nicht mehr kriegstauglich.«
Gertrud sah weit hinaus aufs Meer. »Ein mysteriöser Fall. Schau nicht so, ich habe keinen von beiden ermutigt. Gehen wir heute Abend ins Konzert?«
»Wir sind, wie du weißt, zum Essen verabredet und hinterher im Casino … Hast du gesehen, wie sie dich angaffen? Ich muss wirklich auf dich aufpassen.«
»Warum grüßt du nicht zurück?«
»Ich bitte dich, Liebes, das wäre nicht standesgemäß. Da genügt ein leichtes Nicken.«
»Sieh mal, diese Möwenschwärme! Wie kalt ist das Meer?«
»Kleines, es ist März. Wenn du in den Sand läufst, wirst du ihn nicht mehr von deinen Füßen abbekommen. Ja, bück dich nur, siehst du, wie eisig? Hör auf, spritz mich nicht nass!« Beust lachte, sah seine Tochter von der Seite an, ging ein paar Schritte neben ihr her. »Wir müssen heute endlich über Glücksburg reden. In zwei Wochen verlassen wir Blankenberge, und vorher muss …«
Gertrud sah ihren Vater an. Er drängte sie jeden Tag mehr. Lange konnte sie es nicht mehr hinausschieben. »Ich war gerade in so guter Stimmung. Tausendfach habe ich dir gesagt, dass ich

nicht einverstanden bin mit dem Vorschlag des Adoptivvaters. Ich will, dass die Hedemann geht.«

»Dann geht die Herzogin auch, und was glaubst du, welchen Eindruck das auf alle macht, auf den Hof, auf Potsdam, sogar auf die Altenburger?«

»Aber es ist doch nicht wahr, dass ich … dass ich eine …«

»Nein, Gertrud, du hast kein ehrenrühriges Verhältnis zu irgendwem. Wer wüsste das besser als ich? Lächle, Liebes, lächle, die Prinzessin von … Guten Tag, Hoheit. Was für ein entzückender Hund! Ja, meine Tochter und ich bleiben noch vierzehn Tage. Wir sehen uns, gewiss. Wir sind im Hotel *Belvédère de l'Ouest* untergekommen. Sie haben vollkommen recht, ein wirklich vornehmes Haus.«

»Hast du dieses Kleid gesehen? Rot, im März!«, sagte Gertrud.

»Hässlicher Köter. Watschelt wie ein Mops in Pantoffeln.«

»Wir gehen noch bis zur Mole und dann zurück, es wird kühl, und ich brauche Zeit, um mich zurechtzumachen.«

»Will meine Tochter wieder auffallen? Ich gehe gern mit einer schönen jungen Frau in den Kursaal. Aber, Liebes, wir müssen über Glücksburg reden. Du und ich haben nur noch ein paar Tage Zeit, alles abzuwägen. Gertrud, bitte, nun schau nicht so!«

»Was für ein wunderschöner Sonnenuntergang. Diese schwarze Wolke und ihr wilder Schatten auf dem Meer.«

»Gertrud. Du bist unser einziges übrig gebliebenes Kind.«

»Plötzlich so ernst?«, fragte sie spöttisch.

»Es hat keinen Sinn, dass ich es dir verschweige.« Beust blieb stehen. »Gertrud, Langenorla ist in Gefahr.«

Ihre Gedanken rasten vom Horizont zum Strand zurück, vor ihre Füße. Er meinte es wirklich ernst. Sie würde ihm jetzt reinen Wein einschenken müssen. »Gut, Vater. Ich will, dass die Adoption rückgängig gemacht wird.«

Hermann von Beust starrte sie an. »Das kann nicht dein Ernst sein.« Er nahm ihre Hände. »Wir werden alles verlieren. Deine Mutter und ich werden bei Verwandten wohnen müssen und auf ihre Gunst angewiesen sein. Und du wirst sehr bald heiraten müssen, nicht einen, den du willst, sondern einen mit Vermögen.«

Gertrud erschrak. »Ich muss zurück nach Glücksburg, damit ihr Langenorla nicht verliert?«

»Um Gottes willen, nicht um jeden Preis!«

»Ich verstehe.« Sie ging einige Schritte bis zum Promenadengeländer. »Ich beginne endlich zu verstehen.«

»Was siehst du mich so an? Niemand will dir Böses. Renn mir nicht davon! Na gut, bis zur Mole, bis zur Mole.« Beust schnaufte und setzte sich. »Gertrud, du bist unser einziger Erbe. Wie ein – Sohn.«

»Ich werde nie wählen können! Auch eine Frau will ihre Freiheit.«

»Wie soll die aussehen?«

»Ich könnte studieren.« Sie erschrak über die eigene Stimme, und einen Moment lang sahen sich die beiden Beusts, auf einer Bank der Kurpromenade des belgischen Badeortes Blankenberge sitzend, schweigend an. Beust zog seinen Mantel am Kragen zusammen. Ihm war übel, es blieb nicht mehr viel Zeit. Hätte er geahnt, was noch geschehen würde, hätte er seiner Tochter sofort die Zustimmung abgerungen, sie in die Eisenbahn verfrachtet und wäre auf dem schnellsten Weg nach Glücksburg geeilt, um seinen Liebling in Sicherheit zu bringen und seine Schuldenlast abzuwälzen.

Aber er glaubte, dass er noch zwei Wochen hatte. Das sollte genügen, um sie zu überreden. Er stopfte seinen Schal in den Kragen, nahm den Hut ab, strich die Haare glatt und setzte ihn wieder auf. Um den Druck zu erhöhen, hatte der ungeduldige Herzog gedroht, die Apanagen vom übernächsten Monat an auszusetzen. Beust schlief schlecht.

Er versuchte, seine Ungeduld zu beherrschen. »Warum bist du so zornig? Frauen wählen nicht. Die gewöhnlichen Frauen haben ihre gewöhnlichen weiblichen Aufgaben. Aber du wirst eines Tages Herrin auf Langenorla sein. Mit der Mitgift des Herzogs, einige Hunderttausend Goldtaler hat er zugesichert, schon mit diesem Geld kannst du Land kaufen und neue Maschinen. Du kannst dir das Schloss prächtig einrichten und deine vielen Kinder in die besten Schulen schicken. Die laufenden Kosten für Langenorla betragen selbst bei Missernten weniger als die Hälfte deiner künftigen Apanage.«

Sie blieb stehen. Sie zwang sich, über einiges nachzudenken. Manches war noch immer verwirrend. Die Steins. Die vielen kleinen Andeutungen ihrer Mutter, was sie sich alles leisten könnten, wenn es ihnen besser ginge. Eduard, der sie aushorchte. Sogar Martha. Manches in ihrem Kopf begann, sich nach all den Monaten endlich langsam zu entwirren. Sie ließ ihren Blick über das Meer gleiten, und plötzlich fügten sich die unreflektierten Fetzen zu einer einzigen logischen Schlussfolgerung, die sich in ihrem Kopf breitmachte. »Ich soll einzig und allein nach Glücksburg zurück, weil ihr solche Schulden habt. Es geht nicht um meine Zukunftsaussichten. Es geht darum, dass wir in Langenorla zu viel repräsentieren, dass du zu oft auf Reisen bist, in Altenburg sitzt und in Kommissionen. Dass du zu viel Wald von schlechter Qualität zusammengekauft hast und nasse, unfruchtbare Wiesen. Zu viele Jagden mit Gästen, die wir beeindrucken wollen. Zu viele Schulden.«

Beust sah seine Autorität untergraben wie noch nie. Er legte alle väterliche Strenge in seine Stimme: »Es geht um deine Zukunft. Deine Mutter und ich könnten auch zu Armgard ziehen oder nach Naschhausen.«

Gertrud schüttelte langsam den Kopf.

Beust sprach schneller. »Du wirst schuldenfrei sein. Du kannst die Familientradition fortführen. Kein Ehemann redet dir rein. Was verstehst du unter Freiheit? Ist es nicht genau das, was du immer gewollt hast?«

Gertrud betrachtete ihren Vater wie einen Fremden. Ein großer, schwerer Mann. Die Haare, sonst sorgsam um die dünner werdenden Stellen gekämmt, standen jetzt schräg im Wind. Die Narben auf seiner Wange leuchteten rot vor Aufregung. Den Poren auf der Nase sah sie den französischen Wein an, von dem in den letzten Monaten besonders viel geliefert und verbraucht worden war, als würde das helfen, die französische Armee zu schwächen. In diesem Moment, vor dem grauen Meer an der belgischen Küste, sah sie ihren Vater aus einer ganz anderen Perspektive. Ein müder Rittergutsbesitzer, angenagt von Schulden, ungebrochen machtbewusst in seinem Reich, arrogant und zugleich wehleidig und sentimental, auf der Suche nach einem Erben für seine Sicht der Welt und sein Land. Er bot ihr diese Rolle aus einer doppelten Notlage heraus an. Ohne seine Schulden und mit einem Bruder hätte sie niemals eine Chance gehabt. Sie war nur der bestmögliche Sohn.

Sie erschrak über die eigene Kälte. Er liebte sie wirklich. War er nicht mit ihr allein hierhergefahren? Ein Wort von ihm, und Marie von Beust hätte sich begeistert mit Mann und Tochter auf die Reise begeben. Doch er hatte immer Gertrud bevorzugt, ihr Witze erzählt, die sie gemeinsam anderen vorenthielten, und sich mit ihr zu Scherzen gegen den Rest der Welt verschworen. Er hatte mit ihr diskutiert, als wäre sie ein junger Mann. Aber auf diese kindlich vertrauensvolle Weise würde sie ihn nie wieder betrachten können. Er versuchte, sie zu etwas zu überreden, das seinen eigenen Wertvorstellungen widersprach. Ging es um Geld, galt offenbar einiges nicht, was sie von ihm gelernt hatte. Ihr Verstand zwang sie, ihn zu sehen, wie er war. Die Verklärung des starken, standhaften, unbezwingbaren Vaters war unwiederbringlich zu Ende. Neben ihr saß ein vertrauter Fremder, dem sie sich für einen entsetzlichen Moment lang überlegen fühlte. Sie bat ihn: »Lass mich allein. Du kannst unbesorgt gehen. Meine Güte, ich bin zwanzig Jahre alt, Vater!« Er lief verwirrt in den Ort zurück und sah sich alle paar Schritte nach ihr um.

Der Horizont war ihr noch nie so weit entfernt erschienen. Sie stand auf, lief über den Sand und starrte lange auf die Stelle, an der sich Meer und Himmel trafen, bis die Wellen, die unruhiger wurden, ihr diese Sicht nahmen, sich aufbäumten, fielen, den Blick wieder freigaben und ihn wieder versperrten. Es war Salz in ihren Augen. Ihre Kindheit war vorbei. Sie hatte mit einem Mal aufgehört, ihren Eltern vorbehaltlos zu vertrauen. Doch wohin könnte sie gehen? Wovon sollte sie sich ernähren? Sie hatte von Frauen aus Berlin gehört, die allein lebten, und sie kannte deren Ruf.

In Wirklichkeit sah sie keine Alternative, als dem Druck nachzugeben. Hilflos weinte sie ihren Illusionen hinterher.

Beust sah jovial in die Runde. »Nein, nächstes Jahr fahren wir nach Norderney zur Kur. Wir dürfen die Belgier nicht für ihre heimliche Freundschaft zu Frankreich belohnen.«

»Aber Vater, Norderney ist todlangweilig.«

»Meine schlaue Tochter widerspricht mir! Ist sie für eine junge Frau nicht ein ungemein kluges Wesen?« Beust tätschelte ihre Wange. Er erntete eifrige Zustimmung. »Wohin möchtest du denn im nächsten Jahr?«

»Jedenfalls nicht nach Norderney.«

»Schau, selbst der englische Adel hat sich hier wieder versammelt. Im Sommer wird kein Zimmer mehr zu bekommen sein. Wie oft waren Sie jetzt schon in Blankenberge, Gräfin?«

»Oh, sechs oder sieben Mal. Man ist hier so herrlich unter sich. Keine Spur von dem Pöbel, der uns in Berlin solchen Ärger bereitet. Liebe Gertrud, auch auf Norderney ist unsereins ganz unter sich, Sie brauchen sich keine Sorgen zu machen. Der größte Kursaal ist dem Adel vorbehalten. Man hat auch die Badegäste streng voneinander getrennt. Ein entfernter Verwandter von mir, Freiherr von Vincke, achtet streng darauf. Stellen Sie sich vor, lieber Beust, einmal ist ein Jude dem Strand für die adligen Damen zu nahe gekommen. Da sind diese riesigen germanischen Badefrauen so über ihn hergefallen, dass er grün und blau geschlagen davonlief. – Sind denn Ihre Halsschmerzen hier nicht besser geworden?«

Beust antwortete für seine Tochter. »Doch, es geht ihr schon viel besser. Und auch mein Husten ist milder und reißt mir nicht mehr förmlich die Kehle auf. Acht Wochen Kur sind wirklich das mindeste, was man dafür benötigt. Wir haben es gut getroffen, erst der Wald in Bad Ems und nun das Reizklima der Nordsee.«

Gertrud hörte nicht zu, sondern beobachtete eine Gruppe französischer Offiziere, die sich ausgerechnet in diesem Restaurant, nur zwei Tische von ihnen entfernt, niederließen. Zwei der Offiziere warfen ihr Blicke zu, flüsterten miteinander, der eine wagte es sogar, ihr mit einem Glas Wein zuzuprosten.

»Nun sitzt der Feind auch noch im selben Restaurant wie wir.« Über das Gesicht der Gräfin kroch Abscheu.

Beust stimmte ihr zu. »Belgien täuscht Neutralität vor und steht tatsächlich auf der Seite Frankreichs. Es ist wirklich unerhört.« In die Langeweile der Kurtage war der leibhaftige Feind eingebrochen. Obgleich besiegt, wagte er es dennoch, den Kuraufenthalt des deutschen Adels zu stören.

»Gertrud, verzeih, du sprichst doch so wunderbar französisch, wie eine geborene Französin«, und zur Gräfin gewandt ergänzte Beust: »Sie war in einer sehr guten Schule, dem freiadligen Magdalenenstift zu Altenburg …«

»Wie reizend!«, rief die Gräfin. »Kennen Sie vielleicht meine Nichte …«

»Gertrud, willst du nicht einmal horchen, was sie reden? Sie starren ständig hier herüber. Man muss doch informiert sein.«

Gertrud lauschte einen Moment, dann übersetzte sie: »Sie sagen, dass sie eines Tages beide Ufer des Rheins besitzen würden. Man wolle die Schmach notfalls mit Gewalt wiedergutmachen.«

Beust schlug mit der Faust auf den Tisch. »Könnte ich nur besser Französisch, würde ich es ihnen zeigen!«

Als Gertrud aufstand und ihren Stuhl zurückstieß, wandten sich ihr die Blicke am Tisch zu. Mit sehr geradem Rücken ging sie zum Tisch der Franzosen und blickte hochmütig in die Runde. Die sechs Offiziere grinsten, die zwei, die mit ihr hatten anstoßen wollen, erhoben sich von den Stühlen, setzten sich dann aber wieder, irritiert vom Gesichtsausdruck der jungen Frau.

Sie betrachtete jeden Einzelnen: die beiden jungen Offiziere, die auf einen Flirt aus waren, den alten, müden Kämpfer, der sie arrogant anstierte, den Fetten, der seine Mundwinkel spöttisch verzog, die beiden offen Feindseligen. Der Rest des Raumes verschwand.

Sie war aufgeregt, aber ihrer Stimme merkte man es nicht an: »Der Rhein ist ein freier, deutscher Strom, niemals werden Sie ihn wiederbekommen. Wir haben uns das deutsche Elsass-Lothringen zurückgeholt, und so wird es bleiben.«

Einer der beiden jungen Offiziere sprang auf und stemmte seine Hände in die Hüften. Er rief: »Wären Sie ein Mann, ich forderte Sie!«

Gertrud zupfte kühl ihren Handschuh vom Ellenbogen herunter, zog ihn von den Fingern und warf ihn dem Offizier gegen die Brust. »Seien Sie froh, dass ich eine Frau bin! Vermutlich kann ich besser schießen als Sie.«

Hoch erhobenen Hauptes ging sie an ihren Tisch zurück. Einige Gäste begannen zu klatschen, weitere schlossen sich an. Der Saal tobte. Die sechs französischen Offiziere standen in kalter Wut auf. Einer nahm ein Glas und knallte es auf den Boden. Der alte Offizier donnerte in den Saal: »Eines Tages werden Sie sehen, wie wir uns den Rhein und Elsass-Lothringen zurückholen. Ebenso unsere fünf Milliarden Francs! Und alles, was ihr aus unserem Land geraubt habt, ihr Barbaren!«

Stühle fielen um, ein Tischtuch wurde ein Stück heruntergezerrt, so dass Gläser auf dem Fußboden zerbrachen. Die Gekränkten knallten hinter sich die Schwingtür zu, die viele Male zurückpendelte, und die deutschen Gäste feierten ihren erneuten Sieg über Frankreich.

Einige Stunden später hatte der Wind nachgelassen, der Mond war beinahe voll und verstärkte das schwache Licht der Gaslaternen. Beust und seine Tochter verdrängten ihre nachmittägliche Auseinandersetzung, genossen im Rückblick noch einmal die Szene beim Abendessen und spazierten scherzend Arm in Arm durch die kleinen Straßen von Blankenberge.

»Ich habe im Casino so viel gewonnen, dass ...«

Beust war vergnügt. »Nicht nur da, Gertrud, nicht nur da! Alle Gäste hier sind begeistert von dir! Du bist das Tagesgespräch. Nein, war das ein Abend! ›Der Rhein ist ein freier, deutscher Strom.‹ Wunderbar! Gehen wir noch ein Stück weiter, die Luft ist so wunderbar mild.«

Beust würde diesen Vorschlag ein Leben lang bereuen. Die beiden gingen an Hotels mit üppig verzierten Fassaden vorbei, in denen manche Gäste ganze Etagen bewohnten. Es war still, bis auf das Meer, das hinter der Kurpromenade des kleinen Badeortes endlos und träge auf den Strand schwappte. Vater und Tochter glaubten sich allein unterwegs und hörten die leisen Schritte nicht.

Der erste Hieb traf Hermann von Beust auf den Kopf, hart und schnell. Bereits bewusstlos fiel er auf die steinerne Promenade. Eine fremde Hand erstickte Gertruds Schrei. Jemand bog ihr die Arme auf den Rücken, und ein anderer ihrer Peiniger zog kurz die Maske vom Gesicht. »Sie soll wissen, wer sich hier rächt.«

Ein dritter Maskierter fauchte: »Du bist verrückt, Beaulieu. Maske auf!«

Aber Gertrud hatte den französischen Offizier erkannt, den sie gefordert hatte. Jemand stopfte einen feuchten, schimmlig riechenden Lappen in ihren Mund, wickelte ein Tuch darüber und verknotete es an ihrem Hinterkopf. Etwas wurde um ihre Augen gebunden – und der Mond verschwand. Man stülpte ihr einen Sack über den Kopf, der nach feuchtem Stroh roch. Mit einem Ruck warf einer der Männer sie über die Schulter, tätschelte ihren Hintern, fuhr gemächlich dessen Kurven nach und ließ seine Hand kurz zwischen ihren Beinen liegen. Er lachte, als sie zu strampeln versuchte und beinahe vor Scham und Wut erstickte. »Ob Deutsche oder Französin, Dame oder Hure, viele Weiber haben schöne Ärsche.«

Sie schrie, und der Schrei drang, angereichert mit Staub und Dreck, zurück in ihre Lunge. Sie glaubte zu ersticken.

Der Sack dämpfte die Stimmen der Männer. »… heute Nacht … fahren. Niemand … kontrollieren. Die Deutschen … nicht überall.« Der Mann, der sie trug, stemmte sie nun in die Höhe. Hände griffen nach ihr. Ihr rechtes Bein schlug gegen eine Holzwand. Jemand packte sie an den Knöcheln, ein anderer unter den Achseln. Ein weiterer zog ihr den Sack vom Kopf, legte ihr eine Augenbinde an und fesselte ihre Hände auf dem Rücken. Mit dem Kopf voran versenkte man sie in einer Kiste, deren Boden mit Stroh bedeckt war. Sie wehrte sich. Jemand schlug ihr ins Gesicht, einmal, zweimal. Sie gab nach. Einer der Männer fesselte sie an den Knöcheln. In ihrem Kopf dröhnte es, als schlüge eine Eisenkugel von innen gegen den Schädel. Ihre Handgelenke brannten. Ein Fuß schien lahm. Sie lag auf der Seite, das halbe Gesicht im Stroh.

Raue Finger mit scharfkantigen Nägeln griffen in den Ausschnitt ihres Kleides, prüften ihre Brüste wie das Fleisch eines

Tiers, wenn der Schlachter um dessen Preis feilscht. Die Obszönitäten, mit denen man ihren Körper beschrieb, fehlten in ihrem Stiftsvokabular. Die einzige Freundlichkeit bestand darin, dass man ihren Mantel zu ihr in die Kiste legte.

Gertrud konnte die Dimensionen ihres Gefängnisses genauer abschätzen, sobald die Kutsche, auf der sie sich offensichtlich befand, durch tiefe Schlaglöcher fuhr und sie derart in die Höhe flog, dass sie an den Deckel der Kiste stieß. Sie schloss aus den Bewegungen des Gefährts, dass sie in großer Eile davonfuhren. Sie werden mich in ihr Quartier bringen und dann zur Rede stellen. Ich werde mich entschuldigen, und sie werden Ehrenmänner sein. Ihr Hinterteil erinnerte sich an die Hand. Nein, keine Ehrenmänner. Was werden sie tun? Werden sie Geld verlangen? Schmuck? Ihr Gewalt antun? Irgendwo hatte sie diese Redewendung einmal gehört, in der Waschküche bei den Mägden. Die hatten gekichert, als die damals dreizehnjährige Gertrud nach der Bedeutung des Ausdrucks gefragt hatte.

In der ersten Stunde bildete sich Gertrud ein, sie könnte gegen ihre Verschnürung etwas ausrichten. Dort, wo die Offiziere sie angefasst hatten, brannten die Demütigungen wie Brandblasen. Hände, deren Besitzer sie durch die Augenbinde nicht hatte erkennen können, hatten sich Stellen genähert, die außer ihr selbst noch nie ein Mensch berührt hatte.

Sie konnte nicht sitzen, ihre Fesseln und das Format ihres Gefängnisses, eine Seekiste oder ein großer Reisekoffer, hinderten sie daran. Mit auf dem Rücken gebundenen Händen blieb ihr nur eine einzige Lage: auf der Seite liegend, die Knie angezogen, die Hände, zunehmend steifer, zwischen ihrem Rücken und der Kistenwand eingeklemmt und den Kopf in den Wintermantel gegraben, um nicht bei jedem Ruck mit der Schädeldecke gegen die Gefängnismauer zu schlagen.

Irgendwann hatte sie aufgehört zu schreien. Ihr Hals schmerzte, ihre Augen brannten, Tränen verklebten den Staub auf ihrem Gesicht. Vergeblich hatte sie versucht, sich bemerkbar zu machen. Niemand hatte reagiert. Mit der Zeit identifizierte sie das Geräusch des metallenen Beschlags auf den Rädern und die Hufe von vier

Pferden. Wer so viele Pferde vorspannte, hatte es eilig oder transportierte große Lasten.

Was würde passieren, wenn sie die Kiste so zum Schaukeln brächte, dass sie sich aus der Befestigung löste und von der Kutsche stürzte? Ihre Fantasie ging mit ihr durch. Sofern die Kutsche eine Steilküste entlangraste, würde die Kiste auf den Felsen zerschellen und Gertrud, bevor sie sich von den Fesseln befreit hatte, im Meer ertrinken. Fuhren sie aber durch einen Wald, konnte die Kiste zerspringen, und gefesselt auf dem Waldboden liegend wäre sie eine einfache Beute für alle herumstreunenden belgischen Wölfe.

Sie trat gegen die Kiste, bis ihre Beinmuskeln lahm waren. Sie weinte und hätte jeden der sechs mit Freuden erschossen, wäre sie frei gewesen und hätte ihr Gewehr bei sich gehabt. Sie weinte sich schließlich in den Schlaf und verlor jedes Zeitgefühl. Als sie wieder zu sich kam, ihre Beine nicht mehr spürte, ihren Kopf dafür umso heftiger, rollte die Kutsche im selben ewig schaukelnden Rhythmus über eine Chaussee. Gertrud dämmerte zwischen Schlaf und Bewusstlosigkeit. Wo war sie? In Belgien? In Holland? Was hatte man mit ihr vor?

Als sie träumte, dass sie im Meer ertrank und viele Leute dabei zusahen, mit ernsten Gesichtern und ohne einzugreifen, wachte sie auf. Die Kutsche hielt. Einen Moment lang herrschte Stille. Dann machte sich jemand an ihrer Kiste zu schaffen. Feine Lichtfäden schimmerten durch ihre Augenbinde. Die Nacht war vorbei. Die Männer amüsierten sich über das Stroh in ihren Haaren und Kleidern: »Wie ein stinkendes Wildschwein, diese Preußin«, frotzelte einer. Jemand hob sie herunter, und ein anderer, der sie unten entgegennahm wie einen Sack Getreide, nutzte die Gelegenheit, um unter ihren Rock zu greifen.

Man nahm ihr die Fesseln ab und band sie wie einen Hund an einen Baum, damit sie ihre Notdurft verrichten konnte. So faulig wie das Wasser in dem Eimer und so stinkend wie der Lumpen, den man dazuwarf, waren auch die Witze, die diese Pause begleiteten. Gertrud versuchte, ihren lädierten Verstand in Funktion zu bringen. Notdürftig reinigte sie sich. Ohne frisches Wasser, Seife und neue Kleidung war da nicht viel auszurichten. Sie ekelte sich vor ihrem eigenen Körpergeruch, und mit Augenbinde und ohne Spiegel konnte sie ihr Gesicht und den Halt ihrer Frisur nicht einschätzen. Ein paar prüfende Handgriffe ergaben, dass nichts mehr in der gewohnten Form war.

Der Knebel wurde für einige Minuten entfernt, und als sie fragte: »Wo sind wir?«, verschluckte sie sich am Wasser, das ihr einer der Männer in den Mund kippte. Die anderen lachten. »Jetzt können wir es dir verraten: Wir sind in Frankreich und nähern uns der Endstation.« In Frankreich? Endstation? Sie ahnte, dass weitere Fragen von ihr erwartet wurden, aber der letzte Rest an Würde schien ihr darin zu liegen, sie nicht zu stellen. Sie riss sich zusammen. »Gibt es hier irgendwo sauberes Wasser?«

»Du stinkst so lange, wie wir es wollen! Damit du uns nicht krepierst, geben wir dir freundlicherweise was zu fressen.« Man schob ihr ein Blechgefäß hin. Sie zögerte für einen Moment, aber es wäre töricht, ihre Widerstandsfähigkeit zu schwächen, indem sie nichts aß. Was man in ihre Hände drückte, war nicht einmal so übel: trockenes Brot, ein Apfel, etwas Käse, ein Stück Wurst und ein Krug mit Wein. Danach ließ sie sich widerstandslos in ihre Kiste zurückverfrachten. Sie roch Wald, und die Luft schmeckte rein.

17

Paris,
17. März 1871

Die Luft knisterte in Belleville, und in Albert Lauterjungs Mund breitete sich ein herrliches Aroma aus. Louis, der Bäckergeselle, der neben Hortense' Haus wohnte, hatte ihm ein frisch gebackenes Weißbrot und ein Stück Ziegenkäse in die Hand gedrückt. Das warme Brot ließ den Käse nach Wiesen und Blumen duften. Albert schloss genießerisch die Augen, knabberte langsam an dem Leckerbissen und ließ jedes Stück auf der Zunge schmelzen, bevor er es schluckte.

Befreit vom Krieg, aber noch nicht erlöst von seinen Alpträumen, schlenderte er durch Belleville. Die Frühlingssonne lockte die Menschen auf die Straßen. Winter und Krieg schienen zur selben Zeit überwunden. Die Deutschen hatten die Eisenbahnlinien zerstört oder besetzt, aber Fuhrwerke vom Land durften die Zollhäuser passieren. Dennoch trafen nur wenige ein, denn die feindliche Armee hatte die Speicher und Ställe in der Provinz geplündert. Paris wurde immer noch nicht ausreichend versorgt, erst seit kurzem kamen wieder Lebensmittel in die Stadt: Milch, Eier, Mehl, alles zu horrenden Preisen. Sobald der Frühling da wäre, würden auch Obst und Gemüse dabei sein. Richtiges Fleisch konnte sich nur das Pariser Großbürgertum im Westen der Stadt leisten, jenseits des Boulevard Haussmann, dessen Namensträger, der frühere Präfekt von Paris, die städtische Welt vor einigen Jahren auch topografisch in Arm und Reich geteilt hatte.

Das letzte Stück Käse wurde weich von der Wärme des Brots. Albert stopfte sich den Mund so voll, dass er sich beinahe verschluckte. Sein Blick fiel auf ein Plakat an der Hauswand neben dem Schuster an der Ecke, dort, wo die Rue des Cendriers auf den Boulevard de Ménilmontant stieß, nicht weit von der kleinen Straße, der Rue des Mûriers, wo Hortense lebte.

Er las, dass die Regierung die Kanonen zurückforderte. Sie seien »dem Staat geraubt« worden. Dem Staat geraubt? Die

Menschen in den ärmsten Stadtteilen von Paris hatten ihr Geld zusammengekratzt, um sich gegen die Deutschen zu bewaffnen. »Die Kanonen«, proklamierte die Nationalversammlung, die nach Bordeaux geflüchtet war, »bedrohen nur euch selbst.« Wie das, dachte Albert, wo die Geschütze doch in unserer Gewalt sind? Zum ersten Mal dachte er »uns«. Verbrecher seien diejenigen, »die auf den Krieg mit einer fremden Macht den Bürgerkrieg folgen lassen« wollten. Wer erklärt hier wem den Krieg? Doch ihr uns! Er schluckte den Käse hinunter. Auch die Barrikaden, die gegen die Deutschen gebaut worden waren, störten nun die französische Regierung: Diese »lächerlichen Verschanzungen, die nur den Verkehr aufhalten«, wolle man beseitigen. Wie alle Regierungen appellierte auch diese erst einmal an den gesunden »Menschenverstand« und die »Vaterlandsliebe«, bevor sie mit Gewalt drohte. Worauf lief das hinaus? »Dann werdet ihr es billigen, wenn wir zur Gewalt greifen, denn um jeden Preis und ohne dass ein Tag verstreicht, muss die Ordnung, die Vorbedingung eures Wohlergehens, vollkommen, unmittelbar und unabänderlich wiederhergestellt werden.«

Diese Art Ordnung ist immer nur die Vorbedingung *eures* Wohlergehens, dachte Albert. Das Plakat war eine reine Kriegserklärung. Hortense war die ganze Nacht fortgeblieben und völlig erschöpft nach Hause gekommen. »Die Kanonen sollen auf die Hügel des Montmartre«, hatte Hortense am Morgen gesagt. »Haben wir keine Pferde, dann schieben wir sie eben.« Oben auf den Hügeln, an der nördlichen Stadtgrenze von Paris, waren die Kanonen sicher. In diesem Moment beschloss Albert Lauterjung, seinen neuen Freunden zu helfen, die Kanonen der Nationalgarde in Sicherheit zu bringen.

Wenig später bereute Albert sein Versprechen zwar nicht, aber er fluchte unter dem Gewicht einer der Kanonen. »Warum musstet ihr auch alle Pferde auffressen!« Er schwitzte und verdächtigte den Schreiner neben sich, ihn das meiste Gewicht den Hang hinaufstemmen zu lassen. Die Eisenbeschläge unter den Rädern der Kanone knirschten auf dem Dreck der Pflastersteine von Montmartre.

»Glaubt ihr wirklich, dass sie heute Nacht kommen? Die wären doch verrückt!«, fragte er keuchend.

»Die Kanonen können nicht im Westen bleiben. Wir haben sie bezahlt, und wir schützen sie. Sonst verfällt noch einer auf die Idee und richtet sie gegen uns.« Der Sprecher schnaufte im Dunkeln. Den Rest des steilen Weges über schwiegen alle.

Auf der Anhöhe von Montmartre schließlich fielen sie sich erleichtert in die Arme. Sie stellten die Kanonen an den Rand des Plateaus. Von hier oben sah Albert Paris in mattem Licht. Unter aufgerissenen schwarzen Wolken erhellte der Mond die Konturen der Stadt.

Albert, von einigen Dutzend Fremden umarmt und von Hortense geküsst, zog nass geschwitzt und strahlender Laune den unbebauten Berg hinab, bis zur Rue de Rochechouart, von wo er den Weg über die nördliche Brücke über den Kanal und zum Boulevard de la Villette fand. Er war glücklich. Die Arbeit der vergangenen Nacht hatte ihm einen Boden unter seine Füße gebaut. Er besuchte ein Café und noch eines, diskutierte, stritt und lachte, als hätte er sein ganzes Leben hier gelebt.

»Prost, Heinrich!« Albert hob sein Glas mit Absinth.

»Prost, Heinrich!«, antworteten ein paar fröhliche Männer an der Theke.

Einige Stunden später stand er wieder vor dem kleinen Schusterladen an der Ecke der Rue des Cendriers. Diesmal stand die Tür der Werkstatt offen. Eine Frauenstimme, die ein seltsames Französisch sprach, drang heraus. Kein Französisch, wie das von Hortense oder Louis oder den anderen. Hochgestochener. Was machte eine Frau aus der französischen Oberschicht bei einem Schuster in Belleville? Die Stimme klang außerdem sehr jung, ein bisschen arrogant und ebenso hilflos. Mein Gürtel braucht ein neues Loch, überlegte er sich und stieg die Treppen hinab in den Laden.

Weder Wortwahl noch Betonung passten zu ihrer schäbigen Erscheinung. Ihre rotblonden Haare waren zu einem Zopf geflochten und mit einer Schnur verknotet. Über einem schmutzigen Kleid trug die junge Frau abgewetzte Leinentücher, welche die Risse im Oberteil des Kleides verbergen sollten und die Fremde wohl auch wärmten. An einem Fuß steckte ein Schuh, der in Schlamm getränkt worden zu sein schien. Rasch zog sie den zweiten, nackten Fuß unter den Rock zurück. Der Schuster Émile Goncourt, ein Freund Hortense', hielt den anderen Schuh der Frau in der Hand und erklärte seiner Kundin geduldig, dass er schon viele Ruinen zum Leben erweckt habe, aber diese überträfe alles Dagewesene. Émile lächelte, als er Albert sah. »Na, mein deutscher Freund, habt ihr es geschafft? Sind sie alle oben?«

»Ja«, antwortete Albert, »wir haben sie alle auf den verdammten Berg hinaufgeschafft.«

»Wunderbar! Einen Moment, Mademoiselle, das muss ich meiner Frau erzählen. Und dann sehe ich gleich hinten nach, ob ich Ihnen helfen kann.«

Die Frau in der zerlumpten Kleidung drehte sich zu Albert um. Was für ein Anblick!, dachte Albert. Grüne Augen, blasse Haut, ein ovales Gesicht und eine Beule auf der Stirn. Ihre Locken leuchteten trotz des Schmutzes. Ihr Mund war weich und müde. Ihn traf fast der Schlag, als sie ihn auf Deutsch ansprach.

»Monsieur, Sie sind Preuße? Bitte, helfen Sie mir … Es ist eine lange Geschichte.« Sie atmete tief durch. »Ich bin gerade erst in die Stadt gekommen, meine Füße sind wund, ich habe furchtbaren Hunger und kein Geld für den Schuh. Ich suche ein Zimmer und vielleicht … Arbeit.«

Ihre Hand war klein, blass, ganz ohne Schwielen, aber voller Kratzer. Albert Lauterjung stellte sich vor.

»Und ich heiße Gertrud Elisabeth … Blumenstein.« Gertrud sah ein braun gebranntes Gesicht, graue, neugierige Augen, einen ziemlich frechen Mund, etwas verstrubbeltes, lange nicht mehr geschnittenes hellbraunes Haar, ein ehemals weißes, locker fallendes Hemd, blaue Hosen und eine Leinenweste. Er war etwas größer als sie, breiter und schwerer. Einen kurzen Augenblick lang erinnerte er sie an jemanden.

Der Schuster kam zurück. »Habt ihr Preußen jetzt vor, die Stadt heimlich zu unterwandern?« Er lachte laut und gutmütig über seinen Witz. Gertrud zuckte zusammen. War es nicht gefährlich, dass man nun wusste, dass sie Deutsche war? Der Schuster Émile Goncourt hielt ein paar Schnürstiefel in der Hand, schwarz, etwas abgetragen, mit langen braunen Schuhbändern. »Hier, Mademoiselle, die sind von meiner Frau, ein bisschen zu groß vielleicht, aber schnürt Sie einfach fest zu.«

Gertrud nahm sie, drehte sich von Albert weg und zog, verborgen unter ihrem Rock, die neuen alten Schuhe an.

»Ich kann nichts bezahlen …«

»Sie können gelegentlich vorbeikommen und meiner Frau beim Saubermachen der Werkstatt helfen.«

»Putzen.« Gertrud schluckte. »Ja, gut.«

Albert sah sie erstaunt an. Der jungen Frau ging es nicht gut. Sie schien verwirrt.

»Bring sie zu Hortense«, sagte Émile, »der fällt immer etwas ein.«

»Kommen Sie«, sagte Albert. Sie zuckte zusammen, als er ihren Arm nahm. Er ließ los, und sie folgte ihm unsicher auf die Straße, sie hatte keine andere Wahl.

Einige Minuten ging sie schweigend neben ihm her. »Darf ich Sie etwas fragen?«

»Wieso fragen Sie, ob Sie fragen dürfen? Fragen Sie doch einfach.«

»Ich dachte, die Deutschen sind in der Stadt. Ich bin überall umhergelaufen und …«

Albert unterbrach sie: »Dem Himmel sei Dank nicht mehr!«

»Oh.« Sie schwieg. »Warum sagen Sie so etwas über Ihre eigenen Landsleute?«

»Meine Leute sind überall. Egal, welcher Nation. Was wollen Sie von den Deutschen?«

»Nichts.« Sie suchte nach einer harmlosen Erklärung. »Ich suche Verwandte. Die habe ich verpasst, offensichtlich. Wissen Sie ein Zimmer in einem anständigen Haus?«

»Haben Sie Angst, dass ich Ihnen ein Bordell empfehle?« Amüsiert sah er, wie sie errötete und Zorn in ihre Augen stieg. Wieder passte ihre Wortwahl nicht zu ihrer Kleidung: »Ich bin in einer ziemlich prekären Situation, mein Herr.«

Albert verbeugte sich feierlich. Zwei Kinder, die vorbeigingen, kicherten. Er zwinkerte ihnen zu und hielt eine kleine Ansprache: »Jetzt redet das Fräulein Gertrud Elisabeth Blumenstein wie eine feine Dame.«

»Ich bin …«

»Ja?«

Sie sah erschöpft aus. »Ich bin wirklich in einer fürchterlichen Situation. Müde, hungrig und ziemlich schmutzig, Sie sehen ja.«

Er empfand Mitleid. »Hortense wird Rat wissen, vielleicht gibt sie Ihnen das Zimmer ihrer Tochter.«

Gertrud stolperte hinter ihm her, bis er schließlich langsamer lief. Ihre neuen Schuhe schlappten. Sie hielt sich sehr gerade, klammerte die Finger in ihre Rockfetzen und versuchte, Pferdeäpfeln, alten Körben, Gemüseschalen und derjenigen Sorte von Abfall auszuweichen, die sie sich lieber nicht genauer ansehen wollte. Aus einem der Häuser roch es nach Fett, Kohl und Zwiebeln. Hunger schwächte ihren Gleichgewichtssinn. Gertrud schämte sich für ihren Zustand. Der fremde Retter, mit dem sie nichts verband als das Deutsche Reich, drehte sich nach ihr um, freundlich und ein wenig ungeduldig. Das Licht fiel auf sein Gesicht, und wieder glaubte sie, ihn schon einmal gesehen zu haben. Albert ging schneller. Sie folgte ihm wie ein verlorenes Schaf einem erfahrenen Hütehund.

Hortense Ducroix stand vor ihrer Tür und diskutierte mit Louis Goncourt und einigen Nachbarn über die Kanonen und darüber, wie sie ihre Waffen verteidigen würden. Die Nationalversammlung hatte ihren Sitz von Bordeaux verlegt, aber nicht zurück in die Hauptstadt, wie es sich gehörte. Die feige Bagage hatte Angst vor den aufsässigen Parisern. Nach Versailles waren sie geflohen! Wer konnte ein solches Parlament respektieren? Hortense geriet in Fahrt und holte gerade weit mit ihren Armen aus, als sie ihren Untermieter und neben ihm eine heruntergekommene junge Frau entdeckte. Hatte er das nötig? Auch Louis und die Nachbarn gafften Alberts Begleiterin an.

»Schau, Hortense, was ich hier gefunden habe! Kannst du ihr die andere Kammer vermieten?«

Hortense wollte einen Scherz über Alberts vermeintliche Liebschaft machen, stockte aber, noch bevor sie zu lästern begonnen hatte, und betrachtete die struppige Fremde. Ihr Eindruck war widersprüchlich. Bei diesem Mädchen war irgendetwas anders. Wie konnte eine, die so offensichtlich auf die Hilfe ihrer Mitmenschen angewiesen war, gleichzeitig so hochnäsig und so ängstlich aussehen? Abgerissen, hübsch, lässt sich von einem Mann mitnehmen und ist dann noch eingebildet. »Du bist sicher, dass sie ein Extrazimmer will?«, fragte Hortense.

Gertrud verstand die Anspielung nicht sofort. Als sie empört Luft holte, um Hortense in ihre Schranken zu weisen, scherzte Albert: »Sie sieht ein bisschen drollig aus. Ich zahle ihre Miete, bis sie Arbeit gefunden hat.«

Madame Ducroix zog eine Augenbraue hoch und stemmte die Hände in die Hüften: »Miete? Du? Wovon? Was für eine Arbeit? Hat sie nicht schon bei dir Arbeit gefunden?« Sie wusste, dass diese merkwürdige Frau sofort wieder wütend werden würde. Dann grinste sie und hob beschwichtigend die Hände. »Dann wollen wir mal sehen. Du reparierst mir das Dach.« Albert sah zum Dach hoch, seufzte und nickte.

Gertruds Magen knurrte, und sie fühlte sich schwach. Andauernd verhandelte man über sie. Erst ihr Vater mit dem Herzog. Dann ihre Entführer, über ihren Kopf hinweg. Nun mischte sich eine mollige Braungelockte mit einem frechen Maul in ihr Leben ein und verhandelte mit einem Mann, von dem sie sich hatte aufgabeln lassen, und alle Nachbarn stierten sie neugierig an. Aber sie war so müde. Gertrud lehnte sich an die Hauswand.

»Da hast du ja einen feinen Fang gemacht.« Hortense' Spott wollte nicht enden.

Gertrud protestierte schwach. »Ich bin kein Fang und …«

Ich hätte sie beim Schuster lassen sollen, dachte Albert. Sie ist ganz schön zickig. Aber sie hat wirklich schöne Augen, ein bisschen müde, ein bisschen aufsässig. Die letzten so grünen Augen habe ich auf einer sächsischen Landstraße gesehen …

»Komm, ich zeig dir dein Zimmer«, sagte Hortense.

Warum duzt sie mich?, dachte Gertrud. Egal, sie bekam ein

Bett. Wartet nur, bis ich ausgeschlafen habe und weiß, wo meine Leute sind.

Hortense führte Gertrud in eine winzige Kammer mit einem alten, weiß gestrichenen, schmalen Bett, einem wackeligen Tisch, auf dem ein Buch und eine Kerze Platz hatten, einem Stuhl, einem winzigen Waschtisch mit Emailleschüssel, einem halbblinden Spiegel und einer Wandnische mit zwei Haken. Ein hohes einflügeliges Fenster ließ Licht herein. Gertrud warf einen Blick hinaus auf einen winzigen Hinterhof mit Büschen, einem Baum und lärmenden Vögeln. Irgendwer zeterte im Hinterhof wegen Wäsche, die gestohlen worden sein sollte.

»Kostet fünf Francs im Monat.« Hortense wandte sich ihrem Untermieter zu, der im Türrahmen lehnte. »Das Äquivalent von drei Ragouts.« Gertrud wollte nicht wissen, warum sich die beiden vor Lachen schüttelten. Hortense sah sie an. »Das ist günstig. Im *Grand Hôtel* zahlst du mindestens vier Francs am Tag, kannst aber bis zu zwanzig Francs loswerden. Dafür hast du einen Aufzug, Reinigung, Heizung und volle Verpflegung. Bei mir ist es billiger. Saubermachen musst du selbst. Geheizt wird nur in der Küche. Für volle Verpflegung habe ich keine Zeit. Einen Aufzug kann ich Mademoiselle auch nicht bieten.«

Gertrud wusste nicht, was sie antworten sollte. Woher soll ich das Geld für die Miete bekommen? Und für die Fahrkarte? Die Deutschen waren fort. Sie konnte die Eisenbahn nehmen. Sie würde arbeiten müssen. Vielleicht ließ man sie Blumen pflegen, Kranke besuchen, ein wenig malen. Sie wollte nur schlafen.

Hortense schnüffelte. »Mademoiselle Blumenstein, du riechst nicht gut.«

Gertrud zuckte zusammen. Empört wollte sie dieser Fremden über den Mund fahren. Aber sie brauchte das Bett, ein Dach, etwas zu essen. Unangenehm berührt stellte sie fest, dass ihre neue Wirtin recht hatte. Sie stank.

»Ich lass dir ein Bad ein. Komm in einer halben Stunde in die Küche. Raus hier, Albert. Lassen wir sie allein.«

Gertrud setzte sich auf das Bett. Wie kam sie nur heil aus dieser Stadt heraus, bevor irgendjemand erfuhr, wer sie war? Wenige

Minuten später klopfte es. Hortense schob sich in die Kammer. »Meine Tochter Michelle, eine fürchterliche Ziege, zänkisch und dumm, lebt auf dem Land mit meinem nichtswürdigen, hohlköpfigen Schwiegersohn. Ein Royalist! Und so etwas passiert mir! Aber Michelles Kleider müssten dir passen.«

Gertrud sah Hortense an, die prallen Hüften, muskulöse Oberarme, die Zahnlücke im breiten Grinsen, die verschwitzte Stirn und kluge, spöttische braune Augen. Sie würde Hilfe brauchen, warum nicht von ihr? Für einen kurzen Moment lächelten sich die beiden Frauen an. Kleider wie die, die Hortense ihr hinhielt, hätte Gertrud in Langenorla nicht einmal an Frauen aus dem Dorf verschenkt. Eines geblümt, das andere dienstmädchenstreifig, aus grober, rauer Baumwolle, aber immerhin ohne Risse, gewaschen und gebügelt.

Unten in der Küche schleifte Hortense eine Zinkwanne auf die Steinfliesen und setzte mehrere Kessel und Töpfe mit Wasser auf den schwarzen Herd. Sie schob Gertrud einen Kanten Brot und ein Stück Käse zu und beobachtete, wie diese beides verschlang. Man konnte meinen, Mademoiselle Blumenstein habe die Belagerung von Paris selbst erlebt.

»Hortense, wie …«

Wortlos knallte Hortense Albert die Tür vor die Nase. Gertrud lachte fröhlich.

»Sieh an, das kannst du auch«, sagte Hortense zufrieden.

Ein Paravent aus mehreren an einer Leine aufgehängten alten Gardinen schützte Gertrud vor Blicken von der Straße. Ihr Verlangen nach Wasser und Seife war so stark, dass sie sich auszog und die abschätzenden Blicke der Frau in Kauf nahm. Das warme Wasser, in dem sie bis zum Kinn versank, milderte die vergangenen Demütigungen.

Hortense nahm einen Schwamm und eine Bürste und schrubbte Gertruds Rücken, bis die keine Haut mehr zu haben schien. »Hab ich bei meiner Tochter auch immer gemacht.« Sie sah Tränen in den Augen der Fremden. »Niemand wird dich stören«, sagte sie weich und ließ sie allein.

Auf der anderen Seite des Vorhangs begann Hortense, die

Marseillaise zu pfeifen und mit Töpfen und Tellern zu scheppern.
»Weiß oder rot?«
»Wie bitte?«
»Weiß oder rot?«
»Ich weiß nicht, was Sie meinen.«
»Der Wein, Dummchen.«
»Oh, Wein. Am Mittag?«
»Also rot. Lass dir nur Zeit.«

Gertrud hielt sich die Nase zu, tauchte unter und wieder auf, ließ den Schwamm volllaufen, presste kleine Wasserfälle über Gesicht und Bauch und stand erst auf, als ihre Finger schrumpelig waren. Das Wasser schwappte. »Haben Sie bitte ein Handtuch?«

Hortense grummelte etwas Unverständliches, trat, einen großen Tonkrug in der Hand, heran und kippte ihn gemächlich über Gertruds Körper aus. Das Wasser war eiskalt. Gertrud schnappte nach Luft.

»Ihr Deutschen habt sonderbare Vorstellungen von Sauberkeit«, sagte Hortense und hielt Gertrud ein altes Laken hin. »Das sind unsere Handtücher.«

Die fremden Kleider lagen auf ihrem Bett. Sie trocknete sich ab. Dabei fiel das Handtuch zu Boden, und als sie es aufhob, entdeckte sie sich in dem Spiegel, der von ihren Füßen bis über ihren Kopf reichte. In Langenorla gab es nirgendwo im Schloss einen Spiegel, in dem sie sich ganz betrachten konnte. Nackte Menschen, die sich selbst ansahen, kamen nicht einmal in den verbotenen Romanen vor, die ihre Mutter zwischen der Unterwäsche versteckte. Der Spiegel im Schlafzimmer ihrer Eltern zeigte ihre Brüste nur, wenn sie sich auf einen kleinen Hocker stellte.

Sie hatte noch nie einen Menschen völlig nackt gesehen und sah nun sich, ohne Maßstab, ohne Vergleich. Sie war neugierig und konnte sich nicht beurteilen. Die Brüste waren vielleicht zu klein oder doch zu groß? Immerhin störten sie nicht beim Reiten. War ihr Hintern rund oder zu dick? Die Beine. Vielleicht ein bisschen dünn, aber immerhin nicht plump. Sie drückte die Feuchtigkeit aus ihren Haaren in ein Tuch und flocht diese im Nacken zu einem Zopf. Dabei starrte sie sich im Spiegel an wie eine Fremde, wohlwollend und neugierig. Eine Fremde in einem fremden Land, in einer fremden Stadt und unter falschem Namen.

Später saß die frisch gewaschene Gertrud Elisabeth Blumenstein mit einer fröhlichen Hortense Ducroix und einem neugierigen Albert Lauterjung bei einem für Pariser Verhältnisse üppigen Mittagessen: Kartoffeln, ein wenig altes Wintergemüse und ein paar undefinierbare kleine Fleischstückchen, von denen Hortense behauptete, es sei Rattenfleisch, um sich angesichts von Mademoiselle Blumensteins Gesichtsausdruck jedoch schnell zu korrigieren, bevor sich der neue Gast noch übergab. So log sie, es handele sich um Schwein. Tatsächlich hatte sie mürbes, gut abgehangenes Pferdefleisch gebraten.

Ich trinke Wein wie all die lasterhaften Franzosen, vor denen Vater mich immer gewarnt hat, dachte Gertrud. Roten Wein schon am Nachmittag! Sie stank nicht mehr, sie besaß ein Zimmer mit einem richtigen Bett und sauberer Bettwäsche, eine Wirtin, einen Mitbewohner, der ihr ins Gesicht grinste, zwei neue Kleider und ein Paar Schuhe, wenn auch etwas zu große. Da drohte noch die Verpflichtung, im Schusterladen putzen zu müssen. Trotz allem waren das bessere Perspektiven als noch drei Tage zuvor, als sie weinend und gedemütigt in jener Kiste nördlich von Paris aufgewacht war.

»Noch etwas Wein?«, fragte Hortense, die einen Schatten über das Gesicht ihres Gastes fliegen sah. Gedankenverloren hielt Gertrud ihr Glas hin. Sie war satt, ihre Haut warm, der Alkohol stieg ihr zu Kopf.

»Woher kommst du?« Hortense hatte lange genug gewartet.

Gertrud hatte sich ihre Legende beim Anziehen zurechtgelegt. »Ich war Dienstmädchen bei einer deutschen Familie in … Montparnasse. War gerade erst angekommen, vor nicht mehr als drei Wochen. Sie haben mich sehr schlecht behandelt.« Es fiel ihr leicht, zu lügen. »Sie sind nach Deutschland zurückgefahren, ohne mich mitzunehmen, und ich habe kein Geld.«

»Armes Kind.« Hortense war gerührt. Schicksale gab es, wirklich ergreifend.

»Ich hoffte auf die Deutschen – Entschuldigung! Vielleicht würde ich jemanden kennen, der mich mit zurücknehmen kann …«

»Hat Ihnen denn niemand gesagt, dass die Deutschen Paris seit zwei Wochen wieder verlassen haben?« Albert fand die Geschichte nicht überzeugend.

Hortense tätschelte Mademoiselle Blumensteins Arm. »Das verstehen wir schon! Jetzt werden Sie arbeiten müssen, bis Sie sich eine Fahrkarte leisten können.« Sie steckte sich eine Zigarre an. Gertrud starrte sie mit offenem Mund an.

»Schöne Zähne, wirklich schöne Zähne.« Hortense stupste ihrer neuen Untermieterin mit dem Zeigefinger sanft unters Kinn.

»Sie rauchen!«

Hortense lachte. »Nicht dumm, die Kleine.«

»Wo ist Monsieur Ducroix?«

»Lange tot. Netter Mann, nicht sehr treu, aber gerade ich darf ihm das nicht übelnehmen.« Sie füllte den Weinkrug auf. »Die Verräter von Bordeaux haben uns den Krieg erklärt. Erst die Deutschen …«, und mit einem Blick auf Albert, »'tschuldige. Tag für Tag Dekrete wie Keulenschläge. Alle Mieten sollen nachgezahlt werden. Eine Nationalversammlung voller Hausbesitzer und anderem Pack.«

»Warum zahlen die Leute denn keine Miete?«, fragte Gertrud.

Hortense schüttelte den Kopf. »Meine Güte, wo warst du denn eingesperrt? Weil sie kein Geld haben, Dummchen.«

Es missfiel Gertrud, für dumm gehalten zu werden. Besser, sie hielt den Mund, bis sie sich auskannte.

Hortense fuhr fort: »Wie sollen die Leute Geld verdienen, wenn überall Krieg ist? Wenn die Stadt von den Deutschen belagert wird?« Der Hinweis war Gertrud peinlich, darauf hätte sie auch selbst kommen können.

»Dasselbe mit den Wechselschulden. Und dann haben sie den Sold der Nationalgarde gestrichen. Sie stehen in Uniform, und man muss sie bezahlen!« Hortense nahm einen großen Schluck, knallte das Glas auf den Tisch und zog an ihrer Zigarre. »Und republikanische Zeitungen haben sie verboten. Im Schatten der Deutschen – pardon! – wollen sie die Niederlage draußen zu einem Sieg drinnen machen.«

Gertrud hatte noch nie eine Frau so über Politik reden hören. »Und das Allerbrutalste: Da haben sie der Nationalgarde auch noch einen bonapartistischen General vor die Nase gesetzt. Diese verdammten Kapitulanten! Diese ... diese verfluchte Nationalversammlung legt sich in Versailles ins warme Bett der Deutschen. Kennt ihr«, Hortense rülpste, »eine Hauptstadt irgendwo auf der Welt, die von der eigenen Regierung gemieden wird, als herrschte dort die Lepra?«

Albert antwortete schnell: »Berlin.«

Hortense stutzte. »Da hat er recht. Euer komischer Kaiser will in Potsdam seine Ruhe haben, vor den Arbeitern und dem Parlament. Ist doch überall dasselbe.« Sie gähnte und zeigte einen Riesenschlund mit einigen Zahnlücken. »Was sind sie sich oben doch alle ähnlich! Müssen nur noch wir uns ähnlich werden. Scheiße, ich bin müde.« Hortense stützte sich schwer auf den Tisch. »Gute Nacht.« Sie schlurfte aus der Küche. In der Tür drehte sie sich noch einmal um. »Dieser verfluchte Knecht Thiers, die Ratte, ist vorgestern in unserem Paris eingetroffen, um Ordnung zu schaffen. Ordnung ... seine Ordnung! Wir müssen aufpassen.« Hortense schlug die Tür hinter sich zu. »Und ihr benehmt euch in meinem Haus!« Kichernd schlurfte sie den kleinen Flur entlang.

Diese Augen, und wie sie den Kopf hält! Nichts passte bei ihr zusammen, und das auf reizvolle Weise.

»Fräulein Blumenstein, Sie sind bezaubernd.« Sie sprachen jetzt beide deutsch.

Ihr Vater würde sie am Arm hier herauszerren, aber er war nicht da. Er war wahrscheinlich mit einer Beule und einem Sack Verzweiflung in Langenorla und zog alle Fäden, um seine Tochter zu finden. Sicher würde in einigen Tagen die Post wieder funktionieren. Transportierten die Franzosen private Briefe nach Deutschland?

»Danke, ein halbes Glas genügt, sonst bin ich beschwipst. Wo kommen Sie her?«

»Aus Solingen.«

»Und was machen Sie in Paris?«

»Bin schon vor dem Krieg hergekommen ...«

»Hortense hat mir erzählt, dass Sie erst seit sechs Wochen bei ihr wohnen.«

»Ich bin seit einigen Monaten in Frankreich.«

»Haben Sie gegen die Deutschen gekämpft?«

Er dachte an Solingen. »Ja. Nein. Nein, ich war nicht im Krieg.«

»Warum?«

»Ich mag Deutschland nicht. Das Leben dort ist eng und stickig.«

»Das Leben dort … o ja, eng und stickig.« Sie verstand kein Wort. »Hier finden Sie es besser?«

»Kennen Sie in Deutschland nur eine Stadt, wo die Menschen auf der Straße miteinander über Politik streiten?«

Ein Roter, ein Sozi. Vor solchen Personen hatte sie ihr Vater stets gewarnt.

»Warum sehen Sie mich so an?«

Gertrud war der Wein zu Kopf gestiegen. »Sie sind ein … ein Sosssialdemokrat.«

»Wie nett Sie das aussprechen!«

»Sosssialdemokraten zerstören … die Ordnung.«

Gertruds Kopf sackte auf ihre Arme.

Albert stupste sie am Arm.

»Schöne Fremde, nicht einschlafen. Wie unhöflich, mitten in einer Konversation.«

Albert streichelte Gertrud übers Haar und stand auf. »Komm, meine Schöne.« Er bückte sich, hob sie hoch und trug sie in ihr Zimmer, zog ihr die Schuhe aus, legte eine Decke über sie und öffnete das Fenster einen Spaltbreit.

18

Paris,
18. März 1871, frühmorgens

»Schnell, schnell, Gertrud, komm!«

Es war finster wie in jener grauenhaften Kiste. Aber sie lag warm unter einem Federbett und konnte ihre Beine ausstrecken. Jemand klopfte hart an die Tür. Sie erschrak und erinnerte sich rasch: Sie lag in einem Bett, nicht in einer Kiste. In einem kleinen Raum. Ein schmales Fenster stand offen. Sie trug fremde Kleider, aus kräftigem Stoff. »Was ist passiert?«, fragte sie, und eine wenig vertraute Frauenstimme behauptete, dass man die Kanonen beschützen müsse und von ihr erwarte, dass sie helfe. Sie wollte schlafen, nur schlafen. Was habe ich mit euren Kanonen zu tun?, schimpfte sie in ihr Kissen. Als könnte sie Gedanken lesen, drohte ihre neue Wirtin durch die Tür: »Ganz Paris kämpft um diese Kanonen, und wenn du uns nicht hilfst, verzichte ich gern auf die lächerliche Miete und auch auf die preußische Mademoiselle.«

Gertrud sprang aus dem Bett und öffnete die Tür.

»Na bitte«, blaffte Hortense.

Albert rief aus der Küche: »Ist sie endlich fertig?«

Hortense schlang sich ein Wolltuch um den Hals und knöpfte einen schweren, abgetragenen Uniformmantel zu. Sie warf Gertrud ein undefinierbares Kleidungsstück hin. »Ein Wunder, dass ihr Deutschen den Krieg gewonnen habt. Der eine ist schneller als ich und will nicht in sein Land zurück, und die andere weiß nichts von unseren Kanonen und schläft von einem Tropfen Wein ein.«

Lauter Verrückte, dachte Gertrud, band eine Kordel um eine blaue Männerjacke, zog sich zwei Paar Socken an, dann die neuen Schuhe und schlang sich ein grünes Tuch um den Kopf. Immer noch besser als zurück in jene Kiste. Unter dem Petroleumlicht in Hortense' Küche sah sie leichte Verwunderung in Alberts Augen. Hortense polterte aus dem Haus, und die beiden folgten ihr. Draußen warteten Louis, Émile, der Schuster, seine Frau Claire und eine Reihe weiterer Nachbarn.

»Wie spät ist es?« Gertrud fröstelte.

Albert sah zum Himmel. »Die Sonne geht bald auf.«

Sie fügten sich in die Menge ein, wie Tropfen, die sich schließlich in einen Fluss ergossen. Der Strom nahm sie mit, trug sie aus Belleville hinaus, über den Kanal, hinauf in den Norden von Paris, nach Montmartre, das wie Belleville erst seit rund zehn Jahren eingemeindet war. Die Menschen waren erregt; je näher sie ihrem Ziel kamen, desto rascher gingen sie. Alle schienen zu wissen, worum es sich handelte.

»Die Regierungstruppen haben auf dem Montmartre die Kanonen in Beschlag genommen. Und wir holen sie uns zurück.«

»*Was* tun wir?«

Hortense schüttelte den Kopf über so viel Unwissenheit. »Du hast lange genug geschlafen. Wir holen die Kanonen zurück, die die Versailler Truppen der Pariser Nationalgarde stehlen wollen.«

»Kanonen?« Sie konnte es nicht glauben.

»Wir befreien sie aus der Hand der Regierungstruppen.«

Gertrud erschrak. Truppen hatten Gewehre! Sie sah sich um. Kaum ernstzunehmende Waffen. Ein uraltes Gewehr. Holzknüppel. Sonst nur Fäuste und Wut.

»Mein François hat heute Nacht auf dem Heimweg Soldaten gesehen und sich nichts dabei gedacht«, keuchte eine Frau. »Das ganze Zentralkomitee ist einfach schlafen gegangen.«

»Dein Sohn ist ein schlaffer Sack, seitdem ich ihn aus dir rausgeholt habe«, pöbelte Hortense.

»Dabei hast du ihn am Kopf verletzt.« Beide Frauen brüllten vor Lachen. Hortense hatte auf der Strecke einige Male an Fensterläden gebollert, und Freunde und Bekannte geweckt. Niemand fragte lange nach einer Erklärung, bis auf einen, dessen Gesichtszüge so lang und trostlos hinunterhingen wie seine Hose.

»Bertrand, es ist so weit!«

»Die Preußen kommen? Wieder eine Belagerung?«

»Diesmal andersherum: Wir belagern die Versailler.«

Die Gesichtszüge des Mannes sprangen nach oben, als ließe man Gummibänder zurückschnappen. »Ich komme, ich komme«, antwortete er glücklich und verschwand vom Fenster.

»Vergiss deine Hosenträger nicht!«, rief ihm einer hinterher, und wer ihn kannte, johlte.

Der Strom aus Menschen erfasste Häuser und Fenster. Seine Wellen sogen, wenn sie sich zurückzogen, stets neue Menschen aus den Häusern. Die unermüdliche Hortense wieselte zwischen den Leuten herum, bis sie genau Bescheid wusste. Staatspräsident Adolphe Thiers sei in den Regierungsgebäuden am Quai d'Orsay, hieß es, um den Raub der Kanonen und die Entwaffnung der Pariser Nationalgarde zu überwachen, und dann mit der Siegesmeldung nach Versailles zurückzueilen und als Held vor sein ungeduldiges Parlament zu treten.

»Sie kamen angeschlichen wie Diebe in der Nacht, ohne Fahnen, ohne Kapellen, und haben Montmartre überfallen«, erzählte einer.

»Warum?«, fragte Gertrud.

»Da stehen die meisten Kanonen, mehr als zweihundert.«

Andere mischten sich ein. »Aber um die Kanonen standen doch Barrikaden?«

»Niedergerissen. Die Nationalgarde hat sich überrumpeln lassen.«

Menschen kamen herbei. »Sie haben uns in der ganzen Stadt überfallen, bei den Hügeln von Chaumont, in Belleville …«

»Belleville ist stark genug.«

Eine Gruppe von Jugendlichen lief ihnen über den Weg.

»An der Bastille und am Stadthaus sind sie! Sie führen Krieg gegen uns!«

»Wie viele Soldaten sind es insgesamt?«

»Tausende!«

Die Menschen wurden schweigsam. Niemand wusste, was sie oben auf dem Montmartre erwartete. In die allgemeine Sorge hinein schnaufte Hortense, die Mühe hatte, ihren rundlichen Körper bergauf zu tragen: »Wir gehen weiter, nun sind wir schon fast da. – Bonjour, Eugène!«

»Hortense, meine Schöne, ich bin ganz außer Atem. Schaut euch das an! Um sechs Uhr hatten sie alles besetzt. Wir haben nicht aufgepasst. Einen Föderierten haben sie ermordet. Aber so, wie sie den Krieg verloren haben, waren sie heute zu blöd, Pferde mitzunehmen, um die Kanonen abzutransportieren. Da standen die Soldaten herum, um ihre Beute zu bewachen. Sie standen mitten unter uns, und wir wurden immer mehr. Das hat sie von unserer Sache überzeugt.«

Sie gelangten an den Fuß des Hügels. In den kleinen Straßen wimmelte es von Menschen. Schließlich erreichten sie die Anhöhe von Montmartre.

»Verdammter Berg«, ächzte Hortense. Man kam nicht mehr durch. Vor lauter Menschen sah keiner von ihnen auch nur eine einzige Kanone.

Gertrud wurde in das Gedränge gezogen. Die Menschen auf dem Plateau redeten durcheinander, lachten und umarmten sich. Sie schilderten sich Szenen, an denen kaum einer von ihnen teilgenommen hatte. Einige kletterten auf umstehende Bäume. Ein Junge band einen Stock mit einer roten Fahne an einen Baum, wo sie vom morgendlichen Wind erfasst wurde. Gertrud drängte sich neugierig durch die Menschenmassen. Sie hatte Hortense und Albert längst verloren, aber das machte ihr nichts aus. Sie ging, ganz gegen ihre sonstige Gewohnheit, dorthin, wo das dichteste Gedränge herrschte.

Der Feind in der Gestalt junger Soldaten, Bewohnern ländlicher Regionen Frankreichs, denen man gruselige Geschichten über das verkommene, selbstsüchtige Paris erzählt hatte, war besiegt. Längst richteten sie ihre Gewehre zum Boden. Sie ließen sich die derben Witze der Frauen gefallen, von denen sie mit Nahrung versorgt wurden, und verbrüderten sich mit den Nationalgardisten. Die Bedrohung für Paris schien vorbei.

Eine Viertelstunde später stand Gertrud am Rand des Hügels und sah zum ersten Mal in ihrem Leben über Paris, die Stadt, die von ihrer Familie als Sündenpfuhl verachtet wurde. Die Sonne strahlte hell. Sie sah die Mühlen von Galette. Bergab wuchs Wein, darunter lag das enge Gewirr der Gassen, waren die Dächer in der Ebene zu sehen. Die Reihen der Häuser weiteten sich, ließen Raum für die neuen großen Boulevards und für prachtvolle sechsstöckige Häuser. Die Seine zog im Osten, wo die Sonne stand, eine weite Schleife, bevor sie in die Stadt hineinfloss. Die Schatten lagen noch niedrig über den Straßen, die heute noch früher voller Leben waren als an den Tagen, an denen die Kanonenkugeln der deutschen Truppen in der Stadt eingeschlagen waren.

Die kalte Nacht verwandelte sich so eifrig in einen sonnigen Frühlingstag, dass Gertrud den Farbveränderungen zusehen konnte.

Das hier war ein völlig anderes Leben, und niemand hatte sie darauf vorbereitet. Ein Kampf war gewonnen worden, und sie befand sich in jeder Hinsicht auf der falschen Seite. Beim Erbfeind und Pöbel. Albert stand plötzlich neben ihr. Obwohl er jetzt ernst war und nicht frech wie damals auf der Landstraße nach Kahla, wusste sie auf einmal, woher sie ihn kannte. Die Seine, eben noch silbergrau, wechselte ins Silberblaue. Der Fluss durchdrang den Dunst nächtlicher Feuchtigkeit und ließ den Himmel in sich spiegeln.

Neben ihr stand jener Wanderer, der für den Krieg nicht hatte spenden wollen und dessen empörende Sätze sich in ihrem Kopf festgesetzt hatten. Berührt von der Freude der Menschen, angezogen von Albert, hingerissen von den Farben der Stadt, schwieg sie. Man hatte sie wie mit einem Katapult in einen anderen Teil der Welt, in andere Verhältnisse hineingeworfen. Sie sah die aufständische Stadt und den Himmel, und es war, als blieben die Wolken stehen.

Albert begann, ihre unausgesprochenen Fragen zu beantworten: rechts die Tuilerien, das Schloss, der Park. Links, etwas kleiner, doch immer noch pompös genug, um herauszuragen, das Stadthaus, ein Renaissancebau an der Seine.

»Wenn wir das heute Abend besetzt haben, haben wir gewonnen«, sagte er. *Wir.*

Unten, in den Gassen von Montmartre, sahen sie kleine Gestalten hin und her eilen und konnten zusehen, wie Straßensperren wuchsen. »Bei uns in Altenburg hätten solche Barrikaden 1848 nicht lange gehalten.«

»Das Fräulein Blumenstein versteht etwas vom Barrikadenbau?«

Dieses Großmaul kam sich ganz schön schlau vor. »Man kämpfte gegen mehr als dreißigtausend Arbeiter und Bauern, die vom Land gekommen waren, um den Aufstand zu unterstützen. Das war natürlich ein Problem ...«

»*Gegen* dreißigtausend Männer?«

Ihr wurde mulmig. Sie würde sich noch verraten, inmitten eines Aufstandes würde sie sich verplappern wie ein dummes Huhn. Dann kam die Guillotine und ... Ihr Verstand arbeitete sekundenschnell. »Nein, mit ihnen«, sagte sie hastig, »glücklicherweise haben die Barrikaden gehalten und die Aufständischen gewonnen, aber nicht lange.«

»Ich will den Sieg genießen. Hab keine Lust, an Deutschland zu denken, das verdirbt alles. Bis später.« Albert ging davon.

Was würden diese Menschen mit ihr anstellen, wenn sie wüssten, wer sie war? Eine Preußin. Eine Adlige. Eine, die den Krieg und die Belagerung von Paris begeistert begrüßt hatte. Eine, welche die militärische Einnahme der Stadt gutgeheißen hatte.

Doch ihre Neugier übertraf die Furcht vor der Entdeckung. Sie sah Menschen, wie sie noch nie gesehen hatte. Eine Frau, die Beine breitbeinig in die Erde gestampft, die Hände in den Hüften wie eine Bäuerin, richtete sich ächzend auf. Ihre Röcke ließen die Knöchel unbedeckt, eine rote Schärpe kreuzte Brust und Rücken. Das Chassepot trug sie auf den Rücken geschnallt. Niemand schien schockiert. Ein paar Meter weiter zog ein Hut mit großen Federn ihre Aufmerksamkeit auf sich. Ein plumper Militärmantel hing über weiblichen Schultern, ein schmutziges Uniformhemd war unter einem Gürtel in einen Rock gestopft, der nur bis zu den Knien reichte, und darunter sah sie etwas, das sie noch nie gesehen hatte: Die Frau trug Hosen.

Jemand schlug ihr auf die Schulter. »Wir treffen uns in einer halben Stunde an dem Baum dort, Schätzchen.« Hortense war schon wieder auf und davon, inmitten einer Traube glücklicher, schwatzender Menschen, die Lebensmittel zu den umzingelten Versailler Soldaten trugen. »Das wird ein Spaß!«

Gertrud rief ihr nach: »Da sind Frauen in Uniform!«

Hortense hörte sie nicht mehr, aber die Frau mit dem Chassepot zog eine Grimasse. »Ein Huhn vom Land.«

»Kein einziger Mensch scheint hier irgendetwas mit meinen Augen zu sehen«, murmelte Gertrud.

»Du sprichst komisch.« Vor ihr standen fünf kleine Kinder, drei Mädchen, ein Junge und ein Kind von undefinierbarem Geschlecht. Das kleinste war ein Mädchen in einem schmutzigen gestreiften Kleid, dicken Socken gegen die Kälte, von einem Lederband über den Fußknöcheln gehalten. Die kurzen blonden Haare waren zu einem kleinen Zöpfchen oben auf dem Kopf zusammengebunden. Auf den Schultern der Kleinen lagen die Hände einer misstrauischen Siebenjährigen mit streng nach hinten gekämmtem Haar. Die Dritte war etwa fünf, hatte Locken, löchrige Strümpfe und bohrte schüchtern in der Nase. Der kleine Junge links von ihr war vielleicht drei oder vier Jahre alt. Er trug eine verdreckte Kappe in dunkler Farbe, Sandalen und mehrere dünne Strümpfe übereinander. Über seiner Nase stand eine strenge Falte, und selbst er glotzte sie streng an.

Das Alter des fünften Kindes lag irgendwo dazwischen. Seine Haare waren fransig geschnitten und standen starr vor Dreck vom Kopf ab, seine Schuhe klafften an der Spitze weit auf. Das Kind hielt einen Brotkanten in der Hand, der bereits weichgekaut war, und wiederholte: »Komische Worte.«

Die Kinder würden sie nicht verraten können. Gertrud hockte sich vor sie hin und sagte auf Deutsch: »Ich bin eine böse Preußin. Eine Spionin. Niemand darf hinter mein Geheimnis kommen.« Sie zog eine finstere Grimasse und fuchtelte mit den Händen. Vier der Kinder rannten schreiend fort. Das fünfte blieb stehen und bot ihr zaghaft den angekauten Kanten Brot an.

»*Merci*«, sagte Gertrud und schüttelte den Kopf. Sie lächelte und schämte sich ein bisschen für ihren Streich. Als sie dem Kind über den Kopf streicheln wollte, huschte es davon.

Sie ging durch die Menge und befürchtete für einen Moment, dass sich jemand umdrehen, auf sie deuten und schreien würde: »Köpft sie!« Doch niemand interessierte sich für sie. Einmal sah sie Albert aus der Ferne winken. Die Menschen waren vergnügt, lärmten und überschrien einander. Ihr Ohr sammelte Wortfetzen, und ihr Gehirn sortierte die fremde Sprache. Eine Bürgerin namens Louise Michel, offensichtlich eine sehr angesehene Lehrerin, hatte den Schrei eines armen Nationalgardisten gehört, den die Soldaten Versailles' mit dem Bajonett erstochen hatten, weil er seine Kanone nicht loslassen wollte. Daraufhin hatte sie das ganze Viertel geweckt. Als sie gemerkt hatte, dass der Bürgermeister von Montmartre, der verwirrte Clemenceau, mit der Situation nicht zurechtkam, hatte Michel ihren Eifer noch verdoppelt. Man liebte sie offensichtlich, diese Louise. Ohne sie, sagten die Leute, hätte man Paris entwaffnet.

Eine kleine Frau mit einem Hut so groß wie ein Wagenrad, beschimpfte einen Mobilgardisten. Woher er komme, dass er es wagte, die Menschen von Paris zu überfallen, nur weil seine schwachsinnige Regierung es ihm befahl.

»Aus ... aus Nanterre«, stotterte er.

»Wo wolltet ihr denn mit unseren Kanonen hin? Nach Berlin?«

Die Menge lachte, der Soldat senkte den Kopf.

»Da wolltest du dieser Regierung aus Royalisten, Besitzbürgern, Republikfeinden und Verrätern helfen, unsere Kanonen zu rauben. Die haben *wir* bezahlt, mein Kleiner, weißt du das?«

Er schaute erstaunt. »Nein.«

Versöhnlich holte die Frau etwas zu essen aus ihrer Tasche. »Da, nimm.«

Weil die Truppenführung nicht nur die Pferde für die Kanonen, sondern auch den Proviant für die Truppe vergessen hatte, wurden die letzten regierungstreuen Soldaten mit einem ordentlichen Frühstück auf die andere Seite gezogen. Bald glich das große freie Feld oben auf dem Montmartre eher einem riesenhaften Picknick als einem Schlachtfeld. Friedlich standen die Kanonen im Halbkreis um den Rand des Berges. Ein Mann fiedelte, ein anderer packte sein Akkordeon aus, manche griffen zu den Trommeln.

Gertrud hatte sich an den Rand der Szene gesetzt. Mit einem Mal spürte sie Lippen an ihrem Ohr und jemand flüsterte: »Die

Versailler Offiziere glauben wirklich, sie haben gewonnen. Sie sind losgezogen, um zu verkünden, dass die Gerechtigkeit wiederhergestellt sei. Ausgerechnet die reden von Gerechtigkeit! Auch über den Empfang in Belleville werden sie nicht glücklich sein. Alle gefangenen Nationalgardisten sind wieder frei.«

Alberts Berührung kribbelte ihr den Hals hinunter. Sie ließ ihn noch ein, zwei Sätze erzählen, um dann durch körperlichen Abstand die Konventionen wiederherzustellen.

»Ich will zurück nach Belleville, noch ein paar Versailler verhauen«, flüsterte er.

Gertrud lachte.

»Komm, tanz mit mir, fremde Deutsche.«

Sie zuckte zurück. »Sind Sie verrückt?«

Er fand sie verwirrend. In einer Minute fröhlich, in der nächsten arrogant. »Sie können nicht tanzen?«

»Verraten Sie doch nicht jedem, dass ich Deutsche bin.«

»Sehen Sie hier irgendwen, den das stört?«

Freiin Gertrud Elisabeth von Beust (1850–1936), gemalt ca. 1870/71, Künstler unbekannt.

Schloss Langenorla, ca. 30 km südlich von Jena, 1721 von einem italienischen Baumeister im Barockstil errichtet.

Die Gemeinde Langenorla: Hier lebten Tagelöhner, Waldarbeiter, Bauern und Handwerker.

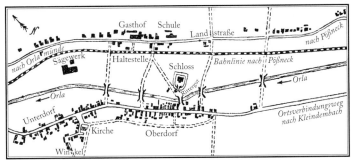

Ab 1889 fuhr die Eisenbahn, von der Gertrud träumte, durch Langenorla.

Schloss Glücksburg an der Flensburger Förde, spätes 16. Jahrhundert, Sitz des Herzogs von Schleswig-Holstein. Gemalt 1819, Künstler unbekannt.

Gertruds Adoptivvater Herzog Karl von Schleswig-Holstein-Sonderburg-Glücksburg (1813–1878), Bruder des dänischen Königs Christian IX.

Ein Schleifkotten in Solingen. Der junge Schleifer mit verschränkten Armen ist Albert Lauterjung ähnlich.

Hortense David, Bürstenmacherin und Kanonierin in Paris, Vorbild für die Hebamme Hortense Ducroix.

Die Kanonen der Pariser Nationalgarde auf dem Montmartre. Als die Regierung sie stehlen wollte, löste das am 18. März 1871 die Revolution aus.

Versammlung des Clubs der Frauen in der Kirche Saint-Germain-l'Auxerrois am Quai du Louvre.

Große Barrikade an der Rue Saint-Florentin, Teil des Sicherungssystems rund um die Place de la Concorde.

Barrikade in der Avenue Jean Jaurès.

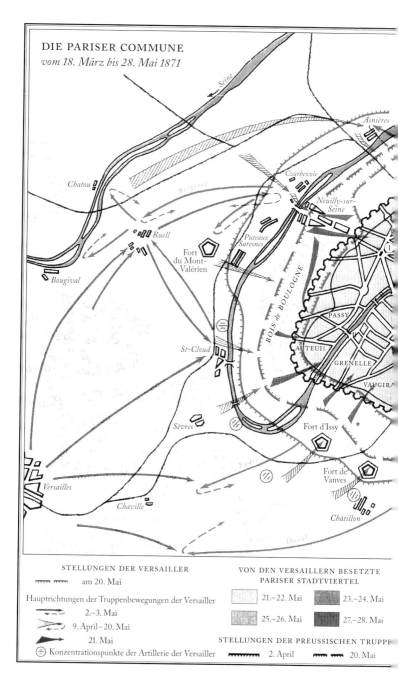

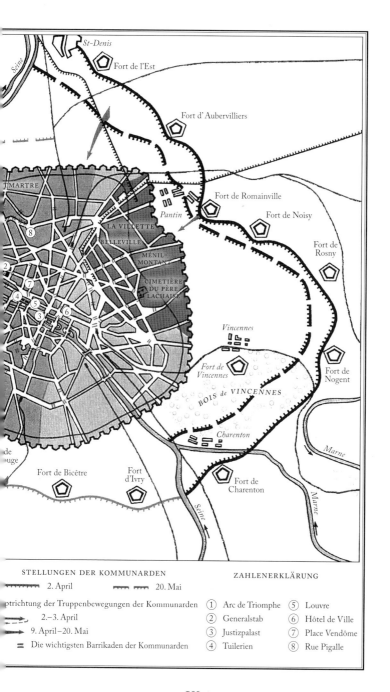

*Die Frauen der Commune kämpften in Fantasieuniformen
aus Uniformteilen, privater und Arbeitskleidung.*

20. März: Diese Marketenderin der Nationalgarde gehörte zu einem Bataillon des Zentralkomitees. Roter Filzhut mit roten Federn, hellblauer Soldatenmantel, schwarze Jacke und Rock mit roten Paspeln.

Sie lief am 3. April 1871 über die Champs-Elysées nach Neuilly und rief: »Nach Versailles!« Ihre rote Fahne ist an einer kupfernen Lanze befestigt.

2. Mai: Sie gehörte zu einem Bataillon, das am Quai Malaquais festgenommen wurde.

8. Mai: Diese Marketenderin der Nationalgarde gehörte zum Zentralkomitee der Frauen. Kappe, Jacke und Hose sind schwarz und haben rote Paspeln.

Die 20-jährige russische Kommunardin Elizabeth Dimitriew (1851–1918) war Mitglied der Internationalen Arbeiterassoziation. Sie gründete die *Union des Femmes*, die wichtigste Frauenorganisation der Commune zur Verteidigung von Paris, zu deren Versammlungen einige Tausend Frauen kamen.

Die Lehrerin Louise Michel (1830–1905) aus Montmartre agitierte, versorgte Verletzte, kämpfte auf den Barrikaden und war Mitglied der Internationalen Arbeiterassoziation. Sie wurde nach Neukaledonien deportiert und kehrte 1880 aufgrund einer Amnestie nach Paris zurück.

Frauenbarrikade an der Place Blanche.

Ein Nationalgardist und seine Lebensgefährtin. Die Commune tat viel für die Rechte der Frauen, sie hob die Diskriminierung unverheirateter Frauen und nichtehelicher Kinder auf und förderte die Ausbildung von Mädchen und Frauen.

Hungrige Frauen zerlegen ein totes Pferd.

Die Tiere aus dem Zoo landeten beim Metzger, hier auf dem Boulevard Haussmann. Arme Leute mussten bald Ratten essen.

Einer der letzten Kämpfe auf dem Friedhof Père Lachaise am 28. Mai 1871.

Auch Kinder wurden nicht verschont.

Soldaten erschießen Kommunarden und Kommunardinnen im Jardin du Luxembourg.

Die französischen Regierungstruppen zerstörten bei ihrem Vormarsch gegen die Commune ganze Straßenzüge.

Das Ende der Commune – Paris brennt.

Deutsche Offiziere feiern den Anblick des brennenden Paris und die niedergeschlagene Revolution.

19

Paris,
18. März 1871

Hortense strahlte und gestikulierte inmitten all ihrer neuen und alten Freunde. Sie wollte noch bleiben, und so stiegen Albert und Gertrud den Feldweg am Montmartre hinab, einen kleinen Weinberg entlang bis hinein in die steilen Gassen voller Menschen. Die Luft war frisch und noch feucht von der Nacht. Die Leute kauften Brot und Milch für ihr Frühstück. Niemand ging allein, niemand schwieg. Eine Weinhandlung wurde geöffnet. Ein kleiner Käseladen wurde gefegt. Sie fanden ein winziges Café. Albert bemerkte, wie Gertrud zögerte. »Sie sehen aus, als hätten Sie noch nie eines betreten«, sagte er.

»Ich kenne viele Cafés, aber nicht so kleine, und es riecht hier so gut.« Ich lüge andauernd, dachte sie.

»Sie kennt viele Kaffeehäuser, aber nur die großen, die abscheulich riechen.« Er bestellte zwei *café noirs*. Sie hatte noch nie allein mit einem Mann in einem Café gesessen. Sie hatte überhaupt noch nie in einem Café gesessen.

Das Getränk kam in kleinen Tassen, kaum größer als Schnapsgläser, es war schwarz wie Kohle, roch nach fremden Ländern und schmeckte viel kräftiger als alles, was sie je unter der Bezeichnung »Kaffee« kennengelernt hatte. Sie sah sich neugierig um. Hier wurde keinerlei Aufwand betrieben, die Menschen standen an einer Theke und redeten miteinander. Einer wechselte den Platz und setzte sich entgegen aller Etikette zu drei anderen. Sie fand es erstaunlich, aber sie spürte, wie die Spannung in ihrem Magen nachließ.

Plötzlich schlug die Tür auf, und zwei Männer stürmten herein. Sie erschrak. Man würde sie als feindliche Spionin verhaften! Warum hatte sie die Stadt nicht am Morgen zu Fuß verlassen? »Am Boulevard de Magenta kämpfen sie!« Niemand zahlte seinen *café*, selbst der Wirt verließ mit fliegender Schürze sein Etablissement.

Gertrud saß allein im Raum, vor umgefallenen Stühlen, halbvollen Tassen und Gläsern, einer glühenden Pfeife. Albert hatte ihr eine Kusshand zugeworfen und war davongerannt. Was fiel diesem unverschämten Menschen ein, sie allein in einer öffentlichen Gaststätte sitzenzulassen? Sie hatte kein Geld und machte sich nun gleichfalls davon, ohne zu bezahlen, wie eine Diebin.

Gertrud ging rasch und mit hochgezogenen Schultern. Nun auch noch eine Zechprellerin. Ihre Geheimnisse lagen schwer auf ihren Schultern. Während sie lief, schwanden ihre Bedenken. Hier und dort fragte sie nach dem Weg. Vollkommen fremde Menschen waren freundlich zu ihr, auf eine sonderbar selbstverständliche Weise. Sie war ihren Entführern entflohen, französischen Offizieren wie jene, die an diesem Morgen versucht hatten, die Kanonen zu stehlen. Man hatte ein kleines bisschen gemeinsam. Ein Mann mit einem zerknitterten Gesicht strahlte sie an: »Wir haben gewonnen! Was für ein Tag!«

»Was für ein Tag«, erwiderte Gertrud. Immerhin, ich bin frei.

Sie überquerte den Boulevard de Magenta, auf dem Holzscheite, Dachbalken und Pflastersteine lagen. Ein Omnibus schlängelte sich an den Hindernissen vorbei. In Altenburg gab es solche Fahrzeuge nicht. Geschlossene Waggons auf Rädern, länger als Coupés, kürzer als Eisenbahnwagen. Unten hatte das Fahrzeug Fenster. Auf das offene Dach, wo die Fahrgäste auf Holzbänken hockten und sich an Eisengeländern festhielten, stieg man über eine leicht gewendelte Treppe, außen, an der Rückseite des Gefährts. Vorn zogen vier Pferde den Omnibus, der, wenn er voll besetzt war, wohl mehr als dreißig Personen aufnahm, schätzte sie. Es schien den Fahrgästen nichts auszumachen, dass der Omnibus schwankte und ruckelte. Sie zeigten vergnügte Mienen, und an einem der Eisengeländer wehte ein rotes Tuch. Auf der anderen Seite des Boulevards lagen der Canal Saint-Martin und dahinter Belleville, so hatte ihr eine Frau den Weg beschrieben.

Vor ihr stand eine Barrikade, die man zur Hälfte weggeräumt hatte, um Pferdewagen und andere Fahrzeuge durchzulassen. Einige junge Männer in Arbeitskleidung lungerten herum. Sie glotzten sie an. Gertrud erschrak.

»Wie hoch sie die Nase hält.«
Sie musste an ihnen vorbei. Sie machte ihr Kreuz steif.
»Ein besonders feines Dienstmädchen.«
Ich bin kein Dienstmädchen, ihr Affen!, wollte Gertrud rufen. Aber sie war allein, die Männer zu dritt. Himmel, was konnte alles passieren! War sie jemals in ihrem Leben allein in einer Stadt herumgelaufen? Berlin war weit. Dort war Herzog Papa neben ihr gewesen, ebenso sein Kammerdiener, der Kutscher und noch einige andere Personen von Stand. Nie war man mit ihr durch eine dichte Menge von einfachem Volk gelaufen. Während sich Gertrud in ihrer Fantasie all die Gefahren ausmalte, von denen sie immer nur in Andeutungen gehört hatte, hatten die drei Männer längst zwei junge Frauen angelacht, die stehen blieben, um mit den sich langweilenden Barrikadenwärtern zu scherzen.

Sie verlief sich in den Straßen und Gassen von Paris, abgelenkt und angezogen von den Szenen, die sich abspielten, von den verschiedenartigen Menschen, die sie faszinierten. Sie ertappte sich dabei, dass sie sich zum ersten Mal in ihrem Leben wirklich frei fühlte. Niemand kommandierte sie herum.

Sie fragte sich durch, sprach mit wachsender Freude mehr Menschen als nötig an, um den Weg zu finden. Erst gegen Mittag erreichte sie das Haus von Hortense. Niemand war zu Hause. Die Straße lag leer da, die Ereignisse schienen sich im Augenblick andernorts abzuspielen. In der Küche setzte sie sich erschöpft und überwältigt von den Ereignissen auf einen Stuhl.

Die Haustür schlug zu. »Jemand zu Hause?« Albert vergrub seine Nase verblüfft und genießerisch in rotblondem Haar: Die Deutsche war ihm um den Hals gefallen. »Wie nett«, sagte er und legte seine Arme um sie. Sie zuckte zurück, entrüstet, als hätte er sie belästigt.

Was für eine zickige Person, dachte er. »Schiss gekriegt vor so viel Revolution?«

»Wie konnten Sie es wagen, mich in einer Gaststätte allein zu lassen? In einer wildfremden Stadt! Eine Dame einfach stehenzulassen!« Sie leugnete, auch vor sich selbst, welches Vergnügen ihr der Tag bereitet hatte.

Lachend setzte sich Albert auf einen Stuhl und legte ein Bein auf den Tisch. »Eine Dame! Frau, du bist eine Wucht! Erstens war es ein Café und kein Bordell.« Gertrud lief rot an. »Zweitens bist du erwachsen, und drittens bin ich nicht für dich verantwortlich, sondern jeder für sich selbst. Du tauchst hier plötzlich auf, willst, dass sich alles nur um dich dreht und dass ich dein treuer Diener bin. Hast du einen Knall? Ahnst du überhaupt, was heute für ein Tag ist?«

Sie glühte vor Zorn. »Was fällt Ihnen ein, so mit mir zu reden! Verlassen Sie sofort dieses Haus.«

Er sprang auf und verbeugte sich spöttisch. »Aber gern. Das Haus, in dem Sie so freundlich aufgenommen wurden, ungnädiges Fräulein, gehört Madame Hortense Ducroix und nicht Ihnen. Übrigens derselben großherzigen Frau, die ihnen zu essen gegeben hat und einiges mehr. Am Pigalle kämpfen sie. Einen angenehmen Tag.« Er verließ das Haus.

Hätte sie doch bloß ihren Mund gehalten. Den ganzen Tag hier im Haus, oder hinaus in diese fremde Welt. Sie langweilte sich eine weitere Stunde, lungerte auf ihrem Bett herum, schmierte sich ein Brot mit Schmalz, ließ Messer liegen und Schmalz stehen, machte Tee auf dem Herd warm und verließ das Haus. Eine Straßenecke weiter traf sie den Schuster Émile Goncourt.

»Heute brauchen Sie nicht zu kommen, Mademoiselle.«

Wovon sprach er?

»An so einem Tag wird nicht geputzt!«

Meine Güte, sie hatte ihm versprochen, heute seinen Laden aufzuräumen, um die Schuhe zu bezahlen. »Meine Frau und ich haben Besseres zu tun. Ist das nicht ein wunderbarer Tag?«

Hatte er wirklich geglaubt, sie würde bei ihm putzen? Er schien freundlich, ihn konnte sie fragen, was eigentlich los war. Überschwänglich gab er Auskunft. Man hat in der Rue de Rosiers die Generäle Lecomte und Thomas erschossen. Ihr fragender Blick lud ihn ein, ausführlicher zu berichten. Émiles Gesicht war voller Abscheu.

»General Lecomte, der Bandit, hat den Angriff auf unsere Nationalgardisten geführt. Als die Frauen von Montmartre die Kanonen verteidigten, hat er seinen Soldaten befohlen, auf sie zu schießen. Können Sie sich so etwas Grausames vorstellen? Da haben seine Soldaten ihre Gewehre umgedreht und ihn festgenommmen. Der andere Verbrecher, General Clément Thomas, dieser Schlächter, hat unsere Leute damals im Juli 1848 massakriert. Der ist heute einfach frech in Montmartre herumspaziert und hat unsere Barrikaden ausspioniert. Einer, dessen Vater unter seinen Kugeln fiel, hat ihn erkannt. Sollten aber die Einzigen bleiben, die wir erschießen.«

Émile war aufgeregt wie ein Kind. Er hielt es immer nur einige Meter neben ihr aus. Während sie versuchte, ihren Lauf dem abschüssigen Kopfsteinpflaster anzupassen und den glitschigen Rinnen auszuweichen, war er ihr wieder vorausgeeilt, wartete mit freundlicher Ungeduld und zügelte sich einige Schritte neben ihr, bis er erneut davonschoss. In diesem Rhythmus überquerten sie den Kanal, den breiten, von Bäumen gesäumten Boulevard Beaumarchais, schlugen sich durch kleine Nebenstraßen an der Place des Vosges mit ihrem kleinen quadratischen Park vorbei und erreichten schließlich die prächtige Rue de Rivoli, in der an jeder Ecke eine Barrikade stand, und wo noch keine war, wurde gerade eine gebaut.

Émile Goncourt wollte unbedingt dabei sein, wenn das Rathaus erobert wurde. Paris würde sich dann endlich selbst gehören. War es nicht ein wirklich schönes Gebäude, der Südflügel des *Hôtel de Ville*, des Rathauses, der sich entlang der Seine erstreckte? Es stammte aus dem sechzehnten Jahrhundert. Der nördliche Flügel war rund ein Jahrhundert jünger.

Die Seine reflektierte die Sonne und färbte die Luft über der Place de Grève, dem Platz vor dem Rathaus, mit ihrem kühl leuchtenden, klaren Blau. Sie versuchte, sich dieses Ereignis in Berlin vorzustellen. Einmal hatte Gertrud eine Parade zu Ehren des preußischen Königs erlebt. Alles war wohl organisiert, die Menschen, kontrolliert von Polizei und Soldaten, säumten den Straßenrand in Reihen, in gebührendem Abstand zu den Equipagen Ihrer Majestät. Hier jedoch feierte alles durcheinander, und ganz gewöhnliche Leute waren ungeheuerlicherweise davon überzeugt, dass das Rathaus ihnen gehöre.

Bei dem Versuch, das Bild vor ihren Augen auf Berlin zu übertragen, bemühte sie sich auch, sich vorzustellen, wie ihre Väter, der herzogliche wie der wirkliche, die Geschehnisse kommentieren würden. Das hier konnte keine Revolution sein, nicht das Schreckgespenst der adligen Kreise. Revolutionäre waren Mörder, keine mitreißenden Menschen, die auch noch im Recht zu sein schienen. Revolutionäre waren mindestens primitive und gewalttätige Menschen mit schlechten Manieren. Dabei unterschieden sich die Berichte ihres Vaters manchmal sehr von denen des Onkels Felix von Stein. Den hatte man, so erzählte dieser ihr eines Tages zu ihrer großen Überraschung, 1848 wegen revolutionärer Umtriebe in Berlin von der Universität relegiert. Er hatte ihr erklärt, dass sein damaliges Anliegen ein wenig naiv und vor allem mit seinem jugendlichen Temperament zu entschuldigen gewesen sei.

»Man wartet«, sagte der Schuster neben ihr, »bis die Regierung von allein abhaut. Die sitzen da drin und tagen.«

»Was werden sie tun?«

»Ich weiß nicht. Sehen Sie, Mademoiselle, oben bewegt sich ein Vorhang.«

Ein uniformierter Mann lugte vorsichtig aus dem Fenster. Menschen reckten die Fäuste zum Fenster hinauf und schimpften. Der Vorhang fiel wieder. Wenig später flüchtete ein Offizier der Regierungstruppen aus einem Seiteneingang, schwang sich auf sein Pferd und versuchte einen Ausbruch.

»Nieder mit den *canailles*!«, schrie er, gab seinem Pferd die Sporen und galoppierte direkt in die Menschenmenge hinein, die den Weg jedoch nicht räumte. Das Tier wurde aufgehalten, von Bajonetten durchbohrt, der Offizier rappelte sich auf, man trat ihm in den Hintern, er verlor Orden, Litzen, Mütze und Haltung und floh unter dem Gejohle der Aufständischen.

Ohne Hast und mit größter Selbstverständlichkeit, wurde das Pferd getötet und mit Hilfe von allem, das eine Klinge besaß, in Hunderte von Stücken zerlegt. Ohne dass irgendwer ihre Autorität anzweifelte, übernahmen zwei Nationalgardisten die Aufgabe, das kostbare Fleisch an diejenigen zu verteilen, die am bedürftigsten zu sein schienen. Der eine oder andere, der zuerst gierig nach dem Fleisch griff, verzichtete dann doch und schob jemanden nach vorn, der diese Nahrung dringender brauchte.

»Wir sind alle Brüder. Was für ein Tag! Wenn Babeuf das nur hätte erleben dürfen.« Ein alter Mann stand neben Gertrud. In der Hand hielt er ein frisches, blutiges Stück Pferdefleisch.

»Wer ist Babeuf?«, fragte Gertrud höflich.

Der alte Mann sah sie an und schüttelte betrübt den Kopf. »Die Jugend hat keine Allgemeinbildung mehr. Sehr bedauerlich.« Er humpelte davon. Zu ihrer eigenen Überraschung bedauerte sie, dass sie ihn enttäuscht hatte.

Albert befand sich zur selben Zeit auf der Rückseite des Stadthauses. Er war allein. Vom Platz davor klangen Trommeln und Trompeten herüber. In Solingen hatte er gelernt, alle Seiten eines Regierungsgebäudes im Blick zu behalten. Und wirklich, vorsichtig öffnete sich eine Tür. Ein hochdekorierter Offizier verließ gesenkten Kopfes das Stadthaus. Der Mann warf ihm einen kurzen nervösen Blick zu. Wer flieht, gibt auf, dachte Albert. Diese Erkenntnis linderte seine Anspannung, und er begriff, dass seine Begeisterung über die Ereignisse an diesem Morgen durch die entsetzliche Angst gedämpft worden war, das Gemetzel von Solingen und die Massaker auf den Schlachtfeldern Frankreichs könnten sich auf andere Art wiederholen.

Die hintere Tür öffnete sich erneut, und ein Pulk von Offizieren und Staatsbeamten verließ den Ort, sich vorsichtig umschauend, wie Verbrecher auf der Flucht. Albert konnte sich das Lachen nicht verkneifen. Es war kurz vor drei Uhr nachmittags, als ein kleiner, alter, weißhaariger Mann mit einem Kugelbauch über dem Gürtel, zwei Bediensteten im Gefolge und mehreren Taschen Gepäck herausschlich, ungeduldig wartend, bis aus einer Pforte eine Kutsche vorfuhr. Blitzschnell sprang der Alte in das Gefährt und ließ seinem Gefolge kaum Zeit, den Bock zu besteigen.

Die Kutsche war noch in Sichtweite, als ein großer schlanker Mann in der Uniform eines Generals die Tür aufriss und der Kutsche fassungslos hinterherbrüllte: »Thiers, Sie können mich doch nicht einfach allein lassen!« Er wedelte mit Papieren. »Sie können doch nicht solche Befehle unterzeichnen! Wie sollen wir alles so schnell räumen? Und warum auch die Forts und den Mont Valérien? Sie sind wahnsinnig, Thiers!« Er schmiss die Papiere auf den Boden und stampfte auf ihnen herum. »Sie verdammter Bastard!« Wütend schlich der in seiner Loyalität erschütterte General in das Rathaus zurück. Wenige Minuten später verließ er den Hof des Gebäudes, gefolgt von seiner Equipe. Stockgerade saß er auf seinem Pferd, als wollte er einen Rest verlorener Würde wiederherstellen. Seine Leute hatten die Tiere mit notdürftig an den Sätteln befestigten Kisten und Koffern beladen.

Albert amüsierte sich köstlich. Wann sah man schon mal eine Regierung auf der Flucht? Einer der Lakaien war zu nervös, einen Knoten zu knüpfen, und packte eine Holzkiste vor sich in den Sattel. Dann ritt der Trupp davon, nach Versailles, erfüllt von Angst, aber gänzlich unbehelligt. Albert war wie elektrisiert. Er sprang von der Mauer. Es war Zeit, den Brüdern vor dem Haupteingang des Rathauses zu berichten, in welchem Ausmaß sie schon gesiegt hatten.

Inzwischen war der Platz voller Menschen. Trommler schritten vor dem Haupteingang auf und ab und wirbelten ihre Stöcke, während sie drohend zu der Fensterfront hinaufblickten, hinter der sie den verhassten Präsidenten Adolphe Thiers vermuteten. Drei Bataillone zogen mit erhobenen Bajonetten auf. Kameraden der Regierungstruppen, die zum Schutz derselben abgestellt worden waren, kamen aus dem Haupteingang und verbrüderten sich mit der Miliz der Pariser. Sie wurden umarmt und gefeiert, als hätte man den Krieg doch noch gewonnen.

Wem konnte er die Nachricht bringen? Albert wählte einen Nationalgardisten in der Uniform des Zentralkomitees. Der Mann war etwa vierzig Jahre alt und wurde von seinen Soldaten mit Respekt behandelt. Albert stellte sich vor, erntete einen aufmerksamen Blick, überbrachte die Nachricht und wurde umarmt. Man wisse es schon, warte nur noch auf besondere Einheiten. Aber danke, Bruder, danke.

Eine halbe Stunde später lief Gertrud Albert in die Arme, der von da an nicht mehr von ihrer Seite wich. Gegen halb acht Uhr abends war das Stadthaus in den Händen der Nationalgarde. Kein Schuss war gefallen.

»Wir sollten nach Versailles ziehen«, sagte Albert.

»Wir?«, fragte Gertrud.

Er bedachte sie mit einem eigenartigen Blick.

»Wir sind Deutsche, das ist nicht unsere Angelegenheit«, sagte Gertrud.

»Was hat eine Revolution mit ›deutsch‹ oder ›nicht deutsch‹ zu tun? Es geht doch immer um dasselbe! Wenn man in Deutschland keine demokratischen Verhältnisse bekommen kann, muss man sie eben anderswo unterstützen.« Er kümmerte sich nicht um ihre Reaktion. »Sie hätten sehen sollen, wie die sich verdrückt haben, kopflos nach Versailles! Den Mont Valérien haben sie freigegeben und wohl einige südliche Forts. Heute Nacht ein Angriff auf Versailles, und wir würden siegen. Ein Traum!« Sie verstand kein einziges Wort.

Ein neues Bataillon marschierte lärmend an und löste sich in der Menge vor dem Stadthaus auf. Die Nationalgarde hatte die Place Vendôme und die Place de la Concorde zurückerobert, der Feind war auf der Flucht nach Versailles. Wellen von Gelächter und Bravorufen wogten über den Platz. Gertrud wurde ständig von wildfremden Menschen umarmt, und doch trat ihr niemand zu nah.

»Nein«, sagte ein Offizier der Nationalgarde, wo das Zentralkomitee sei, wisse man nicht genau. Man gehe aber fest davon aus, dass es noch heute Nacht hier im Stadthaus seine Sitzung abhalten werde.

Wenn sie schon hier sein musste, konnte sie auch herausfinden, um was es ging. Sie konnte nicht leugnen, dass sie fasziniert war. Nichts von dem, was ihr heute passiert war, hatte sie je zuvor erlebt. Sie erwog, sich vorsichtig darauf einzulassen, jederzeit bereit, sich zurückzuziehen. »Die alte Regierung ist fort, und wo ist die neue?«

»Warum muss denn immer einer regieren?« Lauterjung übersah ihren ungläubigen Gesichtsausdruck. »Das können die Menschen auch selbst. Ich vermute, das Zentralkomitee der Nationalgarde wird das Stadthaus übernehmen. Niemand sonst besitzt das Vertrauen der Menschen. Niemand sonst ist gewählt.«

»Gewählt?«

»Die Soldaten wählen ihre Offiziere.«

Gertruds Mund stand offen.

»Wenn ein Nationalgardist auf Befehl seines Offiziers töten und sterben soll, darf er wohl auch seinen Vorgesetzten wählen.« Damit war das Kapitel für Albert erledigt. Merkwürdige Sichtweise, dachte Gertrud. Sie hockten nebeneinander auf einer Mauer am Rand des Platzes und harrten der Dinge.

Niemand wusste, wann das Zentralkomitee den ihm zugedachten Platz einnehmen würde. Émile kam vorbei und erzählte, das Komitee sei sich nicht einig, ob es das Rathaus besetzen dürfe.

»Artige Revolutionäre«, spottete Gertrud und bereute in der sicheren Annahme, wieder in einen Fettnapf getreten zu sein, auf der Stelle ihre Bemerkung. Umso erstaunter sah sie, dass sowohl ihr Mituntermieter als auch der Schuster nickten. »Die Macht liegt in der Luft, und man muss sie sich nehmen, bevor sie abhanden kommt«, sagte Émile ernst.

Im Norden und im Osten lag die deutsche Armee. Aber der Feind kam nicht nur von außen, er stand auch im Inneren, heute überwältigt und durch den verlorenen Krieg geschwächt, aber für wie lange?

Zwei Dutzend Männer in schlichten Uniformen, sehr gerade und ernst nebeneinanderschreitend, näherten sich von der Rue de Rivoli. Tausende von Menschen machten ihnen respektvoll Platz, niemand musste sie ermahnen oder zur Seite drängen. Es schien, als entstände soeben die lang ersehnte neue Ordnung. Es waren Männer aller Altersgruppen. Die meisten trugen schwarze Käppis mit roten Paspeln, schwarze Jacken mit roten Schulterstücken, rotem Kragen und roten Manschetten, rote, locker sitzende Hosen und schwarze Gamaschen. Zwei oder drei waren darunter, die aussahen, als wären ihre Uniformen nicht rechtzeitig für das Ereignis fertig geworden: Sie trugen Zuavenjacken – ländlichen Trachtenjacken nicht unähnlich –, helle Käppis, rote Hosen, Gürtel aus blauer Wolle und schwarze Gamaschen. Manche Mitglieder des Komitees salutierten, manche sahen ernst geradeaus, andere schauten so sorgenschwer, als läge das Schicksal der Welt auf ihren Schultern.

Alberts Mund näherte sich Gertruds Wange. »Einige von ihnen wurden erst vor drei Tagen neu gewählt. Sie dürfen keinen einzigen Fehler machen.« Noch bevor das Zentralkomitee das Tor des *Hôtel de Ville* erreicht hatte, öffneten es schon die begeisterten Menschen, als Zeichen für die Macht, die sie dem Zentralkomitee der Nationalgarde in den Schoß legten.

Gertrud konnte ihre Neugier nicht zügeln. Es lag ein Prickeln in der Luft, das sie angesteckt hatte, und so nahm sie Alberts Hand und zog ihn näher an den Schauplatz des Ereignisses. Das Komitee schien zu zögern. Einige seiner Mitglieder beantworteten Fragen der Zuschauer. Gertrud reckte den Kopf über die Menschen vor ihr. Man schien sich nicht einig zu sein, ob man hinein sollte. Es gab einiges Hin und Her, Diskussionen, Zurufe, Ermunterungen, und dann zogen die neuen Herren von Paris, zögerlich noch, aber zugleich stolz und ernst, in das Gebäude. Menschen warfen ihre Mützen in die Luft und fingen fremde auf. Kaum waren die neuen Volksvertreter in dem dunklen Flur des Gebäudes verschwunden, folgten ihnen Ströme von Menschen, und niemand hielt sie auf. Albert und Gertrud sahen sich nur kurz an und ließen sich mitreißen. Das Gedränge vor dem Sitzungsraum war groß. Niemand passte mehr hinein, aber man hatte die Tür einen Spalt offen gelassen.

»Nach Versailles!«, forderte einer dort drinnen.

»Nein, wir müssen die Stellung hier ausbauen«, antwortete ein anderer.

»Versailles einnehmen – und dann? Würden die Deutschen sich eine Revolution in Paris gefallen lassen?«, fragte eine Stimme im Saal.

Sicher nicht, dachte Gertrud.

»Sicher nicht!«, rief einer. »Sie werden alles verhindern, was in ihrem eigenen Land ein Vorbild sein könnte.«

Ein Vorbild, dachte Gertrud, dieses Durcheinander?

»Wenn Paris auch siegreich bliebe«, zweifelte ein anderer, »würden die Deutschen doch zumindest verlangen, dass die Stadt den Friedensvertrag erfüllt! Dann müsste die Commune den Raub von Elsass-Lothringen legitimieren und die Kriegsentschädigung zahlen, unmöglich!«

»Aber den Friedensvertrag zerreißen und den Krieg wieder beginnen, ist das etwa sinnvoll?«

»Wie würde das kriegsmüde, kirchenfromme Land dazu stehen? Die Deutschen liegen vor der Stadt. Wie lange würde Paris eine erneute Belagerung und den Beschuss von außen durchhalten?«

»Wir haben keine Zeit mehr, genügend Nahrungsmittel in die Stadt zu bringen. Konnten wir die Ereignisse des heutigen Tages voraussehen? Nein!«

»Doch!«, protestierte einer.

»Schlaukopf«, spottete ein anderer, »hinterher weißt du es immer besser. Sag es uns nächstes Mal vorher!«

Schallendes Gelächter.

Konnte man also aus all diesen Gründen nicht die Regierung von ganz Frankreich werden, musste man auch nicht nach Versailles, man hatte schließlich genug Arbeit in Paris: Wahlen ausrufen und durchführen, die riesige Stadt mit Nahrung versorgen, Post und Eisenbahn wieder in Betrieb nehmen. Mit der Flucht der Regierung war alles zusammengebrochen, die ganze Verwaltung, das Finanzwesen, der Verkehr. Wenn Paris sich selbst regieren konnte, würde man das draußen gewiss respektieren, also musste man vor allem dafür sorgen, dass die Strukturen der Metropole wieder funktionierten und die Macht in die Hände einer gewählten Stadtregierung gelegt werden konnte. Plakate würde man anschlagen, mit einem Aufruf zur Wahl einer Commune! Derjenige, der so sprach, wurde von Beifallsstürmen unterbrochen. Eine Minderheit plädierte für Verteidigungsmaßnahmen gegen einen Überfall aus Versailles, wenn man sich schon nicht aufraffen konnte, nach Versailles zu ziehen, solange der Feind noch schwach war.

Schließlich verständigte sich das Zentralkomitee auf baldige Wahlen, man wolle die Macht so rasch wie möglich an Abgeordnete weitergeben, die vom Volk gewählt waren. Öffentliche Ämter müssten schließlich schleunigst besetzt, das Barrikadennetz ausgebaut und die nächste Sitzung schon für den anderen Morgen vorbereitet werden.

In dieser Nacht jedoch versäumte das Komitee, die Tore am linken Ufer der Stadt schließen zu lassen. Durch sie flohen die geschlagenen Regierungstruppen und ihre Anhänger im Schutz der Dunkelheit in langen Zügen nach Westen, nach Versailles.

Albert konnte nicht schlafen. Sein Herz klopfte wild, und es beruhigte sich erst, als er nachgab und sich anzog, um leise Hortense' Haus zu verlassen. Er lauschte an Gertruds Tür. Stille. In der Küche holte er sich ein wenig Proviant, schrieb seiner Vermieterin einen Zettel, dass er wohl gegen Mittag zurück sei oder auch nicht, und verließ Belleville zum zweiten Mal innerhalb von vierundzwanzig Stunden in Richtung Zentrum. Die Stadt schlief. Etwas trieb ihn, und je schneller er lief, desto klarer wurde sein Kopf. Er liebte seine neue Heimat, und er hatte panische Angst, dass sich die Solinger Ereignisse in irgendeiner Weise hier in Paris wiederholen könnten. Sie durften keinen Fehler machen. Diesmal nicht.

Auf der Seine schlingerten verlassene Kanonenboote. Das Stadthaus war gut bewacht, Barrikaden schützten seine Eingänge. Er ging hinunter zum Flussufer und plauderte mit einem Angler, der heute Nacht nur rote Fische aus dem Fluß ziehen wollte und ihn zum Essen einlud: gegrillten Fisch auf einem kleinen Feuer über dem Steinufer der Seine. Später, noch vor Morgengrauen, lief Albert die Seine entlang bis zu den Tuilerien, bewunderte an der Place de la Concorde die größten Barrikaden, die er je gesehen hatte, und näherte sich dem Kriegsministerium. Ausgerechnet hier stand kein einziger Nationalgardist. Kein Revolutionär schien sich des leeren Gebäudes bemächtigt zu haben.

Albert fand es unerhört reizvoll, ein Kriegsministerium zu betreten. Er schlenderte die Flure entlang, fühlte sich kühn und hörte doch vorsichtig auf das Echo seiner einsamen Schritte, die in den hohen, steinernen Fluren dieses gebieterischen Bauwerks klangen, als wäre er auf einem Pferd unterwegs. Er stieg die Treppe empor. Plötzlich knallte es aus einem der oberen Zimmer, das Geräusch wurde von einer Wand zurückgeworfen und vervielfältigte sich im Treppenhaus. Dann folgte ein schwerer Seufzer.

»Ist da jemand? Hallo?« Albert öffnete die Tür, hinter der die

Quelle der Geräusche zu liegen schien, und stieß gegen ein Hindernis. Hinter der Tür hockte ein zitternder Mann mittleren Alters, mit grauem Gesicht und in ebensolcher Kleidung, eine Aktentasche fest an die Brust geklemmt. »Töten Sie mich nicht! Bitte, töten Sie mich nicht!«

»Warum sollte ich?« Albert setzte sich neben den Verwirrten auf den Boden. Es war ein riesiger Raum, finster, und niemand außer ihnen im ganzen Gebäude. »Was tust du hier?«

»Meine Regierung hat mich im Stich gelassen.«

»Das haben Regierungen so an sich.«

Der Sitzende protestierte weinerlich: »Meine Regierung war eine gute Regierung, und jetzt ist sie fort, einfach fort. Alles haben sie dagelassen.«

»Was haben sie dagelassen?« Was für eine Chance für das Zentralkomitee, wenn hier peinliche Protokolle, verfängliche Schriftstücke, gar Gold lägen! Und er hätte den Schatz entdeckt. Seine Fantasie lief Sturm, bis er sich selbst Größenwahn vorwarf. Hatte ihn nicht genau dieser Übermut schon einmal in die Bredouille gebracht? Er fragte den Mann, der von den Hoffnungen des Deutschen nichts ahnte, was es denn zu entdecken gäbe.

Der holte tief Luft, um das große Geheimnis zu verraten und sich ein Leben lang dafür zu hassen. »Sie haben alle Stempel dagelassen. Und alle Stempelkissen. Ich habe die Schränke abgeschlossen und die ganze Nacht gewartet, niemand ist gekommen.« Er begann zu schluchzen.

Albert kippte vor Lachen um. Er lag auf dem Boden eines ehrwürdigen Archivraums des französischen Kriegsministeriums und lachte, bis ihm die Tränen die Wangen hinunterliefen und er sich schneuzend und schniefend wieder aufrichtete. Der kugelbäuchige graue Mann, dessen Gesicht er im Dunkeln bis jetzt nicht hatte erkennen können, heulte, weil er die Schmach seiner verehrten Regierung ausgeplaudert hatte. Noch nachdem Albert seine Sprache wiedergefunden hatte, jaulte der Mann in einem langgezogenen, hellen Ton.

»Deine Regierung ist Hals über Kopf nach Versailles geflohen«, sagte Albert spöttisch.

Sofort brach der Klageton ab. »Niemals! Etwas so Ungeheuerliches habe ich noch nie in meinem Leben gehört!«

»Die Kanaillen sind nach Versailles abgehauen. Paris regiert sich selbst!«

Der entsetzte Beamte schlug ein Kreuz, griff seine Stempel und rannte aus dem Ministerium, dem er jahrzehntelang überaus treu gedient hatte.

20

Paris,
22. bis 24. März 1871

Landarbeiter und Tagelöhner standen im Schnee und droschen unsichtbares Getreide in wiederkehrendem Rhythmus. Eine Scheune stand dort, wo sie nicht hingehörte. »Vermisst du uns nicht?«, fragte ihr Vater und trat aus dem Schatten der Scheune hervor. Jetzt sah sie den Hirsch zu seinen Füßen. Er stellte sein Bein triumphierend auf das tote Tier, das in den Schnee blutete. »Vermisst du uns nicht?«, wiederholte der Vater. Der Hirsch verblutete auf dem Eis der zugefrorenen Orla. Zwischen den Eisschollen des kleinen Flusses hatte sich ein Boot verkeilt, in dem Lili im Sommerkleid stand und vorgab zu rudern. Das Mädchen winkte fröhlich, dabei glitt ihm eines der Ruder aus der Hand, sauste über die Eisfläche und blieb im verschneiten Schilf stecken. Eine unsichtbare Hand teilte das Schilf mit dem Ruder auseinander, bis Gertrud einen leblosen Körper sah, dem Johannas ähnlich. Eine Windböe erfasste die Leiche und schleifte sie vor Gertruds Füße. Die Tote hatte die Knie zur Brust gezogen und umfing ein totes Bündel. Die Pfarrersfrau hatte Lili abgelöst, stand aufrecht im Boot und blickte vorwurfsvoll auf Gertrud. Die wurde verlegen und sah zu ihrem Vater, der jetzt seinen Sieg über den Hirsch feierte, indem er seine Sporen so tief in den Bauch des Tieres bohrte, dass diesem ein Stück Darm herausquoll. Sie wollte unbedingt etwas rufen, aber ihre Stimme besaß keinen Ton mehr. Beust schwang sein Gewehr hoch zum Himmel, schoss und schoss wieder und feuerte seine Arbeiter an. Schneller und schneller stampften die Dreschflegel und klangen wie Kriegstrommeln.

»Gertrud, du musst aufstehen!«

Sie fuhr hoch.

»Ich brauche deine Hilfe, nun komm.« Hortense' Stimme ließ keinen Widerspruch zu.

Sie war froh, dass Hortense ihren Alptraum gestört hatte. Sie kletterte aus dem Bett und öffnete die Tür.

Hortense hatte es eilig. »Wir werden gebraucht. Zieh dich warm an! Es ist eiskalt draußen.« Und schon war ihre Wirtin auf und davon und rumorte in der Küche herum.

»Wohin? Was soll ich anziehen?«, rief Gertrud.

»Wie viele Kleider hast du denn? So eine dumme Frage.«

In der Küche hielt ihr Hortense eine Schale hin. Gertrud dachte, es sei Brei, und griff nach einem Löffel. »Trink schon«, sagte Hortense, »essen kannst du unterwegs!« Sie würden wieder irgendwelche Kanonen besuchen, dachte Gertrud und biss in ihr Brot.

»Warum kommt Albert nicht mit? Ist er schon dort?«

»Das fehlt gerade noch«, erwiderte Hortense.

Hinter ihnen knallte die Haustür zu, die ihre Wirtin wie immer unverschlossen ließ. Nur wenige Menschen waren in dieser Nacht auf der Straße. Gertrud, die mit neuen aufrührerischen Ereignissen gerechnet hatte, lief Hortense verwirrt hinterher. Die beantwortete keine einzige Frage, aber heute trug sie eine große braune Ledertasche unter dem Arm. Die beiden Frauen erreichten einen Hinterhof am östlichen Ende von Belleville.

»Es geht ihr schlecht, weißt du«, war Hortense' einziger Satz.

Wem?, dachte Gertrud, aber sie würde ohnehin keine Antwort bekommen. In den Höfen hinter einfachen, zwei- und dreistöckigen kleinbürgerlichen Häusern aus Holz und Stein buckelten schäbige Holzhütten. Eine stand so schräg in der Nacht, als hätte ein Besoffener sie in zwei Stunden zusammengenagelt. Auf diesen Schuppen lief Hortense zu. Sie hob einen Sack an, der als Eingangstür diente, und kroch tief gebückt unter einem halblosen Brett hindurch. Zur Hälfte von diesem Verschlag verschluckt, drehte sie sich um. Ihr Hintern drohte die Hütte umzuwerfen.

»Was willst du noch da draußen?« Nachdem Gertrud ebenfalls in die Hütte eingetaucht war, sah sie für Sekunden nichts als ein dunkles Loch, in dem jemand stöhnte und wimmerte.

»Hortense, wo bist du?«

Die Hebamme hockte auf dem Boden, kramte in ihrer Tasche und entzündete eine Petroleumlampe. Der gelbe Schein kroch an die Decke der Hütte, die kaum höher war als Gertrud selbst.

Durch einen breiten Spalt im Dach sah sie einen Ausschnitt des Mondes. Der Gestank kam von hier unten. An einer Wand, die aussah, als könnte sie ihn nicht mehr lange stützen, lehnte ein Mann. Er rülpste. »Was willst 'n du schon wieder hier?«

»Wenn du nicht so viele Kinder machen würdest, bräuchtest du mich nicht so oft zu sehen. Und jetzt hau ab, bist eh besoffen.«

Der Mann richtete sich schwankend auf und stieß sich den Kopf an einem der zwei Balken, die die Hütte stützten.

»Schade, dass sie dir auf der Krim nur das Bein weggeschossen haben.«

»Du alte Hexe!« Der Mann schwankte wütend auf Hortense zu. »Ich werd dir ...«

Gertrud baute sich vor ihm auf: »Raus!«

»Die is ja ganz neu! Wo hast 'n die aufgetriebn? Geh ja schon.« Er schlurfte davon.

Hortense nickte anerkennend. »Nicht übel, Preußin. Kommandieren könnt ihr. Nichts für ungut.« Sie wandte sich zu ihrer Patientin, und ihre Stimme wurde liebevoll. »Ist 'ne neue Krankenschwester, eigens für dich aus Preußen importiert, Jeanne.«

Auf dem Boden lag eine Frau mit einem kugelrunden Bauch, die Beine angezogen, barfuß, verschwitzt. Die Hochschwangere redete sehr leise, als bekäme sie keine Luft. »Ach, Hortense, was soll ich mit einem siebten? Sechs hatte ich, zwei sind diesen Winter durch die Schuld der Deutschen gestorben.«

Auf den dünnen, dreckigen Strohmatten kauerten vier magere kleine Kinder zwischen etwa einem und acht Jahren. Eines hielt sich die Ohren zu, als könnte es das Stöhnen der Mutter nicht mehr ertragen.

Blitzschnell hob Hortense einen Stock auf. Gertrud zuckte zusammen. Sie würde doch die Kinder nicht schlagen! Aber Hortense hieb auf etwas Längliches, das entsetzlich quiekte.

»Wirf die verdammte Ratte raus!«, befahl Hortense dem ältesten Kind.

Das sah seine Mutter an. »Leg sie vor die Tür, vielleicht brauchen wir ...«, flüsterte die. Das Kind nahm die Ratte am Schwanz und pendelte sie an Gertrud, der übel wurde, vorbei.

»Ratten von armen Leuten sind besonders gemeine Ratten«, sagte Hortense. Die Schwangere begann wieder zu stöhnen.

In der nächsten Wehenpause säuberte und desinfizierte die Hebamme eine Bisswunde am Fuß eines der kleineren Kinder. Sie kontrollierte die Augen eines anderen, tupfte mit einem kleinen Lappen und etwas destilliertem Wasser seine Lider ab und träufelte eine Flüssigkeit hinein. Danach tastete sie den aufgeblähten Magen des dritten ab. Eines der Kinder riss einem anderen eine Kartoffelschale aus der Hand und stopfte sie sich in den Mund, worauf ein allgemeines Geplärre anhob, in dem die nächsten Schreie der Schwangeren untergingen.

Hortense tastete, schob und presste unter dem Kleid der Patientin. Die Gebärende bekam einen Hustenanfall und spuckte in einen Lappen, den ihr Hortense unter das Kinn hielt und dann Gertrud reichte. Der Lappen war voller brauner und roter schleimiger Flecken. »Wirf ihn weit weg!« Gertrud trug den Lappen mit spitzen Fingern aus der Hütte, trat auf die tote Ratte und übergab sich in den Rinnstein, wohinein auch der Lappen fiel. Sie erbrach sich, bis nurmehr ein bitterer Geschmack in ihrem Mund zurückblieb und das Schwindelgefühl ihren Kopf verlassen hatte. Die Sonne ging gerade auf, ein Mann schob eine Karre die Straße entlang und lüftete freundlich seine Mütze. Alles war so unwirklich. In hohem Bogen kickte sie die tote Ratte zur Seite.

»Na, bist du endlich wieder da?«, fragte Hortense, ohne sich umzudrehen. Sie stellte die Petroleumlampe näher an die Gebärende. Jeanne hatte ein schmales, müdes Gesicht. Wangenknochen und Nase waren mager. Auf den Wangen flackerten unruhige rote Flecken.

»Sie hat Fieber?« Die Frau tat Gertrud leid. Sie war älter als Johanna, aber sie lebte.

Hortense nickte. »Tupf ihre Stirn ab.« Sie schien kein Zögern zu erwarten. Gertrud nahm einen der Lappen aus der Hebammentasche und träufelte etwas Wasser darauf. Sie fand keinen Platz neben der Schwangeren, nahm eines der Kinder hoch, spürte seine Rippen. Es war leicht wie eine kleine Katze. Sie legte es zwischen zwei seiner Geschwister und kauerte sich neben die Frau.

Auf der Stirn der Schwangeren vermengten sich Schweiß und Schmutz. Behutsam wusch Gertrud ihr das Gesicht. Jeanne lächelte die Fremde an, umklammerte ihre Hand mit dürren Fingern. Schöne Augen hatte sie, riesig, braun und schrägstehend. Die Augen schlossen sich, und der Körper verkrampfte sich vor den nächsten Schreien. Die Gebärende verzerrte ihr Gesicht und wand sich von Gertrud weg, die sich weit über sie beugte, der Stirn hinterher, die sie voller Mitleid feucht betupfte.

»Sie braucht Sonne, Wärme, gutes Essen, Ruhe, einige Medikamente, dann hätte sie eine Chance.«

Gertrud wusste keine Antwort. »Kann man nicht helfen?«

»Du kannst vielleicht einer Einzigen helfen. Aber was meinst du, wie viele in Paris leben wie sie?«

»Ich weiß nicht.«

»Ein paar Zehntausend, vielleicht hunderttausend und noch mehr, denen es nur ein bisschen besser geht. Wie willst du allen helfen? Allen die Stirn tupfen?« Hortense legte ihre Hand auf das Zwerchfell der Gebärenden. »Ruhig atmen, sonst verlierst du zu viel Kraft, Jeanne. Weißt du, Gertrud Blumenstein, am Anfang hat so ein Auswurf eher eine glasige und zähe Konsistenz. Dann wird er grau-rötlich, mit blutigen Streifen. Der Kranke verdrängt es und hält es für eine besonders hartnäckige Erkältung. Dann wird das Blut heller, schäumt ein bisschen, und der Husten drückt es in solchen Mengen aus dem Körper, dass man in kurzer Zeit fast einen Liter Blut verlieren kann. Sie hätte nie schwanger werden dürfen ... Keine Sorge, sie hört uns jetzt nicht, außerdem weiß sie das alles. Ich habe vor meinen Patientinnen keine Geheimnisse. Sie ist mager, ihre Haut stumpf, obwohl sie erst fünfundzwanzig ist. Ja, schau nicht so, was hast du denn gedacht? Sie hat ihre grauen Haare von diesem Leben. Sie kämpft jetzt fast drei Jahre und ist selten fieberfrei. Wäre sie reich, dann würde man sie in ein Lungensanatorium in der Schweiz oder ans Mittelmeer schicken. Aber sie wird das Meer nie sehen. Hab das Meer auch noch nie gesehen. Sie hat nicht mehr viel Zeit ... Vorsichtig, ja, so ist es gut ... Jeanne, press, so gut du kannst.«

Gertrud hörte den letzten Schrei und war sicher, dass Jeanne starb. Hortense holte das winzige, verschmierte, verknitterte Neugeborene unter dem Rock hervor, durchtrennte die Nabelschnur, wickelte den Säugling in ein altes, aber sauberes Wolltuch. Jeanne versuchte, etwas zu sagen. Hortense beugte sich zu ihr.

»Wie soll sie heißen?«, fragte Hortense.

Die Kranke lächelte. »Wie ist der Name deiner Preußin?«

»Gertrud Elisabeth Blumenstein«, sagte die Hebamme.

Erst auf dem Heimweg, als Jeanne schlief, die Kinder getröstet und gefüttert und der betrunkene Mann grob verwarnt worden war, nachdem Hortense sich müde aus der Hütte in die strahlende Sonne dieses Märzmorgens aufgerichtet hatte, begriff Gertrud, dass das Baby Elise mit ihnen kommen würde.

»Trag du es, ich habe meine Tasche, und mein Rücken ist krumm.«

Gertrud nahm das Bündel, fand den Winzling rührend hässlich, war verwirrt und dachte an Johanna.

»Claire wird es nehmen, sie hat ein Kleines verloren und kann dieses stillen«, sagte Hortense.

»Was wird mit Jeanne und den anderen Kindern?«

Hortense' Antwort traf sie hart. »Jeanne wird sterben, und der Säufer wird sich nicht um die Kinder kümmern. Vielleicht werden zwei überleben. Vielleicht werden die Verhältnisse jetzt aber auch anders, und die Commune rettet alle vier.«

Gertrud begriff den Zusammenhang nicht.

Hortense wurde ungeduldig. »Eigentlich machst du doch einen ganz klugen Eindruck, warum verstehst du das nicht? Meinst du, ich liebe Kanonen und schiebe sie deshalb auf einen Berg? Kanonen haben einen Zweck.«

Der einzige Zweck, den Kanonen hatten, war zu schießen, oder etwa nicht?

Hortense fuhr fort, sie zu belehren. »Paris sollte sich selbst regieren. Dann könnten wir für die Kinder und für bessere Wohnungen sorgen und die Kinder sogar in die Schule schicken.«

Sich selbst regieren. Gertrud fühlte sich der Diskussion nicht gewachsen. »Ich wusste nicht, dass es so viele Arme in Paris gibt.«

»Meine Güte! Dein Dorf, dieses – wie heißt es noch gleich? – Langenorla! Es muss sehr klein sein, und du bist wahrscheinlich nie hinausgekommen.«

»N…ein.«

»Gibt es dort keine Armut?«

»Doch, ich glaube schon …«

»Du glaubst schon?«

Hortense sprach mit ihr wie mit einem Kind, das weder lesen noch schreiben konnte. »Wem gehört das Dorf? Den Leuten, die darin wohnen?«

»Einigen …« Fieberhaft dachte Gertrud nach.

»Einigen, aha. Nun rechne mal aus: Wie vielen Leuten gehört wie viel Land? Wie vielen Leuten gehört wenig Land und wie vielen gar keines? Wenn du damit fertig bist, sag mir Bescheid.«

Fast so schlimm, wie sich zu verraten, war es, für dumm gehalten zu werden. Gertrud rechnete. »Es sind mindestens dreihundert Leute, ungefähr fünfzig Familien. Rund zwanzig haben ein bisschen Land zur Pacht, die meisten für Hühner und Schweine. Fünf haben Äcker, sogar eigene, eine Familie besitzt etwas Wald.« Dann sagte sie schnell: »Die meisten haben gar nichts und wohnen zur Miete, und einer Familie gehört der Rest.«

»Na, siehst du«, lobte Hortense, »du weißt es doch.«

»Aber diese eine Familie, die das meiste hat, die besitzt es seit Jahrhunderten, und sie ist verantwortlich für die Leute.«

»Du bist eine richtige Provinzschnepfe. Woher haben sie denn das Land? Früher hat es allen gehört! Nun sag ja nicht, dass euer Großgrundbesitzer deswegen euer Großgrundbesitzer ist, weil seine Familie immer so fleißig war und klüger und von Gott gesegnet …«

Gertrud hatte etwas in diesem Sinn antworten wollen und war froh, dass das Neugeborene, das sie im Arm hielt, weinte. Sie streichelte seine Wange und wiegte es. Bald würden sie das Haus des Schusters und seiner Frau Claire erreichen.

»Dieses Adelspack hat im Lauf der Jahrhunderte das ganze Land ergaunert.«

Gertrud zuckte vor Schreck zusammen.

»Musst nicht betrübt gucken, kannst ja nichts dafür, bist nicht der deutsche Kaiser.« Hortense lachte. »Meinste, in Berlin gibt es keine Jeannes? Massenhaft, da wette ich mit dir.«

Sie hatten das Kind dem Schusterpaar gebracht, das vor Glück strahlte. Nun kaufte die Hebamme Weißbrot und Milch für das Frühstück und stopfte alles in ihre Tasche.
»Sie ist ein bisschen erschöpft.« Hortense hieb Gertrud auf den Rücken. »Hat sich gut geschlagen, die Kleine.«
Die Anerkennung nährte Gertruds schlechtes Gewissen. Sie saß Albert am Küchentisch gegenüber. Der wollte, dass sie mit ihm loszog.
»Überall in den Straßen diskutieren sie. Hast du Lust? Es ist alles ganz friedlich«, sagte er.
Hortense unterstützte ihn. »Na, geh schon. Ich komm zurecht.«
Ein verabredeter Spaziergang mit einem Mann, ein gemeinsamer Weg, für den man keinen Zufall konstruierte, darauf stand gewöhnlich eine harte Strafe. Aber Langenorla war weit, und das Magdalenenstift in Altenburg lag auf einem anderen Planeten. Sie wusch Gesicht und Hände und kämmte sich flüchtig.
»Was für ein Tag! Sieh nur, all diese Gesichter – nein, nicht den miesepetrigen Hutträger. Schau dir die anderen an!« Die Hände in den Hosentaschen vergraben, legte Albert einen so schnellen Schritt ein, dass Gertrud nur mit Mühe folgen konnte. Sie begab sich auf politisches Terrain. »Es war klug, dass das Zentralkomitee die Friedensbedingungen akzeptiert hat«, sagte sie und schob sicherheitshalber ein »Oder nicht?« hinterher.
»Ein Zeitgewinn, vielleicht, aber das wird die deutsche Kriegsführung von nichts abhalten.« Albert kramte in seinen Taschen und holte ein Messer raus. »Ist das nicht hübsch?«
Gertrud berührte das kleine Messer mit dem hölzernen, merkwürdig rundlichen, rötlichen Griff und der scharfen, geraden Klinge, poliert und glänzend. »So eins habe ich noch nie gesehen.«
»Ein Freund hat es mir geschenkt. Der Griff hat fast deine Haarfarbe.«

»Was für ein Freund?«

»Baptist, ein Schleifergeselle.«

»War der auch im Krieg?«

»Nein, er ist nicht mehr da.«

»Gefallen?«

»Ich habe ihn aus den Augen verloren.« Albert steckte das Messer wieder in seine Scheide. »Er wollte nach Amerika. Er hat es auch ohne Krieg in Solingen nicht mehr ausgehalten.«

»Warum nicht? Was ist passiert?«

»Eine sehr lange Geschichte.«

Offensichtlich eine zu lange, um sie mir zu erzählen, und eine zu traurige für den heutigen Tag, dachte Gertrud, die sein Gesicht aufmerksam beobachtet hatte. Auch er hatte Geheimnisse.

Auf dem Faubourg du Temple umringte eine Traube von Menschen einen Mann, der laut die Marseillaise sang und seinen Pinsel in einen Eimer tunkte, dann mit Leim eine Backsteinmauer bestrich und schließlich ein feuerrotes Plakat schwungvoll an die Wand klebte. Kaum haftete das Papier, fingen die Leute an, sich selbst und anderen vorzulesen, laut und durcheinander, ihre Stimmen schwollen an, vergnügt, mitgerissen, mit falschen Betonungen. »›Das Zentralkomitee … an die Nationalgarde von Paris … habt uns beauftragt, die Verteidigung der Stadt Paris und eurer Rechte zu organisieren … Mission erfüllt … eurer bewundernswürdigen Kaltblütigkeit haben … Regierung, die uns verraten hatte, vertrieben … erlischt unser Mandat …‹ Was meinen sie damit? Wo wollen sie hin? War das schon alles? – Nein, du Dummerjan, sie meinen die Wahl, Paris soll einen Rat der Commune wählen. – Oh, du hast recht! – ›Wir maßen uns nicht an, an die Stelle derjenigen zu treten, die der Atem des Volkes hinweggefegt hat.‹«

»Sie treten freiwillig zurück?«, fragte Gertrud.

»Hör zu!«

Ein alter Mann verlas mit Tränen in den Augen die Schlussbemerkung: »›Bereitet also sogleich die Kommunalwahlen vor, führt sie durch und lasst uns die einzige Belohnung zuteil werden, die wir uns je gewünscht haben: euch die wahrhafte Republik errichten zu sehen.‹« Er warf beglückt die Arme in die Luft.

»Und da«, rief eine junge Frau, »da hängt der Feind!« Sie zeigte auf eine Proklamation, in der Thiers mit einer allzu vertrauten Phrase drohte: *Die Ordnung muss vollkommen, augenblicklich und unzerstörbar wiederhergestellt werden.*

»Wenn sie Ordnung meinen, wollen sie Blut fließen sehen«, sagte die junge Frau, und niemand widersprach.

»Da ist eine Barrikade!«, sagte Gertrud.

Albert betrachtete die etwa zweieinhalb Meter hohe, sorgfältig aufgetürmte Steinmauer vor sich, welche die breite Straße fast vollständig abschirmte. Anerkennend grüßte er die Nationalgardisten, die in abenteuerlichen Uniformen an den Hausmauern lehnten. Einer alberte mit einem Mann, der zwei Stockwerke über ihm aus dem Fenster lehnte. Ein Junge ließ aus einer Dachluke eine Wasserflasche an einem Seil runter, die zur allgemeinen Erheiterung auf dem Pflaster zerschellte.

»Warum bleibst du stehen?«

»Man wird uns nicht vorbeilassen.«

»Du bist ein seltsames Wesen«, sagte er und legte einen Arm um ihre Schulter. »Wärst du auf der falschen Seite, kämst du nie auf die richtige.« Albert Lauterjung lachte schallend, als er ihr Gesicht sah. »Das verstehst du wieder nicht.« Seine Nähe roch gut. Sein Arm war warm. Sie hätte ihn längst abschütteln müssen. »Die Gegner kommen hier nicht durch. Der Versailler Offizier nicht, der monarchistische Parlamentär nicht und der Erzbischof auch nicht. Dafür der Schleifer aus Solingen und das Dienstmädchen aus – wie heißt dein Kaff? – Langenorla! Das Dienstmädchen aus Langenorla kommt auch durch.« Er nahm ihre Hand, und verwirrt ließ sie sich an der Barrikade vorbeiziehen.

Sie hatten die Barrikade passiert. Albert hatte fröhlich gegrüßt, Gertrud schüchtern genickt. Nichts war geschehen. »Wie ist das mit den Wahlen? Du sagst, alle dürfen wählen, unabhängig davon, wie reich sie sind, ist ihre Stimme gleich.« Sie dachte nach. »Frauen auch?«

»Frauen?« Er schaute sie verdutzt an. »Im Deutschen Reich dürfen Frauen doch auch nicht wählen.«

»Das Reich ist sonst nicht gerade dein Maßstab«, stellte sie fest.

Er sah sie nachdenklich an.

»Findest du das gerecht?«

»Ich weiß nicht.« Nach einer Weile fügte er hinzu: »Aber immerhin dürfen alle Männer und mit gleicher Stimme wählen, geheim und ohne Aufsicht. Zwanzigtausend Männer, wählen einen Abgeordneten.«

Ein Bürger mit allen Insignien des Reichtums am Körper und Rechthaberei im Gesicht drohte drei Nationalgardisten, die eine Barrikade bewachten, mit der Faust. »Wer seid ihr, dass ihr euch anmaßt, die Regierung zu verjagen!«

»Was ist das für eine Regierung, die sich anmaßt, uns in einen Krieg zu hetzen und ihn auch noch zu verlieren?«

Der Reiche kochte vor Wut. »Was erlaubt sich dieses Komitee, das alle Gesetze bricht?!«

Die Männer an der Barrikade lachten. »Die Gesetze werden jetzt gerecht sein, dann werden sie auch eingehalten. Und die Welt? Die wird besser!«

»Auf wessen Kosten?«, schimpfte der Spaziergänger.

»Auf deine. Geht leider nicht anders.«

Der Bourgeois schnappte nach Luft.

»Ihr seid so fettgefressen, dass wir euch nur zu erschrecken brauchen, und schon sterbt ihr an einem Herzanfall.«

Das puterrote Gesicht des Mannes brachte Gertrud zum Lachen, womit sie ihm ein neues Ziel bot: »Dirne! Weiber wie du, ihr unterstützt das natürlich. Ihr hirnlosen, hemmungslosen Geschöpfe!« Albert ging drohend auf den Mann zu. Eine schrille Frauenstimme tönte aus dem Mansardengeschoss herunter. »Aber Dickerchen, was hast du neuerdings gegen Huren? Hat's dir neulich bei mir nicht gefallen? Ich hab mir doch wirklich Mühe gegeben, und es war wahrlich nicht einfach.« Das Gelächter verfolgte den Bourgeois bis zur nächsten Kreuzung.

21

Paris,
26. März 1871

Etwas Kleines und Hartes traf Gertruds Knöchel. Sie bückte sich und rieb die schmerzende Stelle mit dem Finger. Ein kleiner Junge klickerte Murmeln vor sich her. Er trug verschlissene Hosen und krabbelte zwischen ihren Beinen hindurch. Das Kind schnippte eine Murmel in den Stiefel eines Nationalgardisten, und dessen Hand zuckte zum Bajonett. Der Junge richtete sich auf und stand erwartungsvoll vor dem Milizionär. Der pulte die Kugel aus dem Stiefelschaft, legte sie in die ausgestreckte Hand des Kleinen und streichelte seinen schwarzen Haarschopf. Das Kind ließ sich erneut auf alle viere nieder. Es kroch der größten Murmel hinterher. Sie war aus Ton, blau bemalt, mit rotem Muster. Das runde Ding kullerte weiter und lockte den Kleinen in ein unübersehbares Heer von gestiefelten Beinen.

Hoch über seinem Kopf machten sich Nationalgardisten gegenseitig auf ihn aufmerksam. Sie amüsierten sich über seine Ernsthaftigkeit und bauten ihm mit ihren Stiefeln ein Spalier für sein Spiel. Das Kind nahm das als selbstverständlich und krabbelte hindurch. Aber dann tappte ein Stiefel nach der Murmel, hielt sie mit der Stiefelspitze fest und verstellte zugleich dem Murmelspieler den Weg. Der blickte empört hinauf zum Träger des Stiefels. Daraufhin hob sich der Stiefel leicht, die Spitze senkte sich und kickte die Murmel sanft ihrem kleinen Besitzer vor die Füße. Das Kind nahm sein Spiel wieder auf und kroch tiefer in den Wald aus Beinen, gestiefelten, aber auch flach beschuhten, Schlappen, Lackschuhen, braunen und schwarzen, polierten, verdreckten, löchrigen und gesäumten.

Trommeln lenkten den kleinen Jungen ab. Er imitierte ihren Rhythmus. Trompeten kamen hinzu. Er sammelte sein Spielzeug ein, ordnete es in den Rillen des Kopfsteinpflasters nach Größe und Farbe und zählte seinen Schatz sorgfältig. Bis auf die drei größten Murmeln verstaute er alle in seinen Hosentaschen. Die großen Kugeln schnippte er so lange vor sich her, bis ihm schließlich ein Hindernis endgültig den Weg versperrte: ein riesenhafter Sockel aus Granit. Er schaute nach oben und sah gegen das blendende Licht Schattenrisse, aber keine Gesichter. Arme hoben ihn hoch. Er strampelte und deutete auf seine Murmeln, die tief unten zwischen Stiefeln und Sockel Gefahr liefen, zertreten zu werden. Der Mann ließ ihn hinunter, der Junge steckte die übrigen drei in die verbeulte Hosentasche. Dann streckte er die Arme vertrauensvoll nach oben, der Mann nahm ihn, reichte ihn weiter, jemand hob ihn hoch in die Luft und schwang ihn herum, bis er vor Freude jauchzte. Ein Nationalgardist setzte das Kind auf eine Kanone, die zur Feier des Tages mit Blumen und einer roten Fahne geschmückt war.

Der Junge thronte hoch über dem Platz, unter ihm ein Meer von Gesichtern, Hüten, Käppis, Fahnen in gleißender Sonne. Aus den Seitenstraßen drängten Menschen auf die Place de Grève vor dem Stadthaus. Sie quollen aus Hofeingängen, über Mauern und aus Fenstern. Sie ankerten ihre Boote am Ufer der Seine. Der Nationalgardist band dem Jungen eine bunte Schärpe um die Brust. Das Kind ergriff, auf der Kanone sitzend, die Hand des Föderierten und ahmte den feierlichen Gesichtsausdruck nach, den die Menschen in seiner Umgebung angenommen hatten.

Das Gedränge auf der Place de Grève erlaubte Albert und Gertrud eine Nähe, die beide genossen. Gertrud deutete auf den Jungen, der nun in einiger Entfernung auf der Kanone saß. Während sie das glückliche Kind betrachtete, verglich Albert den zarten Schwung ihrer Halskurve mit dem Porträt eines dieser »Impressionisten«, wie die neuen wilden Maler genannt wurden, denen man noch vor kurzem verboten hatte, ihre angeblich obszönen Werke in den offiziellen Galerien der Stadt auszustellen. Édouard Manet. Albert erinnerte sich an diesen Namen. Manet beispielsweise malte die Dinge nicht mehr ganz naturgetreu, nicht so, wie sie waren, sondern wie er sie in seiner Fantasie sah, voller Musik, mit Flächen und Konturen, die sich im Licht auflösten. Die Sonne schien auf Gertruds Hals, und die Locken in ihrem Nacken leuchteten wie Gold. Könnte er nur malen!

Immer mehr Menschen drängten auf den Platz. Gertrud spürte Alberts Atem durch ihre Haare. Er kann nichts dafür, es ist zu eng. Niemand kennt mich.

An diesem Morgen hatten die beiden mit Hortense, die in einer Zeitung las, in der Küche gesessen. Während Hortense sich über eine Proklamation der geflohenen Regierung amüsierte, genoss Gertrud die Nähe von Albert, der sich neben sie auf die alte Küchenbank gedrängt hatte.

»›Eine Horde von Vagabunden hat die Regierung an sich gerissen. Namenlose …‹!«, las Hortense laut vor und prustete dabei das Bier, das sie an einem guten Sonntagmorgen trank, zu einem Viertel über den Tisch, verwischte es beiläufig und behauptete, wirklich gute Witze seien nun einmal ausnehmend schlecht für Tischmanieren. Dann las sie weiter vor: »›Namenlose rufen das Volk von Paris zur Wahl. Man kennt sie nicht, aber ihre Plakate werden geachtet, ihre Bataillone gehen frei umher, und sie besetzen alle Ministerien.‹ – Sie begreifen es nicht!«, rief sie vergnügt und schlug sich auf die Schenkel. Gertrud verstand kein Wort, wie so oft in den letzten Tagen. Madame Ducroix betonte noch die Scheinheiligkeit der Proklamation, indem sie sie mit ihrem höchsteigenen Pathos karikierte: »Was ist das für eine Macht, die gleich nach ihrem Entstehen von ihrer eigenen Auflösung spricht?«

Dazwischen verwies die Hebamme beiläufig auf das hellgrün und rot geblümte Festkleid ihrer verräterischen Tochter, das frisch gebügelt und gestärkt in Gertruds Kammer hing. Mitten hinein in dieses unterhaltsame Frühstück, wie es zwischen Hortense und ihren preußischen Untermietern zur Gewohnheit geworden war, kamen Freunde und Nachbarn, unter ihnen die Goncourts, um die fröhliche Hortense abzuholen.

Diese bezichtigte ihre Untermieter heftigster Bummelei und bellte: »Macht, was ihr wollt!« Dann eilte sie hinaus in die Rue des Mûriers, die sich mit Getrappel von Schuhen, Gelächter, Parolen und Feiertagsstimmung füllte.

Gertrud hörte Hortense noch rufen: »Diese Deutschen, Émile!

Im Krieg so schnell, und wenn es um etwas wirklich Wichtiges geht wie dieses Fest, kriegen sie den Arsch nicht hoch.«

»Nicht jede bewegt ihren Hintern so geschickt wie du, mein Täubchen«, schmeichelte eine fremde männliche Stimme, Hortense gluckste, und die Männerstimme protestierte einen Augenblick später scheinheilig: »Aber, Hortense, nicht auf der Straße!« Dann berichtete man sich gegenseitig von der Amnestie der politischen Gefangenen und spekulierte laut, wer denn nun alles frei käme.

»Die Besten, mein Täubchen, nur die Besten!«, hoffte Hortense' unsichtbarer Freund, ehe die beiden außer Hörweite marschierten, hinein in den euphorischen Lärm dieses festlichen Tages.

Zwei Pranken umschlossen jetzt ihre Taille und hoben Gertrud hoch. Der Mann, der sie hielt, groß und kräftig wie ein Stier, juchzte: »Was für ein Fest! Wir haben gewonnen! Was für ein wunderbarer Tag! Einen Walzer, meine Süße, einen Tanz!«

Sie trat gegen seinen Bauch und schrie: »Du Knecht, lass mich runter, sonst lasse ich dich einsperren!«

»Da hast du aber eine, Bruder.« Respektvoll stellte der große Mann sie Albert vor die Füße und verbeugte sich. »Mademoiselle, war mir eine Ehre und ein viel zu kurzes Vergnügen.« Er schlug Albert auf die Schulter. »Bring ihr bei, dass es ab heute keine Knechte mehr gibt! Bist ein Glückspilz, Bruder!«

Albert legte den Arm um Gertruds Schulter. »Keine Knechte mehr, meine Liebe.« Der Mann, bereits dabei, sich zu entfernen, grinste zufrieden.

Gertrud schüttelte Alberts Arm ab. »Er soll sich entschuldigen!«

Der Mann grinste breit. »Heute entschuldigt sich keiner! Heute sind alle glücklich!« Laut und falsch sang er: »Revolution und Liebe, das ist die Commune!« Unsicher stimmte Gertrud in das Gelächter der Umstehenden ein. Der Mann, der kein Knecht sein wollte, tänzelte glücklich in die Mitte des Platzes. Nirgendwo schien eine Lücke in dem Gedränge zu sein, aber er kam dennoch voran.

»Sie kommen!« Der Freudenschrei ertönte von einem Balkon, wurde auf dem Platz gehört und viele tausendmal weitergegeben. Stimmen aus Seitenstraßen verschmolzen sich mit solchen auf Fenstersimsen und aus Dachfenstern, bündelten sich, schwebten auf den Platz, bis ein vielstimmiger Chor nichts anderes mehr sang als: »Sie kommen!«

Gertrud war weder fantasielos noch gleichgültig genug, um vom Zauber dieses Festes unberührt zu bleiben. Ihr gefielen die Farben, die an der Tribüne aufgezogen wurden. Sie ließ sich vom Lachen anstecken, vom Jubel, von der Erleichterung, vom Glück und der Hoffnung auf den Gesichtern um sie herum, von den Trommelwirbeln und den Trompetenklängen und Alberts Nähe. Er umarmte sie strahlend, nahm ihr Gesicht zwischen seine Hände, sagte: »Du hast winzige Sonnensprenkel in deinen Augen«, und küsste sie leicht auf den Mund. »Hast du schon einmal so etwas Wunderbares erlebt?«

Er sah zur Bühne. Sie betastete ihren Mund und sagte: »Nein.«

Ein älterer Mann mit einem wuchtigen schwarzen Hut humpelte, auf einen Stock gestützt, vorbei und jubelte: »Was war ich für ein Feigling! Habe an keine Revolution mehr geglaubt! Selbst wenn sie mich töten, dieser Tag ist es wert. Der Lohn für mehr als zwanzig Jahre Enttäuschung und Angst ist endlich gezahlt.« Er brach in Tränen aus. Wildfremde Menschen umarmten ihn.

Eine kleine knopfäugige Frau mit einem um den Kopf gewickelten blonden Zopf meinte besorgt: »Die Nationalversammlung hat die Wahl für ungültig erklärt. Die Feinde der Commune wollen Paris in Blut ertränken.« Man lachte sie aus. »Geh nach Hause, Trauerkloß. Paris hat gewählt. Alles ist friedlich. Sieh dich um!«

Trompeter bliesen hinauf in den Himmel, die Töne kreisten über dem Platz, stürzten in eleganten Kurven herunter, pickten die Trommelschläge der Tamboure auf und nahmen die Heiterkeit von zweihunderttausend Menschen mit. Die Fenster in den feinen Beletagen, den ersten Geschossen der teuren sechs- und siebengeschossigen Häuser in der Rue de Rivoli, waren fest verrammelt. Ihre Bewohner waren aufs Land oder nach Versailles geflüchtet. Aber ganz oben, in den niedrigen Wohnungen der Kleinbürger,

Handwerker und den schäbigen, kalten Mansarden der Dienstboten und Armen, unter den Dächern jener prachtvollen Stadtpaläste, drängten sich die Menschen aus allen Luken, um ihre Revolution zu feiern. Selbst von den Dachfirsten winkten sie herunter.

Etliche trugen phrygische Mützen, ein Symbol für Unabhängigkeit und Freiheit. An vielen Gewehren baumelten rote Fransen und erinnerten an das Blut der Toten und Verwundeten der vergangenen Kriege. Einen Moment lang wurde es still, dann summte sogar das Pflaster, als die Menschen sich wortlos auf ein Lied verständigt hatten: »*Allons enfants de la Patrie / Le jour de gloire est arrivé!*« Die Melodie kam Gertrud bekannt vor. »In unserem Stift wurde der Französischlehrerin gekündigt, weil sie diese Melodie in der Badewanne gesummt hat.«

»Du warst in einem Stift?« Sie hatte sich verraten. Wie hatte sie nur so unachtsam sein können! »Du Arme, diese fürchterlichen adligen Weiber haben dir gewiss das Leben zur Hölle gemacht. Freu dich, dass du jetzt hier bist.« Er hielt sie wirklich für eine Dienstbotin. Sie zögerte: »Aber es ist ein Revolutionslied!«

Albert lachte. »Das ist hier ja auch eine Revolution.«

Sie versuchte, sich zu erinnern, ob sie die Putzmädchen und Küchenfrauen im Magdalenenstift schikaniert hatte. Sie hätte nichts beschwören können.

Wenn »Freiheit« und »Gleichheit«, wovon hier jeder sprach, bedeuteten, dass die Menschen sich von nun an selbst regieren, wie es Hortense heute Morgen zum hundertsten Mal verkündet hatte, dann galt das auch für sie. Wenigstens, so lange, wie sie in Paris war. Ein sonderbares Gefühl durchfuhr sie. Leben, wie sie wollte. Die Wucht dieses Gedankens erschütterte sie. Aber was wollte sie eigentlich? Sie hatte nur ein undeutliches Bild von dieser Freiheit, dem sie schärfere Konturen verleihen musste.

Sich selbst regieren – das konnte nur bedeuten, dass sie sich frei und ohne Zwang in den Straßen dieser Stadt bewegen durfte. Sprechen, mit wem und worüber sie wollte. Für einen Moment bedrückte sie die drohende Rückkehr nach Glücksburg. Eine Diskussion mit ihren Vätern darüber, dass sie selbst zu entscheiden habe, ob … Unvorstellbar! Aber jetzt und hier war niemand, der ihr

Vorschriften machen konnte. Hortense frotzelte gern, und Albert machte sich über bestimmte Worte und Ansichten lustig, aber niemand kommandierte sie herum. Sie fühlte sich so lebendig wie noch nie. Von ihrem Vater hatte sie die Freiheit gefordert, über ihre Adoption selbst zu entscheiden. Wie lächerlich! Jetzt konnte sie über alles entscheiden. Es würde ein Abenteuer sein, herauszufinden, welche Möglichkeiten sie hatte und wie dieses Freisein schmeckte.

Unter den roten Fahnen und den Blumen auf der Bühne erschienen einige Dutzend Männer. Sie stellten sich vor einer langen Tafel auf, an der das Zentralkomitee der Nationalgarde saß, das es so eilig gehabt hatte, die Macht abzugeben und zur Wahl der Commune aufzurufen. Ein Kanonenschuss begrüßte die Gewählten und brachte den Gesang zum Verstummen. In die Stille hinein rief ein Mann: »Im Namen des Volkes, die Commune ist hiermit ausgerufen!«

In den meisten der zwanzig Arrondissements von Paris hatten die Linken gewonnen. Ein Vertreter des Zentralkomitees der Nationalgarde, dessen Stimme vor Rührung bebte, las die Namen der gewählten Mitglieder des Rats der Commune vor. Ein junger Mann, der sich hoch oben auf einem Dachfirst an einen Schornstein klammerte, jubelte: »Es lebe die Commune!« Alles, was Lärm erzeugen konnte, sang, rief, trommelte, trompetete, schrie und juchzte. Wer schwieg, schwieg nur, um für noch größeren Lärm Luft zu holen. »Es lebe die Commune!«

»Er wird sich sein Leben lang hieran erinnern«, sagte Albert. Nicht nur der Junge, dachte Gertrud. »Ich auch«, fügte Albert hinzu.

Erst als das Meer aus Menschen vom Platz zu fließen begann, entdeckten sie, dass alle Bataillone der Nationalgarde versammelt waren. Die Bataillone, die zuvor keinen Platz auf der Place de Grève gefunden hatten, zogen jetzt an der Tribüne vorbei und begrüßten die neu gewählte Commune, indem sie ihre Fahnen senkten, mit Säbeln salutierten und die Gewehre präsentierten. Albert und Gertrud sahen zweihunderttausend »Aufwiegler, Straßenräuber und Sträflinge«, wie der geflohene Ministerpräsident Thiers geeifert hatte. Die Bataillone von Belleville, Montmartre und La Villette waren die wildesten und bis an die Zähne bewaffnet. Unter ihren Schritten erbebte das Pflaster.

Albert nahm Gertruds Arm. »Es wird bis in die Nacht dauern, bis alle Bataillone vorbeigezogen sind. Versailles wird toben. Aber die Wahl ist selbst nach ihren Regeln legitim, auch die *maires* und die Deputierten haben zu ihr aufgerufen. So viele Menschen haben gewählt!«

Der sonnige Tag hatte sich in eine helle, freundliche Nacht verwandelt. Während des Krieges hatten die Gasanstalten ihren Betrieb eingestellt, und Paris lag nachts im Dunkeln. In dieser Nacht des 26. März 1871 aber waren die Tuilerien, der Louvre und das Palais Royal beleuchtet. Gertrud balancierte auf einer Mauer. Albert hielt ihre Hand. »Das hier dürfte kein Problem für dich sein, du hast doch behauptet, du kannst reiten. Übrigens eine komische Herrschaft, die dich auf ihre Gäule lässt.«

»Jemand muss sie doch bewegen! Pferde sind hoch, aber nicht so hoch wie diese Mauer.« Sie zauderte und ließ sich in seine Arme fallen. Ihre falsche Identität, bereichert um neue Freiheiten, gefiel ihr jede Stunde besser.

Sie hatten in den Straßen getanzt, gegessen, getrunken und mit Unbekannten auf diesen wunderbaren Tag angestoßen. Sie waren umarmt und geküsst worden, Menschen hielten sie für ein Liebespaar, und sie widersprachen nicht. Gertrud dachte weder an Glücksburg noch an Langenorla. Albert erinnerte sich voller Zuneigung an Heinrich, als sei die Wahl der Commune die Wiedergutmachung für dessen Tod. Sie spazierten eine Weile schweigend und zufrieden nebeneinanderher.

Gertrud war tief bewegt, obwohl sie wenig darüber wusste, woher der Aufstand kam und, vor allem, wohin er führen würde. Sie fühlte sich wie auf einem fernen Kontinent, es war die bisher weiteste Reise ihres Lebens. Beurteile die Dinge mit dem Verstand, Liebes, hatte ihr kluger Onkel Felix sie immer aufgefordert. Sie fand keinen vernünftigen Einwand dagegen, dass Kinder nicht mehr hungern und ein Dach über dem Kopf haben sollten, dass

Menschen Arbeit finden und Ärzte sich um Kranke kümmern sollten. Sie stolperte, und Albert legte seinen Arm um ihre Taille. Langenorla war sehr weit.

Sie fühlte sich so wach, als bräuchte sie nie wieder Schlaf. Vater würde tot umfallen, sähe er mich hier mit einem Mann auf das Haus zugehen, in dem er und ich Tür an Tür wohnen. Ihre Mutter würde spitze Schreie ausstoßen und Gott um Hilfe anflehen, könnte sie beobachten, wie dieser Mann sie umarmte und küsste. Während sie ihn zurückküsste, sah sie in ihrer Fantasie Großtanten und Großmutter um sich herum gackern wie Hühner im Angesicht des Fuchses. Und dann wurde Langenorla gleichgültig.

Sie wollte sich noch nicht von Albert trennen, sondern weiterspazieren. »Wir gehen seit Stunden spazieren«, flüsterte er. »Ich möchte nicht allein sein«, antwortete sie. »Ich lasse dich nicht allein«, antwortete er leise. Er hatte nichts von dem gezierten Getue der Kavaliere in Weimar, Altenburg oder Glücksburg an sich. »Tanz mit mir«, bat sie. »Du willst nicht tanzen …«, antwortete Albert.

Später wurden die Sterne matt, und ein neuer Tag zog auf. Von der Straße und aus den benachbarten Häusern drangen die ersten Geräusche. Albert streichelte sanft über ihre Halsbeuge, Schultern, Hüfte, über ihren Hintern, ihre Scham und Brüste. Sie hielt still. Im Hinterhof keckerten Vögel. Albert küsste ihren Hals, bis sie sich in seinem schmalen Bett zu ihm drehte, die Augen geschlossen, als schliefe sie noch. Zu seiner Überraschung kicherte sie fröhlich. ›Er hatte seine Chance und hat sie nicht genutzt.‹ Onkel Felix' Bemerkung über Goethe und Charlotte von Stein.

»Worüber lachst du?«, fragte Albert.

Sie küsste ihn. »Über Goethe.«

Er zog sie an sich. »Die Landpomeranze ist gebildet.«

»Soll ich dir etwas über Astronomie erzählen? Dir Himmelskörper und unbekannte Sterne zeigen?«, spottete sie. Ihre Hände spielten mit ihm. Er überließ sich ihrer Neugier. Ihr Mund lag an seinem Ohr. Er verstand ihr verlegenes Flüstern kaum. »Nein«, antwortete er dann, »nur beim ersten Mal.«

22

Paris,
27. und 28. März 1871

Es gab Eier zum Frühstück. Eine ihrer Patientinnen hatte Hortense mit Lebensmitteln bezahlt. »Nun habe ich ja bald wieder ein Zimmer zu vermieten«, lästerte Hortense. »Glotz nicht so, Preußin! Meinst du, ich bin taub?«

Gertrud lief rot an.

»Ihr seid wohl sehr prüde in eurem Kaff hinter den Bergen?« Hortense pfefferte ihr Ei, legte den Kopf nach hinten und verschlang es an einem Stück. Gertrud überlegte. Sie kannte Wörter wie »behütet«, »manierlich« und »keusch«. »Prüde« musste etwas Ähnliches bedeuten. Sie nickte.

»Sie gibt es auch noch zu!« Hortense grinste und wurde wieder ernst. »Wir müssen nach Versailles! Es macht mich ganz nervös, dass sich die Commune nicht entscheiden kann. Wenn wir die Revolution nicht in die Provinz tragen, bleiben wir allein. Dann haben wir Versailles, die Armee, die Provinz und die preußischen Barbaren gegen uns.« Sie knallte ihren Becher auf den Tisch. »Ihr könnt euch nicht vorstellen, wie konservativ und religiös diese verfluchte Provinz ist!«

Gertrud war erleichtert über den Themenwechsel.

»Ja, Versailles baut die Armee wieder auf«, sagte Albert.

»Ein Glück, dass so viele Soldaten in deutscher Gefangenschaft sind und bis zur Zahlung der Kriegsschulden nicht freikommen. Das verschafft uns Luft. Die Provinz gegen uns, und die Armee wieder einsatzbereit, das wäre entsetzlich.« Hortense sah einen Moment besorgt drein, dann entspannten sich ihre Gesichtszüge, und die braunen Augen strahlten. »Louise Michel, die mutige Lehrerin von Montmartre, hat sich als feine Dame verkleidet und ist nach Versailles hineinspaziert und unversehrt wieder hinaus und hat erklärt, nun sei bewiesen, dass man Versailles besiegen könne.«

Gertrud war tief beeindruckt: »Niemand hat ihr etwas getan?«

Ihre Wirtin griente. »Du bist wirklich ein Angsthase. Meinst du, vor einer wie uns hätten die Versailler Schiss? 'ne Frau mit geblümtem Kleid und Unterröcken. Wie willst du damit rennen oder kämpfen? Deine Lockenpracht fliegt dir im Gesicht herum, du bist unbewaffnet, piepst ein bisschen um Hilfe«, sie äffte eine hohe, etwas schrille Stimme nach, »die nehmen Frauen doch gar nicht ernst!« Hortense beugte sich zu ihren beiden Preußen, ihren »hauseigenen Preußen«, wie sie sie manchmal nannte. »Louise hat sich angezogen wie 'ne adlige Schrulle. Niemand erwartet von 'ner Adligen irgendetwas Revolutionäres.«

Gertrud wehrte sich gegen einen Vorwurf, der nicht an sie gerichtet gewesen war: »Was traut die Commune den Frauen überhaupt zu? Du durftest an der Wahl der Commune nicht teilnehmen, und deine Louise auch nicht. So ganz gilt das Prinzip der Gleichheit bei der Wahl also nicht.«

Hortense sah ihre Untermieterin überrascht an. »Das ist eine gute Frage. Da kann ich die Commune nicht verteidigen. Seit der großen Revolution steht diese Frage offen.«

»Du meinst die Revolution von 1789, als die Franzosen Tausende von Leuten guillotiniert haben?«

Hortense wandte die Augen zur Zimmerdecke. »Manchmal plapperst du wie eine Reaktionärin. Wie sähe Europa heute sonst aus? Wir kleinen Leute haben verloren, obwohl die Bürger ohne uns nicht gewonnen hätten. Wir haben ihnen ihre neue Macht verschafft. Ihr Preußen hättet nicht diese Farce, die ihr ›Reichstag‹ nennt! Ihr wüsstet nicht einmal, wie das Wort ›Demokratie‹ buchstabiert wird!« Sie stand auf und machte sich verärgert am Herd zu schaffen.

Albert wollte Streit ausnahmsweise vermeiden. »Die Commune ist frei gewählt! Sie können Paris nicht einfach angreifen.« Er war nicht gänzlich überzeugt von dem, was er sagte, denn schon in Solingen hatte er sich geirrt.

Hortense knallte einen Topf auf den Herd. »Bei der Wahl zur Nationalversammlung im Februar, auf Befehl der Preußen wohlgemerkt, zwängten sich die Wähler durch ein Spalier aus Bajonetten. Das verstehen sie unter freier Wahl!« Nach längerem Schweigen sagte sie: »Wir haben übrigens immer weniger zu essen. Heute Morgen gab es nicht ein einziges Stück Gemüse und nur ein halbes Brot. Aber diesmal sind es nicht die Deutschen, diesmal sind es unsere eigenen Landsleute, die die Lebensmitteltransporte vor den Toren beschlagnahmen.«

In der Nacht zuvor hatten sie lange gefeiert: Die Commune hatte Hunderttausenden die Mietschulden erlassen. Mehr als neunzig Prozent der Menschen in Paris lebten in Mietwohnungen. Wegen des Krieges und der Belagerung hatten die meisten Menschen kein Geld mehr und konnten ihre Miete nicht bezahlen. Während der Schlacht mit Preußen stornierte sie die Regierung teilweise. Nun, da angeblich Frieden herrschte, sollten die Menschen sie auf einen Schlag bezahlen, noch dazu rückwirkend bis Oktober des letzten Jahres.

Hunderttausende von Pariserinnen und Parisern fürchteten sich vor dem Leben unter Brücken und in den Slums am Rande der großen Stadt. Sie hatten große Angst vor dem nächsten Winter, vor Kälte, Hunger, Ratten und Seuchen. »Dieses Dekret rettet vielen meiner Patientinnen und ihren Kindern das Leben. Die Nationalversammlung berät zwei Monate ohne Ergebnis, die Commune nur eine Dreiviertelstunde und fasst einen Beschluss.« Hortense pulte zufrieden in ihrem Ohr.

Émile Goncourt klopfte, wartete eine Reaktion aber gar nicht erst ab und trat in die Küche. »Die Arrondissements der Reichen leeren sich. Sie haben auf der Place Vendôme bei ihrer verlogenen Demonstration für die Ordnung – Ha! Ordnung! – solche Prügel bekommen, dass sie noch immer in Massen nach Versailles flüchten. Und dort«, Émile nahm dankend einen Becher dünnen Kaffee entgegen, »prahlen sie, wie heldenhaft sie gegen uns Barbaren und Verbrecher gekämpft hätten.«

Er zwängte sich auf die Bank neben Albert. »Sie werden wieder angreifen! Wir haben längst nicht genügend Barrikaden errichtet. Thiers will Paris ganz und gar vom übrigen Frankreich abschneiden.«

Hortense sagte: »Du übertreibst.«

»Aber das sagen alle.«

In diesem Augenblick rumpelte Louis Goncourt in die besorgte Gesellschaft. Auch er klopfte nicht. Er juchzte, jubelte und tanzte durch den Raum. Hortense fiel der Zigarrenstummel aus dem Mund. Wo sie die immer noch herbekommt?, fragte sich Albert. Gertrud sprang auf und versuchte, den Jungen zu fangen. Er wand sich los. Sie rannte ihm hinterher und riss zwei Teller vom Tisch, die scheppernd zu Bruch gingen. Erschrocken sah sie Hortense an.

»Nun haben wir nur noch fünf. Die übrigen Gäste müssen welche mitbringen«, sagte die trocken.

Gertrud packte den Jungen und kitzelte ihn, er wälzte sich unter ihren Händen auf dem Boden, Stühle fielen um, und der Kohleneimer wackelte. »Was ... ist ... los?« Louis giggelte und japste, Tränen verschmierten Mehl- und Straßenstaub auf seinem Gesicht. Dann sagte er, was einen Roman hätte füllen können, in einem einzigen Halbsatz: »Keine Nachtarbeit mehr.«

»Was redest du?« Hortense war ungeduldig.

»Die Commune ...« Louis befreite sich aus Gertruds Armen.

»Halt!« Hortense schnappte sich ihn am Hemd. »Was ist los?«

»Keine Nachtarbeit mehr! Die Commune hat die Nachtarbeit für Bäckerlehrlinge abgeschafft. Mein Meister ist stocksauer.« Louis lachte zufrieden.

»Das scheint dir von allen Freiheiten am besten zu gefallen«, sagte Gertrud.

Louis strahlte sie an. »Nie mehr um zwei Uhr morgens aufstehen!«

Albert sah ihn finster an. »Und woher bekommen wir unser warmes Brot?«

Louis blickte erschrocken in das Gesicht seines großen Freundes.

Albert lachte und umarmte ihn. »Junge, ich gratuliere!«

Eifrig informierte Louis seine Freunde. »Man sagt, Léo Frankel sei verantwortlich für dieses Dekret.«

»Schon wieder ein Deutscher?«, fragte Hortense.

Émile grinste. »Vorurteile? Schau dich in deiner Küche um! Außerdem ist Frankel Österreicher.«

Albert widersprach: »Nein, ein Jude aus Ungarn und Mitglied der deutschen Sektion der Internationalen Arbeiterassoziation.«

»Ist mir egal, er könnte auch von der Sonne stammen«, sagte Louis. »Keine Nachtarbeit mehr!«

»Wer ist Léo Frankel?«, wollte Gertrud wissen.

»Hast du nicht gehört, wie sein Name nach der Wahl verlesen wurde? Frankel ist vom 13. Arrondissement in die Commune gewählt worden.«

»Ein Jude?«

Alle starrten Gertrud verständnislos an.

Émile erklärte: »Eigentlich Goldschmied. Aber in der Commune leitet er die Kommission für Arbeit und Handel.«

Gertrud wollte ihren Fehler ausbügeln und fragte nach: »Ein Roter?«

»Was glaubst du wohl, was wir selbst sind?«, knurrte Émile. Louis zappelte auf seinem Stuhl herum. »Frankel sagt: ›Die Fahne der Commune ist die Fahne der Weltrepublik.‹«

Hortense freute sich. »Wie schön!«

Nach dem Abendessen mit ihren Freunden gingen Gertrud und Albert, wie sie es sich zur Gewohnheit gemacht hatten, spazieren. Sie ließen es darauf ankommen, sich zu verlaufen. Müde geworden, wollte Gertrud dann nur noch nach Hause. Sie dachte an Hortense' kleines schiefes Haus als »Zuhause«. Dabei hatte sie zwanzig Jahre ihres Lebens im Kleinstaat Sachsen-Altenburg verbracht und gerade einmal drei Wochen in Paris.

»Da vorn tanzen sie, komm!« Albert zog sie auf einen kleinen Platz. Menschen hatten dort ein Feuer gemacht. Jemand spielte Geige. Jemand anderes trommelte. Eine Frau quälte ihr Akkordeon. Ein Junge blies auf der Mundharmonika, und alles zusammen ergab eine Musik, nach der sich die Menschen mit viel Fantasie rhythmisch bewegen konnten.

Am nächsten Morgen hatte Albert früh das Haus mit Émile und Louis verlassen. Gertrud war mit Hortense allein. Das Brot war dünner als sonst, ebenso der Kaffee.

»Willst du eigentlich schwanger werden?«, fragte Hortense.

Gertrud zuckte zusammen und verschüttete ihren halben Becher.

»Kindchen, diese Schreckhaftigkeiten musst du dir endlich abgewöhnen.« Hortense wischte die Pfütze auf. »Und so, wie du reagierst, hast du offenbar keine Ahnung.« Sie sah Gertrud scharf an. Die senkte verlegen den Kopf. »Hat er denn Ahnung?«

Gertruds Kopf blieb unten. »Was meinst du?« Sie ahnte es.

»Ach, du meine Güte! Du hilfst mir doch bei den Entbindungen und bei der Versorgung der Frauen – und bist darin übrigens ganz gut.« Bevor sich Gertrud über die unerwartete Anerkennung freuen konnte, fuhr Hortense fort: »Was genierst du dich? Du schläfst mit ihm. Willst du ein Kind? Nein? Was macht ihr dagegen?«

Gertruds Kopf glühte. Hortense wartete. Als Gertrud die Stille nicht mehr aushielt, stammelte sie: »Er … passt auf. Meistens.« Sie schaute auf. »Und dann …«

»Was macht ihr noch?«, fragte Hortense ungeduldig, stand da, breitbeinig und mit verschränkten Armen.

»Er sagt, im Stehen kann nichts passieren.«

Hortense schlug ihre Hände zusammen und rollte mit den Augen. »Dieser Vollidiot! Ob Franzosen oder Preußen – alle sind sie gleich! Genau so wird die Hälfte der Säuglinge gezeugt, die ich jeden Tag entbinde.«

Gertrud erschrak. Wenn sie jetzt schwanger werden würde, dann hätte sie Ende des Jahres ein Kind. Wo würde sie dann sein?

Lakonisch fügte Hortense hinzu: »Außerdem habe ich nicht den Eindruck, dass ihr viel steht, so wie das Bett quietscht.«

Gertrud brauchte einen Moment, bis sie wieder sprechen konnte. Ihre schüchterne Frage, was sie denn sonst tun solle, hatte Hortense erwartet. Den kleinen Vortrag hielt sie jedem Mädchen und jeder Frau, die sie traf, oft genug auch zu spät: »Es betrifft euch beide. Ein paar Möglichkeiten, nicht schwanger zu werden, kommen für euch nicht infrage.«

»Wieso?«, fragte Gertrud eifrig.

Hortense grinste. »Spät mit der Liebe anzufangen ist bei den

Bürgern verbreitet. Da ist der Mann dann fünfzig, wenn er heiratet, und die Frau zwanzig und weiß von nichts. Oder am besten die völlige Enthaltsamkeit der Frau. Sehr beliebt ist auch Migräne.«

»Du nimmst mich nicht ernst.«

»Das ›Aufpassen‹, wie du es nennst, macht einfach keinen Spaß, oder?« Gertrud nickte. »Ein bisschen hilft es, wenn du dir die Scheide mit warmem Wasser ausspülst, in das du vorher etwas Essig gekippt hast.«

Gertrud zuckte zusammen. Sie ahnte nur vage, was Hortense meinte. Wie geht das? Das konnte sie doch beim besten Willen nicht fragen. Hortense machte einen Vorschlag: »Die im Krankenhaus schulden mir noch was. Ich glaube, sie haben dort noch Kondome. Die sind sonst sehr teuer und meistens nur für die Reichen.«

»Kondome?« Sie hatte dieses Wort noch nie gehört. Beiläufig erklärte Hortense, wie Albert ein Kondom anzuwenden hatte. Dabei beobachtete sie nicht Gertruds Reaktion, sondern konzentrierte sich aufs Rechnen: »Wie viele braucht ihr etwa in einer Woche?«

In diesem Moment betrat Albert gut gelaunt die Küche. »Was gibt es Neues?« Er staunte über Gertruds Gesicht: Es glühte purpurrot, als litte sie an einem lebensbedrohlichen Fieber.

Gertrud war mit Hortense zu einer Gebärenden unterwegs. Die beiden Frauen waren am frühen Morgen nach La Villette aufgebrochen. Albert würde unterwegs sein, wenn sie wiederkamen. Er hockte sich auf Gertruds Bett. Verliebt wie er war, wollte er ihr schreiben, was er für sie empfand, und so suchte er einen Zettel. In der Schublade ihres Nachtschränkchens fand er ein kleines Stück Karton. Es war die Rückseite einer Fotografie, nicht größer als seine Handfläche.

Das Bild war geknickt, dennoch glänzte es, und hatte einen gezackten weißen Rand. Die Fotografie zeigte eine kleine Gruppe von Menschen auf einer Treppe vor einem feudalen Portal. Das Gebäude war nicht ganz zu sehen, aber die Größe des Portals und seine prunkvollen Verzierungen verrieten, dass es sich um ein

Schloss handelte. Die fünf Abgebildeten wurden von der Sonne geblendet. Zwei von ihnen, eine ältere Frau und ein konturloser Mann, standen auf den unteren Stufen der Treppe und so weit am Rand, als wären sie nur zufällig auf das Bild geraten. Die Frau hatte ein zerkratztes Gesicht. Eine strenge Frisur und ihr hochgeschlossenes, dunkles Kleid waren zu erkennen. Der Mann trug Reitstiefel und die Uniform eines einfachen Soldaten. In der Hand hielt er eine Gerte. Typische Domestikenvisage, urteilte Albert.

Einige Stufen höher standen die drei Hauptpersonen: ein Mann zwischen zwei Frauen. Ihre Kleidung war prächtig und sehr teuer. Der etwa fünfzig- bis sechzigjährige Mann trug die Festuniform eines Ulanen-Majors, eine gelbe Schärpe, goldene Knöpfe, Litzen, Streifen, Stulpen, Helm und die Brust voller Orden. Er stand sehr gerade, voller Autorität und Selbstbewusstsein. Die Frau neben ihm war älter, um die Hüften rundlich und weniger attraktiv als der Schmuck um ihren Hals. Ihren Hut schmückte eine lange Feder. Doch der Offizier blickte nicht auf sie, sondern auf die junge Frau an seiner anderen Seite. Sie trug ein überaus kostbares besticktes Kleid und eine Pelzstola um die Schultern, die von einer Brosche gehalten wurde. Ihr Hut war hell und groß und rund, mit einem kleinen Spitzenschleier, den die offenbar vergnügte Trägerin nach oben geschlagen hatte. Ein helles, schmales Gesicht mit großen Augen, die Haare gelockt und hochgesteckt. Sie lächelte.

Der Offizier sah sie mit Besitzerstolz an. Die ältere Frau beachtete er nicht. Die junge, strahlend und sorglos, nahm diese Spannung anscheinend nicht wahr. Sie blickte direkt in die Kamera.

Albert erstarrte. Unter keinen Umständen würde ein Dienstmädchen namens Gertrud Blumenstein in solch teure Kleidung gesteckt, buchstäblich auf dieselbe Stufe wie seine Herrschaft gestellt und dann auch noch fotografiert werden! Die plötzlich wiederkehrende Erinnerung traf ihn wie ein Schlag: Sie war die arrogante Patriotin aus jener feinen Kutsche, die versucht hatte, ihn zu maßregeln, als er nicht für den Krieg zahlen wollte. Und sie war ganz offensichtlich kein Dienstmädchen. Wer war sie dann? Sie hatte gelogen. Hatten ihm seine Feinde eine Deutsche hinterhergeschickt? Lächerlich, schalt er sich. Dafür war er nicht wichtig genug. Er biss die Zähne aufeinander, bis sein Kiefer schmerzte. Sie hatte ihn nach Strich und Faden belogen.

Er fand einen Fetzen leeres Papier und schrieb: *Wenn ich heute Abend zurückkomme, bist du fort. A.*

Den Zettel legte er neben das Bild auf ihr Bett.

23

Paris,
Ende März, Anfang April 1871

»Hast du diesen alten Sausack gesehn, und wie er dich angeglotzt hat? Mädchen, du könntest dir hier so manchen anlachen, und das mitten in der Revolution!« Hortense alberte lautstark herum. Sie hatten Zwillinge entbunden, und alles war gutgegangen. Die Hebamme kickte ihre Schuhe in eine Ecke der Küche und stapfte zum Herd. »'ne Suppe? Machst dich übrigens gut. Heute ist dir gar nicht schlecht geworden.«

Gertrud grinste und räkelte sich zufrieden. »Da war auch keine Ratte.«

Hortense pfiff die Marseillaise, die Gertrud inzwischen auswendig kannte, dann sagte die Wirtin: »Leg dich noch einen Moment hin. Kannst später saubermachen. Weißt du, dass Thiers, dieser Barbar, alle Postwaggons nach Paris anhalten lässt? Keine Briefe mehr und keine Zeitungen.«

Zu ihrer eigenen Überraschung erleichterte diese Nachricht Gertruds Gewissen. Nun konnte sie beim besten Willen keinen Brief nach Langenorla schicken. »Wie schade«, schwindelte sie und verließ die Küche. In ihrem Zimmer zog Gertrud den Vorhang auf, öffnete das Fenster, goss Wasser in die Schüssel, tauchte ihren Waschlappen hinein, wrang ihn aus und kühlte ihr Gesicht. Dann säuberte sie ihre Hände. Der Spiegel warf ein zufriedenes Lächeln zurück. Hortense' Anerkennung machte sie stolz. Müde fiel sie auf ihr Bett.

Im Fallen sah sie etwas darauf liegen, griff unter ihren Rücken und hatte zwei Stückchen Papier in der Hand: einen Zettel mit Alberts großzügiger, steiler Schrift: *Wenn ich heute Abend zurückkomme, bist du fort. A.* Das zweite Stück Papier war das Foto aus Glücksburg, das ihr Herzog Karl nach Bad Ems mitgebracht hatte. Es war, als träfe sie ein Fausthieb in den Magen. Sie schnappte nach Luft. Sie wünschte, sie würde ohnmächtig werden, dann brach sie in Tränen aus.

Irgendwann war sie erschöpft und leer. Ihr Verstand arbeitete auf Hochtouren. Wenn sie blieb, würde er sie verachten, wenn sie ging, konnte sie nichts erklären. Dieser primitive Idiot! Dann schrie sie und trommelte mit den Fäusten gegen das Bett. Was fiel ihm ein! Vielleicht hatte sie Gründe, die für sein Protetenhirn zu kompliziert waren. Seine Reaktion bewies doch, dass es vernünftig gewesen war, alles zu verheimlichen. So wie er über den Adel spottete. Sie war feige gewesen, nein, klug. Sie schämte sich. Wofür? Verfluchter Bastard!

»Was ist los?« Hortense schob ihre Nase durch die Tür. »Na, na. Es gibt doch gleich was zu essen!«

Gertrud schluchzte laut auf. Hortense kratzte sich am Kopf und schloss die Tür. Sie setzte sich aufs Bett. »Nun erzähl schon.«

Gertrud fing wieder an zu weinen, jetzt fast lautlos. »Der Zettel. Er hat …«

Hortense verstand nichts. »Was hat er?«, fragte sie.

Gertruds Faust gab einen kleinen feuchten Papierknäuel frei, sie übersetzte was draufstand. »Was ist denn in den gefahren?«, fragte Hortense.

Gertrud zögerte, dann reichte sie der Hebamme das Foto.

Hortense lachte schallend. »Wer hat dir denn dieses Ding auf den Kopf geschnallt? Siehst aus wie 'ne Mätresse!« Als sie jedoch Gertruds Gesichtsausdruck sah, wurde sie ernst. Ihre Augen ruhten mitleidig auf der Untermieterin.

Dann veränderte sich Hortense' Miene allmählich. Sie wird misstrauisch, dachte Gertrud, als Hortense das Foto noch einmal dicht vor ihr Gesicht hielt. »Was für ein Kleid! Seide mit Spitze. Wie kommst du in solches Zeug?«

Gertrud weinte haltlos. Hortense würde sie verstoßen, so wie Albert.

Hortense fragte eindringlich: »Wer bist du?« Sie schüttelte ihre neue Assistentin an den Schultern. »Du bist ein erwachsener Mensch. Hör auf, herumzuheulen. Wer sind diese Leute? Was ist das für ein Foto?« Nach einer kurzen Pause wiederholte sie streng: »Wer bist du?«

Viel zu lange hatte sie ihr Geheimnis gehütet. Gertrud nahm

sich zusammen. Hortense würde sie ohnehin hinauswerfen. Immerhin arbeitete ihr Verstand wieder. »Mein Name ist Freiin Gertrud Elisabeth von Beust. Der Mann auf dem Foto ist Herzog Karl von Schleswig-Holstein-Sonderburg-Glücksburg. Die hier ist seine Gemahlin, die Herzogin Wilhelmine. Die mit dem zerkratzten Gesicht ist Frau von Hedemann, und der Mann ist ein Kammerdiener. Das Foto wurde im August letzten Jahres auf Schloss Glücksburg aufgenommen. Der Herzog und die Herzogin sind meine Adoptiveltern. Meine leiblichen Eltern sind Freiherr Hermann von Beust und seine Frau Marie. Sie leben auf Schloss Langenorla in Sachsen-Altenburg, südlich von Weimar.« Das schien ihr die kürzestmögliche Version.

Hortense war aufgestanden und hatte ihre Hand von Gertruds Schulter genommen. Gertrud war sich sicher, dass sie Hortense' Haus heute noch verlassen musste.

»Du heißt ›von Beust‹.« Hortense betonte den fremden Namen mit kalter Stimme. »Ein kleiner Unterschied zu ›Blumenstein‹. Und dann auch noch zwei Mütter und zwei Väter. Wie kommst du nach Paris und warum ausgerechnet nach Belleville und in mein Haus?« Hortense verzog ihr Gesicht. »Sag nichts. Du bist eine preußische Spionin, und ich habe dir meine Freunde ausgeliefert! Gut, dass Albert es herausgefunden hat.«

Das Gesicht der Angeklagten wurde noch schmaler und bleich wie das Bettlaken. Als Verteidigung blieb ihr nur die Wahrheit. »Ich war mit meinem Vater in Blankenberge an der Nordseeküste in Belgien, zur Kur …«

»Mit welchem Vater? Du hast ja offensichtlich gleich zwei.« Hortense verschränkte dabei ihre Arme vor der Brust.

»Mit Hermann von Beust, meinem leiblichen Vater.«

»Warum bist du adoptiert worden?« Hortense' Fragen kamen immer schneller.

»Meine Adoptiveltern haben keine eigenen Kinder.«

»Und dann adoptieren sie eines, das noch Eltern hat? Habt ihr keine Waisen in Deutschland?« Hortense' Stimme triefte vor Sarkasmus.

»Doch, schon, aber keine …«

»… so hübschen, jungen, weiblichen. Ich verstehe. Hätte er nicht sonst einen Jungen adoptiert, einen Erben?«

»Ich bin seine Erbin.«

»Oh, fortschrittlicher, als ich dachte, dieser deutsche Adel.« Hortense ging in dem winzigen Zimmer drei kleine Schritte nach links und ebenso viele nach rechts. »Wie kommst du nach Paris?«

»Ich habe in einem Restaurant in Blankenberge sechs französische Offiziere beleidigt.«

Hortense blieb stehen. »Was?«

»Ich habe sie beleidigt. Habe gesagt, dass der Rhein deutsch ist und Elsass-Lothringen auch, und beide würden es bleiben.«

Die Anklägerin lachte schallend. »Was für ein Unsinn! Aber mutig. Sie haben dich nicht verprügelt?«

»Einer hat gesagt, er würde mich zum Duell fordern, wäre ich nur ein Mann. Ich habe ihm meinen Handschuh vor die Füße geworfen und gesagt, er solle froh sein, dass ich eine Frau wäre, denn ich könne mit Sicherheit besser schießen als er.«

Hortense gluckste vor Lachen.

»Sie sind aufgestanden und haben das Restaurant unter lautem Protest verlassen.«

»Und dann?«, fragte Hortense, wieder streng.

»Waren wir im Spielcasino, und ich habe einiges gewonnen.«

»Dann kannst du ja Miete zahlen. Weiter!«

»Das Geld habe ich nicht mehr. Anschließend sind mein Vater und ich auf der Promenade spazieren gegangen. Dann haben wir gestritten.«

»Worüber?«

»Er will, dass ich nach Glücksburg zurückgehe.«

»Wieso zurück?«

»Ich bin von dort weggelaufen.«

»Du läufst oft weg. Dein Vater will, dass du ihn und deine Mutter verlässt. Warum? Liebt er dich nicht?«

»Unser Rittergut und Schloss sind verschuldet.« Sie schämte sich.

Hortense betrachtete sie eine Weile. »Du meinst, er bekommt Geld dafür, dass er dich hergibt?«

Einem so brutalen Vergleich war die junge Deutsche bislang ausgewichen. »Der Herzog zahlt mir eine Apanage. Sobald ich heirate, bekomme ich eine Mitgift. Später erbe ich. Langenorla wäre durch meine Heirat schuldenfrei.« Die Sache hörte sich heute in ihren Ohren unerfreulich an. Sie hoffte, dass Hortense wie sie selbst vor nicht allzu langer Zeit für die richtige Art von Vernunft offen war und nichts Falsches daraus schließen würde.

»Es geht doch nicht um Langenorla, sondern um dich.« Hortense setzte sich neben die junge Frau. »Willst du mir wirklich erzählen, deine Eltern hätten dich verkauft? Wie irgendwelche Halunken in Marseille ihre Töchter an einen arabischen Scheich?«

»Das kannst du nicht vergleichen!«

»Ich habe es bereits verglichen.«

Beide schwiegen für einen Moment.

»Warum bist du aus Blankenberge weggelaufen?«

»Bin ich nicht. Mein Vater hatte mich überredet, nach Glücksburg zurückzugehen, unter gewissen Bedingungen. Am selben Abend haben uns die französischen Offiziere aus dem Restaurant überfallen.«

»Was haben sie mit dir gemacht?«

»Ich habe einige Tage in einer Kiste geschlafen, ich war dauernd müde. Wenn ich die Augen geöffnet habe, war es mal dunkel, dann wieder hell. Manchmal bekam ich Wasser oder Milch und etwas zu essen, aber von dem eigenartigen Essen wurde mir übel. Als ich nichts mehr davon anrührte, sondern es versteckte, war ich nicht mehr so müde, dafür aber hungrig. Ich fand ein Stück Holz, das ich in einen Schlitz am Deckel der Kiste steckte. Es brach ab. Ich versuchte es mit einem meiner Schuhe und riss die Sohle ab. Mit dem anderen bog ich den Schlitz immer weiter auf. Irgendwann brach das Schloss aus der Halterung, und ich kletterte barfuß aus meinem Gefängnis. Mit einem Schuh und einem nackten Fuß stand ich auf gefrorenem Boden.« Gertrud putzte sich umständlich die Nase.

»Spann mich nicht auf die Folter! Was geschah dann?«

»Ich weiß es nicht genau. Es war wohl ein französisches Feldlager. Ich war in einem dunklen Zelt. In der Nähe hörte ich Stimmen, Streit, und Metall klirrte. Ich schaute durch einen Schlitz in der Wand und sah Feuer, endlose Zeltreihen, Schatten. Dahinter lag Wald. Sie hatten mich im abgelegensten Teil des Lagers untergebracht. Ich wickelte den kaputten Schuh mit einem Lappen an meinem Fuß fest, schnappte mir ein Tuch gegen die Kälte und schlich mich zu den Bäumen.« Sollte sie zugeben, dass sie eine Pistole gestohlen hatte, die jetzt unter einem losen Holzbrett im Fußboden ihrer Kammer versteckt war?

»Nachts in den Wald!« Die Großstädterin Hortense konnte sich nichts Grässlicheres ausmalen. Sie schüttelte sich.

»Zu Hause gehen wir manchmal nachts auf die Jagd. Was ist da schon dabei? Ich richtete mich nach dem abnehmenden Mond, um nicht im Kreis zu laufen und wieder in ihre Hände zu geraten. Nach vielen Stunden lag der kleine Wald hinter mir und vor mir eine Ebene mit einer großen Stadt. Bauern bestätigten mir, das sei Paris. Ich war sicher, dass die Deutschen in der Stadt sein würden.«

»Wie bist du hineingekommen?«

»Vor mir war eine Karawane aus Pferde- und Eselswagen, die Lebensmittel in die Stadt brachten, Kartoffeln, Äpfel, Milch, Eier und Mehl. Die Posten haben gesungen und gelacht, als sie diese Fracht sahen, und nicht auf mich geachtet. Ich bin wohl von Westen in die Stadt gekommen. Ich sah Barrikaden, aber keine Deutschen. Ich hatte Angst, jemanden zu fragen, und so bin ich gelaufen und habe gesucht, bis ich fast umfiel.«

»Und dann?«

»Hab ich Émile gefunden. Bei ihm war es warm, und er sollte meinen Schuh reparieren.«

Hortense stand auf und ging zur Tür, in deren Rahmen sie sich noch einmal umdrehte. »Du wirst Albert viel erklären müssen.«

Gertrud sah sie traurig an. »Darf ich bleiben?«

»Wir werden sehen.« Hortense schloss die Tür.

Sie würde auf Albert warten müssen. Erschöpft legte sie sich auf das Bett und formulierte ihre Verteidigung immer wieder aufs Neue. Schließlich schlief sie ein. In ihre Träume drang ein Streit, Gezänk, vertraute Stimmen. Als sie aufwachte, wusste sie nicht, was sie geweckt hatte. Draußen war es dunkel, und ihre Schultern waren steif vor Kälte. Sie hatte das Fenster offen stehen lassen.

In der Küche fand sie nur Hortense vor, die mit einem Kochlöffel auf alles schlug, was ihr in die Quere kam.

»Er ist weg.« Ein weiterer Hieb gegen die Innenwand eines unschuldigen Topfes. »Der Idiot wollte dich nicht mal anhören. Hat nur gefragt: ›Ist sie gegangen?‹ ›Nein‹, hab ich geantwortet, ›du musst mit ihr reden!‹ Da lief er schon zur Tür. ›Bleib hier‹, hab ich gebrüllt, ›red gefälligst mit ihr, das bist du ihr schuldig.‹ ›Ich schulde niemandem was, schon gar nicht einer Klassenfeindin, die uns alle belogen hat.‹ Dann hat er die Tür so zugeknallt, dass ich Werkzeug brauchen werde, um sie wieder zu richten.«

»Wo ist er hin?«

Hortense sah Gertrud mitfühlend an. »Du wirst ihn nicht finden.«

»Wo ist er?«

»Sie kämpfen im Westen der Stadt. Er kommt nicht wieder her, bevor du nicht fort bist.«

»Also, wo?«

Hortense berührte das Gesicht der ernsten jungen Frau. »Ich weiß es wirklich nicht, Gertrud. Sie sammeln sich irgendwo. Vielleicht an der Barrikade an der Place de la Bastille? – Halt, zieh dir deine Jacke an … und Schuhe! Bist du verrückt!«

In ihrem Zimmer löste Gertrud die kurze Holzdiele unter dem Fenster, reinigte die Waffe und klemmte sie unter ihr Strumpfband. In der Küche umarmte sie Hortense, die ihr unglücklich und ungewohnt tatenlos hinterhersah.

Es war Sonntag, der 2. April 1871, ein kühler Tag, aber trocken. Wie selbstverständlich lief sie allein durch die Straßen. Sie spürte die Pistole an ihrem Oberschenkel. Hortense' Schal hatte sie um Kopf und Schultern geschlungen. Trotz ihres Kummers fühlte sie sich seltsam stark. Das Kleid hinderte sie daran, schneller zu laufen. Sie griff fest in den Stoff und beschleunigte ihre Schritte. An der großen Barrikade in der Rue Oberkampf begegnete sie Émile und Louis.

»Habt ihr Albert gesehen?«

»Er ist vor vielen Stunden mit einem derart finsteren Gesicht hier vorbeigekommen, dass wir ihn nicht aufhalten wollten«, sagte Émile erstaunt.

»Der ist bestimmt zur Place de la Bastille«, meinte Louis.

»Blödsinn!«, antwortete Émile.

Ein dritter Mann witzelte: »Der ist nach Montparnasse, zu den Tänzerinnen!«

»Halt die Klappe, Idiot«, schimpfte Émile.

Gertrud lief weiter. Etwas später hörte sie weit entfernten Kanonendonner.

»Ist es wahr, dass gekämpft wird? Gibt es Krieg?«, fragte sie einen Passanten.

Der Mann zog höflich seinen Hut. »Das sind gewiss Salutschüsse. Unsere geschätzte Nationalgarde hat vermutlich draußen am Wall ein kleines Scharmützel zu ihren Gunsten entschieden. Krieg! Wo denken Sie hin, mein Fräulein?«

Wie sollte sie in dieser großen Stadt Kämpfe finden, von denen ihr niemand sagen konnte, ob und, wenn ja, wo sie stattfanden?

Im Zentrum, an der Ecke des Boulevard des Capucines, setzte sie sich ins *Café de la Paix*. Ihr Geld – Hortense war von einer bürgerlichen Patientin tatsächlich mit Geld bezahlt worden und hatte ihr einen Anteil zugesteckt – genügte für jenen winzigen schwarzen Kaffee, den sie inzwischen liebte. Sie setzte sich vor die Tür auf einen Stuhl und hielt ihr Gesicht in die Frühlingssonne.

Für ihren Vater wäre sie, allein an einem solchen Ort, eine Hure. Die Vorstellung rang ihr ein Lächeln ab. Auf Anschlagtafeln warb das *Grand Hôtel*, dessen Erdgeschoss das *Café de la Paix* einnahm, für seine Zimmer und Suiten, als gäbe es Reisende wie in jedem anderen Frühjahr. Die Preise entsprachen den Angaben Hortense', die sie mit ihrer Miete verglichen hatte. Wie konnte sie erfahren, wo gekämpft wurde? Sie sah sich nach einer Zeitung um, aber so schnell wurden Nachrichten selbst in Paris nicht gedruckt. Das Café war gut besucht, das Publikum lebhaft. Niemand belästigte sie. Sie genoss die Sonne, traurig und entschlossen beriet sie ihren Plan mit sich selbst.

Eine halbe Stunde später rannten plötzlich Menschen auf dem Boulevard vorbei, Kinder, Männer und Frauen. »Die Versailler greifen uns an! Es ist wieder Krieg!« Stühle stürzten um, Tabletts fielen herunter, und Gläser und Tassen zerschellten. Die Kellner knüllten ihre Schürzen zusammen und warfen sie auf den Boden. Der Koch stellte die Arbeit ein. Wer bezahlt hatte, stopfte sich die Reste des Essens in die Backen oder, eingewickelt in Zeitungspapier, in die Taschen. Die Empörung zwang die meisten Gäste auf die Straße. Wenige blieben, in laute Diskussionen verwickelt, zurück. Gertrud stand inmitten der Turbulenzen. Was sollte sie tun?

Am Nachbartisch war man empört. »Diese Verbrecher! Wir waren zu zurückhaltend und haben nur gewählt und unsere Kanonen verteidigt«, sagte ein Soldat in einer fantasievoll zusammengewürfelten Uniform, der mit dem Rücken zu Gertrud saß. »Die kennen keine Skrupel!« Er hatte eine helle Stimme.

»Hätten wir sie bloß aus Versailles vertrieben«, antwortete ein anderer bitter.

»Hätten, hätten – was tun wir jetzt?« Der Soldat war ungeduldig. Seine Freunde entschieden sich, sofort in den Westen der Stadt zu ziehen, woher der Kanonendonner gekommen war. Der Kämpfer mit der hellen Stimme hatte eine nicht ausgeheilte Verletzung am Knie und blieb allein zurück.

Als hätte er gespürt, dass er belauscht wurde, drehte sich der vermeintliche Mann um: Es war eine Frau, vielleicht fünfundzwanzig oder dreißig Jahre alt. Sie stand auf und ging zu Mademoiselle Blumenstein hinüber, die seit heute wieder Freiin von Beust hieß. Die Fremde mit den dunklen Augen und hohen Wangenknochen trug eine schwarze Kappe mit roter Litze. Darunter hatte sie ihre schwarzen Haare verknotet. Auch ihre Jacke war schwarz und fest um die Taille gebunden. Sie trug keinen Rock, sondern Hosen, schwarz, mit rot gepaspelten Seitennähten. An ihrem Gürtel hing eine braune Feldflasche, und auf ihrem Rücken baumelte ein Artilleriegewehr mit aufgestecktem Bajonett, als zöge sie in den Kampf.

Die Hosenträgerin betrachtete Gertrud von oben bis unten. »Gehst du kämpfen, oder bist du eines von diesen Püppchen?«

Gertrud tastete vorsichtig nach der Pistole unter ihrem Rock. »Was willst du von mir?«

Die Frau grinste. »Trotz des niedlichen Blümchenkleids immerhin nicht leicht einzuschüchtern. Warum trägst du so ein Weiberzeug?«

»Was sonst?«

Die Frau ignorierte Gertruds Frage. »Die anderen sind alle fort. Ich darf nicht kämpfen. Hab mir das Knie verletzt. Hast du Zeit? Wenn du willst, komm mit.«

Aus den Häusern des Boulevards kamen Menschen, die sich hastig ganz unterschiedliche Uniformteile angezogen hatten. Sie trugen Gewehre, Bajonette, Mistgabeln, Holzlatten und alle Sorten von Messern. Gertrud ließ sich für einen Moment ablenken.

»Dann hock eben zu Hause und strick dir ein Bettjäckchen. Grässlich, manche Weiber.« Die Schwarzhaarige wollte gehen.

Gertrud war fasziniert. »Warte bitte!« Ein wenig schüchtern stellte sie sich vor: »Ich heiße Gertrud – Freiin von Beust.«

Die Hosenträgerin zog die Augenbrauen hoch: »O je!« Dann stellte sie sich vor: »Sophie Morissot. Komm!«

Gertrud folgte der Frau in den siebten Stock eines luxuriösen Stadthauses, wo sich einfache Mansardenwohnungen befanden. Die Fremde humpelte in atemberaubendem Tempo die Treppen hinauf. Sophie Morissots Zimmer war niedrig und spärlich möbliert. Auf dem Boden stapelten sich Bücher.

»Mein Mann ist gleich zu Beginn des Krieges von den Deutschen getötet worden. Hier, seine Hose. Kannst sie haben. Er war kleiner als ich, und nur wenig größer als du.«

Gertrud nahm das schwarze Kleidungsstück entgegen. Sie zog es über die Schuhe, unter den Rock, blieb an ihrem Strumpfband hängen und zog ohne nachzudenken die Pistole hervor. In Sekundenbruchteilen hatte Sophie Morissot ihr Gewehr an der Schulter und zielte auf ihren Gast. Die beiden Frauen starrten einander an.

Ohne den Blick von Sophie abzuwenden, legte Gertrud die Pistole langsam auf einen Hocker. Sie zog die Hose hoch, den Rock darüber und sah an sich hinunter. »Das sieht lächerlich aus.«

Die andere ließ das Gewehr sinken. »Schneid's ab.«

»Aber das Kleid gehört mir nicht.«

Sophie lehnte das Gewehr an den Schrank und öffnete ihn noch einmal, ohne auch nur für einen Moment die Pistole aus den Augen zu lassen. »Zieh die Blümchen aus und das hier an. Beeil dich. Der Bürgerkrieg macht keine Pause, nur weil du Kleiderprobleme hast.«

Gertrud zog das Kleid über den Kopf. Bürgerkrieg? Es gab doch nur einzelne Kämpfe. Blieb noch der Unterrock aus cremefarbenem Flanell. Man hatte doch gewählt. Warum Bürgerkrieg? Sophie reichte ihr eine Schere. Gertrud schnitt den Unterrock wie vorgeschlagen auf halber Höhe ab und stopfte ihn in die Hose. Sie schlüpfte in das grobe rote Hemd, das ihr die Fremde hinhielt, und knotete schließlich ein Seil um ihre Taille. Sie machte einen Schritt, und noch einen. Beide lang und ausgreifend.

»Ich kann darin richtig laufen!«

»Was glaubst du, warum sie uns in Röcke stecken?«, spottete Sophie.

Gertrud nahm die Pistole mit Sophies wortloser Erlaubnis vom Hocker und wollte sie sich in die Hosentasche stecken, doch Sophie streckte die Hand danach aus. Sie hielt die Waffe wie eine Stiege roher Eier, drehte sie in alle Richtungen, betastete den Lauf und spielte vorsichtig mit dem Abzug. »So eine habe ich noch nie gesehen.«

»Hab ich einem Versailler abgenommen.«

»Respekt!«

»Er war schon tot, lag unter seinem Pferd. – Nein, das ist gelogen. Ich habe sie aus seinem Zelt geklaut.«

»Schönes Gerät. Wie lädt man es?«

»Von hinten, mit Metallpatronen. Werden zentral gezündet, und die Hülsen fliegen hinten raus.«

»In England gibt es ein Modell, bei dem sich eine Trommel dreht. Der Hahn wird gespannt, und der Schuss geht los.«

»Das ist ein Revolver, dies ist eine Pistole. Die ist schneller«, sagte Gertrud.

»Wie viele Patronen hast du?«

»Nur ein Dutzend. Muss bald einen toten Versailler finden.«
Die beiden Frauen lachten.

»Du bist Deutsche. Meine Freundin ist eine Russin. Sie heißt auch Elizabeth. Auch 'ne Adlige, es muss wohl Ausnahmen geben. Elizabeth ist aus Russland geflohen, weil es dort zurzeit keine Revolution gibt. Solche wie ihr langweilen sich leicht, was?« Sie lachte frech, als sie Gertruds Gesicht sah. »Warum bist du hier?«

Das wird ein längeres Gespräch, dachte Gertrud.

24

Paris,
4. April 1871

Während im Westen gekämpft wurde, wartete Albert Lauterjung auf der Place de la Concorde auf seinen Einsatz. Er war bereit, sich entgegen jeder Neigung und um der Sache willen einer gewissen Disziplin zu beugen. Aber niemand befahl ihm etwas. Andere Männer saßen wie er auf den Steinen rund um den Platz und vertrieben sich die Zeit. Diese verfluchte Warterei zwang ihn, an Gertrud zu denken. Er musste seine Wut auf diese Betrügerin schüren, sonst gewannen unerwünschte Gefühle die Oberhand.

Es nieselte, und er begann zu frieren. Irgendwann in dieser Nacht hielt er jeden menschlichen Schatten für einen Offizier, der gekommen war, um zu befehlen. Aber niemand kam. Er zog seinen Kragen hoch, sah andere ihre Gewehre aufsetzen und schweigend abmarschieren. Er erfuhr von neuen Treffen der Nationalgarde auf dem Boulevard Montmartre, und während sie durch die nächtlichen Straßen liefen, erzählte man ihm, dass die Regierung von Frankreich Granaten auf die Stadt abgeschossen hatte. Man hatte den Angriff nicht angekündigt, den Krieg nicht einmal erklärt. Feige Bastarde! Versailles habe zehntausend Soldaten und viele Hundert Reiter gegen sie gehetzt, sagte sein Begleiter. Paris sei bei Courbevoie, im Nordwesten, nur von ein paar Hundert Mann hinter drei unfertigen Barrikaden verteidigt worden.

»Und was ist passiert?«, fragte Albert

»Unsere sind davongelaufen. Sie haben aus lauter Furcht, von Paris abgeschnitten zu werden, sogar Verletzte zurückgelassen.«

Zornig mischte sich ein anderer Nationalgardist ein. »Wären wir bloß sofort nach Versailles marschiert! Zehntausend Versailler – wir alle zusammen hätten die Kanaillen bis zum Atlantik gejagt!«

»Warum …«, setzte Albert an und verstummte. Er kannte die Antwort.

»Sie sind sich nicht einig.«

Die drei Männer verharrten in unzufriedenem Schweigen.

»Das Zentralkomitee hat seine Macht zu früh abgegeben. Und die Commune hat Angst, dass sie die Knebelbedingungen der Deutschen unterzeichnen muss, wenn sie Frankreich regiert. Das will man auf jeden Fall vermeiden, genau das hat man Thiers ja vorgeworfen: Frankreich verraten zu haben. Man will sich auf Paris beschränken, als wäre die Stadt eine Insel.«

»So denken die meisten.«

»Ihr habt doch einen Delegierten für das Kriegswesen?«, wollte Albert wissen.

»Cluseret? Der ist uns viel zu autoritär.«

»Wie soll ein General sonst sein?«

Der Nationalgardist blieb stehen. »Wir wählen unsere Offiziere jetzt selbst. Und Cluseret will das wieder ändern.«

»Und deshalb sind wir in Courbevoie jetzt auf die Schnauze geflogen«, sagte Albert.

Die drei Männer versanken erneut in trübsinniges Schweigen.

»Könnt ihr eure Offiziere wirklich jederzeit absetzen, auch mitten in der Schlacht?«, fragte Albert.

Der eine Nationalgardist sah den anderen an. »Ich glaub schon.«

»Nein, das wäre doch Quatsch«, widersprach der andere.

»Warum marschiert die Nationalgarde noch nicht los? Hat das die Commune befohlen?«

Der Soldat neben Albert schien sehr mit seinen Fingernägeln beschäftigt. »Es gibt kein ausdrückliches Verbot. Sogar Félix Pyat, der Schwätzer, soll gesagt haben: ›Wenn sie sich gerüstet glauben, sollen sie losziehen.‹«

»Wenn wir nicht aufpassen, macht Pyat die Revolution zu einem Melodrama.« Die Männer lachten.

»Fühlen wir uns gerüstet?«

»Das werden wir auf dem Boulevard Montmartre sehen.«

Ein Meer roter Fahnen ließ ihn auf dem Boulevard all die tristen Gedanken der letzten Nacht vergessen. Albert warf sein Käppi in die Luft und jubelte und schrie. Eine kleine alte Frau mit einem

Gesicht voll feiner Falten lachte ihn an, und er umarmte sie. »Mindestens zwanzigtausend sind wir!« Es war eine lärmende, wilde Versammlung. Die Wut über den Angriff der verhassten Regierung mischte sich mit der Euphorie über den für heute erwarteten Sieg. Wieder wurde die Marseillaise geschmettert und »Es lebe die Commune! Es lebe die Republik!« geschrien.

Noch mehr Menschen eilten aus den Schluchten des Quartier Saint-Antoine herbei. Sie kamen aus Belleville und stiegen von den Höhen des Montmartre herab, ein Bataillon nach dem anderen. Der Platz quoll bald über vor Menschen. Die Bataillone aus den Arbeiterbezirken Montmartre und Belleville konnten es kaum noch erwarten, und ihre Ungeduld und Angriffslust steckten alle an.

Vielleicht gab es eine Erklärung für das Foto. Er hätte sie anhören sollen. Jemand gab Albert ein Gewehr. »Habt ihr Patronen?«, fragte er.

Irgendwer antwortete vergnügt: »Die werden wir dort draußen schon noch bekommen. Aber wenn die Regierungstruppen sehen, in welchen Massen wir ankommen, werden sie sich mit uns verbrüdern!«

Niemand schien mehr stillzustehen, als sich der Zug schließlich in Bewegung setzte. Nationalgardisten, Zivilisten, alte Männer, junge Frauen, halbe Kinder, Männer mit den glatten Händen wohlhabender Bürger neben abenteuerlichen Figuren in ungewöhnlicher Kleidung. Albert war in ihre Mitte gedrängt worden, und es gefiel ihm dort. Vor ihm schritten, aus vollem Hals singend, ein alter, weißbärtiger Mann und ein junger, zappeliger mit rotem Haar. Der Alte steckte, wie viele andere Kämpfer, in einer Fantasieuniform: seine Hose von der Nationalgarde, die Jacke eines Matrosen mit angesengten Tressen.

Der Rotschopf lachte Albert an, als könnte er sich nicht vorstellen, dass irgendwer auf der Welt ihm anders als freundlich gesonnen wäre. Er zeigte auf die Jacke des Alten. »Die hat Vater seit 1848 aufgehoben, und er hatte recht.«

Der Alte drehte sich um, das Gesicht voller Hoffnung. »Diesmal werden wir es schaffen. Die Deutschen stehen im Norden und im Osten, von Saint-Denis über Vincennes bis Charenton halten sie alle Forts besetzt.« Er schlug sich an die Stirn. »Ist das zu glauben? Die verfluchten Preußen schützen uns vor den Versaillern!«

Sie zogen auf dem Boulevard Haussmann südlich des Gare Saint-Lazare vorbei. Den Rotschopf reizte aber noch eine andere Front. Albert beobachtete belustigt, wie der etwa Siebzehnjährige sich zu einer hübschen, etwa zwanzigjährigen blonden Frau hindurchschlängelte.

Sie schien ihn zu kennen. »Hallo, Kleiner.«

»Guten Tag, Chantal. Du kämpfst mit uns?«

Sie sah ihn mit freundlichem Spott an. »Nein, *chéri*, ich gehe nur ein bisschen spazieren. Das ewige Kochen macht so müde.« Über einer Pumphose trug sie eine Art Kaftan, außerdem einen Schlapphut und als Waffe nichts als ein Messer. Sie sah Alberts Interesse und wandte sich ihm zu, was den Rotschopf betrübte.

»Verstehst du etwas von Messern?«

»So eines kenne ich nicht.«

»Sonst kennst du sie alle?«

»Ich bin Schleifer. Die englischen kenne ich, die deutschen ohnehin, die französischen und noch einige andere.«

Ihres war nur ein gewöhnliches Jagdmesser, aber an diesem Tag schien auch das Alltäglichste wie in neuem Glanz.

Einige Hundert Meter vor dem Arc de Triomphe beschloss Albert, etwas Proviant einzukaufen. Das sei nicht nötig, hielten ihn alle zurück. Dafür werde gesorgt. Die Commune kümmere sich um alles. Aber er war jetzt hungrig, und so trat er aus der Reihe. Da war ein Café. Ein Stück Brot, Käse und ein starker Kaffee im Stehen. Er sah den Zug einige Dutzend Meter entfernt an sich vorbeiziehen. Man trat sich auf die Füße, so eng war es, und der Rotschopf bewegte sich nur langsam vorwärts.

Auf einem Hocker vor dem Café saß ein Mann, grau im Gesicht. »Die werden sich noch alle wundern. Die sind ja nicht einmal vernünftig bewaffnet.«

Was für eine traurige Gestalt, dachte Albert.

Der Mann brabbelte vor sich hin. »Sie waren als Gendarmen

verkleidet und trugen eine weiße Fahne. Wir glaubten ihnen, und meine Freunde sind jetzt tot.«

»Wovon sprichst du?«, fragte Albert.

Der Mann kippte ein großes Glas Absinth hinunter. »Brücke von Neuilly.«

»Die ist doch sicher!«

»Wir hatten keine Patronen und sechzehn Stunden lang nichts gegessen.« Er lachte bitter. »Wie ihr in den Krieg zieht! Wie zu einem Picknick! Nicht mal was zu fressen habt ihr. Alle tot.«

Albert sah sich den Mann genauer an. Das war kein Jammerlappen. Er hatte etwas Schreckliches erlebt. Albert lief ein Schauer den Rücken hinunter.

An der Außenwand des Cafés hing ein Aufruf der Exekutivkommission der Commune an die Nationalgarde. Die schwarze Farbe auf dem roten Papier war noch feucht. So viele Menschen drängten sich davor, dass Albert den Text nur langsam lesen konnte:

Die royalistischen Verschwörer haben angegriffen. Ungeachtet der Mäßigkeit unserer Haltung haben sie angegriffen. Da sie nicht mehr auf die französische Armee zählen können, hetzten sie die päpstlichen Zuaven und die kaiserliche Polizei auf uns. Nicht genug, dass sie die Nachrichtenverbindungen zur Provinz abschneiden und vergeblich versuchen, uns auszuhungern, diese Rasenden wollen dem Vorbild der Preußen gänzlich folgen und Paris bombardieren. Heute Morgen haben sie das friedliche Dorf Neuilly mit Granaten und Kartätschen überschüttet und den Bürgerkrieg gegen unsere Nationalgardisten begonnen. Es gibt Tote und Verwundete. Wir wurden von der Pariser Bevölkerung gewählt, daher ist es unsere Pflicht, diese große Stadt gegenüber den skrupellosen Angreifern zu schützen. Mit eurer Hilfe werden wir Paris verteidigen.

Paris, 2. April 1871.
Die Exekutivkommission.

In diesem Augenblick schien es Albert, als ob die Welt explodierte. Einige Hundert Meter entfernt schlugen Geschosse in der Avenue de la Grande Armée ein, nur kurz hinter dem Arc de Triomphe. Albert sah, wie Waghalsige auf die Verzierungen des Denkmals kletterten und auf das plötzlich zu ihren Füßen ausgebrochene Gefecht starrten. Albert rannte auf die Place de l'Étoile. Ein Mann hatte ein Brett über drei Stühle gelegt und bot den erhöhten Standort gegen Bezahlung an. Albert stieß die Stühle um.

Bis zur Porte Maillot war die Avenue de la Grande Armée verstopft. Direkt über der Menge explodierten Schrapnells, abgeschossen aus weiter Entfernung und doch präzise gezielt. Die Avenue lag unter Beschuss, ebenso Courbevoie und Neuilly im Nordwesten von Paris. Das Fest war vorbei. Die Menschen rannten – die einen voller Panik zurück in die Sicherheit der Stadt, andere verschwanden in den Seitenstraßen. Die Mehrheit jedoch schien sich in den Kampf stürzen zu wollen. Monatelang, jahrelang, jahrzehntelang hatten sie auf diese Revanche gewartet, für eine Republik, die sie sich vor achtzig Jahren erkämpft hatten und um die man sie seit ebenso langer Zeit betrog.

Albert folgte ihnen. Als Staub und Qualm sich gesenkt hatten, sah er den Rotschopf leblos auf der Straße liegen. Der Weißbärtige weinte über ihm. Seine Festjacke hatte er dem Toten unter den Kopf gelegt. Ohne nachzudenken, entschied sich Albert für den Weg Richtung Süden, vorbei an der Stelle, wo er Paris vor über zehn Wochen betreten hatte.

Gertrud hatte den Tag mit Sophie verbracht und war gegen Abend ungeduldig nach Hause gelaufen. Hortense hatte noch immer keine Nachricht von Albert. Die gedrückte Stimmung in der Küche machte sie krank vor Angst. Hortense musste zu einer Patientin, Émile und Louis kämpften vor der Stadt. So war Gertrud allein und legte sich für einen Moment auf ihr Bett. Als sie nach einer Nacht voller Alpträume aufwachte, war sie immer noch allein. Die Stille machte ihr zu schaffen, und sie verließ das Haus, um Albert und Émile und Louis zu suchen. Sie war nicht die Einzige, die jemanden suchte.

Auf dem Boulevard Montmartre, wo sich, wie man ihr berichtete, am gestrigen Morgen die Bataillone der Commune versammelt hatten, begegneten ihr zwei Frauen: Die eine weinte und wurde von der anderen vergeblich getröstet. »Verzweifle nicht, unsere Männer kehren gewiss zurück.«

Die zweite Frau schniefte. »Die Commune hat versprochen, für uns und unsere Kinder zu sorgen.«

Ihrer Freundin fiel offensichtlich nur noch ein letztes Argument ein: »Es ist unmöglich, dass sie sterben, wo sie doch eine so gute Sache verteidigen.«

Dieser unsinnige Satz unterbrach die Weinende, und sie bekannte: »Ich will meinen Mann lieber tot wissen als in den Händen der Versailler.«

Gertrud lief schneller.

Der Boulevard Montmartre füllte sich, als hätte ein geheimes Signal die Menschen hierhergerufen. Sie warteten, und die Spannung stieg so stark, dass Gertrud es nicht wagte, diesen Ort zu verlassen. Zwei Stunden später – sie fror erbärmlich – sah sie eine geschlagene, verzweifelte und verwundete Armee den Boulevard Haussmann von Westen her hinunterkommen. Tausende von Nationalgardisten waren auf dem Rückmarsch von einer schlecht vorbereiteten, verlorenen Schlacht. Sie sah blutige Köpfe, die Männer stützten einander, manche waren barhäuptig, alle voll Staub und erschöpftem Entsetzen.

Erfüllt von Respekt und Trauer bildeten die Wartenden am Straßenrand ein loses Spalier. Sie hofften, in den geschlagenen Gestalten Verwandte oder Freunde wiederzuerkennen. Wer einen entdeckte, der nicht auf dem ersten großen Schlachtfeld der Commune vor den Toren der Stadt geblieben war, schrie und jubelte. Umso mehr Furcht erfüllte die, die niemanden erblickten.

Sie wartete lange. Alberts Gesicht tauchte erst unter den Nachzüglern auf. Er war bleich, hatte tiefe Ringe unter seinen Augen und stützte sich auf einen Stock. Er sah sie nicht. Sie rannte in den Zug hinein, umarmte ihn und weinte. »Ich suche dich seit zwei Tagen.« Er stolperte, war verletzt. Sie half ihm auf und führte ihn an den Rand des Boulevards. Es war nichts Ernstes, eine

Fleischwunde, wieder im Unterschenkel. Nicht so schlimm wie das Gemetzel dort draußen. »Warum bist du fortgelaufen?«

»Die Versailler beschießen uns, auch wenn wir nicht streiten.«

»Du hättest mich anhören müssen.«

»Ja«, seufzte er tief und ließ sie nicht los. »Du trägst Hosen.«

»Das ist jetzt unwichtig. Ich bringe dich nach Hause. Du wäschst dich, ich verbinde deine Wunde, und dann hörst du mir zu.« Seine Wut auf sie war in der Schlacht verraucht. Sie fuhr fort: »Wenn du dann noch sagst, ich solle gehen, dann gehe ich.« Sie schien sich sehr sicher zu sein, dass sie ihn überzeugen würde. Er wollte nicht, dass sie ging. Er würde ihr alles glauben.

Ihr Heimweg war lang, und Albert musste immer wieder rasten. »Wir hatten keinen Anführer, nur die jungen Generäle ohne Erfahrung, aber voller revolutionärem Kampfgeist. Sie vergaßen die einfachsten Dinge. Wir hatten weder Pulverwagen und Munition noch Sanitäter. Niemand gab klare Befehle, und jeder konnte sich seine Einheit selbst aussuchen. Es gab nichts zu essen. Den Proviantwagen hatte man genauso vergessen wie die Kanonen. Manche Soldaten hatten nicht einmal Patronen dabei! Sie dachten, wir zeigen uns nur an der Stadtgrenze und haben damit schon gewonnen.« Er stöhnte vor Schmerzen auf. »Es sind sonderbare Kämpfer, voller Wut und Leidenschaft, aber sobald sie außerhalb der Stadt sind, auf Wiesen und Feldern, fühlen sie sich wie Fische auf dem Trockenen.«

Gertrud hob seinen Arm über ihre Schulter.

»In Paris kennen sie jeden Stein, jede Gasse, jeden Hinterhof. Familien und Nachbarn liefern Informationen, Waffenlager und Verstecke. Der Feind steht auf verlorenem Posten. Aber dort draußen …« Albert wischte sich den Schweiß ab. »Wir sind in drei Kolonnen losmarschiert, um uns für den Angriff der Versailler zu rächen. Die ersten Kanonenkugeln trafen mitten in unsere geschlossenen Reihen. Einige rannten schreiend davon, die meisten schlugen sich tapfer, und viele starben. Unsere Kolonne marschierte nach Süden, zu den Höhen von Châtillon.« Albert schauderte. »Wir waren vielleicht sechs- bis siebentausend Mann. Nachts wurde es ciskalt. Wir hatten keine Zelte, keine Planen, kaum Feuerholz, keinen Proviant. Gegen fünf Uhr morgens, nach einer durchfrorenen und durchhungerten Nacht, kam der Feind. Ausgeschlafen und sattgefressen. Wir hatten keine Chance.«

»Du zitterst ja«, sagte sie.

Sein Arm drückte ihre Schulter noch fester. »Mir und einigen anderen gelang die Flucht. Wir hatten den verrückten Plan, später einige der Gefangenen, die sie nach Versailles schleppen würden, zu befreien. So sind wir eine Zeitlang hinter ihnen hergelaufen, immer versteckt und auf Umwegen.« Albert atmete tief durch. »Da war ein Lager. Ein Offizier trat aus einem Zelt und ließ sich ein paar Gefangene vorführen. Er zog eine Pistole und schoss dreien von ihnen in den Kopf. Eines der Opfer soll Émile Duval gewesen sein, dreißig Jahre alt, Eisengießer und Mitglied des Zentralkomitees. Gefangen und einfach erschossen. Vorher rief er noch: ›Es lebe die Commune!‹ Als er tot war, riss man ihm die Stiefel von den Füßen und den Kragen vom Hemd. Sie sammeln Trophäen.«

Gertrud hielt ihre freie Hand entsetzt vor den Mund. Gefangene zu erschießen, war barbarisch.

»Auch Gustave Flourens, der Scharfschütze von Belleville, wurde erwischt. Er stand, die Hände auf dem Rücken gefesselt, vor einem berittenen Offizier und schien sich über irgendetwas zu beschweren.« Albert legte seinen Kopf auf ihre Schulter.

»Da zog der Reiter seinen Säbel und spaltete Flourens mit einem Hieb den Schädel. In dem Moment bin ich geflüchtet.«

Gertrud hatte noch nie einen Mann weinen sehen, und es berührte sie tief.

»Hortense hat mir von Flourens erzählt. Als im Winter durchsickerte, dass Thiers mit Bismarck verhandelte, zogen viele Bataillone der Nationalgarde aus den Arbeitervierteln zum Stadthaus. An ihrer Spitze Flourens, Anführer der roten Scharfschützen von Belleville. Sie verlangten eine Commune. Die Regierung saß wie gelähmt da und reagierte nicht. Da sprang Flourens auf den Tisch und stampfte vor ihnen hin und her, dass die Tintenfässer klirrten. Dann proklamierte er die Commune gleich selbst.«

An Hortense' Küchentisch saßen sie selbst, Émile, Louis und Claire, im Arm die kleine Elise. Jean, ein Freund der Goncourts, lag lebensgefährlich verletzt im Krankenhaus. Émile war doch noch losgezogen und unverletzt geblieben. »Man hatte uns gesagt, der Mont Valérien sei in unserer Hand, aber die Versailler hielten ihn. Als wir ahnungslos vorbeimarschierten, haben sie auf uns geschossen. Alle rannten voller Entsetzen durcheinander und schrien: ›Verrat!‹ Nicht einmal zu wissen, ob der Mont Valérien für oder gegen uns ist! Unser Bataillon gab es plötzlich nicht mehr. Einer hat in Panik das Zugpferd des einzigen Munitionswagens erschossen. So eine Verrücktheit hab ich noch nie erlebt!«

Die Küche war den ganzen Abend lang gefüllt mit Freunden und Bekannten und ihren Berichten. Die Gefangenen von Châtillon waren in Versailles durch die Avenue de Paris geschleift worden. Abgeordnete der Nationalversammlung, teuer gekleidete Damen, Militärs und allerlei Schaulustige standen Spalier. Die Soldaten, die die Gefangenen abführten, marschierten außerordentlich langsam. Die Menschen am Wegrand schlugen und bespuckten die Gefesselten, rissen ihnen die Mützen und Käppis vom Kopf und die Kleidung in Fetzen. Sie zogen sie an den Haaren und prügelten mit Stöcken auf sie ein. Sie geiferten und verlangten ihre sofortige Guillotinierung. Dann warf man die gefangenen Anhänger der Commune in Schuppen und Keller. Niemand wusste, wie viele noch ermordet werden würden.

Hortense kippte den letzten Schluck Absinth. »Wir dürfen nicht verlieren, sonst schwimmt Paris in Blut.«

25

Paris,
5. April 1871

Gertrud tastete sich in einen rabenschwarzen Raum. Ihre Finger wanderten über einen harten Türrahmen und blieben auf einer Tapete liegen, die ein filigranes Relief besaß. Sie wartete einen Moment, um sich an die Dunkelheit zu gewöhnen, aber der Raum blieb ein lichtloses Loch. Es stank nach verfaultem Heu. Die Erinnerung an jene Kiste kehrte zurück. »Tief einatmen, langsam ausatmen.« Hortense' Rat half nicht mehr. Angst durchfuhr sie, als die Schritte von Hortense und Albert leiser wurden. Noch entsetzlicher, als allein in einem dunklen Raum zu sein, wäre es, allein in diesem stockfinsteren Haus zu sein. Sei kein Feigling, ermahnte sie sich und ging ins Dunkle. Beim dritten Schritt stolperte sie über etwas Kniehohes und prallte mit dem Kopf gegen eine scharfe Kante. Sie schrie auf.

Wie aus einer anderen Welt hörte sie Albert: »Was ist denn?«

Gertrud rief: »Bin in eine Guillotine geraten!«

»Das hier ist – oder war – ein Standesamt. Hier gibt es keine Guillotine. Außerdem hat die Commune alle Guillotinen zerstört.«

»Ich sehe doch nichts, Dummkopf!«

Hortense' Stimme klang weit entfernt: »Ihr sollt nicht schäkern, sondern nach diesem verdammten Zeug suchen.«

»Ohne Licht? Ich gehe keinen Schritt weiter.«

Hortense stöhnte. »Die Fenstergriffe in diesem Palast sind zu hoch. Los hilf mir, du langer Deutscher.«

Ein Hebel quietschte, und die schweren Holzläden knarrten, als protestierten sie gegen das Sonnenlicht dieses Spätnachmittags. Die Zigarrenraucherin, der Deserteur und das kürzlich enttarnte Dienstmädchen standen in einem fünf Meter hohen Raum. Feine holzgetäfelte Wände glänzten rotbraun wie das Fell eines Fuchses. Für einen Moment schwieg sogar Hortense. Sie sahen auf ein Schlachtfeld aus leeren Aktenschränken, herausgerissenen

Schubladen und umgeworfenem Mobiliar. Millionen Staubteilchen schwebten in den Sonnenstrahlen. Nirgends lag auch nur ein einziges Blatt Papier. Keine Akte, kein Schreibzeug. Auch nicht im nächsten Raum oder im übernächsten.

»Ich dachte, Bürokratie überlebt, egal welche Regierung kommt oder geht«, meinte Albert. »Das war wohl ein Vorurteil.«

Hortense hievte sich auf einen Stuhl, um zum Fenster hinauszusehen. »Sich selbst zu regieren ist eben etwas ganz anderes als eine gewöhnliche Regierung.« Sie kletterte wieder herunter. »Vor uns flieht sogar die Bürokratie.« Ein letztes Mal sah sie sich um. »Kommt mit!«

In alle Räume auf diesem Stockwerk ließen sie Luft und Licht. Wie Kinder wetteiferten sie und versuchten, schneller im nächsten Raum zu sein als die anderen. Schließlich durchwehte die Luft eines kühlen, trockenen Apriltages das verlassene Verwaltungsgebäude. Die Westsonne brach gelb durch zwei Dutzend Fenster, die seit dem 18. März verschlossen gewesen waren.

Schließlich waren alle drei erschöpft.

»Nichts«, sagte Gertrud enttäuscht. »Das ist keine Behörde, das ist ein Möbellager.«

Hortense verließ den Raum. »Hier muss doch irgendwo jemand sein.«

»Um auf leere Aktenschränke aufzupassen?« Gertrud schleifte einen Stuhl vor einen der Schränke, kletterte hinauf und tastete auf dem Schrank herum. Sie wischte hundertjährigen Staub hervor, ein paar tote Fliegen und eine Spinne. Auch der nächste Schrank bot keine versteckten Dokumente, sondern nur Käferleichen, Staub und ein fleckiges Porträt von Napoleon III. Albert schlich sich von hinten an sie heran.

»Hände weg! Lass mich los!« Gertruds Stuhl wackelte. Albert fing sie auf, und beide stürzten kichernd zu Boden.

»Schauen Sie, Monsieur, was unser Liebespaar wieder anstellt, kaum lässt man die beiden für eine Sekunde allein.« Hortense stand in Begleitung eines schwitzenden kleinen Mannes in der Tür, der klagte: »Monsieur! Mademoiselle! Bitte, haben Sie ein klein wenig Respekt …«

»Vor leeren Schränken?« Albert stand auf und zog Gertrud hoch.

»Respekt vor Napoleon III. und einer toten Spinne?«, fragte das ehemalige Fräulein Blumenstein.

»Bitte, meine Herrschaften, wahren Sie die Ordnung! Nein, lachen Sie nicht! Ein bisschen Ordnung muss sein!«

»Sagen Sie das besser der geflohenen Regierung in Versailles«, verlangte Gertrud.

Der Mann hastete zu einem der Fenster und wollte es wieder schließen. Hortense stürmte ihm hinterher und packte ihn am Hosenbund. »Wo ist Ihre verfluchte Ordnung? Wo sind die Dokumente, die Formulare, die Stempel, die Bücher? Keines der Kinder, denen ich in den letzten Wochen auf die Welt geholfen habe, konnte angemeldet werden.« Ein Hemdknopf sprang ab und fiel zu Boden.

»Sieh mich an! Wo ist das alles? Die Commune braucht eine funktionierende Verwaltung!«

»I…ich weiß es nicht.« Schweiß rann dem armen Mann in den Kragen.

»Ordnung«, schnaubte Albert verächtlich. Er knallte eine Tür nach der anderen zu, und bei jedem Schlag zuckte der verlassene Bürokrat zusammen.

Hortense stemmte ihre Arme in die Hüften und blaffte den Mann an: »Was glaubst du, wie eine Commune funktionieren soll, wenn ein neugeborenes Kind nicht mehr eingetragen wird? Das Heiratsregister können sie gerne in die Seine werfen, ist ohnehin eine überfällige, dumme Angewohnheit. Aber die Kinder? Wer versorgt sie, wenn ihr Vater als Nationalgardist von den Versaillern abgeschlachtet wurde? Die Commune muss wissen, für wen sie verantwortlich ist. Geht das in deinen dummen Beamtenschädel rein?«

»Die Commune sorgt für die Kinder?«, stotterte der Beamte.

»Wer denn sonst? Du vielleicht? Oder Thiers, der Schakal?«

Der Mann ließ den Kopf hängen und nuschelte: »Unordentliche Verhältnisse. Oh, wie scheußlich.« Dann entfuhr ihm ein langanhaltender Klagelaut, und Hortense ließ von ihm ab. Der Mann floh zu seinen Vorgesetzten nach Versailles.

Gertrud tätschelte Hortense' Hand. »Wir haben es versucht.« Es war kein Trost, Hortense blieb unzufrieden. »Wie sollen die Mitglieder der Commune diese Arbeit schaffen? Mittags und abends haben sie Sitzung. Außerdem arbeitet jeder in einer Kommission, kontrolliert ein Ministerium, ist Bürgermeister oder Standesbeamter, und die einzelnen Stadtbezirke müssen sie auch noch verwalten.« Hortense seufzte schwer, sie dachte an Émile. »Viele sind zudem Offiziere der Nationalgarde. An der Front ermutigen sie die Kämpfer, müssen Proviant und Munition organisieren und sollen vor allem die militärische Situation richtig beurteilen. Ein Fehler kann alles zerstören, und kaum einer hat Erfahrung mit einem Bürgerkrieg.« Der Kampf durfte nicht verloren werden.

Zum ersten Mal sah Albert die mutige Hortense traurig und kraftlos. Er legte ihr den Arm um die Schulter.

»Die Commune rackert, als hätte sie nur mehr ein paar Tage zu leben«, sagte Hortense.

Albert tröstete sie: »Wenn die Hofschranzen wirklich alle Unterlagen vernichtet haben, legen wir neue an. Paris ist unsere Stadt. Aus Arbeitern wurden gewählte Mitglieder der Commune. Aus einem Goldschmied wurde ein ausgezeichneter Arbeitsminister – und aus einer nutzlosen Adligen eine arbeitende Hosenträgerin.« Albert wich leichtfüßig Mademoiselle von Beusts Tritt aus und fuhr fort: »Und die beste Hebamme von Paris organisiert ein neues Standesamt.« Über Hortense' Gesicht breitete sich ein Lächeln aus. Sie schien die Sache schon zu planen.

Albert ergriff die Gelegenheit und zog Gertrud auf: »Was glaubst du, wie viele Landtagsabgeordnete in Altenburg«, er dehnte den Namen ironisch, »so viel Ahnung wie Hortense haben von dem, womit sie sich beschäftigen? Sie genießen ihre Privilegien und verteidigen ihre egoistischen Standesinteressen.«

Gertrud verzog ihr Gesicht. »Mein Vater ist immerhin in der Finanzkommission und in der juristischen …«

»In der Finanzkommission! Ein wahrer Fachmann! Er ist trotzdem so hoch verschuldet, dass er seine Tochter an einen reichen Herzog verkauft.« Albert blickte Gertrud hinterher, die wütend aus dem Saal stürmte und die Tür hinter sich zuschlug.

Hortense legte ihre Hand beschwichtigend auf den Arm des Schleifers. »Vor nicht einmal vier Wochen haben ihre Entführer sie mit Gewalt aus ihrem Milieu herausgerissen. Zwanzig Jahre lang war für sie ein völlig anderes Leben als deines und meines normal. Kannst du dir das überhaupt vorstellen?«

»Sie versteht jetzt vieles besser und sieht das meiste ganz anders als früher – das sagt sie selbst.«

»Ihr Verstand ist vielleicht schon hier. Aber ihre Gefühle und Gewohnheiten? Du willst, dass sie denkt wie du. Wie lange hast du selbst dafür gebraucht?«

Hortense musste zu einer Patientin. Albert holte Gertrud an der nächsten Kreuzung ein und entschuldigte sich, aber sie war gekränkt und streitlustig: »Vielleicht hast du schon zu viel von dieser französischen Mentalität in dir. Es ist eben doch ein Unterschied zwischen dem deutschen Volksgeist und diesem typisch französischen Denken.«

Er starrte sie an. »Bist du verrückt?«

»Ich denke einfach nur nach. Warum gibt es hier immer wieder Revolutionen?«

Er wurde wütend. »Und Bismarck deportiert Sozialdemokraten nach Ostpreußen oder sperrt andere zu elenden Bedingungen in den Kerker! Streikende werden niedergeschlagen und ermordet, weil sie den Krieg nicht wollen! Weil sie auch nicht wollen, dass Kinder verhungern, genau wie du. Und zwar nicht nur in Berlin, auch in Thüringen. Aber wenn das Fräulein von Beust Halsschmerzen hat, fährt der Herr Papa acht Wochen mit ihr zur Kur. Können sich das alle Kranken in deinem Langenorla leisten?«

Gertrud zuckte zusammen.

Albert behielt seine Zweifel nicht mehr für sich. »Und wer arbeitet so lange für euch, während ihr euch in Kurbädern, auf Bällen und in Casinos herumtreibt?«

Sie versuchte, sich zu verteidigen. »Ich meine nur, dass vielleicht unter den Deutschen von Natur aus ein anderer Zusammenhalt besteht, dass sie eine besondere gemeinsame Idee haben …«

»Was für eine Jauche aus deinem Kopf quillt …«

»Mir passt dein Ton nicht!«

»Den wirst du aushalten müssen. Bleib hier!« Albert fasste Gertrud am Arm und zwang sie, ihm in die Augen zu sehen. Er sah ihr Gesicht und musste sich zwingen, hart zu sein. Eindringlich fragte er: »Wie kannst du hier so tapfer auf der richtigen Seite stehen und dabei solch einen Blödsinn denken?« Sie zuckte zusammen. Beinahe sanft fuhr er fort: »Den ›Volksgeist‹ haben sie in Deutschland erfunden, damit keiner mehr darüber redet, warum die einen über den anderen stehen.« Sie wurde unsicher. »Er soll seinen schwarzen Mantel über alle abweichenden Gedanken breiten, damit stinkende Harmonie jeden Aufstand erstickt.«

Sie schwieg lange, und er wartete. Dann lenkte sie ein: »Es gibt ihn nicht, den Unterschied zwischen Franzosen und Preußen.«

Er umarmte sie. »Ich habe mit Hortense mehr gemein als mit deinem Vater«, fügte er hinzu.

»Sie ist doch aber eine Frau und du ein Mann …«

»Dennoch«, sagte er.

Viele sonderbare Gedanken. Wenn nichts von dem richtig sein sollte, was sie bisher gelernt hatte, wer war sie dann? In ihrem Kopf herrschte ein fürchterliches Durcheinander, aber manchmal leuchtete ihr diese neue republikanische Welt ein.

Nächtliche Spaziergänge waren ihnen zur Gewohnheit geworden. Sie überquerten die Pont Neuf, bewunderten die Barrikaden in der Rue Dauphine, durchstreiften den Jardin du Luxembourg und kehrten durch ein Gewirr von kleinen Straßen zur Seine zurück. Unter einer Laterne hob Albert Gertrud zärtlich hoch und schwang sie herum wie zum Tanz.

Gertrud sah die drei bewaffneten Männer zuerst. »Lass mich runter!« Alles in den Bewegungen der Näherkommenden signalisierte Feindseligkeit. Sie flüsterte eindringlich: »Setz mich ab!«

»Das hättest du wohl gern.« Er hielt sie fest und presste seine Nase in ihren Bauch.

»Sofort!« Sie fauchte ihn an und trat ihn mit dem Knie vor die Brust.

Albert fand ihre Reaktion humorlos, gehorchte aber überrascht.

Blitzschnell stellte sie sich neben ihm auf. Die Hosen passten ihr, als hätte sie nie etwas anderes getragen. Sie warf den Mantel nach hinten und verschränkte beide Arme auf dem Rücken. Er folgte ihrem Blick und begriff erst jetzt. Der Wortführer der drei Männer war bewaffnet und betrunken und grölte.

Albert versuchte, die Situation einzuschätzen. Niemand in der Nähe. Dunkel. Sein Gewehr lehnte in Hortense' Küche. Er musste Gertrud beschützen, die sich nun scheinbar angsterfüllt einen Schritt hinter ihn stellte. Er hatte nur das Messer. Der Wortführer nahm sein Gewehr von der Schulter. Ein zweiter Räuber näherte sich Albert und setzte ihm ein Messer an die Kehle. Da nahm die Situation eine völlig unerwartete Wendung.

Gertrud fühlte sich in die Wälder von Thüringen versetzt. Sie atmete den Frühtau und war auf der Jagd. Sie taxierte die Beute, suchte mit den Füßen festen Halt, zog ihre Pistole aus dem Halfter, atmete aus, zielte und schoss, ohne den Bruchteil einer Sekunde zu zögern. Sie traf, wohin sie gezielt hatte: in den Arm desjenigen, der Albert bedrohte. Sie legte auf den Zweiten an. Der löste sich zu langsam aus seiner Erstarrung. Sie durchschoss ihm die Schulter. Brüllend machte sich der dritte Mann aus dem Staub.

Albert wachte auf, packte sein Messer mit dem sonderbaren Griff, wie er es hundertmal geübt hatte. Er holte aus, für einen Moment verharrte sein Arm, dann warf er es mit einer kurzen präzisen Bewegung. Es sirrte in gerader Linie durch die Luft und bohrte sich in den Rücken des Flüchtenden. Der Mann stoppte mitten im Sprung, drehte sich halb um, stand starr, als wäre nichts geschehen, und sank dann nieder, lautlos, bis er flach und ausgestreckt auf dem Bauch lag. Das Messer steckte neben dem Schulterblatt.

Albert starrte Gertrud an.

»Wir müssen das melden«, erklärte sie. »Nur gut, dass Hortense für uns bürgen kann. Zwei Preußen, die drei Franzosen verletzen, das macht einen schlechten Eindruck.«

Seine Augen ruhten immer noch auf ihr. Eine Frau, die so gut schießen konnte, war ihm noch nie begegnet.

26

Paris,
6. bis 8. April 1871

Émile, der Schuster, kam angerannt wie ein Kind, das ein unerwartetes Geschenk bekommen hatte. Unter seinem Arm klemmte eine kostbare Flasche Wein, die er sich während der gesamten Belagerung nicht hatte abkaufen lassen. Er schlitterte über das Pflaster, grüßte einen alten Freund und hämmerte so heftig an Hortense' Tür, als befürchtete er, nicht eingelassen zu werden. Eine Nachbarin öffnete ihr Fenster im gegenüberliegenden Haus: »Warum machst du so einen Lärm, Alter?«

»Ich darf kämpfen!«

»Du bist doch schon beinahe vierzig!«

»Der neue General hat ein Einsehen gehabt. Hortense, mach doch endlich auf!«

»Hast wohl eine Sondergenehmigung … Hee, müssen die ganz Jungen auch? François!« Sie verschwand im Zimmer. »François!«

In diesem Moment kehrte Hortense von einer Patientin zurück. Émile stellte sein Mitbringsel in der Eingangstür ab, reckte seine zähen dünnen Arme um Hortense' Hintern und versuchte, die schwere Frau in die Luft zu heben.

»Hee, lass das, Sohlenklempner!«

Er gehorchte, fummelte verlegen am Hals seiner Flasche herum und erzählte die Neuigkeit.

»Du darfst die Versailler verjagen? Als echter Nationalgardist? Kaum ist dieser Säufergeneral, dieser Lullier, eingesperrt, kehrt die Vernunft zurück.« Sie tätschelte sein rot angelaufenes Gesicht. »Ich gratuliere, mein Alter.« Dann umschlang sie Émile und hob ihn mühelos einen halben Meter in die Luft, wo er zappelte wie ein Fisch auf einer Sandbank, und stellte ihn dann auf ihrer Schwelle ab. »Mich müssten sie kämpfen lassen!« Sie zog ihn samt seiner Flasche in ihre Küche. »Komm, Gertrud kocht heute und will uns überraschen.«

Alle Töpfe schienen in Gebrauch zu sein, und auf dem Boden stapelte sich, was auf Tisch, Herd oder Anrichte keinen Platz mehr fand. Eine blasse, wässrige Masse verklebte die Dielen. Die Köchin hatte Kochlöffel, Messer, Siebe, einfach alle Werkzeuge, die Hortense' bescheidene Küche hergab, mit einem weißgelben Brei beschmiert. Die Küchenstühle versanken unter Kartoffelschalen wie unter Herbstlaub.

»Worüber freust du dich so, Émile?«, fragte Gertrud verwirrt. Sie war ein bisschen über das lange Schweigen der beiden verwundert, die soeben die Küche betreten hatten.

»Ich bin ein glücklicher Mann«, flüsterte Émile andächtig.

Sind denn jetzt alle irre?, dachte Hortense, die nicht aufhören konnte, fassungslos auf ihre Küche zu starren.

Der Schuster löste das Rätsel. »Glücklich, dass deine Untermieterin nie, wie versprochen, bei uns geputzt hat!«

»Ich bin doch noch gar nicht fertig.« Gertruds rotblonde Locken rutschten aus ihrem Kopftuch. Sie strich sich die Haare unter den Stoff zurück und lachte ihre Gäste an.

Hortense hockte sich auf die Türschwelle, die Füße angezogen, damit weder Kartoffelschalen noch breiige Pampe noch jene trübe Plörre an ihren Schuhen haften blieben. Sie starrte auf ihre untergegangenen Fliesen. »Und ich dachte, Paris ist nicht mehr von den Deutschen besetzt.«

Plötzlich stand Albert schlaftrunken in der Tür. »Ein Höllenlärm hier.«

»Nun kommt ihr alle viel zu früh, und meine Überraschung ist hin«, beschwerte sich Gertrud.

»O nein, ich bin überrascht. Wirklich sehr überrascht.« Hortense' Stimme näherte sich der gewohnten Klangfülle. »Wohin die Deutschen kommen: nur Zerstörung. In meiner Küche genügt eine einzige von ihnen.«

»Wollt ihr Thüringer Klöße oder wollt ihr keine?« Gertrud begann, sich zu ärgern. Nun bemühte sie, die fast keine Kenntnisse in derart gewöhnlichen Dingen wie dem Kochen hatte, sich so sehr, selbst zu kochen, ganz ohne Köchin – eine Tat, mit deren äußerster Wertschätzung sie fest gerechnet hatte. Die Intoleranz ihrer Freunde wegen ein bisschen Unordnung fand sie albern. »Ihr seid doch sonst auch nicht für Ordnung«, knurrte sie.

Émile wagte sich vor, stapfte mit seinen Stiefeln durch die Brühe und rieb sich die Hände: »Echte Thüringer Klöße! Aus gekochten und roh geriebenen Kartoffeln?«

Albert und Hortense wechselten ungläubige Blicke. Gertrud Beust-Blumenstein, dankbar, dass wenigstens einer ihre Arbeit anerkannte, antwortete: »Diese Banausen! Was glaubst du, wie schwer das ist, ohne geeignete Kloßpresse?« Sie formte mit ihren Händen geometrische Figuren. »Weißt du, das ist so ein Ding mit hohen Holznäpfen, in denen ein zylinderförmiges Holzteil sitzt, obendrauf ein drehbarer Deckel, der an einem Eisengewinde heruntergeschraubt wird, und zwischen Boden und Deckel kommt ein Nesselbeutel, der die rohen, geriebenen Kartoffeln enthält.«

Émile stöhnte lustvoll und rieb sich einen unsichtbaren Bauch. Gertrud war ihm dankbar und ignorierte die beiden anderen. »Diese Kartoffelraspel werden so lange zusammengepresst, bis eine trockene, krümelige Masse entsteht. Niemand in der Nachbarschaft hier hatte eine solche Kloßpresse!« Gertrud zog die Augenbrauen hoch, pustete sich eine Locke aus dem Gesicht und spreizte die Hände. Hortense flüsterte Albert etwas zu.

Gertrud konzentrierte sich demonstrativ auf ihren dünnen Lieblingsgast, um dessen Schuhe Kartoffelschalen schwammen. »Ich habe improvisiert. Weißt du, lieber *Bruder* Émile, womit ich die Kartoffeln gerieben und anschließend zusammengepresst habe?« Sie gönnte sich eine kurze theatralische Pause, als stünde sie auf der Bühne des herzoglichen Theaters in Weimar. »Als Gewichte habe ich schwere gusseiserne Topfdeckel genommen, und darauf habe ich einen Hocker gestellt und mich draufgesetzt. Einer der Deckel hat das leider nicht ausgehalten.« Hortense' Japsen war nicht zu überhören.

»Und wie sollte ich das Wasser auffangen, das aus den geriebenen Kartoffeln lief?«, fuhr die Köchin fort.

Émile sperrte Augen und Mund auf. »Ja, wie?«

»Ich habe die Deckel häufig angehoben, den Topf leicht gekippt, den Brei gelüftet und die Flüssigkeit herauslaufen lassen. Ich muss später noch einiges wegwischen.« Albert hatte sich neben Hortense auf der Schwelle zur Küche niedergelassen und sprach ihr leise Mut zu.

»Dann wurde es leichter«, erzählte die Köchin der Klöße.

»Wie schön«, freute sich der Schuster.

»Die krümelige Masse habe ich in eine Holzschüssel gegeben und dazu das, was von der Flüssigkeit übrig geblieben ist. Ich hoffe, dass es genügt.«

Émile schien schwer beeindruckt.

»Das ist noch nicht alles«, sagte sie.

»O mein Gott, was sonst noch?« Hortense blickte zur Küchendecke. Gertrud sah sie zornig an und fuhr, Émile zugewandt, fort: »Zuvor musste ich auch noch Kartoffeln kochen, ungefähr ein Drittel der gesamten Masse und …«

»Das hast du allein geschafft?« Das Lachen, das Albert mit ganzer Kraft unterdrückte, drohte ihn innerlich zu zerreißen. »Du hast Wasser aufgesetzt und, als es dann blubberte, Kartoffeln hineingetan, die du zuvor geschält hast? Du allein und keine andere?«

»Selbst ich weiß, dass sie in kaltes Wasser kommen, du Schwachkopf.« Sie wandte den beiden Ungläubigen ihren Rücken zu und konzentrierte sich wieder auf Émile. »Die gekochten Kartoffeln habe ich kleingestampft und zu einem Brei zermantscht. Ich war gerade dabei, den Kloßteig zu salzen«, sie sah sich um, »ich brauche noch etwas Pfeffer und Muskat.«

»Muskat! Monatelange Belagerung durch die Preußen, und sie braucht Muskat!« Hortense warf ihre Hände flehend in die Höhe.

Gertrud redete ungerührt weiter. »Noch etwas Salz, dann forme ich Klöße und koche sie.«

Ihr Lächeln bat um ein Lob.

Émile, der sich während ihres langen Vortrags auf dem einzigen Hocker ohne Kartoffelbestandteile niedergelassen hatte, stand auf. Er beugte sich über ihre Hand, die sie ihm unbefangen, in alte Gewohnheiten zurückfallend, überließ. Sie erwartete einen Handkuss. Émile tönte feierlich. »Hochverehrte Prinzessin der preußischen Kartoffelklöße«, sein Arm holte weit aus, »das alles haben Sie mit Ihren kleinen, weißen, blaugeäderten adligen Händen vollbracht?«

Endlich begriff Gertrud, und der Rest der Kartoffelkloßaffäre ging im Gelächter dreier Menschen unter, die den Wurfgeschossen einer Tiefgekränkten auswichen und sich ins nächste Café verabschiedeten – nicht ohne dass Hortense die Drohung zurückließ, die blamierte Köchin möge sich erst dann dort blicken lassen, wenn die Küche kein Saustall mehr wäre.

Nach einer Stunde gewann Gertruds Verstand wieder die Oberhand über Wut und Trotz. Bis dahin hatte sie geheult, sich auf das Bett fallen lassen, war wieder aufgesprungen und hatte einen Teller an die Wand geworfen. Sie rekapitulierte die Szene in allen Details, bis sie ihre Schuld nicht mehr verdrängen konnte. Eine weitere Stunde brauchte sie, um den Ort der Tat zu säubern. In der dritten wusch sie sich und zog sich um. Ihre Niederlage und der absehbare Bußgang verlangten eine sorgfältige Ausstattung. Sie tauschte das blau-weiß Gestreifte, früher ein Kleid, jetzt ein langes Hemd, gegen das rötlich Karierte – beiden war sie im Zuge ihrer Verwandlung mit der Schere an den Saum gegangen –, sie bürstete und flocht ihr Haar, puderte ihre Nase, vergaß den Hut und verließ mit wehendem Haar das Haus, halblaut Wörter und Formulierungen ausprobierend, die ihre Souveränität wiederherstellen sollten.

Die drei saßen auf Holzstühlen vor einer Eckkneipe, entspannten sich in der Frühlingssonne, die Mäntel bis zum Kinn zugeknöpft, und grinsten sie an. Gertrud nickte höflich und setzte sich steif auf den ihr angebotenen Stuhl. Sie hatte sich für die Vermeidung des Kartoffelthemas und stattdessen für zivilisierte Konversation entschieden: »Darf ich erfahren, wie es um Émiles Einberufung steht?« Sie verstand nicht, weshalb alle drei erneut albern loslachten.

Albert packte sie und hob sie mit Schwung auf seinen Schoß, wo er sie unter dem Beifall der anderen Gäste fast verschlang. Er murmelte: »Ich liebe dich, Kartoffelkönigin«, und küsste sie, bis sie nichts mehr sah, fühlte und roch als ihn, seine Lachfältchen an den Augen, seine grauen Pupillen, die Ohrläppchen, Bartstoppeln.

Nach einer atemlosen Weile schmolz alles Sich-Gekränkt-Fühlen dahin wie Eis am Ofen.

Ein Junge, an der Hand seiner großbürgerlichen Mutter, stoppte vor dem Café: »*Maman!* Was machen die da?«

Die Aufgetakelte zerrte den Kleinen fort, doch seine Augen klebten an der Szene vor dem Café. »*Maman* ...«

»Schweig! Das ist Pöbel, der sich nicht zu benehmen weiß! Die sind nicht wie wir!« Die feine *maman* zerrte den Jungen hinter sich her. Seine Schuhe stolperten über das Pflaster. Gertrud winkte ihm. Schüchtern krabbelte er mit seinen Fingern in der Luft.

Émile Goncourt beantwortete nun Gertruds Frage, vier Stunden nachdem sie sie zum ersten Mal gestellt hatte. »Zuerst haben sie nur die unverheirateten Männer bis fünfunddreißig Jahren in die Nationalgarde gerufen, seit gestern auch die verheirateten bis vierzig.«

Ein etwa fünfzigjähriger Kämpfer des niedergeschlagenen Aufstandes von 1848, langbärtig und groß wie eine Tür, unterbrach ihn und tätschelte Hortense die Schulter: »Ist das nicht wunderbar, du Engel aller dickbäuchigen Frauen! Es gibt keine Polizei und kein einziges Verbrechen in der Stadt.« Er ging, um sich an der Theke ein Glas Rotwein zu bestellen.

Hortense beugte sich vor: »Könnt ihr euch vorstellen, dass sie auf einen wie den und seine Erfahrung immer noch verzichten?«

Der Langbärtige war zurückgekommen, hatte ihre Bemerkung gehört und nippte, bevor er antwortete, an seinem Glas. »Dabei habe ich noch eine lange Rechnung offen. Mit der richtigen militärischen Führung und einer Strategie, hätten unsere zweihunderttausend Mann Versailles längst eingenommen.«

»General Cluseret ist ein Idiot«, schimpfte Émile.

»Er ist Bakuninist«, erklärte der alte Kämpfer. Er sah Gertruds Ich-verstehe-leider-gar-nichts-Gesicht.

Hortense sagte ironisch: »Ist das nicht dasselbe?«

»Cluseret ist ein lausiger Schwätzer. In Lyon haben die beiden Esel, Bakunin und er, im September alles verdorben. Weil sie zur Internationalen gehörten, hatten sie leider einigen Einfluss.« Richard, so hieß der Bärtige, bestellte einen zweiten Wein.

Erleichtert atmete die rehabilitierte Kartoffelköchin auf.

»Zu dieser Internationalen gehört auch ...« Keine der Bezeichnungen, die sie gewohnt gewesen war, traf zu. Vaterlandsverräter, rotes Pack. So ergänzte sie: »August Bebel, der in Preußen die herrschende Ordnung stürzen will.«

Richard verbeugte sich. »Brav, mein deutsches Fräulein.«

»Sie sind nicht meine Gouvernante!«

»Mademoiselle, verzeihen Sie, im Krieg werden die Sitten rau.«

Gertrud begriff, dass er sie nur als Staffage wahrnahm, daher sagte sie: »Ich dachte, die Revolution sei kein ordinärer Krieg um Land und Macht, sondern die Befreiung von allen Konventionen, die Menschen unterdrücken.«

Richard verschluckte sich an seinem Wein. Er hustete, bis ihm Albert auf den Rücken schlug. Der Langbärtige verabschiedete sich, stellte sein leeres Glas auf die Theke und ging. Hortense sah ihm nach. »Ein guter Kämpfer, aber seit jeher leicht beleidigt.«

Émile war sehr nachdenklich. In Gedanken versunken sah er den Passanten hinterher. »Cluseret denkt wie ein konventioneller Militär. Er begreift nicht, wie er unsere Wut, unseren Mut, aber auch unsere Unerfahrenheit in eine erfolgreiche Armee verwandeln könnte.«

Albert ergänzte: »Wenn er die Nationalgarde nicht versteht, nicht ausbildet und sie dennoch in die Schlacht führt, und wenn es dann noch Streit zwischen dem Komitee und der Commune gibt, dann ...«

»... wird das eine verlustreiche Verteidigung der Commune.« Hortense formulierte Émiles Alptraum.

Das Lob hatte sie ermutigt, und so fragte Gertrud: »Was für einen Streit zwischen Komitee und Commune?«

»Die Nationalgarde will gegen Versailles ziehen. Die Exekutivkommission verlangt aber zuerst einen Bericht über den Zustand der Bataillone, die Waffen und die sonstige Ausrüstung.« Hortense seufzte und kippte achtlos einen Viertelliter Wein hinunter.

»In unserem Bataillon wurde der Kommandeur unterwegs gewählt, ohne dass wir dafür auch nur stehen geblieben sind«, erinnerte sich Albert. »Sie haben wirklich geglaubt, die Versailler

Bataillone bräuchten uns nur zu sehen und würden alle zu uns überlaufen.«

Die Runde verfiel in Schweigen. Albert und Gertrud beschäftigten sich miteinander. Émile schlürfte, und Hortense feierte ihr Ritual mit einer frisch erbeuteten Zigarre: tasten, riechen, schnippeln, saugen, anzünden, ziehen und befriedigt seufzen. Gertrud bewunderte die neue Zigarre, groß, schwarzbraun und noch nicht angekaut. Ihr Blick glitt über Hortense' Schulter auf die Straße, auf eine Frau, die wie eine Piratin gekleidet war, in Hosen, kurzem Mantel und mit einem Gewehr, und die in schnellem Schritt, einen halb gefüllten Sack auf dem Rücken, den Boulevard überquerte.

»Sophie!« Gertrud sprang auf und warf ihren Stuhl nach hinten um. Sie legte die Hände um den Mund und rief: »Sophie!«

Diese war nicht allein. Auf der anderen Straßenseite hatten zwei Frauen auf sie gewartet.

»Das ist Louise Michel«, erklärte Hortense erfreut, bevor Gertrud irgendwen vorstellen konnte. Gertrud umarmte Sophie. Die andere Begleiterin war Elizabeth Dimitriew. Alle redeten durcheinander. Gertrud hatte von der einundvierzigjährigen Lehrerin Michel Hunderte von Geschichten gehört. Sie hatte sich die Heldin von Montmartre größer, irgendwie heldinnenhafter vorgestellt. Vor ihr saß eine unauffällige, freundliche Frau mittleren Alters, die lebhaft gestikulierte und Hortense schon ewig zu kennen schien. Die andere, Elizabeth Dimitriew, war eine etwa zwanzigjährige, schwarzhaarige, schöne Russin mit großen blauen Augen. Beide Frauen trugen Hosen. Albert plauderte angeregt mit »Dimitriewa«, wie sie im Russischen hieß, und provozierte in Gertrud für kurze Zeit ein unbekanntes mulmiges Gefühl.

Sie hörte, wie die Schwarzhaarige lachte: »Nein, ich habe geheiratet, um von meinen Eltern und aus Russland fortzukommen und revolutionäre Politik zu machen. Louise, Sophie und ich haben ein Frauenbataillon gegründet, und auch eine Frauengewerkschaft soll …«, jetzt lachte sie über Albert, »so dumm schauen russische und französische Männer auch, wenn sie zum ersten Mal davon hören!« Gertrud ließ sich von Elizabeths Lachen anstecken.

Sophie ergänzte: »Léo Frankel, der Arbeitsminister, ist sehr offen für unsere Vorschläge.«

»Wo arbeiten Sie?« Elizabeth sah auf Alberts bandagiertes Bein.

»Im Moment nirgends.«

»Was können Sie?«

»Ich bin Schleifer.«

»Oh, wunderbar! Wenn es Ihnen besser geht, kommen Sie in die Munitionsfabrik in der Avenue Rapp. Hortense wird Ihnen sagen, wo das ist. Wir brauchen Hilfe bei den Bajonetten, Schwertern und Messern.«

»Und was kann ich tun?«, fragte Gertrud.

Sophie antwortete: »Du hilfst Hortense doch bei ihren Geburten, das ist sehr wichtig! Du hast keine besonderen anderen Qualifikationen. Für Rapps Fabrik können wir nur noch Spezialisten gebrauchen.«

Louise Michel wollte trösten. »Wenn der Kampf weitergeht, brauchen wir alle Frauen, auch die unqualifizierten …«

Nun platzte Gertrud der Kragen: »Verdammt, ich kann schießen!«

Albert grinste. »Das kann ich bezeugen.«

Elizabeth klatschte in die Hände: »Hervorragend! Sobald wir die Frauenbataillone zusammenstellen, sagen wir dir Bescheid.« Gertrud war sich nicht sicher, ob sie in ein solches Bataillon wollte. Stellenangebote gab es in Paris tatsächlich genug. Sie konnte hier vieles werden.

27

*Paris,
18. bis 22. April 1871*

»Es gibt immer noch Irre, die an Versöhnung glauben.« Sophie Morissot hockte auf einer Tischplatte an der rückseitigen Wand eines dunklen Raums. In präzisen Rechtecken fiel Tageslicht auf den Fußboden. Gegenüber presste Gertrud ihr rechtes Ohr an einen Spalt zwischen Türzarge und Mauerwerk. Solange Sophie sprach, konnte Gertrud die zahlreichen Stimmen nicht auseinanderhalten.

»Sei still, Sophie.« Aber Sophie nörgelte weiter.

»Halt die Klappe, Morissot!«

»Ihr Französisch war auch schon mal feiner, Fräulein Beust.« Der Witz klang matt, und Sophies gestrige Begeisterung über den Plan schien abgeflaut zu sein. Die temperamentvolle Freundin interessierte sich heute für gar nichts. Gertrud nutzte das Schweigen, um die Geräusche aus dem belauschten Raum zu filtern. Ihr gegenüber lauschte Albert, der sichtlich aufgeregt war. Sie kniff ihn zärtlich in die Nase.

Es waren nur Männerstimmen zu hören. Eine Reibeisenstimme verkündete: »Sie ist mehr wert als zehntausend Geiseln.« Unsichtbare Fäuste hieben auf eine Holzplatte, Stimmen widersprachen heftig: »Millionen? Nein, ihr habt keine Ahnung, Milliarden!«

Gertrud zuckte zusammen. Welche Frau war Milliarden wert? Fragend sah sie Albert an. Der zuckte mit den Schultern. Gertrud schloss erneut die Augen, um besser zu hören. Ein schwerer Gegenstand aus Metall donnerte auf eine Holzplatte. Für einen kurzen Augenblick entwirrten sich die Töne in dem Raum hinter der Tür. Dann wurde es still, und man hörte die Stimme eines Ausländers, sie klang gelassen, aber er betonte beinahe jedes Wort auf der falschen Silbe: »Wir haben schon einen riesenhaften Fehler gemacht, dass wir Versailles nicht angegriffen haben. Wenn wir jetzt auch noch ihren Lebensnerv verschonen ...« Zwei oder drei andere widersprachen sofort, brachten die Reputation der Commune in Frankreich und der Welt als Argument. Gelächter unterbrach sie, und eine sarkastische Stimme meinte: »Wann war eine Revolution je reputierlich? Vor allem, in wessen Augen?« Mitten hinein knurrte eine alte Stimme: »So eine als Geisel, das gab es noch nie.« Gertrud presste ihr Ohr fester an die Wand. Was war dieser »Lebensnerv«, und was hatten die Revolutionäre mit der unbekannten Frau vor?

Der nächste Sprecher stieß bei jedem Wort die Spitze seines Stocks auf den Holzboden. »Wir – *pok* – sind – *pok* – eine – *pok* – legale – *pok* – Regierung – *pok*!« Ein anderer eiferte ihm nach: »Legalität! Legalität!« Der Sarkastische, nicht weit von der Tür, hinter der Gertrud horchte, spottete: »Egalität! Egalität!«

Salbungsvolle Worte dröhnten vom anderen Ende des Raums, als fielen sie von einer Kanzel: »Wir zahlen den Sold. Wir haben bewiesen, dass wir nichts verschwenden. Wir tun nichts Ungesetzliches.«

Ein wuchtiger Hieb verschaffte seinem Widersacher zwanzig Sekunden Aufmerksamkeit: »In Paris herrscht Krieg, wir machen kein Picknick! Was wollt ihr mit eurer verfluchten vatikanischen Moral? Wer hat wohl die Gesetze, denen ihr euch unterwerfen wollt, gemacht?«

Einen Moment lang herrschte Ruhe.

»Wenn wir das tun, bricht die Stabilität zusammen«, klagte einer.

»Gut so«, brummte der Sarkastische nahe an Gertruds Ohr.

Der Bedenkenträger fuhr fort: »Wir brauchen kein Geld, sind wir doch die sparsamste Regierung aller Zeiten.«

Der Vatikanfeind hob erneut an: »Wo willst du mit deiner Moral hin? In den Himmel? Soll unsere Revolution vor allem beweisen, dass wir sparsam sind? Brüder, der Gegner nimmt uns ernster als wir uns selbst.«

»Genau, er hat recht!«, jubelte ein junger Mann. Vereinzeltes Gelächter. Ein Mann verschaffte sich Gehör, und im Saal wurde es ruhiger. »Wir wollen das Geld nicht für uns verschwenden, sondern weil der Gegner siegt, wenn wir ihm seine ökonomische Grundlage nicht wegnehmen. Habt ihr vergessen, woher dieser

Reichtum kommt?« Aber seine Vernunft hatte geringe Chancen gegen so viel Moral.

»Wir sind keine Räuber.« Er klang beleidigt.

Scharf widersprach ihm die helle Stimme: »Wer nicht begreift, in welcher Situation wir sind, hat im Rat nichts verloren. Wir sind im Krieg, wir brauchen dieses Geld. Es gehört ohnehin den Menschen von Paris.«

»Mehr als zwanzig Milliarden Goldfrancs.« Ein Mann seufzte diese Worte, als träumte er davon, die gesamte Beute zu verprassen.

»So viel kannst selbst du nicht versaufen.« Einige Männer lachten.

Gertrud wurde unruhig. Sie wollte endlich wissen, wovon gesprochen wurde. Sie sah Albert an und zuckte fragend mit den Schultern. Der grinste bloß, als durchschaute er schon wieder alles, und legte den Zeigefinger auf seinen Mund. Ein letztes Mal hörte Gertrud in den benachbarten Raum hinein. Das Rätsel schien kurz vor der Auflösung. Ein gelassener Mann bündelte Argumente, wog ab und resümierte schließlich: »So legal wir auch gewählt wurden, begreift doch endlich, dass dies eine wirkliche Revolution ist, und Revolutionen enteignen …«

In diesem Augenblick entschloss sich Sophie, auf der Tischplatte ein Stück zur Seite zu rücken, um die Beine hochzulegen. Das Gestell jedoch, auf dem die Platte lag, hielt dem nicht stand und brach in der Mitte durch. Sophie plumpste auf den Boden. Eines der Bretter knallte gegen die Tür zum Nachbarraum. Der Lärm drang zwangsläufig in den Saal hinein, ausgerechnet in einem ruhigen Moment.

So verschieden die Meinungen der belauschten Männer über jene Geiselnahme gewesen waren, so unterschiedlich waren auch jetzt ihre Reaktionen. Einer, der zuvor strikte Legalität gefordert hatte, rief nun: »Spione, Spione!« Ein anderer glaubte, die Versailler seien ins Rathaus gedrungen, und schrie nach den Waffen. Albert und Gertrud zogen Sophie vom Fußboden hoch, als die Tür aufgerissen wurde und Licht aus dem Saal den kleinen Raum ausleuchtete.

»Da sind ja die Spione.« Ein etwa dreißigjähriger Mann stand in der Tür. »Schaut her, wie ungemein gefährlich sie sind.«

Seine Haare und Augen waren dunkel. Ein kurz gestutzter Bart betonte die Wangenknochen in seinem schmalen Gesicht. Ein aufgebrachter Mann sah ihm über die Schulter. »Jetzt schicken uns die Versailler ihre Spitzel bis ins Stadthaus.« Der Dunkelhaarige hielt ihn zurück und schob Gertrud, Sophie und Albert in den Sitzungssaal.

Gertrud sah mehrere Dutzend Männer in Bänken sitzen oder stehen. Große Männer, kleine, dünne, dicke, der jüngste etwa Mitte zwanzig, der älteste über fünfzig. Manche sahen aus, als schliefen sie seit Wochen in derselben Kleidung. Wilde Gestalten und bürgerlich gekleidete Männer, erschöpfte, verärgerte, tapfere und unsichere Gesichter. Auf ihren Tischen lagen Papiere, Akten, Stifte, Messer, Brotreste und Käserinden, dazwischen Karaffen mit Wasser und Wein. An den Seiten des Saals hatten die Kommunarden ihre Gewehre kreisförmig gegeneinandergelehnt, den Lauf nach oben, so dass sie aussahen wie die Gerüste von Zelten. Oben sah sie Kronleuchter, feine Kronleuchter mit Kristallfacetten, die sie an ein anderes, weit entferntes Leben erinnerten. Die meisten waren in Säcke gehüllt, die unten, wo sie verknotet waren, in plumpen konischen Formen zusammenliefen. Der Sitzungssaal im Rathaus von Paris war ein feiner, holzgetäfelter Saal mit kostbaren Wandgemälden.

Jemand hatte sie etwas gefragt. Der Dunkelhaarige starrte sie an.

»Preußin«, antwortete sie auf Verdacht und ließ ihren Blick von der üppig verzierten Holzdecke hinunter in die Gesichter gleiten, von denen einige in Lachen ausbrachen. Selbst Albert grinste. Was hatte der Mann gefragt?

»Eine aufschlussreiche Antwort«, erwiderte er und wandte sich Albert und Sophie zu. In diesem Augenblick taumelte Sophie. Der freundliche Mann nahm ihren Arm und half ihr auf einen Stuhl. »Sophie, was haben sie mit dir gemacht?«

Jemand reichte ihr ein Glas Wasser. Sophie trank und schien sich zu erholen.

»Nichts, Léo, das sind Freunde. Diese Preußen sind nur so verdammt neugierig.« Sie nahm noch einen Schluck. Sophie schien jeden in Paris zu kennen.

Der Erste, der reagierte, war ein kleiner stumpfnasiger Mann mit einem Bauch wie ein Bierfass. Der keckerte wie ein frecher Vogel: »Tolle Spione! An die Bank von Frankreich wollt ihr nicht ran, aber gefährliche preußische Spione lasst ihr auf euren Schoß.« Alle schienen die Entspannung zu brauchen, das Gelächter wirbelte sogar den Staub vom Boden auf, der seit Wochen nicht gekehrt worden war. Gertrud verstand endlich: Die Geisel war keine Frau, es ging ausschließlich um die Bank von Frankreich!

Léo Frankel fragte: »Was macht ihr hier?«

Gertrud war noch konfus. »Es war meine Idee.«

»Uns auszuspionieren? Wozu? Die Protokolle unserer Sitzungen werden veröffentlicht.«

»In Altenburg durfte ich auch schon …«

»Altenburg in Westpreußen?«

»Nein, in Sachsen-Altenburg, da …«

»… hat man Sie zur Spionin ausgebildet?«

»Nein!« Sie blitzte ihn empört an. »Da hat man mich …« Sie begriff, dass er sie auf den Arm nahm. »Da war ich im Stift.«

»Aha.«

»Nein, da habe ich Landtagssitzungen besucht.«

»Ach so. Und die waren wie diese Ratsitzung hier?«

»Niemals! Vorn saß der Herzog …«

Ein Kugelbäuchiger wickelte sich ein Stück bunte Gardine um den Kopf und plazierte sich mit hochnäsigem Gesichtsausdruck an dem Kopfende eines Tisches. »Knie nieder, Knecht Frankel!«, kommandierte der improvisierte Herzog.

Frankel lachte. »Sehen Sie, Mademoiselle, auch wir leiden gelegentlich unter Rückfällen in finstere Feudalzeiten. Also, ihr wollet uns belauschen und habt die tapfere Sophie dazu verleitet. Warum ist sie so bleich?« Sophie flüsterte ihm etwas ins Ohr. Er umarmte sie erfreut und wandte sich den beiden Deutschen zu: »Am besten, ihr bringt sie nach Hause.«

»Ich will noch einen Moment sitzen«, widersprach Sophie.

»Nun gut, Genossen, was haben wir unseren Gästen aus Preußen«, er betonte das Wort »Preußen« wie einen Scherz, »zu bieten?«

»Eine Antwort vielleicht – worüber habt ihr diskutiert?«, fragte Gertrud rasch.

»Wir sind noch nicht fertig.« Er brachte einen missmutigen alten Mann mit Halbglatze, knochigem Profil und einem wallenden weißen Bart zum Schweigen: »Charles, seien Sie doch still. Sie haben sich zweimal in Ihrem Leben nach Ihrem verdammten Vorbild Proudhon gerichtet und beide Male war es eine Pleite, haben Sie noch immer nicht genug? Wir werden eine vorbildliche Commune sein, Sie werden sehen.« Frankels Stimme formulierte die nächsten Worte wie ein Bekenntnis an den Rat: »Die Bank von Frankreich in den Händen der Commune? Wir wären im Besitz des Nervenzentrums unserer Gegner! Sie würden keinen einzigen Kommunarden mehr ermorden. Die Bank wäre mehr wert als zehntausend Geiseln! Beslay und ihr anderen Vatikaner und Moralisten und Romantiker, wann werdet ihr das endlich begreifen?! Wenn es zu spät ist?«

Ein etwa dreißigjähriger Mann, braunhaarig, mittelgroß, gut aussehend, mischte sich ein und versuchte, den alten Beslay zu überzeugen. »Wir haben uns fünfhunderttausend Francs von den Rothschilds geborgt und noch einmal eine Million Francs in Banknoten und Münzen von der Bank. Das wird aber nicht reichen.« Man schien einigen Respekt vor diesem Mann zu haben.

Der Alte maulte: »Varlin, wir dürfen den Bankpräsidenten nicht vor den Kopf stoßen.«

»Beslay, du begreifst nichts. Wenn wir diese Revolution retten wollen, wenn wir auch nur eines unserer Ziele durchsetzen wollen, zum Beispiel eine gute, kostenlose Ausbildung für alle Jungen und Mädchen, dann haben wir keine Zeit für falsche Rücksichtnahmen.«

»Wer ist das?«, fragte Gertrud leise.

»Louis Eugène Varlin ist Mitglied der Internationalen Arbeiterassoziation und einer der Anführer der Nationalgarde. Er hat früher große Streiks organisiert und lebte zuletzt im Exil«, antwortete Sophie.

»Er will die gleiche Ausbildung für Mädchen wie für Jungen?«
»Erstaunlich, nicht wahr? Er hat sogar eine Schule für Mädchen gegründet.« Sophie schenkte ihre Aufmerksamkeit wieder der Debatte.

Schlecht gelaunt verzog der sechsundsiebzigjährige Charles Beslay sein Gesicht. Ein Redner unterstützte Varlin: »Sind wir eine sozialistische Commune oder eine bürgerliche? Kämpfen wir gegen korrupte Monarchen, Pfaffen und Militärs oder auch gegen das Kapital? Wir könnten ganz Frankreich lahmlegen!«

Beslay japste. »Um Gottes willen, wir müssen beweisen, dass wir …«

»… legal sind und zwar legaler als die, die Gesetze gegen uns gemacht haben, die uns ausbeuten und ausplündern? O heilige Einfalt! Wenn wir eines Tages in Blut waten, werdet ihr wissen, auf welchen Kriegsschatz ihr verzichtet habt! Wir betteln um Kredite, und die Bank lässt sich von uns jeden Franc quittieren. Und wie viele Milliarden haben sie heimlich nach Versailles geschafft?«

»Wir schaffen das Kulturbudget ab, das sich in Versailles befindet, aber die Bank, über die wir mit ein paar Männern und einer Kanone entscheiden könnten, wird respektiert wie ein Altar!«

Beslay protestierte: »Man hat mich in der Bank so freundlich empfangen …«

»Die haben seit dem 19. März gezittert, dass wir sie stürmen, kein Wunder, dass denen dein zahmer Besuch lieber war und sie höflich zu dir waren.«

Der Alte klammerte sich an seine Auffassung. »Vierhundertdreißig Beamte in der Bank und nicht ein einziger Schuss bei meinem Antrittsbesuch!«

»Die hatten keine Munition mehr!«

»Ich habe höflich nach dem Geld für die Soldzahlungen gefragt, und der Präsident persönlich hat es mir bewilligt.«

»Das Geld steht der Nationalgarde seit Monaten zu! Lächerlich, einen Franc fünfzig am Tag.«

Beslay blieb stur. »Der Präsident hat gesagt, wenn ich der Delegierte des Rats werden würde, könnte man sich verständigen, um gemeinsam Frankreichs Reichtum zu retten.«

»Das fehlt noch, dass du Varlin ablöst!«, rief einer.

»Ihren Reichtum, meint der, nicht unseren«, unterbrach ein anderer. »Würden wir die Bank von Frankreich enteignen, könnten wir über ihre Kanonen lachen und würden keinen Mann und keine Frau mehr verlieren.«

Man stritt noch eine Weile, doch ohne Ergebnis. Einige beschwichtigten die Kontrahenten und meinten, das Geld in der Bank von Frankreich flöge ihnen doch nicht davon. Die Bank bräuchte mindestens sechzig bis achtzig Kutschen, wenn sie ihren Geldschatz nach Versailles transportieren wollte. Spätestens dann könnte die Commune zuschlagen.

»Lasst uns unsere Gäste zu einer anderen Sache befragen«, meinte ein Mann, der bisher geschwiegen hatte. Das Ordentlichste an seiner Frisur war ein messerscharf gezogener Seitenscheitel. Wilde Locken wuchsen über seinen Ohren, und den Vollbart zeichnete eine weiße Strähne. Die Pfeife fiel ihm beim Sprechen trotz temperamentvoller Mimik nicht aus dem Mund. Der kräftige Mann trug ein weißes Hemd und eine schwarze Weste, aus deren Brusttasche bunte Stifte ragten.

»Was meinst du?«, fragte Frankel.

»Die Sache Thiers.« Der lockige Mann pflügte mit der Hand durch seine Haare und wandte sich an die drei unerwarteten Gäste. »Ich gebe euch ein Rätsel auf. Solchen Kram müssen wir von morgens bis abends entscheiden, sagt mir, was würdet ihr tun.«

Gertrud zog aufgeregt einen Stuhl heran und setzte sich ihm gegenüber.

»Courbet, mach's nicht so kompliziert!«, rief einer.

Der Maler Gustave Courbet suckelte jedoch an seiner Pfeife, und seine Augen musterten Gertruds Gesicht so genau, als wollte er es malen. Er kam ihrer Ungeduld zuvor. »Wir erwägen, das Haus von Thiers zu zerstören.«

Er trug seinen Vorschlag mit einem überaus reizenden Lächeln vor. »Aber darüber diskutieren wir nicht mehr.«

Er spielte mit den Stiften in seiner Brusttasche. Gertruds Neugier wuchs. »In Thiers' Haus befinden sich kostbare Gemälde, die schon katalogisiert sind. Wir haben die Theater und die Museen wieder eröffnet. Da kommen sie hin. Sie gehören der ganzen Menschheit. Aber: Es gibt im Haus noch ein Dutzend Miniaturen aus Bronze. Sie sind wunderschön und sehr kostbar.«

Hier saß sie, mitten in einer Revolution, und einer dieser geheimnisvollen Männer, die das Vertrauen der Einwohner dieser Stadt hatten, gegen die eigene Regierung kämpften und eine Zweimillionenstadt verwalteten, ohne dazu ausgebildet zu sein, so einer fragte sie nach ihrer Meinung.

Um was ging es?

Er zog an seiner Pfeife und merkte, dass sie nicht mehr brannte. »Sie scheinen eine gute Erziehung gehabt zu haben. Das bringt Verantwortung mit sich. Also, was würden Sie uns raten?«

Sie wollte keinen Fehler machen. »Was genau ist die Frage?«

»Wir sind uns uneinig.« So ernst, wie Courbet dreinschaute, musste es um Leben und Tod gehen. Er klopfte mit seinem Pfeifenkopf an das Tischbein. »Sollen wir die Miniaturen einschmelzen und das Metall nutzen, oder sollen wir diese kleinen Kunstwerke aufbewahren, als Schätze der gesamten Menschheit?«

Gertrud zögerte nicht. »Aufbewahren, als Beweis, dass ihr keine Barbaren seid.«

Ärgerlich widersprach Albert. »Einschmelzen! Die Commune braucht alles Metall, um …«

»Aufbewahren!« Gertrud sah Albert wütend an.

»Wie sentimental! Hängst an deiner höfischen Kultur. Einschmelzen!«

»Sogar die Preußen können diese Frage nicht beantworten.« Courbet schien nichts anderes erwartet zu haben.

Frankel lachte. Dann wandte er sich Albert zu. »Sophie sagt, dass du Schleifer bist. Viele Fabriken sind von ihren Besitzern verlassen, ja sogar verwüstet worden, als sie Paris verließen. Wir haben die Anlagen in eigener Verantwortung übernommen. Sophie hat mir auch erzählt, dass du Gewerkschafter bist.« Albert nickte.

»Wir wollen hier Gewerkschaften aufbauen. Elizabeth Dimitriew und Louise Michel kümmern sich um die Frauengewerkschaft. In einer Fabrik, die wir dringend in Betrieb setzen müssen, brauchen wir Hilfe. Hast du Interesse?«

Albert schlug begeistert in die ausgestreckte Hand ein.

»Es ist die Rappsche Munitionsfabrik. Von ihr hast du schon gehört. Deine Fertigkeiten als Schleifer sind dort sehr gefragt. Es werden unter anderem Bajonette hergestellt. Kannst du morgen anfangen?«

Auf ihrem Heimweg lief Albert den Frauen voraus, begeistert, dass er gebraucht wurde, und voller Vorfreude auf die neue Arbeit.

Sophie war immer noch bleich. Gertrud setzte zu einer Frage an, doch Sophie kam ihr zuvor. »Ich bin schwanger.«

Gertrud wusste nicht, was sie sagen sollte, und sah die Freundin forschend an.

»Mist«, sagte Sophie.

»Du bist nicht verheiratet.« Aber das war offensichtlich die falsche Bemerkung.

»Was hat das denn damit zu tun?«, fragte Sophie erstaunt.

»Du kannst doch so kein Kind kriegen.« Gertrud war verwirrt. Langenorlasche Weisheiten widersprachen ihren neuen Erfahrungen als Gehilfin einer Hebamme. Was erwartete Sophie von ihr? Sollte sie sich freuen oder sie bemitleiden? »Wann wirst du heiraten?«

»Wen?«

»Na, den Vater des Kindes.«

»Welchen Vater?«

»Sophie! Hältst du mich für dumm?«

»Kannst du dir wirklich nicht vorstellen, dass eine Frau manchmal nicht weiß, wer der Vater ist?«

Gertrud umarmte die Freundin voller Mitgefühl: Sophie war eines Nachts von einem Unbekannten vergewaltigt worden. »Wie entsetzlich! Wann ist das passiert?«

Aber Sophie reagierte anders als erwartet. Erst blickte sie die Deutsche an, als wäre die ein bisschen verrückt, dann verstand sie schließlich und brach in ein so heftiges Gelächter aus, dass Albert in einiger Entfernung anhielt. Gertrud fühlte sich brüskiert.

Kichernd legte Sophie ihren Arm um die Taille der Freundin. »Gertrud, ich bin nicht vergewaltigt worden.«

Gertrud verstand nichts mehr.

»Ihr werdet immer langsamer!«, brüllte Albert. Sophie winkte ihm, dass er weitergehen sollte.

Die Straße senkte sich in einer leichten Kurve bergab und gab den Blick auf die Stadt frei. Trübes Licht fiel auf die Dächer, nur das goldene Dach des Invalidendoms schimmerte durch den milchigen Dunst. Sophie war nicht vergewaltigt worden, aber sie wusste nicht, wer der Vater des künftigen Kindes war. Die einzige Antwort darauf lautete … Gertrud sah auf.

»Kapiert?«, fragte Sophie.

»Ja … äh«, stotterte Gertrud. »Ich dachte, eine Frau weiß das immer.«

»Wenn die Nacht lang und schön ist …« Sophie erinnerte sich gern. »Ich habe bekommen, was ich wollte, und die beiden auch.«

Ungeduld ließ Gertrud keine Ruhe. »Was ist dann dein Problem?«

Sophie stützte die Hände in die Taille, schob den noch unsichtbar schwangeren Bauch nach vorn und schimpfte: »Wie soll ich mit einem dicken Bauch kämpfen?«

Gertrud lachte. »So lange wird der Kampf nicht dauern. Und wenn es so weit ist, kommst du zu Hortense und mir.«

»Nicht lange dauern? Du nimmst die Sache zu leicht.«

Albert kam zurück. »Ihr kriecht wie Schnecken. Es kann nicht jeder so trödeln und schwatzen wie ihr.« Er wartete nicht auf eine Antwort, sondern rannte endgültig davon.

Gertrud rief ihm hinterher: »Jetzt aber schnell, bis morgen früh musst du die Fabrik instand setzen, Gewerkschaften gründen und die Produktion von Bajonetten aufnehmen!«

Albert fuchtelte in einiger Entfernung mit seinen Armen: »Ich liebe dich auch!«

28

Paris,
Ende April 1871

Gertrud lief an diesem Frühlingsmorgen in ihrer Lieblingskleidung die Gasse entlang: die schwarze Hose mit den roten Paspeln an den Seiten, die rote Jacke mit dem schwarzen Gürtel, das nachtblaue Käppi und eines der inzwischen ausnahmslos halbierten Kleider von Hortense' Tochter. An den Füßen trug sie die Schnürstiefel der Goncourts, die Émile zu ihrer Erleichterung etwas verkleinert hatte, darin neue Socken von einer Nachbarin. Ihr langes rotblondes Haar war ihr lästig. Jeden Morgen flocht sie es zu einem dicken Zopf, damit es bei ihren Streifzügen durch die Stadt und ihrer neuen Arbeit nicht störte.

Heute beachtete sie die Leute auf der Straße und das Treiben auf den Boulevards nicht. Hortense hatte etwas gesagt, das sie sprachlos gemacht und sich widerspenstig in ihrem Kopf verhakt hatte. »Irgendwann wirst du …«, hatte Hortense gestöhnt, im Ofen herumgestochert, ihre Hand in den Rücken gestemmt und sich ächzend aufgerichtet, »…irgendwann könntest du meine Nachfolgerin werden.« Sie hatte sich auf einen Stuhl plumpsen lassen. »Was gaffst du? Meinst du, ich will ewig arbeiten?« Dann hatte sie eine ihrer angekauten Zigarren aus der Tasche gezogen, sie voller Hingabe angezündet und kleine muffige Wölkchen an die Decke gepafft.

Gertrud hatte bisher nicht über die nächste Woche hinausdenken wollen, und plötzlich bot ihr diese sture, warmherzige Frau eine Perspektive, weder Paris noch Albert jemals verlassen zu müssen. Sie könnte für sich selbst sorgen. Man würde sie respektieren. Sie wäre frei.

Hortense hatte ihr Zögern als Ablehnung gedeutet. »Kannst natürlich auch was anderes werden. Hast ja alle Möglichkeiten offen.« Ihre Stimme hatte enttäuscht geklungen.

Gertrud hatte sich bedankt und Hortense umarmt und geküsst. »Ich dachte früher, ich hätte alle Möglichkeiten. Aber was du mir anbietest, war nie dabei.« Die resolute Freundin hatte angefangen, hastig den Fußboden zu fegen, als könnte sie das Übermaß an Rührung, das sich in ihrer Küche angestaut hatte, wegputzen.

Heute sollte Gertrud im Leihhaus in der Rue de Charonne ein Pfand von Hortense auslösen. Bis zum Wert von zwanzig Francs bekamen alle Pariser ihre Gebrauchsgegenstände und Werkzeuge kostenlos zurück, hatte die Commune beschlossen. »Wieso hast du was verpfändet?«, hatte sie Hortense gefragt. »Die Leute kriegen doch immer Kinder.« »Sie vögeln immer, sogar im Krieg«, hatte Hortense erwidert. »Aber zahlen tun sie trotzdem oft nicht. Also muss auch eine Hebamme manchmal was aufs Leihhaus schleppen.« Was sollte sie abholen? Hortense hatte sich gewunden. Werkzeug? Madame schüttelte den Kopf. Schmuck? Nein, woher denn. Was dann? Etwas besonders Schönes aus Porzellan, mit Malerei und Goldkante, »du wirst schon sehen.«

Gertrud hatte im Leihhaus in der Rue de Charonne gestanden und die grünen Augen weit aufgerissen, als der Pfandleiher Hortense' Pfand auf die Theke stellte. Das Ding war aus Porzellan, geschmückt mit wunderschönen, blauvioletten Blumen, graublauen Vögeln und einem Goldrand. Es besaß einen Griff und war so groß wie die größte Pfanne, die sie bisher gesehen hatte. Selbst Hortense' voluminöses Hinterteil passte auf diesen prachtvollen Nachttopf.

Den Topf in der einen Hand, erwischte sie einen Omnibus, ließ sich das Gekicher der Fahrgäste gefallen, stieg am Ufer der Seine aus und betrat über die Pont Marie die Île Saint-Louis. Sie liebte diese Weite über der Seine. Der Fluss spiegelte den blass-blauen Himmel wider. Sie ging schnell durch die Straßen der kleinen Seine-Insel und lief über die Pont Saint-Louis auf die Île de la Cité, an Notre Dame entlang und quer über den Platz zum Krankenhaus Hôtel-Dieu, wo sie ab heute arbeiten würde.

In diesem Krankenhaus, das größer war als das in Jena, schienen alle in Eile zu sein. Gertrud ging auf eine zweiflügelige Tür zu, als diese mit einem kräftigen Ruck aufgestoßen wurde. Ein Offizier der Nationalgarde rannte auf sie zu. Seine Hände umklammerten ein Bündel Kruzifixe wie einen Blumenstrauß. Zwei Augustinerinnen verfolgten ihn. Ihre schwarzen Gewänder flatterten wie die Flügel von Raben. Ihre Gesichter waren von gestärkten weißen Hauben eingerahmt; weiße Schürzen pressten sich an ihre Bäuche. Sie warfen die Hände in die Luft und jammerten: »Jesus Christus bleibt hier!«

»Den Teufel wird er!«, schimpfte der Uniformierte und streckte die begehrten Objekte hoch in die Luft. Die Nonnen zerrten an seinen Ärmeln, aber da er größer war, verlegten sie sich aufs Flehen. »Wir lieben unseren Herrn Jesus und wir brauchen ihn!«

»Liebt besser mich, ich bin aus Fleisch und Blut!« Der Offizier rannte erneut los, die Nonnen hinter ihm her.

Gertrud sah ihnen nach, bis sie um die Ecke verschwunden waren. Sie war auf dem Weg zu dem ersten Arbeitsplatz ihres Lebens, und sie war nervös. Sie ging den Flur entlang und fand weder Ärzte noch Krankenschwestern. Plötzlich wurde vor ihr eine Tür aufgestoßen, und wieder liefen ihr der Kruzifixräuber und seine Verfolgerinnen entgegen. Den Nonnen schien die Puste auszugehen. Der Nationalgardist spottete: »Ihr kleinen schwarzen Pinguine, mit euren Gebeten und trübsinnigen Litaneien macht ihr die Menschen nur noch kränker!«

»Könnt ihr mir sagen, wo ich hier Arbeit finde?«, rief Gertrud.

»Ich helfe dir gleich, Schwester!«, rief der Mann. »Zuerst muss ich noch diese Schmetterlinge fangen.« Er drehte sich um, machte ein paar schaurige Grimassen und fuchtelte mit den Kruzifixen. »Die werden verfeuert!«, rief er.

Die beiden Frauen rissen Münder und Augen auf.

»Ab jetzt wird hier geheilt, und zwar wissenschaftlich. Niemand wird mehr zu Tode gebetet.«

»Wir haben auch geheilt«, klagte die ältere Nonne.

»Das war dann Zufall. Euch war's doch egal. Jede Seele, die ihr zu Gott führt, gibt ein Lob in eurer Akte bei eurem Eingebildeten dort oben. Ihr braucht keine Gesunden, denn die könnten sich ja von Gott abwenden. Aber arme Opfer, die liebt ihr!«

»Das ist nicht wahr, nicht wahr«, zeterte die jüngere Nonne.

Der Uniformierte hob die Arme, als wollte er predigen. »Wir taufen die Säle und Gänge um. Die Luft der Freiheit wird hindurchwehen! Ihr erstickt die Kranken mit eurem Weihrauch und eurem Gejammer.«

»Lasst uns wenigstens ein einziges Kruzifix!«

Der Kommunarde blickte auf eines der Kreuze in seiner Hand. »Ist der hässlich. Wie er mit verdrehten Augen zum Himmel schaut. Der will nicht nach oben. Der will auch bloß leben.«

Gertrud konnte sich das Lachen kaum verbeißen.

»Lasst uns wenigstens diesen einen – bitte!«

Der Kommunarde kratzte sich mit einem der Kreuze am Kopf. »Also gut. Ich bin ja kein Unmensch. Aber ihr versteckt ihn dort hinten, hinter den Lilien. Nur einen, hört ihr!«

»Wir wollen ihn aber sehen, nicht verstecken«, verlangte die Jüngere trotzig.

Der Offizier der Nationalgarde mimte den finsteren Revolutionär und griff mit einer Hand um den Schaft seines Gewehrs: »Schluss, Bürgerin! Hauptsache ist doch, dass die, die ihn suchen, wissen, dass er noch da ist. Und da es ihn gar nicht gibt, ist das mehr als genug.«

Die junge Nonne, ein Mädchen vom Land, bewegte ihre Lippen und formte Wort für Wort seinen Satz nach. Die Alte klammerte sich an das Kruzifix und sah aus, als überlegte sie, wie sie jetzt auch das zweite zurückerobern könne.

Da sagte der Commune-Offizier süffisant: »Im Übrigen habe ich mich entschieden, zwei oder drei von euch zu heiraten, nur Junge, Hübsche wie euch beide natürlich.« Die Nonnen standen einen Moment starr, ihr geretteter Gekreuzigter fiel der einen beinahe aus den Händen. Dann flohen sie so schnell sie konnten, und wieder wehten die schwarzen Ordensmäntel hinter ihnen her wie Flügel von tief fliegenden Schwalben.

Der Kommunarde grinste Gertrud an. »Heiraten! Als ob ich für so einen Blödsinn Zeit hätte. Bürgerin, womit kann ich dienen?«

»Elizabeth Dimitriew schickt mich. Ich soll ... ich will hier arbeiten.«

»Gut. Geh in die Ambulanz. Es sind Verwundete eingetroffen.«

»Was sage ich, wer mich schickt?«

»Der neue Krankenhausdirektor.« Mit großen Schritten lief er auf und davon zu neuen Taten.

Eine halbe Flurlänge entfernt küssten die zwei Augustinerinnen ihren Jesus.
»Das war der Direktor?«, fragte Gertrud.
Die beiden nickten eifrig. »Er benennt alle Räume nach Revolutionären! Die Namen der Heiligen werden ausgelöscht. Und das Allerschlimmste …«
»Ja?«
»Heute hat er Notre Dame als Anbau zu diesem Krankenhaus verlangt. Was für ein Ungeheuer!«
»Ist es denn dort nicht zu kalt für die Kranken?«
Die beiden Nonnen starrten die Deutsche an. »Die ganze Welt wird gottlos«, wisperte die Ältere.

In der Ambulanz herrschte ein wüstes Durcheinander. Ein Arzt schrie empört nach Gertrud, kaum dass sie den Raum betreten hatte, als hätte er seit Stunden auf sie gewartet. Sie sah verletzte Menschen auf Tragen. Erschöpfte Sanitäter. Weinende Angehörige.
In hastigen Worten klärte man die neue Hilfsschwester auf. Manche Verletzte waren die Opfer kleiner Schlachten in den nordwestlichen Gemeinden außerhalb von Paris. Andere waren von den Sanitätern unter Lebensgefahr aus Kellern von Privathäusern außerhalb der Stadtgrenze geborgen worden. Ihre Bewohner waren an dem Konflikt zwischen Versailles und Paris nicht beteiligt gewesen, trotzdem hatte die Regierung ihre Häuser in Schutt und Asche gebombt. Wer Granaten, Trümmer und Entsetzen überlebt und das Glück gehabt hatte, nach Paris getragen zu werden, wurde hier versorgt. Menschen in weißen Kitteln und viele ohne die üblichen Attribute eines medizinischen Berufs rannten umher und versorgten die Leidenden. Gertrud stand mit dem Rücken zur Wand, während Menschen an ihr vorbeihasteten. Wie sollte sie in diesem Irrenhaus begreifen, was sie zu tun hatte?
»Nehmen Sie den!«, brüllte ein Arzt. »Na, los doch!« Eine Krankenliege stieß an ihre Hüfte. »Reinigen und vorbereiten!« Aus rostroten Verbandsfetzen lugte ein schmerzverzerrtes, altersloses Gesicht. Dieses Wesen sah sie hoffnungsvoll an. Vorbereiten – worauf? Man ließ sie allein.

Sie wusch sich die Hände. Das taten die meisten Ärzte. Sie band sich ein Laken vor den Bauch, das bisher als Tischdecke gedient hatte, und stopfte ihre Locken in das rote Haarnetz von Sophie. Dann sah sie auf den Kranken. »Vorbereiten«, murmelte sie.

Der Kranke half ihr. »Auf eine Notoperation, liebe Schwester. Mein Bauch. Eine Schusswunde.«

»Ich bin neu, verzeihen Sie.«

»Ich glaube, Sie müssen mich säubern …« Ohnmächtig sank der Kopf des Patienten zur Seite. Gertrud schrak zurück. Ihr erster Patient, zwei Sätze und schon tot. Dann sah sie an seinem Hals die Halsschlagader pochen. Ein Mensch mit Puls war nicht tot. Er war schmutzig und stank. Waschen? In einer weit abgelegenen Nische des Flurs fand sie einen Wasserhahn.

Sie wusch den Nachttopf von Hortense mit Kernseife aus, spülte und trocknete ihn und holte darin Wasser. Veilchen und Nachtigallen verschönerten nun ihren Arbeitsplatz.

Dann zerschnitt sie die Uniform des Verletzten, indem sie sorgfältig am Hosenbein begann, am Bauch sehr vorsichtig wurde, sich dann die Jacke vornahm und sie bis zum Kragen auftrennte. Der Mann lag nackt vor ihr.

Nach wie vor kümmerte sich niemand um die neue Hilfsschwester, daher wusch sie den Mann eine halbe Stunde lang, bis er glänzte, als hätte sie ihn gebadet. Sie bedauerte, dass seine Haare verklebt bleiben mussten, auch seine Finger- und Fußnägel entsprachen nicht ihren Vorstellungen von Reinlichkeit. Ihr fehlte das Werkzeug. Den Rand der Bauchwunde hatte sie sanft gereinigt und abgetupft. Die schmutzigen Uniformteile warf sie auf den Boden.

Sie legte ihrem Patienten ein Tuch über den Unterleib, so dass sein Penis und die Wunde bedeckt waren. In Paris war zwar alles anders, aber das gehörte sich wohl selbst hier so. Sie sah wohlgefällig auf ihre Arbeit.

Der Frischgewaschene wachte auf und wollte pinkeln. Sie wollte nicht, dass ihre Arbeit vergeblich war, und so griff sie ohne zu zögern in einen Schrank und holte einen dickbauchigen Glasbehälter mit einem trichterförmigen Hals heraus. Mit spitzen Fingern nahm sie den Penis des Mannes und legte ihn in den Hals des Gefäßes. Nachdem er sich erleichtert hatte, stellte sie es auf den Boden. Was sollte sie auch sonst damit tun? Anschließend rollte sie das Gefährt mit ihrem Patienten vorsichtig den Gang hinunter. Sie war sehr stolz auf ihre Arbeit.

Der Arzt, umgeben von einem Pulk Hilfskräfte, blaffte: »Wie lange dauert das noch? Bringen Sie ihn her!«

Wie ein Geschenk schob sie die Krankenliege vor sich her. Der Arzt war abgelenkt, als sie vor ihm stand, und beantwortete Fragen von Studenten. Da schubste sie ihn frech mit der Liege an, um auf ihre wunderbare Arbeit aufmerksam zu machen.

Der Mediziner sah auf den Verwundeten – und verlor die Fassung. Inmitten des Lärms, der Hektik, des Drecks, sah er diese neue Schwester mit dem merkwürdigen Akzent, die ihm strahlend einen vollständig ausgezogenen, frisch gereinigten Körper mit einem Tuch über dem nackten Unterleib anbot. Ihm fiel das Kinn hinunter. Er zwang sich, sehr tief durchzuatmen.

»Möchten Sie ihm vielleicht noch die Haare waschen und sie schneiden, ihn vielleicht rasieren? Kommt alle her! Hier seht ihr die Zukunft des Pariser Gesundheitswesens! Wir nähen den Bauch zu und maniküren die Finger. Brauchen Sie einen neuen Haarschnitt? Kommen Sie ins Hôtel-Dieu!«

Gertrud konnte nicht davonlaufen. Neugierige hatten sie dicht umringt. Der Arzt gestikulierte wild.

»Erst hauen alle Professoren von der Medizinischen Hochschule nach Versailles ab, und wir versuchen, die Universität zu erhalten. Man lässt uns mit sechstausend Patienten in Paris zurück, wir schuften Tag und Nacht – und dann solche Laien!«

»Sie sind ein Idiot!«, brüllte Gertrud ihn an. Der Arzt schnappte nach Luft. Sie zitterte. »Ich komme hierher mit nichts als meiner besten Absicht. Keiner bildet mich aus. Ich bemühe mich. Niemand hat Zeit, etwas zu erklären. Ich verstehe das. Aber so eine herzlose Attacke ist eine Unverschämtheit!« Die Blicke des Publikums flogen nun zu ihm, als beobachteten sie einen Ball.

Der Arzt deutete auf das weiße Ungetüm mit Veilchen und Nachtigallen. »Was ist das?«

»Das sehen Sie doch. Er ist aus dem Leihhaus, und er ist sauber.«

»Aus dem Leihhaus!«

Zwei Schwestern griffen ihm besorgt unter die Arme.

»Ich wäre nie auf die Idee gekommen, dass man einen Patienten von der Stirn bis zu den Zehen wäscht, wenn nur der Bauch operiert wird.«

»Vielleicht wäre das ja besser.«

»Erlauben Sie, dass wir diese wissenschaftliche Frage nach der Revolution klären? Bringt ihn in den Operationsraum. Wo ist eigentlich die Anästhesieflasche?« Der Arzt sah sich um.

Gertrud wollte nützlich sein. »Wie sieht sie aus?«

Eine Krankenschwester formte mit den Händen eine breithüftige Silhouette mit einem schmalen, trichterförmigen Hals. Der Arzt folgte Gertruds erschrockenem Blick auf den Boden. Fassungslos starrte er auf die kostbare Flasche, deren Inhalt er zweifellos erkannte. Bleich winkte er eine Schwester zu sich. »Du hast drei Tage Zeit, die Neue einzuarbeiten. Du passt jede Sekunde auf sie auf. Sie ist gefährlich. Leider brauchen wir jede. Macht sie so etwas noch einmal, wirf sie in die Seine!« Er trat ab wie der Held am Ende eines Melodramas.

»Wird mein Patient überleben?«, fragte die Gescholtene ihre neue Lehrerin.

Die hatte den Wutanfall gelassen überstanden und erwiderte: »Wenn du den Nachttopf wirklich gründlich saubergemacht hast, hat der Mann eine Chance. Er hätte es verdient. Er ist einer von denen, die in der Nähe von Villejuif von den Versaillern gefangen genommen worden sind. Man hat ihn gefesselt, auf ihn geschossen, für tot gehalten und in einen Graben geworfen. Er hat sich mit offenem Bauch in der Nacht in die Stadt geschleppt, bis unsere Sanitäter ihn fanden.«

»Ich möchte wirklich, dass er überlebt.«

Die beiden Frauen gingen den Flur entlang. Gertruds neue Kollegin lachte leise. »Wenn er stirbt, ist der arme Kerl die sauberste Leiche im ganzen Hôtel-Dieu.«

Gegen sieben Uhr abends lief Gertrud zur Munitionsfabrik in der Avenue Rapp. Sie fühlte sich wie eine gewöhnliche Pariserin, die ihren Mann oder ihren Freund von der Arbeit abholte. Gewöhnliche Dinge, wie sie alle taten, bereiteten ihr ein ungemeines Vergnügen. Albert trat aus dem Tor der Fabrik. Er sah sie nicht sofort, sondern stapfte verstaubt, verschmutzt und lachend inmitten eines Kreises von neuen Freunden über die Straße. Dann bemerkte er sie, stand da und breitete die Arme aus.

Du möchtest, dass ich dir entgegenlaufe?, dachte sie, blieb stehen und breitete ebenfalls ihre Arme aus.

»So ist sie, meine Liebste! Ein furchtbarer Dickschädel!«, rief er über die Straße, und beide setzten sich gleichzeitig in Bewegung und fielen sich in die Arme. »Sie hatten noch nie so scharfe Klingen in dieser Fabrik«, prahlte er, als beide wieder zu Atem gekommen waren.

Gemeinsam trödelten sie die Straßen entlang, ein Begleiter nach dem anderen verabschiedete sich. Als sie allein waren, nicht mehr weit von der Rue du Muriers, sagte Gertrud: »Ich mache lauter Dinge, die ich nicht gelernt habe. Ist das nicht unverantwortlich?«

»Zur Freiheit gehört, dass du etwas lernst. Unverantwortlich wäre es, wenn man Kranke sterben lassen würde, weil die Commune nicht genügend Ärzte hat.«

»Es kann doch nicht jeder einfach irgendwelche Tätigkeiten ausüben, die er nie gelernt hat.«

»So? Der neue Leiter der Nationalbibliothek in Paris ist einer, der vorher in seinem ganzen Leben nur zweimal dort gewesen war. Aber er liebt Bücher und interessiert sich für Geschichte. Er fühlt sich mit seinem ganzen Leben dafür verantwortlich, dass die Nationalbibliothek unter der Commune sorgfältig betreut wird. Wir haben keinen Besseren. Also wird er rasch lernen müssen. Und er wird andere ausbilden. Unterschätze die politisch bewussten Dilettanten nicht! Manchmal sind sie besser als abgestumpfte Fachleute. Zumal wir überhaupt keine Wahl haben.« Er grinste: »Wir brauchen ja sogar nutzlose, verwöhnte Adlige wie dich.«

29

Paris,
10. bis 16. Mai 1871

Er erforschte immer neue Stellen ihres Körpers.

Sie hatte längst gelernt, ohne Scham zu genießen. Sie räkelte sich in den Laken, dann kniff sie ihn. »Aufstehen, du Bourgeois. Zur Arbeit.«

Er widmete sich ihrem Bauch.

»Hat deine Fabrik geschlossen? Ist der Krieg vorbei?«

»Ich habe einen Geheimauftrag.« Sein Mund tastete sich an der Innenseite ihres Oberschenkels entlang. Sie schloss die Augen.

»Ich sollte vielleicht doch zur Arbeit gehen.« Er löste sich von ihr.

»Du hast heute frei, genau wie ich.« Sie lächelte und streichelte eine Stelle seines Körpers, von der sie in Langenorla nicht viel gewusst hatte.

Die beiden kamen zu spät zum Mittagessen. »Hortense, du hast einen Braten gemacht! Wunderbar! Ich habe schon hundert Jahre keinen Hasen mehr gegessen.« Gertrud sah nicht, dass Hortense Albert zuzwinkerte und sich in den Töpfen auf dem Herd zu schaffen machte.

»Gar nicht so mager, dieses Tier. Wo gibt es hier in der Stadt denn Hasen?« Gertrud lief das Wasser im Mund zusammen. Hortense Ducroix stellte einen ovalen Bratentopf auf den Tisch, der einen schmalen, länglichen Körper enthielt. Die braune Soße füllte jeden Winkel der Küche mit einem würzigen Duft.

»In Paris schneidet man den Hasen Köpfe und Läufe ab, bevor man sie auf den Tisch bringt. Merkwürdige Sitten.« Gertrud wollte nicht mehr warten.

Hortense überraschte ihre Untermieter mit einer neuen Flasche Rotwein, die sogar ein Etikett trug.

»Woher ist der Wein?«

Hortense zögerte etwas. »Aus der belgischen Botschaft.«

»Wie kommst du da ran?«

»Sie haben den besten französischen Wein.«

»Das beantwortet meine Frage nicht.«

»Du willst es nicht wissen.«

Rotwein, ein Krug Wasser, etwas Brot, ein bisschen Weißkohl und der Braten. Das war ein Sonntag zum Feiern. Gertrud schnippelte an ihrem Fleisch herum, tunkte es in den Soßenfleck, fand einen Zwiebelring, rollte vor Vernügen mit den Augen und lutschte das Fleisch, um nicht durch zu schnelles Kauen etwas zu verpassen. Sie stieß lustvolle Geräusche aus und lobte Hortense überschwänglich. Hortense und Albert aßen mit größtmöglichem Ernst. Es fiel ihnen jedoch schwer, ihr Lachen zu unterdrücken.

»Woher stammt jetzt der Hase?« Gertrud zerschnitt die Fleischstückchen in winzige Teile.

»Gekauft.«

»Und wo hat ihn der Verkäufer her? Er ist übrigens ausgezeichnet gewürzt! Vielleicht können wir mehr davon bekommen?«

»Hier und da laufen Hasen herum.«

»Wo?« Warum war Hortense so wortkarg?

Albert kam Hortense, die ihr Kichern kaum mehr unterdrücken konnte, zu Hilfe. »In den Parks, vermute ich.«

»Wenn sie in den Parks herumhüpfen, können wir selbst welche fangen. Ich kann sie jagen!« Gertrud sah sich schon als Jägerin, die Hortense' Haushalt mindestens drei Braten pro Woche garantierte. »Ich gehe in die Parks von Paris und jage Hasen. Das ist ein richtiger Beruf. Ich kann mehr schießen, als wir brauchen, und wir können tauschen!« Warum sagten ihre Zuhörer nichts? »Ich werde die Hasenjägerin von Paris.« Hortense stieß ein unidentifizierbares Geräusch aus. Albert leckte seinen Teller in bemerkenswerter Hast sauber. Eine Weile sagte niemand etwas, bis die drei Teller aussahen, als wären sie gespült.

»Albert, wollen wir unserer Jägerin nun zeigen, woher der Hase stammt?«, fragte Hortense.

Den Boulevard des Capucines säumten prachtvolle sechsstöckige Häuser. Er war so breit, dass zwischen zwei Querstraßen ein

Volksfest hätte stattfinden können. Seine Mitte schmückte eine Allee von haushohen, blühenden Bäumen.

Gertrud zeigte auf einen Mann mit Hut, Stock und zwei scharfen Hunden, der eine winzige Herde Schafe an den vernagelten Fenstern der Luxusgeschäfte vorbeitrieb und dabei ängstlich um sich blickte. »Wie lange wir von einem einzigen solchen Tier leben könnten! Wollen wir ihn überfallen?«, fragte die Hebamme.

»Hortense!«

Sie war heiter. »Ist unsere Preußin nicht entzückend? Sie versteht meine Witze immer noch nicht.«

Gertrud stapfte ärgerlich voran. In wenigen Wochen hatte sie alles neu lernen müssen. Ein anderes Französisch als im Stift und in der Gesellschaft. Anderes Essen. Ungewohnte Kleidung. Leben beinahe ohne Geld. Endlose Wege zu Fuß und mit einem Omnibus ohne Klassen. Keine Kutsche, kein Kutscher. Auch die Liebe war neu. Selbst wenn sie die Worte verstand, waren ihr die Anspielungen und Bilder oft fremd. Ihr Bett war schmal. Die Badewanne war aus Zink und stand in der Küche. Sie arbeitete, pflegte kranke, fremde Männer. Soldaten, noch dazu französische. Sie wusste, wie sie ein Neugeborenes abnabeln musste. Neu war auch, wie man feierte und tanzte. Ihr altes Weltbild war in Millionen Teilchen zerborsten. Manchmal erinnerte sie sich an Phrasen und Meinungen aus ihrem früheren Leben. Sie waren ihr fremd geworden, manche sogar feindlich.

»Könnt ihr Ignoranten irgendwann begreifen, dass ich mich mehr anstrengen musste, um hier zu sein, als ihr?«

Albert reagierte kühl. »Du bist manchmal ziemlich engstirnig. Meinst du, irgendein Mensch wird als Revolutionär geboren? Meinst du, in der abgeschlossenen Welt meiner Schleiferfamilie wurde mir der Auftrag in die Wiege gelegt, Sozialist zu werden? Auch eine Arbeitertochter wie Hortense wird nicht automatisch zur Kommunardin. Sie hätte ebenso gut eine katholische Kleinbürgerin werden können, die die Commune hasst und Napoleon und den Papst anbetet.«

»Ich weiß, dass es für dich anstrengend war, dich an ein anderes Leben zu gewöhnen ...«, billigte Hortense ihr zu.

Für so viel Verständnis war Albert zu ungeduldig. Er unterbrach sie: »Was für ein Mensch einer wird, hat nicht nur damit zu tun, ob er unter den Verhältnissen leidet oder sie für gottgegeben hält. Du hattest den besten Zugang zu Büchern, zur Geschichte, und hast dich nicht totgearbeitet.«

Gertrud konnte nicht widersprechen.

»Was hast du daraus gemacht? Welche Anschauungen hast du entwickelt? Anstatt dich bei uns zu beklagen, wie furchtbar das Leben hier für dich ist, wie wenig dir also unsere Freundschaft bedeutet, solltest du dich freuen, wie sehr du dich verändert hast.« Albert wusste, wie grob er war. Er stapfte davon, im sicheren Gefühl, den Tag verdorben zu haben. Er wollte endlich ihre Entscheidung, ob sie gehen oder bleiben würde. Und er fürchtete sich davor.

Eine Hand schob sich unter seinen Arm. »Schleif deine Zunge, nicht nur die Messer. Du könntest lernen, zu sagen, was du wirklich meinst. Dass du mit dem meisten leider recht hast, bedeutet nicht, dass es mich nicht unendlich anstrengt, mich zu ändern.«

Wenig später stand Hortense Ducroix mit ihren beiden Untermietern, die sich unablässig küssten, was der Hebamme allmählich auf die Nerven fiel, vor einem hässlichen alten Haus. Es besaß einen großen, gepflasterten Hof mit tiefen Rinnen, und eine hohe Mauer schirmte unerwünschte Blicke ab. An der hinteren Seite des Hofes lagen niedrige Gebäude, die aussahen wie Ställe. Gertrud hielt dies für den Ort, wo Hortense den Hasen erworben hatte, einen Schlachthof im Südosten der Stadt.

»Hier ist nichts und niemand.« Albert sah sich um. Die Blutrinnen waren leer und trocken. Einige Behälter standen herum. Zerbrochene Werkzeuge lagen herum, nicht ein einziges Messer. Es stank faulig. Hier war seit vielen Wochen kein Tier mehr geschlachtet worden.

Gertrud sah Hortense verwirrt an.

»Zur Zeit der Belagerung, am Anfang, als es in den Parks der Stadt noch Rinder und Schafe gab, wurde hier das Blut aus allen Schlachthäusern von Paris gesammelt, das man vor dem Krieg noch in die Kloaken hatte laufen lassen. An einem einzigen Tag wurden Blutwürste verkauft, die zusammen mehr als achttausend Kilogramm wogen.« Ihre Zuhörer waren beeindruckt. »Aber jetzt zeige ich euch, welche im letzten Winter die größte Metzgerei von Paris war. Denn wer konnte schon mit dreißig Gramm Pferdefleisch und dreihundert Gramm Brot am Tag auskommen?«

Gertrud schauderte.

Ungerührt fuhr Hortense fort. »Und dieses verfluchte Brot schmeckte nicht nach Hafer, nicht nach Kleie, sondern wie vollgepisstes Stroh.«

Gertrud versuchte, die aufkommende Übelkeit zu unterdrücken. »Ihr habt alles, was herumkroch, gegessen?«

»Nein, nicht alles. Menschen haben wir beispielsweise verschont, selbst wenn es Preußen waren.« Hortense machte ein todernstes Gesicht. »Einmal, nach einem Ausflug vor die Tore von Paris, hatten die lieben Goncourts sehr viel Fleisch und haben uns reichlich davon abgegeben. Sie wollten nicht sagen, woher es stammte.«

Gertrud warf einen misstrauischen Blick auf Hortense' Gesicht.

»Ihr wisst nichts davon?«

Die drei waren wieder auf der Straße, geführt von Hortense, unterwegs zu einem ungenannten Ort.

»Diese Barbaren, die Preußen, haben versucht, unsere Heißluftballons abzuschießen. Wir haben sie während der Belagerung von der Place Saint-Pierre aufsteigen lassen. Es flogen Leute wie Gambetta, der in der Provinz verstreute Truppen gegen die Deutschen organisieren wollte, mit ihnen. Wir schmuggelten Depeschen, Briefe und Mikrofilme aus der Stadt. Viele Ballons wurden erwischt. Richtig schlimm wurde es, als euer verfluchter Krupp ein spezielles Luftgewehr baute, mit dem die verdammten Preußen die Ballons abschossen.« Hortense legte einen schnelleren Schritt ein. »Bald wollte keiner mehr am Tag fliegen. Irgendwann waren alle, die es wagten, nachts zu fliegen, fort.« Mitten auf der Straße blieb Hortense stehen und drehte sich empört um.

»Nein, wir haben nicht alles gefressen. Unsere Brieftauben nicht. Stellt euch vor, du schießt so ein Tierchen ab, entdeckst in seinem Röllchen am Fuß einen Mikrofilm mit fünfzigtausend Depeschen – da staunt ihr! Auf Brieftauben zu schießen wäre gewesen, als ermordeten und verspeisten wir unsere Briefträger! Sind wir etwa Kannibalen?« Hortense schüttelte verächtlich den Kopf. »Aber diese Preußen haben auf unsere Briefträger geschossen.«

Der Ort, an den Hortense sie schließlich führte, war der Zoo von Paris. Sie standen vor leeren Käfigen und unbewohnten Gehegen.

»In Paris wurde alles aufgegessen, sogar die Bären und alle anderen wilden Tiere des Jardin des Plantes. Die Bewohner des Jardin d'Acclimatation wurden als Erste verspeist. Wer Geld hatte, konnte geschmorten Elefantenrüssel, Nashornschwanz, Wolfskotelett, Bärenragout oder gebratenes Känguru essen!«

Auf einem kleinen Hügel stand still und starr ein Zebra, als könnte es sich durch vollkommene Unbeweglichkeit davor schützen, am Ende doch noch eingefangen und von den letzten Besuchern des toten Zoos verspeist zu werden.

»Seltsam, das Zebra mochte niemand. Auch mit einigen Körperteilen des Nashorns gab es gewisse Probleme.«

Der Ort deprimierte die drei Sonntagsspaziergänger.

»Du wolltest uns das Gelände zeigen, wo die Hasen herkommen«, erinnerte Gertrud.

Ihre Begleiter sahen sich an.

»Du kennst doch sicher den Spruch: Wenn die Katze fort ist, tanzen die Mäuse auf dem Tisch.« Hortense sah Gertrud gespannt an. »Hast du hier irgendwo Mäuse gesehen?«

»Weder Mäuse noch Ratten.«

»Und Katzen auch nicht«, sagte Hortense.

»Aber was hat das mit den Hasen zu tun?«

Hortense schwieg, Albert amüsierte sich. Gertrud versuchte, die aufkommende Erkenntnis über den Ursprung des Sonntagsbratens zu unterdrücken.

»Albert, sie begreift es einfach nicht. Es gibt wirklich schon sehr lange keinen einzigen Hasen mehr in Paris.«

Gertrud stotterte. »Wa… wa…«

»Wir können die Sache etwas beschleunigen«, sagte Albert. »Dieser wirklich köstliche Braten war das Resultat einer ganz speziellen Verarbeitungsform der Pariser Küche, um aus Katzen Hasen zu machen. Hortense ist eine wunderbare Köchin.«

Die junge Frau presste eine Hand auf den Magen und übergab sich in einen ausgetrockneten Wassergraben, der noch vor einem Jahr einem beliebten Seelöwen als Heim gedient hatte.

Am nächsten Morgen kehrten alle drei zu ihrer Arbeit zurück. Hortense wurde zu einer schwierigen Geburt gerufen, die länger als einen Tag dauerte. Gertrud versorgte wieder Verwundete im Hôtel-Dieu. Albert arbeitete in der Munitionsfabrik Rapp, wo er junge Männer anlernte, Messer und Bajonette zu schleifen. Gegen Abend hockte er mit seinen Kollegen zusammen, und sie aßen gemeinsam, bevor sie noch einmal an die Arbeit gingen.

Ein alter Mann mit faltigem Gesicht setzte die letzten Hoffnungen seines Lebens in die Commune. »Zwanzig Jahre lang bin ich zwischen Paris und Orléans auf der Eisenbahn gefahren, habe die Lok befeuert, die Gleise gewartet, die Weichen gestellt und mich achtzehn bis zwanzig Stunden am Tag bei jedem Wetter kaputtgearbeitet. Für einen Franc fünfzig am Tag. Wie sollte ich davon meine Familie ernähren? Am Ende wechselten Tagschicht und Nachtschicht alle vierzehn Tage. Die Nachtschicht dauerte von halb fünf am Nachmittag bis sieben oder acht Uhr morgens. Ich lud die Züge aus und stemmte die schwersten Lasten, angetrieben wie ein Galeerensklave. Für den kleinsten Fehler zog man uns zwei bis fünf Francs vom Lohn ab. Es gab Wochen, da hatten wir mehr Abzüge als Lohn, ohne dass wir uns verteidigen konnten. Diese Eisenbahnbosse waren Hyänen.«

»Wir müssen Geduld haben. Die Arbeitersyndikatskammern werden jetzt eingerichtet. Die verlassenen Fabriken werden erfasst, samt Inventar und Werkzeug«, sagte Albert.

»Und dann?«, fragte der Alte.

»Die Commune hat beschlossen, Arbeiterassoziationen zu gründen, Kollektive, welche die Fabriken übernehmen. Man ist vorsichtig und richtet auch ein Schiedsgericht ein, das später, falls die Unternehmer eines Tages zurückkehren, über ihre Entschädigung verhandelt.«

Die Augen des Alten glänzten. »Wir behalten die Fabrik, auch wenn der Fabrikant wiederkommt?«

»Neue Zeiten.«

Sie teilten sich Brot, einige Äpfel, Wurstzipfel und kauten zufrieden.

Ein sehr junger Mann war den Lärm und den Staub nicht gewohnt. »Der Arbeitsminister Léo Frankel hat den Achtstundentag vorgeschlagen. Wir arbeiten zehn Stunden.«

»Erwartest du auf diese dumme Frage wirklich eine Antwort?« Albert hatte wenig Geduld mit Menschen, die die besondere Situation nicht verstanden.

Aber der Alte sagte freundlich: »Wir sind im Krieg, junger Genosse. Da müssen andere Regeln gelten, sonst retten wir nichts in die neue Zeit hinüber.«

Albert wickelte seinen Brotrest in ein Papier und packte ihn zurück in eine Blechbüchse, die er in seinen Tornister steckte. »Wir sollten nicht mehr über die Arbeit quatschen, wir sollten sie erledigen.«

Ihre Sinnesorgane reagierten zu langsam, um zu begreifen, was plötzlich geschah. Bevor die Welt um ihn herum einstürzte, beobachtete Albert noch, wie in der Werkshalle an die hundert Frauen Pulver in Patronenhülsen füllten, sie verschlossen und verpackten. Die Bilder ihrer kontrollierten, gleichmäßigen Bewegungen brannten sich in seine Netzhaut, ebenso die der Fässer mit dem Pulver und der Munitionskisten. Er stand gerade auf den Treppenstufen, als das Beben seinen Schritt und die Bewegungen der Arbeiterinnen einfror. Das Gebäude erzitterte. Rasch folgten Explosionen von so grauenhafter Gewalt, dass sie Lauterjung für eine Sekunde das Bewusstsein raubten. Das Dach der Fabrik vibrierte. Der Putz bekam Risse, und ein Teil des Firstes drohte einzustürzen. In das Angstgeschrei der Männer und Frauen hinein knirschte das Gebälk. Als Albert schon hoffte, das Schlimmste sei vorbei, zerfetzte eine weitere Explosion den hinteren Teil der

Fabrik. Flammen fraßen sich durch die Werkshalle und erreichten die Pulverfässer neben den Arbeiterinnen, bevor jemand sie löschen konnte. Vor Alberts Augen riss eine gewaltige Explosion einen tiefen Graben in den Boden, während sie einige Dutzend Frauen in die Luft schleuderte.

Mit einem Mal war es still. Durch das offene Dach sah man den Himmel. Ziegelsteine, Werkzeugteile, brennende Holzscheite und menschliche Glieder waren auf die Dächer der nächstgelegenen Häuser gespuckt worden.

Das Feuer war so heiß, dass das Blei schmolz. Kugeln und Metallfetzen durchschlugen Fenster, Mauersteine und die Körper von Menschen, die nur an der Fabrik hatten vorbeigehen wollen. Wie die Salve einer Mitrailleuse setzte sich eine Serie von kleineren Explosionen fort, während die, die noch lebten, schreiend versuchten, dem Inferno zu entkommen.

Ihre verspätete Pause hatte Albert und seinen Kollegen das Leben gerettet. Das Treppenhaus hielt dem Unglück stand, auch das Nebengebäude, in dem sie gegessen hatten. Albert stürzte in die Halle. Hitze, Qualm und Asche vernebelten ihm die Sinne. Zusammen mit denen, die überlebt hatten und nicht unter Schmerz und Schock litten, barg er Tote und Verletzte. Die ersten drei Frauen, die sie fanden, waren tot. Ihre Kleider waren verschmort, die Gesichter bis zur Unkenntlichkeit zerfetzt. So musste das Schlachtfeld ausgesehen haben, aus dem Friedrich Weithase ihn gerettet hatte.

Die Stimme, die durch Qualm und Stöhnen zu ihm drang, war voll Panik.

»Da steht noch ein Pulverfass!«

Albert sah, was der Mann meinte, stürzte sich auf das Fass und schrie einen Arbeiter zu Hilfe. Sie mussten es nach draußen schaffen, aber durch die Hitze war die nächste Tür so verzogen, dass sie klemmte. Die Fenster lagen zu hoch. Wenn das Fass kippte, würde sich das Pulver überall verstreuen und einen Flächenbrand entzünden, denn noch immer stürzten glimmende Balken herab, und über den Boden krochen Flammen. Am Ende der Halle fanden sie eine Öffnung. Ein Nationalgardist kam herbeigerannt. Albert und der Arbeiter stellten ihm das Pulverfass wortlos vor die Füße. Der Mann begriff, und Albert lief zurück in die Fabrik.

Gertrud war einer Einladung zu einer Versammlung des Frauenkomitees in eine Kirche gefolgt. Die klerikalen Würdenträger hatten Paris gemeinsam mit dem Hofstaat und den Regierungsanhängern in so großen Scharen verlassen, dass es nicht an Orten wie diesem für politische Zusammenkünfte mangelte.

Hunderte Frauen saßen auf Bänken, Treppen, Fenstersimsen und dem Altar. Sie waren gekommen, um über den Aufbau einer Frauengewerkschaft zu reden. Auf der Kanzel, von der früher die angeblich heilige Ehe propagiert und die Sexualität verteufelt worden war, redete nun eine Frau über die alte Forderung nach Gleichheit aller Menschen, auch die von Männern und Frauen.

»Es geht nicht nur um die Autonomie unserer Gemeindeverwaltung, Schwestern! Die Commune will Werkstätten für Frauen schaffen. Sie will kürzere Arbeitszeiten und beste Sicherheitsbedingungen. Hergestellt wird, was die Menschen wirklich brauchen.«

»Billig soll es sein!«, rief eine dazwischen.

»In jedem Arrondissement können Frauen das Rohmaterial zu günstigen Preisen einkaufen und später an neuen Verkaufsstationen die Ware verkaufen. Für die ersten Einkäufe wird es Kredite geben.«

»Von der Bank von Frankreich?« Die Zwischenruferin freute sich über den Beifall und das Gelächter.

Rechts von Gertrud saß Sophie Morissot, zu ihrer Linken drei Frauen mittleren Alters mit müden, abgearbeiteten Gesichtern. Doch ihre Augen strahlten die Rednerin an. Die drei trugen die übliche Kleidung der Pariser Arbeiterinnen, die Haare nach hinten gebunden und verknotet, darüber Hauben. Ihre dunklen Jacken waren bis zum Hals mit kleinen Knöpfen verschlossen. Über der Brust kreuzte ein buntes Tuch. Mehrere Röcke übereinander schützten vor der Kälte. An ihrer hellen Schürze hatte sich ihre Nachbarin die Hände schon oft abgewischt.

Die nächste Rednerin wurde mit mildem Spott toleriert. Sie

trat auf wie eine Kriegerin, mit Messer, Pistole und Gewehr, und wetterte gegen die Ehe. »Die Ehe«, schrie sie, »ist der größte Irrtum der menschlichen Geschichte! Wollt ihr Sklavinnen sein?« »Nein!«, riefen viele Zuhörerinnen und johlten: »Was glaubst du denn?« Die Ehe solle nicht länger toleriert, sondern als Verbrechen geahndet werden! Die drei Frauen mit den dicken Röcken schienen zugleich abgestoßen und fasziniert zu sein.

»Die Commune«, formulierte die nächste Rednerin, »hat mehr für uns getan als je eine Regierung zuvor. Sie hat die unverheirateten Frauen auf dieselbe Stufe gestellt wie die verheirateten. Die Lebensgefährtinnen von gefallenen Kommunarden bekommen eine Pension wie Witwen. Die Commune nimmt die nichtehelichen Kinder von ermordeten Föderierten an Kindes statt und zahlt ihnen die Ausbildung.«

Später am Nachmittag wurde, ohne Gegenstimme, die Gründung der Frauengewerkschaft beschlossen. Alle Frauen, so unterschiedlich sie waren, wollten vor allem anderen ihre Stadt verteidigen. Jede wusste, dass ihre Utopie ohne die Commune nicht die geringste Chance hatte, jemals verwirklicht zu werden. Eine schüchterne, junge Frau wurde auf die Kanzel gebeten. Ihre Stimme wurde lauter, je mehr sie sich von der allgemeinen Zustimmung getragen fühlte.

»Wir sind einfache Frauen, aber nicht aus schlechterem Holz als unsere Großmütter von 1793. Wir sollten sie nicht beschämen. Auch wir haben unsere Verpflichtungen. Versailles wird uns die neuen Freiheiten nehmen wollen. Sie können freie Menschen nicht gebrauchen. Die bringen zu wenig Profit. Wenn es nötig wird, werden wir kämpfen, Barrikaden bauen und sie bis zuletzt verteidigen …«

Ihre Worte gingen in Beifallsstürmen unter.

Gertrud sah einen Nationalgardisten eilig den Saal betreten. Er drängelte sich vor bis zur Versammlungsleiterin Elizabeth Dimitriew und flüsterte ihr etwas ins Ohr. Entsetzt sah die Russin ihn an. Sie stand auf, bat die Rednerin und die übrigen Anwesenden mit einem Handzeichen um Ruhe und teilte in knappen Worten mit, dass Saboteure die Rappsche Munitionsfabrik in die

Luft gesprengt hatten. Viele Arbeiterinnen und Arbeiter, aber auch Anwohner seien tot. Alle Frauen mit medizinischen Kenntnissen seien aufgerufen, sich zur Unglücksstelle aufzumachen. Die Versammlung sei hiermit beendet.

Gertrud hörte ihr nicht bis zum Ende zu. Sie rannte schneller als je zuvor in ihrem Leben, rutschte auf Abfällen aus, schlug auf die Knie und rappelte sich hoch, ohne auf ihre Schmerzen zu achten.

Als sie die Avenue Rapp endlich erreicht hatte, sah sie Menschen jeden Alters, zerstörte Mauern, ein verbranntes, zur Hälfte eingestürztes Dach. Vier Häuser in der direkten Umgebung der Fabrik waren eingestürzt und hatten weitere Menschen erschlagen. »So viele sind tot«, stammelte eine junge Arbeiterin, die leichte Wunden im Gesicht hatte. Den grässlichsten Anblick boten die Körper, die der Druck der Explosion auf die umliegenden Dächer geschleudert hatte.

Nationalgardisten schirmten die Unfallstelle ab. Man hatte begonnen, Listen mit Toten zu erstellen, die von Nachbarn oder überlebende Arbeitskollegen bereits identifiziert worden waren. Vor ihr stand ein Mann, der zwei kleine Kinder an der Hand hielt und nach seiner Frau fragte. Die Antwort des Föderierten ließ ihn in Tränen ausbrechen. Gertrud griff nach der Liste und überflog hastig die Namen.

»L‹ wie Lauterjung steht nicht darauf«, sagte hinter ihr eine Stimme.

Sie drehte sich um.

»Als legitime Gefährtin eines Kommunarden kämst du auf ungefähr sechshundert Francs im Jahr. Du bist zu verwöhnt, das konnte ich nicht verantworten.«

Da stand er, aufrecht, anscheinend unverletzt, bleich, voller schwarzem Ruß und Flecken fremden Blutes auf der Uniform eines Nationalgardisten, in der sie ihn zum ersten Mal sah.

TEIL 3
Als blieben die Wolken stehen

30

Paris,
21. Mai 1871

Albert trug seinen Arm in einer Schlinge. Er hatte leichte Brandverletzungen. Einige Tage noch würde er weder arbeiten noch kämpfen können. Man hatte die Attentäter, die die Rappsche Fabrik in die Luft gesprengt hatten, nicht gefasst. Vermutlich waren sie längst zurück in Versailles und rühmten sich ihrer Taten. Er kickte eine Flasche in die Abfallrinne. Wenigstens waren seine Beine nicht verletzt. Heute hatte er die halbe Stadt durchquert. Gertrud und Hortense arbeiteten. Lauterjung hatte die Porte de Saint-Cloud besucht, die Stelle, an der er vor einer Ewigkeit Paris betreten hatte. Émile kämpfte bei Neuilly, der junge Louis auch.

Es war nicht einmal neun Uhr abends an diesem Sonntag und so ruhig, als schliefe die ganze Stadt. Im Norden, vielleicht bei Courbevoie, hörte er Kanonendonner. Quiekend flohen drei Ratten vor ihm, als wäre er ein Metzger. Hinter den Viechern blieb die Straße still. Auch an der nächsten Kreuzung sah Albert keinen Menschen, was er ungewöhnlich fand, jetzt, da die Commune von Versailles bedroht war wie nie zuvor.

Aus einem Fenster fiel mattes Licht in die Gasse, in die Albert einbog. Es blendete ihn für einen Moment, und er stolperte über etwas Weiches. Er sah vier Nationalgardisten am Boden liegen, scheinbar betrunken, waffenlos und in verdreckter, zerrissener Uniform.

»Ihr macht der Commune keine Ehre.«

Einer der betrunkenen Föderierten trug einen Vollbart und lehnte mit offenem Mund an einer Hauswand. Albert rüttelte an seiner Schulter. Der Mann kippte zur Seite. Seine Hände waren auf den Rücken gebunden. Alle vier waren von ihren Mördern gefesselt worden, bevor man sie mit Dutzenden von Messerstichen getötet hatte. Es konnte nicht lange her sein. In die Abwasserrinne rann noch Blut.

In Alberts Ohren summte ein lautloser Lärm. Obwohl er warm

gekleidet war, fror er. Der Schock schwemmte alle anderen Gedanken aus seinem Kopf. Sie hatten sich nicht wehren und nicht fortlaufen können, denn auch an ihren Füßen trugen sie Fesseln. Deutlich wie Plakate verkündeten ihre Leichen eine unmissverständliche Botschaft: Die Versailler Armee war in die Stadt eingedrungen. Hier im Westen war sie eingefallen, und niemand hatte sie aufgehalten.

Leere Fenster schienen ihn zu verspotten. Er stand zwischen den Häusern der Wohlhabenden. Die Bourgeois, die noch geblieben waren und hier wohnten, stolzierten manchmal durch das Zentrum, begafften den Pöbel und hielten diesen Schrecken in larmoyanten Briefen und Tagebüchern fest. Nach Belleville und Montmartre trauten sie sich nicht. Sie lauerten darauf, dass ihre uniformierten Lakaien kamen und das republikanische Paris endlich niederwarfen.

Albert richtete die Toten auf und lehnte sie an die Hauswand. Wusste die Commune, dass der Feind in der Stadt war? Wo war er jetzt? Albert musste das melden. Er lief die Gasse hinunter, nach Osten, durcheilte ein Gewirr von Straßen, erreichte die Champs-Élysées und rannte diesen wohl breitesten Boulevard entlang, den Paris seit kurzem besaß. Je näher er dem Stadtzentrum kam, desto mehr Menschen belebten die Straße. Einige Cafés waren geöffnet und gut besucht. Sein Arm schmerzte. Das hell erleuchtete Haus dort vorn schien ein Theater zu sein. Die Menschen kamen gut gelaunt heraus, über ihren Köpfen funkelten die Lichter aus dem Foyer. In einem der Cafés hatte er vor wenigen Tagen mit Gertrud getanzt. In den Gärten der Tuilerien ging gerade ein Konzert für die Witwen und Waisen der Commune zu Ende. Bunte Lampions umrahmten eine unwirkliche Welt. Die Menschen verließen die Anlage in kleinen Gruppen, angeregt, heiter, und interessierten sich nicht für den keuchenden Mann. Vielleicht hatte er nur geträumt. Aber sein verletzter Arm schwang bei jedem Schritt vor seine Augen, und der Verband war blutig von dem Versuch, eine der Leichen hochzuheben. Wieder einmal wollte eine feindliche Armee seinen Traum zerstören. Er rannte in die Rue de Rivoli hinein, an den Tuilerien vorbei, links das Palais Royal. In den fröhlichen Lärm hinter ihm explodierte eine Bombe. Musikinstrumente verstummten, und er hörte Schreie. Vielleicht bildete er es sich ein. Er hatte im vergangenen Jahr so viele Schreie gehört und von ihnen geträumt. Wenn Geschosse in den Tuileriengärten einschlugen, so weit in der Stadt, mussten sie innerhalb der Stadtmauern abgeschossen worden sein, vom Trocadéro vielleicht oder von der Place de l'Étoile.

Albert blieb einen Augenblick stehen und lehnte sich zitternd an eine Mauer. In wenigen Monaten war in Paris der Traum seines Lebens in Erfüllung gegangen. Der Traum, den er mit dem zornigen Heinrich und mit so vielen anderen teilte, gleichgültig, ob sie Deutsch sprachen, Französisch, Russisch oder irgendeine andere Sprache. Er rannte erneut los. Auf der Rue de Rivoli herrschte lebhafter Verkehr. Die Menschen fühlten sich sicher und hatten sich an den Lärm von Kanonen gewöhnt, die sie außerhalb der Stadt wähnten. Er rempelte Spaziergänger an und spürte es nicht. Selbst seine liebste Klassenfeindin teilte diesen Traum, war ihm ausgerechnet hier begegnet, diese arrogante, mutige und zärtliche Frau. Ich will hier leben, zusammen mit ihr, dachte er.

Er rannte, als hinge vom Volumen seiner Lunge und von der Kraft seiner Beine ab, ob die Commune überlebte. Er wich einem Omnibus aus, einer Frau mit einem Schubkarren und stürzte beinahe über den Hund eines Mannes, der unter einer Straßenlaterne stand und Zeitung las.

»Mit wem läufst du denn um die Wette, Bruder?«, rief ein gut gelaunter Spaziergänger.

Albert Lauterjung erreichte verschwitzt und blutbeschmiert das Rathaus. Ein alter Soldat bewachte das Gebäude, in dem sich der Rat und seine Ausschüsse Tag und Nacht zu ihren Sitzungen versammelten. Nur dieser alte Mann stand neben den Stufen, die ins Gebäude führten, und sah ihn an. Albert ließ sich auf die Treppe fallen, streckte die Beine aus und schnappte nach Luft. Seine Lunge schmerzte. Der alte Soldat setzte sich fürsorglich neben ihn.

Er wollte diesem alten Mann alles erzählen, wie ein Kind, das hoffte, ein Erwachsener würde ihm seine Alpträume nehmen. Zum zweiten Mal in seinem Leben war Albert völlig hoffnungslos. Er wollte sprechen, aber das Grauen hatte sich in seine Stimmbänder gefressen und zerrüttete seine Selbstbeherrschung. Albert lehnte sich an die Schulter des Alten und weinte. Er weinte und schrie seine Angst hinauf in den Nachthimmel. Er sah Heinrich vor sich liegen. Die Toten auf dem Schlachtfeld. Manche Körper trugen Hortense' Gesicht und Émiles und immer wieder Gertruds.

Der Alte patschte dem Fremden auf den Rücken, brummte und murmelte, wie um ein Kind zu beruhigen.

»Bruder, hast du kein Vertrauen mehr in die Commune?«

Albert nahm die trockene, magere Hand seines Trösters. »Sie bringen uns um.«

»Meinst du, Hunderttausende lassen sich so einfach abschlachten?«

»Sie sind in der Stadt. Warum hat man sie nicht aufgehalten?«

»Auch wir machen Fehler. General Dombrowski hat dem Rat eine Depesche geschickt. Der Rat hat seine letzte Sitzung ordentlich beendet …«

»Ordentlich beendet?«

»Dort oben haben sie vorhin noch gesessen und über die Reform der Schulen debattiert. Als das Telegramm kam, haben sie noch eine Stunde die Tagesordnung abgehandelt und sich dann aufgelöst. Die Theater gehören jetzt zur Erziehungskommission, und die ist beauftragt, die Hierarchie dort abzuschaffen! Man will eine kooperative Leitung.« Das Wort bereitete ihm einige Mühe, und so übersetzte er es für seinen neuen Bekannten: »Sie entscheiden in allen Theatern künftig gemeinsam. Ist das nicht schön? Ich liebe das Theater.«

»Du sagst, der Rat hat sich aufgelöst? Es gibt ihn nicht mehr?«

»Man hat jedem einzelnen Ratsmitglied überlassen, was es tun will.«

»Aber das ist völlig verrückt. Es geht um Paris!«

»Die, die so denken wie du, haben sich nicht durchsetzen können. Einige Ratsmitglieder wollten in ihren Stadtteilen Barrikaden aufbauen und die Nationalgarde in ihrem Arrondissement kommandieren. Jetzt ist hier der Wohlfahrtsausschuss für die wichtigsten Entscheidungen verantwortlich.« Der Alte seufzte und tupfte sich die Stirn. »Die Commune wird siegen oder aufrecht untergehen. Junger Freund, noch ist nichts entschieden, du wirst dich wundern, wozu Menschen fähig sind.«

»Ich habe gesehen, wozu diese Barbaren fähig sind.« Er erinnerte sich und begann wieder zu weinen. »Sie haben sie an Händen und Füßen gefesselt und dann umgebracht.«

»Sie haben auch Duval den Schädel eingeschlagen, als er ihr Gefangener war, und sie haben Flourens erschossen. Sie foltern ihre Gefangenen. Es war richtig, dass wir nicht wurden wie sie.«

»Auch wenn uns unsere Schwäche umbringt?«

Der Alte legte Albert tröstend die Hand auf den Rücken. Albert schniefte und wischte sich die Nase.

Der Alte sagte: »Sei auf vieles gefasst. Zuerst wirst du heute und morgen sehen, wie die letzten Feiglinge und Schwätzer Paris verlassen. Dann wirst du erleben, wie mutig Menschen werden können, von denen du es nie gedacht hättest.«

Albert beruhigte sich. Der Mann war so alt, dass er mehr Niederlagen überlebt haben musste als Albert, die gescheiterten Revolutionen von 1830 und 1848, die vielen Aufstände und Streiks, den Krieg, die Kämpfe um eine französische Republik, um die er immer wieder betrogen worden war. Albert hatte erst ein Jahr Kampf und einen verlorenen Streik hinter sich. Er sah, wie der Soldat etwas Wasser auf einen Lappen goss. Albert reinigte sein Gesicht und warf den blutigen Verband fort, der Hortense und Gertrud Angst machen würde. Er umarmte den kleinen Mann, bis dieser sich verlegen den Angriff auf sein morsches Skelett verbat und sich verabschiedete.

»Und wenn sie zehntausend Mitrailleusen auf uns richten! Sie kennen unsere Stadt nicht, unsere Straßen und Hinterhöfe, es ist ein Krieg auf unserem Terrain. Sie wissen nichts von uns! Lang lebe die Commune!« Mit stolz erhobenem Kopf hinkte der Alte in die Nacht, den Kopf erhoben, und reckte, bevor sein schmaler Körper in der Dunkelheit verschwand, sein Gewehr in den Himmel, als erklärte er in diesem Moment persönlich dem feindlichen Heer den Krieg.

Über der Stadt lag ein fernes Dröhnen, eine andauernde Warnung, dass dieser warme, duftende Frühlingstag nicht war, was er zu sein versprach.

»Wenn wir gewonnen haben, fahren wir ans Meer und nehmen Hortense, Émile, Claire, Louis und die kleine Elise mit.«

»Und wenn wir verlieren?«

Gertrud sah Albert irritiert an.

Hortense mischte sich ein, sarkastisch, wie sie manchmal war. »Wenn wir verlieren, fahren wir, wenn wir noch leben, auch ans Meer – und zwar in diese Drecksklöcher bei Brest, wo sie die Gefangenen vermodern lassen, sofern sie sie nicht gleich deportieren.«

»Wenn wir verlieren, ergeben wir uns, und sie werden uns behandeln wie Kriegsgefangene.« Doch Gertrud zweifelte an ihren eigenen Worten.

Hortense und Albert antworteten gleichzeitig. »Die preußische Hoheit hat die Lebenserfahrung einer Stubenfliege«, spottete Hortense, und Albert ergänzte: »Die deutschen Armeen haben Kriegsgefangene massakriert …«

»Das ist nicht wahr!«

»Was meinst du, was deine feine Verwandtschaft in den französischen Dörfern angerichtet hat? Sie haben Frauen vergewaltigt und mit Bajonetten erstochen. Sie haben Männer, Frauen und Kinder in ihren Häusern verbrannt. Sie haben Franzosen aufgehängt, ihnen die Köpfe eingeschlagen …«

»Hör auf!«

»Es ist nicht deine Schuld«, Albert fasste Gertrud an den Schultern, »aber du bist dafür veranwortlich, wie du die Welt siehst, was du mit deinem Leben anfängst und auf welcher Seite du stehst.« Er sah ihren Blick. »Du brauchst nicht an dir zu zweifeln, du musst dich entscheiden.«

Hortense mischte sich ein. »Ich gehe zu Claire. Eure Küsserei macht ein altes Weib wie mich ganz eifersüchtig. Wenn ihr mal eine Pause einlegt, holt mich bei den Goncourts ab, wir haben heute noch viel zu tun.«

Die doppelte Barrikade an der Ecke des Boulevard de Magenta und des Boulevard Saint-Martin sah aus wie für die Ewigkeit gebaut. Die breiten Schneisen, die Napoleons Präfekt Haussmann durch die verwinkelten Arbeiterviertel geschlagen hatte, erhöhten den Aufwand für ihren Schutz. Statt drei oder vier Metern Breite mussten oft zwölf oder zwanzig Meter Straßenbreite verschlossen werden.

»Wie lange braucht ihr für so eine?«, fragte Gertrud eine der Frauen, die die Barrikade befestigten.

»Einen knappen Tag, wenn sie sechs Meter tief und etwa anderthalb Mann hoch sein soll, mit Schießscharten und allem Drum und Dran.«

»Die hält ein ganzes Leben!«

»Das könnte zu kurz sein«, erwiderte eine der Frauen, ohne aufzusehen.

Albert kam von einem Gespräch mit einem Offizier der Nationalgarde zurück, der die Barrikaden kontrollierte und auf einem Plan verzeichnete. »Ein kluger Kopf. Zwei- bis dreihundert strategisch verbundene Barrikaden und wir könnten die ganze Stadt retten, sagt er. Aber jetzt, da alle zu den Waffen gerufen sind und die Nationalgarde als Ganzes nicht mehr existiert, rennen die meisten in ihre Viertel und säen dort Barrikaden wie Weizen. Ohne Plan, ohne Koordination! Gerade dort, wo sie selbst wohnen.«

»Aber diese hier sind sinnvoll.«

»Ja, er hat sie gelobt.« Alberts Schritt verlangsamte sich. »Er berichtet, dass die Tore von Passy, Auteuil, Saint-Cloud, Sèvres und Versailles sperrangelweit offen stehen. Die Versailler sind in der Stadt.« Er sah sie an. »Es sind einige Zehntausend, vielleicht mehr als hunderttausend Mann. Eine ganze Armee. Es wird ein Kampf auf Leben und Tod. Verlasse die Stadt, bitte.«

»Ich werde nicht gehen.«

»Aber ich will, dass du lebst.«

»Ich will hier leben. Mit dir.«

»Du bist zufällig in alles hineingeraten.«

»Ich bin geblieben.«

»Ist es dein Kampf?«

»Hast du nicht behauptet, jeder müsse seine Art zu leben frei wählen dürfen? Ich habe gewählt. Wenn dir meine Wahl nicht gefällt …«

»Du ahnst nicht, was auf dich zukommt.«

»Du willst mich loswerden.«

Er schüttelte den Kopf. »Bitte, verlass Paris.«

»Und du?«

»Ich bleibe.«

»Natürlich! Du bleibst und verteidigst die Stadt zusammen mit Hortense und all den anderen. Aber ich soll mich davonmachen wie ein Feigling! Weil ich eine Frau bin oder weil ich aus dem falschen Stall komme? Was fällt dir ein, du geistesschwacher Prolet!«

Wütend wandte sich Gertrud von ihm ab und marschierte den Boulevard de Magenta entlang nach Montmartre. Ihre Haare rutschten aus dem Haarnetz, das sie unter dem Käppi trug. Das Gewehr, das über ihrer Schulter baumelte, hatte Sophie ihr besorgt, als sich Gertruds Schießkünste nach jenem Überfall in Saint-Germain herumgesprochen hatten. Gertruds Hose war nicht mehr ganz frisch, denn sie besaß nur zwei. Sie lief rasch und hielt den Rücken gerade wie ein wütendes Ausrufezeichen. Albert rannte ihr hinterher.

Dort, wo eine Seitenstraße zum Gare du Nord abzweigte, trafen sie, wie vereinbart, Sophie Morissot.

»Am Tor von Saint-Cloud soll ein einziger Verräter die Versailler in die Stadt gewunken haben. Niemand hat das Tor bewacht. Aber aus Montmartre halten wir sie draußen! Kommt!«

Gertrud blickte die Anhöhe von Montmartre hinauf. Die Weinstöcke trugen winzige grüne Beeren. Sie könnte im Herbst bei der Weinlese helfen und mit ihren Freunden in einem der vielen Straßencafés den Sieg der Commune feiern.

»Die Rue des Abbesses hinauf!«, rief Sophie. »Die Kanonen stehen immer noch dort oben.«

»Das Frauenbataillon soll hier sein, sagt Hortense.«

»Ja, irgendwo hier.«

»Die Kanonen, die wir im März hinaufgeschoben haben, stehen immer noch dort?« Albert wollte es nicht glauben.

Die drei beschleunigten ihre Schritte.

Auf dem Plateau, wo die Kanonen standen, waren Menschen eifrig damit beschäftigt, Schießscharten und Erdwälle zu bauen, von denen aus sie den Hügel und das an seinen Hängen liegende Viertel verteidigen konnten. Man baute steinerne Befestigungen für die Kanonen und schützende Mauern für diejenigen, die feuern würden. Sie blickten über die Stadt nach Westen, wo ihnen Rauchwolken verrieten, wie weit die Angreifer vorgedrungen waren.

»Der Invalidendom glänzt in der Sonne.«

»Wunderschön.«

Sophie zeigte zur Place de la Concorde. »Dort steht General Brunel heute.«

Gertrud erinnerte sich. »Der, der sofort nach Versailles marschieren wollte.«

»Er hatte recht! Er ist soeben aus dem Gefängnis gekommen und gleich wieder …«

»Warum war er eingesperrt?«

»Das ist jetzt nicht mehr wichtig.«

»Im Norden und Osten herrscht Ruhe.«

»Noch halten die Deutschen still.«

»Sie wollen, dass das die Franzosen unter sich ausmachen.«

»Ein Sieg der Commune? Das liegt nicht in ihrem Interesse! Das würde nach Deutschland ausstrahlen und den Interessen von Wilhelm, Bismarck und diesem Pack schaden!«

»Wenn wir gewinnen, werden sie kommen.«

»Du zweifelst daran?«

»Dass wir gewinnen? Nein.«

»Dann sollten wir aufpassen. Sie kämen von dort.«

Die drei Freunde waren zur Nordseite des Montmartre gelaufen, von wo aus sie bei klarem Himmel über Saint-Denis hinaussehen konnten. Zu ihren Füßen, gleich hinter dem Boulevard Ney, lagen die Tore von Saint-Denis und Saint-Ouen, die beiden nördlichen Tore, durch die man den Festungswall durchqueren konnte.

»Es sieht aus, als wären die Deutschen nähergerückt.«
»Nein!«
»Doch, gestern lagen sie noch einige Hundert Meter weiter nördlich.«
»Du hast recht, einige ihrer Bataillone sind wirklich näher gerückt. Diese widerlichen Voyeure!«

Sophie hatte sich die Kanonen angesehen und kam zurück. Sie fluchte wie ein besoffener Matrose. Wütend stapfte sie mit den Füßen im Kreis herum. »Niemand hat die verdammten Kanonen gepflegt. Könnt ihr euch das vorstellen? Der ganze Aufstand bricht los wegen dieser Kanonen, und die stehen seit dem 19. März herum! Dreckig! Ungeladen! Rostend! Verflucht, verflucht, verflucht!«
»Wir reparieren sie.« Gertrud hatte keine Ahnung, wie man Kanonen reparierte, aber vor fünf Wochen hatte sie auch noch keine Ahnung gehabt, was eine Nabelschnur, wie ein Skalpell zu führen und wie eine Barrikade zu bauen war.
Sophie, die sonst so gelassene, starke Freundin, reagierte gereizt. »Reparieren? Du? Du magst von Pistolen und Säuglingen etwas verstehen, aber von Kanonen?«
»Sophie!«
»Verzeih.«
»Ich weiß. Du hast Angst.«
Sie standen nebeneinander, inmitten einer schweigenden Menge von Menschen, und starrten auf den einstigen Stolz des Montmartre. Gertrud hatte sich sicher gefühlt, und gelegentliche leise Zweifel waren im Glücksgefühl ihres Sieges untergegangen. Was wie ein fröhliches Fest begonnen hatte, war nun ein Bürgerkrieg. Vor ihnen lagen fünfundachtzig Kanonen und zwanzig Mitrailleusen. Sie lagen über- und untereinander. Jeder Regenguss hatte sie tiefer in den Schlamm gegraben. Nur drei Kanonen hatten einen sicheren Stand in einer Lafette – mit ihnen konnte gefeuert werden. Für die Mitrailleusen fehlten Patronen.
»Zündet eine zur Probe.« Der General der Commune, der das befahl, war vor kurzem gekommen. Man zielte auf eine menschen-

leere Stelle im Weinberg. Der Rückstoß vergrub die Lafette samt Kanone im Schlamm. Der General blieb kühl.

»Wir können sie nicht nach jedem Schuss wieder ausgraben«, sagte Albert.

»Wir bauen ihr einen festen Stand!«

Albert wollte Gertrud zurückhalten.

»Lass sie. Es ist ihre Art, mit der Angst umzugehen. Ich werde gereizt, und sie springt nach vorn«, sagte Sophie.

Der müde General sah die junge Frau an und zugleich durch sie hindurch. Er hatte einen polnischen Akzent. »Mademoiselle, ich sollte in dieser Stadt lernen, dass in einer Revolution jeder selbst die Verantwortung trägt. War das nicht genau das, was mir der Rat und das Zentralkomitee andauernd beizubringen versuchten? Macht, was ihr wollt. Ich gehe in die Stadt zurück. Hier gehorcht mir ja doch keiner.« Die Uniformjacke des Generals schlug müde Falten, als er mit wenigen Begleitern den steilen Weg hinuntermarschierte.

Sophie beantwortete Gertruds unausgesprochene Frage: »General La Cécilia, neben Dombrowski und Wroblewski der dritte polnische General der Commune. Ein wirklich guter Mann!«

»Aber diese Generäle planen, als käme der Feind aus einem anderen Land.« Ein Aufstand in einer Stadt war keine Schlacht auf einem Feld mit einer Schlachtordnung und bestimmten Ritualen. Wo ist nur jemand, der zwischen all diesen großartigen Menschen vermittelt, die ihre Fähigkeiten so unkoordiniert verschleißen?, dachte Albert.

»Ein Pole«, sagte Gertrud.

»Fällst du in alte Gewohnheiten zurück?«, fragte Albert.

»Nein, ich frage mich nur, was heute seltsamer ist, ich oder ein polnischer General – und beide auf derselben Seite.«

Sophie wollte ein paar Stunden schlafen. Jeder rechnete mit einem Angriff der Versailler in der Nacht. Für die Menschen von Paris war das von Vorteil. Sie kannten ihre Stadt auch nachts und würden sie in Gassen und Hinterhöfen, hinter Barrikaden und auf Plätzen zu verteidigen wissen.

»Wir treffen uns bei Einbruch der Dunkelheit an der großen

Barrikade Ecke Rue de Clignancourt und Boulevard de Rochechouart. Ihr wisst, wo das ist?« Sophie sprang den Weinbergweg hinunter, als könnte sie die Nacht nicht erwarten. Die Sonne stand noch auf halber Höhe, Wolken glitten vorbei. Die Erde drehte sich, und nichts sah nach einem Krieg aus. Albert war weit gereist und kannte Städte wie Elberfeld und Köln, aber keine gefiel ihm wie diese. Hoffnung erfasste ihn. Sie würden das Pack aus der Stadt jagen, die Tore verschließen, die Verteidigung reorganisieren. Vielleicht waren alle früheren Fehler nötig gewesen, um es morgen besser zu machen. Erst einmal ausruhen. Er küsste Gertrud. »Hortense ist nicht zu Hause, sie ist an der Place de la Bastille.«

Gertrud lachte.

Er sagte: »Du bist so langsam wie eine Ente.« Er nahm sie Huckepack und stolperte mit ihr fröhlich den Hang hinunter. Sie dirigierte die Geräusche des Frühlings mit erhobener Nase und theatralischen Gebärden.

Auf dem Fensterbrett saß ein Vogel, der beim ersten tiefen Stöhnen entrüstet floh. Sie hatte gelernt, Albert mit ihrer Zunge diese Töne zu entlocken, sie anschwellen zu lassen oder zu dämpfen. Ihr fehlte zwar der Vergleich, aber sie konnte sich nicht vorstellen, dass es andere Männer gab, die sich einer Frau auf diese Weise hingeben konnten. Sie versenkte ihren Mund neben seinem Hüftknochen in einer kleinen Mulde aus weicher, leicht salziger Haut. Sie liebte es, wie sein Körper auf ihre Zärtlichkeiten reagierte. Später schien er wie in Trance.

Die Sonne stand tief, als das Muster der Tapete vor ihren Augen verschwamm, als es sich in winzige Lichtpünktchen auflöste, als die Schwerkraft der Erde verschwand, kurz bevor sie davonflog.

31

Paris,
22. Mai 1871

Anfangs hatte sie sich geniert. Das war nichts, was ein Mann tat. Es war Marthas Aufgabe gewesen oder Klaras oder die ihrer Mutter, wenn diese Lust und Zeit hatte. Auch Hortense würde sie es erlauben. Aber ein Mann! Doch längst hatte sie sich daran gewöhnt, und sie liebte es. Zwischen seinen Lippen flitzte seine Zungenspitze hin und her. Er zählte bis hundert, langsam und ohne sich zu versprechen, und bürstete ihr Haar. Am Ende bündelte er ihre lange Mähne in seinen Händen, teilte sie in drei Stränge, flocht einen Zopf, drehte ihn ein und steckte ihn mit einigen Haarnadeln fest, wie Sophie es ihm gezeigt hatte. Dann kamen das Netz und, etwas schräg, das Käppi darüber. Und wie immer korrigierte sie ihn und zog das Käppi genau zur anderen Seite des Kopfes.

»Dein Messer ist eine wunderbare Waffe. Niemand hört es. Hast du noch mehr dabei?«, fragte sie.

»Ja, vier.«

Sie half ihm, die Messer hinten an seinem Gürtel anzubringen.

»Dein Bajonett steckt nicht ... So, jetzt.«

In der Küche hatte Hortense mit großer, spitzer Schrift auf einen Zettel gekritzelt: *Ihr Preußen seid zu laut! Nach der Revolution: Mäßigung! Revolutionärin, die nicht schlafen kann, geht auf die Barrikade. Rue du Faubourg du Temple, dort, wo sie am höchsten ist! H.*

Gertrud lächelte.

»Passwort?« Die Barrikade an der Ecke Rue Saint-Maur und Faubourg du Temple tauchte plötzlich wie ein Gespenst aus der Dunkelheit vor ihnen auf.

»Keine Ahnung, Bruder. Wir sind mit Hortense Ducroix verabredet.«

»Hortense! Schon wieder welche für dich. Du hältst mehr Audienzen als der Papst.«

»Halt dein freches Maul, Philippe.« Hortense war ein Schatten in der Dunkelheit. »Das hier wird die härteste Barrikade. Und wenn ganz Paris die Schweine durchlässt, hier werden sie sich die Schädel einrennen.« Sie lud etwas ab. »Wollt ihr helfen?«

»Wir haben Sophie versprochen, auf dem Montmartre bei den Erdarbeiten für die Kanonen zu helfen.«

»Gut, gut«, und im Weggehen: »Von dort aus könnt ihr uns die Flanke freihalten. – Hee!« Hortense drehte sich noch einmal um: »Es lebe die Commune!«

Es war nicht einfach, sämtliche Barrikaden zu passieren, die aus dem Boden geschossen waren wie Pilze. Gertrud und Albert überquerten, wie jeden Tag, den Canal Saint-Martin, und Albert deutete nach Nordosten. »Da oben, wo die Nordbahn den Kanal kreuzt, ist einer der letzten Fluchtwege. Dort verlassen die vier- und die zweibeinigen Ratten die Stadt.« Gertruds Blick folgte seinem Finger nur flüchtig. Dieser Ausweg interessierte sie nicht. Nirgendwo wollte sie sein als hier.

Diese Nacht war sternenlos, als der Mond hinter einer schwarzen Wand versackte. Zum zweiten Mal an diesem Tag betraten sie den Boulevard de Magenta, der den Vorschriften der Commune gemäß sparsam beleuchtet war. Einige Querstraßen vor dem Boulevard Rochechouart gab es keine Lichter mehr. Dort wo sie am Nachmittag bei strahlender Sonne hinuntergetobt waren, schien nun ein finsteres, schwarzes Loch zu sein. Die Schwärze sog sie in eine Stille, als hätte sich die Stadt aufgelöst.

Als sich Augen und Ohren an die Dunkelheit gewöhnt hatten, vernahmen sie Gewisper und Geraschel. In diese leisen Töne hinein donnerten ferne Kanonenschüsse, näher jedoch als tagsüber. Es klang, als kämpfte man schon am Gare Saint-Lazare. Ein leichter Wind kam auf, und Gertrud wünschte sich in die Sicherheit eines Hochsitzes. Ob der Feind wie das Wild im Morgengrauen über die Lichtung zog? Ihre Fantasie führte wilde Tänze auf, sie sah Schatten an den Mauern, Holz schlug auf Stein, Metall auf Metall, ein gellender Klang, der den Boulevard hinunterblitzte. Tiefer in den Straßen von Montmartre näherten sie sich der Quelle der Geräusche. Menschen sammelten sich hier, konspirierten, sortierten Munition, polierten Waffen, schleppten Steine. Niemand in Montmartre schien zu schlafen. Wieder verschluckte die Nacht jedes Licht. Plötzlich wurde ihnen eine Petroleumlampe direkt vor das Gesicht gehalten.

»Parole?«, schnauzte ein Mann.

Gertrud zuckte zusammen. Bei derartig lautem Gebell wäre das Rotwild in den thüringischen Wäldern schon auf und davon.

»Parole!« Der Finstere legte ein Gewehr auf sie an.

Gertrud erinnerte sich an Sophies Botschaft. Hastig flüsterte sie: »Es lebe Flourens!«

»Bürgerin, warum nicht gleich so?! Passiert!« Der Eintritt in diesen Teil von Montmartre glich dem unvernünftigen Schritt in einen Ameisenhaufen.

»Halt! Legt Hand an.«

»Gern, Bruder«, bemühte sich Albert um Verständnis, »aber das Frauenbataillon erwartet uns auf dem Hügel.«

Dort schien es kein Gefäß zu geben, das nicht mit Sand oder Steinen gefüllt werden konnte. Die Rue des Abbesses hatte sich innerhalb eines Tages vollkommen verwandelt. Menschen liefen den Berg hinauf und hinunter. Sie transportierten Waffen und Lebensmittel, warme Kleidung und Material für Barrikaden. Auf halber Höhe trafen Gertrud und Albert Sophie, die sie ohne weitere Erklärung zu einer riesigen Barrikade zerrte, die von einer der Kanonen des 18. März bewacht wurde. Die Munition war ordentlich gestapelt, Wasserflaschen mit Erde gesichert. Kinder hantierten mit ebensolcher Ernsthaftigkeit wie die Erwachsenen. Sophies Schritten war kaum zu folgen. »Wir müssen das Viertel von hier aus verteidigen. Seht ihr, dort drüben, der Boulevard Malesherbes wird beschossen, seit Stunden.«

Gertrud erschrak. »So weit sind sie schon.«

»Entweder sie kommen den Batignolles herauf. Oder die Rue d'Amsterdam, dort sind weniger Barrikaden.«

»Wann sind sie hier?«

»Sie brauchen für jeden Schritt viele Stunden. Wir werden

sie zurückschlagen, bevor sie den Boulevard de Clichy betreten. Unsere Leute sind großartig!« Sophie lachte in die Nacht.

Albert sah sich um. »Und wenn sie nicht von Westen und Südwesten kommen, sondern von der anderen Seite, von Südosten?«

Sophie winkte ab. »Unsinn! Dann müssten sie ja durch das ganze Zentrum!«

»Oder durch die deutschen Linien.« Gertrud dachte an die deutschen Bataillone bei Saint-Denis, die sie am Morgen beobachtet hatte und die sich offensichtlich der Stadtgrenze näherten.

Sophie nahm einen Stock, band ihr Halstuch ab und verwandelte es in eine rote Fahne, die sie in die Mitte der Barrikade pflanzte. »Wenn sie kommen, werden sie denken, dass sie das Fegefeuer verschluckt.«

Gertrud schrak hoch. Sie war an Alberts Rücken gelehnt auf den Stufen einer Treppe eingeschlafen. Die Nacht war vorbei. Sophies Stimme klang wie die einer Fremden, dunkel, leer, voller Entsetzen. »Sie ziehen den Boulevard Batignolles herauf. Sie sind zu schnell! Warum hält sie keiner auf? Gleich haben sie den Boulevard de Clichy erreicht.«

Gertrud und Albert sprangen auf.

»Macht euch bereit, Freunde.« Sophies Stimme war heiser.

Montmartre rüstete sich zur Verteidigung. Leichter, frischer Wind kühlte Gertruds Haut, schien die entsetzlichen anrückenden Geräusche – das Geklirr der Bajonette, das Getrappel der Pferdehufe, das Geklapper der Lafetten, auf denen die Mitrailleusen gezogen wurden – noch zu verstärken. Wie in einem Amphitheater schallten die Töne des Feindes, der gekommen war, sie erneut niederzuwerfen, den Hang herauf.

Die aufgehende Sonne vergoldete den Hügel und malte die kleinen schäbigen Häuser des Viertels schön. Es würde wieder ein herrlicher Tag werden, sonnig, mit den milden Temperaturen eines frühen Sommers. Ein Tag, um im Bois de Boulogne spazieren zu gehen, ein Tag, um in den Cafés zu diskutieren, auf der Seine Boot zu fahren, ein Tag, nicht gemacht für einen Bürgerkrieg.

Gertrud war unruhig. Ein Verdacht rumorte in ihrem Kopf. Sie sah Sophie Morissot, die den Südwesten beobachtete, und Albert, der sich ihr angeschlossen hatte. Tausende feindlicher Soldaten schossen sich Breschen durch die aufständische Stadt. Rauch lag über dem Champ de Mars, der Place de la Concorde und den Tuilerien. Da, wo die Rauchwolken lange standen, hielt die Commune die Armee auf. Wo sich die Wolken, die Schüsse, das Funkeln Hunderter Bajonette bewegten, wurden Kommunarden gefangen genommen. Hoffentlich nur das.

Ihr Verdacht trieb sie auf die Spitze des Hügels. Er erschien ihr selbst so absurd, dass sie niemanden überreden wollte, ihr zu folgen. Sie nahm ihr Gewehr auf den Rücken und stapfte den vertrauten Weg hinauf, dorthin, wo sie nach Norden sehen konnte, wo jenseits der Stadtmauer das preußische Hauptquartier lag. Sie ging bis an den steilen Rand, schaute hinunter auf die Rue Marcadet, legte die Hand über die Augen und sah über den Festungswall. Etwas dort hinten, jenseits des Walls, war anders als am vergangenen Nachmittag.

Dann erkannte sie es: An der Porte de Saint-Ouen funkelten Bajonettspitzen, bewegten sich Bataillone. Sie begriff die Situation nicht sofort. Die deutschen Truppen hatten ihre Linienführung verändert. Französische Regierungstruppen schienen mit ihnen zusammenzustoßen. Militärische Scharmützel wären ein Glück für die Commune. Sollen sich Versailler und Preußen doch gegenseitig totschlagen, dachte sie erfreut.

Aber die ehemaligen Kriegsgegner prallten nicht aufeinander, sie schlugen sich nicht, sie schossen nicht aufeinander. Stattdessen marschierten sie umeinander herum, als tanzten ihre Bataillone ein Menuett. Es dauerte eine Weile, bis Gertrud begriff, dass die deutsche Maas-Armee unter Kronprinz Albert von Sachsen der Armee der französischen Regierung Platz machte, damit diese Paris nun auch von Norden überfallen konnte. Das Tor von Saint-Ouen schien sperrangelweit offen zu stehen. Es spie Division für Division in die Stadt. Die französischen Truppen teilten sich. Bald würden sie Montmartre vom Norden aus angreifen. Auf dieser Seite gab es nur zwei Barrikaden, kaum Verteidiger und nur eine lächerliche Zahl von Geschützen.

Wenig später war Gertrud, die wie versteinert dastand, nicht mehr allein. Die Menschen von Montmartre hatten ebenfalls bemerkt, was vor sich ging.

Albert stellte sich neben sie. In Solingen war seine Aussicht auf die nahende Katastrophe nicht so gut gewesen. Die feindlichen Truppen näherten sich.

»Sie kommen jetzt von Norden, Süden und Westen, und haben Nachschub ohne Einschränkung. Sobald unsere Munition verbraucht ist, ist es vorbei. Wir sind von allem abgeschnitten.«

In aller Eile verschanzten sie sich. Gertrud legte an und traf. Sie versuchte, den kleineren Barrikaden unten am Fuß des Hügels den Rücken freizuhalten.

Der Bürgerkrieg drang von allen Seiten in das Viertel. Er war über das benachbarte Batignolles hinweggerollt, den breiten Boulevard wie einen gepflügten Acker hinter sich lassend, ohne Saat, doch gefüllt mit Leichen. Das Donnern der Kanonen rückte näher und schleppte in Begleitung das monotone Geknatter der Mitrailleusen mit sich.

Zwei Stunden später hielten einige Hundert Menschen in Montmartre die Versailler auf Abstand. Aber der Feind musste nur warten, bis ihnen die Munition ausging, dann würde das Viertel in seine Hände fallen. Gertrud sah die Farben der Versailler von drei Seiten den Hügel emporblitzen. Nur ein schmaler Pfad blieb noch, um zu entkommen. Sophie Morissot weigerte sich, Montmartre zu verlassen. »Verschwindet!«

Gertrud und Albert umarmten die Freundin, die ihnen nicht mehr hinterhersah. Ihnen gelang die Flucht den Hügel hinab, nach Osten. Zitternd versteckten sie sich, um neue Kraft zu sammeln. Sie hätten keine zehn Minuten später fliehen dürfen. Hinter ihrem Rücken breiteten sich die Truppen der Nationalversammlung in den Straßen des Arbeiterviertels aus.

»Wozu schleppen sie die Mitrailleusen mit sich herum?« Albert flüsterte. »Sie sind noch unhandlicher als eine Kanone, man kann sie nicht einmal drehen.«

Gertrud zog in ihrem Versteck die Knie bis ans Kinn. »Ich will hier raus. Was ist mit Sophie?«

»Und Hortense.«

»Ich will raus!« Sie sprang auf.

Er zog sie runter. Ein neuer Trupp Soldaten zog die Gasse entlang. Er hielt sie fest.

»Warte, wir laufen durch die Höfe.« Albert packte ihre Hand so energisch, dass er sie nicht verlieren konnte.

Sie schlichen durch Höfe von Haus zu Haus, begegneten verschreckten und sich versteckenden Menschen. Manche berührten sie wortlos. Eine Frau streckte ihnen eine Wasserflasche hin. Das Donnern der Kanonen mischte sich mit dem scharfen Lärm der Mitrailleusen, die rhythmisch feuerten. Sie brauchten zwei Stunden, bis sie die Rue de Clignancourt erreichten. Sonst hatten sie für dieselbe Strecke nie mehr als eine Viertelstunde benötigt. Langsam näherten sie sich der Straße und blieben hilflos stehen, als sie merkten, dass sie unwillentlich in der Nähe der größten Schießerei gelandet waren. Keine Stelle in Montmartre schien ungünstiger als diese, wenn sie überleben wollten.

Sie sahen ein Kind, das sich ihnen geräuschlos aus einer Hofdurchfahrt näherte. Es legte den Finger auf den Mund und winkte sie mit ernstem Blick herbei. Sie hatten keine Alternative und folgten dem Mädchen, das nicht älter als acht Jahre alt war. Es führte sie eine alte Holztreppe hinauf. Das Eisengeländer hing lose in den Scharnieren. Der Dachboden war auf den ersten Blick nur von einigen nervösen Fledermäusen bewohnt, denen der Geschützlärm ebensolche Angst einjagte wie den Besuchern. Das Mädchen schleppte eine Holzkiste unter eine Dachluke und bot sie ihren Gästen als Aussichtsplattform an.

32

Paris,
24. und 25. Mai 1871

Fledermäuse huschten von Sparren zu Sparren. In der Dunkelheit des Dachbodens verbargen sich inzwischen weitere Flüchtlinge. Sie kauerten unter der Schräge und flüsterten miteinander. Das Mädchen ging leise, aber zielstrebig die Treppe hinunter. Sie wollte noch mehr Menschen vor Kanonen, Mitrailleusen und Gewehren retten.

Gertrud war auf die Holzkiste gestiegen und sah zur Dachluke hinaus. Sie blickte hinunter auf die Stelle, wo sich die Rue de Clignancourt mit dem Boulevard de Rochechouart kreuzte. Ein Versailler Bataillon beherrschte das Bild. Albert stellte sich neben Gertrud. Kavalleristen hatten die Kommunarden eingekesselt, schlugen mit Stöcken auf sie ein und trieben sie mit den Spitzen ihrer Schwerter vor sich her. Der Mond leuchtete schwach, zwei Gaslaternen hellten die Szenerie auf.

Ohne Rücksicht auf Geschlecht oder Alter nahmen die Regierungstruppen Menschen gefangen. In diesem Viertel lebten, wie in La Villette, Belleville, Ménilmontant und einigen ähnlichen Bezirken, vor allem Arbeiter, Handwerker und andere sogenannte kleine Leute. Die Regierung konnte nicht daran zweifeln, dass hier die Anhängerschaft der Republik und der Commune außergewöhnlich groß war, loyal und kämpferisch. Hatten nicht rund die Hälfte aller Pariser die Commune gewählt und die meisten sogar die linken Kandidaten? Die von Thiers' Offizieren befehligten Schlächter pferchten unten auf der Straße fünfzig bis sechzig Menschen zusammen: Männer, Frauen, Kinder.

Ein Offizier schritt eine Reihe von Gefangenen ab. Seine Körperhaltung demonstrierte uneingeschränkte Macht. Er trat seine Zigarre aus und winkte zwei Leutnants herbei.

»Sucht sie euch aus.« Er blaffte diese Aufforderung. Es klang wie »Abmarsch« oder »Vorwärts«, laut, kalt, beiläufig. Die eingekesselten Menschen wurden unruhig. Mit höhnischem Gesicht deuteten die beiden Versailler mal auf diesen Mann, jene Frau oder ein Kind.

»Was haben sie mit ihnen vor?« Gertrud zitterte.

Albert schwieg.

Die Auswählenden verhielten sich wie Anführer, die eine Ballmannschaft zusammenstellen. Aber es war kein Spiel.

Das Haus, in dem das Versteck von Albert und Gertrud war, besaß nur zweieinhalb Geschosse. Sie waren dicht am Geschehen, aber niemand entdeckte sie. Albert ahnte, dass gleich etwas Furchtbares geschehen würde. Gertrud starrte mit aufgerissenen Augen auf die Szene. Dort unten sprach man nicht mit den willkürlich ausgewählten Menschen. Säbelspitzen drängten sie in eine Linie entlang der Mauer. Eine zweite Reihe Gefangene wurde vor sie gestellt. Mobilgardisten legten ihre Chassepots auf sie an.

Der schweigsame Offizier wandte sich nun den übrig gebliebenen Gefangenen zu, die noch in der Mitte der Straße warteten. Er befahl sie in Zweierreihen und ließ sie an Händen und Füßen mit Eisenketten aneinanderfesseln. Gertrud und Albert suchten die Gesichter nach vertrauten Mienen ab. Stumm machten sie einander auf zwei Männer und eine Frau aufmerksam, denen sie in den vergangenen Wochen begegnet waren, in der Munitionsfabrik Rapp, in einem Café, beim Bau einer Barrikade.

Das Mädchen hatte inzwischen noch mehr Menschen von der Straße heraufgeholt. Gertrud schaute der Kleinen hinterher, als sie vorsichtig die Speichertür hinter sich schloss und wieder hinunterging, als hätte sie ihr Leben lang nichts anderes getan.

Albert zuckte zusammen, und Gertruds Blick folgte seinem Zeigefinger. Sie sah, was ihn erschütterte, und begann ebenfalls zu zittern. Unter denen, die grob und schmerzhaft zusammengekettet wurden, stand eine große schwarzhaarige Frau, ohne Schuhe und Gewehr. Sophie Morissot trug nur Hemd und Hose. Es nieselte leicht.

»Man hat sie geschlagen! Sieh dir ihr Gesicht an.«

»Wir können ihr nicht helfen.« Er lehnte seine Stirn an ihre Wange. »Sie lebt, Gertrud. Noch lebt sie.«

»Was werden sie mit ihr machen?«

»Einsperren. Wir wissen nicht, wie es anderswo in Paris aussieht. Wenn es allen so ergeht, haben wir verloren. Dann werden Prozesse kommen, lang und furchtbar, und sie werden einige Hundert oder Tausend gefangen nehmen. Die Aufrührer – wen auch immer sie dafür halten – werden sie hinrichten. Aber noch haben wir nicht verloren.«

»Doch keine Frauen!«

Sie dürfen nicht wählen, dann wird man sie wohl auch nicht hinrichten, es sei denn, man ergreift sie bewaffnet, dachte Albert.

Der ältere Offizier ließ Sophie an eine andere Frau fesseln, dann stellte man sie in jene Reihe. Die ausgewählten Kommunarden standen immer noch vor der Mauer. Die Gefangenen vor der Mauer und die auf der Straße gaben sich gegenseitig kleine Zeichen, Ermutigungen, Nachrichten, Hilflosigkeiten.

Gertrud und Albert hatten den Befehl nicht gehört. Die Soldaten legten ihre Gewehre an und zielten auf die Menschen an der Mauer. Gertrud versuchte, sich selbst zu beruhigen: Das machen sie nur, um die Gefangenen abtransportieren zu können, ohne dass es einen Aufruhr gibt. Niemand sprach. Nur wenn einer der Gefangenen sich bewegte, rasselten Ketten. Noch fiel kein Schuss. Einige der Menschen vor der Mauer weinten, andere verfluchten ihre Gegner. Der Feind schwieg, zielte und schien zu warten.

Für einen Moment verstummten alle Geräusche, das Scheppern und Klirren, das Weinen, das leise Fluchen, das Fußscharren, die Explosionen in den benachbarten Straßen, das Gekläff von rasenden Hunden, das Getrappel von Hufen, das Rumpeln von Rädern. Dann drang ein neuer Ton durch die Nacht: ein regelmäßiges, schweres, metallisches Knirschen. Eine Mitrailleuse wurde herangekarrt, die französische Zauberwaffe, das Schnellfeuergewehr, das fünfundzwanzig Schuss in nur einer Minute abfeuern konnte.

Die Soldaten richteten die Waffe auf die Kommunarden, die vor der Mauer aufgereiht worden waren.

»Sie drohen nur«, flüsterte Gertrud. Albert wusste es besser.

Man korrigierte die Stellung der Mitrailleuse mit einer Gelassenheit, als wollte man eine Straße reparieren. Die Gefangenen wurden unruhig. Eine Frau vor der Mauer schob eines der Kinder hinter ihren Rücken. In nur hundert Metern Entfernung explodierte ein Schrapnell, und als sei dies das erwartete Signal, begann das Massaker. Die Versailler Soldaten schwenkten den schweren Rumpf der Mitrailleuse langsam von links nach rechts. Aus rund zwei Dutzend Öffnungen wurden Patronen abgefeuert, so schnell, dass manche Körper mehrfach getroffen wurden. Wer in der ersten Reihe zu Boden sank, gab den Weg frei für die in der zweiten Reihe.

Die Menschen sanken übereinander, manche stumm, andere weinend. Einige ballten die Fäuste und schrien in die Nacht: »Es lebe die Commune!« Die Gefesselten auf der Straße hatte das Eintreffen der verhassten Mitrailleuse in Panik versetzt. Sie zerrten an ihren Ketten. Als das Morden begann, fielen einige in Ohnmacht. Ein Mann versuchte, sich zu einer Frau loszureißen, die unter den ersten Schüssen fiel. Er schrie langanhaltend.

Sophie Morissot betrachtete alles erhobenen Hauptes, als wollte sie sich jedes Detail für den Tag einprägen, an dem sie wieder frei wäre und sich rächen würde.

Einer der Soldaten schien nur für den Zweck abkommandiert zu sein, festzustellen, wer an der Mauer noch lebte. Er tötete die Überlebenden mit einem Genickschuss. Zwischen den beiden letzten lebenden Erwachsenen vor der Mauer stand das Kind, das die nun tote Frau hinter ihrem Rücken versteckt hatte. Das zweite Kind lag sterbend unter den Leichen vergraben.

Gertrud weinte. »Nein, sie töten keine Kinder. Man tötet keine Kinder. Im Krieg wird nicht auf Kinder geschossen.« Albert hielt sie umschlungen, so fest er konnte.

Das Kind, ein Junge, war vielleicht zehn, nicht älter als zwölf Jahre. Er schien ungerührt und kramte in seiner Hosentasche. Der Offizier stoppte den Soldaten, der auf das Kind anlegte. Der Junge machte dem Offizier ein Zeichen, selbstbewusst und anscheinend ohne Angst. Der Offizier wurde neugierig und winkte den Jungen zu sich.

Sie konnten die schroffe Stimme hören. »Was willst du?«

Auf der Handfläche des Jungen lag ein runder, glänzender Gegenstand.

»Damit kaufst du dich nicht frei.«

»Die Uhr ist nicht für dich.«

»Was willst du dann?«

»Ich möchte die Uhr meiner Mutter zurückbringen. Sie ist schon sehr alt und betet den ganzen Tag. Ich schwöre, ich bin in fünf Minuten wieder zurück.«

Das erlaubt er niemals. Der Junge käme nie zurück. Er könnte Hilfe holen. Niemals lässt er ihn laufen. Albert spürte, wie Gertrud zitterte. Sie weigerte sich, wegzusehen. Eine Frau mittleren Alters stand allein am anderen Straßenrand. Sie trug eine gelbe Armbinde. Gertrud fühlte sich an eine Erzählung von Hortense erinnert, die ihr eine Geschichte erzählt hatte, in der ebensolche Armbinden vorkamen.

Der Junge bedankte sich mit einem leichten Kopfnicken, als der Offizier ihn entließ. Dieser bestieg sein Pferd. Als wartete er tatsächlich auf das Kind, nutzte der Versailler die Pause, um seine lebenden Gefangenen zu mustern. Viele weinten. Die Frau mit der Armbinde machte ihn auf den einen oder anderen Gefangenen aufmerksam. Sie zeigte auch auf die Frau in einer der vorderen Reihen: schwarzhaarig und groß. Ein leerer Patronengurt hing noch um ihre Hüften, und die Pulverspuren an ihren Händen zeigten, dass sie gekämpft hatte. Sophie hatte eine Schramme auf der Stirn und senkte den Blick nicht.

»Paris hat schöne Weiber«, sagte der Offizier.

Seine Soldaten lachten bereitwillig. Sophie spuckte dem Offizier der verräterischen Regierung auf den Stiefel im Steigbügel. Der Offizier riss sein Pferd am Halfter. Es warf den Kopf in die Höhe und wieherte.

»Manche Megären sehen aus wie Weiber, aber sie sind teuflischer Abschaum.«

Er ließ sein Pferd dicht an den Gefangenen vorbeitänzeln. Die wichen vor dem Gaul zurück und gaben vor Sophie einen Flecken Straße frei. Bevor Sophie auch nur begriff, was mit ihr geschah, hob der Offizier seinen Säbel, holte weit aus, hieb mit voller Wucht auf sie ein und spaltete ihren Schädel. Während er zuschlug, stieß er eine Flut von Obszönitäten aus. Gertrud verlor sich in

Alberts Armen. Er glaubte, dass sie weinte, und wiegte sie wie ein Kind.

Der Blutfleck auf dem Pflaster war innerhalb von Sekunden größer als die Leiche selbst. Soldaten lösten die Ketten um Sophies Arme und Beine, so dass der Gefangenenzug ungehindert seinen Weg nach Versailles machen konnte. Einer der Soldaten trat voller Wucht auf die tote Sophie ein. Ihr lebloser Körper rollte durch die Blutlache und blieb auf dem Rücken liegen.

Der Offizier steckte seinen Säbel wieder in den Gürtel. Sein Triumph schallte über das Pflaster: »Die Hexe starb noch mit einer gewissen Unverschämtheit!«

»Ich bin wieder da!«

Der Junge hatte Wort gehalten. Es waren nicht viel mehr als fünf Minuten vergangen. Er kletterte beinahe zärtlich über die Leichen seiner Freunde und stellte sich mit dem Rücken an die Mauer. Ein Gardist legte sein Gewehr an und erschoss ihn, bevor der Junge auch nur den Satz »Es lebe die …« zu Ende bringen konnte.

»Den habe ich verschonen wollen!«, brüllte der Offizier.

Beleidigt senkte der Soldat den Kopf, trat in seine Linie zurück und maulte: »Einer mehr oder weniger.«

Man trieb die gefesselten Kommunarden zu einem Tempo an, das sie mit ihren kurzen Schritten nicht schafften. Sie stolperten und stürzten über die Kreuzung in den Boulevard de Rochechouart, begleitet von Hieben und Flüchen. Albert merkte erst jetzt, dass Gertrud ohnmächtig geworden war. Das kleine Mädchen half ihm, sie in eine freie Ecke zu tragen. Der Dachboden wimmelte inzwischen von Flüchtlingen. Er hatte ihre Ankunft nicht bemerkt.

Sie legten Gertrud auf eine Decke. Albert öffnete die obersten Knöpfe ihrer Jacke und das Hemd. Das Mädchen hatte ein feuchtes Tuch in der Hand, womit es der Fremden Stirn und Hals kühlte, als hätte sie nie etwas anderes getan. Albert hielt Gertruds Hand und streichelte ihren Kopf. Er wollte sie beschützen und zugleich hinunter auf die Straße, um die Commune zu verteidigen. Er konnte Gertrud nicht hier liegen lassen. Er kniete vor ihr, beugte sich über sie und küsste sie. Sie bewegte sich leicht. In den Straßen tobte der entscheidende Kampf, er musste hinunter. Vielleicht war Belleville noch zu retten, Ménilmontant, La Villette. Wenn die Commune den Osten halten konnte, die Kräfte sammelte, die Koordination verbesserte, die Barrikaden – vielleicht war dieser Teil der Stadt noch zu halten. Dann konnte man einen schwachen Moment des Feindes nutzen und zurückschlagen. Vielleicht kam die Provinz noch zu Hilfe.

Er berührte Gertruds Wange und zeichnete mit seiner Fingerspitze die Kontur ihrer Augenbraue nach. Diese Frau, die vor ihm lag und die er mehr liebte als jeden anderen Menschen in seinem bisherigen Leben, würde über seine Entscheidung nicht glücklich sein. – Albert legte ihren Kopf sanft auf die Decke. Er sah aus der Luke und prüfte den Fluchtweg. Dann weckte er Gertrud behutsam aus ihrer Ohnmacht. Wortlos und blass ließ sie zu, dass er ihren Arm um seinen Hals legte und sie fest um die Taille packte. Ihre Füße berührten kaum den Boden. Langsam kletterte er mit ihr die steile Stiege vom Dachboden hinab.

Er wollte sie weit um Sophies Leiche herumführen, aber sie drängte mit der ganzen Kraft, die ihr geblieben war, zu der toten Freundin. Danach war ihr Gesicht bleich wie der Mond. Im Schatten einer Hofeinfahrt ruhten sie sich kurz aus. Dabei beobachtete Albert, wie die Frau mit der gelben Armbinde an dem Hoftor vorbeihuschte. Gertrud erinnerte sich wieder genau. Eine von Hortense' Patientinnen hatte als Näherin in einem feinen Haus gearbeitet. Ihr Auftrag war simpel: Sie musste gelbe Armbinden nähen, den ganzen Tag nichts anderes als diese Armbinden. Aber als die Näherin nicht den vereinbarten Lohn erhielt, beschwerte sie sich bei Hortense und fragte sie um Rat. Die gab die Sache weiter, und die Commune fand heraus, dass diese Armbinden im Auftrag von Versailles hergestellt worden waren. Sie wurden im Geheimen verteilt, um an dem Tag, an dem Versailles hoffte, in Paris einzufallen, diejenigen Bürger auszuweisen, die bereit waren, die Commune zu verraten.

Albert Lauterjung half Gertrud auf eine niedrige Mauer, wo sie hinter einem Mauervorsprung für einen Moment vor feindlichen Blicken geschützt war. »Warte hier«, bat er und folgte der Denunziantin in eine Seitenstraße. Als er zurückkam, fragte Gertrud nicht, was er getan hatte. Er steckte sein Messer zurück in den Schaft.

Hortense war nicht zu Hause. Auch Claire Goncourt wusste nicht, wo sie war. Voller Angst wartete Claire in ihrem Haus auf Émile und Louis. Albert setzte in Hortense' Küche Wasser auf. Der Tee würde Gertrud vielleicht beruhigen. Er räusperte sich. Was er sagen wollte, fiel ihm entsetzlich schwer.

»Gertrud, du musst Paris verlassen.«
Ihr Becher fiel zu Boden.
»Ich zeig dir einen Weg aus der Stadt ...«
»Nein!«
»Du bist hier nicht sicher.«
»Niemand ist irgendwo sicher.«
»Sie könnten dich töten – wie Sophie.«
Gertrud weinte. Er zwang sich zur Zurückhaltung.
»Bitte, verlass die Stadt!«
»Und du?«
»Wir treffen uns – später.«
»Dann bist du tot wie Sophie.«
»Mir passiert nichts.«
Sie trocknete ihr Gesicht. »Ich bleibe. Du bleibst doch auch – wo ist der Unterschied?«
Sie war zäh. Er musste sie zwingen, zu gehen. Die Sorge um sie würde ihn lähmen bei dem, was er zu tun hatte. »Den Unterschied haben wir heute gesehen«, sagte er hart.
Verletzt schwieg sie.
»Ich zeig dir den Weg raus. Es wird dir nichts passieren.«
»Du verstößt mich?«
Er schwieg. Sie spürte, dass ihr der Boden unter den Füßen weggezogen wurde. Sie war unabsichtlich von der einen Ordnung in eine andere geworfen worden. In gerade mal neun Wochen hatte sie sich mit einer solchen Leichtigkeit an ein neues Leben gewöhnt, wie sie es sich nie hätte träumen lassen. Nur selten trüb-

ten Erinnerungen an Langenorla ihre Stimmung. Sie würde ihre Eltern eines Tages besuchen, dann, wenn die Wege aus Paris und vor allem zurück nach Paris ungefährlich geworden waren. Sie wollte dieses fremde Leben, und sie wollte es nicht aufgeben. Aber der Mord an Sophie hatte sie tief getroffen. Sie glaubte Albert seine Grobheit nicht. Er hatte Angst um sie, so wie sie um ihn.

»Wenn es hier so gefährlich ist, wie du sagst, dann komm mit mir!«

Er schnaubte verächtlich. »Zurück?«

»Ich würde alle Verbindungen in Deutschland spielen lassen, damit dein Urteil aufgehoben wird.«

»Deine Verbindungen …«, sagte er. Sie konnte seinen Blick nicht enträtseln.

Er fuhr fort: »Und die Hinrichtung, die mir droht, weil ich desertiert bin, schaffst du auch noch beiseite?«

»Ja, natürlich!« Sie dachte schon, dass es leicht gewesen sei, ihn zu überzeugen. Er ging auf ihren Vorschlag ein, und sie würden beide gehen. Aber seine nächsten Sätze zerschlugen ihre Illusion.

»Hast du überhaupt irgendetwas von mir verstanden? Glaubst du allen Ernstes, ich gehe jemals wieder zurück in dieses«, er spuckte die Worte voller Verachtung aus, »Deutsche Reich?«

Die Schärfe seines Tons machte ihr schlagartig klar, dass sie sich geirrt hatte.

»Glaubst du, ich reihe mich in das preußische Heer ein? Nach diesem Krieg? Glaubst du, ich will nach Solingen zurück, wo meine Freunde entweder tot sind oder im Gefängnis verfaulen?«

Die Wirklichkeit der deutschen Verhältnisse, aus denen sie kamen, brach in ihren Pariser Traum ein. Doch Albert war noch nicht fertig.

»Möchtest du vielleicht, dass ich Landarbeiter bei deinem Vater werde – oder Pferdeknecht bei diesem Herzog?«

Sie ignorierte seinen Sarkasmus. »Du bist Schleifer. Warum kannst du nicht irgendwo anders deinen Beruf ausüben, eine Werkstatt aufmachen und dein eigener Meister sein?«

»Und du erbst ein paar Schlösser, spielst die feine Landadlige, heiratest einen degenerierten Langweiler und besuchst mich heimlich.« Er stand auf. »Das würde für mich die Verhältnisse im Deutschen Reich noch unerträglicher machen.«

Ihr fiel nichts ein, was sie ihm anbieten konnte. »Warte. Ich gehe nicht ohne dich. Ich bleibe auch hier.«

»Weißt du überhaupt, wie das ist, irgendwo neu anzufangen? Ohne Geld? Das Härteste, was dir je zugemutet wurde, war, einen Tag lang die Ernte zu beaufsichtigen oder beim Schlachten zuzusehen. Sonst hast du gelesen, getanzt, Klavier gespielt und Krammetsvögel erschossen. Hör mir zu! Weißt du überhaupt, worauf du dich einlässt, wenn du bei mir bleibst?« Es schmerzte ihn, sie von sich fortzustoßen.

Sie fragte: »Was meinst du denn, wie frei ich bin, im Gegensatz zu dir? Es geht mir materiell besser, das ist richtig – sofern ich zurückgehe. Ich darf aber nicht wählen. Ich darf keinen Beruf ausüben. Wenn mich keiner heiratet, darf ich vielleicht Gouvernante werden. Ich darf nicht reisen, wohin ich will.« Sie umarmte ihn. »Stell dir vor, ein Leben, in dem wir beide alles sein können, was wir wollen ...«

»Ich hasse solche romantischen Träume, Gertrud. Die führen zu nichts. Hier, die Commune, ist unsere oder zumindest meine einzige Möglichkeit, so nah an meine Utopie heranzukommen wie in dieser Welt nur irgend möglich. Außer vielleicht noch in Amerika.«

Er fuhr fort: »Wenn wir in Deutschland zusammenlebten, würdest du dein ganzes restliches Leben lang morgens genauso müde aufwachen, wie du abends eingeschlafen bist. Ich wäre erschöpft von harter Arbeit und dem zu kurzen Schlaf, so dass ich manchmal vergäße, dich zu küssen, und nie Zeit für die Kinder hätte. Du würdest in der täglichen Mühle zerrieben. Niemand wäscht unsere Wäsche, außer dir. Du putzt, versorgst die Kinder, sorgst für die Tiere und den Gemüsegarten, hast nie genug Geld für Lebensmittel, und wenn einer von uns krank wird, musst du beten, dass er überlebt. Dein Kaffee ist aus Zichorien. Ich stelle mich jeden Morgen in eine Reihe von müden Menschen, die Arbeit suchen. Woher soll ich das Geld nehmen, um eine Werkstatt zu eröffnen? Die ganze verfluchte Freiheit besteht aus zwei Dingen:

Ich darf meine Arbeit anbieten, und ich darf mich umbringen, wann immer ich will. Das ärgert dann nur die Kirche ...«

Er wandte sich zum Fenster, damit sie seine Augen nicht sah.

»Irgendwann besteht die ganze Freude am Leben nur noch in einem Tag ohne Katastrophe. Du hast einen Mann, der sein Leben beim Saufen betrauert. Außerdem arbeite ich, sofern ich überhaupt Arbeit habe, in irgendeiner Scheißfabrik unter lauter Sklaven.«

Er drehte sich zu ihr um.

»Sie pflastern nicht einmal die Straße, auf der wir jeden Morgen in die Fabrik gehen, so sehr verachten sie uns. Sie – deine Leute! Und dann stehst du da, Stunde für Stunde, in deinen Ohren pfeift das Echo der Maschinen, selbst wenn du längst zu Hause bist. Unsere Augenlider kratzen vom Schleifstaub wie Sandpapier. Der Staub vom Stahl und vom Schleifstein verklebt dir die Lunge. Wir sterben üblicherweise ziemlich früh. Dann sitzt du allein da mit den Kindern. Am Sonntagmorgen kannst du dir die Sonne ansehen und die Vögel und Schmetterlinge in den Gärten der Reichen. Im Winter frierst du dich zu Tode, im Sommer läuft dir mit dem Schweiß der Stahlstaub in Augen, Nase und Ohren.«

Er hatte sich in einen Wutanfall hineingesteigert, der nur insoweit mit Gertrud zu tun hatte, als dass er entsetzliche Angst um sie hatte und sie immer wieder anstelle von Sophie in einer Blutlache liegen sah. Sein Zorn rührte aus seiner Vergangenheit und einer zweiten Angst: dass die Commune untergehen könnte.

Er beobachtete ihr großäugiges Gesicht, das einen Ausdruck trug, den er noch nie gesehen hatte. Leise fuhr er fort: »Und ginge es ohne Hunger und Schmerzen, wäre ich immer noch nicht frei. Ich würde all meine Kraft, meinen Kopf wie meine Muskeln, für den Profit anderer verschwenden.«

»Ich will allein sein«, sagte sie, »sofort.« Sehr gerade stand sie da, würdevoll und kreidebleich.

Ich spreche später noch mal mit ihr, dachte Albert. Ich war zu grob. Ich will ja, dass sie bleibt. Vielleicht haben wir eine Chance. »Wir reden nachher weiter. Ich will sehen, was zu retten ist.« Er ging auf sie zu und nahm sie in die Arme. Er war überglücklich, dass sie ihn, trotz seiner Grobheiten, so innig küsste.

33

Paris und Saint-Denis,
26. und 27. Mai 1871

Gertrud Elisabeth von Beust verließ Paris zu Fuß.

Albert hatte sie zurückgestoßen und allein gelassen. Sie war nicht sicher, ob er sie nicht auch noch verachtete. Wie eine Schlafwandlerin hatte sie gestern, nach einer durchwachten Nacht in Hortense' leerem Haus, den Montmartre noch einmal bestiegen. Wie in den Parkanlagen unten in der Stadt türmten sich auch hier die Leichen. Es schien ihr, als wären die Menschen, die ihr neues Leben ausgemacht hatten, allesamt tot. Die Mörder hatten ihre Opfer den Hügel des Montmartre hinuntergeworfen, so viele, dass es aussah, als führte eine Treppe aus Leibern hinauf. So ging sie neben dem Weg, den sie so oft gegangen war, und prägte sich voller Schmerz so viele Gesichter von Toten ein, wie ihr Gedächtnis aufnahm.

Als sie oben auf dem Plateau, dem Ort jenes ersten leicht errungenen Sieges vor nur zehn Wochen, ankam, erinnerte sie sich an das Fest, an die vergnügte Hortense, an Albert, an ihren fröhlichen Tanz, an die Kinder, denen sie weisgemacht hatte, sie sei eine Spionin. Vielleicht lebten auch diese Kinder nicht mehr. Claire hatte ihr nicht sagen können, wo Hortense war. Die Freundin weinte um Louis, der in Neuilly gefallen war. Émile lag im Lazarett. Auch in dieser Nacht schlief Gertrud nicht.

Am nächsten Morgen zog sie das letzte Kleid an, das sie besaß. Frauen in Hosen wurden erschossen, wo immer der Feind sie antraf. Alte Männer mit Bärten wurden genauso schnell Opfer. Ihnen unterstellte man, schon bei der Revolution von 1848 dabei gewesen zu sein. Frauen in Hosen nannte man *pétroleuses*, da sie angeblich nichts anderes im Sinn hatten, als die Häuser reicher Leute anzuzünden. Das Palais Royal brannte. Im Louvre sah sie Feuer. Das Rathaus war ausgebrannt, während sie versucht hatten, Montmartre zu verteidigen. Von hier oben schien es, als hätte sogar die Seine Feuer gefangen. Sie setzte sich auf den Boden, ihre

Beine zitterten. Wieder spannte sich der Himmel lichtblau über der Stadt, befleckt von der Feuersbrunst. Die Welt blieb nicht stehen, nur weil Tausende von Menschen ermordet wurden. Die Wolken zogen einfach weiter. Sie musste sich entscheiden.

Sie war noch einmal in das Krankenhaus gegangen, aber auch hier wüteten bereits die Mörder, und einer der Ärzte, mit denen sie zusammengearbeitet hatte, riet ihr zur Flucht. Sie sei Deutsche, das verriete ihr Akzent. Ehemalige französische Kriegsgefangene, nach Monaten des Wartens in deutschen Kriegsgefangenenlagern, durch eine besondere Vereinbarung zwischen Bismarck und Thiers freigelassen, waren voller Hass und begierig, alle Kommunarden zu erschlagen. Sie war eine Frau, sie hatte die Commune unterstützt, und sie war eine Preußin. Drei lebensgefährliche Gründe, warum diese Soldaten sie töten würden. Es gab nirgendwo Gerichtsverfahren. Pulverspuren an den Händen, Männerkleidung, ein aufmüpfiger Blick – was immer einem potenziellen Mörder missfiel, konnte ihren Tod bedeuten.

Gestern, an ihrem letzten Abend in Paris, hatte sie allein in Hortense' Küche gesessen, zerfressen vor Sorge um ihre Freunde. Da hatte sie eine Tür gehört und war aufgesprungen. Es war nicht Albert, sondern Hortense, in deren Arme sie sich stürzte. Sie spürte, dass sich die Freundin kaum noch aufrecht halten konnte. Gertrud berichtete ihr von Sophie, von Louis, von den Leichen auf Montmartre, von ihrem Streit mit Albert, bis Hortense sie unterbrach.

Zu erschöpft, um diplomatisch zu sein, sagte Hortense Ducroix: »Albert ist tot. Man sagt, es war an der Place de la Bastille, an der großen Barrikade.«

Als Gertrud aus ihrer Ohnmacht erwachte, hatte sie eine Beule an der Stirn und lag auf ihrem Bett. Einige Stunden später hatte Hortense sie davon überzeugt, dass sie die Stadt bei Sonnenaufgang verlassen musste. Paris war nicht mehr freundlich zu Ausländern. Ihr Leben war in Gefahr. Niemand konnte sie hier mehr schützen. Es brachte Gertrud fast um, sich auch noch von Hortense zu trennen.

Sie verließ die Stadt durch den Parc des Buttes Chaumont. Hortense hatte ihr davon abgeraten, aber Gertrud wollte den Weg nehmen, den Albert einmal als Fluchtweg für feige Ratten bezeichnet hatte. Ihre Flucht war eine Niederlage und dieser Weg passend. Die mit Hilfe von Dynamit künstlich angelegte Parklandschaft aus Hügeln, steilen Felsen, Wasserfällen und Seen lag öde da, baumlos wie alle Grünanlagen von Paris. Die Wasserfälle sprudelten nicht, und alle Tiere war schon im November des vergangenen Jahres in den Kochtöpfen hungriger Pariser gelandet. Als sie eine Brücke betrat, jagte ein Schuss über den See. Sie packte den Stoff ihres ungewohnten Kleides und rannte nach Norden, dorthin, wo die Bahnlinie über den Canal de l'Ourcq führte.

Sie lief den Park hinunter. Dort war eine Barrikade gefallen, und ein alter, weißbärtiger General der Commune, der schon viele Schlachten verloren und doch sein Leben lang den Traum von Freiheit und Gleichheit nicht aufgegeben hatte, hielt die Fahne der Commune hoch zum Himmel, bestieg die Trümmer der Barrikade und starb im Geschützfeuer seiner Feinde, denen er bis zuletzt in die Gesichter sah.

Einige Straßen weiter, nahe der Rue d'Allemagne, erblickte Gertrud eine Gruppe von Frauen, Männern und Kindern. Die Bajonette der Versailler Soldaten zielten auf sie. Ein Offizier kontrollierte ihre ausgestreckten Handflächen wie ein Lehrer die Fingernägel seiner Schüler. Ihr Stift im fernen Altenburg fiel ihr ein, wo Rohrstöcke auf leicht verschmutzten Mädchenhänden brannten und rote Linien hinterließen. Sie verbarg sich im Schatten eines Hoftors. Der Offizier tippte mit dem Zeigefinger auf die Brust eines großen Mannes, der daraufhin in tiefer Resignation den Kopf senkte und die Hände neben seine Hüften herabfallen ließ. Ein Soldat begleitete ihn zu einer anwachsenden Gruppe von Menschen, mit deren Händen der Offizier ebenfalls nicht zufrieden gewesen war.

Nach einer Weile ließ der Offizier diejenigen laufen, die seine Kontrolle bestanden hatten.

Ein freigelassener junger Mann lief zu einer gleichaltrigen Frau in der bewachten Gruppe. Das Paar umklammerte sich. Ohne sich loszulassen, starben sie gemeinsam. Gertrud hatte in drei Tagen mehr solcher Massaker gesehen, als sie ertragen konnte.

»Unsere Freiheit erstickt in ihrem Hass.«

Ein Hauch von Knoblauch waberte an ihrem Gesicht vorbei. Die Stimme zitterte. Der Mann öffnete eine kleine Tür hinter Gertrud und zog sie aus ihrer Nische durch einen schmalen Gang in einen Hof. Sie merkte, dass sie wie erstarrt in ihrem Versteck gestanden hatte. Er entließ sie auf der anderen Seite der Häuser in eine leere Gasse. Sie erinnerte sich später nur an zwei tiefe Falten rechts und links eines Mundes über einem dünnen blonden Spitzbärtchen. Hatte sie sich bedankt?

Man half ihr, und sie verriet diese Menschen. Wenn sie den Kanal überquert hatte, sollte sie sich nur noch an den Eisenbahnschienen orientieren. Hortense hatte Alberts Angaben bestätigt. Sie sollte sich dicht an der Festungsmauer entlangbewegen und ungefähr dort, wo der Boulevard Macdonald seinen Namen in Boulevard Ney änderte, würde sie die Porte Saint-Denis finden. Montmartre war besiegt, dort war es vermutlich ruhig, während in den anderen Stadtteilen das Morden weiterging. An der Porte Saint-Denis standen die Deutschen. »Nimm nicht die Eisenbahn und geh nicht zur Porte de la Villette. Da jagen sie uns und sehen sich die einzelnen Menschen gar nicht erst an. Kein Zug, kein Fuhrwerk, kein Koffer verlässt die Stadt, ohne durchsucht zu werden. Die Preußen helfen den Versaillern. Wir sitzen in der Falle. Paris ist ein Massengrab.«

Gertrud konnte sich nicht vorstellen, wie der Moment sein würde, wenn sie zu den Deutschen überlaufen würde. Der vermeintliche Schritt in die Freiheit war ein Schritt zurück in die alte Unfreiheit. Wenn es ihr gelänge, an den Versaillern vorbei die deutsche Linie zu erreichen, würde sie überleben. Doch sie würde alles aufgeben, was ihr Leben jetzt ausmachte, das war wie der Tod. Sie umrundete eine leere Barrikade, die niemand mehr verteidigte. Dahinter fand sie wieder Leichen. Es roch nach Feuer. Häuser brannten. Rußige Rauchwolken stürmten in dem Wind davon. Einundsiebzig Tage ihres Lebens. Sie lief an einigen Mördern vorbei und fühlte sich in ihrer Trauer unsichtbar. Ein alter, graubärtiger Mann wurde auf einen Abfallhaufen gestoßen. Er verlangte zornig, nicht im Dreck zu sterben. Abfall zu Abfall, sagte sein Mörder und schoss.

Sie näherte sich der Porte de la Villette, vor der sie gewarnt worden war. Es nieselte, und sie fror. Sie hatte keine Kraft mehr und wäre bald bereit, sich jedem auszuliefern. Es wurde ihr gleichgültig, was mit ihr geschah.

Eine kleine Frau wollte ihr helfen. »Mademoiselle, verschwinden Sie! Sie laufen in die falsche Richtung! Die Versailler sind über uns hergefallen und weitergezogen, aber dort vorn sind die Deutschen. Sie laufen ihnen direkt in die Arme!«

Gertrud stolperte einem erneuten erschreckten »Mademoiselle!« davon und fühlte sich umso mehr wie eine Verräterin. Sie näherte sich dem Posten. Die Soldaten trugen Pickelhauben. Sie waren ihr fremd. Es waren Deutsche.

»Die Versailler Truppen geben kein Pardon, die erschießen diese Weiber einfach! Sieht eine aus wie eine *pétroleuse*, jung oder alt – weg damit!« Seine Zuhörer grölten. Preußische Jäger, sächsische Infanteristen und die Uniform eines Ulanen-Majors erkannte sie wieder. Auch jener hübsche junge Mann aus dem Hoftheater in Weimar war ein Ulanen-Major gewesen, damals, als Felix von Steins *Lucy* durchgefallen war. Die Männer feierten eine Kirmes, lebendige Menschen waren Tontauben, Blut nur Zuckerwatte. Ihr wurde schwindlig, als wäre sie gegen eine unsichtbare Wand gelaufen. Sie würde jetzt sterben.

»Wen haben wir denn da! Eine Megäre versucht zu fliehen. Holen wir sie uns! Die Franzosen haben heute schon genug Vergnügen.«

»Sie ist hübsch.«

»Sie kommt direkt auf uns zu. Das wird ein Spaß!«

Der Hohn, der ihr entgegenschlug, gab Gertrud etwas Kraft zurück. Sie richtete sich gerade auf, trug den Kopf hoch, so dass die Dienstmädchenkleidung fremd an ihr wirkte. Die Männer sahen sie und betasteten ihren Körper mit Blicken. Für einen Moment stand sie still, drehte sich ein letztes Mal um, nahm das Bild der brennenden Stadt in sich auf, den Qualm, der sich für immer mit dem Geratter der Schnellfeuergewehre, mit den Schreien der Ermordeten, mit dem Abschied von einem nur geliehenen Leben verbinden würde. Dann ging sie auf den Höchstrangigen zu. Mechanisch griff sie zu Worten aus ihrer Vergangenheit.

»Major, mein Name ist Freiin Gertrud Elisabeth von Beust. Ich bin die Adoptivtochter des Herzogs Karl von Schleswig-Holstein-Sonderburg-Glücksburg. Man hat mich … entführt, und ich bitte um Ihren Schutz.«

Während sie ohnmächtig wurde, hörte sie den Major sagen: »Mein Gott! Die junge Beust! In halb Europa hat man nach ihr gesucht.«

Warum?, dachte sie. Ich war doch glücklich.

Sie erwachte von zwei Stimmen, die über ihrem Kopf flüsterten.

»Das haben sie davon, diese gottlosen Franzosen. Wollen, dass wir ihre Ordnung wiederherstellen. Nun wird das heilige Paris von den eigenen Leuten bombardiert.«

»Gott ist furchtbar in seiner Rache! Er straft dieses maßlose, verrottete Volk.«

Wovon sprachen sie?

»Sie wacht auf! Gnädiges Fräulein, was für ein Wunder, dass Sie gerettet werden konnten!«

Diese Frau sprach sächsisch.

Gertrud öffnete die Augen. »Gerettet? Wovor?« Sie lag in einem Bett. Trug ein Nachthemd und lag trotz der frühsommerlichen Wärme unter schweren Decken. Ein hoher Raum mit Stuck an der Decke. Die beiden Nonnen, die um sie herumflatterten, waren keine Augustinerinnen.

»Baronesse, der tapfere Major hat Sie aus der brennenden Stadt befreit! Seinen Orden hat er sich verdient. Sie Ärmste, haben Sie etwas so Furchtbares erlebt, dass Sie die Erinnerung verloren haben?«

Sie floh zurück in den Schlaf.

Als sie das nächste Mal aufwachte, brannte nur eine Petroleumlampe in einer Ecke des großen Raums. Eine verschleierte Gestalt saß dort und las. Gertrud starrte an die Decke. Während sie schlief, mussten Legionen von Menschen an ihr vorbeigezogen sein und sie angestarrt haben. Stimmen hatten mit ihr gesprochen. Sobald sie die Augen schloss, schien sich das Zimmer in einen Marktplatz zu verwandeln. Was für ein Ort war das?

»Gnädiges Fräulein! Wie geht es Ihnen?« Die Nonne redete leise. »Der Arzt wird gleich nach Ihnen sehen.«

»Bin ich krank?«

»Schwach sind Sie, sehr schwach.«

Der Arzt kam, machte ungeheuer viel Aufhebens, verschrieb Stärkendes ohne nähere Erklärung, redete viel und sagte nichts. Im Krankenhaus Hôtel-Dieu hätten wir ihn ausgelacht, dachte sie. Gertrud trank Tee, der nicht schmeckte. Man flößte ihr eine Hühnersuppe ein und ließ sie endlich wieder schlafen.

Als sie wieder aufwachte, war es Sonntagmittag. Man fragte sie, ob sie später, zum Abendessen, ein Stündchen aufstehen wolle. Man würde sie gern begrüßen, hoher Besuch sei angekündigt. Sie schwieg. Man deutete das als Zustimmung und half ihr beim Baden, Frisieren und Ankleiden. Als eine der Nonnen ihre Haare bürstete, brach Gertrud in Tränen aus.

Irgendwer brachte ein Kleid, teuer und bieder, in süßlichen Farben. Sie befand sich im ersten Geschoss einer sehr großen Villa. Als sie die Freitreppe hinabging, empfing man sie mit lauten Hochrufen. Erschreckt klammerte sie sich an das Geländer. »Contenance« hatte die Pröpstin die Fähigkeit genannt, unter allen Umständen Haltung zu bewahren. Gertrud ging aufrecht. Wenn sie den Bürgerkrieg überlebt hatte, würde sie auch einen solchen Empfang durchstehen. Aber sie war sich nicht sicher, ob sie überlebt hatte. Sie war sich nicht sicher, ob es einen Sinn hatte, das Morden zu überstehen und allein zurückzubleiben.

Vorsichtig aß und trank sie. Es gab Rehfleisch aus Belgien. Die Wälder Frankreichs waren längst leer. Sie kaute langsam. Mit fünf Gängen und einer Flut von beschlagnahmtem Champagner feierte das deutsche Hauptquartier den Fall von Paris. Man stieß auf ihre Befreiung an und führte sie später zu einem Aussichtspunkt im Park, damit sie genießen konnte, was besiegt hinter ihr lag. Schwarze Wolken wirbelten in der Abenddämmerung über die Seine. Sie sah das brennende Paris. In ihren Gedanken hörte sie

Menschen schreien und Häuser einstürzen. Über manche Boulevards wälzte sich der Rauch. Hier und dort explodierte ein Gebäude, und eine Stichflamme schoss in den Himmel. Sie hielt sich die Ohren zu. »Sie muss Entsetzliches erlebt haben«, sagte man und empfand größtes Mitleid mit der jungen, schönen Beust, war aber auch ein bisschen neugierig.

»Sie werden diese Kommunarden ausrotten. Prächtig!« Ein junger Offizier stand neben ihr auf der Terrasse. Er küsste ihre Hand und erinnerte sie an seinen Namen. Wollte früher in Weimar eine halbe Nacht lang mit ihr getanzt haben. Sie erinnere sich nicht mehr? Er war enttäuscht.

»Ist es wahr, dass die deutsche Armee mit der französischen Regierung gegen Paris paktiert hat?«, fragte sie.

Er war stolz auf sein Wissen. »Es gibt Vereinbarungen zwischen Versailles und uns. Nichts Schriftliches. Allem voran hat Bismarck hunderttausend französische Kriegsgefangene freigelassen. Die räumen dort auf.« Er deutete auf Paris. »Wir haben die nördliche Eisenbahnstrecke unterbrochen. Der Pöbel soll nicht fliehen.«

»Ich bin entlang der Nordstrecke aus der Stadt gegangen.«

»Da sehen Sie, wie gut unsere Bataillonchefs unterscheiden können.« Er fuhr fort. »Den Kanal, der bei der Porte de la Villette aus der Stadt führt, haben wir verschlossen. Von hier in Saint-Denis bis in den Süden beim Fort de Charenton sind alle Straßen gesperrt. Fünftausend Bayern bilden einen undurchdringlichen Kordon. Dann die Sachsen und alle anderen Divisionen. Schließlich soll das rote Pack nicht ins Deutsche Reich fliehen. Wir brauchen keine Aufrührer.«

»Da gibt es sie längst.« Welcher Teufel ritt sie bloß?

»Bebel sitzt im Bunker, und der Rest ist am Deutschen Reich erstickt.« Er amüsierte sich über seinen eigenen Witz und bildete sich ein, die kleine Beust aufgeheitert zu haben.

»Weitere fünftausend Mann haben im Osten der Stadt das Fort de Vincennes eingenommen. Die Besatzung wollte nach Paris fliehen.« Er lachte und kippte dann ein Glas Champagner. »Wir haben sie alle gekriegt. Kommen Sie, wir gehen ins Haus zurück. Es wird kühl.«

Er hatte recht, aber sie begann, die Bevormundung, an die sie nicht mehr gewöhnt war, zu hassen. Im Salon der beschlagnahmten Villa hatten sich neue Gäste eingefunden.

»Ist es nicht himmlisch, dass die Franzosen ihr heiliges Paris selbst bombardieren?«

»Manche glaubten wirklich, wir lassen sie heraus!«

»Sie haben nicht einmal anständige Uniformen. Sie kamen in blauen Blusen mit roten phrygischen Mützen und hockten auf dicken Bauernpferden mit Sätteln aus dem vorigen Jahrhundert. Statt des Zaumes hatten die Pferde einen Strick im Maul. Ein Pfaffe wollte raus, der hatte einen Passierschein von der Commune, auf dem stand: ›Für Monsieur Soundso, der sich Diener eines gewissen Gottes nennt.‹« Die Gesellschaft amüsierte sich köstlich.

»Das hat der alte Fuchs hervorragend gedreht und sich selbst dabei die Hände nicht schmutzig gemacht.«

»Das hätte keinen guten Eindruck in England und Russland hinterlassen, wären wir, wie Thiers es wollte, nach Paris einmarschiert. Das sollen die hübsch unter sich regeln. Mit unserer Unterstützung!«

»Den Franzosen ihre Gefangenen zurückgeben, signalisieren, dass man den Kordon für sie öffnet, sie in die Stadt lassen und dann nur noch zuschauen …«

»… was für eine Taktik! Bismarck ist phänomenal! Erst dieser raffiniert eingefädelte Krieg, die Unterwerfung Frankreichs, die Kontributionen Elsass und Lothringen, und jetzt brennt Paris, und wir dürfen dieses Frankreich noch zwei, drei Jahre lang genießen.«

Ein besonderer Gast wurde angekündigt. Durch die Versammelten ging ein Ruck. Man erhob sich. »Oh, seine Hoheit!«

Gertrud, die den Gesprächen schweigend zugehört hatte, kannte den dreiundvierzigjährigen Mann mit dem Walrossschnurrbart, vom Scheitel bis zur Fußspitze ein Mann der Armee. Einer der Anführer bei Sedan. Ein Gespenst aus ihrer alten Welt. Faul, wenn kein Krieg lockte oder eine große Jagd. Bekannt in ihrer ganzen Verwandtschaft für seinen großen Appetit und dafür, dass er bei keinem Fest irgendeines fürstlichen oder königlichen Hauses in Europa fehlte. Kronprinz Albert von Sachsen, dessen Frau seine

Kirchgänge kontrollierte und der ganz und gar abhängig war von Johann, seinem Vater, dem König von Sachsen, der lieber auf Bismarck und Moltke hörte als auf seinen Sohn. Der Führer der Maas-Armee, die Paris belagert und beschossen hatte, trug auch heute die Brust voller Orden.

Jovial begrüßte er die Anwesenden, die ihn feierten. »Laut ist es hier. Bei uns in Compiègne herrscht himmlische Ruhe.« Er begrüßte die kleine Beust, die man, so wurde behauptet, gerade noch rechtzeitig aus der französischen Hölle gerettet hatte. Unversehrt oder nicht, das würde ihre Familie feststellen und dann für diskrete Regelungen sorgen.

»Liebe Freiin, ich bin erschüttert ... überglücklich ...« Was schwätzte der? Am Hinterkopf fielen dem fetten Mann die Haare aus. Warum glotzte man sie so an? Sie erwarteten einen Hofknicks. Warum musste sich ein Mensch vor anderen verbeugen? Sie knickste mit dem falschen Bein.

Albert von Sachsen, Oberkommandierender der Truppen vor Paris und General der Infanterie, interessierte sich nicht weiter für die Freiin von Beust und scharte Männer um sich, mit denen er von der letzten Schlacht schwärmen konnte. Er hatte lange genug Geduld mit Paris gehabt.

»Versailles ist noch zu zögerlich. Vierzehn- bis fünfzehntausend fanatisierte Pariser Arbeiter. Wenn zu viele am Leben bleiben, birgt das für Europa die größten Gefahren. Sie auszuhungern, war ein Teil der Vorbereitung. Der Pöbel lebt ohnehin nur von der Hand in den Mund. Der Süden war ihnen von den Versaillern versperrt, wir mussten uns nur noch um den Norden kümmern.«

Gertrud vergrub sich in einen Sessel. Ein kleines Mädchen, zwischen Ratten in einem modrigen Schuppen geboren, Elise. Jeanne würde das Meer nie sehen.

»Bismarck ist ein Genie: den französischen Kolonnen den Durchmarsch durch Saint-Denis zu gestatten!« Der Kronprinz nahm einen tiefen Schluck. »Was für ein Tag! Die Revolution ist tot. Meine liebe Gattin wird mich wieder fragen, ob ich zum Dank in die Messe gehe! Meinethalben tue ich ihr den Gefallen.«

Man hatte den Eltern von Beust eine Depesche geschickt und selbstverständlich auch eine nach Glücksburg. Einer ihrer Gastgeber teilte Gertrud mit, dass beide Elternpaare von dem Vorschlag sehr angetan gewesen seien, dass ein der Familie bekannter junger Offizier, der zufällig nicht weit von Paris stationiert war, beauftragt werden sollte, die Freiin in einem komfortabel ausgestatteten Sonderzug bis Straßburg und von dort aus weiter per Eisenbahn nach Hause zu begleiten. Man würde ihr eine Zofe stellen und einen Diener, sobald sie sich stark genug fühlte, um aufzubrechen. Der Name des Offiziers? Franz Hermann von Raven, hatte man das nicht bereits erwähnt?

34

Paris und Straßburg,
28. Mai bis 2. Juni 1871

Der Regen rann nicht wie sonst über das Kopfsteinpflaster der Straßen und Gassen. Zu anderen Zeiten hatte er sich durch die Rillen der Steine gefädelt, jetzt stürzte er in Gräben, die entstanden waren, als die Verteidiger der Commune Pflastersteine ausgegraben hatten, um sie für die Barrikaden zu verwenden. Bomben und Granaten hatten Krater in die Straßen gesprengt. Der Regen füllte sie, bis sie überliefen. Dann schwappte das Wasser zurück auf die Straße und suchte erneut seinen Weg. Ungewohnte Hindernisse kamen ihm in die Quere: menschliche Körper, gequält, erschlagen, erstochen, in Lachen von Blut. Das Wasser staute sich vor den Toten und rann an den leblosen Körper entlang. Oben, in den steilen Gassen von Montmartre, strömte das Regenwasser über die Ermordeten und fand seine Fährte hinunter in die Stadt. Bald würde die Sonne wieder scheinen. Die Leichen der Kommunarden würden in der feuchten Hitze quellen, und der Geruch würde allmählich auch den Mördern Übelkeit verursachen. Sie würden sich beschweren: »Die Elenden haben uns lebend so viel Schaden zugefügt, und noch als Tote hören sie nicht damit auf.«

In vielen Hundert Kilometern Entfernung war die Rettung der jungen Beust einige Tage lang bei gesellschaftlichen Ereignissen ein beliebtes Gesprächsthema. Manche redeten darüber, als hätten die deutschen Truppen vor Paris nur gelagert, um die junge Frau zu befreien.

Natürlich hatte die Heeresleitung den jungen Raven für unbestimmte Zeit beurlaubt. Da sich die Baronesse unter zu vielen Menschen offensichtlich nicht wohlfühlte – wer wusste schon, was sie bei diesen Fanatikern erlebt hatte –, und da sie sich auf Gesellschaften, die man zur Feier ihrer Rettung veranstaltete, nur schweigsam und abwesend verhalten hatte, stellten seine Vorgesetzten Franz von Raven für die lange Fahrt von Paris nach Straßburg nur zwei bewaffnete Ordonnanzen zur Seite. Man wies sie an, Abstand zu der jungen, offensichtlich erschöpften Frau zu halten. Einen Waggon bewohnte Gertrud von Beust allein. Raven, die Zofe, der Diener und die beiden bewaffneten Begleiter hielten sich in den anderen beiden Waggons auf. Gertrud konnte sie jederzeit herbeiklingeln. Als sie den Zug bestieg und ihr Raven stolz den Waggon präsentierte, den sie allein bewohnen würde, erinnerte sie sich an Bad Ems und sagte etwas, das Raven nicht verstand: »Wie der russische Reichshund.«

Der Salonwagen besaß ein Bad mit Wasserklosett, Waschbecken und einer Badewanne aus Porzellan. Die Wände und der Fußboden waren mit rosa geädertem Marmor ausgelegt. Im Schlafraum stand ein breites, dick gepolstertes Bett. Die Vorhänge, mit Vögeln bedruckt, waren aus hellem Chintz, Kissen und Bettwäsche aus Seide. Maßgeschreinert passten ein Nachtschränkchen, eine Kommode mit Spiegel und ein schmaler Schrank in den kleinen Raum.

Der Salon war um ein Vielfaches größer als Bad und Schlafraum zusammen. Mit einem Esstisch samt acht Stühlen, einem Sekretär, mehreren zwanglos verteilten Sesseln und einem großen, weich gepolsterten Sofa bot er Raum für einen kleinen Empfang. Bis auf das gemeinsame Abendessen mit Franz von Raven in Anwesenheit des Personals blieb Gertrud auf eigenen Wunsch allein. Sobald sie morgens gebadet, sich angezogen und gefrühstückt hatte, sah sie für den Rest des Tages aus dem Fenster hinaus auf Frankreich, schweigend und ausdruckslos.

Einige Bahnstrecken waren noch durch die Kriegsereignisse beschädigt. Auch die Brücken in Frankreich waren noch nicht alle wieder aufgebaut worden. Man hängte weitere Waggons an die Lok, die Soldaten, Zivilisten, Postsäcke, Pferde und vieles mehr ins neue Deutsche Reich transportierten. Der Zug fuhr häufig langsam, wechselte die Gleise, wartete an Bahnhöfen und ruckelte mit geringer Geschwindigkeit nach Osten. Eine halbe Nacht stand er in der Nähe eines Dorfes auf freier Flur. Die Luft war klar, und Gertrud ging einige Schritte über das Feld. Sie dachte an einen Toten.

Über ihr lag ein Himmel mit Millionen von Sternen. Sie funkelten, schienen zu hüpfen und rundherum herunterzufallen. Millionen Sterne – so viele Möglichkeiten hat ein Mensch. Sie erinnerte sich an Alberts Frage. Welche Möglichkeit wählst du?

Franz von Raven hatte sie entdeckt und rief ihr etwas zu. Sie wollte nicht neben ihm unter diesem Himmel stehen, und so lief sie zurück, wünschte ihm kühl eine gute Nacht und ging schlafen.

Bei ihren gemeinsamen Abendessen schwieg sie bis auf höfliche Floskeln, während Raven redete und redete. Was er nicht erzählte, war, dass sein Vater Otto von Raven, Fideikommissherr auf Groß Luckow in der Uckermark, ihm die Hölle heißgemacht hatte, weil er nicht schon im letzten Jahr um die Hand der Beustschen Tochter und Glücksburger Erbin angehalten hatte. Was für eine Partie! Vater hat recht, dachte Raven.

Gertrud war von gleichgültiger Freundlichkeit, und er missverstand das als Ermutigung. Er war dankbar, dass er sie nach Hause begleiten durfte, und fühlte sich ausgezeichnet.

In Straßburg hatten sie einen längeren Aufenthalt und mussten den Zug wechseln. Die Stadt war jetzt deutsch. Franz von Raven erklärte Gertrud von Beust, dass man sie habe zerstören müssen, solange sie Widerstand geleistet hatte, aber jetzt würde sie wieder aufgebaut, damit das Elsass sich bald stolz und deutsch fühlen könne. Sie würden die Rheinebene hinauffahren, über Mannheim und Heidelberg nach Kassel und von dort nach Weimar. Es galt, mehrere Stunden Wartezeit zu überbrücken, und so ließ Gertrud sich von Raven überreden, den Waggon für einen kleinen Spaziergang zu verlassen. Verwirrt blickte sie auf das Gedränge auf dem Gleis: Reisende, Kontrolleure, Soldaten und Marktschreier verunsicherten sie und störten sie in ihrer nun schon einige Tage währenden Apathie. Aus einem Pulk von Menschen lösten sich vier Gendarmen und kamen auf sie zu. Gertrud war früher, vor Paris, nie vor Gendarmen erschrocken. Die Anspannung wich nun erst wieder, als die vier an ihr vorbei waren, ohne sie zu beachten.

Raven freute sich über ihr vermeintliches Interesse. »Sie suchen Flüchtlinge, nehme ich an. Möchtest du es genauer wissen, liebe Gertrud?«

Sie nickte.

»Bitte warte eine Minute.«

Sie hatte allein sein wollen. Es ärgerte sie, dass sie von anderen abhängig war, als wäre sie ein Kind. Sie ging den Zug entlang, betrachtete die Reisenden, warf einen Blick in die Abteile, fand die dritte Klasse und die vierte. Hier hinten waren die Waggons alle leer. Man koppelte einige Wagen ab. Sie meinte, auf dem Dach eines Waggons eine Bewegung zu sehen. Sie blickte genauer hin: Dort oben kauerte ein Mensch. Sie überlegte, was sie tun sollte, als Raven zu ihr stieß und sie mit den neuesten Nachrichten unterhalten wollte.

»Man jagt Flüchtlinge. Straßburg ist geradezu eine Drehscheibe für diese kriminellen Pariser. Deutschlandfeindliche Elsässer helfen ihnen, verstecken sie, kleiden sie neu ein und ermöglichen ihnen so die Flucht.«

Gertrud sah aus dem Augenwinkel, wie der Mann versuchte, vom Dach des Waggons zu klettern, ohne gesehen zu werden. Er verschwand zwischen zwei Waggons. Schnell lenkte sie Raven ab, indem sie Interesse an seinem Bericht heuchelte.

»Die französische Regierung hat an sämtliche europäischen Regierungen telegrafiert und sie an frühere Vereinbarungen im Zusammenhang mit dieser Commune erinnert. Alle Grenzen sind auf das Schärfste zu kontrollieren. Kein Roter soll das Land verlassen.« Gertrud zuckte zusammen. Raven sah es nicht. »Die meisten fliehen wohl nach Belgien und England. Viele wollen nach Deutschland. Das kann ich überhaupt nicht verstehen.«

Ich auch nicht, dachte Gertrud.

»Haben Sie schon einen Flüchtling gesehen?«

Sie sah ihn überrascht an, aber er scherzte nur. Sie entspannte sich etwas, da tauchte hinter Ravens Rücken ein Bein auf. Es hing einen winzigen Moment am Ende des Waggons herunter und verschwand. Raven freute sich, als sich Beusts Tochter plötzlich bei ihm einhakte. Zu seiner Überraschung plauderte sie auf einmal angeregt. Er ahnte nicht, dass sie ihn Meter für Meter von einem Mann fortlockte, der zwischen schweren Gepäckstücken seinen Abstieg versuchte.

Sie ließ ihn reden. Wenn ich wenigstens einem von ihnen helfen kann, macht meine feige Flucht ein wenig Sinn, dachte sie. Wer hatte es alles bis Straßburg geschafft? Wenn sie nur wüsste, ob wenigstens Hortense den Mördern entkommen war. Mit gespieltem Interesse unterstützte sie Ravens Redefluss und lenkte seine Aufmerksamkeit von der Umgebung ab. Vorsichtig wandte sie den Kopf. Der Flüchtling ließ sich vom Dach des Waggons herunter. Seine Beine suchten Halt. Er landete mit den Füßen auf dem Trittbrett.

»Was gibt es denn da hinten, liebe Gertrud?«

»Nichts, Vetter Franz, mein Nacken ist ein wenig steif von der Fahrt. Bitte lass dich davon nicht stören. Erzähl nur weiter. Es ist alles sehr interessant.« Sie legte ihm ihre Hand auf den Unterarm. Er war entzückt.

Der Mann, den die Gendarmen suchten, hielt sich mit einer Hand am Türgriff und setzte mit der anderen seine Mütze auf. Er war mittelgroß, hatte breite Schultern und trug die Kleidung eines elsässischen Bauern. Die Hose war ihm zu weit. Er sprang auf den Bahnsteig und wischte sich an seiner Hose den Schmutz von den Händen. Seine Mütze saß ihm tief im Gesicht.

Der Schaffner kam und wollte Raven über die Abfahrtszeit des Zuges informieren. Gertrud drehte sich noch einmal um. Als der Fremde in diesem Augenblick seinen Kopf hob und in ihre Richtung sah, glaubte sie, an Wahnvorstellungen zu leiden: Albert hatte überlebt.

Ihr Herz klopfte bis zum Hals, ihre Füße schienen den Boden nicht mehr zu berühren. Raven verschwand, der Schaffner, der gesamte Bahnhof schien sich aufzulösen. Sie sah nur sein Gesicht. In seine Arme laufen, ihn anfassen, seine Haut riechen, mit ihm sprechen, bei ihm sein, solange sie lebten! Nichts anderes zählte.

Da hielt Raven ihren Arm fest und belästigte sie mit Fragen nach ihrem Wohlbefinden, warum sie so zittere und rote Flecken habe – sie nahm ihre Umgebung wieder wahr und begriff, in welcher Gefahr Albert steckte.

Jede Nacht war sie schreiend aufgewacht. In ihren Träumen hatte sie Hortense sterben sehen, Sophie, Albert und all die anderen Menschen, mit denen sie in Paris gelebt hatte. Keiner von ihnen hatte sich wie sie in die Arme der deutschen Heeresführung vor Paris flüchten können. Sie war übrig geblieben und würde dieses Schuldgefühl nie mehr loswerden. Ihr Verstand arbeitete auf Hochtouren. Wie konnte sie Raven loswerden, die Gendarmen ablenken, mit Albert fliehen, wie nur?

Albert war aus seinem Versteck zwischen den Koffern auf dem Dach des Waggons geklettert, hatte vorsichtig das Gleis entlanggesehen – viele Menschen, keine Gendarmen und niemanden, den er kannte – und tastete sich vorsichtig auf Händen, Knien und Knöcheln zum Rand des Daches, um hinunterzusteigen. Er schnitt sich dabei tief in den Daumenballen der linken Hand, presste Augen und Mund zusammen und unterdrückte den Schrei. Als der Schmerz nachließ, wickelte er sein Halstuch so fest um Daumen und Handgelenk, dass das Blut nicht mehr floss. Er sicherte seinen Abstieg durch einen letzten Blick auf das Gleis, das ihm frei von Gefahr schien, hielt sich an einer Verstrebung fest und tastete mit einem Bein nach unten. Plötzlich sah er einen schnöseligen blonden preußischen Offizier, der seine ganze Aufmerksamkeit einer jungen Frau widmete, einer mittelgroßen, zierlichen Person in einem nachtblauen Kostüm aus Samt und einem kleinkrempigen, bestickten, gleichfarbigen Hut. Nichts an diesem Paar hätte ihn interessiert, hätte die Frau nicht in ihrem Nacken eine rotblonde Locke um einen Finger gerollt. Diese harmlose, aber ihm so vertraute Geste traf ihn wie ein Hieb. Ausgerechnet in diesem Moment drehte sie sich um.

Niemand in Paris hatte gewusst, ob sie noch lebte. So unauffällig wie möglich war er nach ihrer Flucht die Route abgelaufen, die ihm Hortense beschrieben hatte. Seine Wirtin grämte sich, dass sie Gertrud mit der Meldung über Alberts angeblichen Tod vertrieben hatte. Albert war einigen Gefahren entkommen, aber Gertrud fand er nicht. Schließlich war er froh, zumindest nicht auf ihre Leiche gestoßen zu sein. Während seiner letzten Tage in Paris litt er unter der Vorstellung, dass er sie mit seinem wütenden Ausbruch vertrieben und auf diese Weise in eine lebensbedrohliche Situation gebracht hatte. War sie außerhalb der Stadt sicherer als bei ihm? Er wusste es nicht.

Albert hatte sich schließlich Eugène Varlins Bataillon angeschlossen. Varlin hatte die Rue Vavin in Montparnasse verteidigt, sich dann zurückziehen müssen und auf der Flucht das große Pulvermagazin im Jardin du Luxembourg in die Luft gejagt. Die Versailler hatten schließlich den Boulevard Saint-Michel eingenommen. Varlin floh nach Nordosten, nach Belleville, wo Albert ihm begegnete.

Am 28. Mai kämpften die überlebenden vielleicht zweitausend Kommunarden ihr letztes Gefecht. Angeführt unter anderem von Varlin, verteidigten sie nur noch einen kleinen Fleck der niedergeworfenen Stadt. Eine der letzten Barrikaden der Commune stand in der Rue Ramponeau in Belleville. Als sie auch hier verloren hatten, als sie außerdem von den Massakern auf dem Friedhof Père Lachaise hörten, gab Varlin auf und organisierte für seine Leute die Flucht.

Er selbst floh nicht, sondern lief stundenlang wie betäubt zwischen den brennenden Häusern durch die Straßen. In der Rue La Fayette erkannte ein Pfaffe den Revolutionär und denunzierte ihn triumphierend. Albert, der Varlin wortlos begleitet hatte, gelang es, den Häschern zu entfliehen. Man fesselte Eugène Varlin die Hände auf den Rücken und trieb ihn nach Montmartre. Albert folgte in einiger Entfernung. Er beobachtete, wie der Kommunarde auf seinem letzten Weg mit Holzstöcken und Gewehrläufen geprügelt wurde und wie man versuchte, ihn zu steinigen. Am Ende hatten ihn die Anhänger Versailles' beinahe gelyncht. Varlins Gesicht war eine blutige Masse, ein Auge war blindgeschlagen. Er konnte nicht mehr stehen. Man fesselte ihn an einer Ecke der Rue des Rosiers auf einen Stuhl und erschoss ihn.

In diesem Augenblick beschloss Albert, Paris zu verlassen. Er schlug sich zu Hortense durch. Beide umarmten sich und sprachen nicht mehr viel. Er ließ die Freunde grüßen, die überlebt hatten, und versprach, ihr zu schreiben. Während seiner Flucht aus Paris, er war mitten in der Nacht durch den Kanal geschwommen, hatte ihn furchtbare Angst gequält. Er hatte Gertrud nicht verstoßen wollen, er wollte sie bei sich haben, aber sie musste wissen, worauf sie sich einließ. Sie hatten sich nur siebzig Tage gekannt.

Nun stand sie vor ihm, auf einem Gleis des Bahnhofs von Straßburg. Er hatte sie wiedergefunden. Würde sie ein Leben an der Seite eines Deserteurs, eines flüchtenden Kommunarden, eines arbeitslosen und heimatlosen Schleifers ertragen? Was machte dieser blasierte Affe, dieser preußische Offizier, so dicht an ihrer Seite?

Franz von Raven fragte Gertrud etwas, aber seine Worte drangen nicht zu ihr durch. Albert, in fremder Kleidung, einer Kappe über den weit aufgerissenen Augen, mit verbundener Hand. Ich gehe jetzt zu ihm. Alles andere ist mir vollkommen gleichgültig. Wir werden besprechen, was wir tun, und wir werden irgendeinen Weg für uns finden. Sie sah über Ravens Schulter, und ihr Blick ließ sein Gesicht nicht los. Wie konnte sie Raven loswerden, ohne dass der Verdacht schöpfte? Albert stand wenige Meter hinter Raven und lächelte zurück. Sie würden sich nie mehr trennen.

»Lieber Vetter«, ihre Stimme schmeichelte Franz, »würdest du mir bitte eine Zeitung besorgen? Ich habe so lange kein deutsches Blatt mehr in der Hand gehabt. Irgendeines, bitte.« Raven ließ sie ungern allein.

Sie beobachtete, wie er in der Menge verschwand. Dann ging sie langsam auf Albert Lauterjung zu. Sie ließen ihre Blicke nicht voneinander. Es war ihr vollkommen egal, wohin er fliehen würde, sie würde mit ihm gehen.

Sie hat Schlimmes durchgemacht und war so tapfer, dachte er. Sie hat gekämpft, ihr Leben umgekrempelt und ist am Ende einfach zusammengebrochen. Niemand kann ihr das vorwerfen. Sie würde es sicherlich nicht aushalten, auf der Flucht zu sein, ohne Geld, ohne sicheres Quartier, mit einer unabsehbaren Zukunft. Ich werde sie fragen. Was wird sie sagen? Er hatte keine Angst mehr vor ihrer Antwort.

Gertrud sah, dass der Bahnsteig hinter Albert auf einmal menschenleer war – bis auf ein Schwadron der Feldpolizei. Das hatte, bis an die Zähne bewaffnet, alle Passagiere verdrängt und auch die Bahnarbeiter verscheucht. Er war der Flüchtling, nach dem sie gesucht hatten. Ihre Augen waren die von Jägern, kurz vor dem Abschuss einer Trophäe. Gertrud begriff, dass ihnen der Fluchtweg abgeschnitten war. Ein gutes Wort für ihn einzulegen würde nichts nützen. Sie hatte gesehen, was man mit Kommunarden machte, ohne auch nur zum Schein ein Gericht anzurufen. Im Bruchteil einer Sekunde änderte sie ihren Plan.

Albert dagegen nahm die Gefahr nicht wahr, in der er schwebte, und ging weiter auf sie zu, strahlend vor Glück, sie wiedergefunden zu haben. Die Häscher waren nur noch zwei Waggonlängen hinter ihm, begierig, sich auf den Verdächtigen zu werfen. Albert ignorierte alles um sich herum. Er genoss ihren Anblick. Gleich würde er sie in den Armen halten. Aber ihr Blick veränderte sich. Was signalisierte sie mit den Händen? Ihr Gesicht war ernst geworden, fast streng. Als er dicht vor ihr stand und die Hände nach ihr ausstrecken wollte, wich sie aus, streifte seine Hand, sah ihn traurig an und flüsterte schnell und leise: »Sie sind direkt hinter dir. Flieh!« Er zuckte zusammen. Er hörte noch undeutlich »… in Langenorla«, dann lief sie zielstrebig an ihm vorbei.

Er stand starr. Dann hörte er ihre laute, arrogante Stimme hinter seinem Rücken und verstand. Er drehte sich nicht mehr um.

»Meine Herren Gendarmen! Sind Sie blind? Seit zehn Minuten versteckt sich dort hinten einer, und Sie suchen hier! Sehen Sie nicht, wie er sich hinter dem Waggon dort duckt? Passen Sie auf, der Mann ist bewaffnet.«

Die Gendarmen zückten ihre Pistolen und jagten davon, bis auf einen. Der blickte Albert skeptisch hinterher und wunderte sich über die vornehme junge Frau, die wie ein Wasserfall auf ihn einredete. Ob er ihr helfen könne? Ja, der Koffer dort oben. Auch als sie sich bedankt hatte, wollte der Polizist nicht gehen und verschwand erst, als Franz von Raven mit einer Zeitung in der Hand auftauchte. Es gelang ihr, Raven ein weiteres Mal mit einem kleinen Auftrag loszuwerden. Aber als sie sich nach Albert umdrehte, war er fort.

Albert fluchte leise, als einer der Polizisten bei Gertrud stehen blieb und er ihrem lautstarken Theater entnahm, dass die Gefahr noch nicht vorüber war. Wenn man ihn fasste, konnte sie ihm nicht helfen. Sie hatte mehr als genug zu erklären, um nicht selbst in Gefahr zu geraten. Warum, würde man von ihr wissen wollen, hatte sie nicht früher versucht, zu ihren Eltern Kontakt aufzunehmen? Würde man ihn festhalten und identifizieren, wäre er schneller in einem dreckigen Loch, als es dauerte, sich die Nase zu putzen. Er konnte nicht bleiben, er würde Straßburg verlassen, sich in Sicherheit bringen, einige Zeit abwarten und dann versuchen, sie zu erreichen.

Gertrud sah einen Mann in der Kleidung eines französischen Bauern, mit braunen Haaren und zu weiten Hosen, der immer schneller das Gleis entlangrannte, hinaus aus dem Bahnhof von Straßburg.

35

Langenorla,
Juni 1871

Die Kutsche rollte die Chaussee um die Schimmersburg herum entlang und eröffnete den Blick auf ein Tal, das ihr nicht mehr vertraut war. In ihrer Erinnerung war es länger gewesen, auch breiter, heller ohnehin. Selbst die Häuser schienen gealtert. Die Wiesen schimmerten nass. Wenigstens daran erinnerte sie sich noch.

»Wir sind Raven unendlich dankbar, dass er dich bis Weimar begleitet hat. Wird er unsere Einladung annehmen?«

Hermann von Beust hätte Gertrud am liebsten an sich gefesselt. Sie war in Weimar nicht wie früher, wenn sie länger von ihm getrennt gewesen war, in seine Arme gesprungen. Sie hatte ihre Handschuhe ausgezogen und sich höflich von Vetter Franz verabschiedet. Beust hatte ihn überschwänglich zu sich eingeladen, als hätte Raven sie gerettet. Sie schien aufrichtig froh, ihren Vater wiederzusehen. Doch dann hatte er sie fest umklammert und gespürt, wie sich ihr Rücken versteifte. Er müsse Rücksicht nehmen, hatte Marie ihn gedrängt. »Stell dir vor, was ihr alles zugestoßen sein kann.«

Er wollte es sich nicht vorstellen. Ohne Maries Beistand wagte er nicht, auch nur eine einzige Frage danach zu stellen. So plauderte er diesmal in der Kutsche von Weimar nach Langenorla wieder nur Banales: über die Aussaat, Streitigkeiten im Dorf, die geplante Eisenbahn und die Dummheiten dieses oder jenes Verwandten. Eine Anekdote über seine letzte Jagd hatte er nach einem Blick auf ihr Gesicht eilig beendet. Lautlos fluchte er, dass er Marie nicht gestattet hatte, an dieser Kutschfahrt teilzunehmen.

»Sie wird wieder schniefen«, sagte er.

Gertrud reagierte nicht auf seinen Versuch, ihr altes Ritual wiederzubeleben.

»Die Schule ist so winzig«, sagte sie und starrte aus dem Fenster.

»Aber sie ist wie immer.«

Lili Blumenstein hatte seit Stunden an der Allee vor der alten Poststation gewartet. Das Kind hüpfte fröhlich neben der Kutsche her, sprang hoch und machte vergnügte Faxen, immer wenn sein Gesicht auf der Höhe des Fensters war. Aber ihre große Freundin lachte nicht. Sie hatte eine schwere Zeit hinter sich, hatte Eduard gewarnt.

»Was ist das, ›eine schwere Zeit‹?«, hatte Lili wissen wollen. Er hatte es ihr nicht verraten. Wahrscheinlich war es wieder so ein großes Geheimnis. Sie übersetzte sich die Floskel mit: »Gertrud war traurig.« Blass war sie, das hing sicher mit diesem Paris zusammen. Im Dorf wurde heftig getuschelt. Lili hopste und patschte auf die Tür der Kutsche. Es war ihr egal, dass Eduard ihr mit der Peitsche drohte. Gertrud sah aus der Kutsche und durch das Mädchen hindurch. Lili hörte auf, hochzuspringen, und schaute dem Gefährt verwirrt hinterher.

Marie von Beust stand vor dem Schloss, in der rechten Hand ein großes Taschentuch, das sie jetzt zur Nase führte. Die Tanten und die Großmutter standen hinter ihr auf der Treppe, auch die Dienstboten, Förster Preßler und sogar Pfarrer Moser mit seiner Frau Margarethe warteten.

»Es sind zu viele«, sagte Gertrud leise.

Beust war froh, dass seine Tochter endlich einen Wunsch äußerte, den er verstand. Er scheuchte alle außer seiner Frau und den Hausgästen fort, mit Bewegungen, als ob er Hühner von einem Feld mit frischer Saat vertriebe. Marie von Beust klebte an ihrer Tochter, weinte vor Glück, fragte, ohne auf Antworten zu warten, und tätschelte sie. Das Kind war bleich, es würde ordentlich gefüttert werden müssen. Was hatten diese Barbaren in jenem verrotteten Sündenbabel ihrer Tochter nur angetan? Die Tanten stürzten los wie englische Windhunde. Gertrud fühlte sich in einen ihrer Alpträume aus Saint-Denis versetzt, als sie geglaubt hatte, ein riesiger schleimiger Fisch würde sie verschlucken und ersticken. Schweres süßes Parfum nahm ihr den Atem, zu viele Hände griffen nach ihr, drückten sie. Sie würden sie zermalmen. Für einen Moment bekam sie ihren rechten Arm frei. Sie zog ihn aus dem Gewimmel, holte aus und schlug um sich. Augenblicklich wich das Gezirpe und Getatsche empörtem Geschrei. Hermann von Beust ging dazwischen.

»Seht ihr nicht, wie müde sie ist!« Marie von Beust führte ihre Tochter ins Haus.

Tanten und Großmutter umringten Hermann von Beust. »Sie hat uns geschlagen!«

»Sie ist müde von der Reise. Versteht doch, sie war beinahe vier Monate fort«, sagte Beust.

»Wenn wir nach jeder langen Reise um uns geschlagen hätten, gäbe es keine Beusts mehr.« Die Damen des Begrüßungskomitees traten tief gekränkt den Rückzug an. Sie verzogen sich in das zweite Obergeschoss, in ihre Goethe- und Schillerzimmer und den kleinen Salon, um auf weichen Betten zu schmollen, ein paar Tränen zu verdrücken, in Gedichten von Herder und Fichte Trost zu suchen und schließlich nach zwei oder drei Gläschen Sherry einzuschlafen.

»Das musst du verstehen. Alle wollen wissen, wie es dir geht, meine Liebe. Wir möchten mit dir nach Jena fahren, sobald du dich ein bisschen erholt hast«, sagte Beust zu seiner Tochter.

»Was soll ich in Jena?«

Beust tätschelte ihre Hand. »Oder wir fahren nach Weimar, quartieren uns im ersten Hotel am Platz ein und verbringen dort zwei oder drei vergnügte Tage. Was meinst du?«

»Warum?«

Beust sah seine Frau hilfesuchend an. Sie sprang ihm zur Seite.

»Du brauchst neue Kleider. Wir dachten außerdem, Professor von Wagner könnte dich ansehen. Du bist so blass. In diesem Sündenpfuhl lauerten scheußliche Krankheiten. Gut, dass dort wieder Ruhe und ordentliche Verhältnisse eingekehrt sind.«

Gertruds Hand krampfte sich um ihre Serviette. »Ruhe? Friedhofsruhe«, stieß sie hervor. Sie stand ruckartig auf. »Ich will nicht zu einem Arzt.« Was wussten die schon von ihren Alpträumen? Sie rannte aus dem Zimmer.

»Sie wird sich hier wieder einfügen müssen.«

»Das Kind ist vollkommen erschöpft.« Ganz ohne ihre sonstige

Gefühlsduselei fügte Marie von Beust hinzu: »Wir werden es herausfinden müssen, alles hängt davon ab.«

»Ich bin nur froh, dass sie lebt und wieder bei uns ist«, sagte Beust, aber er wusste, dass seine Frau recht hatte.

»Hast du den Eindruck, dass sie wirklich hier ist? Ich werde in Jena einen Termin vereinbaren. Notfalls muss man sie zwingen. Wir müssen über den Tag hinausdenken.«

Trotz der sommerlichen Wärme lag Gertrud in eine Decke gehüllt auf einem Liegestuhl unter einem Kastanienbaum im Park des Schlosses. Die Zweige bewegten sich im Wind und ließen Sonnenstrahlen durchscheinen, die auf ihr Gesicht fielen. Wenn sie die Augen öffnete und sich umsah, wenn sie die Geräusche aus den Ställen und dem Schloss hörte, wenn sie die Luft roch, nahm sie eine fremde Welt wahr. Jeder Gedanke an Paris zerschnitt ihre Eingeweide. Die Wärme, der sanfte Wind, das Rascheln und Flirren der Blätter milderten den Schmerz nur wenig. Im Laub der Kastanie über ihr fand sie Vexierbilder, die sich mit den Luftbewegungen zu Gesichtern verwandelten, zu Vögeln, einer Stadtsilhouette, einem Elefanten, einem lachenden Gesicht und Nichtidentifizierbarem. Gras und Blätter raschelten unter zwei Füßen, die sich ihrer Liege näherten.

»Gnädiges Fräulein, ich habe Sie noch gar nicht richtig begrüßen können. Es hieß, Sie seien sehr krank gewesen.«

Margarethe Moser, die Pfarrersfrau, schleifte einen Stuhl hinter sich her, als plante sie, länger zu bleiben. »Wir haben Sie alle so entsetzlich vermisst.«

Was will sie?, dachte Gertrud. Hatte sie Margarethe Moser schon jemals genau angesehen? Die spitze Nase, das blasse, nervöse Gesicht, die ewig hungrigen Augen. Sie wusste nichts über sie. Sie kannte nur den Spott über Frau Mosers Hang zum Wasser.

Die Frau des Pfarrers war ausnahmsweise einmal mutig. Dass sie keine Antwort erhielt, ließ sie nicht zögern, ihren Stuhl ins Gras zu stellen, ihn durch leichtes Schaukeln auf seine Standfestigkeit zu prüfen, sich zu setzen und Gertrud erwartungsvoll anzuschauen.

»Sie werden es mir erzählen? Bitte! Erzählen Sie mir, was Sie in der Ferne erlebt haben. Ein solches Abenteuer – undenkbar, dass mir so etwas je zustoßen könnte! Sie werden sich eine Zeitlang erholen müssen. Alle sind sehr besorgt um Sie. Aber mir werden Sie bitte eine einzige Frage beantworten, die mich seit Ihrer Rückkehr Tag und Nacht umtreibt.«

Sie zögerte einen Moment, rutschte dann nervös auf ihrem Stuhl herum, zupfte imaginären Staub von den Falten ihres schwarzen Rockes und stopfte Strähnen ihres aschbraunen Haares hinters Ohr. Gertrud wollte mit den Geräuschen des Sommers und ihrer Sehnsucht wieder allein sein.

Margarethe Moser nahm Gertruds Ärger in Kauf: »Ist es wahr, dass Frauen in Paris studieren dürfen?«

Mit dieser Frage hatte Gertrud nicht gerechnet. Sie zögerte nur kurz.

»In dem Paris, das ich kennengelernt habe, gab es einige Berufe für Frauen, für die eine gute Ausbildung notwendig war. Eine … Bekannte von mir, etwa so alt wie Sie, war die Tochter eines Fabrikarbeiters und Hebamme.«

»Hebammen gibt es hier auch.«

»Es gab sogar Krankenschwestern, die Stationen geleitet haben, weil eine Zeitlang nicht genügend Ärzte zur Verfügung standen.« Das ungläubige Staunen der Pfarrersfrau rang ihr noch einen Satz ab: »Es gab auch Ärztinnen, Lehrerinnen und Frauen, die …«

Im Seufzen der Pfarrersfrau lag die Enttäuschung eines ganzen Lebens. »Was können die Französinnen, das wir nicht auch können?« Margarethe Moser schien zu schrumpfen. Sie stand auf und blickte Gertrud an. »Wir haben keine Chance, nicht wahr?« Gertrud schwieg. Margarethe vergaß ihren Stuhl und schlich durch das Gras davon.

Gertrud schloss die Augen und dachte an Hortense, an ihr ruppiges Lachen, an ihre zerkaute Zigarre. Die Begegnung mit Albert in Straßburg lag erst eine Woche zurück. Er würde kommen. Ihre Gedanken wanderten zurück zu Hortense, deren Gesicht sich in Sophies verwandelte. Die mutige Sophie, die mit verschränkten Armen und vor Spott funkelnden Augen lachte, als Gertrud die erste Hose ihres Lebens angezogen und sich unsicher vor einem halbblinden Spiegel in Sophies Dachkammer gedreht hatte.

Gertrud zog die Decke bis zur Nasenspitze und drehte sich auf dem Liegestuhl zur Seite. Im Gras summten Insekten. Es roch nach Sommer. Ihre Augen brannten. Als sie eine Weile später die Augen wieder öffnete, saß Lili auf dem Stuhl.

»Alle machen sich Sorgen um dich, gnädiges Fräulein.«

»Das brauchen sie nicht.«

Das Mädchen zuckte mit den Schultern. »Weiß nicht. Du siehst irgendwie anders aus, Fräulein. Ich mein das nicht böse. So ernst, und du guckst traurig, und du läufst auch ganz anders.«

Wie war Sophie wohl gewesen, als sie klein war? Lili war ein neugieriges Mädchen, das immerzu Fragen stellte, auch wenn sie wie jetzt befürchten musste, abgewiesen zu werden.

»Hast du den Krieg erlebt?«

»Nein, ich habe den Krieg nicht erlebt. Er war schon vorbei, als ich nach Paris kam.«

»Aber die Leute sagen, du warst in Paris, und da war Krieg.«

Gertrud dachte nach. »Das ist richtig.«

»Was ist Krieg?«

Gertrud brach in Tränen aus und zog die Decke über ihren Kopf. Das Kind erschrak. Es sprang vom Stuhl, näherte sich der großen Freundin, streichelte voller Mitleid über die Decke, lief mit schlechtem Gewissen davon und nahm sich vor, das nächste Mal bessere Fragen zu stellen.

Seit zwei Wochen war Gertrud zu Hause. Sie wollte nicht so enden wie Großmutter Luise von Beust, geborene von Kropff. Diese schlug von Zeit zu Zeit Schillers *Don Karlos* auf. Das Buch war alt und zerfleddert, und seine Besitzerin fuhr in sentimentalen Stunden mit dem Finger über Zeilen, die ein gewisser Herr von Wangerow rot markiert hatte. Der Verlobte war beim Bergsteigen tödlich verunglückt. Die markierten Stellen enthielten Anspielungen auf ihre Beziehung, und Großmutter Beust errötete noch heute, wenn sie sie las.

Gertrud stand an ihrem Fenster und sah hinunter auf den Wassergraben. Ihre Mutter klopfte an die Tür und betrat den Raum, ohne das Einverständnis der Tochter abzuwarten. Gertrud drehte sich nicht um.

»Liebes, Anna und Felix kommen heute zum Abendessen.«

»Dann wünsche ich euch einen schönen Abend.«

Marie stellte sich neben ihre Tochter ans Fenster und legte den Arm um ihre Taille. Gertrud entzog sich ihr und sagte: »Ich fühle mich nicht wohl.«

»Da werden dein Onkel und deine Tante aber furchtbar enttäuscht sein. Sie haben mit uns Himmel und Erde in Bewegung gesetzt, als du aus Blankenberge verschwunden bist.«

»Ich bin nicht verschwunden, ich bin entführt worden.«

»Ich weiß ja. Dein Vater und Felix haben Hunderte von Depeschen in alle Welt geschickt. Am Hof hat man sich Sorgen gemacht, in Altenburg und in Weimar, in Potsdam und natürlich auch in Glücksburg. Alle wollen jetzt wissen, wie es dir geht, und du willst einfach nirgendwo hingehen. Was sollen wir ihnen denn sagen?«

»Sagt ihnen, es gehe mir gut.« Unten jagten sich die Enten.

»Warum kannst du dann nicht den Abend mit uns verbringen?«

»Ich werde es mir überlegen.« Sie sah das gekränkte Gesicht ihrer Mutter. »Meinetwegen.«

So speisten an diesem Abend fünf Personen am Kopf des langen Esstisches. Gertrud saß neben Felix von Stein. Es gelang ihm nicht, seine Nichte wie früher mit Scherzen und kleinen Anekdoten aus Politik und Kultur in ein Wortgefecht zu verwickeln. Sie aß etwas Suppe, nahm ein bisschen geräucherte Forelle und Gemüse und verzichtete auf das Dessert.

Felix von Stein verlor die Geduld. »Es ist widerwärtig, wenn sich die Angehörigen einer Kulturnation wie die Franzosen untereinander abschlachten.«

Die Beusts und Anna von Stein zuckten zusammen. Man hatte vereinbart, das Thema Paris zu meiden. Gertrud sah ihrem Onkel zum ersten Mal seit ihrer Heimkehr direkt ins Gesicht. Sie spürte, wie sie zornig wurde.

»Wirklich widerwärtig ist, Onkel Felix, dass dieser Bürgerkrieg nicht so ausgeartet wäre, wenn die Deutschen nicht dabei geholfen hätten.«

Der Onkel und die beiden Frauen verstummten schockiert.

Gertruds Vater, frustriert von dieser fremd gewordenen Tochter und tief gekränkt von ihrem politischen Angriff, schlug mit der Faust auf den Tisch und brüllte: »Wie kannst du es wagen, an meinem Tisch so über Deutschland zu reden!«

Gertrud, die noch vor einem Jahr in einer solchen Situation weinend auf ihr Zimmer gerannt wäre, blieb kühl.

»Ich war da, du nicht. Du kannst dich erkundigen. Frag andere, die da waren, Verantwortliche, zum Beispiel den Kronprinzen von Sachsen.«

Das fehlt mir gerade noch. Ich habe nicht die Absicht, mich zu blamieren, dachte Beust. Laut sagte er: »Es gibt offizielle Berichte, nicht bloß die Märchen meiner zwanzigjährigen, ach so allwissenden Tochter, die etwas verwirrt zu sein scheint und uns allen nicht erst seit zwei Wochen rücksichtslos Sorgen bereitet! Es war ein verflucht genialer Schachzug des Reichskanzlers«, Beust hieb mit der Faust auf den Tisch, dass die Gläser klirrten, »eine raffinierte Taktik, auf diese Weise zu verhindern, dass sich diese blutige Revolution über ganz Europa ausbreitet! Glorreich, den Franzosen ihre Kriegsgefangenen zurückzugeben, auf dass die Franzosen sich untereinander erledigen. Dieser Konflikt schwächt Frankreich auf Jahrzehnte, stärkt das Deutsche Reich und verhindert jeglichen künftigen Krieg.« Beust beugte sich mit rotem, erregtem Gesicht über den Tisch. »Sollen ein Herr Bebel und ein Herr Liebknecht etwa Verstärkung bekommen, so dass sie schließlich alles niederbrennen einschließlich unseres Langenorla, das du eines Tages erben sollst?«

Gertrud hatte diesen Konflikt kommen sehen. Sie war erschöpft und hätte ihn gern noch ein wenig hinausgezögert. Aber er war nicht mehr zu verschieben. Sie erhob sich und stand ihrem Vater gegenüber.

»Du bist also der Auffassung, dass eine große Stadt wie Paris nicht über ihre eigenen Angelegenheiten befinden darf? Verstehe ich dich richtig: Du meinst, es rechtfertigt ein Gemetzel unter Männern, Frauen und Kindern, wenn eine Stadt wie Paris darauf besteht, sich einen Gemeinderat zu wählen? Du stehst also auf der Seite derjenigen, die es zu verantworten haben, dass die Wege von den Hügeln des Montmartre mit Leichen bedeckt waren, so dass die Körper Stufe für Stufe eine neue Treppe bildeten? Du hältst es also für einen genialen Schachzug, Frauen den Schädel einzuschlagen und Kinder zu erschießen?«

Marie von Beust japste. Gertrud wusste, dass diese Erregung nicht bedeutete, dass ihre Mutter Mitleid für die Opfer empfand.

»Wie redest du mit deinem Vater?« Hermann von Beust brüllte so laut, dass in der Küche das Gespräch unter den Dienstboten verstummte.

Ja, wie rede ich mit dir? Der Gedanke war an einem Frühlingsabend an der Nordsee geboren, misstrauisch beäugt und abgewägt worden, von den Ereignissen in einer Kiste verdrängt, angesichts ihrer Liebe zu Albert in Vergessenheit geraten und jetzt wieder aufgetaucht. Ihr Vater war ein stockkonservativer, jähzorniger alter Mann. Der Alkohol hatte die Poren seiner Haut geweitet. Was sie jetzt sagen wollte, würde die Beziehung zu ihrem Vater bis zu seinem Tod verletzen. Was sie endlich äußern wollte, würde ihrer Mutter Angst einflößen, die Verhältnisse im Schloss auf Dauer verändern und Felix und Anna von Stein für Monate ein Gesprächsthema liefern. Sie nahm den Kampf mit ihrem Vater auf.

»Ich glaube nicht, dass jemand wie du, der seine Schulden damit tilgen will, dass er die eigene Tochter verkauft, das Recht hat, zu beurteilen, was Moral ist und was nicht.«

Keuchend sank Beust in seinem Stuhl zurück.

Gertrud wandte sich an der Tür noch einmal um. »Verschont mich heute Abend mit eurer Fürsorge. Sie raubt mir die Luft zum Atmen.«

Felix von Stein war der Erste, der nach einer Weile reagierte. Er stand auf, ging einige Schritte hin und her, schüttelte den Kopf, beugte sich dann zu seiner Frau, küsste beiläufig ihre Hand. »Gertruds Ausbruch hat selbst meine liebe Anna zum Verstummen gebracht.« Er umrundete den Tisch, stellte sich hinter den dunkelrot angelaufenen Beust und legte ihm die Hand auf die Schulter. »Sie ist eine andere geworden. Wir dürfen nicht übersehen, dass sie nicht mehr das entzückende, charmante, leichtfüßige Wesen ist, das uns allen das Herz erwärmt hat.«

»Vor allem dir, mein Lieber«, murmelte Anna.

»Uns allen, liebe Anna«, antwortete Felix so scharf, dass Anna verstummte. »Sie ist nicht nur körperlich in schlechtem Zustand, auch Gefühl und Verstand haben gelitten. Auch wenn du noch so zornig bist, Hermann, ist es nicht wichtig, was sie zu den politischen Ereignissen in Paris und Berlin sagt. Wenn sie erst einmal wieder ein paar Monate hier lebt, wird sie auch wieder denken wie wir. Wir müssen es eben anders anstellen, um ihr die Rückkehr zu ermöglichen.«

»Wir wissen nicht, was ihr widerfahren ist«, sagte Beust.

»Sie antwortet nicht einmal auf meine Fragen«, seufzte Marie.

»Ach, Marie, das hat sie noch nie getan«, sagte Beust müde.

»Auch zu dir hat sie kein Vertrauen mehr!«

Felix von Stein unterbrach das Gezänk der beiden.

»Sie ist ein kluges Mädchen. Man erreicht sie vielleicht über ihren Verstand.«

»Felix, ahnst du eigentlich, was auf dem Spiel steht?«

»Guter Hermann, hältst du mich für blöde? Es geht doch vor allem um eines: Ihr wisst nicht, ob eure Tochter – wie soll ich es ausdrücken? – unversehrt ist.«

Marie schnappte nach Luft.

»Soll ich noch deutlicher werden? Was euch wirklich interessiert, ist, ob sie schwanger ist. Darüber denkt vermutlich nicht nur ihr nach. Ihr Wert auf dem Heiratsmarkt steht auf dem Spiel. Das ist euer Problem. Der werte Herzog könnte die Mitgift streichen. Und dann seid ihr am Ende.« Stein genoss das Schweigen. »Es gibt eine Lösung. Ihr werdet eure Pläne aufgeben müssen, dass sie in den Hochadel einheiratet. Vergesst das. Die Glückwünsche und das allseitig demonstrierte Mitgefühl werden bald in Gerüchten ertrinken. Wie wird der Glücksburger dann reagieren?«

Beust barg den schweren Schädel in beiden Händen.

»Wenn die Adoption platzt, wird Langenorla weder von der Apanage profitieren, noch durch das Erbe des Herzogs gerettet werden. All das erhalten dann des Herzogs Verwandte auf Grünholz und anderswo, die auf Gertrud von Anfang an eifersüchtig waren. Ihr werdet eure Schulden nicht bezahlen können und müsst Langenorla verkaufen.«

Marie von Beust rief: »Das ist nicht wahr! So schlimm ist es nicht!«

Ihr Mann senkte den Kopf und flüsterte: »Doch, doch.«

Seine Frau versteinerte.

»Du hast ja keine Ahnung, Marie.«

»Das war auch nie meine Sache«, antwortete sie empört.

»Lieber Hermann, liebe Marie, wir können euch auch nicht weiterhelfen. Kochberg ist verschuldet, die Schafzucht hat sich zerschlagen, der Zeitvertreib der Steinschen Vorfahren war zu teuer, und selbst die Tagelöhner wollen immer mehr Geld. Wir können euch nichts leihen, aber vielleicht hilft euch mein Plan.«

Beust hob langsam den Kopf. Seine Stirn glänzte vor Schweiß. Er strich mit den Händen über sein Gesicht und stöhnte. »Plan?«

»Wenn wir die Fassung bewahren und nicht jedes Wort des Kindes so ernst nehmen, dann ist die Situation vielleicht zu retten.«

»Was willst du tun?«

»Wir spielen mit verteilten Rollen. Ich kümmere mich um Gertruds Gedanken …«

»Ihre Gedanken!«, hämte Hermann. »Dein lieber Schwager schwebt wieder in den Wolken, Marie!«

Felix überhörte Beusts Versuch, Terrain zurückzugewinnen.

»Was habt ihr von eurer Tochter, wenn sie gesund ist, aber keinen Sinn mehr für eure Interessen und die Zukunft von Langenorla hat?«, fragte er.

Marie nickte langsam. Sie begriff schneller, jetzt, da ihr Ehemann fast am Boden lag.

»Euch empfehle ich: Findet einen Ehemann für sie, möglichst einen, den sie schon vor ihrer Entführung kannte, damit alles nicht zu überstürzt wirkt. Den soll sie bald heiraten. Zu dem Fest laden wir dann die halbe Welt ein, und das erste Kind darf frühestens neun Monate nach der Hochzeit auf die Welt kommen.«

Marie zuckte zusammen. »Wir reden sonst nie so grob von diesen Dingen.«

»Dann wird es Zeit, Marie, dann wird es Zeit«, sagte Felix von Stein und nippte an seinem Cognac.

Anna von Stein machte einen Vorschlag: »Dieser Franz Hermann von Raven ist ein wohlerzogener junger Mann und aus sehr gutem Haus. Die Ländereien der Ravens oben in der Uckermark sind beachtlich: Schloss Luckow, die Güter Luckow, Schwarzensee, Rosenthal, die großen Jagden, die Pferdezucht. Und der junge Franz ist völlig hingerissen von eurer Gertrud.«

Hermann von Beust erinnerte sich an die Bärenjagd. »Er ist eine Witzfigur! Sie lacht über ihn.«

»Habt ihr denn viel Auswahl?«, fragte Anna von Stein und erntete einen wütenden Blick von Beust.

»Raven kommt nicht infrage!«, protestierte er.

»Und wenn es … zu spät ist?«, fragte Marie nervös.

»Du meinst, wenn sie schwanger ist?«

Marie zuckte zusammen. Felix von Stein hatte einen Plan. »Dann werden wir vor einer solchen Hochzeit eine sehr vertrauliche Lösung finden müssen. Ein früherer Studienkollege von mir, einer von den Liberalen von 1848 in Berlin … Ihr wisst, dass ich damals aufgrund meiner Aktivitäten relegiert wurde?«

»Was ist mit dem Mann?« Beust zog mit seiner Gabel Linien in das Tischtuch.

»Dieser Freund praktiziert als Frauenarzt in Prag. Jeder würde verstehen, dass ihr mit eurer erschöpften Tochter eine kleine Reise in ein tschechisches Bad macht.«

36
Langenorla,
Juli 1871

»England war mit der deutschen Kriegsführung am Ende nicht mehr einverstanden! Und Russland könnte sich eines Tages auf die Seite Frankreichs stellen. Dann wäre ein großer Krieg in Europa möglich.«

»Woher hast du das?«, fragte er.

Seine blasse Nichte saß vorn auf der Kante ihres Stuhls. Über ihr Gesicht flog ein Schatten und warnte ihn. Felix von Stein schlug ein Bein über das andere, lehnte sich in die weichen Polster zurück und gewann, an seiner Zigarre ziehend, Zeit. Er färbte seine Stimme verständnisvoll.

»Liebe Gertrud, Frankreich ist am Boden. Falls diese Nation jemals wieder einen Krieg gegen Deutschland anfängt …«

»So war es nicht! Das weißt du genau, Onkel!«

Muss ich mir selbst in der Familie die Argumente unserer Feinde anhören? Er verbarg seinen Ärger, und wieder sog er den Rauch tief ein. »Bestreitest du, dass Frankreich Deutschland den Krieg erklärt hat?«, fragte er.

»Natürlich nicht, aber …«

»Die süddeutschen Staaten wären nie an der Seite Preußens gegen Frankreich gezogen, wenn Preußen den Krieg angefangen hätte.«

»Deshalb musste Bismarck ja auch manipulieren.«

Solchen Sarkasmus wollte er selbst seiner Lieblingsnichte nicht zugestehen. Schärfer erwiderte er: »Wir brauchten den Krieg für die deutsche Einheit!«

»Vor einem Jahr war dir keine Einheit so viele Tote wert.«

»Jahrzehntelang haben wir uns nach einem Deutschen Reich gesehnt. Manchmal lässt uns die Geschichte kein anderes Mittel.«

»Euer Reich steht auf Bergen von Leichen!«

Die Zigarre zerbrach zwischen seinen Fingern. »Es ist auch deines!«

»Ihr hättet nach der Kapitulation der Franzosen in Sedan aufhören können!«

Er sprang auf und lief vor ihr auf und ab. »Ich weiß, dass du Furchtbares erlebt hast.«

Was weißt du schon? Gertrud beobachtete, wie seine Schritte Staub aus dem Teppich aufwirbelten.

»Du darfst deine lieben Eltern nicht mit Ansichten erschrecken, die aus dem Wörterbuch von Sozialdemokraten stammen. Das sind unsere Gegner, begreifst du das nicht? Sie wollen kein einiges deutsches Volk! ›Friede den Hütten! Krieg den Palästen!‹, hat dieser Bebel im Reichstag verkündet.« Der Revolutionär von 1848 zitterte vor Verachtung.

Die Haut über ihren Knöcheln war gespannt. Er begreift nichts, dachte sie, seit Wochen drehen wir uns im Kreis. Früher hatte er sie stets verstanden, wenn ihr Vater wieder einmal starrnackig auf Althergebrachtem beharrt hatte. Könnte sie doch wenigstens den Onkel überzeugen!

»Unsere Armee hat in Frankreich so barbarisch gewütet, dass sich niemand einen dauerhaften Frieden mit Deutschland vorstellen will.«

Er tätschelte ihre Hand. »Hab keine Angst. Falls Frankreich jemals wieder einen Krieg gegen Deutschland anzettelt, werfen wir es eben noch einmal nieder. Es ist gut so, wie es ist. Frankreich hat kein Recht, unsere Führungsrolle infrage zu stellen.«

»Es regnet nicht mehr«, sagte sie, »wollen wir hinaus?« Sie warf sich einen leichten Umhang über die Schultern und eilte hinaus.

Alle paar Tage half einer der Knechte dem Onkel aus dem Coupé. Stein ließ sich zu Tee und Gebäck einladen und begleitete seine Nichte, sofern es nicht regnete, die Orla entlang, die Wiesen hinauf bis zum Waldrand, in den Wald oder auch nach Schloss Hummelshain, von wo aus die herzogliche Familie beide am Abend wieder nach Langenorla kutschieren ließ. Der verehrte Onkel war früher nicht so gern spazieren gegangen. Gertrud schämte sich für ihr wachsendes Unbehagen gegenüber Felix. Niemand hatte vor Paris je so viel mit ihr gesprochen. Abends, vor dem Einschlafen, fürchtete sie sich vor der Stille, die im Bündnis mit der Dunkelheit Alpträume aufsteigen ließ. Außer ihrem Onkel hatte sie niemanden hier. Er schien an ihrer Meinung wirklich interessiert.

Unterwegs kreuzte ein Landarbeiter mit seinem Sohn ihren Weg. Der Mann verpasste dem Jungen eine schallende Ohrfeige, weil der seinen Rücken vor der Baronesse und ihrem Onkel nicht tief genug beugte. So einer wie du war in Paris mein »Bruder«, dachte Gertrud.

»Was hat dich in Paris so beeindruckt?«, wollte Felix wissen.

Unter ihren Füßen knackten Zweige. Sie dachte nach. Albert, Hortense, Sophie und viele andere Menschen. Wie sie mich ernst nahmen, auf ganz andere Weise als meine Eltern und du und jeder hier. Sie waren grob zu mir, waren ehrlich, schonten mich nicht. Wie sie das Leben auffassten, und welche Möglichkeiten zu leben sie mir boten! Ich habe mehr gelernt als in meinem ganzen Leben davor. Sie schwieg.

Wortlos liefen beide eine Weile nebeneinander her. Gertrud ahnte längst, was der Onkel im Schilde führte, aber sie konnte sich dem einzigen Mittel, das ihre Einsamkeit milderte, nicht entziehen. Er beschäftigte ihren Verstand. Seine Art der Vernunft war ihr vertraut. Er war gebildet, und er forderte sie heraus. Sie verstand ihn besser als vor ihrer Reise, weil sie jetzt seine Interessen durchschaute. Gleichwohl glaubte sie, seiner Absicht widerstehen zu können. Er war trotz allem der einzige Mensch in ihrer alten Welt, der ihre Gedanken ernst zu nehmen schien. Und in dieser Welt hatte sie sich künftig einzurichten.

»Warum bist du nicht mit mir nach Berlin gefahren? Die ganze Stadt hat gejubelt! Alle Heeresteile waren vertreten.«

Sie wusste, dass nicht alle gejubelt hatten.

»Vornweg ritt der Kaiser. Prachtvoll, wirklich prachtvoll!«

Sie hatte keine Lust, langsamer zu gehen. Die Nachmittagssonne schimmerte durch die Blätter auf den Waldboden, der weich federte wie Torf.

»Dann Moltke, das Genie, jetzt Generalfeldmarschall. Neben ihm, hoch zu Pferd, Kriegsminister Roon, ›janz frisch jejraft‹, wie der Berliner sagt.« Felix kicherte. »Nicht mal nach Altenburg bist du mitgekommen, als das 1. Bataillon des 96. Infanterie-Regiments heimgekehrt ist!« Keuchend blieb der Onkel stehen.

Sie wartete – nur um sich anzuhören, dass Herzog Ernst von Sachsen-Altenburg eine wunderbar patriotische Rede gehalten habe. Berlin sollte jetzt eine wirkliche Hauptstadt werden. Ein Reichstag wurde gebaut, um der machtvollen Stellung Deutschlands in Europa ein Symbol zu geben. Neue Industrieunternehmen wurden gegründet und breite Straßen angelegt. Aus Feldwegen sollten, nach dem Vorbild des verhassten Paris, prachtvolle Chausseen werden, die in die Parkanlagen und zu den Adelssitzen außerhalb der Stadt führten. Einer dieser Feldwege hieß »Kurfürstendamm«.

Spöttisch fragte Gertrud den Kochberger: »Ich habe geglaubt, es gehe nur um Ehre. Nun beschenkt der Reichstag die Heeresführer mit Geld und Titeln und Grundbesitz. Und ein protziges Reichstagsgebäude wollen sie auch noch bauen. Hat man dich nicht in jungen Jahren wegen revolutionärer Betätigung in Berlin von der Universität geworfen?«

Unwirsch schüttelte Felix ihren Einwurf ab. »Das waren andere Zeiten. Bismarck, der Schlaukopf, wird die Presse für sich gewinnen und die Gefahr, die uns von den Sozialdemokraten droht, ein wenig übertreiben. Niemand soll so etwas Schreckliches erleben müssen wie du.«

Wer kennt sich in diesem Durcheinander noch aus? Von wem droht mir welche Gefahr?

»Wir werden Russland gegen Frankreich gewinnen. Auch in Wien agitieren die Roten unter den Arbeitern.« Und noch bevor er begriff, wie unklug er sich verhielt, schimpfte Felix: »Bismarck und der Kaiser sollten mit dem Zaren klären, was gegen die Internationale zu tun ist! Sie bedroht schließlich alle europäischen Monarchien.«

Gertrud blieb vor ihm stehen und versperrte ihm den Weg. »Hast du mir nicht immer erzählt, dass ohne die Französische Revolution kein bisschen Freiheit nach Preußen gedrungen wäre?«

Er sah sie überrascht an. Warum war sie so zornig? »Die Zeiten ändern sich, Liebes. Denk nur an all die Toten!«

»Warum soll ich ausgerechnet an diese Toten denken und nicht …«

»Zweieinhalbtausend Menschen …«

»… in sechzehn Monaten 1793 und 1794. Ich weiß, ich weiß. Und jetzt? Zwanzigtausend, dreißigtausend in Paris.«

»Ich gebe zu, es ist furchtbar, was die Franzosen da mit ihren Landsleuten gemacht haben.«

»Mit Hilfe deiner deutschen Helden, die jetzt mit Orden und Reichtümern überschüttet werden!«

»Gertrud, reg dich bitte nicht wieder auf.«

Sie erreichten eine kleine Lichtung, und Felix plauderte über Vögel und die Jagd. Sie musste ihm nicht mehr zuhören, sie kannte alles.

Vor sieben Wochen hatte sie die neue deutsche Reichsgrenze überquert. In Berlin war der Sieg über Frankreich und die Commune mit Militärparaden gefeiert worden. Lorbeer war allerorten billig im Angebot. Keines der schwülstigen allegorischen Siegesgemälde strahlte jedoch so voller Lebensfreude wie die Bilder der von ihrer Verwandtschaft geschmähten Impressionisten. Albert war nicht gekommen. Er konnte tot oder eingesperrt sein. Wo konnte sie ihn nur suchen? Ihre Gedanken wanderten. Sie hätte eine Zukunft als Hebamme in Paris haben können. Ihr Zorn schwand.

»Worüber lächelst du, Gertrud?«

Sie schüttelte den Kopf. »Über nichts.«

Wenn Felix nicht wäre, hätte sie nur noch Gesprächspartner für Themen wie Mode, Jagd oder Poesie und für Tratsch über die liebe Verwandtschaft. Vielleicht würde er sie eines Tages verstehen. »Irgendwie habe ich mir eine Revolution anders vorgestellt. Primitiver, gewalttätiger. Aber ich konnte ihre Ziele verstehen. Sie waren so …«

»Idealistisch?«

Das schien ein ungefährlicher Begriff. Die Kommunarden von Paris waren kühn gewesen, waghalsige Himmelsstürmer, die ihr Leben riskierten, ohne zu ahnen, wie es ausgehen würde. Am Ende wussten sie, was sie erwartete, und wagten dennoch alles. Nur Menschen wie Gertrud setzten nichts aufs Spiel. Sie flohen, sie verrieten ihre Freunde und waren feige. Sie war nicht besser als Felix.

»Du warst sehr nahe dran. Da sieht das alles anders aus«, sagte der.

»Aus der Nähe sah ich es genau.« Immer öfter fühlte sie sich in seiner Gegenwart gereizt.

»Es fehlte vielleicht etwas Distanz – und der Überblick.« Er lächelte milde.

»Vielleicht braucht man beides.«

Das führt zu nichts, entschied Felix von Stein. »Was hat dich in Paris am meisten beeindruckt?«, wiederholte er seine Frage.

Sie wich aus: »Sie wollten eigentlich nur selbst über ihre Angelegenheiten entscheiden.«

Er gab sich nachdenklich. »Ein wirklich schönes, altes Ideal. Du hast sicher längst eingesehen, Liebes, dass nicht jeder Mensch dazu in der Lage ist, seine Angelegenheiten in die eigene Hand zu nehmen. Den meisten fehlt die Begabung.«

»Man kann Menschen dazu in die Lage versetzen. Ich habe welche getroffen, die in kurzer Zeit Dinge gelernt haben, die sie sich zuvor nie zugetraut hätten.« Deine Nichte allen voran, werter Onkel. Ich hatte in mancher Hinsicht sogar viel mehr zu lernen als sie. »Im Deutschen Reichstag sitzen fast vierzig Prozent Adlige, wohlhabende Bürger, kein einziger Arbeiter und nur ein Drechslermeister …«

»Der Rote August. Na und?«

»Sie dürfen nicht einmal mitreden.«

»Würdest du sehen, wie man sich über Bebel lustig macht, würdest du verstehen, dass er seiner Sache dort nur schadet.«

Warum waren ihr die zynischen Kerben rechts und links seiner Mundwinkel nie aufgefallen? Welche sozialen Neuerungen hatte er in Großkochberg schon eingeführt? In letzter Zeit schwärmte er auffallend oft von geheimnisvollen, nicht fassbaren Dingen wie Hypnose oder Magnetismus, als hätte er allen Eifer, etwas zu verbessern, aufgegeben.

Sie wurde ungeduldig. »Sie wollten, dass Paris eigenständig wird. Nicht mehr abhängig von der Nationalversammlung ist.

Und viele wollten mehr: die Gleichheit der Menschen.« Er wird wettern, wie absurd diese Idee ist, und dass sie unsere Gesellschaft zum Einstürzen bringen würde.

»Trotzdem sind Kommunarden nichts anderes als Kommunisten. Manches mag berechtigt klingen. Aber Gleichheit!« Jetzt, da er die Steigung hinter sich hatte, zündete er sich eine neue Zigarre an. »Glaubst du, dass jeder Prolet eine Nation wie die unsere lenken kann?«

»Ich schlage dir nicht vor, Bismarck durch den Jäger Preßler zu ersetzen«, erwiderte sie scharf.

»Verzeih, mein Beispiel war unpassend.«

»Die Commune ist nicht zusammengebrochen, nicht von selbst zugrunde gegangen, sondern von außen niedergeschlagen worden. Nicht von Anhängern der Gleichheit, sondern von denen der Ungleichheit.«

»Aber die Menschen sind nicht gleich. Sieh sie dir an!«

»Darum geht es nicht, Onkel Felix. Sie dürfen so unterschiedlich sein, wie sie wollen. Aber gleiche Rechte und vor allem gleiche Möglichkeiten sollen sie haben.« Sie sah ihn herausfordernd an. »Die Commune hat die Juden völlig gleich behandelt. Einige Ratsmitglieder waren Juden.«

»Dann wundert mich nichts mehr«, antwortete Felix mürrisch. »Ich war auch einmal für ihre Emanzipation. Aber es hat gute Gründe, warum man sie heute im Heer nicht mehr aufsteigen lässt. Sie sind einfach anders.«

»Gar nichts unterscheidet sie von uns. Vielleicht unterscheidest du dich mehr von mir als sie.« Gertrud rannte den Berg hinunter. Sollte er hinterherkeuchen, solange er wollte. Ihr Vater war meist finster und trank viel. Die Mutter huschte nervös durch das Schloss. Der Pfarrer war ein Trottel, seine Frau dem Wahnsinn nahe. Seitdem die Schwalbes ausgewandert waren, gab es im Dorf keine Menschen mehr, die anders dachten als die Mehrheit. Sie hatte nie mit Wilhelm Schwalbe gesprochen.

Mitten in der strahlenden Sonne spürte sie, wie plötzlich die Einsamkeit ihre Beherrschung zertrümmerte. Sie war allein.

37

Langenorla,
September 1871

An einem frühen Samstagmorgen im August 1871, etwa zwei Wochen nach ihrem fruchtlosen Gespräch mit Felix von Stein, verließ Gertrud, wie inzwischen jeden Morgen, bei Sonnenaufgang das Schloss. Sie lief ihren Alpträumen davon. Man nahm ihr sonderbares Verhalten schweigend hin, erleichtert, dass sie sich in das Leben in Langenorla eingefügt zu haben schien. »Paris« war in Langenorla aus dem Wortschatz getilgt.

Die Köchin hatte sich angewöhnt, Kaffee, warme Milch, etwas Brot und ein weiches Ei auf den Küchentisch zu stellen. Gertrud aß das Frühstück nie auf und verließ Schloss und Park immer in derselben Richtung. Sie ließ sich vom Fluss leiten und raffte ihre Röcke über Gestrüpp und Matsch. Sie entfloh dem Tal, als ob es sie bedrängte, ihr zu eng geworden wäre wie ein Kindermantel. Niemand hier ahnte, dass sie in einem anderen Leben Hosen getragen hatte.

Gertrud erreichte die Kuppe, während die Sonne über dem Tal aufging. Sie setzte sich auf ein Brett auf einem verrotteten Baumstamm, lehnte sich an den alten Baum, den Kopf nach hinten, und genoss das übermütige Krakeelen der ersten Vögel. Ich habe überlebt, das ist alles. In den Mäandern der Orla spiegelte sich ein Himmel wie zartblaues Glas. Die Wolken standen nicht mehr still. Der Wind ließ sie um die Erde fliegen. Jede lächerliche kleine Wolke war freier als sie. Wofür brauchte sie, was sie gelernt hatte? Jeden Tag würde das, was sie erlebt hatte, tiefer in ihr eingesperrt sein. Sie hätte mit ihm fliehen sollen. Er war nicht gekommen. In den letzten Wochen hatte sie allmählich entschieden, wie sie hier leben wollte.

Wohin war er geflohen? War er bis nach Amerika gekommen? Wenn sie kein anderes Leben haben konnte als dieses hier, dann würde sie Bedingungen stellen. Sie würde so planen, dass sie reisen konnte. Sie war erst zwanzig Jahre alt. Vor über einem Jahr war der Krieg ausgebrochen. Vier oder fünf Jahrzehnte lagen vor ihr wie ein drohender Steilhang. Die Erinnerungen an Paris waren wie ein ständig wiederkehrender Schmerz, und sie hatte noch kein Arzneimittel gefunden.

Die Wolken zogen nach Westen. Sie würden Paris überqueren, den Ozean, bis nach Amerika. – Unter ihr im Tal lieferte ein Fuhrwerk Eis ins Rittergut, mit dem im Keller des Schlosses die Nahrungsmittel frisch gehalten wurden. Das Tal lag da wie ein langer schmaler Sack mit Öffnungen auf jeder Seite, die alles in sich aufsaugten: Arbeiter, Bauern und überladene Fuhrwerke, schwankend vom Heu. Herzog Karl würde heute zu Besuch kommen. Direkt nach ihrer Befreiung, wie ihr Verrat im Allgemeinen genannt wurde, hatte man sie mit weiteren Besuchen und Beratungen über ihre Zukunft verschont. Sie wusste, warum er kam. Beust war nervös wie lange nicht mehr.

Das Tal, die Wälder und das Land würden eines Tages ihr gehören. Sie könnte die Schulden des Vaters tilgen, ihre Schwester Armgard auszahlen, deren geizigen Gatten loswerden und den landwirtschaftlichen Betrieb modernisieren, so dass er in den nächsten Jahrzehnten genug Gewinn abwarf. Sie würde unabhängig sein, aber nicht wirklich frei. Keine Johanna müsste mehr heimlich gebären und dabei sterben. Gertrud würde sich an einer Eisenbahngesellschaft beteiligen, die eine Bahn durch Langenorla bauen würde. Dort unten würde sie halten und der künftigen Herrin von Langenorla die eine oder andere kleine Flucht erlauben. Ihre Gäste würden eine neu gebaute Chaussee bewundern. Arme Leute würden versorgt werden. Sie sollen sich selbst helfen können, hatte Albert verlangt. Wie das hier aussehen konnte, wusste sie noch nicht. Niemand würde mehr auswandern. Auswandern. Wie war das, wenn man einfach ging?

Ein Lebewesen raschelte unerwartet im Unterholz. Es war Lili Blumenstein, die aus dem Gebüsch krabbelte. Sie strahlte, als sie Gertrud sah. Ihr Gesicht war verschwitzt, die Arme zerkratzt, in ihren dunklen Haaren steckten Blätter. Sie setzte sich neben Gertrud, und das Holzbrett wackelte. »Du hast geweint, Gnädigfräulein.«

»Ich weine nicht, ich schwitze.«
»Du sitzt schon lange hier. Du schwitzt nicht.«
»Was willst du?«
»Auch die Herrschaft schwitzt nicht aus den Augen.«
»Bleib oder geh weg, aber stell mir keine blöden Fragen.«
»Ich stell niemals blöde Fragen!«

Schweigend blickten sie auf das Dorf hinunter, das in der Sonne lag und in dem es von Menschen, Fuhrwerken und Pferden wimmelte.

»Kann ich dich etwas fragen?«
Gertrud nickte.
»Alle machen ein Riesengeheimnis daraus. Niemand will mir sagen, was du in Paris erlebt hast! Ich möchte es so gerne wissen. O nein, bitte nicht weinen!« Das Mädchen umarmte die junge Frau ungeschickt. Gertrud presste die Kleine an sich. Lili hielt geduldig still. Sie roch nach süßem Schweiß, Sonne und Erde.

Das Mädchen wartete. »Alle sagen, dass du anders bist als früher. Die sind dumm.« Lili wartete die Wirkung ihrer Einleitung ab, dann schob sie vorsichtig nach: »Wie groß ist Paris?«

»Ungefähr fünftausendmal so groß wie Langenorla.« Sie würde in Zukunft nicht mehr vor anderen heulen.

Das Mädchen war tief beeindruckt. »So viele Menschen. Da könnte ich mir meine Freunde aussuchen.«

»Hast du hier keine Freunde?«
»Sie mögen keine Bücher.« Weil Gertrud sie nicht zu verstehen schien, ergänzte sie: »Es gibt zwei Bücher in der Schule, eines für die Unterklasse und eines für die Oberklasse.«

»Du liest immer dasselbe?«
Lili verzog den Mund. »Ich leihe mir manchmal ein Buch beim Lehrer und stelle es heimlich zurück.«

»Du stiehlst?«
»Dieser Idiot sagt, Mädchen sollen nicht zu viel lesen, sonst werden sie Blaustrümpfe und kriegen keinen Mann.«

Gertrud überlegte: »Was hältst du davon, wenn ich dich in eine richtige Schule schicke?«

Eine Weile später stieg Gertrud mit einer übermütig hüpfenden Lili an der Hand den Berg hinunter. Sie hatten die Kutsche des Herzogs von Schleswig-Holstein-Sonderburg-Glücksburg vor das Schloss fahren sehen. Gertrud wollte ihn und ihren Vater unter vier Augen sprechen, nun, nachdem sie ihre Entscheidung getroffen hatte. Vorher hatte sie dem Mädchen etwas versprochen. Lili hatte vor Freude geschrien und dann angezweifelt, dass Gertrud überhaupt die Macht hatte, zu tun, was sie behauptete. Wer soll das bezahlen? Was sagen meine Eltern? Wo werde ich in Berlin wohnen? Was für eine Schule ist das? Der Pfarrer wird dagegen sein und der Lehrer und der gnädige Herr, einfach alle. Je mehr Lili zweifelte, desto sturer hielt Gertrud an ihrem spontanen Plan fest. Die Kleine würde aus Langenorla herauskommen. »Verlass dich drauf, ab heute wird gemacht, was ich verspreche.« Lili Blumenstein bewunderte ihre große Freundin grenzenlos.

Gertrud fand den Herzog in einem vertraulichen Gespräch mit ihrem Vater im verrauchten Kabinett im ersten Geschoss des Schlosses. Beide Männer erhoben sich. Artig küsste sie den Vater auf beide Wangen und ließ sich die umständliche Umarmung des Herzogs gefallen.

»Setzt euch bitte. Ich möchte mit euch reden, ohne dass uns jemand stört.«

Beust unterdrückte seinen aufkommenden Ärger. Vor dem Herzog wollte er nicht streiten. Der Glücksburger war verwirrt über seine Adoptivtochter. Ihre entzückende Naivität war einer gewissen Strenge gewichen, sie schien kühler, selbstbewusster. Noch schöner, als er sie in Erinnerung hatte. Er seufzte. »Darf ich nicht erst einmal ein wenig ausruhen und mich freuen, dich zu sehen?« Der Herzog war erschöpft von der Reise.

»Ihr habt über mich verhandelt.«

»Nun, wir haben einiges zu regeln.« Was ist mit ihr?, dachte der Herzog.

»Es geht dabei um mich.«

Beust sah den Gast hilflos an. Meine starrköpfige Tochter läuft mir aus dem Ruder, jammerten seine Augen.

Gertrud fuhr ungerührt fort: »Wenn ihr jetzt dafür Zeit habt, dann reden wir zu dritt.«

»Liebes, wollen wir nicht morgen ...« Beust wurde nervös.

»Morgen ist es zu spät.«

»Wofür?«, fragte der Schleswig-Holsteiner.

»Ich habe einen Entschluss gefasst.«

»Vielleicht berätst du dich zuerst mit deinen Eltern«, sagte Beust. Der Herzog warf ihm einen schnellen Blick zu. »Und mit deinen Adoptiveltern«, fügte Beust an.

»Ich werde mich mit Franz von Raven verloben.«

Beide Väter erschraken. Der Adoptivvater erholte sich zuerst. Er erhob sich, legte seine Hände auf Gertruds Schultern und sah sie eindringlich an. »Der junge Raven ist solide und eine gute Partie, gewiss, aber als meine Tochter kannst du in höchste Kreise einheiraten.«

Beust war noch viel weniger einverstanden mit Gertruds Wahl, und so brach es aus ihm heraus: »Raven hättest du auch ohne die Adoption kriegen können. Verzeihen Sie meine Offenheit, lieber Karl.« Er hatte mehr mit ihr vor, viel mehr!

Der Herzog stand dicht vor seiner Adoptivtochter, griff in seine Tasche und zog ein Etui bezogen mit weißem Samt hervor. »Die Hedemann ist fort, und mit ihr die ganze Bagage. Selbst im dänischen Königshaus hat man verstanden, wie fürchterlich du durch die Gerüchte gekränkt worden bist. Ich habe Einladungen für dich, nach Kopenhagen, London und Sankt Petersburg! Fahre so oft nach Langenorla, wie du willst.« Sie blickte ihn an und schwieg. Er öffnete das Etui und entnahm ihm ein Paar Ohranhänger aus Gold mit schimmernd grünen Smaragden. »Sie haben die Farben deiner Augen.«

Er hält sie mir hin wie einem Pferd ein paar Zuckerstücke, dachte sie. »Ihr müsst nicht glauben, dass ich blind und taub bin. Ich kenne jedes Gerücht und jeden eurer Zweifel, obwohl keiner mit mir offen gesprochen hat. Ich bin nicht schwanger.« Wie sie sich winden. »Das war eure größte Sorge, nicht wahr? Aber meine Unschuld ist dahin. Nicht nur meine körperliche.« Amüsiert sah sie ihr zweiköpfiges Publikum zusammenzucken. »Ich sage es nur hier und heute: Ich war in die Revolution verwickelt. Ich habe sie sogar unterstützt. Wenn das bekannt würde, bliebe es an beiden Familien hängen wie der Geruch von Schwefelsäure. Was im Einzelnen vorgefallen ist, bleibt meine Angelegenheit. Wir drei wissen, dass ich in Paris nicht gegen meinen Willen festgehalten worden bin. Du wusstest es nicht, Herzog Papa? Dann weißt du es jetzt. Ich gebe gern zu, dass ich jetzt einiges anders sehe als zuvor. Ich bereue nichts. Ich kenne eure Interessen. Felix hat sich redlich Mühe gegeben. Geschah das in eurem Auftrag? Egal.« Ihr Monolog hatte beide Männer verstummen lassen. Es schien ihnen, als spräche Gertrud eine exotische Sprache. »Ich will so leben, dass ich über mein Leben selbst entscheiden kann.«

Beust fand schließlich keinen besseren Einwand als: »Raven steht noch zwei Jahre bei der Okkupationsarmee in Frankreich!«

»Ich weiß, und bis zur Hochzeit will ich in Glücksburg leben.« Der ungeliebte Bräutigam würde weit fort sein, in Frankreich, und seine zwei Besuche im Jahr würde sie ertragen.

Der Herzog lächelte nun und küsste ihre Hand. »Liebe Tochter, du bist uns willkommen!« Sein Blick verschleierte sich.

Frau von Hedemann schien keineswegs völlig unrecht gehabt zu haben, dachte Gertrud. Sie würde dem Erfreuten vorerst einige Illusionen lassen.

Der Kammerherr und Landtagsabgeordnete Freiherr Hermann von Beust sank in seinen Sessel zurück, ächzte, als läge er in den letzten Zügen, und kippte einen dreifachen Cognac. Wer war diese fremde, arrogante Person? Die letzten Wochen hatten ihn so zermürbt, dass er vor ihren Augen verfiel.

»Keiner von den jungen Männern, die euch vorschweben, gefällt mir. Ich will nicht aus Liebe heiraten, sondern einen Mann, der mir angenehm ist und der sich nicht in meine Entscheidungen einmischt.« Sie stützte sich auf den Tisch und beugte sich zu den beiden Männern. »Es geht darum, Langenorla zu halten. Ich möchte mit euch beiden so offen über Geldangelegenheiten reden, wie ihr dies über mich Dutzende von Male insgeheim getan habt. Ab jetzt sitze ich mit am Verhandlungstisch, wenn mich etwas betrifft.« Sie warf ihrem Vater einen mitfühlenden Blick zu.

»Raven ist zuverlässig. Er kommt aus unseren Kreisen. Er bringt den uckermärkischen Grundbesitz mit in die Ehe. Groß Luckow und mehr. Ich werde ihm Kinder schenken, darunter wird mindestens ein Sohn sein. Raven wird in den Landtag von Altenburg einziehen, wenn du eines Tages zu alt sein wirst, Papa. Die Heirat hat keine Eile. Meine Verlobung wird die Gesellschaft beruhigen. – Herzog Papa, von dir bekomme ich die versprochene Mitgift, die Apanage und später mein Erbe. Danke für den Schmuck, die Steine sind zauberhaft!«

Beust wollte etwas sagen, doch Gertrud ließ ihm keine Gelegenheit und wandte sich noch einmal an den Herzog.

»Du hast mich, wie gewünscht, noch eine Weile um dich. Du lässt gegenüber deiner reizenden Verwandtschaft bitte keinen Zweifel daran, dass du den Paragrafen im Adoptionsvertrag einzuhalten gedenkst, in dem es heißt, dass ich auch in allen Erbsachen völlig gleichberechtigt die Stelle eures einzigen leiblichen Kindes einnehme.« Sie machte eine Geste des Bedauerns. »Leider sind die Gesetze so, dass ich vieles nicht selbst entscheiden darf. Ich darf ja nicht einmal wählen.«

»Wozu willst du denn wählen?«, fragte der Herzog verwirrt. Beust verbarg sein Gesicht in den Händen.

»Ich muss also darum bitten, dass ihr meinen Plänen zustimmt.« Gertrud wartete einen Moment. »Es ist sicher besser, ihr stimmt zu, als dass bekannt wird, welche Erfahrungen ich hinter mir habe«, sagte sie sanft.

Beust ertrug das Schweigen nicht. »Raven hat noch nicht um deine Hand angehalten«, sagte er hilflos.

»Er wird mich morgen fragen. Lieber Papa, verstehe mich nicht falsch, ich hoffe auf dein sehr langes Leben auf Langenorla. Aber von nun an möchte ich mitentscheiden. Es wird neue Regeln geben.«

Der Herzog war verstummt. Beust starrte sie an wie ein Gespenst. »Du bist verrückt.«

»Das ganze Leben ist verrückt«, sagte sie ruhig und war traurig über ihren Sieg.

Etwas mehr als drei Monate nach der angeblichen Befreiung Gertruds aus Paris, Anfang September 1871, depeschierten die Beusts an Güter, Schlösser und Höfe in halb Europa, dass sich ihre Tochter, an deren Schicksal so viele so bewegt Anteil genommen hatten, von den fürchterlichen Ereignissen im Land des Erbfeindes erholt hätte. Die stolzen Eltern und die Adoptiveltern gäben sich die Ehre, anlässlich der Verlobung ihrer Tochter mit dem Rittmeister Franz Hermann von Raven aus Groß Luckow einzuladen. Im Schloss und im Park von Langenorla solle ein Fest gefeiert werden, wie es noch niemand im Tal der Orla je gesehen hätte.

Drei Wochen vor dem Fest fand man Margarethe Moser tot in der Orla. Niemand verstand, wie die Pfarrersfrau, die ihr Leben lang Angst vor Wasser gehabt hatte, in dem kleinen, nicht sehr tiefen Fluss hatte ertrinken können. Sie lag flach auf dem Bauch, die Arme weit von sich gestreckt. Man fand keine Spuren von körperlicher Gewalt. Sie musste außerordentliche Willenskraft aufgebracht haben, um sich selbst auf diese Weise zu töten.

Es war ein Sonntag fast auf den Tag genau ein Jahr nach dem verhängnisvollen Ball in Glücksburg. An den Berghängen färbten sich einzelne Blätter rot. Die Ernte war eingefahren. In den Gärten blühten späte Rosen und Astern. Der Himmel wölbte sich in einem kräftigen Blau von einem Ende des Tals zum anderen.

An den Kastanienbäumen, Platanen, Buchen und Eichen, selbst an den Trauerweiden im Dorf hingen Lampions und Bänder in bunten Farben. In den oberen Stockwerken des Schlosses war es still. Ein paar Bachstelzen stritten am Wassergraben. In der Küche schepperten eiserne Töpfe über den Steinboden, stampften Holzstöcke in Bottichen, stritten Stimmen hinter Dampfschwaden, während man fuderweise Thüringer Kartoffelklöße für das große Fest kochte.

Die Männer des Dorfes trugen geschlagene junge Bäume auf die Festwiese, die Frauen große Gebinde aus Stauden und Zweigen. Gertrud sah ihren Vater in der Kutsche davoneilen, Eduard vorn auf dem Bock, um die letzten Gäste abzuholen. Die Zimmermannsleute luden Bretter und Bohlen von ihren Wagen. Geschmückte Baumstämme umsäumten das Tanzpodest, auf dem das ganze Dorf Platz hatte. Schleifen, Blüten und bunte Zweige leuchteten im Wind. Selbst die Ställe waren gereinigt, die Wände abgespritzt und neu gekalkt, und die Tiere lagen auf frischem Stroh.

Gegen Mittag stand Gertrud vor ihrem neuen Spiegel, in dem sie sich vom Kopf bis zu den Füßen betrachten konnte. Martha und Klara zogen ihr vorsichtig eine vielschichtige Robe aus eisblauer Seide über den Kopf. Der Stoff wölbte sich, bevor er an ihrem Körper hinunterglitt. Sie drehte sich, und ihr Spiegelbild erinnerte sie für einen Moment an eine andere Zeit. Sie bändigte die Unruhe in ihrem Magen und betrachtete sich kühl. Das Dekolleté entblößte mehr Haut, als in Langenorla je gesehen worden war. Während die Zofen das Kleid am Rücken schnürten, befestigte Gertrud zwei kleine Perlen an ihren Ohren, wie eine einfache Pariserin an einem Festtag. Gertrud legte die Smaragdohrringe beiseite, auch das Collier, die Armreifen und die Ringe. Sie trug das wertvollste Kleid ihres Lebens und sah halbnackt aus. Sie schickte Martha und Klara fort. Als sie die Augen schloss, stand Albert hinter ihr.

Von ihrem Fenster aus beobachtete Gertrud die Gäste ihres Festes. Sie sah den Herzog und die Herzogin an sich vorbeiflanieren, die Steins aus Großkochberg, die Verwandten aus Nimritz, Ranis, Zeutsch, Windischleuba und Brandenstein, all die Beusts, Münchhausens, Gabelentz' und Breitenbuchs, die herzoglichen Familien aus Altenburg, Weimar und Hummelshain. Der Park versank in Girlanden und Blütenschmuck. Selbst große Bäume waren wie riesenhafte Blumensträuße herausgeputzt. An den oberen Festtischen saß auf gepolsterten Stühlen der Adel. Daneben die Honoratioren aus Jena, Altenburg, Kahla, Rudolstadt und Pößneck und die angesehenen Bürger aus den umliegenden Dörfern und Langenorla. Die Bauern, die Mägde und die Familien der Tagelöhner standen Spalier, Hände und Gesichter frisch gewaschen, Schleifen und Blumen an Hemden und Kleidern. Ihre

Tische und Holzbänke waren in einiger Entfernung aufgebaut worden.

Niemand im Dorf erinnerte sich, je ein solches Fest gefeiert zu haben. Es gab Köstlichkeiten wie Blätterteigpastetchen mit Krebsfüllung, feine Rinderbouillon mit Kräutern und Eierstich, Lammbraten mit Thüringer Klößen und jungen Böhnchen. Unter silbernen Platten bogen sich die Tische. Man schenkte noch andere Suppen aus, und die Gäste konnten nach Lust und Laune Gemüse und Pilze wählen. Rote, braune und senffarbene Soßen rochen nach Gewürzen, süß wie Honig, mild wie der Himmel über dem Fest und scharf wie die wildeste Polka. Wer danach immer noch essen konnte, wählte zwischen Brombeerspeise und Vanillecreme, für Letztere waren Wannen voller Eier, Schlagsahne und echte Bourbon-Vanille verarbeitet worden. Auf die Brombeerspeise folgte feinstes Käsegebäck, Mokka, dann kamen die Torten und die Konfiserie. Die besten französischen Rotweine aus dem Beustschen Keller wurden gereicht, die Weißweine kamen von der Unstrut. Zur Creme gab es Champagner aus Frankreich, danach Liköre und Cognac. Hätte ein feindliches Heer das Dorf angegriffen, niemand hätte sich mehr wehren können.

Aus Rudolstadt war ein kleines Orchester verpflichtet worden, das gleich nach dem Essen zum Tanz aufspielen sollte. Doch davor erhob ein nicht mehr ganz nüchterner Kammerherr von Beust seine Stimme und verkündete die Verlobung seiner Tochter mit dem Rittmeister Franz Hermann von Raven aus der Uckermark, der sehr blond war und von dem im Dorf das Gerücht umging, dass er vor falschen Bären davonrannte. Die Gäste klatschten, und alle nannten es einen besonders glücklichen Tag. Erst ein gewonnener Krieg, dann eine heimgekehrte Tochter und nun auch noch eine Verlobung.

Der Pfarrer war stolz, dicht beim Tisch der Beusts sitzen zu dürfen. Am Morgen war es nur ein Tröpfchen Wein gewesen, mittags hatte ihn der Schullehrer besucht, mit einem Fläschchen Pflaumengeist zur Belebung. Beust hatte ihm am frühen Nachmittag einen duftenden uralten Tropfen eingeschenkt. Wie hätte er den zurückweisen können? Er beobachtete das junge Paar, den fröhlichen Bräutigam und die ernste Freiin, die noch schöner geworden war. Würde Gott ihn strafen, wenn er den Blick noch tiefer senkte?

Er wandte sich ihr zu und übersah dabei Martha, die hinter ihn getreten war und Vanillesoße für die Brombeerspeise servierte. Sein Kopf knallte gegen die Sauciere. Martha schrie auf, das Porzellan rutschte aus ihren Händen, und sein Inhalt ergoss sich über den Kopf des Kirchenmannes. Die gelbe Soße rann seine Stirn hinunter und verteilte sich in seinem Nacken. Erschüttert über das Gelächter sprang Moser auf und versenkte sein tropfendes Haupt in einem großen silbernen Eiskübel, in dem der Champagner gekühlt werden sollte. Der Kübel klemmte auf seinen Ohren, und während der Pfarrer ungeschickt versuchte, seinen Kopf zu befreien, torkelte er hilfesuchend in die falsche Richtung, hinunter zur Orla. Am Rand des kleinen Flusses stand das Schilf grün und kräftig. Der Pfarrer stolperte und plumpste kopfüber in das Gewässer, aus dem er sich nach wenigen Sekunden klatschnass erhob.

Niemand außer Gertrud dachte mehr an Margarethe Moser.

Gertrud Elisabeth tanzte den ganzen Nachmittag, als wäre es das letzte Mal in ihrem Leben. Die meisten Gäste fanden die junge Frau, die in Wirklichkeit verzweifelt versuchte, sich an ihr neues, altes Leben zu gewöhnen, ein bisschen wild.

Franz eroberte nur hin und wieder einen Tanz. Er sah andere Männer mit ihr tanzen und versuchte, seine Eifersucht zu dämpfen. Sie hatte aus allen Bewerbern ihn ausgewählt. Erst beim letzten Tanz würde er ihr die große Neuigkeit verkünden. Er war so stolz auf sich. Seine vom Schicksal geschlagene Braut brauchte einen starken Mann an ihrer Seite.

Gertrud hatte alle Glückwünsche über sich ergehen lassen, ihren Charme entfaltet, den einen oder anderen Scherz, etwas Musik und sogar einige Geschenke genossen. Sie hatte sich in jeder einzelnen Frage durchgesetzt. Ihr Erbe war gesichert. Irgendwann würde sie endlich Erleichterung verspüren. Zwei Jahre relativer Freiheit am Glücksburger Hof lagen vor ihr. Nach der Heirat würde sie nach Langenorla zurückkehren und es in Besitz nehmen.

Am Blick ihres künftigen Gatten irritierte sie heute eine ungewohnte Prise Besitzerstolz, sobald er sie ansah. Sie beneidete Lili. Vor dem Kind lag die ganze Welt, und die bestand aus einer Schule in Berlin, alles war organisiert.

Gertrud entfernte sich eine Weile vom Fest und ging spazieren. Durch die Bäume an der Allee waren Gesprächsfetzen zu hören. »Die Hohenzollern haben Preußen groß gemacht. Strenge Zucht und harte Arbeit, Tugenden, mit denen das Deutsche Reich die Welt beglücken wird.« Gertrud wusste, dass der Redner das halbe Familienerbe versoffen und noch nie hart gearbeitet hatte. »Der Sieg über die Franzosen war der Spruch des Weltgerichts, der Endsieg der höher entwickelten Kultur über eine niedere.« Wenn sie diesen Gast befragte, wüsste er nicht einen einzigen Namen eines Malers jener wunderbaren Gemälde in Paris.

Als sie zur Festwiese zurückkam, eilte Raven auf sie zu. »Meine Liebste«, Raven spürte nicht, dass Gertrud zusammenzuckte, »ich habe eine wunderbare Nachricht für uns.«

Gertrud sah das fremde Gesicht eines Mannes vor sich, der sich zärtlich über sie beugte und sie in die Arme nahm, als gehörte sie ihm. »Eine großartige Neuigkeit«, sagte der blonde Fremde dicht vor ihrem Gesicht. Er roch falsch. »Ich habe vom Kaiser die Erlaubnis, sofort aus Frankreich zurückzukehren, und die Okkupationsarmee zu verlassen. Ich muss nicht bleiben, bis die Franzosen ihre Kriegsschuld gezahlt haben.«

Gertrud erschrak. Sie hatte alles geplant. Alle hatten ihre Pläne akzeptiert. Raven war ein Baustein, dem sie eine Funktion zugewiesen hatte. Von ihm hatte sie keine Irritationen erwartet. Ein weicher Mann, der aber nun mit unerwarteter Selbstsicherheit verkündete: »Ich werde ganz in der Nähe von Glücksburg stationiert sein, jede freie Minute, jedes Wochenende, viele Abende können wir miteinander verbringen. Und das Schönste ist: Wir können viel früher heiraten.«

Seine Körperhaltung verriet ihr, dass er sich schon in der Rolle des starken Beschützers übte, die Zügel in die Hand nehmen wollte. Das kunstvolle Geflecht aus kleinen Freiheiten drohte bereits jetzt und hier unter seiner Fürsorge und unerwünschten Zuneigung zu ersticken. Nicht einmal zwei Jahre. Alle Augen starren mich an. Mein Gefängniswärter ist glücklich. Er wirbelt mich herum, stolz wie ein Jagdhund auf seine Beute. Ich schreie, niemand hört mich. Ich atme und bekomme keine Luft. Alle stellen sich plötzlich um die Tanzfläche und klatschen. Worüber freuen sie sich? Wer sind diese Fremden? Diese Menschen werden mich begleiten, bis sie oder ich sterben. Ich spiele in einem Theaterstück mit. Man hat mich auf eine Bühne gestellt, und sie alle sind die Komparsen meiner Zukunft. Sie führen ein Stück auf, an dem ich nicht mitschreiben darf. Gertrud hörte nicht mehr, wie die Kapelle schneller und schneller spielte. Wie in ihren angsterfülltesten Träumen flog sie davon.

Als sie aus ihrer Ohnmacht erwachte, hörte sie Lachen aus dem Park. Ihre Mutter stand vor dem Bett, wollte aber nur beruhigt werden. Nur eine kleine Schwäche nach all den Abenteuern, und Raven war ein bisschen wild gewesen, der Gute. Gertrud gelang ein Lachen. Ein wenig allein sein und Ruhe haben, bat die Tochter, damit war Marie von Beust sehr einverstanden und huschte zurück zum Fest.

Gertrud hörte den Vogel im Hinterhof von Hortense' Haus. Sie erinnerte sich an Alberts Wut. Sein Lachen. Wie in jedem ihrer Alpträume spaltete das Schwert Sophies Kopf. Aber heute drängte sich Hortense nach vorn, frech und laut spottete sie über adlige Halunken, die ihre Töchter verkaufen. Lachend, breitbeinig und mit nass gekauter Zigarre. Albert hob Gertrud hoch und bot ihr tanzend den Himmel. Ganz unten krabbelte ein kleiner Junge und spielte mit Murmeln. Das Kind wuchs und trug eine Uhr. Sophie eilte den Montmartre hinauf, das Gewehr pendelte auf ihrem Rücken. Gertrud rannte ihr hinterher. Von oben, dort, wo die Kanonen standen, rief Albert: »Was wird aus dir?« Licht aus Gold lag über der Stadt. Albert liebte sie mit offenen Augen, um die sich feine Lachfältchen rankten.

Sie wusste, dass ihr sorgfältig ausgetüftelter Plan endgültig gescheitert war. Ihr Kopf war leer, kein unangenehmes Gefühl. Das Durchatmen fiel ihr noch schwer. Sie stand auf und löste das Korsett, das man ihr wegen der kurzfristigen Schwäche ein wenig geöffnet hatte. Als es am Boden lag, reckte sie die Arme. Niemand war im Haus. Durch das offene Fenster hörte sie Musik, so fern, als spielte sie in einer anderen Zeit.

Sie duschte Selbstmitleid und Resignation mit kaltem Wasser ab. Sie bog den Kopf nach hinten unter den harten Strahl, schloss die Augen, ließ Wasser in ihren Mund laufen, spuckte es in weitem Bogen aus, lachte und stieg aus der Wanne. Barfuß und kaum bekleidet schlenderte sie durch das große leere Gebäude.

Die Tür zu einem der Gästezimmer im obersten Stockwerk stand offen. Mitten im Raum lag ein Kleidungsstück. Sie bückte sich, hob die Hose auf, hielt sie vor sich und stieg hinein. Ein feiner dunkler Stoff glitt an ihren Beinen hinunter. Das Ding gehörte einem, der breiter und größer als sie war. Sie zog das Kleidungsstück mit einer Hand bis fast unter die Achseln, fädelte mit der anderen Hand eine Kordel aus der Gardine und wickelte sie als Gürtel um die Taille.

Schon ihr erster Schritt war groß. Zögernd erst, dann frecher nahmen ihre Beine sich den Raum für ihre Bewegungen. Sie durchquerte das Zimmer, dann die Halle und sprang, drei Stufen auf einmal nehmend, die breite Treppe hinunter, als durchtrennte sie mit ihren Sprüngen ein für alle Mal das Dickicht der Zwänge. Ich weiß längst, warum sie uns in Röcke stecken, Sophie.

Zurück in ihrem Zimmer, zog sie die Stiefel an, die sie sonst nur zur Jagd trug. Bin ich eines von seinen dummen Pferden? Niemand fängt mich ein und sperrt mich in ein Gefängnis, in ein erstickendes Leben mit einigen luxuriösen Fluchten, in eine endlose Folge von vorhersehbaren Jahren.

Sie schlüpfte in ein Hemd, danach in ihr einfachstes Kleid, das sie in alter Gewohnheit mit der Schere bis zu den Knien kürzte. Würde sie sich den Gästen so zeigen, wären alle schockiert.

Vor dem Spiegel knöpfte sie ihre Jacke zu. Sie drehte sich und betrachtete sich von allen Seiten, dabei hörte sie Sophies spöttische Stimme: »Der Kampf wartet nicht, nur weil du Probleme mit deiner Garderobe hast.« Gertrud lachte leise. Jetzt fehlt mir nur noch die Pistole, Bürgerin Morissot.

Aus dem Park schallte lauter Gesang herüber. Sie steckte das Ohrgehänge des Herzogs gleichgültig in eine Hosentasche, einige wichtige Papiere in den Mantel, weiteren Schmuck sowie Kleidungsstücke in eine Reisetasche. Sie verließ Langenorla. Niemand würde ihr ein zweites Leben schenken. Sie musste sich selbst eine neue Welt erobern.

Danksagung

Die Ereignisse in diesem Buch entsprechen den historischen Gegebenheiten. Ein historischer Roman ist aber gleichermaßen der Geschichte wie der Imagination verpflichtet. Das macht es manchmal notwendig, von den historischen Tatsachen abzuweichen, etwa wenn Personen erfunden oder Ereignisse zeitlich verlegt werden.

Die Hauptfigur, Freiin Gertrud Elisabeth von Beust, ist meine Urgroßmutter, die am 7. Dezember 1850 in Langenorla (heute Thüringen, damals Sachsen-Altenburg) geboren wurde und am 5. März 1936 in Groß Luckow, Uckermark (heute Mecklenburg-Vorpommern, damals Brandenburg) starb. Sie ist ein Opfer meiner Fantasie.

Ein Roman wie dieser kann nie ohne die Hilfe anderer Menschen geschrieben werden. Ich möchte mich bei ihnen allen sehr herzlich bedanken:

- In der BIBLIOTHEQUE HISTORIQUE DE VILLE DE PARIS hat mir vor allem ALFRED FIERRO geholfen, der die Quellen der Geschichte von Paris vorzüglich kennt, mir den Zugang zu Büchern und Stadtplänen verschafft und mir erlaubt hat, historische Fotografien abzulichten;
- im MUSÉE CARNAVALET HISTOIRE DE PARIS öffnete mir MONSIEUR CERTRAN verschlossene Türen zu historischen Schätzen;
- die MitarbeiterInnen des MUSÉE DE L'ARMÉE, Paris, zeigten mir Uniformen, Waffen und Dokumente über die Folgen des Krieges;
- im MUSÉE DE L'ASSISTENCE PUBLIQUE PARIS erfuhr ich die Geschichte der Gesundheitsversorgung und der Krankenhäuser von Paris;

- im CABINET DES ARTS GRAPHIQUE im MUSÉE CARNAVALET HISTOIRE DE PARIS hätte ich gern Wurzeln geschlagen: Die Mitarbeiter zeigten mir Originalfotografien, Gemälde und Karikaturen von 1870/71;
- und der PHOTOTHEQUE DES MUSÉES DE LA VILLE DE PARIS danke ich für die rasche und gute Herstellung von Reproduktionen;
- bei CLAUDE VAN RYSSEL vom HEIMATMUSEUM BLANKENBERGE, Belgien, möchte ich mich bedanken, weil er mir das kleine Kurstädtchen Blankenberge des 19. Jahrhunderts mit Büchern und Fotografien näherbrachte;
- im HAUPTSTAATSARCHIV THÜRINGEN, Weimar, half mir DIETER MAREK durch das Labyrinth des Archivs; FRANK BOBLENZ von der ÄLTEREN ABTEILUNG des Hauptstaatsarchivs informierte mich über die soziale Lage von (potenziellen) Auswanderern;
- THÜRINGISCHES STAATSARCHIV ALTENBURG: KARIN LORENZ, DORIS SCHILLING, UNDINE WALTHER und JOACHIM EMIG versorgten mich mit hochinteressanten Dokumenten über die thüringischen Kleinstaaten, über den Landtag in Altenburg, über Langenorla und über Gertrud von Beust und ihre Familie;
- THÜRINGISCHES STAATSARCHIV RUDOLSTADT: ANDREA ESCHE, HEIKE EBERHARD und HORST FLEISCHER unterstützten mich mit Materialien, die mir den Alltag von Adel, Bauern, Handwerkern und Tagelöhnern näherbrachten;
- HORST WEIGELT und WALTER SITZMANN vom VERKEHRSMUSEUM, EISENBAHNABTEILUNG, Nürnberg, gaben Aufschluss über technische und historische Details der Eisenbahn und über alles, was mit Eisenbahntechnik, Routen und Reisen zu tun hat;
- MUSEUM FÜR POST UND KOMMUNIKATION, Frankfurt am Main: Von GISELA KRÜGER erhielt ich Abfahrtszeiten und Fahrkartenpreise der damaligen Eisenbahn;

- in der GERMANIA JUDAICA, der Bibliothek zur Geschichte des Deutschen Judentums e.V., Köln, erfuhr ich einiges über die weitgehend unbekannte Geschichte der Juden in den thüringischen Kleinstaaten des 19. Jahrhunderts; ich bedanke mich bei ANNETTE HALLER;

- SIMONE SCHMIEDER und SABINE PRINZ vom MUSEUM IM SCHLOSS GROSSKOCHBERG halfen mir, die Geschichte des Schlosses und seiner Bewohner besser kennenzulernen;

- BODO PAESKE von der STIFTUNG SCHLOSS GLÜCKSBURG unterstützte mich freundlich mit Informationen;

- den Schleifern von der SCHLEIFEREI WIPPERKOTTEN, Solingen: HORST KOCH, RAINER SCHNEELOCH und DIRK HENNEKÄMPER danke ich für die praktische Vorführung der Technik eines wasserkraftbetriebenen Kottens und ihres alten Handwerks, des Schleifens.

- Dem KRUPP-ARCHIV in Essen danke ich nicht. Es wollte die Frage nach den Wirkungen Kruppscher Waffentechnik im Deutsch-Französischen Krieg nicht beantworten.

- Bei den MitarbeiterInnen der DEUTSCHEN BIBLIOTHEK, Frankfurt am Main, der UNIVERSITÄTSBIBLIOTHEK FRANKFURT AM MAIN, der UNIVERSITÄTSBIBLIOTHEK MAINZ und der STADTBÜCHEREI RÜSSELSHEIM, vor allem aber bei LOTHAR ENGEL von der STADTBÜCHEREI Frankfurt am Main, bedanke ich mich für großzügige und autorInnenfreundliche Ausleihbedingungen.

- Für Tipps, Informationen und Unterstützung vielerlei Art bedanke ich mich (in alphabetischer Reihenfolge) bei: JANET BIEHL (Burlington, Vermont, USA) für die Übersendung einer Studie zur Lage der US-amerikanischen Schleifer im 19. Jahrhundert; HANS-CHRISTIAN BRÜGER (Pfarrer, Langenorla) für die leihweise Überlassung der Dorfchronik; KARL-HEINZ HANSEN (Barendorf) für Hinweise zu Wilhelm Stieber, der Paris leider vor Beginn der Commune verließ und deswegen die ihm in diesem Buch zugedachte Rolle nicht spielen konnte; ELISABETH HAUN für die Museumsführung in Groß-kochberg und Erinnerungen an längst verstorbene Mitglieder der Familie von Stein; HORST ISERT (Karlsruhe) für die freundliche dreiwöchige Überlassung seines Hauses in Italien, wo ich im Winter 1996, mit Blick auf das Meer, einen ersten Manuskriptentwurf so gründlich prüfen konnte, dass ich ihn verwarf; MAX-DIETER KIERSPE (Solingen) für seine Bücher und die Begleitung zur SCHLEIFEREI WIPPERKOTTEN. Bei CHRISTOPH PREUSCHOFF (Rudersberg) bedanke ich mich für Erkenntnisse über Toiletten und Abwasseranlagen im 19. Jahrhundert; bei MATTHIAS SCHÄFER (Raunheim) für seine engagierte Hilfe bei den Recherchen; bei FRIEDRICH SCHLÜTTER (Glücksburg) für Fotos und Texte zur Geschichte von Glücksburg. WOLFGANG SCHULER (München) durfte ich als wandelndes Lexikon befragen, und HANSJÜRGEN WENZEL (Koblenz-Metternich) half, widersprüchliche historische Daten über die Eisenbahn abzuklären. Auch diesen beiden danke ich. HEIKE MÄDE (Bad Karlshafen), CHRISTA GEISSLER (München) und JÜRGEN VOIGT (Hamburg) waren meine ersten LeserInnen. Ich danke ihnen für ihre Risikobereitschaft und Ermutigung.

- Bedanken möchte ich mich auch bei RUDOLF BOCH, Professor für neuere Geschichte an der Technischen Universität Chemnitz, von dem nicht nur ausgezeichnete Studien über die Solinger Schleifer stammen, sondern der auch die historischen Fakten geprüft hat. Alle eventuellen Fehler liegen bei mir. Abweichungen von den historischen Ereignissen unternahm ich absichtlich aus literarischen bzw. dramaturgischen Gründen.

- LIONEL VON DEM KNESEBECK (München), mein Literaturagent, hat mich in den Jahren, in denen ich an diesem Buch gearbeitet habe, immer freundschaftlich unterstützt. Dass ich mir eines Tages vorstellen konnte, für dieses – für mich bis dahin untypische – Manuskript auch einen Verlag zu finden, verdanke ich ihm.

- HEILWIG VON DITFURTH (Groß Luckow) hat nicht nur Familienarchive durchforstet oder unlesbare Handschriften entziffert, sie toleriert auch, was ich mit ihrer Großmutter, meiner Urgroßmutter, anrichte. Für das alles danke ich ihr sehr.

- MICHAEL MÄDE (Bad Karlshafen) und MANFRED ZIERAN (Frankfurt am Main) verdanke ich das, was eine Autorin, die sich auf Neuland wagt, am meisten braucht: qualifizierte, schnörkellose Kritik und Ermutigung.

Jutta Ditfurth

INFORMATIONEN UND KRITIK:

Jutta Ditfurth
c/o ÖkoLinX im Römer
Bethmannstr. 3
60311 Frankfurt/Main
jutta.ditfurth@t-online.de
www.jutta-ditfurth.de

Bildnachweise

S. I: Künstler unbekannt, ca. 1870/71, © Jutta Ditfurth, Fotograf: Philipp von Ditfurth — S. II: Franz Huth (1876–1970), © Jutta Ditfurth — S. III, oben: Aufnahme aus den 1930er-Jahren, Fotograf unbekannt, © Jutta Ditfurth — S. III, unten: Zeichnung von spätestens 1942, Unbekannt, © Jutta Ditfurth — S. IV, oben: Unbekannt — S. IV, unten: Unbekannt — S. V, oben: Stadtarchiv Solingen — S. V, unten: Unbekannt — S. VI, oben: Jules Gaildrau: *Le parc d'artillerie de Montmartre*, Musée Carnavalet (Paris), Photothèque des Musées de la Ville de Paris — S. VI, unten: Frédéric Lix — S. VII, oben: Unbekannt — S. VII, unten: Unbekannt — S. VIII–IX: Unbekannt, aus: Karl Marx u. Friedrich Engels: *Gesamtausgabe (MEGA), Erste Abteilung: Werke, Artikel, Entwürfe, März bis November 1871.* Berlin 1978, Karte S. 144 f. — S. X: A. Raffet, reproduziert aus: Klaus Schrenk (Hrsg.): *Auf den Barrikaden von Paris – Alltag der Pariser Kommune*, Westberlin 1979, S. 25 f. — S. XI, oben: Unbekannt — S. XI, unten: Unbekannt — S. XII, oben: Lithographie Barousse, Paris — S. XII, unten: Alfred Darjou: *Défense de Paris – Un garde national descendant de garde*, Musée Carnavalet (Paris), Photothèque des Musées de la Ville de Paris — S. XIII, oben: Anonym: *A hideous meal – Famished french women feeding off a dead horse near Belfort*, Musée Carnavalet (Paris), Photothèque des Musées de la Ville de Paris — S. XIII, unten: Anonym: *An English butcher's, maison Debos, Boulevard Haussmann, Paris*, Musée Carnavalet (Paris), Photothèque des Musées de la Ville de Paris — S. XIV, oben: Anonym: *The last Stand of the Commune – Hideous Scene in the cemetery of Père La Chaise*, Musée Carnavalet (Paris), Photothèque des Musées de la Ville de Paris — S. XIV, unten: Pilotell: *Juin 1871 (Victor Hugo)*, 1873, Musée Carnavalet (Paris), Photothèque des Musées de la Ville de Paris — S. XV, oben: Anonym: *Souvenirs de la Commune – Une Exécution dans le Jardin du Luxembour*, Musée Carnavalet (Paris), Photothèque des Musées de la Ville de Paris — S. XV, unten: Unbekannt, reproduziert aus: Klaus Schrenk (Hrsg.): *Auf den Barrikaden von Paris – Alltag der Pariser Kommune*, Westberlin 1979, S. 79 — S. XVI, oben: Unbekannt — S. XVI, unten: Unbekannt, reproduziert aus: Jean Villain: *Die großen 72 Tage – Ein Report über die Pariser Kommunarden*, Ostberlin 1971, S. 303

Trotz sorgfältiger Recherche ist es nicht gelungen, alle Rechtsinhaber der im Buch verwendeten Abbildungen zu ermitteln. Berechtigte Honoraransprüche bleiben gewahrt und können gegenüber dem Verlag geltend gemacht werden.